DIE GESPRÄCHE DES GÖTTLICHEN PIETRO ARETINO

Übertragen
von Heinrich Conrad

FOURIER VERLAG · WIESBADEN

Originaltitel: Ragionamenti
Vorbemerkung von Rudolf Noack

VORBEMERKUNG

Als noch unbekannter junger Mann verließ 1516/17 Pietro Aretino (1492–1556), Sohn eines armen Schusters aus Arezzo, die Stätte seiner ersten, wenn auch dürftigen Bildungserlebnisse, das umbrische Perugia. Aus dem Fehlen, ja sogar der Ablehnung antiker Traditionskenntnis und humanistischer Theoriebelehrung hat der Dichter nie ein Hehl gemacht. Sein allen Lebensfreuden aufgeschlossenes mächtiges Naturtalent konnte hierin keinen Mangel sehen. Auf der Suche nach entgrenzenden Dimensionen treibt unruhevolle Vitalität den Glücksjäger, Bonvivant und Vaganten in die zukunft- und erfolgversprechende Weltstadt Rom.
Die umworbene, umstrittene und umkämpfte Metropole des hoffnungslos in eine Vielzahl von geistlichen und feudalaristokratischen Partikulargebilden zerspaltenen Italiens, seit 1494 Beute der umgebenden jungen europäischen Nationalstaaten Frankreich, Spanien und Österreich, hatte jene Attraktivität als Zentrum von Reichtum und Kunstsinn bewahrt, welche ihr schon der große Erasmus von Rotterdam zusprach.
Die weitreichenden internationalen Aktivitäten des Vatikan begünstigten den Ausbau von Handels- und Bankniederlassungen aus den wohlhabenden italienischen Stadtrepubliken gleichermaßen wie aus dem Ausland und damit einen nicht abreißenden Kapitalzustrom in die ›Ewige Stadt‹. Höfisch-aristokratische Grundstrukturen mischten sich mit starken bürgerlichen Elementen. Neben den Palästen wuchsen mächtige Bürgerhäuser empor. Unter dieser Konstellation ergaben sich günstige Voraussetzungen für die Weiterentwicklung von Kunst und Literatur in dieser Etappe der italienischen Spätrenaissance. Das Mäzenatentum stand in Blüte. Die hohe Geistlichkeit und die weltliche Aristokratie wetteiferten mit dem vermögenden Bürgertum um die Gunst der großen Talente. Rom war Treffpunkt von Künstlern

und Intellektuellen aus vielen Ländern. Kunstsinn und Luxus beherrschten den Alltag der Wohlhabenden, die Aufwendungen für die Demonstration einer reichen Lebenskultur waren beträchtlich und standen in krassem Gegensatz zum Leben des Volkes.
Aretino gewann bald die Gunst des großen Bankiers und Förderers der Künste Chigi und später auch die des Papstes Leo X. und seines Neffen, des Kardinals Giulio de Medici. Er bewegte sich im Kreis von Künstlern und Schriftstellern, machte die Bekanntschaft der Maler Giulio Romano, Sebastiano del Piombo und Raffael, des Chronisten und Geschichtsschreibers Paolo Giovio, des Petrarcas Vorbild folgenden Pietro Bembo und vieler anderer. Unzerstörbarer Optimismus, geistige Regsamkeit, in sicherer Beobachtungsgabe wurzelnde Menschenkenntnis und rasches Urteilsvermögen sind für ihn glückliche Vorbedingungen, im Konkurrenzkampf der Talente zu bestehen und mit diplomatischem Geschick in der überaus heterogenen hohen Gesellschaft seinen Platz zu finden und zu behaupten.
Aretino, der zunächst einmal festen Boden unter die Füße bekommen muß, kann die Wahl der Mittel dabei nicht immer nach eigenem Ermessen bestimmen. Künstlerischer Auftrieb und Niedergang der höfischen Sitten scheinen in einem unauflöslichen Miteinander verbunden. Leo X. gab ebenso wie seine rivalisierenden weltlich-feudalen und bürgerlichen Partner Unsummen für prunkvolle Festlichkeiten, Jagden und Gelage wie für die Förderung der Künste in seinem großen Hofstaat aus. Das Bedürfnis nach einem sehr ambivalent genußvollen Leben verband Gönner und Protegierte. Aretino selbst ist aus dem widerspruchsvollen Zeitkontext nicht herauszulösen, aber schon frühzeitig und mit wachsender Konsequenz entwickelt er seine glänzenden Fähigkeiten als satirischer Schilderer der römischen Sitten. Obwohl der Mediceer-Familie und ihrem Papst verbunden, wird er neben dem älteren Lelio Romano zum erbittertsten Satiriker und polemischen Kritiker unter den zeitgenössischen Schriftstellern und richtet seine sehr bald gefürchtete spitze Feder gegen die arrogante Willkür und die Kabalen der mächtigen geistlichen und weltlichen Herren.
Castigliones in seinem 1528 veröffentlichten ›Cortegiano‹, dem

Handbuch für das Wunschbild des ›idealen‹ Hofmanns der Renaissance, gegebene Regeln gesellschaftsfähigen Umgangs wären für Aretino in der unerbittlichen Lebenswirklichkeit eher eine Bedrohung gewesen als eine Hilfe, seine Existenz zu sichern und seiner Zunge literarisch Freiraum zu schaffen. Wenn er durch unvermeidliches Taktieren zwischen eigenem künstlerischem Wollen und den Forderungen seiner wechselnden Geldgeber auch ins Zwielicht geraten mußte, so bleibt es doch sein unverlierbares Verdienst, schon in diesen ersten frühen Jahren der zeitgenössischen Satire, der Pasquinade als erstem Ausdruck einer öffentlichen Meinung in Rom, die in Gestalt von Pamphleten, Karikaturen und Spottschriften aller Art unter zumeist stillschweigender Duldung des Papstes am antiken Torso des Pasquino angeheftet wurde, einen gewichtigen Auftrieb gegeben zu haben. Die hier entstehenden kleinen, in gewisser Weise journalistischen Formen werden ebenso wie sein Briefwechsel zum Ausgangspunkt und Übungsfeld für die großen, breit angelegten zeitkritisch-satirischen Sittenschilderungen in seinen fünf Prosakomödien ›La cortigiana‹ (1526, Die Kurtisane), ›Il marescalco‹ (1533, Der Hufschmied), ›La Talanta‹ (1542), ›L'ipocrito‹ (1542, Der Heuchler), ›Il filosofo‹ (1546, Der Philosoph) und seinen Franz I. gewidmeten ›Ragionamenti‹ (1534/38, Die Gespräche des göttlichen Aretino).
Die Lockerung der Normen und Maßstäbe in den Reihen der Herrschenden Roms erzwang diese größere Toleranz gegenüber der Spottlust der Dichter, ohne daß damit ein verläßlicher Schutz vor den Gefahren einer solchen unvermeidlichen Bloßstellung und Kompromittierung einflußreicher Persönlichkeiten gegeben war. Aretino sah jedoch durch seinen Rückhalt beim Papst zumindest vorübergehend eine hinreichende Sicherung, um ungehemmt gegen die Zügellosigkeiten vor allem auch der Kirchenhierarchie von den Kardinälen bis herab zum Klosterleben zu Felde zu ziehen. Sittenschilderung und Kritik sind unauflöslich verwoben. Von den Freiheiten künstlerischer Überhöhung und grotesker Zuspitzung macht er unbedenklich Gebrauch.
Mit dem Tode Leos X. Ende 1521 und der Wahl des asketisch strengen Utrechter Zimmermannssohnes zum neuen Papst, Ha-

drian VI., deuten sich Wandlungen an. Trotz aller energischen Bemühungen dieses Papstes, der Satire Einhalt zu gebieten, nehmen die Angriffe an Umfang und Schärfe zu, da die Literaten durch den bis zur Verschuldung ausgeschöpften Fiskus und die offene Feindseligkeit Hadrians gegen die ›heidnischen‹ Dichter um ihre Existenz fürchten müssen.

Aretino, der den Ruf des mächtigsten Polemikers erlangt hatte und seine einstige Vorrangstellung am päpstlichen Hof verliert, verläßt Rom und folgt seinem Gönner und Bewunderer, dem späteren Papst, Giulio de Medici, nach Bologna und Florenz, sucht Zuflucht beim Markgrafen von Mantua. Die neue Situation in Rom ließ es für ihn als den anerkannten Meister der zeitgenössischen Satire geraten erscheinen, aus der Ferne zu wirken, zumal er mit vollem Recht überzeugt sein durfte, daß seine Spottverse ihren Weg ohnehin nach Rom fanden.

Der Aufenthalt des Dichters bei dem Feldherrn und Führer der ›Schwarzen Banden‹, Giovanni de Medici, in Reggio eröffnet ihm neue Erlebensbereiche, die nicht ohne Auswirkung auf sein Schaffen bleiben.

Freie Lebensart und dreiste Angriffslust verbanden Aretino mit diesem Mann, den Machiavelli als Begründer eines nationalen Heeres verstanden wissen wollte, um Italien endlich vor den Raubzügen fremder Mächte zu schützen.

Als Ende 1523 Giulio de Medici zum Papst (Clemens VII.) gewählt wurde, war damit die Voraussetzung für seine Rückkehr nach Rom geschaffen, die er mit hohen Erwartungen verband, da der Mediceer ihm durch früher erwiesene literarische Freundschaftsdienste im Kampf gegen Hadrian um die Besetzung des Heiligen Stuhls verpflichtet war und er selbst seine Machtposition als anerkannter und gefürchteter ›Kanzler Pasquinos‹ nicht zuletzt durch seine bissigen und enthüllenden ›Priestersonette‹ ausbauen konnte. Aber auch diese unbestreitbaren Vorteile entheben ihn nicht der zwingenden Notwendigkeit, sich mit diplomatischem Geschick zwischen den gleichermaßen mächtigen Gruppen der Anhänger des deutschen Kaisers Karl V. und des französischen Königs Franz I. am päpstlichen Hof hindurchzulavieren. Aufreizend freiherzige Sonette zwingen ihn zudem, eine Zeitlang nach Arezzo

ins Exil zu gehen, das er jedoch bald verlassen kann, um 1524 erneut nach Rom und in die Gunst des Papstes zurückzukehren.
Mit dem 1525 gegen ihn gerichteten Mordanschlag wird die Gefährlichkeit seines Engagements für das satirisch-literarische Handwerk sichtbar. Die Weigerung des Papstes, dieses Verbrechen verfolgen zu lassen, wird für Aretino zum Anlaß, noch im selben Jahr der höfisch-klerikalen Welt Roms endgültig den Rücken zu kehren. Eher voll Zorn als enttäuscht zieht er sich zu seinem alten Freund, dem Condottiere Giovanni de Medici, zurück, um nach dessen Tod 1526 im Kampf gegen den nach Rom drängenden deutschen Kaiser Karl V. schließlich 1527 seinen Sitz in der bürgerlichen venezianischen Stadtrepublik zu nehmen. Dieser entscheidende Schritt von der Seite des Papstes und aus dem Kreis der fürstlichen Höfe zum bürgerlichen Venedig bringt eine merkliche Zuspitzung der zeitkritisch-satirischen und antiklerikalen Note seiner Schriften mit sich.
Die Übersiedlung nach Venedig bedeutet den Ausbruch aus einer von vielfältiger persönlicher Willkür bestimmten Abhängigkeit, und Aretino rühmt sich selbst, ein Exempel für die Emanzipation des Schriftstellers und Künstlers aus der ständischen höfisch-aristokratischen Gesellschaft und eine Demonstration der Macht des Literaten gegeben zu haben. Die Bedingungen für sein Schaffen in diesem neuen Milieu waren denkbar günstig. Die Stadtrepublik Venedig war nicht nur ein national wie international gewichtiges Zentrum des Handwerks, des Handels und des Kapitalmarktes, sondern gleichzeitig auch der Pflege von Kunst und Wissenschaft, einer der Knotenpunkte historischer Fortschrittsentwicklung.
Das Haus Aretinos in Venedig wurde zum Treffpunkt zahlreicher europäischer Schriftsteller und Künstler, und das venezianische Bürgertum, interessiert, die bedeutenden Künstler der Zeit an sich zu binden, rechnete auf die Zugkraft der Persönlichkeit dieses Dichters, um ihre eigenen kulturellen Ambitionen zu befördern. Die Erwartungen werden nicht enttäuscht. Der Dichter leistet mit seinen Pasquinaden, der Veröffentlichung seines umfangreichen Briefwechsels ab 1537 und seinen weitreichenden Verbindungen mit Verlegern und Künstlern der Renaissance einen nicht ungewichtigen Beitrag, das geistige Gesicht der Stadt zu prägen.

Obwohl er seit 1527 seinen Sitz in Venedig behält, eine Art bürgerlicher Seßhaftigkeit erlangt, bedeutet diese Entscheidung nicht die Integration in die frühbürgerliche Gesellschaft, und er will sich auch weiterhin bewußt zu den ungebundenen Naturen gerechnet wissen. Als er den Höfen den Rücken kehrte und in die bürgerliche Enklave Venedig zog, so wählte er damit den Ort, an dem er die besten Möglichkeiten für sein schriftstellerisches Schaffen und Anliegen finden konnte. Dieses Motiv seiner Wahl wurde schon deutlich, als der berühmte Ariost 1532 in seinem Epos ›Der rasende Roland‹ den Satiriker und Sittenschilderer die ›Geißel der Fürsten, den göttlichen Aretino‹ nannte. Selbst ein Mann des Volkes, dem Volk verbunden, seine unverblümte Sprache liebend, bestrebt, die unübersehbaren Wahrheiten seiner Wirklichkeit zu enthüllen, sucht er seinen Platz auf bürgerlichem Boden.
Aretino nimmt eine gewisse Sonderstellung ein, da er sein schriftstellerisches Prestige nicht, wie die Mehrzahl der großen Zeitgenossen, breiten humanistischen Studien verdankte. Er war und blieb ein Autodidakt, der sich auf seine naturgegebene Begabung verließ und der lebenden, gesprochenen Sprache den Vorzug vor den Normen einer theoretisch und methodisch geschulten Kunstsprache gab. In vielen Humanisten sieht er Pedanten und betont sein eigenes ungebrochen-spontanes Verhältnis zum Wort und zur Literatur. Seine Stärke liegt darum auch im Prosa-Dialog, jener Form, die vom Mittelalter mit neuer Funktionsbestimmung von der Renaissance übernommen wurde. Aretino wird auch damit zum Prototyp der Vielfalt von formalen wie inhaltlichen Möglichkeiten, die sich in der experimentierfreudigen Umschlagperiode Bahn brach.
Seine spontaner Improvisation verpflichtete Schaffensmethode erfüllte nicht die von dem großen französischen humanistischen Philologen und Theoretiker der Pléiade Du Bellay erhobene Forderung nach einem langen, sich an den Leistungen der antiken Vorbilder schulenden Lernprozeß. Sein unbändiges Naturtalent, seine schnelle Feder, Unrast und Drang nach rascher aktueller Wirkung ließen ihm keine Muße zum Studium der Traditionen. Nicht Bücher, sondern Lebenserfahrungen sind Quelle der Kreation. Die von ihm meisterhaft beherrschte Umgangssprache liefert

hinreichend Material, seinem aktuell-satirischen Anliegen Ausdruck zu verleihen. Wenn man Aretino im Lichte der Diskussionen um Kunstsprache und Volkssprache sehen wollte, so gehört er unzweifelhaft zu den Befürwortern und Vertretern einer volkssprachlichen Literatur, welche die Erfassung der natürlichen Wahrheit und der wahrhaften Natürlichkeit mit den Mitteln der Sprache des Alltags für angemessen halten. An die Stelle der Mühen der Nachahmung setzt er die Kraft der Inspiration und das Vermögen unerschöpflicher pittoresker Originalität. Die mit spöttelnd burleskem und ironisch parodistischem Mutterwitz farbkräftig und mit unverkennbarer Wollust breit ausmalende Darstellungsweise macht Aretinos Vorliebe für seinen Zeitgenossen und venezianischen Mitbürger Tizian begreiflich. Auch in seinem Lebensstil war er dem kraftvollen Selbstbewußtsein und dem irdischen Daseinswillen der Renaissance verpflichtet. Er liebte es, sich mit Prunk und kunstreichem Wohlstand zu umgeben. Dabei galt er als großherzig und freigebig, und seine offene Hand brachte ihn häufig in arge Geldverlegenheiten.

Wenn Leben und Werk Aretinos umstritten sind, ihm häufig Berechnung und Käuflichkeit seiner Feder zum Vorwurf gemacht werden, so liegen wesentliche Gründe hierfür im Wesen seiner von politischen Macht- und Klasseninteressen durchtobten Zeit, im Charakter seiner überaus polemischen und drastischen Satire, welche die ständige Suche nach Sicherheit gebot.

Über die nicht abreißende publizistische Aktivität, mit der sich Aretino zahllose Feinde machte, sagt Jacob Burckhardt in seinem Buch ›Die Kultur der Renaissance in Italien‹: ›... er ist in gewissem Betracht einer der Urväter der Journalistik. Periodisch läßt er seine Briefe und andere Artikel zusammen drucken, nachdem sie schon vorher in weiteren Kreisen kursiert haben mochten. Das publizistische Vehikel der gleichzeitigen deutschen Reformation ist wesentlich die Broschüre, in Beziehung auf bestimmte einmalige Angelegenheiten; Aretino dagegen ist Journalist in dem Sinne, daß er einen fortwährenden Anlaß des Publizierens in sich hat.‹

Im Emanzipationskampf des Schriftstellers konnte er sich dem Zwang der Abhängigkeiten nur bedingt entziehen, mußte auf die

oftmals wechselnden Wünsche seiner Gönner eingehen, ihre Interessen bedienen, um seinen eigenen schriftstellerischen Gestaltungsvorstellungen folgen zu können.
Noch heute mangelt es nicht an Stimmen, die ihm vor allem auch seine Bindungen an die mächtige Familie der Medici zum Vorwurf machen. Daß er damit Kräfte suchte, die seine künstlerischen Ambitionen zu stützen bereit waren, bleibt dabei oftmals ebenso unerwähnt wie die Tatsache, daß er die Beziehungen abbrach, wenn die Lebenserfahrung ihn von der Unvereinbarkeit der beiderseitigen Interessen überzeugte. Billige Rechtfertigung scheint allerdings ebensowenig am Platz wie schnelles Vorurteil. Übergangsepochen bringen unvermeidlich in potenzierter Form den Kampf von Widersprüchlichkeiten und Gegensätzen mit sich. Daß Aretino als prominenter Vertreter seiner Zeit an den Umständen seiner Welt in eigenen, seiner Persönlichkeit und seiner Bedingungen gemäßen Formen partizipierte, bleibt unleugbar.
Die wechselvollen Schicksale der Künstler der Renaissance sind beredtes Zeugnis, daß Aretino keineswegs ein Einzelfall war. Sein besonderes Problem liegt in dem Umstand begründet, daß die Derbheit seiner Satire, seine der Umgangssprache entnommenen unverblümten Worte, die Aggressivität seiner Polemik ihn in das Zentrum gezielter Angriffe rückten.
Wenn man von der Funktion seines Werkes und Wirkens ausgeht, so stellt es in sich eine machtvolle und treffsichere Provokation an die Adresse der zerfallenden Ständeordnung des 16. Jahrhunderts dar. Bei jeder Urteilsfällung, die aus der Position des Betrachtenden unterschiedlich ausfallen wird, ist zu bedenken, daß nur der Bruch mit den entsprechend dem Charakter der Epoche ohnehin gelockerten Tabus jenen zeit- und sittengeschichtlichen Einblick freilegen konnte, der den bleibenden historischen und literarischen Wert des Schaffens von Aretino ausmacht.
Mit seinem Werk ist zweifelsohne ein Gipfel- und Umschlagpunkt der kritisch-satirischen Prosa erreicht, welche den von klerikalen und höfischen Kreisen ausgehenden moralischen Niedergang in der italienischen Spätrenaissance zum Gegenstand nimmt.

Rudolf Noack

ERSTER TEIL

ERSTER TEIL

Pietro Aretino seinem Äffchen

Heil, mein Joko, Heil dir! Sieh, das Glück hält jetzt auch über Tiere seine Hand – denn es hat dich aus deiner Heimat fortgeführt und zu mir gebracht. Ich habe bemerkt, daß du unter deiner Affengestalt eigentlich ein großer Herr bist, wie Pythagoras in Gestalt eines Hahns ein Philosoph war; darum widme ich dir diese Arbeit oder vielmehr diese Belustigung von achtzehn Vormittagen. nicht als einem Affen, nicht als einem Makak, nicht als einem Pavian, sondern als einem großen Herrn. Und selbst wenn ich nicht vom Geheimnisbewahrer der Mutter Natur erfahren hätte, daß du ein solcher bist, und wärest du auch nur ein Tier, so hätte ich *doch* Nannas Gespräche mit der Antonia dir dediziert. Haben doch auch die alten Römer nicht nur den Mörder jenes Raben, dessen ganzes Verdienst sein Gruß an Cäsar war, mit dem Tode bestraft und seine Leiche von zwei Negern auf einer Bahre mit einem Flötenspieler voran zu Grabe tragen lassen, sondern sogar die Stätte, wo er liegt, Ridiculus benamset: Nun, wenn im Altertum so viele vernünftige Leute eine derartige Dummheit verübten, so darf wohl auch in unseren Tagen ein fröhlicher Narr sich mal eine leisten.

Ja, du bist ein großer Herr, das will ich dir beweisen. Zunächst: Du siehst aus wie ein Mensch und bist, was du bist; sie aber heißen große Herren und sind auch, was sie sind. Du schluckst in deiner Gefräßigkeit alles hinunter, was du bekommen kannst; sie sind ebenso gefräßig, und zwar in einem Grade, daß die Völlerei schon nicht mehr zu den Sieben Todsünden gerechnet wird. Du mausest, was du findest, und wär's nur 'ne armselige Nadel; sie stehlen so frech, daß es ihnen auch auf Menschenblut nicht ankommt, nur sehen sie sich den Ort an, wo sie ihre Räubereien begehen – aber auch dies machst du ja geradeso. Sie sind freigebig, davon wissen ihre Diener und ihre Untertanen ein Lied zu singen — man frage sie nur! Ebenso zuvorkommend und höflich bist auch du — das können die bezeugen, die mal versucht haben, etwas, was du hattest, dir aus den Tatzen zu nehmen oder zu reißen! Du bist so sinnlich, daß du mit dir selber Unzucht treibst; sie machen's ohne Scham mit demselben Stück Fleisch ebenso. An Frechheit nimmst du's mit dem schamlosesten und nehmen sie es mit dem hungrigsten Bettler auf. Du bist immer voll Unrat, sie sind immer mit Salben beschmiert; dein Wirbelkopf treibt dich immer im Kreise herum, nirgends kannst du stillsitzen, und ihr Gehirn ist geradeso bedächtig wie dein unruhiges Wesen. Deine Affenstreiche bilden das Ergötzen des Volkes, ihre Staatsangelegenheiten sind das Gelächter der Welt. Du hast Angst vor jedermann, und jedermann hat Angst vor dir; sie werden von allen gefürchtet und fürchten alle. Deine Laster sind unvergleichlich, die ihrigen sind unschätzbar. Du schneidest jedem eine Grimasse, der dir nichts zu essen mitbringt; sie sehen jeden scheel an, der nichts zu ihrem Amüsement anzugeben weiß. Sie kümmern sich nicht um den Tadel, den man gegen sie erhebt; du hörst nicht auf die Scheltreden, die man dir hält. Und um auch das nicht zu vergessen: Wenn die großen Herren Affen-Gesichter haben, so haben auch die Affen große Herren-Gesichter.

Doch wieder zu dir, mein Jokochen! Wenn du nicht geradeso geschmacklos wärest, wie die Fürsten, so würde ich wohl einiges zur Entschuldigung des freien Stils sagen, worin dies Werk gehalten ist, das ich unter den Schutz deines Namens stelle. Gewiß wird dieser Name ihm geradeso nützlich sein wie die Namen der großen Herren jenen Machwerken, die man jeden Tag schändlicherweise ihnen dediziert unter Berufung auf Vergils ›Priapea‹ oder auf die unzüchtigen Stellen in den Schriften Ovids, Juvenals und Martials. Aber da du geradeso gebildet bist wie sie, so will ich darüber nichts weiter sagen, und zum Lohn dafür, daß ich dich unsterblich mache, erwarte ich nichts weiter als einen Biß, den du mir schon bei passender Gelegenheit versetzen wirst. In gleicher Münze zahlen ja auch die Großkotzen den Verfassern der ihnen gewidmeten Lobschriften, denn sie verstehen von den Wissenschaften geradesoviel wie du. Beinahe hätte ich gesagt, auch ihre Seelen gleichen der deinen, aber das wäre ja nicht höflich. Doch soviel darf ich sagen: Die großen Herren verbergen ihre Fehler hinter den Büchern, die für sie angefertigt werden, geradeso, wie du deine Häßlichkeiten unter den Kleidern versteckst, die ich dir habe machen lassen.

Und nun, mein durchlauchtigster Joko – den Titel Durchlaucht führen ja auch die großen Satrapen, und mit geradesoviel Recht wie du –, nimm mir mein Buch weg und reiß die Blätter heraus! Die großen Herren reißen ja nicht nur die Blätter heraus, sondern wischen sich sogar damit den – na, darüber brauch ich dir nichts weiter zu sagen: Ruhm und Ehre ist das für die Musen, die mit aufgehobenen Röcken hinter jenen herlaufen und dafür von ihnen geachtet werden, wie du mich achtest! Vielleicht hättest du's gern gesehen, wenn ich in Nannas Erzählungen von den Nonnen auch den äußeren Anschein deiner Schandmäuligkeit vermieden hätte. Nanna ist eine Schwätzerin und plappert heraus, was ihr auf die Zunge kommt, und es ist ganz recht, wenn man den Nonnen alles Böse nachsagt, denn so, wie sie sich der breiten Menge zeigen, sind sie schlimmer als die gemeinsten Dirnen. Schon haben sie die ganze Welt vollgemacht von Kindern des Antichrist, und mit dem Gestank ihrer Sittenverderbnis nehmen sie den reinen Blüten der Jungfräulichkeit die Lebensluft. Ich meine die Himmelsbräute und Mägde des Herrn, denn auch solche gibt es ja noch. Wenn ich nur daran denke, so fühle ich mich ganz erfrischt von dem wundersamen Hauch von Heiligkeit und Frömmigkeit, der einem in die Seele dringt, sobald man ihren Heimstätten sich naht, wie der liebliche Rosenduft uns in die Nase steigt, sobald wir an einem Ort vorbeigehen, wo Rosen blühen. Wir verlangen nicht mehr nach Engelsmusik, wenn wir sie die heiligen Gesänge anstimmen hören, mit denen sie Gottes Zorn besänftigen, indem sie ihn bewegen, uns unsere Schuld zu verzeihen. Von diesen also, die treu ihrem Gelübde der Keuschheit nachleben, von diesen spricht Nanna nicht, wie wir auch von ihr selber hören werden in ihrem Gespräch mit der Antonia, sondern sie spricht nur von denen, deren Sündengeruch des Teufels Riechbüchslein ist. Und gewiß! So, wie ich es niemals wagen würde, einen anderen Kaiser anzubeten und ehrfurchtsvoll zu preisen als nur Cäsar allein, einen anderen zu besingen als den großen Antonio da Leva, einen anderen Herzog zu erheben als den Herzog von Urbino, einen anderen Marchese zu dienen als dem Marchese del Vasto, einem anderen Fürsten aufzuwarten als dem Fürsten Salerno, von anderen Grafen zu sprechen als von Guido Rangone und Massimiano Stampa — so hätte ich das, was ich über die Nonnen zu Papier gebracht habe, weder zu denken noch zu schreiben gewagt, wäre ich nicht der Überzeugung gewesen, mit der Flamme meiner feurigen Feder die Schandmale ausbrennen zu müssen, mit denen ihre zuchtlose Brunft ihr Leben besudelt hat. Während sie in ihren Klöstern leben sollten, wie die Lilien im Garten wachsen, haben sie sich dermaßen mit dem Unflat der Welt beschmutzt, daß sogar die Hölle sich vor ihnen verschließt, geschweige denn der Himmel. So hoffe ich denn, mein Wort werde jenes grausame, aber barmherzige Messer sein, womit der Arzt ein krankes Glied abschneidet, damit die anderen gesund bleiben.

DER ERSTE TAG

Wie Nanna in Rom unter einem Feigenbaum der Antonia von dem Leben der Nonnen erzählte

Antonia: Was hast du denn, Nanna? Du machst ja ein Gesicht wie drei Tage Regenwetter! Paßt sich das für eine, die die Welt regiert?

Nanna: Die Welt? Ach herrje!

Antonia: Gewiß: die Welt! Ja, wenn *ich* Trübsal blasen wollte! Bei mir beißt ja gar niemand mehr an – als die Franzosen (denn die hab ich, leider!); ich bin ›arm, aber stolz‹, und wenn ich von mir sage, daß ich schleckerhaft bin, so begeh ich damit keine Sünde wider den Heiligen Geist.

Nanna: Meine gute Antonia: Jeder Mensch hat seine Trübsal, und Trübsal ist gar manches, wovon du denkst, es sei eitel Lust, und manche Trübsal gibt's, wovon du dir nicht träumen läßt – und glaube mir, glaube mir: unsere Erde ist nur ein Jammertal.

Antonia: Ja, ein Jammertal für mich, aber nicht für dich, die alle Tage Fettlebe macht. Auf Plätzen und Straßen, in allen Kneipen und allüberall hört man ja nur Nanna hier und Nanna da; dein Haus ist immer voll wie 'n Ei, und ganz Rom tanzt um dich herum den Mohrentanz, den wir im Jubeljahr von den Ungarn sehen.

Nanna: Ja, freilich, freilich! Aber trotzdem bin ich nicht zufrieden. Weißt du, ich komme mir vor wie 'ne junge Frau, die mit einem Riesenhunger am vollbesetzten Tische sitzt und aus einem gewissen Schamgefühl nicht zu essen wagt, obwohl sie weiß, daß Küche und Keller voll sind. Und gewiß, gewiß, Gevatterin: 's ist nicht alles so, wie's sein sollte – und damit holla!

Antonia: Du seufzest?

Nanna: Ach du lieber Gott, ja !

Antonia: Das solltest du lieber nicht: Nimm dich in acht, daß der liebe Gott dir nicht was schickt, worüber du Ursache hättest zu seufzen!

Nanna: Aber das ist doch ganz natürlich, daß ich seufze! Denk dir bloß: Meine Pippa wird doch nun sechzehn und muß doch was werden. Und da sagt mir nun der eine: »Laß sie Nonne werden; da sparst du Dreiviertel an der Mitgift, und obendrein kriegt der Kalender 'ne neue Heilige.« Der andre sagt: »Verheirate sie doch; du bist ja so reich — was kommt's denn dir darauf an, ob du ein bißchen abgibst?« Der dritte redet mir zu, ich solle sie lieber gleich Kurtisane werden lassen, »denn«, sagt er, »wenn 's Glück gut ist, so wird sie als Kurtisane sofort 'ne Dame, und mit dem, was du hast und was sie sich im Handumdrehen dazuverdienen wird, kann sie 'ne Königin werden.« Kurz und gut, ich bin außer mir! Du siehst, auch Nanna hat ihre Sorgen.

Antonia: Solche Sorgen können doch für eine Frau, wie du bist, bloß ein angenehmer Kitzel sein! Das ist gerade, wie wenn einer, der 'n bißchen Krätze hat, abends nach Hause kommt, sich die Strümpfe auszieht und sich dabei schon auf den Genuß des Kratzens freut. Sorgen nenn ich, wenn man mit ansehen muß, wie die Brotpreise fortwährend steigen, 'ne Qual ist's, wenn der Wein immer teurer wird, das Herz blutet einem, wenn man die Miete bezahlt, und es dreht sich einem im Leibe um, wenn man zwei- oder dreimal im Jahre Holz kaufen muß. Beulen und Schwären wird man nicht mehr los, und die Trübsal hört gar nimmer auf. Ich wundere mich, daß du dir wegen so 'ner Lappalie überhaupt Gedanken machst!

Nanna: Warum wundert dich denn das?

Antonia: Na, du bist doch in Rom geboren und aufgewachsen; du müßtest ja mit verbundenen Augen zum rechten Entschluß kommen, was du die Pippa willst werden lassen! ... Sag mal, bist du nicht Nonne gewesen?

Nanna: Ja.

Antonia: Hast du nicht 'nen Mann gehabt?

Nanna: Den hatt ich.

Antonia: Und warst du nicht Kurtisane?

Nanna: Ja, das war ich.

Antonia: Na! Hast du denn nicht soviel Verstand, aus diesen dreien das Beste herauszufinden?

Nanna: Jesus Maria, nein!

Antonia: Warum denn nicht?

Nanna: Weil's die Nonnen, die Ehefrauen und die Freudenmädchen heutzutage nicht mehr so gut haben wie früher.

Antonia: Hahaha! Das Leben geht immer nach der alten Leier! Von jeher haben die Leute gegessen und getrunken, immer haben sie geschlafen und die Nächte durchschwärmt, mit Gehen und Stehen war's immer dasselbe, und immer werden die Weiber durch ihre Ritze pischen. Weißt du, es wäre doch gar zu nett, wenn du mir erzähltest, wie zu deiner Zeit die Nonnen, die verheirateten Frauen und die Freudenmädchen es hatten, und ich schwöre dir bei den sieben Kirchen, die ich nächste Fastenzeit abklappern werde: Wenn du mir alles erzählt hast, so will ich dir in vier Worten sagen, was du deine Tochter sollst werden lassen ... du bist ja doch in deinem Fach eine Ausgelernte – nun sage mir, warum du nichts davon wissen willst, daß deine Tochter Nonne wird?

Nanna: Ich weiß wohl, warum!

Antonia: Na bitte, dann sag's mir doch! Sieh mal, heut ist ja Magdalenentag, der Tag unserer heiligen Schutzpatronin, da wird ja doch nicht gearbeitet, und selbst wenn ich eigentlich arbeiten sollte – ich habe Brot und Wein und Pökelfleisch für drei Tage!

Nanna: Wirklich?

Antonia: Ganz gewiß!

Nanna: Na, dann will ich dir heute vom Leben der Nonnen erzählen, morgen von dem der Ehefrauen und übermorgen von dem der Freudenmädchen. Bitte, setz dich hier neben mich und mach dir's recht bequem.

Antonia: So, da sitz ich ausgezeichnet; nun los!

Nanna: Die Pest möchte ich dem Monsignor – ich will seinen Namen nicht nennen – an den Hals wünschen, weil er mich auf den unglückseligen Gedanken brachte ...

Antonia: Rege dich nur nicht auf!

Nanna: Meine liebe Antonia: Wenn man sich zu entscheiden hat, ob man seine Tochter Nonne oder Freudenmädchen werden lassen oder ob man sie verheiraten soll, da steht man gleichsam vor einem Kreuzweg. Man überlegt sich 'ne gute Zeit, ob man den einen oder lieber den anderen einschlagen soll, und da kommt's denn manchmal vor, daß einen der Teufel gerade auf die verkehrte Straße bringt. So machte es der Böse auch mit meinem Vater selig, als dieser mich eines Tages zur Nonne bestimmte – sehr gegen den Willen meiner Mutter, heiligen Angedenkens, die du vielleicht noch gekannt hast. Oh, das war 'ne Frau!

Antonia: Ja, ich habe eine dunkle Ahnung, daß ich sie mal gesehen habe; jedenfalls kenne ich sie vom Hörensagen, und ich weiß, daß sie hinter den Bänken[1] Mirakel wirkte, und habe gehört, daß dein Vater, ein wackerer Sbirre des Bargello, sie aus Liebe geheiratet hatte.

Nanna: Oh, erinnere mich nicht an das gebrannte Herzeleid jenes Tages, da Rom nicht mehr Rom war und das erlesene Paar mich als Waise zurückließ! ... Doch zur Sache: Also, es war an einem ersten Mai, da brachten mich Mona Marietta – das war der Name meiner Mutter, aber gewöhnlich nannte man sie ›die schöne Tina‹ – und Meister Barbieraccio, mein Vater, mit der ganzen Sippschaft, Onkeln und Tanten, Großvätern und Großmüttern, Basen und Vettern und Neffen und Brüdern und mit 'ner ganzen Schar von Freunden und Bekannten, nach der Kirche des Klosters. Ich war ganz und gar in Seide gekleidet, die von Ambra duftete, und trug ein goldenes Käppchen, darauf lag der Jungfernkranz aus Rosen und Veilchen, und meine Handschuhe waren parfümiert und die Pantoffeln von Samt, und die Perlen, die ich am Halse trug, und die Kleider, die ich auf dem Leibe hatte, die waren, wenn ich mich recht erinnere, von der Pagnina, die neulich ins Magdalenenstift eintrat.

Antonia: Anderswoher konnten sie gewiß nicht sein!

Nanna: Also fein geschmückt, sauber und wie aus dem Ei gepellt, betrat ich die Kirche. Da waren Tausende und aber Tausende von Menschen, die drehten sich alle nach mir um, sobald ich erschien, und die einen sagten: »Ach, da bekommt aber der liebe Herrgott 'ne schöne Braut!« Und andere: »Schade, daß so 'n hübsches Mädchen Nonne wird!« Und einige machten das Kreuz über mir, andere sahen mich an, wie wenn sie mich mit den Augen verschlingen wollten, und noch wieder andere sagten: »Die gibt mal 'n leckeren Happen für irgend 'nen Mönch!«

1. Hinter den Bänken der Geldwechsler war ein Gewirr von Gäßchen, die vorzugsweise von Freudenmädchen bewohnt wurden.

Aber ich dachte mir nichts Böses bei solchen Worten, ich hörte nur immer ganz fürchterliche Seufzer, und an der Stimme erkannte ich, daß sie aus dem Herzen eines meiner Liebhaber kamen, der während des ganzen Gottesdienstes in einem fort heulte.

Antonia: Was? Du hattest schon Liebhaber, ehe du Nonne wurdest?

Nanna: Welches Mädel hätte die nicht gehabt! Aber das war in allen Züchten und Ehren. Ich mußte nun auf der Frauenseite ganz obenan Platz nehmen, und nach einer kleinen Weile begann die Messe, und ich kniete zwischen meiner Mutter und Tante Ciampolina, und der Kantor spielte auf der Orgel einen Lobgesang. Nach der Messe wurden meine Nonnenkleider eingesegnet; die lagen auf dem Altar, und der Priester, der die Epistel gelesen, und der andere Priester, der das Evangelium gelesen hatte, die führten mich hinauf, und nun mußte ich auf den Stufen des Hochaltars niederknien. Dann reichte der, der die Messe gelesen hatte, mir das Weihwasser und sang mit den anderen Priestern das Te deum laudamus und vielleicht noch hundert Psalmen, und dann zogen sie mir die weltlichen Kleider aus und legten mir das geistliche Gewand an, und die Leute drängten sich heran und machten einen Lärm wie ... wie man ihn in Sankt Peter und in Sankt Johannes hört, wenn da eine aus Verrücktheit oder aus Verzweiflung oder aus Ulk sich einmauern läßt – wie ich's auch mal durchgemacht habe.

Antonia: Ja, ja, ich sehe dich noch vor mir mit der Menschenmenge um dich herum.

Nanna: Als dann die Feierlichkeit vorbei war und sie mir den Weihrauch gereicht hatten und das Benedicamus und das Oremus und das Halleluja gesungen hatten, da öffnete sich eine Tür, die kreischte, wie wenn man den Deckel der Armenbüchse aufmacht. Ich mußte aufstehen und wurde nach draußen geführt, wo etwa zwanzig Schwestern mit der Äbtissin mich erwarteten. Sobald ich sie erblickte, machte ich ihr 'ne schöne Reverenz, und sie küßte mich auf die Stirn und sagte meinem Vater und meiner Mutter und den Verwandten ein paar Worte, die ich nicht behalten habe, und die vergossen alle Ströme von Tränen, und auf einmal wurde die Tür zugeworfen, und ich hörte ein Stöhnen, das allen Anwesenden durch Mark und Bein ging.

Antonia: Woher kam denn dies Stöhnen?

Nanna: Von meinem armen Liebsten, der den andern Tag Barfüßermönch oder Betteleremit wurde — ich weiß nicht mehr, was.

Antonia: Der arme Kerl!

Nanna: Als nun die Tür plötzlich zugeschmissen wurde, daß ich nicht mal meinen Angehörigen Lebewohl sagen konnte, da dachte ich, ich wäre bei lebendigem Leibe ins Grab gelegt und die Frauen um mich her wären halbtot von Geißelhieben und vom Fasten; und ich weinte nicht mehr um meine Eltern, sondern um mich selber. Und ich ging mit niedergeschlagenen Augen, und mein Herz dachte an das, was mir bevorstände. So kamen wir in den Speisesaal, wo eine Schar von Nonnen auf mich zulief, um mich zu umarmen. Sie nannten mich sofort ›Schwester‹ und sagten mir, ich sollte doch mal aufschauen. Das tat ich und siehe! Da waren eine Menge frische und helle Gesichter mit roten Wangen. Da wurde mein Herz fröhlich, und ich blickte mit größerer Zuversicht um mich und sagte zu mir selber: »Wirklich, der Teufel ist nicht so häßlich, wie man ihn malt!« Und auf einmal, da kam eine ganze Schar von Mönchen und Priestern und unter ihnen auch einige Weltgeistliche, lauter junge Leute, die schönsten und saubersten und fröhlichsten jungen Leute, die ich je gesehen, und jeder nahm seine Freundin bei der Hand, und sie sahen aus wie Engel, die auf einem Ball im Himmel zum Tanze antreten.

Antonia: Du, über den Himmel mach keine Witze!

Nanna: Sie sahen aus wie Verliebte, die mit ihren Nymphen scherzen.

Antonia: Der Vergleich ist schon eher zulässig. Nun, und weiter?

Nanna: Sie nahmen sie also bei der Hand und gaben ihnen die zärtlichsten Küsse, und einer wetteiferte mit dem andern, wer die süßesten gäbe.

Antonia: Und welche Küsse hatten, deiner Meinung nach, den größten Zuckergehalt?

Nanna: Natürlich die von den Mönchen!

Antonia: Warum?

Nanna: Den Grund ersiehst du aus der Legende von der ›Buhlerin von Venedig‹.

Antonia: Und dann?

Nanna: Dann setzten sich alle zu Tisch. Und es war die köstlichste Tafel, die ich je in meinem Leben gesehen hatte. Auf dem Ehrenplatz saß die fromme Mutter Äbtissin und zu ihrer Linken der Herr Abt; an der anderen Seite der Äbtissin saß die Schatzmeisterin und neben dieser der Bakkalaureus, ihr gegenüber die Sakristanin mit dem Novizenmeister, und dann kamen in bunter Reihe immer eine Nonne, ein Mönch und ein Weltgeistlicher, und untenan saßen, ich weiß nicht wie viele Pfäfflein und Mönchlein; ich selber aber saß zwischen dem Prediger und dem Beichtiger des Klosters. Und dann kam das Essen, und ein Essen war's, wie's der Papst selber nicht besser hat, so versicherte man mir. Da hörte sofort das Schwatzen auf, und es war, als ob die Inschrift ›Stille!‹, die man in den Refektorien der Klosterväter liest, sich auf Lippen und Zungen herabgesenkt hätte, und nur die Lippen machten beim Essen ein leise murmelndes Geräusch, wie wenn die Seidenwürmer, nachdem sie ausgewachsen sind, ihr lang entbehrtes Futter bekommen und an den Blättern knuspern. Ich meine die Blätter jenes Baumes, in dessen Schatten der arme Pyramus und die arme Thisbe Kurzweil zu treiben pflegten – möge Gott sie dort oben beschirmen, wie er sie hier unten in seine Hut nahm!

Antonia: Du meinst die Blätter vom weißen Maulbeerbaum.

Nanna: Hahaha!

Antonia: Warum lachst du so?

Nanna: Ich lache, weil ich eben an einen Schlingel von Mönch denke – Gott verzeih mir den Ausdruck –, der kaute mit allen zweiunddreißig Zähnen und hatte ein Paar Backen wie ein Posaunenengel, und auf einmal setzte er eine Flasche an den Mund und schlürfte sie in einem Zuge leer!

Antonia: Möchte er dran erstickt sein!

Nanna: Als sie nun den ersten Hunger gestillt hatten, da fingen sie an zu plappern, und es kam mir vor, als wäre ich nicht bei einem Klosterfrühstück, sondern mitten auf dem Navonaplatz, wo man rechts und links und hinten und vorne nichts als Juden mit den Leuten feilschen und schachern hört. Und als sie dann satt waren, da nahmen sie Hühnerflügel und Hahnenkämme und dergleichen, und damit fütterten sie sich gegenseitig, wie Schwalben ihre Schwälblein atzen. Und was für ein Gelächter gab es da, wenn so ein Kapaunensterz präsentiert wurde, und was für Bemerkungen wurden bei solchen Gelegenheiten gemacht!

Antonia: So 'ne Bande!

Nanna: Mir wurde danz übel, als ich sah, wie eine Nonne einen schönen Bissen zerkaute und darauf mit ihrem eigenen Munde ihrem Freunde hinhielt.

Antonia: Brrr!

Nanna: Allmählich verwandelte sich die Lust am guten Essen in jenen Überdruß, der allzu reichlicher Sättigung entspringt; da fingen sie an, sich anzuprosten wie die Deutschen; und der Ordensgeneral stand auf und ergriff einen großen Pokal voll Korserwein, forderte die Äbtissin auf, ihm Bescheid zu tun, und schluckte das Ganze hinunter wie 'nen falschen Eid. Alle Augen glänzten bereits wie Spiegelglas vom vielen Trinken, bald aber liefen sie an wie Diamanten, die man anhaucht; sie wurden müde, und viele schwere Köpfe sanken auf das Tischtuch, wie wenn's ein Kopfkissen gewesen wäre. Auf einmal aber wurden alle munter, denn ein schöner Knabe betrat den Speisesaal; der trug in der Hand einen Korb, worauf das weißeste und feinste Tuch lag, das ich je gesehen habe. Schnee, Reif, Milch sind nichts gegen diese Weiße. Es war so weiß wie der Mond am fünfzehnten Tage. Ja, das war es!

Antonia: Was machte er denn mit dem Korb, und was war darinnen?

Nanna: Pst, pst! Nur sachte! Der Knabe machte eine schöne Verbeugung auf spanisch-neapolitanische Art und sagte: »Gesegnete Mahlzeit, meine Herrschaften!« Dann fuhr er fort: »Ein ergebener Diener dieser schönen Gesellschaft sendet euch einige Früchte aus dem irdischen Paradies.« Dann nahm er das Tuch ab und setzte das Geschenk auf den Tisch. Und ein rasendes Gelächter brach los wie rollender Donner; so unwiderstehlich wurde die Gesellschaft zum Lachen hingerissen, wie eine Familie sich den Tränen und Wehklagen überlassen muß, wenn sie den Hausvater seine Augen zum ewigen Schlummer hat schließen sehen.

Antonia: Du machst recht hübsche und naturgetreue Vergleiche!
Nanna: Die Hände von diesem und von jener hatten sich in den letzten Augenblicken gerade mit Schenkeln, Busen, Wangen, Flöten und Pfeifen der Nachbarin oder des Nachbarn beschäftigt, und sie waren so geschickt wie die Taschendiebe, die den Maulaffen ihre Börsen wegzupicken wissen; kaum aber wurden die paradiesischen Früchte sichtbar, so fuhren die Hände in den Korb hinein, und sie waren so hurtig wie die Leute, die sich am Lichtmeßabend auf die Kerzen stürzen, die vom Balkon herabgeworfen werden.
Antonia: Was waren's denn für Früchte? Sag's mir doch!
Nanna: Es waren gläserne Früchte, wie man sie in Murano bei Venedig verfertigt, von der Gestalt eines Kappa; nur waren an jedem Stengel zwei Schellen von einer Größe, daß eine Janitscharenmusik sich ihrer nicht hätte zu schämen brauchen.
Antonia: Hahaha! Ausgezeichnet! Ich verstehe vollkommen, was für Stengel du meinst!
Nanna: Und selig war die, die den größten und dicksten für sich erwischte; und keine von den Nonnen genierte sich, den ihrigen zu küssen, und sie sagten, diese Früchte hülfen ihnen, den Anfechtungen des Fleisches zu widerstehen ...
Antonia: ... die der Teufel holen möge!
Nanna: Ich spielte die Unschuld vom Lande und äugelte nur verstohlen nach den Früchten, wie eine schlaue Katze, die mit den Augen nach der Köchin sieht und die Pfote nach dem Stück Fleisch ausstreckt, das aus Versehen nicht eingeschlossen worden ist. Und wenn nicht meine Tischnachbarin, die sich zwei Früchte genommen hatte, mir eine davon abgegeben hätte, so hätte ich mir selber eine geholt, um nicht wie eine Zimperliese dazusitzen. Doch um es kurz zu machen: Inmitten des Gelächters und des Stimmengewirrs stand mit einem Mal die Äbtissin auf, und alle Anwesenden folgten ihrem Beispiel; und das Benedicite, das sie sprach, klang nicht wie Latein, sondern wie gutes Italienisch.
Antonia: Lassen wir nur das Benedicite! Was machtet ihr nach dem Essen?
Nanna: Warte doch nur; das kommt ja gleich! Nach Tisch gingen wir in ein Zimmer, dessen Wände über und über mit Malereien bedeckt waren.

Antonia: Was waren denn das für welche? Wohl die Bußwerke der Fastenzeit? Oder was sonst?

Nanna: Schöne Bußwerke! Die Malereien waren der Art, daß selbst ein Kastrat sich bei ihrem Anblick amüsiert hätte. Das Zimmer hatte vier Wände. Auf der ersten Wand sah man das Leben der heiligen Nafissa abgebildet. Da erblickte man das gute Mädchen, wie es mit zwölf Jahren, ganz von christlicher Liebe erfüllt, all sein Hab und Gut an Sbirren, Zöllner, Priester, Kuppler und andere derartige würdige Leute verschenkte. Und als sie gar nichts mehr hatte, da setzte sie sich demütig und fromm, mit Verlaub zu sagen, mitten auf die Sixtusbrücke. Und sie hatte nichts um und an sich, als 'n Stühlchen und 'n Fußmättchen und 'n Hündchen und ein Blatt Papier, das war an einem eingekerbten Stöckchen befestigt; damit fächerte sie sich und jagte die Fliegen weg.

Antonia: Warum saß sie denn da auf 'm Stühlchen?

Nanna: Sie stellte eben eins von den Guten Werken dar: die Kleidung der Nackenden. Und so saß denn das junge Ding da, wie ich's dir beschrieben habe, und das Gesicht hielt sie dem Himmel zugewandt, und den Mund hatte sie offen, wie wenn sie gerade das Liedchen sänge:

Wo bleibst du, mein Geliebter?
Was kommst du nicht zu mir?

Auf einem anderen Bilde sah man sie stehen und sich zu einem neigen, der aus übergroßer Bescheidenheit nicht gewagt hatte, sie um etwas von ihren Sachen zu bitten. Auf den ging sie ganz heiter in ihrer Nächstenliebe zu und führte ihn in die Höhle, wo sie die Betrübten tröstete. Da zog sie ihm zuerst den Rock aus und nestelte ihm dann die Hosen auf, und als sie das Hähnchen gefunden hatte, da streichelte sie's so zärtlich, bis es sich ganz stolz aufrichtete und wie ein Hengst, der sich von der Halfter losreißt, um zu der Stute zu gelangen, ihr plötzlich zwischen die Beine fuhr. Aber sie mochte sich wohl nicht für würdig halten, ihm ins Gesicht zu sehen, oder vielleicht, wie der Prediger sagte, der uns ihr Leben erläuterte, wurde ihr auch plötzlich bange, als sie ihn so rot, so glühend und so aufgeregt sah, und mit einer prachtvollen Bewegung drehte sie ihm den Rücken zu.

Antonia: Möge es ihrer Seele gelohnt werden!

Nanna: Ist es ihr denn nicht schon gelohnt? Sie ist doch 'ne Heilige geworden!

Antonia: Da hast du recht.

Nanna: Wer könnte dir alles erzählen? Da war auch das Volk Israel abgebildet, das sie ganz umsonst beherbergte und immer Amore dei befriedigte. Da sah man manchen gemalt, der gekostet hatte, was da war, und dann mit einer Handvoll Geld von ihr ging, das ihr ein freigebiger anderer notgedrungen hatte schenken müssen. Wer ihr Äckerlein bestellte, dem ging es manchmal wie einem, der im Hause eines Verschwenders Herberge findet: Dieser nimmt ihn nicht nur gastlich auf, gibt ihm Nahrung und Kleidung, sondern schenkt ihm noch obendrein das Reisegeld, um an seinen Bestimmungsort gelangen zu können.

Antonia: O gebenedeite und makellose heilige Nafissa, erleuchte du meinen Geist, daß ich deinen allerheiligsten Fußtapfen folge!

Nanna: Kurz, alles, was sie sonst noch machte, vor oder hinter Tür und Tor, das ist dort in voller Natürlichkeit abgebildet, und alles, was sie bis an ihr Lebensende tat, ist da gemalt. Und an ihrem Grabgewölbe sieht man die Abbildungen von all denen, die sie in dieser Welt zurückgelassen, um sie einst in jener Welt wiederzufinden: und das war ein buntes Gewimmel von Schlüsseln wie von Kräutern in einem Maisalat.

Antonia: Donnerwetter! Die Bilder will ich mir doch auf jeden Fall mal ansehen!

Nanna: Auf der zweiten Wand ist die Geschichte von Masetto aus Lamporecchio, und, meiner Seel!, man denkt, die beiden Nonnen, die ihn in die Scheune geführt haben, sind von Fleisch und Blut; der Kerl aber liegt da und tut, als ob er schlafe, während sein Hemd an dem hoch aufgerichteten Mast sich wie ein Segel bläht.

Antonia: Hahaha!

Nanna: Ja, da mußte wirklich jedermann lachen, der's sah, und besonders auch über die beiden anderen Nonnen, die von den losen Scherzen ihrer Mitschwestern Wind gekriegt hatten und sich dies sofort zunutze machten, aber nicht etwa, indem sie's der Äbtissin petzten, sondern indem sie mit an dem Vergnügen teilnahmen, und geradezu verblüffend war Masetto gemalt, der ihnen durch Zeichen zu verstehen gab, daß er nichts von ihnen wissen wollte. Und zuletzt sah man die Oberin der Nonnen; die fing es vernünftig an, indem sie den braven Mann einlud, mit ihr zu speisen und zu schlafen. Eines Nachts aber kriegte er Angst, die Sache möchte ihn zu sehr anstrengen, und sprach ein bißchen laut; da lief das ganze Dorf zusammen, um das Wunder zu sehen; das Kloster aber wurde als heilig kanonisiert.

Antonia: Hahaha!

Nanna: Auf der dritten Wand waren – wenn ich mich recht erinnere – die Porträts aller Schwestern, die überhaupt dem Orden angehört hatten, und neben jeder sah man das Bild ihres Liebsten und auch ihrer Kinder, und die Namen eines jeden und einer jeden waren daruntergeschrieben.

Antonia: 'ne schöne Ehrentafel!

Nanna: Auf der vierten Wand endlich waren alle die verschiedenen Arten, wie man stöpseln und sich stöpseln lassen kann, dargestellt. Die Nonnen sind nämlich verpflichtet, ehe sie mit ihren Freunden ans Werk gehen, erst alle Akte, die man da abgebildet sieht, in lebenden Bildern darzustellen. Und das müssen sie, damit sie sich im Bette nicht so tölpelig anstellen, wie gewisse Frauenzimmer, die alle viere von sich strecken und daliegen wie die Klötze. Solche Liebe hat natürlich weder Saft noch Kraft, und wer's mit so 'nem Mädel zu tun kriegt, der hat nicht mehr Vergnügen dran, als wenn er 'ne Bohnensuppe ohne Salz ißt.

Antonia: Da brauchen sie wohl gar 'ne Lehrerin, so 'ne Art Fechtmeisterin der Liebe?

Nanna: Nun freilich; und diese Lehrmeisterin zeigt den Ungeübten, wie sie's machen müssen, wenn der Mann den Stachel der Fleischeslust spürt und wenn er etwa auf einer Kiste oder auf 'ner Treppe oder auf einem Stuhl oder Tisch oder auf dem Fußboden seine Reiterei zu veranstalten wünscht. Und die Lehrerin, die den guten Nonnen die verschiedenen Stellungen beibringt, tut das mit einer Geduld, wie wenn sie einen Hund oder Papagei oder Starmatz oder 'ne Elster abrichtete. Und die Kunststückchen der Taschenspieler sind leichter zu lernen als die Behandlung des Hähnchens, so daß es steht, auch wenn es keine Lust hat.

Antonia: Wirklich?

Nanna: Verlaß dich drauf. Schließlich wurden wir dann des Bilderbeguckens und Plauderns und Scherzens überdrüssig. Und wie plötzlich die Straße leer wird, wenn die Barberi im Wettlauf heranrasen, oder, um ein besseres Bild zu gebrauchen, wie sich die Schüssel mit Kuhfleisch leert, wenn die Dienstboten, die sonst kein Fleisch bekommen, darüber herfallen, oder wie die Feigen vor dem hungrigen Bauern verschwinden: so verschwanden Nonnen, Mönche, Pfarrer und Weltpriester, auch die jungen Pfäfflein drückten sich, und der Junge, der die Glasdinger gebracht hatte, ging ebenfalls seines Weges. Nur der Bakkalaureus blieb bei mir; ich war nämlich ganz alleine, beinahe zitternd, dageblieben und konnte kein Wort hervorbringen. Und er sagte zu mir: »Schwester Christiana« — diesen Namen hatten sie mir gegeben, als ich das geistliche Gewand anlegte —, »Schwester Christiana, meines Amtes ist es, Euch in die Zelle zu geleiten, wo die Seele über den Körper triumphiert und zur Seligkeit gelangt.« Ich wollte einige Umstände machen, aber all mein Sträuben half mir nichts; er ergriff meine Hand, in der ich die gläserne Wurst hielt, so daß diese beinahe zu Boden gefallen wäre. Da stieß ich unwillkürlich einen Seufzer aus, und der fromme Padre faßte sich ein Herz und gab mir 'nen Kuß, und da ich von meiner Mutter her ein mitleidiges Herz habe und nicht von Stein bin, so hielt ich ganz mäuschenstill und sah ihn durch halbgeschlossene Augenlider an.

Antonia: Das war sehr richtig von dir.

Nanna: Und so ließ ich mich von ihm führen wie der Blinde vom Hündchen. Na, schön und gut! Er führte mich also in ein Kämmerchen, das gerade in der Mitte aller Zellen gelegen war. Diese Zellen aber waren nur durch dünne Ziegelwände getrennt, und die Fugen waren so schlecht verstrichen, daß überall große Ritzen waren; und man brauchte nur das Auge an eine dieser Spalten zu legen, um sofort zu sehen, was in allen Nebenkammern vorging. Kaum waren wir in der Zelle angekommen, und kaum hatte der Bakkalaur den Mund aufgetan, um mir zu sagen, meine Schönheiten — ich glaube, so drückte er sich aus — stächen die Reize der Feen aus, und dann hieß es ›meine Seele‹, ›mein Herz‹, ›mein teures Blut‹, ›mein süßes Leben‹ — und so die ganze Litanei zu

Ende, und gerade hatte er mich aufs Bett gelegt, wogegen ich mich nicht im geringsten sträubte, da auf einmal ging es: Tick! Tack! Tack! Der Bakkalaur und alle andern im Kloster, die's hörten, kriegten einen fürchterlichen Schreck. Stell dir vor, es kommt einer plötzlich in 'ne Scheune hinein, wo eine Menge Mäuse sich in einem Nußhaufen gütlich tun – natürlich bekommen die Tierchen es mit der Angst, daß sie kaum noch wissen, wo ihre Löcher sind –, so liefen auch die Klosterleutchen herum, um in ein Versteck zu schlüpfen, und dabei stießen und pufften und drängten sie sich und waren vor Angst vor dem Safrugan ganz außer Rand und Band; es war nämlich der Safrugan des Bischofs, dem das Kloster unterstand, der machte uns mit dem Tick! tack! tack! solche Angst, wie wenn wir Frösche gewesen wären, die wohlgemut am Grabenrand im Grase sitzen; du hast gewiß schon gesehen, wie sie, wenn jemand ruft oder ein Stein ins Wasser plumpst, plötzlich alle miteinander auf einmal kopfüber in den Graben hopsen. Und wie er nun durch den Schlafsaal ging, da fehlte nicht viel, so wäre er in die Zelle der Äbtissin eingetreten, die gerade mit dem Ordensgeneral darüber verhandelte, ob nicht ihre Nonnen anstatt der Vesper eine Morgenandacht halten könnten. Und die Schwester Kellermeisterin erzählte uns, er hätte bereits seine Hand erhoben, um ihr 'nen Puff zu geben oder wer weiß was sonst noch; zum Glück aber besann er sich noch und ging nicht weiter, weil nämlich ein Nönnlein vor ihm auf die Knie fiel, das sich auf den figurierten Gesang verstand wie die Drusiana des Buovo d'Antona.[1]

Antonia: Oh, das hätte ein Hallo gegeben, wenn er hineingegangen wäre, hahaha!

Nanna: Aber wir kamen nur gerade eben noch mit einem blauen Auge davon, das kannst du mir glauben, denn kaum hatte der Suffragan sich hingesetzt ...

Antonia: Jetzt hast du das Wort richtig ausgesprochen.

Nanna: ... da kommt auf einmal ein Kanonikus, ein Primuzer[2],

1. eine Person aus dem Sagenkreis des Helden Roland.

2. Dies soll ein Witz sein. Gemeint ist ein ganz junger Geistlicher, der kürzlich erst seine erste Messe, Primiz, gelesen hat. In ähnlich geschmackvoller Weise sagt Nanna ›Safrugan‹ statt ›Suffragan‹.

und bringt ihm die Nachricht, der Bischof sei ganz in der Nähe. Sofort steht er auf und begibt sich eiligst nach dem Bischofspalast, um sich zurechtzumachen, denn er mußte dem Bischof entgegengehen. Vorher aber hatte er noch befohlen, das Kloster solle zum Zeichen der Freude mit den Glocken bimmeln. Kaum war er zur Tür hinaus, so kehrte ein jedes wieder zu seiner Bequemlichkeit zurück. Nur der Bakkalaur mußte fortgehen, um im Namen der Äbtissin Seiner Ehrwürdigsten Gnaden die Hand zu küssen. Die anderen aber begaben sich wieder zu ihren Herzallerliebsten, wie Stare sich wieder auf den Ölbaum niederlassen, von dem sie mit seinem Hohoho! der Bauer vertrieben hat, der Knicker, dem es das Herz abfrißt, wenn ein Star ihm eine Olive frißt.

Antonia: Wenn du doch zur Sache kämst! Ich habe ein Ungeduld in mir, wie 's Kindchen, das darauf wartet, daß die Amme ihm die Brust ins Mündchen schiebe. Mir läuft das Wasser im Munde zusammen wie am Osterabend beim Eierschälen, wenn man das lange Fasten hinter sich hat.

Nanna: Es kommt ja schon! Ich war also allein geblieben; in den Bakkalaur hatte ich mich schon verliebt, denn es schien mir nicht recht, es anders zu machen, als es im Kloster Brauch war, Da dachte ich denn dran, was ich in den fünf oder sechs Stunden seit meinem Eintritt ins Kloster gesehen und gehört hatte; und in der Hand hielt ich die Glasstange. Ich äugelte mit ihr wie jemand, der zum erstenmal die greuliche Eidechse erblickt, die in der Chiesa del Popolo aufgehängt ist, und ich war über das Ding verblüffter als über die ungeheuerlichen Gräten jenes Riesenfisches, der bei Corneto auf den Sand geworfen war. Ich konnte mir nicht erklären, warum die Schwestern so große Stücke darauf hielten. Während ich mich nun mit solchen Gedanken beschäftigte, hörte ich auf einmal ein schallendes Gelächter, das einen Toten hätte aufwecken können. Das Lachen wurde immer lauter, und ich beschloß daher nachzusehen, woher es wohl käme. Ich stand also auf und legte erst ein Ohr an eine Ritze; dann, da man im Dunkeln mit einem Auge besser sieht als mit zweien, machte ich das linke zu und guckte mit dem rechten durch ein Loch zwischen zwei Ziegeln, und da sah ich — hahaha!

Antonia: Was denn? Was sahst du denn? Bitte, sag's mir doch!

Nanna: Ich sah in der Nebenzelle vier Nonnen, den Ordensgeneral und drei Mönchlein wie Milch und Blut, die zogen dem ehrwürdigen Vater den Priesterrock aus und bekleideten ihn dafür mit einem Atlaswams. Auf die Tonsur setzten sie ihm eine goldgewirkte Haube und darüber ein Samtbarett, das über und über mit Glasperlen besetzt und mit einem weißen Federbusch geschmückt war. Dann gürteten sie ihm ein Schwert um, und der selige General lallte trunkene Worte und ging breitbeinig wie Held Bartolomeo Coglioni in der Kammer auf und ab. Unterdessen hatten die Nonnen ihre Röcke und die Mönche ihre Kutten ausgezogen, und drei von den Nonnen zogen die Mönchskutten, die Mönche aber zogen die Nonnenkleider an. Die vierte aber legte den Talar des Generals an und setzte sich mit feierlicher Würde hin und spielte den Kirchenfürsten, der den Klöstern ihre Gesetze gibt.

Antonia: Eine schöne Orgie!

Nanna: Wart nur – jetzt fängt es ja erst an, schön zu werden.

Antonia: Wieso denn?

Nanna: Nun, der ehrwürdige Vater rief die drei Mönchlein heran und lehnte sich auf die Schulter des einen, der ein schlank aufgeschossener, zartgebauter Jüngling war. Von den beiden anderen ließ er sich das Hähnchen aus dem Nest holen – das ließ aber gar traurig das Köpfchen hängen. Doch der gewandteste und hübscheste von den beiden Brüderchen legte es auf seine flache Hand und streichelte es mit der anderen Hand, wie man einer Katze den Schwanz streichelt, bis sie vom Schnurren ins Fauchen gerät und sich schließlich nicht mehr halten läßt. Da richtete denn auch das Hähnchen sich stolz empor. Der wackere General aber kriegte die hübscheste und jüngste von den Nonnen zu packen, schlug ihr die Röcke über den Kopf zurück und ließ sie sich mit der Stirn auf die Bettstelle aufstützen. Dann hielt er mit seinen Händen sanft ihre Hinterbacken auseinander – es sah aus, wie wenn er die weißen Blätter seines Meßbuches aufschlüge – und betrachtete ganz hingerissen ihren Popo. Der war aber auch weder ein spitzes Knochengerüst noch ein schwabbeliger Fettklumpen, sondern gerade die richtige Mitte: ein bißchen zitterig und schön rund und schimmernd wie beseeltes Elfenbein; die Grübchen, die man mit solchem Vergnügen an Kinn und Wangen schöner Frauen sieht, sie zierten auch diese beiden Backen, die so zart waren wie eine Mühlenmaus, die in lauter Mehl geboren und aufgewachsen ist. Und so glatt waren alle Glieder des Nönnchens, daß die Hand, die man ihr auf die Lende legte, sofort bis an die Waden herunterfuhr, wie der Fuß auf dem Eise ausrutscht, und Haare sah man auf ihren Beinen sowenig wie auf einem Ei.

Antonia: Da verbrachte wohl der Vater General den ganzen Tag mit seiner andächtigen Bewunderung, he?

Nanna: I, Gott bewahre! Er tunkte seinen Pinsel in den Farbtopf – nachdem er ihn vorher mit Spucke gesalbt hatte – und ließ sie sich drehen und winden, wie die Weiber in den Geburtswehen sich winden oder wenn sie das Mutterweh haben. Und damit der Nagel recht fest stäke, gab er seinem Spinatfreund, der hinter ihm stand, einen Wink; der löste ihm die Hosen, daß sie ihm auf die Hacken fielen, und setzte Seiner Ehrwürden visibilium das Klistier an. Der General aber verschlang mit seinen Augen die beiden anderen Knaben, die sich die beiden Nonnen recht bequem übers Bett gelegt hatten und ihnen die Sauce im Mörser verrieben. Das war ein großer Kummer für die vierte Schwester, die ein bißchen triefäugig und etwas schwärzlich von Haut war, weshalb keiner etwas von ihr hatte wissen wollen. Sie wußte sich aber zu helfen. Sie füllte den gläsernen Tröster mit Wasser – man hatte dem hohen Herrn etwas zum Händewaschen warm gemacht –, setzte sich auf ein Kissen, das sie auf die Erde legte, und stemmte die Fußsohlen gegen die Wand. Dann setzte sie die Riesenschalmei an und stieß sie sich in den Leib – es war, wie wenn ein Degen in die Scheide fährt! Ich war von all der Wonne des Zuschauens ganz aufgelöst und streichelte mein Mäuschen mit der Hand, wie im Januar die Katzen auf den Dächern den Steiß aneinander reiben.

Antonia: Hahaha! Und wie endete der Spaß?

Nanna: Nachdem er nun 'ne halbe Stunde lang raus- und reingerutscht war, sagte der Prälat: »Wir wollen's jetzt alle zusammen machen. Komm her, mein Junge, und küsse mich, und auch du, meine Taube!« Die eine Hand hielt er nun an die Dose der Engelsnonne, mit der anderen liebkoste er die Hinterbacken des hübschen Jungen, und dabei küßte er bald ihn, bald sie und machte dazu ein so schmerzverzogenes Gesicht wie auf Belvedere die Marmorfigur von dem Mann, der inmitten seiner beiden Söhne von den Schlangen getötet wird. Schließlich fingen sie alle zusammen an zu schreien: die Nonnen und die Mönchlein auf dem Bett und der General nebst Unterlage und Rückendeckung und auch die Überzählige mit der venezianischen Glasrübe. Taktmäßig wie Kurrendesänger oder wie Schmiede, die auf das Eisen hämmern, schrien sie los: »Ach! Ach!« Und: »Küsse mich!« Und: »Dreh dich besser zu mir her!« »Die süße Zunge!« »Gib mir sie doch!« »Da hast du sie!« »Stoß feste!« »Wart, es kommt schon!« »Oh, da ist's!« »Drücke mich!« »Hilf mir doch!« – und das alles bald halblaut, bald in den höchsten Tönen und in allen Klängen der Tonleiter. Und das war ein Augenverdrehen, ein Stöhnen, ein Schieben und ein Strampeln, daß Bänke und Schränke und Bett und Tisch und Stühle hin und her schwankten wie Häuser bei einem Erdbeben.

Antonia: Fein!

Nanna: Und auf einmal, da gab's gleichzeitig acht Seufzer tief aus Leber, Lunge, Herz und Seele des Ehrwürdigsten Undsoweiter, der Nonnen und der Mönche. Und diese Seufzer machten einen so starken Wind, daß sie acht Fackeln würden ausgeblasen haben. Und mit diesem Seufzer sanken sie alle erschöpft zu Boden wie Betrunkene, die der Wein niederwirft. Ich war von all dem Zugucken ganz kreuzlahm; vorsichtig zog ich mich von der Spalte zurück, setzte mich aufs Bett und sah mein Glasding an.

Antonia: Halt mal 'n bißchen! Das mit den acht Seufzern ist doch kaum glaublich!

Nanna: Du klaubst zu sehr am Wort herum; höre doch nur weiter!

Antonia: Na, dann bitte.

Nanna: Als ich nun das Glasding ansah, fühlte ich mich ganz aufgeregt – und das war wohl auch kein Wunder, denn beim Anblick solcher Sachen, wie ich sie gesehen, hätte sich wohl selbst bei den Eremiten von Camaldoli was geregt. Und von dem Betrachten des Glasdings fiel ich in tentatione, et libera nos a malo. Ich konnte dem Stachel des Fleisches, der mich aufs Blut peinigte, nicht länger widerstehen. Leider hatte ich kein warmes Wasser wie die Nonne, der ich die richtige Anwendung des kristallenen Stengels abgesehen hatte; aber Not macht erfinderisch: Ich pinkelte ganz einfach in das Ding hinein.

Antonia: Wie machtest du denn das?

Nanna: Es war ein Löchelchen drin, um das warme Wasser hineingießen zu können. Na, um die Sache nicht allzulang zu machen: Fix hob ich mir die Röcke hoch, stemmte das dicke Ende der Stange gegen den Bettrand und setzte mir die Spitze an; dann ließ ich sachte, sachte den Stachel eindringen. Es juckte mächtig, denn das Ding hatte einen dicken Kopf; ich fühlte daher zugleich Schmerz und süße Wonne. Aber die Wonne überwog, und nach und nach belebte sich der gläserne Stachel. Und ganz von Schweiß überströmt, faßte ich mir einen Löwenmut und stieß ihn mir so tief hinein, daß er aufs Haar gänzlich in meinen Tiefen verschwunden wäre. Und wie er so hineindrang, da glaubte ich Todes zu sterben, aber dieser Tod war süßer als das ewige Leben. Nachdem ich nun 'ne gute Weile den Schnabel dringelassen hatte, fühlte ich mich ganz überströmt; da riß ich ihn raus, und beim Rausreißen fühlte ich ein Brennen wie 'n Krätziger, wenn er die Nägel von den Schenkeln wegnimmt. Ich seh mir das Ding an, und ach herrje! Da war's ganz voll Blut. Da fing ich an zu schreien: »Oh, erbarme dich mein!«

Antonia: Warum denn, Nanna?

Nanna: Warum? Na, ich dachte, ich hätte mich auf den Tod verwundet! Ich greife mit der Hand an meine Mimi, und wie ich sie zurückziehe, ist sie ganz naß und rot wie 'n Handschuh von 'nem Bischof im Ornat. Da fang ich an zu schreien und fahr mir mit den Händen in die kurzen Haare, die am Vormittag der Priester, der mich einkleidete, mir gelassen hatte, und stimme den Klagegesang von Rhodos an.

Antonia: Von Rom, Nanna! Denn wir sind doch in Rom.

Nanna: Meinetwegen, von Rom, wenn du das lieber willst. Und ich hatte nicht bloß Angst, ich müßte sterben, als ich das Blut sah, sondern ich hatte auch noch Furcht vor der Äbtissin.

Antonia: Warum denn?

Nanna: Wenn sie was gemerkt hätte und hätte wissen wollen,

woher das Blut kam, und wenn sie dann die Wahrheit herausgekriegt hätte, so konnte sie mich ja in Ketten und Banden wie 'nen rüdigen Nickel ins Gefängnis werfen lassen, und wenn sie mir auch keine andere Buße auferlegt hätte, als die Geschichte von dem Blut zu erzählen, wäre das nicht Grund genug gewesen zu weinen?

Antonia: Nein. Warum denn?

Nanna: Warum denn nicht?

Antonia: Du brauchtest ja nur die andere Nonne anzuzeigen, du hättest sie mit dem Glasding spielen sehen. Dann wärst du selber sofort los und ledig gesprochen.

Nanna: Ja, da hätte aber die Nonne sich ebenso voll Blut machen müssen wie ich. Soviel ist gewiß, Nanna fühlte sich sehr ungemütlich! Auf einmal hörte ich an meiner Tür klopfen; schnell trocknete ich mir recht schön die Augen ab, stand auf und antwortete: »Gratia plena«. Dann öffnete ich, und siehe da, man rief mich zum Abendessen. Aber ich hatte ja am Morgen nicht wie 'ne frischgeweihte Nonne, sondern wie 'n Soldatenmädel feste gepräpelt, außerdem war mir vor Angst wegen des Blutes der Appetit vergangen, und so sagte ich, ich wollte den Abend lieber nüchtern bleiben. Dann schob ich wieder den Riegel vor die Tür und setzte mich ganz nachdenklich hin, immer mit der Hand auf meiner Kleinen. Da merkte ich, Gott sei Dank, daß sie nicht mehr tropfte; das machte mir wieder ein bißchen Mut, und, um mir die Zeit zu vertreiben, ging ich wieder an die Wandritze, denn ich sah aus der Nebenzelle einen hellen Schein hindurchfallen. Die Mönche hatten nämlich inzwischen Licht angezündet. Ich sah also hindurch, und da waren sie alle nackt; und gewiß, wenn der General und die Nonnen und die Klosterbrüder alt gewesen wären, so würde ich sie mit Adam und Eva vergleichen oder mit anderen aus dem Seelchengewimmel der Vorhölle. Aber überlassen wir lieber solche Vergleiche den Sibyllen! Der Prälat ließ nun seinen Spinatfreund, ich meine jenen hübschen schlanken Milchbart, auf einen viereckigen Tisch steigen – es war der Eßtisch der vier Christinnen des Antichrist –, und das Bürschchen nahm statt 'ner Trompete einen Stock und setzte ihn an den Mund wie ein Trompeter sein Instrument und ließ eine Fanfare erschallen. Nach dem Taratantara aber rief er aus: »Der Großsultan von Babylon tut allen wackeren Kämpen kund und zu wissen, daß sie allsogleich mit eingelegter Lanze hier auf der Stechbahn zu erscheinen haben. Und wer die meisten Lanzen bricht, der erhält als Preis einen ganz glatten Runden ohne Härchen, woran er die ganze Nacht seine Freude haben kann. Amen!«

Antonia: Ein schöner Heroldsruf! Den hatte ihm gewiß sein Herr und Meister gedichtet. Nu weiter, weiter, Hannchen!

Nanna: Da stellten sie sich nun in Reih und Glied zum Turnier auf. Der Hintere jener schieläugigen Schwarzen, die vorhin soviel Vergnügen von ihrem gläsernen Stengel gehabt, wurde als Stechziel bestimmt, und dann losten sie die Reihenfolge aus. Der Vorritt fiel dem Trompeter zu; er gab einem Kameraden den Stock, um für ihn zu blasen, während er selber ritt, dann spornte er sich mit den eigenen Fingern und bohrte seine Lanze bis ans Heft ins Zentrum der Freundin; und weil der Stoß so gut war wie drei, wurde er mit lautem Beifall belohnt.

Antonia: Hahaha!

Nanna: Nach ihm traf das Los den Prälaten, der legte die Lanze ein und ritt und traf den Freund in dieselbe Stelle, wo dieser die Nonne getroffen hatte. So standen sie fest wie Grenzsteine zwischen zwei Äckern. Das dritte Los traf dann ein Nönnlein, und da sie keine Lanze von Kernholz hatte, nahm sie eine von Glas und jagte sie im ersten Anlauf dem General von hinten hinein, während sie, um auch selber nicht zu kurz zu kommen, die Schellen in ihrem Venustempel unterbrachte.

Antonia: Wohl bekomm's!

Nanna: Gleich darauf kam der zweite Mönch dran, weil er das nächste Los zog; der zielte gut und traf mit dem Pfeil sofort ins Schwarze, die zweite Nonne aber machte es wie ihre Kameradin und stieß die Lanze mit den beiden Kugeln in das Utriusque des Jünglings, der sich von dem Stoß krümmte wie ein Aal. Endlich kamen der letzte und die letzte dran, und da gab's viel zu lachen, denn sie begrub den gläsernen Zuckerstengel, den sie am Morgen beim Frühstück erwischt hatte, tief in den hinteren Schlund ihrer Schwester im Herrn; das Klosterbrüderchen aber, das ganz zuletzt übrigblieb, pflanzte ihr seinen Lanzenschaft zwischen die Hinterbacken. Und das Ganze sah aus wie ein Bratspieß voll verdammter Seelen, die Satanas zu Meister Luzifers Karneval sich fürs Höllenfeuer herrichten wollte.

Antonia: Hahaha! Das muß famos gewesen sein.

Nanna: Die Schieläugige war ein äußerst spaßhaftes Nönnchen und machte, während alle drückten und schoben, die reizendsten Witze von der Welt. Darüber mußte ich so fürchterlich lachen, daß man mich hörte, worauf ich es für geratener hielt, mich zurückzuziehen. Nach einiger Zeit hörte ich in der Nebenzelle jemanden schimpfen und ging wieder an meinen Beobachtungsposten, um zu sehen, wer es gewesen wäre. Aber da fand ich die Spalte mit einem Bettuch verhängt, und so konnte ich das Ende des Ringelstechens nicht mit ansehen und erfuhr auch nicht, wer den Preis davontrug.

Antonia: Du läßt mir ja das Beste weg!

Nanna: Ja freilich – aber nur, weil's mir selber weggelassen wurde. Es ärgerte mich ganz abscheulich, daß ich das Eichel- und Eierspiel nicht weiter mit ansehen konnte. Aber während ich mich noch selber ausschalt, daß ich mich mit meinem Gelächter um die erbauliche Predigt gebracht, hörte ich plötzlich etwas Neues.

Antonia: Was denn? Sag's doch schnell!

Nanna: Durch die Spalten in meiner Wand konnte ich drei Zellen überblicken.

Antonia: Da bestanden wohl die Mauern aus lauter Löchern. Ein Sieb ist ja gar nichts dagegen!

Nanna: Ich denke mir, sie haben sich mit dem Zustopfen der Löcher keine große Mühe gemacht, weil sie auf diese Weise gegenseitig ihr Vergnügen aneinander hatten. Genug – ich höre ein Stöhnen und Seufzen, ein Pusten und Schnaufen, wie wenn da zehn Personen wären, die im Traum der Alp drückte; ich spitze die Ohren und höre – es war an der Wand, die der anderen, hinter der das Lanzenbrechen stattfand, gegenüberlag – und höre in ganz gedämpftem Tone sprechen. Schnell hab ich das Auge an der Ritze, und da sehe ich dir, die Beine hoch in der Luft, zwei Nönnchen, fett und frisch, mit vier Schenkeln weiß und rund und hübsch quabbelig wie Schlickermilch. Jede hielt in der Hand ihre Glasrübe, und die eine hub an und sprach zur anderen: »Was für ein Blödsinn, sich einzubilden, für unseren Appetit genügten solche Schmutzdinger, die nicht küssen können, die keine Zunge haben und keine Finger, um unsere Klaviatur damit zu bearbeiten! Und selbst, wenn sie das alles hätten – ich bitte dich, da die Nachbildungen uns schon solche Wonnen bereiten, wieviel würden wir erst von den lebendigen haben! Ja, wir können wohl mit Recht von uns sagen ›Arme Dinger!‹, wenn wir unsere ganze Jugend hindurch auf diese gläsernen Notbehelfe angewiesen sind!« – »Weißt du was, Schwesterchen?« antwortete die andere, »ich will dir einen Rat geben: komm mit mir!« – »Und wohin gehst du?« fragte jene. »Ich? Sobald es Nacht ist, brenn ich durch und geh mit einem jungen Mann nach Neapel; sein bester Freund reist auch mit, und der wäre gerade dein Fall! Ja, heraus aus dieser Spelunke, aus diesem Grab, und genießen wir unsere Jugend, wie es allen Frauen zukommt!« – Sie hätte gar nicht soviel Worte zu machen brauchen, denn die andere war von leichtem Kaliber und erklärte sich sofort bereit. Sowie sie sich darüber einig waren, warfen sie beide gleichzeitig ihre Glasstengel gegen die Wand; um aber den Lärm zu verdecken, den das machte, schrien sie aus Leibeskräften: Katz! Katz! Katz!, als ob die Katzen ihre Nachttöpfe und was sonst noch an Geschirr da war, zerbrochen hätten. Dann sprangen sie aus dem Bett, packten ihre besten Sachen zusammen und verließen die Kammer. Ich war nun wieder allein, da hörte ich plötzlich ein Klatschen, wie wenn einer mit den flachen Händen auf ein paar nackte Schenkel schlüge, und ein ›Ach!‹ und ›O weh, ich Arme!‹ und ein Geräusch, wie wenn jemand sich mit den Nägeln das Gesicht zerkratzte, sich die Haare raufte und die Kleider zerrisse. Und so wahr ich hoffte, selig zu werden, ich glaubte, unser Glockenturm stände in Flammen! Schnell lege ich das Auge an eine Mauerritze, und da sehe ich, daß es unsere Ehrwürdige Mutter, die Frau Äbtissin, ist, die die Wehklagen des Apostels Jeremias anstimmt.

Antonia: Wie? Die Äbtissin?

Nanna: Die fromme Nonnenmutter, die Beschützerin unseres Klosters.

Antonia: Was fehlte ihr denn?

Nanna: Soweit ich das beurteilen kann, war sie von ihrem Beichtvater ermordet worden.

Antonia: Wieso denn?

Nanna: Mitten in der allerschönsten Arbeit hatte er den Stöpsel aus der Flasche gezogen und wollte ihn ins Moschustöpfchen stekken. Und da war nun die Ärmste ganz außer sich vor Erregung, ganz saft- und schweißüberströmt! Auf die Knie warf sie sich vor ihm und beschwor ihn bei den heiligen Wundenmalen, bei den Schmerzen, bei den Sieben Freuden, beim Paternoster von San Juliano, bei den Sieben Bußpsalmen, bei den Heiligen Drei Königen, beim Stern von Bethlehem und bei den Sancta sanctorum. Aber sie konnte diesen Nero, diesen Kain, diesen Judas nicht dahin bringen, seine Wurzel wieder in ihr Gärtchen zu pflanzen. Und mit einem Gesicht wie Marforio, ganz giftgeschwollen, zwang er sie mit Gebärden und Drohungen, sich umzudrehen und ihren Kopf auf einen kleinen Ofen zu stützen. Und schnaufend wie ein Otter, Schaum vor dem Munde wie ein Oger, pflanzte er ihr seinen Ast in ihre Freudengrotte.

Antonia: Der verflixte Kerl!

Nanna: Und mit einer wahren Henkerslust, für die er tausendmal den Galgen verdient hätte, schob er ihn rein und zog ihn raus und lachte dabei in kindlicher Freude über das Geräusch, das der Zapfen bei diesem Schieben machte. Er hörte sich nämlich an wie jenes Quitsch-quatsch, das die Pilger mit ihren Füßen machen, wenn sie auf einen so kotigen Weg geraten sind, daß manchmal sogar ihre Schuhe drin steckenbleiben.

Antonia: Er verdiente, dafür gevierteilt zu werden!

Nanna: Die untröstliche Äbtissin aber, mit dem Kopf auf dem Ofen, glich der Seele eines Sodomiters im Höllenrachen. Endlich erlaubte ihr der Pater, von ihrem Flehen gerührt, den Kopf wieder zu erheben, und ohne herauszuziehen, trug der Kerl von einem Mönch auf seinem Pflock die Äbtissin zu einem Schemel hin. Auf diesen stützte sich die Märtyrerin und begann nun mit solchem Eifer sich hin und her zu werfen, daß im Vergleich mit ihr der begeistertste Orgelspieler in der Kirche unbeholfen und langsam erscheint. Wie wenn sie gar keine Knochen im Leibe gehabt hätte, drehte sie sich vollkommen um sich selbst. Als wollte sie des Beichtigers Lippen trinken und seine Zunge essen, streckte sie ihre eigene Zunge ganz weit hinaus, und ich kann dir versichern, sie war von der Zunge einer Kuh nicht zu unterscheiden. Schließlich klemmte sie seine Hand zwischen die Ränder ihres Koffers, und der Mönch mußte sich drehen und winden, wie wenn ihn eine Zunge festhielte.

Antonia: O wie köstlich, wie erfrischend! Wie hüpft mir das Herz vor Freuden!

Nanna: Endlich zog der heilige Mann die Schleusen auf, damit die Mühle wieder Wasser aufs Werk bekäme, und vollendete damit seine Arbeit. Dann trocknete er seinen Schlauch mit einem parfümierten Tüchlein ab, die gute Dame aber wischte ihre Flöte aus, und nach einem kurzen Weilchen umarmten sie sich, und der Pater sagte: »O mein Fasänchen, meine Pfauhenne, meine Taube, Seele aller Seelen, Herz aller Herzen, Leben aller Leben, erscheint es dir nicht angemessen, daß dein Narziß, dein Ganymed, dein Engel auch einmal deine Hinterwohnung beziehe?« Sie aber antwortete: »O du mein Gänserich, mein Schwan, mein Falk, Trost aller Tröstungen, Freude aller Freuden, Hoffnung aller Hoffnungen, dünkt es dich nicht recht, daß deine Nymphe, deine Magd, deine Komödie einmal deine Natur in der ihrigen unterbringe?« Damit warf sie sich auf ihn und biß ihn in die Lippen, daß die schwarzen Male ihrer Zähne zurückblieben; er aber stieß einen fürchterlichen Schrei aus.

Antonia: Hu! Welche Wonne!

Nanna: Hierauf nahm die verständige Äbtissin die Reliquie in die Hand, führte sie an ihre Lippen und küßte sie zärtlich und kaute und biß mit andächtiger Inbrunst daran herum — wie ein Hündchen, aus reiner Lust am Beißen, einem die Hand oder das Bein beknabbert, so daß man lachen muß, obgleich es weh tut. So schrie auch der rüdige Mönch, als er die scharfen Zähne Seiner Lieben Frau fühlte, ganz verzückt: »Au! au!«

Antonia: Hätte sie ihm doch ein Stück abgebissen, die Schlekkerin!

Nanna: Während in dieser Weise die gute barmherzige Seele von Äbtissin mit ihrem Idol scherzte, klopft es ganz leise an die Tür. Sie horchten beide auf und spitzen die Ohren und hören ein leises Pst! pst! Daran erkannten sie, daß es des Beichtvaters Knabe für alles war, der dann auch gleich darauf hineinkam, denn ihm wurde sofort aufgetan. Und weil er ohnehin längst wußte, wieviel ihre Wolle wog, so genierten sie sich vor ihm nicht im geringsten, sondern die Schelmäbtissin ließ des Paters Pumpenschwengel fahren, ergriff das Spätzchen des Kleinen bei den Flügeln und zitterte vor Lust, mit des Bürschchens Fiedelbogen ihre Geige zu streichen. Und sie sprach: »Mein Lieb, bitte, bitte, tu mir eine Liebe!« – »Gern«, antwortete der Mönch, »was wünschest du?« – »Ich möchte«, sagte sie, »diesen Käse mit meiner Reibe bearbeiten, aber du müßtest gleichzeitig die Pauke deines Patensöhnchens mit deinem Schlägel vertrommeln. Und wenn der Spaß dir Spaß macht, so lassen wir unsere Rößlein galoppieren; wenn nicht, so probieren wir so viele verschiedene Arten, bis wir eine finden, die uns gefällt.« Unterdessen hatte Frau Galassos Hand des Knaben Senftöpflein enthüllt. Als die hohe Frau dies sah, legte sie sich hintenüber, das Vogelbauer stand weit offen, die Nachtigall wurde hineingesperrt, und dann zog sie zu allgemeiner Befriedigung das ganze Paket an sich. Du kannst dir denken, daß es ihr beinahe das Herz abstieß, so ein Ding wie 'ne Art Weltglobus auf dem Bauch zu haben: Es quetschte sie zusammen wie ein Stück Zeug in der Wäscherolle. Zuletzt schüttelte sie die Last ab, denn die beiden anderen hatten inzwischen auch ihre Schüsse abgefeuert. Das Spiel war aus, und nun begannen sie zu schmausen und gossen sich unzählige Gläser Wein hinunter und stopften sich den Wanst mit Gebäck voll.

Antonia: Wie konntest du denn nur die Lust nach 'nem Mann bändigen, da du so viele Schlüssel sahest?

Nanna: Es ist richtig, mir lief das Wasser im Munde zusammen, als ich die Heldentaten der Äbtissin sah; ich hatte ja aber den Glasdolch in der Hand ...

Antonia: Du, weißt du, ich glaube, du schnuppertest alle Augenblicke mal dran, wie man an 'ner Nelke riecht!

Nanna: Hahaha! Na ja, die Scharmützel, die ich mit angesehen, hatten mir Appetit gemacht. Ich goß nun den kaltgewordenen Urin aus der Röhre aus und füllte sie mit frischem, ganz heißem. Dann hielt ich sie unter mich, setzte die Spitze an und dachte

daran, sie ins Culisco einzuführen, denn probieren muß man alles, weil man sonst nicht sagen kann, wie die Welt läuft.
Antonia: Das war vollkommen richtig von dir gedacht; so hättest du's nur machen sollen.
Nanna: So rutschte ich mit dem Hintern auf der Stange hin und her, und die Reibung verursachte mir vorne recht angenehme Gefühle; ich schwankte zwischen zwei Entschlüssen und erwog bei mir das Für und Wider, ob ich mir das Argument ganz zu eigen machen sollte oder nur einen Teil desselben. Ich glaube wohl, ich hätte schließlich doch den Hund in den Dachsbau hineingelassen, wenn ich nicht in diesem Augenblick den Beichtvater, der sich inzwischen angekleidet hatte, und seinen Zögling von der wohlzufriedenen Äbtissin hätte Abschied nehmen hören. Da lief ich schnell herzu, um zu sehen, was für Schweinkram sie zum Schluß noch machen würden. Sie spielte das Püppchen und die liebe Unschuld und sagte mit allerlei Grimassen: »Wann kommst du wieder? O Gott, o Gott – wer ist mein süßes Zuckerstengelchen? wer ist mein angebetetes Männchen?« Und der Pater schwor bei den Litaneien und beim Advent, am nächsten Abend käme er wieder. Und der Junge, der sich noch den Hosenlatz zunestelte, steckte ihr zum Abschied die ganze Zunge in den Mund. Und im Abgehen hörte ich den Beichtvater das Pecora campi aus der Vesper anstimmen.
Antonia: Der Schmutzfink dachte wohl, das wäre 'ne gute Komplete? [1]
Nanna: Du hast's erraten. Kaum war nun dieser fort, so hörte ich auf der anderen Seite einen gewaltigen Spektakel und schloß daraus, daß auch die Ringelstecher mit ihrem Tagewerk fertig wären und sich Viktoria rufend nach Hause begäben. Und zu guter Letzt ließen sie noch einmal ihre Rößlein seichen, daß es rauschte wie der erste Augustregen.
Antonia: Heiliges Blut!
Nanna: Aber höre, höre – noch eine Geschichte! Die beiden Nönnchen, die mit ihren Bündeln fortgegangen waren, kehrten in ihre Zelle zurück; sie hatten nämlich, soviel ich aus ihrem Brummen und Schimpfen entnehmen konnte, die Hintertür ver-

1. ›Komplete‹ heißt in Klöstern das Abend- oder Schlußgebet.

schlossen gefunden. Das war auf Befehl der Äbtissin geschehen, und auf diese häuften sie mehr Flüche und Verwünschungen, als am Tage des Jüngsten Gerichts die Priester werden anzuhören haben. Aber ihr Weg war doch nicht ganz umsonst gewesen, denn als sie die Treppe heruntergingen, hatten sie den vor zwei Tagen in den Dienst des Klosters eingetretenen Stallknecht schlafend gefunden. Flugs warfen sie ein Auge auf ihn, und die eine sprach zur anderen: »Geh hin und weck ihn auf und sag ihm, er solle dir einen Arm voll Holz in die Küche bringen. Er wird denken, du seist die Köchin und wird gleich mitgehen. Dann zeigst du ihm unsere Zelle und sagst ihm: ›Bring das Holz hier herein!‹ Ist der Spitzbube erst mal hier drinnen, so überlaß es nur deinem Schwesterchen, ihm das Nötige beizubringen.« Diese Worte fielen nicht in taube Ohren, und das Nönnchen machte sich sofort auf den Weg. Während sie fort ist, komm ich 'nem anderen Schlich auf die Spur.

Antonia: Was entdecktest du denn?

Nanna: Neben der Zelle der beiden Nonnen, von denen ich dir eben erzählte, war ein Kämmerchen, das war eingerichtet wie 's Boudoir einer Kurtisane, ganz entzückend niedlich, und darin waren zwei himmlisch schöne Nonnen. Überaus geschmackvoll hatten sie ein Tischchen gedeckt: Ein Tischtuch lag darauf, das sah aus wie blendendweißer Damast und duftete nach Lavendel stärker als das Moschustier nach Moschus. Hierauf legten sie nun Mundtücher, Teller, Messer und Gabeln für drei Personen, so blitzblank und sauber, daß ich's dir gar nicht beschreiben kann. Aus einem Körbchen holten sie eine große Menge Blumen hervor und begannen dann mit viel Sorgfalt den Tisch damit auszuschmücken. Die eine machte in der Mitte einen Kranz aus lauter Lorbeerblättern mit weißen und hochroten Rosen an den Stellen, wo diese sich am besten ausnahmen; die Bänder aber, die den Kranz zusammenhielten und deren Enden hübsch über das Tischtuch gelegt waren, waren mit Orangenblüten geziert. In dem Rund des Kranzes war aus Gurkenkrautblüten der Name des bischöflichen Vikars gebildet, der mit seinem Monsignor am selben Tage angekommen war, und ihm viel mehr als Seiner Großmützigkeit hatte das Glockengebimmel gegolten, wovon ich tausend schöne Sachen nicht gehört hatte, die gewiß recht anmutig zu erzählen gewesen wären. Also für den Herrn Vikar wurde das ganze Fest veranstaltet, wie ich aber erst nachher erfuhr. Die andere Nonne hatte inzwischen in allen vier Ecken des Tisches ein schönes Bild gemacht: in der ersten den Salomonischen Fünfstern aus Veilchen, in der zweiten das Labyrinth aus Holderblüten, in der dritten ein Herz aus blutroten Rosen, von einem Pfeil durchbohrt. Diesen Pfeil bildete ein Nelkenstengel, und die Pfeilspitze stellte die halberschlossene Blume dar, die aussah, als sei sie von dem Blut des verwundeten Herzens besprengt. Über diesem Herzen hatte sie aus Ochsenzungenblumen ihre Augen abgebildet: Die schwarzblaue Farbe sollte bedeuten, daß sie vom Weinen so geworden seien, und die Tränen, die aus ihnen troffen, waren jene Orangenknöpfchen, die sich immer im Nu an den Spitzen der Zweige bilden. In der letzten Ecke befanden sich zwei verschlungene Hände aus Jasmin und darüber ein Fides aus Gelbveigelein. – Als dies alles fertig war, begann die eine einige Trinkgläser mit Feigenblättern zu reinigen, und so eifrig rieb sie, daß es aussah, als wäre das Kristall zu Silber geworden. Unterdessen deckte ihre Kameradin ein linnenes Tüchlein über eine kleine Bank und stellte schön in Reih und Glied die Gläser drauf, in die Mitte aber ein birnförmiges Fläschchen mit Orangenblütenwasser, und darumgeschlungen zum Händeabtrocknen eine Serviette von feiner Leinwand, deren Enden hingen herab wie die Bänder einer Mitra über die Schläfen des Bischofs. Unter der Anrichtebank stand ein kupferner Eimer, der hatte von Sand, Essig und Fleiß der Putzerin einen Glanz gekriegt, daß man sich in ihm spiegeln konnte. Er war randvoll von kaltem Wasser, und in seinem Bauch ruhten zwei Krügelchen aus durchsichtigem Glas, die schienen nicht etwa roten oder weißen Wein zu enthalten, sondern geschmolzene Rubinen und Topase. Nachdem dies alles hergerichtet war, zog die eine Nonne aus einem Koffer das Brot, weiß und locker wie Watte, und reichte es der anderen, die es auf den rechten Platz legte. Dann ruhten sie sich ein bißchen aus.

Antonia: Wahrhaftig, mit solcher Sorgfalt können auch nur Nonnen, denen es auf die Zeit nicht ankommt, eine Tafel ausputzen!

Nanna: Wie sie nun so dasitzen, schlägt ganz zitterig die dritte

Stunde.[1] Da sagt die eine, die's gar nicht mehr erwarten kann: »Mit dem Vikar dauert's länger als die Weihnachtsmesse!« Versetzt die andre: »Kein Wunder, daß er säumt; der Bischof, der morgen firmt, wird ihm was aufgetragen haben.« Sie plauderten nun von tausend Firlefanzereien, damit ihnen das Warten nicht zu lang würde. Aber als wiederum eine geschlagene Glockenstunde vergangen war, da fingen sie an, auf ihn zu schimpfen wie Meister Pasquino auf die Kardinäle, und Lumpenkerl, Schweinehund, Schlappschwanz waren noch Festtagsnamen im Vergleich mit den anderen, die sie ihm gaben. Die eine stürzte ans Feuer, wo zwei Kapaunen schmorten, die waren so fett, daß sie nicht mehr hatten gehen können, und neben ihnen hielt ein Pfau die Wacht mit einem Bratspieß, der sich unter seinem Gewicht bog, als die Nonnen ihn vom Feuer nahmen. Und die eine hätte alles zum Fenster hinausgeworfen, wenn ihre Freundin sie nicht daran gehindert hätte. Während sie sich noch darüber streiten, kommt auf einmal der Stallknecht, der das Holz in die Zelle der beiden Lüsternen bringen sollte. Er hatte sich in der Tür geirrt, obwohl das Nönnchen, das ihm das Holzbündel auf die Schulter gehoben, ihm ganz richtig Bescheid gesagt hatte. Der Esel trat in die andere Zelle ein, in der der Herr Vikarius erwartet wurde, und schmiß seine Ladung Holz auf die Diele. Als dies die Nonnen nebenan hörten, schlugen sie sich die Nägel ins Gesicht und rissen sich die ganze Haut herunter.

Antonia: Was sagten denn die, zu denen der Kerl kam?

Nanna: Was hättest du wohl gesagt?

Antonia: Ich hätte die Gelegenheit beim Schopf ergriffen.

Nanna: Das taten sie auch! Fröhlich über das unerwartete Erscheinen des Stallknechts, wie die Tauben fröhlich flattern beim Anblick neuen Futters, empfingen sie ihn mit königlichen Ehren. Erst schoben sie den Türriegel vor, damit der Fuchs nicht aus der Falle entwischen könnte; dann hießen sie ihn in ihrer Mitte niedersitzen, nachdem sie ihn mit einem blitzsauberen Handtuch abgewischt hatten. Der Stallknecht war ein Bengel von etwa zwanzig Jahren, bartlos, pausbäckig, mit 'ner Stirn wie 'ne Backmulde und 'nem Gesäß wie ein Abt, groß und stark, und mit einem Ge-

1. neun Uhr abends.

sicht wie Milch und Blut, ein rechter Gedankenscheißer, mehr für Festefeiern als fürs Arbeiten – kurz, er paßte ihnen nur zu gut in ihren Kram. Er schwatzte die komischsten Dummheiten von der Welt, als er sich da so an einer Tafel mit Kapaunen und Pfauenbraten sah, schob sich faustgroße Bissen ins Maul wie ein Scheunendrescher und soff wie ein Bürstenbinder. Den Nönnchen aber kam es vor, als dauerte es tausend Jahre, bis er ihnen mit seinem Klöppel durch die Haare führe, und sie stocherten bloß im Essen herum, wie's Leute tun, die keinen Hunger haben. Der Stallknecht hätte getafelt wie ein Fuhrherr, wenn nicht schließlich die Lüsternste die Geduld verloren – wie sie einer verliert, der Eremit wird – und sich auf seine Pfeife gestürzt hätte wie der Hühnergeier aufs Küchlein. Kaum hatte sie ihn drangefaßt, so sprang ein Stück Lanzenschaft hervor, das es mit Bivilacquas[1] Hellebarde aufnehmen konnte, ein Ding wie die Posaune auf der Engelsburg, die ihren Bläser in die Luft reißt. Während nun die eine die Hand am Knüppel hatte, räumte die andere den Tisch ab. Ihre Kameradin schob sich den Kleinen zwischen die Beine und ließ sich auf des ruhig sitzen gebliebenen Stallknechts Flöte fallen. Und da sie so stürmisch schob und drängelte wie die Leute auf der Brücke, sobald der Segen erteilt ist, so fiel der Stuhl um und mit dem Stuhl der Stallknecht und die Nonne, und sie schossen einen Purzelbaum wie zwei Affen. Dabei schlüpfte der Riegel aus dem Loch heraus, und die andere Nonne, die inzwischen die Zähne gefletscht hatte wie ne alte Stute, kriegte Angst, der Kleine, der nichts auf dem bloßen Kopfe hatte, könnte sich erkälten, und deckte ihn schnell mit ihrem Verbi gratia zu. Darüber geriet ihre Freundin, die nun nicht mehr den dicken Nagel hatte, in solche Wut, daß sie ihr an die Gurgel sprang, und sie würgte, bis sie das Bißchen, was sie gegessen hatte, wieder von sich gab. Die andere drehte sich nach ihr um, ließ Stallknecht Stallknecht sein, und dann verwichsten die beiden Nonnen sich nach Noten wie die glückseligen Eckensteher und Sonnenbrüder.

1. Bivilacqua oder Bevilacqua, der in diesen Gesprächen öfters vorkommt, war ein alter Klopffechter, der bis an die Zähne bewaffnet in den Straßen von Rom herumrenommierte und für eine Kleinigkeit jedem zur Verfügung stand, der jemanden durchprügeln lassen wollte.

Antonia: Hahaha!
Nanna: Gerade in dem Augenblick, wo der Kerl aufstand, um sie auseinanderzubringen, fühlte ich, wie sich mir eine Hand auf die Schulter legte, und ganz leise sagte jemand zu mir: »Gute Nacht, mein geliebtes Seelchen!« Ich zitterte vor Schreck am ganzen Leibe, um so mehr, da die Schlacht zwischen den beiden brünftigen Hündinnen – anders kann ich sie nicht nennen – meine Aufmerksamkeit so in Anspruch nahm, daß ich für gar nichts anderes mehr Gedanken hatte. Als ich nun die Hand auf meinem Rücken fühlte, fuhr ich schnell herum und schrie: »Ach Gott, wer ist denn das?« Und ich wollte aus Leibeskräften um Hilfe rufen, da sehe ich, es ist der Bakkalaureus, der mich hatte verlassen müssen, um den Bischof zu bewillkommnen, und da war ich ganz beruhigt. Trotzdem aber sagte ich: »Vater, ich bin nicht so eine! Geht weg! ... Ich will nicht! ... Wahrhaftig, ich werde schreien! ... Lieber ließe ich mir die Adern öffnen! ... Ich tu's nicht, sag ich Euch; nein, nein, ich tu's nicht! ... Gott soll mich vor so was bewahren ... Ihr müßtet Euch ja schämen! ... Was sind das für Sachen?! ... Man wird's erfahren!« ... Er aber sagt zu mir: »Wie kann in einem Cherubim, einem Himmelsthron, einem Seraphim solche Grausamkeit wohnen? Ich bin Euer Sklave, ich bete Euch an, denn Ihr allein seid mein Altar, meine Vesper, meine Komplete und meine Messe. Und wenn's Euch beliebt, daß ich sterben soll: Hier ist das Messer! Durchbohrt mir die Brust damit, und Ihr werdet in meinem Herzen Euren lieblichen Namen mit goldenen Lettern geschrieben sehen!« Mit diesen Worten wollte er mir ein wunderschönes Messer mit silbervergoldetem Griff in die Hand drücken, die Klinge aber war bis zur Hälfte aufs feinste damasziert. Ich wollte es durchaus nicht nehmen und hielt, ohne ihm zu antworten, das Gesicht zur Erde gesenkt. Er aber bestürmte mich mit so vielen Ausrufen und Klagen, daß ich dachte, er sänge ein Passionslied, und bog mir immerzu den Kopf zurück, bis ich schließlich mich besiegen ließ.
Antonia: Das ist lange nicht so schlimm, als wenn eine so tief sinkt, ihre Mitmenschen zu ermorden oder zu vergiften. Es war sogar 'ne frommere Tat von dir als der Monte di Pietà; und jede

ehrenwerte Frau sollte sich an dir ein Exempel nehmen. Aber weiter!

Nanna: Und so ließ ich mich denn von seiner Mönchspredigt unterkriegen, worin er mir mehr Lügen sagte als 'ne Uhr, die nicht in Ordnung ist. Er legte mich auf den Rücken mit einem Laudamus te!, wie wenn er am Palmsonntag die Palmenwedel einzusegnen hätte, und mit seinem Singen sang er sich mir so ins Herz, daß ich ihn gewähren ließ. Aber was hätte ich denn nach deiner Meinung machen sollen, Antonia?

Antonia: Nichts andres, als was du tatest, Nanna!

Nanna: So fahre ich denn also fort. Aber höre – kannst du's dir denken?

Antonia: Was denn?

Nanna: Der fleischerne kam mir weniger hart vor als der gläserne!

Antonia: Ein großes Geheimnis!

Nanna: Wahrhaftig! Ich schwör's dir bei diesem Kreuz.

Antonia: Was brauchst du erst zu schwören? Ich glaub dir's ja und glaube es immerdar!

Nanna: Ich spritzte – aber kein Wasser ...

Antonia: Hahaha!

Nanna: ... sondern etwas klebriges Weißes, beinahe wie Schneckenschleim. Er machte es mir also dreimal, mit Respekt zu vermelden, zweimal auf die alt überlieferte Weise, und einmal nach moderner Art; und diese letztere, mag sie erfunden haben, wer will, gefällt mir ganz und gar nicht. Wahrhaftig nicht ... nicht ein bißchen gefällt sie mir!

Antonia: Da hast du unrecht!

Nanna: So? Na denn meinetwegen, dann hab ich unrecht! Aber ich sage dir: Wer sie erfunden hat, das war einer, dem alles zum Überdruß geworden war und der bloß noch konnte, wenn er ... na, ich brauch es dir ja nicht zu sagen.

Antonia: Du Nanna, verschwör dich nicht! Das ist 'ne Leckerei, nach der man eifriger hinterher ist als nach Lampreten; das ist 'ne Kost für die ganz feinen Kenner!

Nanna: Wohl bekomm's ihnen. Aber um wieder auf unsere Geschichte zu kommen: Nachdem der Bakkalaureus mir seine Standarte zweimal in der Festung selbst und einmal im Graben aufgepflanzt hatte, fragte er mich, ob ich schon zu Nacht gegessen hätte. Ich bemerkte an seinem Atem, daß er selber sich ganz gehörig den Wanst vollgeschlagen hatte wie 'ne Judengans und antwortete ihm darum: »Ja!« Da setzte er mich auf seinen Schoß, und die eine Hand schlang er mir um den Hals, mit der anderen aber tätschelte er mir bald die Bäckchen, bald die Brüstchen, und diese Liebkosungen untermischte er mit wundersüßen Küssen, so daß ich bei mir selber die Stunde und den Augenblick segnete, da ich Nonne geworden war, denn das Klosterleben schien mir das wahre Paradies zu sein. Und während wir uns solchem Minnespiel hingaben, kam dem Bakkalaureus ein launiger Einfall: Er beschloß, mit mir einen Gang durchs ganze Kloster zu machen. »Denn«, sagte er, »zum Schlafen haben wir ja morgen den ganzen Tag noch Zeit.« Und ich, die ich in vier Kammern so viele Wunder gesehen hatte, konnte es kaum erwarten, in den übrigen noch mehr zu sehen. Er zog sich nun die Schuhe aus, und ich schlenkerte mir die Pantoffeln von den Füßen, und an seiner Hand mich festhaltend, ging ich hinter ihm her und setzte dabei die Fußspitzen so behutsam, wie wenn ich auf Eiern ginge.

Antonia: Halt! Kehr noch mal um!

Nanna: Weshalb?

Antonia: Weil du die beiden Nonnen vergessen hast, die durch den Irrtum des Stallknechts aufs trockene gesetzt waren.

Nanna: Richtig! Mein Gedächtnis hat aber wirklich Löcher, daß es bald mal geflickt werden muß. Also die armen unglücklichen Weiblein mußten ihre Brunft an den Knöpfen der Kaminfeuerböcke auslassen. Sie bohrten sie sich hinein, indem sie sich darüberlehnten, und schlugen mit den Beinen um sich wie die Gepfählten in der Türkei. Und wenn die eine, die zuerst mit dem Tanz fertig war, der Freundin nicht zu Hilfe geeilt wäre, so wäre dieser der Knopf oben zum Munde herausgekommen.

Antonia: Oh! *Die* Geschichte, die ist aber wirklich großartig! Hahaha!

Nanna: Ich ging also hinter meinem Liebsten her, leise wie Öl, und sieh! da kommen wir zur Zelle der Köchin, die diese in ihrer Vergeßlichkeit halb offen gelassen hatte. Wir werfen einen Blick hinein und sehen sie sich auf Hundemanier mit einem Pilgersmann ergötzen. Er hatte sie – das denk ich mir wenigstens – um eine milde Gabe gebeten, für seine Wanderschaft nach San Jago in Galizien und hatte es gut bei ihr getroffen. Sein Mantel lag zusammengewickelt auf einer Kiste; der Pilgerstab, an dem ein Wunderbild hing, lehnte an der Wand, mit der Tasche voller Brotrinden spielte eine Katze, um die die Liebenden in ihrem Eifer sich nicht kümmerten, ja, sie sahen nicht mal, daß das Fäßchen umgefallen war, so daß aller Wein auslief. Natürlich mochten wir nicht bei einer so plumpen Schäferszene unsre Zeit verlieren, sondern wir eilten zur Kammer der Frau Kellermeisterin und blickten durch die Wandspalten. Sie hatte die süße Hoffnung genährt, ihr Pfarrer werde kommen, aber er hatte sein Wort gebrochen, worüber sie in solche Verzweiflung geriet, daß sie einen Strick an dem Deckenbalken festmachte, auf einen Schemel stieg, sich die Schlinge um den Hals legte und gerade eben mit dem Fuß den Schemel umstoßen und den Mund auftun wollte, um zu sagen: »Ich vergebe dir!«, da kam ihr Pfarrer vor die Tür, stieß sie auf und sah die Kellermeisterin im Begriff, aus diesem Leben zu scheiden. Er stürzte auf sie zu, fing sie in seinen Armen auf und rief: »Was sind denn das für Sachen? Haltet Ihr mich denn wirklich, mein Herz, für einen Treubrüchigen? Und wo ist Eure göttliche Klugheit? Wo ist sie?« Als sie diese süßen Worte hörte, erhob sie den Kopf wie eine Ohnmächtige, der man kaltes Wasser ins Gesicht gespritzt hat, und sie kehrte zum Leben zurück, wie erstarrte Glieder sich am wärmenden Feuer beleben. Da warf der Pfarrer Strick und Schemel in eine Ecke und legte sie aufs Bett; sie aber gab ihm einen langen Kuß und sagte zu ihm: »Meine Gebete sind erhört worden. Nun wünsche ich, daß Ihr mein Porträt in Wachs vor dem Gnadenbilde zu San Gimignano niederlegen lasset mit der Inschrift: ›Sie empfahl sich ihrer Gnade und wurde erhört!‹« Nachdem sie dies gesagt, hängte der fromme Pfarrer sie an den Haken seines Galgens; aber schon vom ersten Mund voll Ziegenfleisch gesättigt, verlangte er Zickleinfleisch.

Antonia: Ich wollte dir schon längst was sagen, hab's aber immer wieder vergessen. Sprich doch frei von der Leber weg und sag: cu, ca, po und fo.[1] Sonst versteht dich ja höchstens die Sapienza Capranica[2] mit deinem: Schlauch im Ring, Obelisk im Coliseo, Rübchen im Garten, Riegel im Loch, Schlüssel im Schloß, Stempel im Mörser, Nachtigall im Nest, Pfahl im Graben, Blasebalg vorm Ofenloch, Rapier in der Scheide und mit dem Pflock, der Schalmei, der Mohrrübe, der Mimi, der Kleinen, dem Kleinen, den Hinterpomeranzen, den Meßbuchblättern, dem Verbi gratia, dem Ding, der Geschichte, dem Stiel, dem Pfeil, der Wurzel, dem Rettich und dem Scheißdreck, möchtest du ihn – ich will nicht sagen ins Maul kriegen, denn sonst könntest du ja nicht erzählen, was ihr saht, als ihr auf den Fußspitzen durchs Kloster schlichet. Nenn doch das Ja ›ja‹ und das Nein ›nein‹, oder behalt es lieber ganz für dich.

Nanna: Was? Weißt du denn nicht, welchen Wert wir im Puff auf 'ne anständige Ausdrucksweise legen?

Antonia: Nu, nu – dann erzähl nur auf deine eigene Art, und rege dich bloß nicht auf!

Nanna: Na, also der Pfarrer bekam das Zickelfleisch und steckte das Messer hinein, das für so 'nen Braten sich gehört, und hatte 'ne närrische Freude daran zu sehen, wie's raus und rein fuhr. Er tat es mit solcher Herzenslust wie ein Bäckerjunge, der die Faust in den Teig hineinstößt und sie wieder herausholt. Kurz und gut, als Pfarrer Arlotto merkte, daß sein Mohnstengel steif geworden war, trug er die gute Seele von Kellermeisterin auf seinen Armen zum Bett, drückte mit aller Macht das Petschaft ins weiche Wachs hinein und tründelte sich dann vom Kopfkissen nach dem Fußende und wieder zurück, so daß bei diesen Umdrehungen bald die Nonne auf dem Pfarrer lag, bald der Pfarrer auf der Nonne. Und so mit ›Hast du mich und kannst du mich!‹ und ›Hab ich dich und kann ich dich!‹ wälzten sie sich so lange, bis die Hochflut kam und die Bettlakenwiese überschwemmte. Dann fiel der eine hierhin und die andere dahin, schnaufend wie

1. Dies sind die Anfangssilben der italienischen Wörter culo, cazzo, potta und fottere. Wollte man dies auf Deutsch wiedergeben, so müßte man etwa sagen Ar, Schwa, Fo und fi. Die italienischen Ausdrücke sind ebenso gemein wie die hier angedeuteten deutschen.
2. die Universität von Rom.

hochgezogene Blasebälge, die ja auch, wenn sie losgelassen werden, immer erst noch etwas Luft von sich geben, ehe sie stillestehen. Wir konnten uns das Lachen nicht verbeißen, als der Pfarrer den Schlüssel aus dem Loch herausgezogen hatte und des zum Zeichen einen so fürchterlichen Wind ließ – mit Respekt vor deiner Nase sei's gemeldet –, daß von dem Krach das ganze Kloster widerhallte. Und wenn mein Bakkalaureus und ich uns nicht einander den Mund mit der Hand zugehalten hätten, so würde man uns gehört haben, und wir wären entdeckt worden.

Antonia: Hahaha! Wer hätte da nicht den Mund bis zu den Ohren aufgerissen?

Nanna: Wir gingen nun weiter, unsere Führung dem Zufall überlassend, der wirklich alles tat, was wir verlangen konnten, und sahen die Novizenmeisterin, die einen Packträger unter ihrem Bette hervorzog. Der Kerl war dreckiger als ein Haufen Lumpen; sie aber sprach zu ihm: »Mein troischer Hektor, o Roland, mein Held! Hier bin ich, deine Dienerin, und verzeih mir die Unbequemlichkeit, die ich dir bereitete, indem ich dich versteckte; es ging eben nicht anders!« Der Strolch schob seine Lumpen beiseite und antwortete ihr mit einem Wink seines Gliedes, und da sie keinen Dolmetscher zur Hand hatte, um ihr diese Zeichensprache zu deuten, so legte sie sie auf ihre eigene Art aus. Der Lümmel fuhr ihr mit seiner Gartenschere in die Hecke, daß sie tausend Funken sah, und schlug ihr mit solcher Wollust seine Wolfsfangzähne in die Lippen, daß ihr die Tränen sektionsweise über die Backen marschierten. Wir konnten's nicht mehr aushalten, die Erdbeere im Bärenrachen zu sehen, und gingen anderswohin.

Antonia: Wohin denn?

Nanna: An eine Ritze, durch die wir eine Nonne erblickten, die sah aus wie die Mutter der Klosterzucht, wie die Tante der Bibel, wie die Schwiegermutter des Alten Testaments. Kaum wagte ich's, sie anzusehen. Auf dem Kopfe hatte sie etwa zwanzig Haare, dick wie Bürstenhaare, voll von Läuseeiern, auf der Stirn waren vielleicht hundert Runzeln, die Augenbrauen dicht und eisgrau, und aus den Augen troff etwas Gelbliches.

Antonia: Du hast scharfe Augen, daß du aus der Ferne sogar die Läuseeier bemerktest.

Nanna: Höre nur weiter! Ihr Mund und ihre Nase waren voll Schleim und Sabber, ihre Kinnladen wie ein beinerner Läusekamm, an dem nur noch die beiden Eckzähne vorhanden sind, die Lippen vertrocknet, das Kinn spitz wie ein Genuesenschädel, und zur Zier waren daran ein paar Haare, die an den Schnurrbart einer Löwin erinnerten, und, glaube ich, hart und scharf waren wie Dornen. Ihre Brüste glichen zwei Hodensäcken ohne Eier, und es sah aus, wie wenn sie mit Bindfäden am Busen angebunden wären, der Bauch — o du himmlische Barmherzigkeit! —, der war ganz rauh, tief eingesunken, und nur der Nabel war vorgetrieben. Allerdings hatte sie dafür ihren Wasserlauf mit Kohlblättern bekränzt, die aussahen, wie wenn ein Grindiger sie einen Monat lang auf dem Kopf gehabt hätte.
Antonia: Der heilige Onufrius trug ja auch ein Schenkenzeichen um seine Scham.
Nanna: Um so besser! Ihre Schenkel waren von Pergament bedeckt, und die Knie zitterten ihr dermaßen, daß man dachte, sie müßte jeden Augenblick hinfallen. Wie ihre Waden, ihre Arme und ihre Füße aussahen, magst du dir selber ausmahlen, nur das will ich dir noch sagen: Die Nägel an ihren Händen waren so lang wie der, den Krallenlude als gefährliche Waffe an seinem kleinen Finger trug, aber die ihrigen waren voll Unrat. Sie hatte sich zur Erde gekauert und machte mit einem Stück Kohle Sterne, Monde, Vierecke, Kreise, Buchstaben und tausend andere Firlefanzereien. Und dabei rief sie die Geister der Hölle mit Namen an, die die Teufel selber nicht behalten könnten. Dann ging sie dreimal im Kreise um die von ihr gezeichneten Krähenfüße herum und richtete sich dann hoch auf, das Gesicht dem Himmel zugewandt, wobei sie fortwährend vor sich hin murmelte. Hierauf holte sie ein Figürchen aus ganz frischem Wachs herbei, worin wohl hundert Nadeln hineingesteckt waren — wenn du mal ein Alraunmännchen gesehen hast, so weißt du, wie das Ding aussah —, und legte diese so nahe ans Feuer, daß die Hitze wirken mußte, und drehte sie so, wie man Wachteln und Krammetsvögel dreht, damit sie gar werden, aber nicht anbrennen. Dabei sprach sie:

Feuer, mein Feuer, senge
Den Grausamen, der mich flieht!

Dann begann sie immer schneller zu drehen – schneller als man im Hospital das Brot austeilt, und sprach weiter:

Oh! rührte doch mein Herzeleid
Den lieben Gott der Liebe!

Als nun das Wachsbild anfing, ganz heiß zu werden, rief sie, den Blick auf den Boden geheftet:

Schick, Teufel, meinen Goldmann mir,
Sonst laß mich sterben gleich und hier!

Kaum hatte sie diese Verschen gesagt, so klopft einer an die Tür, ganz atemlos, wie jemand, der in der Küche beim Mausen erwischt ist und seine Füße nicht geschont hat, um seinem Buckel eine Tracht Schläge zu ersparen. Sofort hörte sie auf mit ihrem Hexenkram und öffnete ihm.

Antonia: Ganz nackt, wie sie war?

Nanna: Ganz nackt, wie sie war. Der arme Mensch war der Schwarzen Kunst gefolgt wie der Hunger der Teuerung; er warf ihr die Arme um den Hals und küßte sie nicht weniger inbrünstig, als wenn sie die Rosa oder die Arcolana[1] gewesen wäre, und pries ihre Schönheit wie ein Dichter, der Sonette auf seine Tullia macht. Und das vermaledeite Gerippe zierte sich wie eine Kokette und sagte kichernd: »Darf solches Fleisch allein im Bette ruhn?«

Antonia: Brrr!

Nanna: Ich will dir nicht übel machen, indem ich dir noch mehr von der alten Hexe erzähle, denn ich weiß auch nichts mehr von ihr, weil ich nichts weiter sehen mochte. Als der unglückliche Abbate, ein ganz junger Milchbart, sie auf einem Schemel Pedum tuorum bearbeitete, machte ich's wie Masinos Katze, die die Augen schloß, um keine Mäuse zu fangen. Doch zum Schluß! Nach der Alten beobachteten wir die Schneiderin, die sich mit ihrem Meister, dem Schneider, bügelte. Nachdem sie ihn splitternackt ausgezogen hatte, küßte sie ihm den Mund, die Brustzäpfchen, den

1. Zwei berühmte römische Schönheiten jener Zeit. Die Arcolana, die Frau eines Bäckers, namens Arcolano, ist die Heldin von Aretinos Komödie ›La Cortigiana‹.

Trommelschläger und die Trommel, wie die Amme dem Kleinchen, das sie säugt, das Gesichtchen, das Mündchen, die Händchen, das Bäuchelchen, das Pinselchen und das Popochen küßt, wie wenn sie die Milch, die er ihr abgelutscht hat, wieder heraushaben wollte. Natürlich hätten wir gern noch länger die Äuglein an die Spalten gelegt, um zu sehen, wie der Schneider der Schneiderin die Rocknähte auftrennte. Aber plötzlich hörten wir einen Schrei, und nach dem Schrei ein Kreischen, und gleich hinterher ein Oje, oje, und nach dem Oje, oje ein O Gott, o Gott, das uns förmlich ins Herz schnitt. Schnell liefen wir an den Ort, woher das Geschrei drang, das so laut war, daß es unsere Schritte übertönte, und da sahen wir eine Nonne, der guckte ein Kind schon halb aus dem Keller heraus, und gleich darauf spritzte sie's, das Köpfchen voran, vollends aus, was sie mit dem Klang vieler duftiger Winde begleitete. Und als man nun sah, daß es ein Knäblein war, da rief man seinen Vater, den Herrn Guardian, der mit zwei Nonnen reiferen Alters eilends herbeilief, und empfing ihn mit Jubel und stürmischer Ausgelassenheit. Der Guardian aber sagte: »Sintemalen hier auf diesem Tische Papier, Feder und Tinte ist, so will ich ihm die Nativität stellen!« Dann zeichnete er eine Million Punkte, zog Linien kreuz und quer und sprach, ich weiß nicht mehr, was für Zeug vom Hause der Venus, des Mars und des Merkurs, und verkündete sodann der Kumpanei: »Wisset, geliebte Schwestern, dieser mein natürlicher, leiblicher und geistlicher Sohn wird entweder der Messias oder der Antichrist oder Melchisedech werden.« Mein Bakkalaureus zupfte mich am Rock, denn er wollte das Loch sehen, woraus das Kind zum Vorschein gekommen war; ich winkte ihm aber ab und sagte, Schlachtschüssel möchte ich nur vom gemetzgeten Schwein.

Antonia: Donnerwetter, da kriegt man Lust, Nonne zu werden!

Nanna: Jetzt kommt 'ne andere Geschichte: Sechs Tage vor mir war in das Kloster, worin ich mich befand, von ihren Brüdern eine gebracht worden, das war eine ... ich will nicht sagen Schneppe ... ich sage bloß: eine Gott-weiß-was-sie-war; und aus Eifersucht auf ihren Liebsten, der einer von den Vornehmsten im ganzen Lande war, wie ich mir sagen ließ, hielt die Äbtissin sie einsam in einer Zelle eingesperrt und schloß sie nachts mit dem

Schlüssel ein, den sie dann bei sich behielt. Der junge Liebhaber hatte bemerkt, daß ein mit Eisenstangen verwahrtes Fenster der Zelle auf den Garten ging; wie ein Specht kletterte er, mit seinen Nägeln sich ankrallend, an der Mauer zu diesem Fenster hinauf und gab dem Gänslein Atzung, soviel er nur hatte. Gerade in der Nacht, von der ich erzähle, kam er zu ihr, preßte sich ans Fenstergitter heran und tränkte sein Hündlein aus der Tasse, die sie ihm hinausstreckte, wobei sie sich mit den Armen an den schnöden Eisenstäben festhielt. Aber gerade als der Honig auf den Fladen troff, wurde ihm die Süßigkeit bitterer als die bitterste Arznei.

Antonia: Wie kam denn das?

Nanna: Der Ärmste kam in solche Verzückung bei dem ›Laß kommen, mir kommt's!‹, daß er die Hände losließ und von der Fensterbrüstung auf ein Dach, vom Dach auf einen Hühnerstall, und vom Hühnerstall auf die Erde stürzte und sich ein Bein brach.

Antonia: Oh, hätte doch die Hexe von einer Äbtissin, die verlangte, daß eine in einem Bordell keusch sei, alle beide gebrochen!

Nanna: Sie tat es ja nur aus Angst vor den Brüdern, die geschworen hatten, sie würden das ganze Kloster, mit allem, was drin sei, niederbrennen, wenn sie nur vom geringsten Skandälchen hörten. Aber um wieder zu unserer Geschichte zu kommen: Der Jüngling, der für seine Liebe den Hundelohn bekommen hatte, brachte mit seinem Lärm alles auf die Beine; eine jede eilte ans Fenster, hob die Läden hoch und sah im Mondenschein den armen Liebhaber zerschmettert daliegen. Zwei Weltpriester mußten aus den Betten ihrer Beischläferinnen aufstehen und wurden in den Garten geschickt; sie nahmen ihn auf ihre Arme und trugen ihn hinaus. Wie man im ganzen Land über diese Geschichte klatschte, brauch ich dir nicht zu sagen. Nach diesem Skandal gingen wir zu unserer Zelle zurück, denn wir bekamen Angst, bei diesem Belauschen fremder Heldentaten möchte uns der Tag überraschen; unterwegs jedoch hörten wir die Stimme eines Klosterbruders, das war ein rechter Schmierfink, aber ein prächtiger Kerl, und er erzählte einer großen Menge von Nonnen, Mönchen und Weltpriestern lustige Geschichten. Sie hatten die ganze Nacht bei Würfel- und Kartenspiel verbracht, und als sie nun des Zechens müde waren, fingen sie an zu schwatzen und baten den Mönch himmelhoch, er möchte ihnen doch was erzählen. Und er sprach: »Ich will euch 'ne Geschichte erzählen, die beginnt sehr lustig und endet sehr traurig, und sie handelt von einem großen Köter.« Alles schwieg nun mäuschenstill, und er begann: »Vor zwei Tagen ging ich über die Piazza und blieb stehen, um einer läufigen Hündin nachzusehen, die mit dem Geruch ihrer Brunft zwei Dutzend kleine Wauwaus angelockt hatte. Ihr Dingelchen war ganz geschwollen und so rot wie glühende Korallen, und fortwährend schnoberte bald mal der eine, bald mal der andere daran. Dies Spiel hatte ein ganzes Rudel Straßenjungen zusammengebracht, die sich darüber amüsierten, wie jetzt einer hinaufhüpfte, zwei Stößchen gab, und gleich darauf ein anderer hinaufhüpfte und ebenfalls seine zwei Stößchen gab. Ich sah der Geschichte mit einem recht salbungsvollen Mönchsgesicht zu, da, pardauz! erscheint ein riesiger Köter, der aussah, als wäre er Statthalter über alle Metzgereien der ganzen Welt; der packte einen von den kleinen und schmiß ihn wütend auf die Erde; dann ließ er ihn los und griff sich 'nen andern, der ebenfalls nicht mit heiler Haut davonkam, worauf sie alle nach allen Seiten auseinanderstoben. Und der große Hund, dem der Schaum vorm Maul stand, machte einen krummen Buckel, sträubte die Haare wie ein Schwein seine Borsten, verdrehte die Augen, knirschte mit den Zähnen, knurrte und sah die unglückselige kleine Töle an. Dann, nachdem er eine Weile ihr Mäuschen beschnüffelt hatte, gab er ihr zwei Stöße, daß sie aufheulte wie die größte Hündin; dann aber glitt sie ihm zwischen den Beinen durch und machte schleunigst, daß sie fortkam. Die kleinen Wauwaus, die an allen Ecken auf der Lauer gestanden, ihr nach, und der Große in voller Wut hinterher. Die Kleine sieht eine Spalte unter einer verschlossenen Tür. Wupp! ist sie drin, und die anderen Hündchen schlupfen auch hinein. Der Hundelümmel aber bleibt draußen, denn er ist so groß, daß er sich in das Schlupfloch der anderen nicht hineinzwängen kann. Da stand er nun, schnappte nach der Tür, scharrte die Erde, heulte und benahm sich wie ein Löwe, der 's Fieber hat. So wartet er 'ne ganze Weile, da hüpft so ein armes Hündchen raus. Schwapp! hat ihn der böse Köter beim Wickel, und ritsch! reißt er ihm ein

Ohr ab. Dem zweiten ging's noch schlimmer, und so kam, einer nach dem andern, ein jeder an die Reihe. Die Wauwaus räumten die Gegend mit einer Geschwindigkeit wie die Bauern, wenn Soldaten kommen. Zum Schluß kam das Bräutchen heraus; die packte er an der Kehle, schlug ihr die Fangzähne in die Gurgel und erwürgte sie. Dann jagte er die Gassenbuben und die anderen Leute, die sich dies Hundetheater ansehen wollten, auseinander und heulte den Himmel an.«

Mein Bakkalaureus und ich mochten jetzt nichts mehr sehen noch hören; wir gingen in unsere Zelle, und nachdem wir im Bette noch 'ne Meile geritten waren, schliefen wir ein.

Antonia: Der Mann, der den Dekamerone gemacht hat, soll mir's nicht übelnehmen, aber gegen dich ist er ein Waisenknabe!

Nanna: Das will ich nicht sagen; aber soviel könnte er mir wohl zugeben, daß meine Geschichten lebendig, seine aber nur Gemälde sind. Aber habe ich dir denn nicht mehr zu erzählen?

Antonia: Was denn noch?

Nanna: Zur None stand ich auf. Mein Haushahn hatte mich, ohne daß ich's gemerkt hatte, schon bei guter Zeit verlassen. Ich ging zum Frühstück und mußte unwillkürlich kichern, sooft ich wieder eine sah, die bei der Nacht einen Ausflug nach Kapernaum gemacht hatte. In ein paar Tagen war ich mit allen vertraut, und da erfuhr ich denn, daß ich nicht nur sie belauscht hatte, sondern sie ebensogut mich, nämlich meine Scherze mit dem Bakkalaureus. Nach dem Essen bestieg ein lutheranischer Mönch die Kanzel, der hatte 'ne Stimme wie ein Nachtwächter, so durchdringend und schmetternd, daß man sie vom Kapitol bis zum Testaccio gehört hätte. Der hielt den Nonnen eine Predigt, womit er Dianas Stern hätte bekehren können.

Antonia: Was sagte er denn?

Nanna: Er sagte, nichts sei Mutter Natur verhaßter, als wenn sie sähe, wenn Leute ihre Zeit verlören, denn sie habe sie den Menschen gegeben, um an ihrem Treiben ihr Ergötzen zu haben, und sie habe nun mal ihre Freude dran, wenn ihre Geschöpfe fruchtbar wären und sich mehrten. Vor allem freue es sie, eine Frau zu sehen, die in ihrem Alter sagen könne: »Welt, lebe wohl!« Und vor allen anderen schätze Mutter Natur als köstliche Juwelen die Nönnchen, die dem Gott Cupido Zuckerchen machen. Daher seien die Freuden, die sie uns beschere, tausendmal süßer als die, die sie den Töchtern der Welt gewähre. Und mit dem Brustton der Überzeugung versicherte der Mönch, Kinderchen von Klosterbruder und Klosterschwester stammten vom Dixit und vom Verbum caro. Dann kam er auf die Liebe zu sprechen und begann mit den Fliegen und Ameisen und behauptete mit großer Hitze, alles, was er sagte, wäre so gut, wie wenn es aus dem Munde der Wahrheit selber stammte. Kein Maulaffenpublikum hört so andächtig einem Bänkelsänger zu wie die guten Weiblein dem Prahlhans. Nachdem er zum Schluß mit einem drei Spannen langen Glasding – du verstehst mich schon, he? – den Segen erteilt hatte, stieg er von der Kanzel herab. Zur Stärkung schüttet er sich dann Wein hinunter, wie ein Roß Wasser säuft, und stopfte sich dazu mit Kuchen voll, mit einer Gefräßigkeit wie ein Esel, der dürre Reiser kaut. Geschenke bekam er mehr als ein Priesterchen, das die erste Messe gelesen hat, von der Verwandtschaft erhält, oder eine Tochter von ihrer Mutter zur Hochzeit. Dann empfahl er sich, und die Gesellschaft amüsierte sich mit allen möglichen Possen. Ich selber ging in meine Zelle und war noch nicht lange da, da klopft es, und herein kommt der Chorknabe meines Bakkalaureus, macht mir 'ne höfische Verbeugung und überreicht mir was fein säuberlich Verpacktes, und dazu einen Brief, der war gefaltet wie ein dreikantiger Pfeil oder vielmehr wie das dreispitzige Eisen eines Pfeils. Die Aufschrift lautete – ich weiß nicht, ob ich mich noch darauf besinne ... wart mal –, ja, ja, sie lautete so:

›Was ich in wenigen Worten schlicht gesagt,
Mit Seufzen rief, mit heißen Tränen schrieb –
Nach Eden schick ich's und leg's in meiner Sonne Hand!‹

Antonia: Famos!

Nanna: Drin stand nun eine ellenlange Litanei! Er fing an mit meinen Haaren, die mir in der Kirche abgeschoren waren. Er sagte, er habe sie gesammelt und sich eine Halskette daraus machen lassen. Meine Stirn sei heiterer als der Himmel, meine Augenbrauen glichen jenem schwarzen Holz, woraus man Kämme schneidet, um die Farben meiner Wangen müßten Milch und Karmesin mich beneiden. Meine Zähne verglich er mit Perlenschnüren und meine Lippen mit Granatblüten. Einen großen Lobgesang stimmte er auf meine Hände an; an denen pries er alle Einzelheiten bis zu den Nägeln. Meine Stimme gliche dem Gesang des Gloria excelsis. Dann kam er zu meinem Busen; von dem wußte er Wunder zu melden; zwei Äpfel seien dran, fest wie Schneebälle. Zum Schluß stieg er hinab zum Gnadenquell, von dem er ohne sein Verdienst und Würdigkeit getrunken habe; Manuschristi tröffe daraus, und die Härchen drumherum seien von Seide. Von der Kehrseite der Medaille wolle er schweigen, denn ein Burchiello müßte auferstehen, um auch das geringste Teilchen ihrer Schönheiten würdig zu besingen. Schließlich dankte er mir per infinita saecula für die köstliche Gabe, die ich ihm mit meinem Schatz dargebracht, und schwor, er werde mich bald besuchen, und mit einem ›Leb wohl, mein Herzchen!‹ unterschrieb er sich ungefähr folgendermaßen:

›Der im Gefängnis Eures schönen Busens schmachtend
Die Ketten Eurer Liebe trägt — er schreibt Euch dies!‹

Antonia: Wer hätte da nicht sofort die Röcke hochgehoben, wenn eine ein so prachtvolles Gedicht bekommt?

Nanna: Nachdem ich den Brief gelesen, faltete ich ihn wieder zusammen und barg ihn an meinem Busen, doch erst, nachdem ich ihn zuvor geküßt hatte. Dann öffnete ich die Hülle des Pakets und fand darin ein ganz reizendes Meßbuch, das mein Freund mir sandte, das heißt, ich glaubte, das Geschenk, das er mir schickte, sei ein Meßbuch! Der Einband war von grünem Samt — diese Farbe bedeutet Liebe —, und die Bänder daran waren von Seide: Lächelnd nahm ich's, sah es zärtlich an, küßte es immer wieder und lobte es als das schönste, das ich je gesehen hatte. Dann entließ ich den Boten, und sagte ihm, er möchte seinem Herrn in meinem Namen einen Kuß geben. Als ich allein war, schlug ich das Buch auf, um das Magnifikat zu lesen. Und als ich's geöffnet hatte, sah ich, daß darin lauter Bilder waren, auf denen man sehen konnte, wie die ausgelernten Nonnen sich die Zeit vertreiben. Eine war drin, die hatte ihr Geschirr in einen Korb ohne Boden getan, schaukelte sich an einem Seil und zielte mit dem Ding nach der Eichel einer riesengroßen Stange. Darüber mußte ich so fürchterlich lachen, daß eine Schwesternonne, mit der ich mich ganz besonders angefreundet hatte, herbeilief und mich fragte: »Worüber lachst du denn so sehr?« Ohne mich erst mit dem Strick prügeln zu lassen, sagte ich ihr alles und zeigte ihr das Buch, das wir zusammen besahen, bis wir solche Lust bekamen, die abgebildeten Stellungen mal auszuprobieren, daß wir notgedrungen zum Glasstengel greifen mußten. Meine kleine Freundin klemmte sich ihn so geschickt zwischen die Schenkel, daß er stand wie ein Mannsding, das sich vor der Versuchung bäumt. Dann legte ich mich wie eine von den Frauen auf der Marienbrücke auf den Rükken, schob meine Beine über ihre Schultern, und sie steckte ihn mir bald ins gute, bald ins schlimme Loch, so daß ich gar bald mein Geschäft besorgt hatte. Dann legte sie sich hin, wie ich zuvor lag, und ich vergalt ihr's tausendfach, was sie mir getan.

Antonia: Weißt du, Nanna, was mir passiert, wenn ich dich so erzählen höre?

Nanna: Nein.

Antonia: Na, es kommt ja vor, daß einer an einer Medizin bloß schnuppert und daß sie ihm zwei- bis dreimal durch den Leib geht, ohne daß er sie genommen hätte.

Nanna: Hahaha!

Antonia: Jawohl, ich sehe deine Bilder so handgreiflich vor mir, daß ich naß geworden bin; und ich habe doch weder Trüffeln noch Artischocken gegessen.

Nanna: Siehst du? Vorhin mäkeltest du an den Vergleichen, die ich gebrauche, und jetzt sprichst du selbst in Gleichnissen, wie 'ne alte Muhme, die dem Kleinen Geschichten erzählt und sagt: »Ich hab ein Ding, das ist mein eigen; weiß ist's wie eine Gans und ist doch keine Gans; nun sagt mir, was ist das?«

Antonia: Ich spreche so bloß, um dir Vergnügen zu machen; nur deshalb gebrauche ich verhüllte Worte.

Nanna: Schönen Dank dafür. Aber weiter im Text! Nachdem wir diese Scherzchen miteinander getrieben, bekamen wir Lust, uns nach dem Eingang des Klosters und ans Gitter des Besuchszimmers zu begeben. Wir fanden aber keinen Platz, denn alle Nonnen waren dahin gelaufen wie die Eidechsen in den Sonnenschein. Die Klosterkirche war voll wie Sankt Peter und Paul am Ablaßtag, sogar Mönche und Soldaten drängten sich herzu, und du kannst mir's glauben, denn's ist wahr: Ich sah da den Hebräer Jakob, der in aller Gemütlichkeit mit der Frau Äbtissin plauderte.

Antonia: Ja, die Welt ist gar sehr verderbt!

Nanna: Na, darüber denk ich anders: Wem's nicht paßt, der kann ja gehen. Ich sah da auch einen von den armen gefangenen Türken, die in Ungarn ins Netz gegangen waren.

Antonia: Der hätte sich aber doch sollen taufen lassen!

Nanna: Ja, ob er als Christ getauft war, das konnte ich ihm nicht ansehen; aber gesehen hab ich ihn. Aber ich war ein dummes Luder, daß ich dir versprach, dir in einem einzigen Tage das Leben der Nonnen zu beschreiben, denn sie machen in einer Stunde so viele Sachen, daß ein Jahr nicht ausreicht, sie zu erzählen. Die Sonne will schon untergehen, deshalb will ich's kurz machen wie ein Reiter, der's eilig hat. Er hat zwar großen Appetit, aber kaum nimmt er sich die Zeit, vier Happen zu essen, einen Schluck zu trinken, dann heißt es: Hopp! trapp! ade!

Antonia: Halt mal! Ich möchte dir was sagen. Zu Anfang sagtest du mir, die Welt sei nicht mehr wie zu deiner Zeit; ich verstand das so, daß du mir von den damaligen Nonnengeschichten erzählen wolltest, wie man sie in den Büchern der Kirchenväter liest.

Nanna: Wenn ich dir so was sagte, so habe ich mich geirrt. Ich wollte vielleicht sagen, sie seien nicht mehr so wie in der guten alten Zeit.

Antonia: Dann hat also deine Zunge sich geirrt, nicht dein Herz.

Nanna: Es mag sein, wie du sagst; ich erinnere mich meiner Worte nicht mehr. Aber wir haben ja Wichtigeres vor! Höre nur weiter: Der Teufel versuchte mich, und ich ließ mich von einem jungen Mönch reiten, der ganz frisch von der Universität kam. Indessen nahm ich mich wohl in acht, daß mein Bakkalaureus nichts merkte. Sooft die Gelegenheit günstig war, nahm er mich aus dem Kloster mit zum Essen in die Stadt; übrigens hatte er keine Ahnung, daß ich mit dem Bakkalaureus verheiratet war. So kam er denn auch eines Abends nach dem Ave-Maria ganz unverhofft noch zu mir und sagte: »Mein liebes Puttchen, tu mir doch den Gefallen und komm gleich mit mir; ich bringe dich in ein Haus, wo du dich großartig amüsieren wirst, denn du kriegst nicht nur eine wahre Engelsmusik zu hören, sondern auch eine lustige Komödie zu sehen.«

Ich hatte den Kopf immer voller Flausen und besann mich nicht lange, sondern zog mich um; er half mir meine heiligen Röcke ablegen und kleidete mich in köstlich parfümierte Knabenkleider, die mein erster Liebhaber mir hatte machen lassen; ich setzte mir mein Barettchen aus grüner Seide mit roter Feder und goldener Agraffe auf den Kopf, warf mir den Mantel um die Schultern, und wir gingen miteinander fort. Etwa eines Steinwurfs Weite vom Kloster entfernt trat er in ein langes, aber nur einen halben Schritt breites Gäßchen ein, das keinen Ausgang hatte. Er pfeift ganz sachte, sachte, und sofort hören wir jemanden die Treppe herunterkommen; dann öffnet sich eine Tür, und kaum haben wir die Schwelle überschritten, so empfängt uns ein Page mit einer brennenden weißen Wachsfackel. Bei ihrem Schein stiegen wir die Treppe hinauf und kamen sodann in einen reichgeschmückten Saal; mein Studente führte mich an der Hand, und der Page mit der Fackel hob den Türvorhang zu einem Nebenzimmer auf und sagte: »Belieben die Herrschaften einzutreten!« Wir traten ein. Und kaum war ich drinnen, da hättest du sehen sollen, wie alle aufstanden, das Barett in der Hand, wie die Gemeinde in der Kirche, wenn der Prediger den Segen spricht. Wir waren im Gesellschaftshaus aller Lebemänner, die da eine Art Spielklub hatten, und man traf da alle möglichen Mönche und Nonnen, wie man im ›Nußbaum‹ zu Benevent alle Arten von jungen und alten Hexen und Hexenmeistern trifft. Nachdem sich nun alle wieder hingesetzt hatten, hörte ich an allen Ecken und Enden nur von meinem Lärvchen wispern, und – ich sollte mich vielleicht nicht damit berühmen, Toni, aber ich muß es dir doch sagen – ein schönes Lärvchen war's!

Antonia: Das läßt sich denken! Du bist ja noch eine sehr hübsche Alte, und so wirst du gewiß eine sehr hübsche Junge gewesen sein!

Nanna: Wie wir so beim besten Kokettieren waren, ließ sich auf einmal eine Musik vernehmen, die war so köstlich, daß sie mir in Herz und Seele drang. Vier sangen aus einem Notenbuch, und einer spielte dazu eine Laute, deren Silberklang auf ihre Stimmen abgepaßt war, und sie sangen:

Ihr göttlich klaren Augen ...

Hierauf trat eine Ferraresin auf und tanzte so anmutig, daß ein jeder sich darob verwunderte. Sprünge machte sie — ein Böcklein hätte es nicht besser können, und mit einer Geschicklichkeit, o Gott! und mit einer Grazie, Toni!, daß du dich daran gar nicht hättest satt sehen können. Geradezu ein Wunder war's, wie sie das linke Bein heranbog — du weißt? wie's die Kraniche machen —, so daß sie bloß auf dem rechten Fuß stand, und nun fing sie an, sich zu drehen wie ein Kreisel, so daß ihre Röcke, vom Luftzug sich aufblähend, einen schönen Kreis bildeten wie die Flügel einer kleinen Windmühle auf dem Dach eines Gartenhäuschens oder, noch besser, wie jene Papiermühlchen, die die Kinder mit einer Nadel an der Spitze eines Stockes befestigen und womit sie durch die Straßen laufen, jauchzend, wenn sie sich so schnell drehen, daß man sie kaum noch sieht.

Antonia: Gott segne das gute Mädchen dafür!

Nanna: Hahaha! Ich muß lachen: Einer war dabei, den nannten sie — wenn ich mich recht erinnere — ›den lütjen Ciampolo‹, das war 'n Venezianer, der stellte sich hinter 'ne Tür und machte alle möglichen Stimmen nach. Einen Packträger mimte er, gegen den hätte kein Bergamaske was sagen können. Der Kerl redete eine Alte als Madonna an, und der Venezianer antwortete mit der Stimme der Alten: »Was willst du denn von der Madonna?« — »Ach!« sagte er zu ihr, »ich möchte mit ihr sprechen!« Und fing ganz kläglich an zu jammern: »Madonna, o Madonna! Ich sterbe! ich fühle, wie die Lunge mir im Leibe kocht, wie ein Topf voll Kutteln!« Und so ging es fort im Lastträgerstil, daß man sich auf der ganzen Welt nichts Lustigeres denken kann. Dann fing er an, sie zu kitzeln, und lachte dabei und brauchte Schnäcke, daß es kein Wunder gewesen wäre, hätte sie darüber die Leidenszeit vergessen und 's Fasten gebrochen. Wie sie so lachen und schäkern, auf einmal kommt ihr Mann dazu, ein alter Jubelgreis, der schon wieder kindisch geworden war. Wie der den Packträger sieht, macht er einen fürchterlichen Spektakel, wie ein Bauer, der Diebe in seinem Kirschbaum sieht, und der andere Kerl schrie bloß immer: »Herr Meister, oh, Herr Meister! hahaha!« und lachte fortwährend und schnitt Gesichter und verrenkte die Glieder wie ein Hanswurst. »Geh mit Gott!« sagte der Alte. »Geh mit Gott, du besoffener Esel!« Dann kam die Magd herein und zog dem Alten die Hosen aus, wobei er seiner Frau alle möglichen Räubergeschichten vom Sophi und vom Türken erzählte. Und die ganze Zuhörerschaft hätte beinahe vor Lachen was in die Hosen gemacht, als er sich die Nesteln aufmachte und dabei einen großen Schwur tat, er wollte nie wieder was essen, was ihm so fürchterliche Blähungen machte. Schließlich ließ er sich zu Bett bringen und schlief ein; dann kam der Packträger wieder und winselte zur Madonna und lachte so viel mit ihr, daß sie sich zuletzt richtig von ihm die Motten aus dem Pelz klopfen ließ.

Antonia: Hahaha!

Nanna: Wie hättest du erst gelacht, wenn du all die Debatten gehört hättest, die sie dabei hielten, dazu die Schelmenspäße des Packträgers, denen übrigens die Zoten von Madonna Machmirsmal durchaus nichts nachgaben. Als nun die musikalische Abendunterhaltung zu Ende war, gingen wir wieder in den Saal, wo ein Gerüst aufgeschlagen war für die Schauspieler, die die Komödie spielen sollten. Gerade sollte der Vorhang aufgehen, als auf einmal jemand heftig an die Tür pochte; er mußte aber so stark klopfen, weil die Gesellschaft mit Lachen und Sprechen einen Lärm machte, daß man ein leises Pochen gar nicht gehört haben würde. Man zog also den Vorhang noch nicht auf, sondern ging an die Tür, um dem Bakkalaureus zu öffnen. Denn der Bakkalaureus war der, der den großen Spektakel machte. Übrigens hatte er keine Ahnung davon, daß ich im Hause und ihm untreu war. Er kommt herein und sieht mich mit meinem Studenten liebäugeln. Das gibt ihm diesen vermaledeiten Klaps, der die Männer blind macht, und mit einer Wut wie der große Köter, der die kleine Hündin totbiß – du erinnerst dich der Geschichte, die der lustige Mönch erzählte! –, fährt er auf mich los, packt mich an den Haaren und schleift mich durch den Saal und die Treppe hinunter. Vergebens waren die Bitten, die alle für mich einlegten (nur mein Student nicht, denn der war sofort verduftet wie 'ne Rakete beim Feuerwerk). Mit unzähligen Puffen und Fußtritten schleppte er mich ins Kloster und verabfolgte mir da in Gegenwart sämtlicher Nonnen eine so gesalzene Tracht Prügel, wie die Mönche sie einem unter ihnen stehenden Klosterbruder zukommen lassen, der das Verbrechen begangen hat, in die Kirche zu spucken. Er verwichste mich mit den Riemen eines Notenpults, und zwar dermaßen, daß von meinem Gesäß ein spannendickes Stück Fleisch abgeschunden war, und was mich noch am meisten fuchste, das war, daß die Äbtissin dem Bakkalaureus recht gab. Acht Tage lag ich krank, salbte mich häufig und wusch mich mit Rosenwasser. Dann ließ ich meiner Mutter sagen, wenn sie mich noch mal lebend sehen wollte, so möchte sie schnell kommen. Und als sie mich so verändert fand, wie wenn ich gar nicht mehr ich selber wäre, da glaubte sie, ich sei vom Fasten und Frühaufstehen krank geworden, und verlangte mit aller Gewalt, ich sollte sofort nach Hause gebracht werden. Mönche und Nonnen konnten reden, soviel sie wollten, sie erklärte, sie ließe mich keinen Tag länger im Kloster. Als ich in unserem Hause ankam, da wollte mein Vater, der vor meiner Mutter mehr Angst hatte als ich vorm Gottseibeiuns, sofort zum Doktor laufen; aber man ließ ihn nicht, und das hatte seine guten Gründe. Ich konnte den Schaden, den mein Unterteil genommen hatte, nicht ewig verbergen, denn da hatte der Riemen getanzt, wie am Abend der heiligen Woche nach dem Gottesdienst die Straßenjungen auf den Altarstufen und vor den Kirchentüren ihre Stöcke klappern lassen. Ich sagte deshalb, ich hätte mich, um mein Fleisch abzutöten, auf eine Wergkratze gesetzt, und dabei wäre mir das passiert. Zu dieser mageren Ausrede zwinkerte meine Mutter mit dem Auge. Sie meinte, die Zähne der Kratze wären mir ja bis ans Herz eingedrungen und nicht bloß in den Popo — (möge der deinige gesund bleiben!) —, aber das beste war, den Mund zu halten, und das tat sie denn auch.

Antonia: Ich fange allmählich an zu glauben, daß du recht hattest, wenn du bedenklich warst, deine Pippa Nonne werden zu lassen ... Und jetzt erinnere ich mich, meine gebenedeite, selige Mutter pflegte immer zu erzählen, in einem Kloster wäre 'ne Nonne, die täte alle drei Tage, als hätte sie alle möglichen Krankheiten von der Welt, so daß alle Ärzte kommen und ihr den Pinkerlich unter die Röcke schieben mußten.

Nanna: Ich weiß ganz gut, wer das war, und habe dir bloß nicht von ihr erzählt, weil meine Geschichte sonst zu lang geworden wäre. — Da ich dich nun heute den ganzen Tag mit meinem Geschwätz hingehalten habe, so möchte ich, daß du auch den Abend zu mir kämest.
Antonia: Ganz wie du wünschest!
Nanna: Du kannst mir ein paar Kleinigkeiten zu machen helfen; morgen nach dem Frühstück gehen wir dann wieder in meinen Weinberg, setzen uns unter diesen selbigen Feigenbaum und machen uns an das Leben der Ehefrauen.
Antonia: Ich stehe ganz zu Diensten.

Nach diesem Gespräch ließen sie alle ihre Sachen im Weinberg liegen und machten sich auf den Weg nach Nannas Haus, ›Zur Sau‹ benannt. Sie kamen dort an, als eben die Nacht hereinbrach, und die kleine Pippa empfing Antonia mit vielen Liebkosungen. Und zur Essenszeit setzten sie sich zu Tische und aßen; dann saßen sie noch ein Weilchen zusammen, und endlich gingen sie zu Bett und schliefen.

Ende des ersten Tages

DER ZWEITE TAG

Wie Nanna der Antonia vom Leben der Ehefrauen erzählte

Als Nanna und Antonia aufstanden, wollte gerade der klapprige alte Hahnrei Tithonos das Hemd seiner Frau Gemahlin verstecken, damit nicht der kupplerische Tag es dem Sonnengott auslieferte, der in Aurora verliebt ist; aber sie sah es, riß es dem alten Trottel aus der Hand, soviel er auch plärrte, und ging davon, schöner geschminkt denn je und entschlossen, sich's unter seiner Nase zwölfmal machen zu lassen und des zum Zeugen den Notarius publicus Meister Zifferblatt aufzurufen.

Sobald sie angezogen waren, besorgte Antonia noch vorm Morgenläuten all jene kleinen Haushaltungsgeschäfte, die der Nanna mehr Sorgen machten als dem heiligen Petrus seine Bauunternehmungen.[1] Nachdem sie sich hierauf gehörig den Magen versorgt hatten – wie Leute sich ihn versorgen, die freie Kost und Wohnung haben –, gingen sie wieder nach dem Weinberg und setzten sich auf denselben Platz, wo sie den Tag vorher gesessen hatten, nämlich unter demselben Feigenbaum. Und da es bereits Zeit war, die Hitze des Tages mit dem Fächer der Plauderei zu verjagen, so setzte Antonia sich in Positur, legte die flachen Hände auf ihre Knie, sah Nanna gerade ins Gesicht und begann.

Antonia: Über die Nonnen bin ich nun wirklich vollkommen aufgeklärt; nachdem ich den ersten Schlaf hinter mir hatte, konnte ich kein Auge mehr zutun, bloß weil ich immerzu an die törichten Mütter und die einfältigen Väter denken mußte, die sich einbilden, wenn ihre Töchter ins Kloster gingen, hätten sie keine Zähne mehr zum Beißen, wie die anderen, die sie verheiraten, sie haben. Was wäre das für ein kümmerliches Leben für die Mädels! Die Alten müßten doch wissen, daß auch Nonnen von Fleisch und Bein sind und daß nichts mehr die Gelüste reizt als verbotene

1. Gerade in jene Zeit fällt der Umbau der vatikanischen Peterskirche, wobei der Bauplan mehrmals geändert wurde.

Früchte. Ich brauche ja nur nach mir selber zu urteilen: Wenn ich keinen Wein im Hause habe, komm ich um vor Durst! Ferner sind auch die Sprichwörter gar nicht zum Lachen, und jedenfalls hat jenes vollkommen recht, das uns sagt, die Nonnen seien die Frauen der Mönche und sogar jedermanns Frauen. An diesen Spruch hatte ich gestern nur nicht gedacht, sonst hätte ich dich nicht damit belästigt, mir von dir ihre Ausgelassenheiten schildern zu lassen.

Nanna: Nu, jedes Ding hat sein Gutes.

Antonia: Sowie ich wach wurde, wünschte ich mir, es möchte doch recht schnell Tag werden, und krümmte mich vor Ungeduld wie ein Spieler, wenn ein Würfel oder eine Karte zu Boden gefallen ist oder wenn die Kerze ausgeht; da wird er ganz wild und tobt, bis das Heruntergefallene gefunden oder das Licht wieder angezündet ist. Ich wünsche mir selber Glück, in deinen Weinberg gekommen zu sein, der mir durch deine freundliche Erlaubnis immer offensteht; und noch mehr freue ich mich, daß ich dich so ohne alle Umstände fragte, was dir fehle. Darauf hast du mir dann so liebenswürdig geantwortet und alles erzählt. Nun sage mir, was beschloß denn deine Mutter mit dir anzufangen, nachdem jener verflixte Notenpultriemen dir den Geschmack an Liebeleien und am Klosterleben verleidet hatte?

Nanna: Sie sprach davon, mich zu verheiraten, und erzählte bald diese, bald jene Geschichte über die Ursache meiner Entnonnung, indem sie vielen Leuten zu verstehen gab, im Kloster wären hunderte von Geistern und Gespenstern – mehr als Honigkuchen in Siena. Dies kam einem zu Ohren, der lebte, weil er aß, und er beschloß, er müßte mich zur Frau kriegen, sonst wollte er sterben. Und da er in guten Verhältnissen lebte, so machte meine Mutter, die, wie ich dir schon sagte, meines Vaters – Gott hab ihn selig! – Hosen anhatte, mit ihm alles Nötige wegen der Heirat ab. Nun, um nicht vom Hundertsten ins Tausendste zu kommen: Endlich kam also die Nacht, wo ich mich fleischlich mit ihm verbinden sollte. Die Schlafmütze von Mann wartete schon mit einer Ungeduld darauf wie der Bauer auf die Ernte. Da zeigte sich die Schlauheit meiner süßen Mama so recht in ihrem schönsten Lichte. Sie wußte ja, daß meine Jungfernschaft in die Brüche gegangen war, darum schnitt sie einem von den Hochzeitskapaunen den Hals ab, füllte das Blut in eine Eierschale und belehrte mich, wie ich's zu machen hätte, um die Keusche zu spielen; dann, als ich mich zu Bett legte, salbte sie mir mit Blut die Spalte ein, woraus später meine Pippa zum Vorschein kam. Ich lag also zu Bett, er legte sich zu Bett, und als er sich an mich randrückte, um mich zu umarmen, da fand er mich ganz zu einem Knäuel zusammengekauert am äußersten Bettrand. Er wollte mit seiner Hand an meine Et cetera fassen, aber ich ließ mich aus dem Bett auf die Erde fallen; sofort sprang auch er hinaus, um mir zu helfen, ich aber sagte zu ihm mit herzbrechendem Weinen: »Solche greulichen Sachen will ich nicht machen! Laßt mich in Ruhe!« Wir kamen in Wortwechsel, und auf einmal höre ich meine Mutter, die die Kammertür öffnete und mit einem Licht in der Hand hineinkam. Und sie gab mir soviel Schmeichelworte, daß ich mich zuletzt wieder mit dem guten Schäfer vertrug. Nun wollte er mir die Schenkel auseinanderbiegen und schwitzte dabei mehr als ein Knecht beim Dreschen; vor Wut riß er mir das Hemd entzwei und gab mir tausend Schimpfnamen. Endlich, nachdem sich mehr Verwünschungen über meinem Haupt entladen hatten als über einem vom Teufel Besessenen, der am Pranger steht, gab ich nach – jedoch schimpfend und weinend und fluchend – und öffnete den Geigenkasten. Er warf sich auf mich, ganz zitternd vor Begier nach meinem Fleisch, und wollte die Sonde in die Wunde führen, aber ich gab ihm einen derartigen Stoß, daß der Reiter vom Pferde fiel; geduldig stieg er wieder in den Sattel, machte noch einen Versuch mit der Sonde und stieß so stark, daß sie eindrang. Da konnte auch ich mich nicht mehr halten, der gebutterte Weck gefiel mir, ich gab mich ihm hin wie eine gekitzelte Sau und stieß kein Tönchen aus, bis mein Mietsmann matt und müde war und mein Haus verließ. Dann freilich – ja, da legte ich los und erhob ein Geschrei, daß alle Nachbarn an die Fenster liefen. Auch meine Mutter kam wieder in die Kammer gelaufen, und als sie das Hühnerblut sah, das die Bettlaken und das Hemd meines Mannes ganz rot gefärbt hatte, da bat sie so lange, bis er sich für diese Nacht zufrieden erklärte und mir erlaubte, bei meiner Mutter zu schlafen. Am anderen Morgen kam die ganze Nachbarschaft zusammen und hielt Konklave über meine Keuschheit; im ganzen Viertel sprach man von nichts anderem! – Als die Hochzeitsfestlichkeiten vorbei waren, fing ich an, in die Kirche zu laufen und Feste zu besuchen, wie alle Frauen es machen; da wurde ich denn mit dieser und mit jener bekannt, und es dauerte nicht lange, so war ich die Vertraute von mancher Freundin.

Antonia: Ich bin ganz weg, wie wunderbar du zu erzählen verstehst!

Nanna: So wurde ich denn auch die allerallerbeste Freundin von einer reichen schönen Bürgersfrau, der Gattin eines Großkaufmanns. Er war jung, hübsch, lebenslustig und so verliebt in sie, daß er nachts träumte, was sie sich den anderen Morgen wünschte. Eines Tages war ich bei ihr in ihrem Zimmer, da fiel zufällig mein Blick auf ein kleines Nebenkabinett, und ich sehe einen unbestimmten Schatten schnell wie 'n Blitz vorm Schlüsselloch vorüberhuschen.

Antonia: Nanu? Was wird das geben?

Nanna: Ich passe genau aufs Schlüsselloch auf und sehe wieder was – aber ich weiß nicht, was.

Antonia: Aha!

Nanna: Meine Freundin bemerkt meine Blicke, und ich merke, daß sie was gemerkt hat. Ich sehe sie an, sie sieht mich an, und ich sag zu ihr: »Wann kommt denn Euer Gemahl zurück? Er ist ja wohl gestern aufs Land gegangen?« – »Wann er wiederkommt, das steht in Gottes Hand«, antwortet sie mir; »aber wenn's nach meinem Willen ginge, so käme er niemals wieder!« – »Aber warum denn nicht?« frage ich. – »Möge der liebe Gott dem, der mir zuerst von ihm sprach, die Pest und die Kränke auf den Hals schicken! Er ist nicht der Mann, für den die Leute ihn halten! Nein, bei diesem Kreuz! das ist er nicht!« Dabei zeichnete sie mit den Fingern eins in die Luft und küßte es. – »Wieso denn nicht?« sagte ich wieder; »jedermann beneidet Euch um ihn; woher denn also Eure Unzufriedenheit? Sagt es mir doch, wenn es möglich ist!« – »Soll ich's dir in Plakatbuchstaben klarmachen? Er ist eine schöne Null, kann nichts, als Redensarten machen. Aber ich brauche was anderes! Wie's in der Schrift heißt: ›Das Brot lebt nicht vom Menschen allein.‹« Mich dünkte, sie habe recht, den Mann zu hörnen, und ich sagte zu ihr: »Ihr seid ja eine kluge Frau und wißt, daß es mehr als einen Tag auf dieser Welt gibt.« – »Und damit du ganz genau erfährst, wie klug ich bin«, antwortete sie, »so will ich dir mein Auskunftsmittel zeigen.« Damit öffnete sie das Kabinett, und ich hatte einen vor mir, der meiner Meinung nach auch einer von denen war, die mehr Fleisch als Brot zu essen haben. Und so war es, denn vor meinen Augen warf sie sich über ihn, setzte das Haus auf den Kamin und ließ sich zwei Nägel in einem Hämmern schmieden, oder wenn du willst, zwei Kuchen in einer Backhitze backen, und dabei sagte sie zu mir: »Lieber mag man wissen, daß ich liederlich bin, aber mich zu trösten weiß, als daß man mich für anständig und unglücklich hält.«

Antonia: Das sind Worte, die man mit goldenen Lettern eingraben sollte!

Nanna: Sie rief ihre Zofe, die Vertraute ihrer Befriedigungen, und ließ den Mann auf demselben Wege, den er gekommen war, wieder hinausführen, nachdem sie erst noch eine Kette, die sie am Halse trug, abgenommen und ihm umgehängt hatte. Ich küßte sie auf die Stirn, auf den Mund und auf beide Wangen und eilte nach Hause, um mich vor der Heimkehr meines Mannes zu überzeugen, ob unser Hausknecht ein sauberes Hemd anhätte. Ich fand die Tür offen, schickte mein Mädchen nach oben und ging selber nach seinem Kämmerchen im Erdgeschoß. Ich ging ganz leise, leise, indem ich tat, als wollte ich auf den Lokus, um ein bißchen Wasser zu lassen – da höre ich ein Wispern und Flüstern. Ich spitze die Ohren, und siehe da, es ist meine Mutter, die vor mir an ihre Geschäftchen gedacht hatte. Ich spreche den Segen über sie – wie sie mir damals geflucht hatte, als ich meinem Mann nicht zu Willen sein wollte – und drehe mich um und geh nach oben. Und wie ich mich noch fuchse über das Gesehene, da kommt mein Tunichtgut nach Hause. Mit dem vertrieb ich mir dann meine Gelüste – nicht gerade nach meinem Wunsch, aber eben so gut ich's konnte.

Antonia: Wieso denn nicht nach deinem Wunsch?

Nanna: Nun, alles andere ist doch besser als der Ehemann; nimm nur zum Beispiel, wie einem das Essen außer dem Hause schmeckt!

Antonia: Das ist gewiß! Abwechslung in den Speisen stärkt den Appetit. Ich glaube dir vollkommen, denn es heißt ja auch: Alles andere ist besser als die Ehefrau.

Nanna: Zufällig kam ich mal nach dem Dorf, wo meine Mutter her war; da wohnte eine vornehme Edelfrau – 'ne große Dame, weiter sag ich nichts. Die brachte ihren Mann rein zur Verzweiflung, indem sie das ganze Jahr auf dem Lande wohnen wollte, und wenn er ihr die glänzenden Vorzüge der Städte vorhielt und wie erbärmlich man draußen lebt, so sagte sie immer nur: »Aus Glanz und Pracht mach ich mir nichts, und ich mag nicht andere Leute zur Sünde des Neides verführen; auf Feste und Gesellschaften lege ich keinen Wert, und ich wünsche nicht, daß man sich meinetwegen die Hälse bricht. Meine Messe am Sonntag genügt mir, und ich weiß recht gut, was man spart, wenn man hier draußen wohnt, und was man in deinen Städten zum Fenster hinauswirft. Wenn du nicht hier sein magst, so ziehe doch in die Stadt; ich bleibe.« Der Edelmann hatte in der Stadt zu tun und mußte deshalb häufig dorthin reisen, selbst wenn er nicht gewollt hätte, und so mußte er sie manchmal gute vierzehn Tage allein lassen.

Antonia: Aha! mich dünkt, ich sehe, worauf ihre Absicht hinauslief.

Nanna: Ihre Absicht lief auf einen Pfaffen hinaus, den Kaplan des Dorfes. Wenn seine Einkünfte so groß gewesen wären wie der Weihwedel, womit er den Garten der Dame mit dem heiligen Öl besprengte – und sie ließ ihn sich von ihm sozusagen überschwemmen, wie du gleich hören wirst –, so hätte er sich besser gestanden als ein Monsignore. Oh, hatte *der* einen langen Stiel unter dem Bauch! Oh, hatte *der* einen dicken! Oh, hatte *der* einen geradezu bestialischen!

Antonia: Die Pest!

Nanna: Eines Tages sieht ihn die gnädige Frau von ihrer Villa aus, wie er, ohne sich was dabei zu denken, gerade unter ihrem Fenster sein Wasser abschlägt. Das hat sie mir selber erzählt, denn sie weite mich in alles ein. Sie sieht also einen armlangen weißen Schwanz mit einem korallenroten Kopf, einem entzückenden geradezu bildschönen Spalt und einer strotzenden Ader längs der Unterseite, keinen toten Aal, keine verkorxte Brezel, sondern ein nudelnudelsauberes Ding; umgeben von einem Kranz goldblonder Löckchen, stand es inmitten von zwei strammen, runden, springlebendigen Schellen, die schöner waren als jene silbernen zwischen den Beinen des Aquilo über dem Botschafter-Tor. Und sobald sie den Karbunkel sieht, wirft sie sich auf ihre Hände nieder, um sich nicht zu versehen.

Antonia: Das wäre famos gewesen, wenn sie, vom bloßen Ansehen schwanger geworden, sich mit der Hand an die Nase gefahren wäre und nachher 'n Mädel gekriegt hätte mit den Klöten als Muttermal im Gesicht.

Nanna: Hahahaha! Sie fiel also auf ihre Hände und geriet vor Begierde nach dem Widderschwanz in solche Aufregung, daß ihr übel wurde und sie zu Bette gebracht werden mußte. Ihr Mann war ganz erstaunt über einen so seltsamen Anfall und schickte sofort einen reitenden Boten nach der Stadt, um einen Arzt zu holen, der ihr den Puls befühlte und sie fragte, ob sie auch ordentliche Leibesöffnung hätte.

Antonia: Meiner Seel, weiter wissen sie niemals was zu sagen! Sobald sie nur hören, daß beim Kranken der untere Destillierkolben funktioniert, sind sie gleich zufrieden!

Nanna: Da hast du recht! Die gnädige Frau sagte nein. Flugs appliziert der Pflasterkasten ihr ein Argumentum a posteriori, das aber wirkungslos abprallte. Und ihrem guten Mann kamen die Tränen in die Augen, als er sie nach dem Priester rufen hörte. Sie sagte: »Ich will beichten; und da es Gottes Wille ist, daß ich sterbe, so soll es auch mein Wille sein. Aber es ist mir ein großer Schmerz, dich verlassen zu müssen, mein geliebter Mann!« Auf diese Worte warf der Schafskopf sich ihr an den Hals und heulte, wie wenn er Prügel gekriegt hätte, sie aber küßte ihn und sagte: »Mut! Mut!« Dann stieß sie einen Schrei aus, als wenn sie verscheiden sollte, und verlangte abermals nach dem Priester. Einer vom Hause eilte zu diesem und holte ihn, und der Kaplan kam ganz verstört angelaufen. Im Augenblick, als er ins Zimmer trat, hatte gerade der Arzt seine Hand an ihrem Arm, um mal zu fühlen, was der Puls zu diesem Fall sagte, und er war ganz erstaunt, als dieser plötzlich wieder ganz kräftig klopfte, sowie der Kaplan die Tür aufmachte. »Gott gebe Euch Eure Gesundheit wieder!«

sagte der fromme Mann; sie aber heftete ihre Augen auf seinen Hosenlatz, dessen oberer Teil über dem Sarscherock, den er um die Beine trug, sichtbar war, und fiel zum zweitenmal in Ohnmacht. Man badete ihr die Schläfen mit Rosenessig, und sie erholte sich ein wenig. Dann ließ ihr Mann, der wirklich ein Kerl wie 'n Pfund Wurst war, alle Anwesenden aus dem Zimmer herausgehen und machte selber die Türe zu, damit die Beichte nicht belauscht würde. Dann setzte er sich mit dem Medikus hin und besprach den Fall und brachte viel Kohl darüber zutage. Während nun der Quacksalber und der Tolpatsch disputierten, setzte der Priester sich auf den Bettrand, schlug mit eigener Hand das Zeichen des Kreuzes, damit die Kranke sich nicht damit ermüdete, und wollte sie gerade fragen, wann sie das letzte Mal zur Beichte gewesen sei, da fuhr sie ihm mit den Tatzen an den Schlauch, der schnell wie der Blitz hart und steif war, und führte ihn sich in den Leib.

Antonia: Brav gemacht!

Nanna: Und was sagst du dazu, daß der Pfarrer ihr mit zwei Pumpenschlägen den Ohnmachtsanfall vertrieben hatte?

Antonia: Ich sage, er verdient großes Lob, weil er keiner von jenen Hosenscheißern war, die nicht mal soviel Mut haben, ins Bett zu pissen, und hinterher noch sagen: »Herrgott! hat das Schweiß gekostet!«

Nanna: Als die Beichte fertig war, setzte der Priester sich wieder hin, und gerade als er ihr die Hand zum Segen auf die Stirne legte, steckte der Ehemann ein ganz kleines bisselchen den Kopf zur Tür herein. Als er sah, daß ihr die Absolution erteilt wurde, die sie mit ganz strahlendem Gesicht empfing, sagte er: »Wahrhaftig! der beste Doktor ist doch unser lieber Herrgott! Ne, wirklich, du bist ja wieder ganz gesund, und eben noch glaubte ich, ich müßte dich verlieren!« Und sie sah ihn an und sprach seufzend: »Ach ja, ich fühle mich besser!« Und dann murmelte sie mit gefalteten Händen das Confiteor, wie wenn sie die ihr auferlegten Bußgebete hersagte. Dem Priester ließ sie beim Abschied einen Dukaten und zwei Juliustaler in die Hand drücken und sagte dabei: »Die Taler sind Almosengeld für die Beichte; für den Dukaten aber möget ihr mir die Messen des heiligen Gregor lesen.«

Antonia: Prost die Mahlzeit!

Nanna: Jetzt 'ne andre Geschichte, die noch besser ist als die vom Pfaffen! In unserm Dorf lebte eine Matrone von etwa vierzig Jahren, Besitzerin eines Landgutes mit großen Einkünften, aus sehr angesehener Familie stammend und verheiratet mit einem Doktor, der für ein Wundertier in der Literatur galt, weil er schon eine Menge dicker Bücher geschrieben hatte. Diese Matrone also ging immer in Grau, und wenn sie nicht am Morgen ihre fünf bis sechs Messen gehört hatte, so hatte sie den ganzen Tag keine Ruhe; sie war eine Kirchenrutscherin, eine Betschwester, ein wahrer Ave-Maria-Rosenkranz; den Freitag fastete sie in jedem Monat, nicht bloß im März, sang bei der Messe die Responsorien mit wie der Küster, und bei der Vesper hörte man ihre Stimme wie einen Mönchstenor; man sagte sogar, sie trüge einen eisernen Gürtel auf der bloßen Haut.

Antonia: Alle Wetter, die geht ja noch über die heilige Verdiana!

Nanna: Sie kasteite sich hundertmal mehr als die – das will ich meinen! An den Füßen trug sie immer bloß Sandalen, und an den Vigilien des heiligen Franz von La Vernia oder von Assisi[1] aß sie nur ein Stückchen Brot, nicht größer, als wie sie's in der geschlossenen Hand halten konnte, trank nur klares Wasser, und nur ein einziges Mal am Tage, und verharrte bis Mitternacht im Gebet; den kleinen Augenblick, den sie schlief, lag sie auf einer Brennesselstreu.

Antonia: Ohne Hemd?

Nanna: Ja, *das* kann ich dir nicht sagen! Nun war da ein büßender Eremit, der wohnte in einer Einsiedelei, 'ne Meile oder vielleicht zwei vom Dorf, und kam beinahe jeden Tag zu uns, um sich irgendwas zum Leben zu ergattern. Und niemals kehrte er mit leeren Händen nach seiner Einsiedelei zurück, denn mit seiner Kutte aus Sackleinwand, mit seinem mageren Gesicht, dem Bart, der ihm bis zum Gürtel herabhing, seinem wirren, langen Haar und dem großen Stein, den er immer in der Hand trug wie der

1. Der heilige Franz von Assisi hatte sich in die Einsamkeit der Berge von La Vernia oder Alvernia – im Apennin, nicht weit von Florenz – zurückgezogen und empfing dort die heiligen Wundenmale.

heilige Hieronymus, erregte er das Mitleid der ganzen Gemeinde. Diesen ehrwürdigen Klausner schloß die Frau des Doktors – der damals in Rom weilte, um für zahlreiche Klienten Prozesse zu führen – in ihr Herz; sie gab ihm reichliche Almosen und ging oft nach seiner Einsiedelei, wo es wirklich gottselig und anmutig aussah, um sich einige bittere Kräutlein zum Salat zu holen – denn süße dazu zu nehmen, das hätte ihr Gewissen ihr nicht erlaubt.

Antonia: Wie sah denn seine Einsiedelei aus?

Nanna: Sie befand sich am Fuße eines recht ansehnlichen Hügels, den der Klausner Kalvarienberg nannte; auf dem Gipfel stand in der Mitte ein großes Kreuz mit drei Holznägeln von einer Länge und Dicke, daß die armen Weiblein Angst davor kriegten; dieses Kreuz trug eine Dornenkrone, von den Armen hingen zwei Geißeln mit Knotenriemen herab, und am Fuße lag ein Totenkopf; auf der einen Seite war ein Rohr mit einem Schwamm am oberen Ende in die Erde gesteckt, auf der anderen ein verrostetes Lanzeneisen auf einem alten Hellebardenschaft. Am Fuß des Berges war ein Gärtchen, von einem Rosenhaag umschlossen, mit einem Pförtchen aus geflochtenen Weidenzweigen und einem hölzernen Riegel, und wenn man einen ganzen Tag gesucht, so hätte man drinnen, glaub ich, kein Steinchen gefunden, so sauber hielt der Klausner den Garten in Ordnung. In den Beeten, die durch einige hübsche Wege voneinander getrennt waren, wuchsen allerlei Kräuter: knuspriger Kopfsalat, frische und zarte Pimpernellen, junge Knoblauchpflanzen, die so dicht und regelmäßig gepflanzt waren, als wären die Abstände mit dem Zirkel gemessen, und in anderen wieder der schönste von der Welt. Krause- und Pfefferminze, Anis, Majoran und Petersilie hatten auch ihren Platz im Gärtchen, und in der Mitte gab ein Mandelbaum Schatten – einer von jener großen Sorte ohne Borte. In mehreren Rinnen floß klares Wasser aus einer Quelle, die am Fuß des Berges im Gestein entsprang, in Windungen zwischen dem Gemüse hin. Und jedes bißchen Zeit, das sich der Eremit vom Gebet abknapsen konnte, verwandte er auf die Pflege seines Gartens. Nicht weit davon stand das Kirchlein mit seinem Türmchen und den beiden Glöckchen, und die Hütte, darin er sich ausruhte, war an die Kirchenmauer angelehnt. In dieses Paradieslein also kam die Doktorin. Eines Tages nun hatten sie sich vor der drückenden Sonnenhitze in die Hütte zurückgezogen, und da – ich weiß nicht, wie es kam – vielleicht wollten sie den Leib nicht neidisch werden lassen auf das Glück der Seele – genug, es kam zwischen ihnen schließlich zu schlimmen Sachen. Wie sie gerade dabei waren, kam ein Bauersmann vorbei – man weiß, was für scharfe Schandzungen diese Leute haben –, der war auf der Suche nach dem weggelaufenen Füllen seiner Eselin. Der Zufall führte ihn zu des Klausners Hütte, und da sah er sie aufeinander wie Hund und Hündin. Er rannte ins Dorf und läutete die Glocken, worauf die meisten, die's hörten, ihre Arbeit liegenließen und sich vor der Kirche versammelten, Männlein sowohl wie Weiblein. Sie fanden dort den Bauern, der dem Pfarrer erzählte, wie der Eremit Mirakel wirkte. Flugs legte der Priester Chorhemd und Stola um und nahm das Brevier in die Hand, der Küster trug das Kreuz voraus, und mehr als fünfzig Personen folgten ihnen. In Zeit von einem Credo waren sie bei der Hütte und fanden darin die Magd und den Knecht, den Diener des Himmels, in tiefem Schlaf, und der schnarchende Klausner hatte seinen dicken Bengel noch unter den Hinterbacken der frommen Verehrerin des Weihwedels. Beim ersten Anblick war die Menge stumm und starr wie ein gutes Weiblein, das plötzlich einen Hengst auf der Stute sieht; dann aber, als sie sahen, daß ihre Frauen die Gesichter abwandten, erhoben die Bauern ein Gelächter, das jeden Siebenschläfer aufwekken mußte. Das Paar erwachte. Der Pfarrer aber, als er sie in so inniger Vereinigung erblickte, stimmte den Chorgesang an: Et incarnatus est!

Antonia: Ich hatte mir eingebildet, schlimmeren Hurenkram als bei den Nonnen gebe es nicht, aber da hatte ich mich geirrt. Aber sage doch, der Einsiedler und die Betschwester wurden wohl totgeschlagen?

Nanna: Totgeschlagen? Haha! Er zog die Raspel heraus, sprang auf, gab ihr zwei Streiche mit der zusammengedrehten Waldrebe, die ihm als Gürtel diente, und rief: »Herrschaften! leset das Leben der heiligen Kirchenväter, und dann verdammt mich zum Feuer oder zu welcher Strafe ihr sonst wollt! Statt meiner hat der

Teufel in meiner Gestalt gesündigt, und nicht mein Leib, und es wäre eine Ruchlosigkeit, diesem ein Übles anzutun!« Was brauche ich dir noch weiter zu sagen? Der Halunke, ein früherer Soldat, Meuchelmörder, Zuhälter, der aus Verzweiflung Eremit geworden war, machte ein solches Geschwätz, daß außer mir – die wohl wußte, wo der Teufel den Schwanz hat – und dem Pfarrer – der durch die Beichte der würdigen Dame Bescheid wußte – alle Welt ihm Glauben schenkte, denn er schwur bei seinem Waldrebengürtel, die Geister, von denen die Einsiedler in Versuchung geführt würden, hießen Sukkumbier und Inkumbier.[1] Während der Betteleremit schwätzte, hatte die Halbnonne Zeit gehabt, sich etwas auszudenken, und plötzlich begann sie sich zu winden, die Luft anzuhalten, die Augen zu verdrehen, zu heulen und um sich zu schlagen, daß es fürchterlich mit anzusehen war. Sofort rief der Einsiedler: »Seht! da ist der böse Geist über der Unglücklichen!« Der Dorfschulze wollte sie festhalten, aber sie biß nach ihm und stieß dabei ein entsetzliches Geschrei aus. Endlich wurde sie von zehn Bauern gebunden und nach der Kirche geführt, wo in einem plumpen Tabernakel aus vergoldetem Messing zwei Knöchelchen, angeblich von den ermordeten Unschuldigen Kindlein herstammend, als Reliquien aufbewahrt wurden. Mit diesen berührte man sie, und bei der dritten Berührung kam sie wieder zu sich. Als die Kunde dem Doktor hinterbracht wurde, holte er die angehende Heilige nach der Stadt und ließ eine Predigt über den Vorfall drucken.

Antonia: Ne! was Verruchteres gibt's doch nicht!

Nanna: Ach? Denkst du, es kommen nicht noch ganz andere Sachen vor?

Antonia: Wirklich?

Nanna: Bei der Jungfrau, ja! Ich hatte in der Stadt eine Nachbarin, die konnte man mit 'ner Eule im Vogelherd vergleichen, so viele Liebhaber lauerten ringsherum. Die ganze Nacht hörte man nichts als Serenaden, und den ganzen Tag machten die jungen Herrchen Fensterparaden zu Roß und zu Fuß. Wenn sie zur Messe ging, versperrte das Gedränge ihrer Verehrer ihr die Straße. Und der eine sagte: »Selig, wer einen solchen Engel sein eigen nennt!«

1. Sukkubi und Inkubi.

Der andere: »O Gott, warum zaudere ich, einen Kuß auf diesen Busen zu drücken und dann zu sterben!« Dieser sammelte den Staub, den ihr Fuß aufgerührt hatte, und streute sich diesen auf sein Barett, wie wenn's Zyprischer Puder gewesen wäre; jener sah sie an und seufzte, ohne ein Wort zu sprechen.

Und dieses hochbelobte Meer, worin ein jeder fischte, ohne jemals was zu fangen, schwoll an vor Sehnsucht nach einem jener verräucherten Magister, die sich als Hauslehrer ihr Brot suchen – der schmierigste und häßlichste Kerl, den man je gesehen hat. Auf dem Rücken trug er einen pfaublauen Mantel, der am Halse so zerknittert war, daß keine Laus hätte darüberweg kriechen können; einige Ölflecke waren darauf, wie man sie bei den Klosterküchenjungen sieht. Unter dem Mantel hatte er ein Wams aus Kamelwolle, so abgetragen, daß es nach jedem anderen Stoff als nach Kamelwolle aussah; welche Farbe es mal gehabt, das konnte gewiß kein Mensch erraten. Als Gürtel dienten zwei zusammengeknotete Schnüre aus schwarzer Seide, und da keine Ärmel im Wams waren, so sah man an deren Stelle die Ärmel des Kamisols aus Baselatlas, der so zerlöchert und ausgefranst war, daß man am Handsaum das Futter sah; am Halskragen aber war ein Schmutzrand, der vom Schweiß so hart geworden war wie Knochen. Allerdings paßten zu diesen Oberkleidern die Hosen vortrefflich, sie waren rosenfarben gewesen, waren's aber nicht mehr; am Kamisol mit zwei Enden Schnur ohne Nestelstifte befestigt, schlotterten sie ihm um die Beine wie Galeerensträflingshosen. Einen reizenden Anblick bot die eine Strumpfferse, die fortwährend aus dem Schuh herausschlüpfte, so daß er sie bei jedem Schritt mit dem Zeigefinger wieder hineinstopfen mußte. Die Schuhe waren so fein, aber sie hatten große Lust, die großen Zehen sehen zu lassen; und sie hätten das auch getan, wenn er nicht über ihnen kalblederne Pantoffeln getragen hätte, die er sich aus ein paar Reiterstiefeln seines Urgroßvaters zurechtgeschnitten hatte. Auf dem Kopf hatte er ein hintenübergezogenes Barett mit einem einzigen Kniff und darüber eine Haube ohne Seidensaum, die an drei Stellen zerrissen und so mit dem Schweiß und Schmutz seines Kopfes – den er sich niemals wusch – durchtränkt war, daß sie aussah wie die Kappen, die die Grindigen tragen. Das schönste an ihm war sein liebliches, zartes Antlitz, das er sich zweimal die Woche rasierte.

Antonia: Gib dir weiter keine Mühe, mir ihn auszumalen – ich sehe den Henkerskerl leibhaftig vor mir stehen.

Nanna: Henkerskerl! – ja, das war er! Und in den verliebte sich das reizende Weib bis zur Raserei! Freilich sind wir Frauen ja immer gerade auf das Schlimmste erpicht. Da sie kein Mittel ausfindig machen konnte, mit ihm zu sprechen, so fing sie eines Nachts mit ihrem Gatten ein meilenlanges Gespräch an und sagte: »Wir sind ja schwerreich, Gott sei Dank!, haben keine Kinder und auch keine Aussicht, welche zu bekommen; deshalb habe ich gedacht, wir könnten ein sehr verdienstliches Liebeswerk tun.« – »Was denn für eins, liebe Frau?« fragte der gute Trottel von Mann. – »Ich dachte an deine Schwester, die das ganze Haus voll von Buben und Mädels hat, und ich möchte, daß wir ihr ihren jüngsten Sohn abnähmen. Denn ganz abgesehen davon, daß diese Guttat uns dereinst an unseren Seelen vergolten wird: Wem wollen wir denn Wohltaten erzeigen, wenn nicht unserem eigenen Fleisch und Blut!« Der Mann lobte ihre edle Gesinnung und dankte ihr, indem er erwiderte: »Seit vielen Tagen schon wollte ich den Mund auftun und dir dasselbe sagen, aber ich wußte ja nicht, ob es dir nicht vielleicht mißliebig sein möchte. Jetzt aber, da ich deine Gesinnung kenne, werde ich sofort nach dem Aufstehen hingehen, meiner guten armen Schwester guten Tag sagen und den Jungen in unser Haus bringen – oder vielmehr in dein Haus, denn alles, was hier ist, rührt ja von deiner Mitgift her.« – »Dein Haus so gut wie meins!« antwortete sie, und darüber wurde es Tag. Der Mann stand auf und ging sofort aus, sich seine Hörner selber zu besorgen. Die Schwester gab ihm mit Freuden ihr Jüngelchen, und er brachte es seiner Frau, die es mit Liebe und Jubel aufnahm. Zwei Tage darauf saß das Ehepaar bei Tische und plauderte nach dem Essen. Da hub sie an: »Ich möchte, daß wir unser Hänschen« – so hieß der Junge – »etwas Tüchtiges lernen ließen.« – »Und wer sollte ihm das beibringen?« fragte er. – »Jener Magister, den ich hier herumstreichen sehe, woraus ich schließe, daß er eine Stellung sucht.« – »Was für ein Magister?« – »Der mit dem Wams, das ihm kaum noch auf dem Leibe zusammenhält.« — »Vielleicht jener Mensch, der immer in die Messe ...« Ehe er noch die Kirche genannt hatte, rief sie schon: »Ja, ja! ebender! Und ich hörte neulich von Frau Dings, er sei gelehrt wie 'ne Chronik.« — »Schön!« antwortete ihr Mann. Er machte sich auf, ihn zu suchen, und brachte noch am selben Abend den Hahn in den Hühnerstall. Am nächsten Morgen kam der Magister mit seinem Köfferchen, worin sich zwei Hemden, vier Schnupftücher und drei Bücher in hölzernen Einbänden befanden, und bezog das Zimmer, das die Frau des Hauses ihm anwies.

Antonia: Was wird das geben?

Nanna: Wart's nur ab, du wirst es gleich hören. Am nächsten Abend — ich war bei ihr zum Essen geladen — nahm sie ihren Neffen, der den Psalter lernen und ihr Kupplerchen werden sollte, bei der Hand, rief den Magister und sagte: »Magister! Ihr habt nichts anderes zu tun, als mir diesen Knaben, der mir mehr ist als ein Sohn, gut zu unterrichten, und Ihr könnt Euch wegen des Lohnes getrost auf mich verlassen.« Der Magister begann das Blaue vom Himmel herunterzuschwatzen, wobei er seine Grundsätze an den Fingern herzählte. Die gute Frau war von seinem Gallimathias so entzückt, daß sie sich ganz stolz zu mir wandte und ausrief: »Er ist ein wahrer Kikero!« Die Disputation ging dann noch mit Hujus und Cujus eine Weile so weiter; plötzlich aber ging sie zu einem anderen Gegenstand über und fragte: »Sagt mir, Meister, waret Ihr je verliebt?« Der alte Ziegenbock, der wenn nicht einen schöneren, doch mindestens einen besseren Schwanz hatte als ein Pfau, rief: »O verehrte Frau! die Liebe hat mich aufs Studium gebracht!«, und damit zog er mit dem ganzen Antikenkram blank und erzählte uns, wer sich aus Liebe aufgehängt, wer sich vergiftet und wer sich vom Turm heruntergestürzt hätte; und so nannte er uns viele Frauen, die aus Liebe a porta inferi gekommen waren, und das alles in gewählten und gezierten Worten. Während er seine Geschichten krächzte, stieß sie mich fortwährend mit dem Ellbogen in die Seite und fragte mich schließlich nach all den vielen Püffen: »Was meinst du zum Herrn Magister?« Ich las ihr nicht bloß im Herzen, sondern auf dem Grunde ihrer Seele, und antwortete: »Mich dünkt, er ist der Mann danach, den Pfirsichbaum zu rütteln und den Birnbaum zu schütteln.« Da warf sie mit einem ›Hahaha!‹ mir die Arme um den Hals, sagte: »Geht an Eure Studien, Meister!« und zog mich mit sich in ihre Kammer. Während wir hier plaudern, bekommt sie Botschaft von ihrem Mann, er werde nicht zum Abendessen kommen und auch über Nacht ausbleiben. Dies pflegte er oft so zu machen; ganz fröhlich darüber, sagt sie zu mir: »Deine Schlafmütze von Mann wird sich in Geduld fassen; ich wünsche, daß du auch heute abend zum Essen bei mir bleibst.« Sie schickt ein Wörtchen darüber an meine Mutter, und diese gibt die Erlaubnis. Wir setzten uns nun zu einem kleinen feinen Abendessen von lauter Schleckereien nieder: Es gab Hühnerlebern, -kröpfe, -hälse und -füße mit Petersilie und Pfeffer, als Salat angemacht, beinahe einen ganzen kalten Kapaun, Oliven, Paradiesäpfel mit Ziegenkäse und Quitten, um uns den Magen in gemütliche Stimmung zu versetzen, nebst Zukkerplätzchen, um den Atem wohlriechend zu machen. Der Magister bekam seine Abendkost aufs Zimmer geschickt; sie bestand ausschließlich aus frischen, hartgekochten Eiern — und warum sie hartgekocht waren, wirst du dir leicht selber denken können.

Antonia: Ich hab's mir schon längst gedacht.

Nanna: Nachdem wir gespeist und das Geschirr vom Tisch hatten abräumen lassen, schickte die Frau alle ihre Leute und auch den kleinen Neffen zu Bett und sagte zu mir: »Schwesterchen — unsere Männer würden ja das ganze Jahr verschiedenerlei Fleisch essen, wenn sie's nur immer haben könnten, warum sollten wir nicht wenigstens mal heute nacht von des Magisters Fleisch kosten? Nach seiner Nase zu urteilen, muß er einen haben wie 'n Kaiser! Außerdem wird man niemals was davon erfahren, denn er ist so häßlich und tolpatschig, daß kein Mensch ihm glauben würde, selbst wenn er nicht reinen Mund hielte.« Ich wand mich hin und her und machte ein Gesicht, als ob ich Angst hätte und die Antwort nicht herauswürgen könnte. Endlich sagte ich: »Das sind gefährliche Sachen! Wenn nun dein Mann käme, wie würde es uns da gehen?« — »Närrchen! Du scheinst mich ja für sehr dumm zu halten! Glaubst du denn, wenn wirklich mein Strohkopf von Mann nach Hause käme, ich würde kein Mittel finden, ihn die Pille mit guter Manier schlucken zu lassen?« — »Wenn's so steht, so tu doch, was dir gut dünkt!« Inzwischen hatte der

Magister — der geriebener war als Parmesankäse und sofort bemerkt hatte, daß bei dem Gespräch über die Liebe der Dame das Wasser im Munde zusammengelaufen war — von den Dienstleuten erfahren, daß der Hausherr auswärts schliefe. Er hatte daher unser Gespräch belauscht und alles gehört, was meine Freundin sagte. Sie hatte keine Lust, sich aufzuhängen oder zu erdrosseln wie ihre armen Mitschwestern, die er als Beispiele genannt, und deshalb beschlossen, sich den Magister auf den Bauch zu legen. Übrigens brauchte man bloß an seiner Seite die Tasche aus muffigem Leder — wie kein Mensch mehr sie trägt — zu sehen; dies allein konnte genügen, einem so übel zu machen, daß sich alles Gedärme im Leibe umdrehte. Doch gleichviel — sie liebte ihn nun mal. Er hatte also, wie gesagt, jedes Wort gehört, hob mit der den Schulmeistern eigenen Selbstgefälligkeit den Türvorhang auf und betrat ohne besondere Einladung das Zimmer seiner Gebieterin, die alle ihre Leute zu Bett geschickt hatte und, sowie sie ihn erblickte, rief: »Meister! haltet Euren Mund und Eure Hände im Zaum und bedienet uns heut nacht nur mit Eurem Weihwedel.« Der Ziegenbock hatte seine Nase nicht dazu, um das Gelbe der Rosen damit zu beschnuppern, und seine Finger nicht dazu, um die Flötenlöcher damit zuzuhalten. Aus Küssen und Fingerspiel machte er sich wenig, sondern er holte sein Schemelbein heraus — es hatte einen dampfenden, ganz feuerroten Kopf und war über und über mit Warzen bedeckt —, gab ihm einen Stüber und sprach: »Dieser steht Euer Hochwohlgeboren zur Verfügung!« Und sie legte ihn sich auf die flache Hand und rief: »Mein Spätzchen, mein Täubchen, mein Pintchen, komm rein in deinen Bauer, in deinen Palast, in deine Domäne!« Damit lehnte sie sich gegen die Wand, hob das eine Bein hoch, schob sich das Ding in den Bauch und verzehrte die Wurst im Stehen; und der Teufelslump gab ihr fürchterliche Stöße. Ich stand daneben wie eine Äffin, die den guten Bissen kaut, ehe sie ihn noch im Munde hat, und hätte ich mich nicht schnell mit einem Metallstämpfel gestochert, der auf einer Kommode lag, und, wie ich am Geruch bemerkte, kurz vorher dazu gedient hatte, Zimt zu stoßen — gewiß, gewiß, so wäre ich vor Neid über die Seligkeit der anderen umgekommen. Das Roßgesicht machte seine Sache fertig; die Dame aber, ermattet, doch nicht gesättigt, setzte sich aufs Lotterbänkchen, nahm von neuem den Hund beim Schwanz und drehte ihn so eifrig hin und her, daß er bald wieder in gutem Stande war. Und da sie sich aus des Magisters schönem Gesicht nichts machte, so drehte sie ihm den Rücken, packte den Salvum me fac und stieß ihn sich wild in die Null hinein; dann zog sie ihn wieder heraus und steckte ihn ins Viereck, dann wieder ins Runde, und so abwechselnd immer weiter, bis der zweite Gang geschlagen war, worauf sie zu mir sagte: »'s ist auch für dich noch ein guter Happen übriggeblieben!« Ich war einer Ohnmacht nahe wie jemand, der vor Hunger umkommt und nichts essen kann; sofort steckte ich daher dem alten Fuchs einen Finger in ein gewisses Loch, wodurch ich ihm im Nu das Gefühl zu frischem Leben erweckte – ich hatte das Geheimnis von meinem Bakkalaureus und habe nur vergessen, dir davon zu erzählen –, aber gerade, als ich froher Hoffnung war, hören wir ein Klopfen an der Haustür, und zwar ein so ungeniertes und lautes Klopfen, daß man sofort sagen konnte: ›Der ist entweder verrückt, oder ihm gehört das Haus!‹ Bei diesem Lärm verfärbte sich unser Dickkopf wie ein als ehrsamer Bürger geltender Dieb, der beim Einbruch in eine Sakristei ertappt wird. Wir beiden Weiber mit unseren Marmorgesichtern blieben ganz ungerührt. Wie's zum zweitenmal klopfte, erkannte sie ihren Mann und begann zu lachen und lachte lauter und immer lauter, lauter, lauter, bis der Mann sie gehört hatte. Als sie dies merkte, rief sie: »Wer ist da unten?« – »Ich bin's« – »Oh, mein Männchen, ich komme sofort runter; wart einen Augenblick!« Zu uns sagte sie: »Rührt euch nicht vom Fleck!« Dann machte sie ihm auf und rief, sowie sie ihn erblickte: »Ein Geist sagte mir: ›Geh nicht zu Bett, denn ganz gewiß schläft er heut nacht auswärts.‹ Um nun nicht einzuschlafen, habe ich unsere Nachbarin bei mir behalten; sie hat mir von ihrem Klosterleben erzählt, und ich wurde ganz gerührt von den Leiden, die die Ärmste erdulden mußte, und wenn mir nicht zum Glück eingefallen wäre, daß unser Magister ein so guter Geschichtenerzähler ist, so hätte ich wahrhaftig 'ne schlechte Nacht gehabt. Er war aber so freundlich, auf meine Einladung herunterzukommen, und hat uns so lustige Schwänke erzählt, daß ich wieder ganz vergnügt geworden bin.« Mit diesen Worten führte sie den Credo in deum hinauf, der dann auch gar keine weiteren Fragen stellte, aber herzlich zu lachen anfing, als er das Gesicht sah, das der Magister machte; dieser war nämlich über die unvermutete Heimkehr des Hausherrn so verblüfft, daß er aussah wie ein unterbrochener Traum. Als er nun noch mich dazu sah, schmiedete er sofort Pläne, um sich in den Besitz meines Gütchens zu setzen, und begann, um sich auf unverfängliche Art mit mir vertraut zu machen, ein Gespräch mit dem Schulmeister. Er tat, als ob er ihm gefiele, und ließ ihn das Abc von hinten aufsagen, wobei der Schlaukopf absichtlich solchen Unsinn machte, daß der Hausherr vor Lachen auf den Rücken fiel. Unterdessen hatte ich sein Augengeklapper wohl gemerkt, zumal er's zum Überfluß noch mit einigen sanften Fußtritten verstärkte, und sagte: »Da eure Zöfchen schon zu Bette sind, so will ich jetzt auch gehen und mich zu ihnen legen.« – »Nein, nein!« rief der gute Mann, wandte sich zu seiner Frau und sagte: »Bring sie ins Kämmerlein und laß sie hier schlafen!« So geschah es denn, und sobald ich im Bett lag, hörte ich ihn – um mir jeden Verdacht zu benehmen – ganz laut zu seiner Frau sagen: »Liebe Frau, ich muß mich leider wieder zu der Gesellschaft begeben, von der ich eben kam; schick diesen Nachtwächter schlafen und geh selbst auch zu Bett.« Ihr hing bei diesen Worten der ganze Himmel voller Geigen, aber sie stellte sich, als räumte sie alle Kleider aus einer großen Truhe aus, um sich bis Tagesanbruch damit zu tun zu machen. Er ging nun recht geräuschvoll die Treppen herunter, schloß die Tür auf, blieb aber drinnen und machte sie wieder zu, wie wenn er hinausgegangen wäre. Dann schlich er sich leise, leise wie ein Kater in die Kammer, worin ich schlief oder vielmehr nicht schlief, und legte sich sachte an meine Seite. Plötzlich fühlte ich seine Hand auf meiner Brust, und das brachte mich in eine Aufregung, wie sie einen manchmal befällt, wenn man mit dem Kopf nach unten schläft; es ist einem, wie wenn etwas furchtbar Schweres sich einem aufs Herz setzt, so daß man weder sprechen noch sich rühren kann.

Antonia: Das ist der Alp!

Nanna: Ganz recht, so nennt man's ... Er sagte also zu mir: »Wenn du den Mund hältst, soll's dein Schade nicht sein!« und streichelte mir dabei sanft die Wange. Ich aber fragte: »Wer ist da?« – »Ich bin's, ich!« antwortete der unsichtbare Geist. Damit wollte er mir die Schenkel öffnen, die ich fester geschlossen hielt als ein Geizhals die Hand. Ich sagte: »Madonna, o Madonna!« und glaubte es ganz leise zu sagen, aber seine Frau hörte mich. Schnell sprang der Mann, der schon mit mir die Klinge gekreuzt hatte, aus dem Bett und lief in den Saal. Und im selben Augenblick, wo seine Frau mit einem Licht in der Hand meine Kammer betrat, um zu sehen, was ich hätte, ging er in die soeben von ihr verlassene Stube und sah den Bullen sich auf seinem Platz räkeln und die Flöte streichen, mit der er der Lerche das Singen beibringen wollte. Gerade als die Geweihfabrikantin mich fragte: »Was ist dir denn?«, nahm mir ein Jammergeschrei, das eher dem Plärren eines Esels als einer Menschenstimme glich, die Antwort aus dem Munde. Der Gatte verdrosch nämlich den Magister mit 'ner Feuerschippe auf eine ganz gottserbärmliche Weise; und wenn sie ihm nicht zu Hilfe gekommen wäre und ihrem Mann das Ding aus den Händen gerissen hätte, so hätte es mit dem Schulmeister ein gar böses Ende genommen.

Antonia: Der Mann hatte recht, ihm alle Knochen im Leibe zu zerschlagen.

Nanna: Hm – er hatte recht und hatte auch nicht recht!

Antonia: Wieso, zum Teufel, denn nicht?

Nanna: Darüber ließe sich viel sagen ... Als nun die Frau ihrem Kerl das Blut aus der Nase strömen sah, drehte sie sich nach ihrem Mann um, stemmte die Arme in die Seiten und rief: »Für was für eine hältst du mich denn, was? Wer bin ich denn, hä? Meine Amme hatte ganz recht! Die hat's mir vorausgesagt, du würdest mich noch mal behandeln, wie wenn du mich von dem Kehrichthaufen aufgelesen hättest, auf dem ich dich fand. Ihre Prophezeiungen sind in Erfüllung gegangen! Wie oft sagte sie mir: ›Nimm ihn nicht, nimm ihn nicht, du wirst von ihm mißhandelt werden!‹ Ist es möglich, von einer Frau, wie ich's bin, zu denken, sie habe sich mit so 'nem Stück Fleisch mit zwei Augen drin zu schaffen gemacht?! Sag nur, warum hast du ihn geschlagen? Warum? Was hast du ihn machen sehen? Ist vielleicht unser Bett ein geheiligter Altar, daß ein Hansnarr es sich nicht mal ansehen darf? Weißt du denn nicht, daß Leute wie dieser Magister, sobald man sie von ihren Büchern wegbringt, nicht mehr wissen, in was für 'ner Welt sie leben? Aber schön! Ich hab dich verstanden! Du willst es so, und dein Wille geschehe! Morgen früh geh ich auf der Stelle zum Notar und laß mein Testament aufsetzen, damit nicht ein Feind mein lachender Erbe wird, ein Mensch, der seine Frau wie eine Hure behandelt, ohne zu wissen, warum.« Und noch lauter die Stimme erhebend, setzte sie weinend hinzu: »O weh, o weh! Ich Unglückliche! Bin ich eine Frau, die man so behandeln darf?!« Dabei fuhr sie sich mit den Händen in die Haare und gebärdete sich, wie wenn ihr Vater vor ihren Augen dort auf der Stelle gestorben wäre. Im Handumdrehen hatte ich mich angezogen, lief herzu und rief in den Lärm hinein: »Nun ist's aber genug! Bitte, bitte, seid jetzt still! Macht Euch doch nicht zum Gerede der ganzen Nachbarschaft! Nicht weinen, liebe Frau!«

Antonia: Was antwortete denn der Eisenfresser darauf?

Nanna: Kein Sterbenswörtchen! Ihm stand die Zunge still, als er sie mit dem Testament drohen hörte, denn er wußte wohl, wer heutzutage nichts hat, der ist schlimmer dran als ein Kavalier ohne Kredit, ohne Einfluß und ohne Einkommen.

Antonia: Da liegt viel Wahres drin.

Nanna: Ich konnte mir das Lachen nicht verbeißen, als ich den armen Mann, im bloßen Hemd, an allen Gliedern schlotternd, in eine Ecke gedrückt sah.

Antonia: Er muß ausgesehen haben wie ein Fuchs, der ins Garn gegangen ist und sich eine Tracht Prügel auf seinen Buckel ergießen sieht.

Nanna: Hahaha! Genauso sah er aus. Kurz und gut, der Mann wollte die Krippe nicht verlieren, weil ihm der Esel ein Maul voll Futter herausgerauft hatte, und wollte die Weide nicht missen, die das ganze Jahr so schön grün war: Er fiel ihr zu Füßen und redete soviel und bettelte so lange, bis sie ihm verzieh. Ich aber mußte Kummerbrot essen — das hatt ich davon, daß ich mich als eine Nein-das-tu-ich-nicht aufgespielt hatte. Der Schulmeister ging mit einem Dutzend Striemen von der Feuerschaufel zu Bett, die Eheleute legten sich versöhnt zueinander, und ich ging auch schlafen. Und als es Zeit zum Aufstehen war, kam meine Mutter und holte mich nach Hause. Ich wusch mich und zog mich um und war den ganzen Tag dumm im Kopf von der schlechten Nacht, die ich gehabt.

Antonia: Der Schulmeister wurde wohl weggejagt?

Nanna: Weggejagt? Haha! Acht Tage darauf sah ich ihn im feinsten Staat wie einen Kavalier!

Antonia: Soviel ist gewiß: Wenn so einer wie ein Diener, ein Verwalter oder ein Lakai besonders schön gekleidet geht, viel Geld ausgibt, in Spielhäusern verkehrt — der liegt ganz gewiß der Hausfrau auf der Tasche!

Nanna: Daran ist nicht zu zweifeln ... Nun kommt 'ne Geschichte von einer, die vor Lust umkam, sich von einem Bauernkerl den Sturmbock ins Festungstor rennen zu lassen. Man erzählt sich allerdings von dem Mann, er habe einen Pflock wie ein Bulle oder ein Maulesel; daher sind ihre Wünsche begreiflich. Sie war die Frau eines bejahrten Ritters vom goldenen Sporn, der seine Würde dem Papst Johann verdankte und mit seiner Ritterschaft mehr Gestank machte als Manioldo von Mantua. Er ging immer auf dem breiten Stein, drehte sich wie ein Pfau, blähte sich auf, daß man vor Lachen platzte, wenn man ihn ansah, und hatte fortwährend das Wort im Munde: »Wir Ritter!« Wenn er an Feiertagen in seinen schönen Kleidern erschien, brauchte er buchstäblich 'ne ganze Kirche, so drehte er sich in seiner Eitelkeit; er sprach immer nur vom Großtürken und dem Sultan und wußte alles, was in der ganzen Welt vorging. Die Frau dieses langweiligen Gesellen hatte über alles zu schimpfen, was von ihren Gütern in ihr Stadthaus gebracht wurde; wenn Hühner kamen, sagte sie: »Sind's nicht mehr? Wir werden bestohlen!« Wurden Früchte gebracht, so hieß es: »Ein schönes Zeug! Die reifen werden gemaust, und die grünen bringt man uns?« Wurde Salat oder ein Bündel Drosseln oder ein Korb Erdbeeren oder derartiges zum Schlecken gebracht, so keifte sie: »Oho! so dumm sind wir nicht; solche Kinkerlitzchen müssen wir am Korn, am Öl, am Wein bezahlen!« Mit all diesen Redereien setzte sie schließlich ihrem Mann einen Floh ins Ohr, und er schaffte einen anderen Pächter an; auf ihren Rat nahm er den Mann, der den großen Besen für die breitesten Wege hatte. Der Vertrag wurde schriftlich gemacht, und der Pächter zog ein.

Ein paar Tage drauf kam er in die Stadt und erschien ganz beladen vor dem Hause, stieß mit dem Fuß gegen die Tür, die ihm sofort aufgemacht wurde, und stieg die Treppe herauf. Auf der Schulter hatte er einen Knüppel, an dessen Hinterende drei Paar Enten und an dessen Vorderende drei Paar Kapaunen baumelten; in der rechten Hand hielt er einen Korb, worin wohl hundert Eier und eine Menge Käschen waren; er sah aus wie ein venezianischer Wasserträger, der in der einen Hand den sogenannten Bigolo hält, woran zwei Eimer hängen, und in der anderen Hand einen dritten Eimer trägt. Er sagte guten Tag, machte seinen Kratzfuß, blieb mit der Fußspitze auf dem Boden stehen und überreichte der Herrin seinen Tribut; sie freute sich über den Mann mehr als über Allerheiligen und bereitete ihm einen Empfang, der für ihren Ritter sogar zu prächtig gewesen wäre, zunächst ließ sie dem Pächter auf dem Küchentisch einen Imbiß vorsetzen, der alle Mahlzeiten vom Frühstück bis zum Abendessen in sich schloß, dazu trank er auf ihre Aufforderung einen großen Pokal Weißwein von sehr angenehmem süßsäuerlichem Geschmack. Und als sie sah, daß er einen hübschen roten Kopf kriegte, wie sie's gern hatte, sprach sie zu ihm: »Wenn Ihr uns recht gute Sachen bringt, so werdet Ihr finden, daß das Leben 'ne schöne Sache ist.« Der Ritter war nicht zu Hause. Sie rief der Köchin zu: »Hörst du denn nicht?« und ließ sie den Korb leer machen und ihn dem Bauern zurückgeben. Die Enten wurden in den Entenstall gesetzt, und sie wollte auch die Kapaunen in den Kapaunenstall sperren, da sagte aber die gnädige Frau: »Bleib nur hier!« und befahl dem Bauern, die Vögel zu nehmen und sie auf den Dachboden zu tragen. Dort band sie den Kapaunen die Füße los, und die armen Tiere hatten solche Schmerzen gelitten, daß sie länger als eine Stunde brauchten, ehe sie sich wieder bewegen konnten. In der Zwischenzeit machte sie die Dachluke zu und sah sich die Hacke an, womit der Mann sein Feld bearbeitete, denn sie wollte gern wissen, ob die Wirklichkeit den Gerüchten entspräche. Wie die Köchin mir schwor, hatte sie von oben Stöße gehört, als ob alle Dachbalken sich bögen. Nachdem sie sich zweimal hatte pfropfen lassen, wobei sie fortwährend mit ihm von dem Schaden sprach, den unter seinem Vorgänger in der Pacht die Öl- und Pfirsichbäume gelitten hätten, kamen sie wieder herunter. Der Mann konnte nicht länger auf den Ritter warten, denn es war bereits kurz vor Torschluß, beurlaubte sich daher von der gnädigen Frau und kehrte ganz fröhlich nach seinem Dorf zurück. Und es fehlte nicht viel, so hätte er sein gutes Glück dem Domine erzählt. Die wackere Frau aber war nach seinem Fortgehen noch ganz betäubt ob seinem Riesending, das ihr Kellergewölbe bis an die Decke gefüllt hatte. Auf einmal erhebt sich ein Lärm in der Stadt, man läuft hin und her und schreit: »Häuser zu! Häuser zu!« Sie eilt auf den Balkon und sieht einige von ihren Verwandten wütend mit gezogenen Degen, die Mäntel um den linken Arm gewickelt, die Straße entlangrennen, andere schwingen barhäuptig Landsknechtspieße, Hellebarden und Flammberge. Da wird sie aschfahl, und alles dreht sich mit ihr! Dann sieht sie ihren Ritter ganz blutüberströmt auf den Armen von zwei Männern getragen; eine große Menschenmenge stürzt hinterher. Da sinkt sie halbtot zur Erde nieder. Der arme Ritter wird ins Haus gebracht und auf sein Bett gelegt. In aller Eile wird nach Ärzten gesandt; inzwischen sucht man im Hause Eier[1] und Scharpie von Manneshemden zusammen. Die Frau kommt wieder zu sich, läuft zu ihrem Mann, der sie ansieht, ohne ein Wort zu sagen, und kehrt im ganzen Hause das Unterste zuoberst. Und als sie sah, daß er im Verscheiden lag, machte sie mit geweihter Kerze das Zeichen des Kreuzes über ihm und sagte: »Verzeiht mir und empfehlt Euch Gott!« Er macht das Zeichen, daß er ihr vergebe und sich Gott empfehle, und tut den letzten Atemzug. Als Arzt und Priester kamen, war alles vorüber.

Antonia: Warum mußte denn der Ritter sterben?

Nanna: Weil die Verräterin einen Kerl bezahlt hatte, der ihn mit drei Löchern im Leib auf den Schragen brachte. Die ganze Stadt geriet in Aufruhr über den Vorfall; die Frau machte zweimal einen Versuch, sich aus dem Fenster zu stürzen, ließ sich aber rechtzeitig festhalten. Dann bestellte sie das prunkvollste Leichenbegängnis, das jemals dagewesen war; an alle Wände der Trauerkapelle wurde das Wappen des Ritters gemalt, der Sarg, der mit der Decke von gesticktem Brokat bedeckt war, wurde von sechs Bürgern getragen und in der Kirche aufgebahrt; beinahe die ganze Stadt folgte

1. Eiweiß wurde zum Wundverband gebraucht.

der Leiche. Die Witwe in schwarzem Trauergewand, mit einem Gefolge von zweihundert weinenden Frauen, sagte so rührende Klagen mit so süßer Stimme, daß alle Anwesenden in innigem Mitleid mit ihr Tränen vergossen. Von der Kanzel herab hielt ein Prediger die Leichenrede und zählte alle Tugenden des Ritters und alle seine Heldentaten auf; das Requiem aeternam wurde von mehr als tausend Priestern und Mönchen aller Farben gesungen. Dann wurde der Leichnam in einen prachtvollen bemalten Sarkophag gelegt, und die Inschrift darauf war so schön, daß alles Volk herzuströmte, um sie zu lesen. Auf den Sarkophag legte man des Ritters Banner, sein Schwert in roter Samtscheide mit silbervergoldeten Beschlägen, seinen Schild und seinen Helm, der wie das Schwert mit Samt verziert war. Ich vergaß zu erwähnen, daß alle Tagelöhner von seinen Gütern in die Stadt gekommen waren; sie trugen schwarze Mützen, die ihnen zu diesem Tage geliefert waren, und folgten dem Sarg; unter ihnen war auch der Mann mit den Enten, den Kapaunen, den Eiern und dem guten Glück. Was soll ich dir noch weiter sagen. Es gelang ihr, mit ihm ihre Tränen zu trocknen, und sie blieb gnädige Frau und Herrin und Erbin des Ganzen, denn der Tote, der sie aus Liebe geheiratet hatte, und wohl wußte, daß er von ihr weder Sohn noch Tochter haben konnte, hatte ihr zum großen Verdruß aller seiner Verwandten schon bei Lebzeiten all sein Hab und Gut geschenkt.

Antonia: Die Schenkung war gut angebracht!

Nanna: Nun konnte sie, ohne irgendwelche Rücksichten zu nehmen, auf dem Lande leben; sie schickte alle anderen nach Hause und behielt nur des Ritters Nachfolger bei sich, der sie mit seinem Elefantenzahn so wirksam zu trösten wußte, daß sie alle Scham beiseite setzte und ihn zum Mann zu nehmen beschloß, ehe ihre Verwandten sie mit ihren Vorschlägen zu einer neuen Heirat belästigten. Zunächst streute sie, um bessere Bewegungsfreiheit zu haben, das Gerücht aus, sie wollte Nonne werden, so daß alle Schwesternorden ihr das Haus einliefen; dann auf einmal führte sie ihren Entschluß aus und nahm den Bauern, ohne sich weiter um das Gerede der Leute zu kümmern und nach den Rücksichten zu fragen, die sie ihrem adligen Blute schuldig war. Sie war nicht dumm und wußte, daß Rücksichten Freudenverderber sind, daß aufgeschobene Wünsche ranzig werden, daß die Reue bitter schmeckt wie der Tod. Darum ließ sie einen Notar kommen und tat, wozu sie Lust hatte.

Antonia: Sie konnte aber doch Witwe bleiben und geradesogut ihr Gelüste mit dem Glockenklöppel stillen!

Nanna: Warum sie nicht Witwe blieb, das werde ich dir ein anderes Mal erzählen, denn das Leben der Witwen verlangt ein Gespräch für sich allein. Nur soviel will ich dir sagen: Die Witwen sind um zwanzig Karat gediegenere Huren als die Nonnen, die Ehefrauen und die Straßendirnen.

Antonia: Wieso?

Nanna: Nonnen, Ehefrauen und Huren reiben sich an Hunden und Sauen, die Witwen aber brauchen zu ihrem Hurenkram Gebete, Buß- und Andachtsübungen, Predigten, Messen, Vespern, Gottesdienste, Almosen und alle Sieben Werke der Barmherzigkeit.

Antonia: Gibt es denn nicht auch Gute unter den Nonnen, den Ehefrauen, den Witwen und den Freudenmädchen?

Nanna: Von diesen vier Menschenklassen gilt das Sprichwort, das vom Gelde sagt: Vorsicht und Vertrauen!

Antonia: Ich verstehe! Na, aber wie wurde es mit der Hochzeit der Ritterin?

Nanna: Sie nahm inn also zum Mann und zog aufs Land. Als die Sache bekannt wurde, traf sie nicht nur der Tadel ihrer Familie, sondern die Verachtung der ganzen Stadt. Sie aber war so sterblich in ihn verliebt, daß sie ihm sogar sein Frühstück aufs Feld, in den Weinberg, kurz, überallhin nachbrachte. Der Bauer war übrigens von guter Art: Einen ihrer Brüder, der gedroht hatte, er wolle ihn vergiften, gab er ein paar tüchtige Messerstiche; und seitdem wagte kein Städter sich mehr über ihre Schwelle.

Antonia: Mit solchen Leuten ist nicht gut Kirschen essen.

Nanna: Man sagt ja auch:

> Vor Bauernfäusten und ähnlichen Gefahren,
> Du lieber Herrgott, wolle uns bewahren!

Aber nun wollen wir uns etwas besseren Späßen zuwenden und den Tod des armen Ritters ein bißchen überzuckern, nämlich mit dem Leben eines alten reichen Geizhalses und großen Esels, der sich eine Siebzehnjährige zur Frau nahm. Sie hatte den feinsten und schlanksten Wuchs, den ich je gesehen zu haben mich erinnere, die anmutigste Anmut, und alles, was sie sagte und was sie tat, war geradezu entzückend. Ihre Bewegungen waren vollendet vornehm, und besonders ein gewisses hochfahrendes Wesen, verbunden mit der liebenswürdigsten Freundlichkeit, wirkte so, daß man ganz hin war, wenn man's sah. Gabst du ihr 'ne Laute in die Hände, so konntest du sie für eine Musikmeisterin halten; mit einem Buch sah sie aus wie 'ne Dichterin; mit dem Degen in der Hand wie 'ne Fechtmeisterin. Tanzen tat sie wie 'ne Hinde, singen wie ein Engel, spielen ganz unbeschreiblich schön; und mit ihren brennenden Blicken, in denen ein unerklärlicher Zauber lag, brachte sie alle um Sinn und Verstand. Wenn sie aß, schien sie die von ihr berührten Speisen zu vergolden, wenn sie trank, dem Wein einen besonderen Duft zu verleihen; schlagfertig im Gespräch, liebenswürdig, wußte sie über ernste Gegenstände mit einer Majestät zu sprechen, daß neben ihr Herzoginnen als schlumpige Bettpisserinnen erschienen. Die Kleider, mit denen sie sich schmückte, entwarf sie selbst, und ihre Toiletten fanden allgemeine Beachtung; manchmal erschien sie mit der Haube, manchmal in bloßen Haaren, die teils zum Knoten geschlungen waren, teils in Zöpfen herabhingen, mit einer Locke über dem einen Auge, daß sie dadurch zum Blinzeln gezwungen war, und o Gott! wie verstand sie das! Die Männer kamen vor Liebe und die Weiber vor Ärger um. Und zu ihren natürlichen Anlagen besaß sie noch eine Erfahrung, womit sie ganz überaus schlau alle ihre Liebhaber zu ihren Sklaven zu machen wußte; sie waren verloren, wenn sie einen Blick auf ihren wogenden Busen warfen, den die Natur mit Tautropfen von roten Rosen besprengt hatte. Oft spreizte sie ihre Hände aus, wie wenn sie einen Makel daran entdecken wollte — dann mußte man das Funkeln ihrer Diamantringe mit dem Funkeln ihrer Augen vergleichen, und so blendete sie den Blick, der sich auf ihre Hände lenken mußte und sich nicht wieder abwenden konnte, solange ihre eigenen koketten Blicke darauf ruhten. Wenn sie ging, berührte sie kaum den Erdboden, dabei tanzten ihre schönen Augen; und wenn sie sich mit dem

Weihwasser die Stirn betupfte, machte sie eine Verbeugung, als ob sie sagen wollte: ›So macht man's im Paradiese!‹ Und mit all ihren Schönheiten, mit all ihren Tugenden, mit all ihrer Grazie konnte sie's doch nicht hindern, daß ihr Vater – (Ochse!) – sie mit einem Alten von sechzig Jahren verheiratete. Das heißt, für sechzigjährig gab er sich selber aus, aber alt wollte er beileibe nicht sein! Dieser ihr Mann ließ sich Herr Graf nennen von irgendeinem ihm zugehörigen alten Gemäuer mit zerbröckelnden Wänden und zwei Schornsteinen, und auf Grund eines Diploms auf Pergament und mit großem Bleisiegel, das ihm, wie er behauptete, vom Kaiser verliehen war und wodurch er das Vorrecht erlangt hatte, den Stutzern, die sich zu ihrem Vergnügen gern Löcher in die Haut machen, freien Kampfplatz gewähren zu dürfen. Fast jeden Monat fand ein solches Turnier statt, wobei er auftrat, als hielte er sich für die Potta[1] von Modena, und mit Genuß sah er die Maulaffen, die sich das Lanzenbrechen von Hinz und Kunz ansehen wollten, ihre Mützen ziehen. Am Tage der großen Turniere, da erschien er in pontifikaler Pracht, in einem mit vergoldeten Flittern übersäten Wams aus pfauenblauem Samt mit langen und kurzen Haaren, die nicht geschoren waren – denn diese Sorte Samt wird ja nicht geschoren – auf dem Kopf ein Barett mit Tellerdeckel, in einem grüngefütterten roten Mantel mit Kapuze aus Silberbrokat, wie sie früher die Studenten manchmal trugen, an der Seite den Degen, einen spitzspitzigen Degen, mit Messingknauf und in altertümlicher Scheide. Zunächst schritt er zweimal zu Fuß um die Stechbahn mit zwanzig barfüßigen Strolchen hinter sich, die Armbrüste oder Hellebarden trugen und zum Teil seine Lakaien, zum Teil von seinem Landgut zu diesem Dienst kommandiert waren. Dann bestieg er sein altes, mit Kleie dickgemästetes Schlachtroß, eine Stute, die hunderttausend Sporen sowenig wie ein einziges Paar je vermocht hätten, einen Sprung zu tun, und vor Schreck kroch er ganz in sich zusammen, wenn auch für ihn die Trompete zum Angriff blies. An solchen Tagen hielt er seine Frau hinter Schloß und Riegel; sonst schnüffelte er beim Kirchgang und an Festtagen und überall hinter ihr her, wie ein Gärtnerhund 'ner Hündin unter den Schwanz riecht.

1. Ein böser Witz auf den Podesta von Modena.

Im Bette erzählte er ihr seine Heldentaten aus seinen Soldatenzeiten, und wenn er ihr die Schlacht beschrieb, worin er gefangengenommen war, machte er mit dem Mund das Tuff! taff! der Bomben nach, wobei er sich wie ein Besessener im Bett herumwarf. Die arme Kleine hätte lieber ein nächtliches Lanzenstechen veranstaltet und kam ganz in Verzweiflung; manchmal, um wenigstens etwas zu haben, brachte sie ihn dazu, daß er auf allen vieren auf dem Fußboden herumlief, dann ließ sie ihn einen Gürtel wie einen Zügel in den Mund nehmen, stieg auf seinen Rükken, spornte ihn mit den Fersen und ließ ihn springen wie er selber seinen Gaul. In solchem melancholischen Leben kam ihr plötzlich eine feinfeine Schelmerei in den Sinn.

Antonia: Auf die bin ich neugierig!

Nanna: Zunächst begann sie nachts im Schlaf unzusammenhängende Worte zu sprechen, über die der Alte ganz unbändig lachen mußte, aber als sie dann bald dazu überging, mit den Händen zu gestikulieren, und ihm einen Faustschlag aufs eine Auge gab, daß er Bleiwasser und Rosenöl auflegen mußte, da verbat er sich den Spaß ganz entschieden. Sie tat aber, als wüßte sie nichts von allem, was sie spräche und machte, und fügte den bisherigen Übungen eine neue hinzu, indem sie aus dem Bett sprang, Fenster öffnete und Truhen aufschloß. Manchmal kleidete sie sich gar an; dann lief der Dummkopf hinter ihr her, schüttelte sie und rief sie laut beim Namen. So geschah es denn eines Nachts, als sie aus dem Schlafzimmer hinausgegangen war, daß er mit dem Fuße bei einer Treppenstufe vorbeitrat, während er noch auf glattem Boden zu gehen glaubte. Er rollte die ganze Treppe hinunter, zerschlug sich den ganzen Körper und brach außerdem noch ein Bein. Auf sein Geschrei, das die ganze Nachbarschaft aufweckte, liefen alle seine Diener herbei und hoben ihn auf; besser hätte er getan, er wäre ruhig in seinem Bette liegengeblieben! Sie tat, als erwachte sie von dem Schmerzensschrei ihres Mannes, und weinte herzbrechend, als sie seinen Unfall vernahm, verfluchte ihre Untugend des Schlafwandelns und schickte trotz der späten Nachtstunde sofort zum Arzt, der dann auch dem Manne die Knochen wieder einrenkte.

Antonia: Warum stellte sie sich denn, als ob sie träumte?

Nanna: Um dadurch ihren Mann zu Fall zu bringen, was ja auch wirklich eintraf; und damit er mit seinen gebrochenen Gliedern nicht mehr hinter ihr herlaufen könnte. Der kindische Alte mit seiner Eifersucht war nun über die Maßen unglücklich, dabei aber so aufgeblasen in seiner Eitelkeit, daß er, sosehr es ihn auch wurmte, nicht weniger als zehn Lakaien hielt, die alle in einem großen Zimmer im Erdgeschoß schliefen, lauter junge Leute, von denen der Älteste höchstens vierundzwanzig Jahre zählte. Und wer von ihnen 'ne gute Mütze hatte, der hatte traurige Hosen; wer gut mit Hosen versehen war, bei dem stand's um so schlimmer mit dem Kamisol; wer ein gutes Kamisol besaß, dem war der Mantel zerrissen, und der Besitzer eines guten Mantels hatte dafür einen Fetzen von Hemd — und ihr ganzes Essen bestand oft — ach, nur zu oft — aus Brot und Krumen.
Antonia: Warum blieben denn die Schlingel?
Nanna: Wegen der Freiheit, die der Alte ihnen ließ. Nun, meine liebe Antonia, auf diese Rotte hatte die Frau ein Auge geworfen, und sobald sie den alten Esel aufs Krankenbett gebracht, wo er sich mit dem Bein zwischen zwei Schienen nicht rühren konnte, begann sie sofort wieder zu träumen, streckte die Arme aus und sprang aus dem Bett, soviel auch der Alte ›Holla! holla!‹ rief. Sie öffnete ihre Zimmertür, ließ ihn sich die Kehle heiser schrein und ging zu den Dienern, die bei einem nur noch ganz schwach flackernden Lämpchen um ein paar Heller würfelten, die sie beim Einkauf einiger Kleinigkeiten ihrem Herrn gemaust hatten. Sie sagte ihnen gute Nacht und löschte dabei das Licht aus, dann nahm sie den ersten, der ihr unter die Finger kam, und begann sich mit ihm die Zeit zu vertreiben. In den drei Stunden, die sie bei ihm blieb, probierte sie alle zehn, und zwar jeden zweimal; dann ging sie wieder nach oben, befreit von den Geistern, die in ihr rumort hatten, und sagte: »Lieber Gatte, Ihr seid doch nicht böse auf meine unglückliche Naturanlage, die mich treibt, des Nachts wie eine Hexe im Hause treppauf, treppab zu wandeln?«
Antonia: Wer hat dir denn das alles so haarklein erzählt?
Nanna: Sie selbst. Denn nachdem sie einmal ihre Ehre unter die Füße getreten hatte, wurde sie jedermanns Frau; ihre verliebten Streiche wurden bald bekannt, und sie selbst erzählte sie jedem,

der sie hören wollte, und sogar jedem, der sie nicht hören wollte. Übrigens hatte einer von den zehn Kampfgenossen einen Groll gegen sie gefaßt – weil sie sich einem hingegeben, dem die Natur es dicker gegönnt als ihm – und lief nun wie ein Verrückter herum und schrie auf allen Plätzen und Straßen, in allen Schänken und Barbierstuben die Geschichte aus.

Antonia: Sie hatte aber doch ganz recht! Um so schlimmer für den alten Narren – er hätte eine nehmen sollen, die zu seinem Alter paßte, und nicht eine, die hundertmal seine Tochter sein konnte!

Nanna: Du hast die Moral der Geschichte gut erfaßt! Aber es genügte ihr noch nicht, ihm so viele Hörner aufzubürden, daß tausend Hirsche sie nicht hätten tragen können, sondern sie verliebte sich in einen herumziehenden Kalenderverkäufer und schaffte sich den Alten vom Halse, indem sie ihm mit einer Tüte voll Pfeffer die Suppe würzte; und während der Alte starb, freite sie vor seinen Augen den Lumpenkerl und ließ sich's von ihm besorgen. So erzählte man sich's überall in der Stadt, ich will aber nicht darauf schwören, denn ich hab den Finger nicht im Loch gehabt.

Antonia: Die Geschichte wird wohl wahr sein!

Nanna: Jetzt 'ne andere: Eine von den anständigsten Frauen der Stadt hatte einen Mann, der mehr aufs Spiel erpicht war als ein Affe auf süße Kirschen. Seine bevorzugte Liebste war das Primieraspiel, und deshalb versammelte sich in seinem Hause stets zahlreiche Gesellschaft zum Spiel. Dicht bei der Stadt hatte er eine Besitzung, und eine von seinen Bäuerinnen, eine Witwe, kam alle vierzehn Tage zu Besuch zu seiner Frau und brachte ihr ländliche Leckerbissen, wie zum Beispiel trockene Feigen, Nüsse, Oliven, gebackene Weintrauben und derlei angenehme Sächelchen. Sie blieb dann immer eine hübsche Weile und kehrte nachher in ihr Dorf zurück. Eines schönen Tages brachte sie eine Schüssel leckerer Schnecken, dazu ein paar Dutzend Pflaumen, in ihrem Körbchen sauber auf Krauseminze gebettet, und kam damit zu Besuch zu der gnädigen Frau. Das Wetter schlug um, und es kam ein Sturm mit einem so fürchterlichen Regen, daß sie notgedrungen zur Nacht bleiben mußte. Wie dies der Schlemmer merkte, der immer in Saus und Braus lebte und in Gegenwart seiner Frau alles sagte, was ihm nur auf die Lippen kam, und ein leichtsinniger Trinker, ein unbedachter Schwätzer war, machte er flugs einen Anschlag auf die junge Bäuerin. Es dünkte ihm ein famoser Spaß zu sein, wenn er seiner Spielergesellschaft eine Trente-et-un-Partie mit der Witwe veranstaltete, denn es waren gerade einunddreißig Spieler anwesend. Seine Anregung wurde mit lauter Heiterkeit aufgenommen, und er nahm ihnen das Versprechen ab, daß nach dem Abendessen alle wiederkommen wollten. Dann sagte er zu seiner Frau: »Laß unsere Bäuerin in der Dachkammer schlafen.« Sie antwortete ihm, es solle nach seinem Willen geschehen, und setzte sich mit ihm zu Tisch. Auch die Bäuerin, die frisch von Farbe war wie ein Rosenstrauß, mußte mitessen und sich untenan setzen. Nach dem Essen saßen sie noch eine Weile zusammen, dann kam die Spielergesellschaft, mit der der Mann sich zurückzog, nachdem er vorher noch seiner Frau gesagt hatte, sie möchte schlafen gehen und auch die Witwe zu Bett schicken. Die Frau wußte wohl, auf welchem Fuß der Taugenichts lahmte, und sagte bei sich selber: »Ich habe immer sagen hören, wer sich einmal ein tüchtiges Vergnügen macht, hat wenigstens *das* gehabt; mein Mann, der Laster und Ehre für dasselbe hält, will einen Raubzug gegen den Keller und die Scheuer unserer Bäuerin unternehmen; darum will ich doch mal sehen, was es eigentlich mit dem Trente-et-un auf sich hat, gegen welches so viele zetern; offenbar haben die Spielbrüder meines Faulpelzes von Mann eine solche Partie mit der guten Frau vor.« Demgemäß ließ sie die Bäuerin in ihrem Bette schlafen und legte sich selbst in das, welches sie für die Besucherin hatte zurechtmachen lassen. Gleich darauf kommt ihr Mann vorsichtig mit langen Schritten herangeschlichen, er versuchte, den Atem anzuhalten, und stieß infolgedessen ein seltsames Schnaufen aus; seine guten Gesellen, die nach ihm mit dem Löffel in die Pastete fahren sollten, konnten kaum ihr Lachen verhalten, und man hörte unaufhörlich gedämpfte Hahas und Huhus, die sehr schnell wieder erstickt wurden, indem ein Kamerad dem Lacher den Mund zuhielt. Die ganzen Vorgänge habe ich von einem der Teilnehmer an dieser Trente-et-un-Partie, der mir manchmal zum Zeitvertreib ein paar Stößchen versetzte, haarklein vernommen. Der Anführer der zum Turnier Ausgerückten kam plötzlich zu der Frau herein, die niemals mit solcher Lust auf etwas gewartet hatte, stürzte sich auf sie und packte sie dermaßen an, daß sie sofort merken mußte: ›Du kommst mir nicht aus den Fingern!‹ Sie tat, als ob sie aus dem Schlaf aufführe, eine gräßliche Angst hätte und aus dem Bett springen wollte, er aber zog sie mit aller Kraft an sich, drückte ihr mit dem Knie die Schenkel auseinander und setzte das Petschaft auf den Brief. Daß er seine eigene Frau vorhatte, bemerkte er ebensowenig, wie wir das Wachsen der Blätter an dem Feigenbaum wahrnehmen, in dessen Schatten wir jetzt sitzen. Als sie merkte, daß er ihr nicht wie ein Ehemann, sondern wie ein Liebhaber den Pflaumenbaum schüttelte, hat sie gewiß bei sich gedacht: ›Das Leckermaul verputzt mit Appetit fremdes Brot, und das Hausbrot bringt er immer kaum hinunter!‹ Um's kurz zu erzählen: Er machte ihr zweimal das Pläsierchen, dann ging er zu seinen Kameraden und sagte laut lachend: »Oh, das ist ein famoser, leckerer Happen! Ein Fleisch hat sie: stramm und fest, und 'ne glatte Haut wie 'ne Dame.« Kurz und gut, wenn man ihn hörte, roch ihr Popo nach Pfefferminze und Pimpernell. Als er mit seiner Ansprache fertig war, schob er den zweiten hinein in die Kammer, der ging aber mit einer Gleichgültigkeit ans Werk, wie ein Mönch seine Suppe ist. Dann winkte der Mann den dritten heran, der stürzte sich auf sie wie der Fisch auf den Regenwurm, und dabei gab's was zu lachen, denn als der Hecht in die Pfütze schoß, gab's drei Donnerschläge ohne Blitze; er arbeitete so auf der Frau herum, daß ihr der Schweiß über die Schläfen lief und sie ganz ärgerlich ausrief: »Diese Trente-et-un-Spieler sind ganz ungebildete Menschen.« Um dir nicht bis in die späte Nacht hinein jedes Wort und jede Bewegung erzählen zu müssen, will ich nur kurz sagen, sie machten's ihr auf alle Arten, auf alle Weisen, auf alle Manieren, auf allen Wegen und nach allen Regeln (wie die Petrarcaschwärmerin Mamachen-erlaubt's-nicht[1] zu sagen pflegte). Als sie zwanzig gehabt hatte, begann sie's zu machen wie die Katzen, die vor Wollust kreischen und greulich miauen. Dann kam einer, der

1. Madrema-non-vuole war der Spitzname einer berühmten römischen Kurtisane, die in Aretinos Komödien und Gesprächen oft vorkommt.

probierte es erst bei der Pfeife und dann beim Dudelsack, und da beide ihm vorkamen wie ein Stall von Nacktschnecken, so besann er sich einen Augenblick. Dann setzte er ihn hinten an, fand aber nirgends festen Grund und rief: »Meine gute Frau, schnaubt Euch mal die Nase, und dann riecht mal an meinem Kapernstrauch!« Während er so sprach, hörten die andern mit gespanntem Hahn der Predigt zu und warteten auf den Augenblick, wo die Freundin mit dem Freund fertig wäre, wie Handwerksgesellen, Straßenjungen und Bauern am Donnerstag, Freitag und Samstag der heiligen Woche auf den Beichtenden warten, dem der Mönch die Absolution erteilt hat. Und mehr als einer zog bei dem Warten dem Hund das Fell über die Ohren, daß er seine Seele ausspuckte. Endlich blieben noch vier übrig, die zwar auch mehr Narren als Weise waren, aber doch nicht das Herz hatten, ohne Schwimmblase in dieses Meer von Schleim hineinzuschwimmen. Sie zündeten trotz dem Einspruch des Gastgebers ein Endchen Fackel an, womit sonst den Spielern, die sich nach Verlust ihres Geldes fluchend entfernten, zur Tür geleuchtet wurde, und traten damit in die Kammer, in der die Frau bis zu den Knien hinab in der Schmiere lag. Als nun diese sich entdeckt sah, machte sie ein so unschuldiges Gesicht wie der Ponte Sisto und sagte: »Es war 'ne Laune von mir, wie man sie wohl mal hat auf dieser Welt; jeden Tag hörte ich sagen: Dieunddie hat einen Einunddreißiger gehabt, und dieunddie hat auch einen gekriegt, und da wollte ich mir diesen Einunddreißiger doch mal näher ansehen; jetzt mag kommen, was will!« Der Mann machte eine Tugend aus der Not und antwortete nur: »Nun, und was hältst du denn davon, liebe Frau.« – »Oh, es scheint mir was sehr Gutes zu sein«, sagte sie. Nach einer solchen Mahlzeit konnte sie sich nun nicht mehr halten und eilte mit verhängten Zügeln aufs Klosett, wie ein Abt, der zuviel gegessen hat und sich den Brei aus dem Leibe schaffen will. Dort überantwortete sie dem irdischen Orkus siebenundzwanzig ungeborene Seelchen. Als aber die kleine Bäuerin hörte, daß die für sie zurechtgemachte Gerste von einer anderen verzehrt war, ging sie wütend heim, und der Arsch brannte ihr, wie wenn er mit Erbsen gekocht wäre; sie schmollte ein ganzes Jahr lang mit der gnädigen Frau und sprach kein Wort mit ihr.

Antonia: Selig ist, wer seine Gelüste zu befriedigen weiß!

Nanna: Das sage ich auch. Aber wenn eine dazu jene Einunddreißig braucht, so beneide ich sie nicht. Ich habe es – dank freundlicher Vermittlung – ebenfalls mit einigen von ihnen probiert, und ich finde dabei nicht soviel Seligkeiten, wie die Leute sich vorstellen – denn sie brauchen zu lange Zeit. Das will ich dir allerdings gestehen: Wenn sie nur die halbe Zeit brauchten, dann wär's eine famose Sache, dann könnte man wirklich ›Gesegnete Mahlzeit!‹ sagen.

Aber jetzt wollen wir uns mal einer anderen Frau zuwenden, deren Namen ich verschweige. Sie entbrannte in Begierde nach einem Gefangenen, den der Podesta nicht hängen wollte, weil er dem Galgen dieses Vergnügen nicht gönnte. Sein Vater war gestorben, als er in seinem einundzwanzigsten Jahre stand, und hatte ihm ein Erbteil von vierzehntausend Dukaten hinterlassen, davon die Hälfte in bar, den Rest in Liegenschaften, außerdem noch die Einrichtung eines Hauses, das schon mehr Palast zu nennen war. In drei Jahren war das ganze Geld verschlemmt, verspielt, verjuckt; dann fing er mit dem Grundbesitz an und wurde in noch drei Jahren auch damit fertig. Ein Häuschen, das er infolge einer Bestimmung des Testaments nicht verkaufen durfte, ließ er abbrechen und verkaufte die Steine. Dann ging's über die Möbel her: Heute versetzte er ein Bettlaken, morgen verkaufte er ein Tischtuch, dann ein Bett, dann noch eins, und so den einen Tag dies, den andern das. So kam er bald beim letzten Heller an, und alles, was er noch besaß, war überschuldet; auf sein Haus lieh er zuerst Geld, dann verkaufte er's oder verschenkte es vielmehr für ein Ei und Butterbrot und stand schließlich nackt und bloß da. Dann ergab er sich allen Schurkereien, die ein Mensch begehen, ja, die er überhaupt nur ersinnen kann: Meineid, Totschlag, Räuberei, Betrug, Falschspiel mit Karten und noch falscheren Würfeln, Spionage, Schwindelei, Gaunerei und Meuchelmord. In mehreren Gefängnissen hatte er vier- und fünfjährige Strafen verbüßt und hatte dort mehr Prügel als Essen bekommen; jetzt saß er, weil er einem gewissen Messer ... – den Namen nenn ich nicht, denn das hat ja keinen Zweck – ins Gesicht gespuckt hatte.

Antonia: Der Rüdekiel! Der Verräter!

Nanna: Ja, rüdig war er, und zwar dermaßen, daß es eine der leichtesten Beschuldigungen gewesen wäre, wenn man ihn angeklagt hätte, mit seiner Mutter Blutschande getrieben zu haben. Er war bettelarm in allem und jedem, aber sehr reich war er an Franzosen, mit denen hätte er tausend seinesgleichen versorgen können und noch 'ne ganze Welt für sich übrigbehalten. Dieser Teufelsbraten nun wurde im Gefängnis von dem Arzt behandelt, der von der Stadt für die Pflege der armen Gefangenen bezahlt wird; es war noch ein anderer Kranker da, der hatte große Angst, sein Bein würde ihm vom Krebs angefressen werden, und um ihn zu trösten, sagte der Arzt: »Ich habe dem Dingsda seine übernatürliche Natur geheilt, und ich sollte dein Bein nicht heilen?« Dieses Wort von der übernatürlichen Natur kam der vorhin erwähnten Dame zu Ohren, und die übermenschliche Männlichkeit des gefangenen Schurken lag ihr fortwährend im Sinn, daß sie von heißer Begierde danach entflammt war wie jene Königin nach dem Bullen. Und da sie weder Mittel noch Wege fand, ihr Gelüste zu befriedigen, so kam sie auf den Gedanken, sie wollte irgend etwas begehen, wofür sie in dasselbe Gefängnis kommen müßte, worin der Kruzifixanspeier säße. Sie ging daher zu Ostern zum Abendmahl, ohne gebeichtet zu haben, und als sie dafür zurechtgewiesen wurde, antwortete sie, sie habe ganz recht getan. Die Sache wurde bekannt und dem Podesta Anzeige gemacht; er ließ sie ergreifen und auf die Folter spannen, worauf sie bekannte, die Ursache ihres Verbrechens sei die unwiderstehliche Begierde nach der Rübe jenes Kerls. Er war übrigens wirklich ein schöner Kerl: Die Augen saßen ihm ganz tief im Kopf und waren so klein, daß man sie kaum sah, die Nase breit und auf das Gesicht gequetscht, eine Hiebnarbe lief quer darüber weg, außerdem waren zwei Narben von Hiobs Leiden daran, von einer Größe wie zwei jener Plättchen, mit denen die Maultiergeschirre beschlagen sind; außerdem war er zerlumpt, stinkend, unflätig und ganz voll von Filz- und Kopfläusen. Dem gab der weise Podesta sie zur Gesellschaft, indem er sagte: »Jener Halunke sei die Buße für deine Sünde per infinita saecula saeculorum.« Sie aber geriet über diese Verurteilung zu lebenslänglicher Einsperrung in solche Freude wie ein anderer Mensch über seine Freilassung. Und als sie zum erstenmal den riesigen Maiskolben erblickte, soll sie gerufen haben: »Hier lasset uns Hütten bauen!«

Antonia: War der Kolben, von dem du sprichst, so groß wie der von einem Esel?

Nanna: Größer.

Antonia: Wie der von einem Maultier?

Nanna: Größer.

Antonia: Wie der von einem Bullen?

Nanna: Größer.

Antonia: Wie der von einem Hengst?

Nanna: Dreimal so groß, sag ich dir!

Antonia: Dann war er wohl so groß wie solche Nußholz-Säule, die man an den Betten sieht?

Nanna: Du hast's getroffen.

Antonia: Was dünkt dir davon?

Nanna: Während nun die Frau bis an den Hals in Wonne schwamm, lag die ganze Stadt fortwährend dem Podesta in den Ohren, so daß er als gerechtigkeitsliebender Mann nicht umhinkonnte, besagten Bösewicht dem Galgen zu überantworten. Er gab ihm also seine Galgenfrist von zehn Tagen und ... halt! ich habe etwas ausgelassen, was ich erst nachholen muß, doch komme ich dann sofort wieder auf den Halunken zurück:

Kaum war jene lüsterne Person im Gefängnis und hatte die Maske fallenlassen, so verbreitete sich die Nachricht durch die ganze Stadt und wurde in allen Kreisen eifrig besprochen, besonders aber von den Frauen. Auf den Straßen, aus den Fenstern, auf den Terrassen hörte man über gar nichts anderes mehr reden als über jenen Vorfall, der mit Gelächter oder mit Verachtung kommentiert wurde. Und wo um einen Weihwasserkessel sechs Gevatterinnen versammelt standen, da hatten sie zwei Stunden lang über den Fall zu verhandeln. Ein solcher Klatschkonventikel wurde eines Tages auch in meiner Nachbarschaft abgehalten, und da trat auch eine Frau Zimperlich hinzu und sagte, als sie hörte, worum sich's handelte, unter gespannter Aufmerksamkeit aller Frau Basen: »Wir Frauen — deren Frauenwürde durch die Handlungsweise jenes Weibsbilds in den Kot getreten ist —, wir Frauen sollten sofort vor den Palast ziehen, Feuer hineinwerfen und sie aus dem Gefängnis herausreißen, sie dann auf einen Karren setzen und sie mit unseren Zähnen in Stücke reißen; steinigen, lebendig schinden, kreuzigen sollten wir sie!« Mit diesen Worten ging sie ab, sich aufblähend wie eine Kröte, und begab sich so stolz nach Hause, wie wenn die Ehre aller Frauen auf der ganzen Welt von ihr abhinge.

Antonia: Das Biest!

Nanna: Als nun dem Erzhalunken seine Galgenfrist von zehn Tagen angekündigt wurde, kam dies auch jener Betschwester, von der ich eben sprach, zur Kenntnis, jener tugendsamen Frau, die das Gefängnis hatte stürmen und verbrennen und den Gefangenen hatte zerreißen wollen. Und siehe! sie fühlte plötzlich ihr Herz von Mitleid bewegt, als sie bei sich selbst bedachte, was für ein Verlust das für die Stadt wäre, wenn sie ihr berühmtes Kanonenrohr verlöre, das durch seinen bloßen Ruhm, geschweige denn durch seine Leistungen die kümmerlich bedachten Weiber anzöge, wie der Magnet eine Nadel oder einen Strohhalm. Und dieselbe böse Lust, dies Instrument ihr eigen zu nennen, die schon jene andere, die Sakramentsverächterin – mit Verlaub zu sagen – angestachelt hatte, kam auch über sie, und sie dachte sich das verteufeltste und schlauste Halunkenstücklein aus, wovon man je gehört hat.

Antonia: Was für 'n Stücklein denn? Gott bewahre dich vor solchen Gelüsten!

Nanna: Sie hatte einen Mann, einen kümmerlichen Krüppel, der zwei Stunden auf war und zwei Stunden zu Bett lag. Und manchmal kriegte er solche Herzkrämpfe, daß ihm die Luft wegblieb, als ob er sterben sollte. Nun hatte die Frau von einer jener Bordelltrinen – hole die Pest sie alle! – gehört, sie könnten jeden, der der Gerechtigkeit verfallen wäre, vom Tode erretten, denn sie brauchten sich bloß auf dem Zuge nach dem Galgen ihm entgegenzuwerfen und zu rufen: ›Dieser Mann soll mein Gatte sein!‹

Antonia: Was hör ich da?

Nanna: So beschloß sie denn, ihrem Mann den Garaus zu machen, das Vorrecht jenes Gesindels für sich in Anspruch zu nehmen und den Halunken zu heiraten. Wie sie gerade über dies Plänchen nachdachte, stieß ihr unglückseliger Mann ein Jammergeschrei aus, schloß die Augen, ballte die Fäuste, zuckte mit den Beinen und fiel in Ohnmacht. Und sie, die aussah wie ein Thunfischfaß – denn sie war mehr in die Breite als in die Höhe gewachsen –, sie legte ihm ein Kopfkissen auf den Mund, setzte sich obendrauf und veranlaßte, ohne der Beihilfe ihrer Magd zu bedürfen, seine Seele auf dem Wege, den sonst das verdaute Brot nimmt, den Leib zu verlassen.

Antonia: Oh! oh! oh!

Nanna: Dann schlug sie einen fürchterlichen Lärm und raufte sich die Haare, so daß die ganze Nachbarschaft herbeilief. Da man aber die Krankheit des armen Männchens kannte, so zweifelte kein Mensch daran, daß er in einem seiner häufigen Anfälle erstickt sei. Er wurde mit anständigem Pomp zu Grabe getragen – denn er war ein ziemlich wohlhabender Mann gewesen –, und sie ging sofort, brünftig wie eine läufige Hündin, in den Puff (um das Ding mit dem richtigen Namen zu nennen!). Da sie weder von ihrer Seite noch von der ihres Mannes für zwei Heller Verwandte hatte, so blieb sie ganz unbelästigt, denn die Leute glaubten, sie hätte über dem Tod ihres Gatten den Verstand verloren. So kam denn die letzte Nacht vor dem Morgen, an dem der Mann mit dem Riesenphallus seine Strafe erleiden sollte; alle Männer und fast alle Weiber zogen aus der Stadt und versammelten sich vorm Hause des Podesta, um sich die Verkündigung des tausendfältig verdienten Todesurteils mit anzusehen. Der Kerl lachte, als er den Cavaliere sagen hörte: »Es gefällt Gott und dem großmächtigen Podesta (ich hätte dessen Namen zuerst nennen sollen) – daß du sterbest!« Dann führte man ihn aus dem Gefängnis heraus unter die Menge; die Füße im Block, Schellen an den Händen, saß er auf einem elenden dünnen Strohbündel, rechts und links einen Priester, die ihm Trost zusprachen. Das Heiligenbild, das man ihm zum Küssen hinhielt, sah er ganz freundlich an, schwatzte tausend Dummheiten, als ob ihn die ganze Sache nichts anginge, und rief jeden Bekannten, der ihm begegnete, beim Namen. Seit dem frühen Morgen schon hatte die große Glocke des Rathauses langsam, langsam geläutet, zum Zeichen, daß Gerechtigkeit erfüllt werden sollte. Die Banner wurden entfaltet, und einer vom Halsgericht, der eine recht schmetternde Stimme hatte, verlas das Todesurteil, was bis zum Abend dauerte. Dann machte der Delinquent sich auf den letzten Weg, um den Hals einen dicken vergoldeten Strick und auf dem Kopf eine Krone aus Flittergold, zum Zeichen, daß er der König aller Halunkenschaften sei. Hierauf schmetterte die Trompete – von der man das bestickte Tuch abgenommen hatte –, und er ging, inmitten einer großen Häscherschar und eine riesige Menschenmenge hinter sich, dem Galgen zu. Längs seines ganzen Weges waren Balkons, Dächer und Fenster voll von Weibern und Kindern. Die verliebte Vettel aber erwartete klopfenden Herzens den Augenblick, da sie sich dem wüsten Menschen an den Hals werfen sollte, wie ein von Fieberdurst verzehrter Kranker sich auf den Eimer mit frischem Wasser stürzt, und als nun der Zug in ihre Nähe kam, da warf sie sich ohne Zögern, mit lautem Schreien die Menge zerteilend, ihm entgegen, und mit fliegenden Haaren, jauchzend in die Hände klatschend, fiel sie dem Halunken um den Hals, preßte ihn an ihren Busen und rief: »Ich bin deine Frau!«

Die Richter hielten an, das Volk drängte sich herzu, und es entstand ein Lärm, wie wenn sämtliche Feuer-, Sturm-, Bet- und Feiertagsglocken der ganzen Welt gleichzeitig läuteten. Der Vorfall wurde dem Podesta gemeldet, und er mußte dem Gesetz und dem Brauch gemäß verfahren. Der Halunke wurde also freigelassen, und man ließ ihn sich an den Galgen der Halunkin aufhängen.

Antonia: Das Ende der Welt ist da!

Nanna: Hahaha!

Antonia: Worüber lachst du?

Nanna: Über die andere, die, um mit ihm zusammen im Gefängnis leben zu können, lutherisch geworden war und der jetzt drei Messer ins Herz gestoßen wurden: das erste, als sie mit ansehen mußte, wie man ihn von ihrer Seite weg aus dem Gefängnis riß, das zweite Messer war die Trauer, daß man ihn an den Galgen hängen würde, das dritte Messer spürte sie, als sie hören mußte, daß eine andere sich ihr Schloß, ihre Stadt, ihr Reich angeeignet hatte.

Antonia: Möge Gott es dem lieben Herrgott vergelten, daß er sie mit den drei Messerstichen bestrafe!

Nanna: Höre jetzt noch eine Geschichte, Schwesterchen!
Antonia: Oh, wie gern!
Nanna: Ich kannte eine, der nichts gut genug war. Sie selbst war schön, doch ohne jede Anmut — oder nein, sie war nicht mal schön, sondern nur hübsch. Über alles hatte sie die Nase zu rümpfen und die Stirne zu runzeln; eine Spürnase hatte sie wie ein Wiesel, ein Mundwerk wie ein Marktweib, ihr Auge entdeckte jede kleine Ungehörigkeit, kurz, sie war die fatalste Frauensperson, die jemals auf die Welt kam. Über jedes Auge, jede Stirn, jede Winper, jede Nase, jeden Mund, jedes Gesicht, das sie sah, hatte sie ihre Bemerkungen zu machen; alle Zähne, die andere Frauen im Munde haben, waren schwarz, hohl und zu lang. Keine verstand zu sprechen und richtig zu gehen, und eine jede war so schief gewachsen, daß ihr die Kleider wie 's heulende Elend um den Leib hingen. Wenn ein Mann sich nach einer umblickte, sagte sie zu ihm: »Sie ist, wie's der liebe Gott will, und kommt jeden Tag mehr in den Mund der Leute; wer hätte das je gedacht? Ich hätte mich ihr in der Beichte anvertraut!« Sie zeterte darüber, daß eine sich am Fenster zeigte, und auch darüber, daß eine sich *nicht* am Fenster zeigte, hatte sich zur Sittenrichterin über alle Frauen aufgeworfen und wurde von allen gemieden wie die böse Zeit. Wenn sie zur Messe ging, behauptete sie sogar vom Weihrauch, er stinke, rümpfte die Nase und sagte: »Wie *die* Kirche ausgefegt ist! wie *die* Kirche in Ordnung gehalten wird!« Wenn sie ihre Paternoster sagte, beschnüffelte sie jeden Altar und fand an jedem was auszusetzen: »Was für 'ne Altardecke! Was für Leuchter! Wie sehen die Altarstufen aus!« Und wenn der Priester das Evangelium vorlas, stand sie nicht ruhig auf wie alle anderen, sondern verdrehte dabei ihren Leib, wie wenn sie damit zu verstehen geben wollte, daß der Priester keinen Deut verstände; wenn er die Hostie emporhielt, sagte sie, die sei aus unreinem Mehl, und wenn sie ihre Fingerspitze ins Weihwasser tauchte, um sich in ihrer ungraziösen Weise ein Kreuz auf die Stirn zu machen, schimpfte sie: »Welch ein Skandal, daß das Wasser nicht erneuert wird!« Über jeden Mann, dem sie begegnete, schnitt sie eine Grimasse und sagte: »Was für ein Kapaun! Diese dünnen Beine! Diese Quadratfüße! Diese schlechte Haltung! Was für 'n Skelett!

Was für 'n Idiotengesicht! Was für 'ne Hundeschnauze!« Aber was sie an anderen zu tadeln fand, das verlangte sie, sollte man an ihr selber loben!

Diese Frau nun bemerkte eines Tages einen Laienbruder, der mit seinem ganz und gar durchlöcherten Bettelsack auf dem Rücken, ein Klopfholz[1] in der Hand, vor ihr Haus kam, um Brot zu erbetteln; er schien ihr gut gewachsen, jung, kräftig, und sie verliebte sich in ihn. Sie sagte, Almosen müßten von der Hausfrau und nicht von der Hand der Magd gegeben werden, und brachte daher dem Laienbruder ihre Gabe persönlich an die Tür. Und wenn ihr Mann meinte: »Laß es doch das Mädchen hinunterbringen«, so stritt sie eine Glockenstunde lang mit ihm darüber, was Almosen wäre und welchen Unterschied es ausmachte, ob man solche mit eigener Hand oder durch dritte Personen gäbe. Allmählich wurde sie mit dem Suppenschlucker vertraut, der ihr oft Agnus Dei und Papierblättchen, worauf der Name Jesus mit Safran gemalt war, mitbrachte, und heckte mit ihm einen Plan aus.

Antonia: Was für einen?

Nanna: Ins Kloster zu flüchten.

Antonia: Wie denn?

Nanna: Als Mönchsnovize verkleidet. Um ihrem Mann gegenüber einen Vorwand für die Flucht aus seinem Hause zu haben, brach sie eines Tages einen Streit vom Zaun, indem sie behauptete, der Tag Unserer Lieben Frau[2] sei am Sechzehnten. Darüber geriet er in eine solche Wut, daß er sie am Halse packte und ihr diesen umgedreht haben würde wie einem Hühnchen, wenn nicht ihre Mutter sie ihm aus den Händen gerissen hätte.

Antonia: Warum war sie aber auch so ein verdammter Dickkopf?

Nanna: Kaum war sie wieder auf den Beinen, so fing sie an zu schreien und rief: »Ich kenne dich jetzt! Gut! gut! Aber so kommst du nicht davon! Meine Brüder werden es schon erfahren, jawohl! So behandelst du ein schwaches Weib? Fang doch mal mit 'nem Mann Streit an; nachher kannst du renommieren. Aber ich will's nicht länger ertragen, nein! ich ertrag's nicht länger!

1. zum Anklopfen an die Türen.

2. Mariä Himmelfahrt, am 15. August.

Ich geh in ein Kloster und sollte ich Gras fressen müssen. Alles lieber, als mich jeden Tag von dir steinigen zu lassen! Ja, lieber stürze ich mich in den Abtritt; wenn ich dich bloß nicht mehr vor mir sehe, so sterbe ich zufrieden!« Und schluchzend, seufzend setzte sie sich auf die Diele, den Kopf auf ihre Knie gelegt, und blieb so sitzen, ohne zu Abend zu essen, und wäre bis zum Morgen so sitzen geblieben, wenn ihre Mutter sie nicht mit in ihre Schlafkammer genommen hätte, nachdem sie sie noch zweimal dem Manne, der sie in Stücke hauen wollte, aus den Klauen gerissen hatte.

Nun kommen wir zum Laienbruder, einem Schlingel von dreißig Jahren, ganz Muskeln und Lebenskraft, groß, knochig, braun von Haut, lustig und aller Welt Freund. Am Tage darauf kam er, um sich sein Almosen zu holen, nachdem er sich umgeschaut, ob auch der Mann nicht da wäre, und klopfte mit dem üblichen Spruch: »Gebet den Brüdern Brot!« Die mitleidige Seele lief wie immer zu ihm herunter, und sie machten ab, am nächsten Tage mit der Morgendämmerung wollte sie weglaufen. Bruder Fatio ging und kam am anderen Morgen, ein Novizengewand über dem Arm, wieder vor ihre Tür. Es war eine Stunde vor Tagesanbruch, und nicht mal die Bäckerjungen waren schon auf den Straßen. Er klopfte und rief dabei: »Macht schnell!« Das schamlose Weib stand flink auf, denn wie sie sagte ›Wer seine Arbeit selbst tut, macht sich die Hände nicht schmutzig‹, stieß mit dem Fuß gegen die Tür der Magd mit einem ›Steh auf, spute dich!‹, sprang die Treppen herunter, schloß die Tür auf und ließ den Breischlucker ein. Schnell zog sie das dünne Röcklein aus, das sie sich in der Eile übergeworfen hatte, legte es mit ihren Pantoffeln auf den Rand des Hofbrunnens, zog die Mönchskutte an, zog die Tür hinter sich zu, daß sie ins Schloß fiel, und ging mit ihm nach dem Kloster, ohne daß ein Mensch sie sah. Hier führte der Laienbruder sie in seine Klause und gab ihr Hafer. Er trudelte sie auf einer alten Kutte, die über ein Strohbund gebreitet und mit zwei groben, schmalen Bettüchern und einem Kopfkissen bedeckt war; und wenn die Kutte nach Dreck stank, so stank das Stroh nach Wanzen. Schnaufend und stöhnend, die Kutte vorne aufgehoben, sah er aus wie 's schlechte Wetter, wenn es gegen Ende August anfängt zu regnen. Und wie das Gewitter mit seinen Windstößen die Öl-, Kirschen- und Lorbeerbäume schüttelt, so erschütterte er mit seinen wütenden Stößen das zwei Schritt lange Kämmerchen: ein Dreierbildchen der Madonna, das über dem Bett angebracht war, mit einem Kerzenstümpfchen zu ihren Füßen, fiel davon herunter. Sie aber arbeitete kräftig mit und jaulte dabei wie ein gestreicheltes Kätzchen. Kurz und gut: Der Müllergesell, der nur in der Erntezeit mahlte, ließ Wasser auf die Mühle.

Antonia: Sag doch ›Öl‹, wenn du gebildet sprechen willst.

Nanna: Das mag jeder halten, wie er will. Aber, um wieder auf unseren Laienbruder zu kommen: Er machte es der Dame Zimperlich zweimal, ohne den Schnabel aus dem Wassernapf zu ziehen.

Antonia: Bei meinem Bart!

Nanna: Nachdem er seine Sache gemacht, schloß er sie in der Zelle ein; vorher aber hatte er sie, um vor allen verdrießlichen Zufällen sicher zu sein, unters Bett kriechen lassen. Dann ging er aus, weil er Hostienmehl zu betteln hatte, strich ein bißchen in anderen Straßen umher und ließ sich schließlich von seinen Füßen vor Frau Scheißdrecks Haus tragen – bloß um zu sehen, was für Folgen das Levamini gehabt. Kaum war er da, so hörte er Lärm im Hause, die Dienstmädchen und die Mutter seiner Schönen kreischten alle zusammen und schrien zu den Fenstern heraus: »Haken, Haken!« Und: »Stricke! Stricke!«

Antonia: Wozu denn Haken und Stricke?

Nanna: Sie hatten bemerkt, daß die Frau nicht da war, hatten sie laut und leise gerufen, hatten sie oben und unten, hier und da, hinten und vorn und überall und überall gesucht und schließlich die Pantoffeln und den Rock auf dem Brunnenrand gefunden. Nun waren sie fest überzeugt, sie hätte sich in diesen Brunnen gestürzt. So schrie denn die Mutter: »Herbei! Herbei!« Und die ganze Nachbarschaft stürzte herzu, um die Schöne wieder herauszufischen, die die Gelegenheit am Schwanz ergriffen hatte. Und jämmerlich war es anzusehen, wie die arme Alte mit dem langen Haken in den Brunnen fuhr und fortwährend schrie: »Klammere dich an, mein liebes Töchterchen, mein süßes Töchterchen! Ich bin's, ich, dein gutes Mamachen, dein schönes Mamachen! Der Räuber! Der Verräter! Der Judas Ischariot!« Aber da sie nichts herausbrachte, so ließ sie wie eine Verzweifelte den Haken fahren, faltete die Hände und sagte mit einem Blick zum Himmel: »Hältst du das für recht, lieber Herrgott, daß eine Tochter wie meine, eine so kluge, so liebenswürdige, so vollkommen makellose, ein derartiges Ende nimmt? Ein schöner Lohn für meine Gebete, für meine Almosen! Aber ich will sterben, wenn ich dir nur noch eine einzige Kerze anzünde!« Da sah sie den Mönchskerl, der unter der Zuschauermenge stand und über ihr Lamento vor Lachen den Mund bis zu den Ohren aufriß. Sie hatte zwar auf ihn keinen Verdacht, daß er was von ihrer Tochter wüßte, sie glaubte vielmehr, er sei nur wegen des Hostienmehls gekommen, aber gleichsam, als ob sie sich damit am Herrgott rächen könnte, der ihre Tochter hätte in den Brunnen springen lassen, packte sie ihn am Skapulier, zerrte ihn vor die Tür und schrie: »Tellerlecker! Suppenschlapper! Alraunpflanzer! Nudelfresser! Mostschlürfer! Kuttenfurzer! Schweineschaber! Breischlucker! Fastenbrecher!« und tausend andere Schimpfwörter, daß alle Frauen vor Lachen pinkelten. Es war ein Hochgenuß, das Geklatsch der Frau Basen mit anzuhören; alle Welt glaubte, sie sei in den Brunnen gesprungen. Einige gute alte Weiblein sagten, sie erinnerten sich noch der Zeit, wo der Brunnen wäre gegraben worden, und es wären unten viele Höhlen, die sich nach allen Richtungen erstreckten, und ganz gewiß säße die Ärmste in einer von diesen Höhlen. Als das die Mutter hörte, erhob sie ein neues Gejammer und schrie: »Wehe! Wehe! O meine Tochter, du wirst da unten Hungers sterben! Nie wieder werde ich dich mit deiner Schönheit, deiner Anmut, deiner Tugend die Welt verschönen sehen!« Und sie versprach die ganze Welt dem Kühnen, der in den Brunnen klettern und sie suchen wollte. Aber ein jeder hatte Angst wegen der Höhlen, von denen die alten Weiber erzählten und in denen man sich ja verirren konnte, und ohne ein Wort zu sagen, drehten sie ihr alle den Rücken und gingen mit Gott von dannen.

Antonia: Wo war denn ihr Mann?

Nanna: Der machte ein Gesicht wie ein Kater, dem man in einem fremden Hause, wo man ihn erwischt, den Schwanz versengt hat. Er wagte es überhaupt nicht, sich sehen zu lassen, teils, weil man ganz öffentlich erzählte, die Frau hätte sich infolge seiner Mißhandlungen in den Brunnen gestürzt, teils aus Angst vor seiner Schwiegermutter, die ihm ins Gesicht fahren und mit den Fingern die Augen ausstechen wollte. Aber so gut er sich auch versteckt hatte, schließlich kam sie ihm doch über den Hals, und da ging's los: »Verräter! Bist du nun endlich zufrieden? Mit deiner Süffelei, mit deinem Spielen, mit deiner Hurerei hast du sie erwürgt, mein Töchterlein, meinen Trost! Aber häng dir nur ein Kruzifix um den Hals, häng dir nur eins um, sag ich dir! Denn ich will dich in Stücke, in Fetzen, in Brocken schneiden lassen! Wart nur, warte nur! Geh hin, wohin du willst, du wirst es schon besorgt bekommen, du Erbärmlicher, du Mörder, du Feind alles Guten!« Der arme Mann sah aus wie so ein ängstliches Weiblein, das sich die Finger in die Ohren steckt, um nicht den Knall zu hören, wenn der Böllerschuß kracht. Er ließ sie Gift und Galle spucken, bis sie ganz heiser war, dann schloß er sich in sein Zimmer ein und dachte an seine Frau, deren Ende ihm recht sonderbar vorkam. Da nun mal bei der Sache nichts mehr zu machen war, so schmückte die närrische Mutter der jungen Spitzbübin den Brunnen wie einen Altar, behängte ihn mit allen Bildern, die sie im Hause hatte, und zündete so viele geweihte Kerzen an, wie man sonst in zehn Jahren kaum verbrennt, und jeden Morgen betete sie für die Seele ihres Töchterleins einen ganzen Rosenkranz.

Antonia: Was machte denn der Laienbruder, nachdem ihn die Alte an der Kutte gepackt hatte?

Nanna: Er ging nach seinem Zimmer zurück, holte die Vettel unter dem Bette hervor und erzählte ihr alles; und sie lachten darüber so herzlich, wie wir über die Possen unseres prächtigen Meisters Andreas lachten oder über die Schnurren des guten Strascino – Gott schenke seiner Seele die ewige Ruh!

Antonia: Das ist gewiß – es war sehr unrecht vom Gevatter Tod, daß er sie wegholte und Rom als trauernde Witwe zurückließ – denn seitdem gibt es ja keinen Karneval, keine Station[1], kein Winzerfest und überhaupt keinen Spaß mehr.

Nanna: Du hättest recht, wenn Rom nicht noch den Rosso hätte,

1. Stazione war der feierliche Gottesdienst, den der Heilige Vater, umgeben von Würdenträgern der Kirche, in den verschiedenen Hauptkirchen Roms abhielt.

der mit seinen köstlichen Scherzchen wahre Mirakel wirkt. Doch vergessen wir nicht unseren Laienbruder! Einen ganzen Monat hindurch ritt er bei Tag und bei Nacht seine sieben, acht, neun und zehn Meilen, und immer fand sie ihn bereit, kräftig, stramm und munter, das Tal Josaphat zu besuchen.

Antonia: Wie besorgte er ihr denn das Essen?

Nanna: Das machte ihm nicht die geringste Schwierigkeit, denn er war der Botengänger des Klosters, sprach bei den Scheuern, Küchen und Häusern der Bauern vor, kam dreimal in der Woche mit seinem vollgepackten Esel ins Kloster zurück und brachte Holz und Brot für die Brüder und Öl für die Lampe, und da er alles selber besorgt hatte, so war er auch freier Herr über alles. Dann hatte er seine Freude daran, an der Drechselbank zu arbeiten, und machte sich mit Kinderkreiseln, Mörserstämpfeln und viterbischen Flachsspindeln manchen schönen Batzen. Ferner hatte er den Zehnten von dem Wachs, das auf dem Kirchhof und zu Allerseelen in der Klosterkirche verbrannt wurde. Auch gaben ihm die Köche die Köpfe, Pfoten und Eingeweide von den Hühnern. Leider begab es sich, daß der Abgott der wackeren Frau, die ihrem Leib das Paradies besorgt hatte, während sie sich um ihre Seele soviel bekümmerte, wie wir uns jetzt aus Welfen und Waiblingern machen, den Verdacht des Klostergärtners erregte, indem er allerlei Salatkräuter pflückte, die sonst wenig gegessen werden. Der Gärtner beobachtete alle seine Handlungen, und als er ihn ganz abgemagert sah, die Augen tief in den Höhlen liegend, mit zittrigem Gang und immer ein paar frische Eier in der Hand, da sagte er bei sich selber: »Da ist was los!« Er sprach ein Wörtlein darüber mit dem Glöckner, und der Glöckner erzählte es dem Koch, der Koch dem Sakristan, der Sakristan dem Prior, der Prior dem Provinzial und der Provinzial dem General. Das Kämmerchen wurde bewacht, und sobald der Laienbruder das nächste Mal über Land ging, öffnete man es mit einem Nachschlüssel und fand die von ihrer Mutter als tot Beweinte, die eine Heidenangst bekam, als man ihr zurief: »Raus mit dir!« Sie kam heraus und machte dabei ein Gesicht wie 'ne Hexe auf dem Scheiterhaufen, wenn sie das Feuer sieht, womit man das Reisig in Brand stekken will. Die Mönche kümmerten sich aber um ihre Angst nicht, sie riefen den Laienbruder heran, der bald darauf von seinem Ausgang zurückkam, banden ihn und führten ihn zur Bestrafung — und die bestand nicht etwa bloß darin, daß man ihn unter dem Tisch mit den Katzen essen ließ, sondern man stieß ihn in einen Kerker ohne Licht, worin das Wasser eine Spanne hoch stand, gab ihm morgens eine Schnitte Kleienbrot und abends auch eine, dazu ein Glas Essigwasser und eine halbe Knoblauchzehe. Dann berieten die Mönche, was sie mit dem Weibsbild anfangen sollten, und der eine sagte: »Wir wollen sie lebendig begraben!« Der andere meinte: »Sie möge mit ihm zusammen im Kerker umkommen!« Noch andere aber waren mitleidiger und schlugen vor: »Laßt sie uns nach Hause schicken!« Ein Weiser unter ihnen sprach: »Wir könnten uns ein paar Tage mit ihr ergötzen; nachher wird Gott uns schon das Rechte eingeben.« Zu diesem Vorschlag lachten alle Jungen und auch die schon im reiferen Alter Stehenden; die Alten aber zwinkerten verständnisvoll mit den Augen. Endlich beschloß man denn auch wirklich, man wolle mal sehen, wie viele Hähne eine Henne vertragen könne. Und als ihr der Urteilsspruch verkündet wurde, da lachte die Mohrrübenliebhaberin unwillkürlich hell auf, daß sie die Henne für eine solche Menge Hähne sein sollte. Als dann alles wieder ruhig geworden war, hatte zuerst der General eine handgreifliche Unterhaltung mit ihr, nach ihm der Provinzial, dann der Prior und so fort bis zum Glöckner und dem Gärtner, die ebenfalls auf den Nußbaum stiegen und so kräftig die Nüsse herunterschlugen, daß sie allmählich anfing, zufrieden zu sein. Und zwei volle Tage hintereinander flogen die Spatzen fortwährend in der Scheuer aus und ein. Etliche Tage darauf öffneten sie dem Laienbruder das Verlies, er kam aus seiner dunklen Hölle wieder hervor und vergab ihnen allen und hatte wie jeder andere Pater seinen Anteil an der gemeinsamen Frau. Und willst du's mir glauben? Sie hielt ein volles Jahr lang einen solchen Mühlenbetrieb aus!

Antonia: Warum sollte ich dir denn das nicht glauben?

Nanna: Und sie wäre ihr Leben lang im Kloster geblieben, wenn sie nicht schwanger geworden wäre und ein Kind mit 'nem Hundekopf zur Welt gebracht hätte. Da wurde sie den Klosterbrüdern über.

Antonia: Warum denn?
Nanna: Ja, als sie das Kind mit dem Hundekopf kriegte, da war ihr Schleusentor so weit geworden, daß es ein Greuel war, es anzusehen. Man untersuchte die Sache vermittels der Nekromantie und fand, der Wachhund vom Klostergarten hätte mit ihr zu tun gehabt.
Antonia: Ist's möglich?
Nanna: Ich gebe dir die Geschichte so, wie ich sie selber von Leuten, die das tote Scheusal mit eigenen Augen sahen, bekommen habe. Das Hundekind kam nämlich tot auf die Welt.
Antonia: Was wurde denn nun aus der Schlumpe nach ihrer Niederkunft?
Nanna: Sie kehrte zu ihrem Manne oder, besser gesagt, zu ihrer Mutter zurück, und das fing sie auf eine ganz großartig schlaue Art an.
Antonia: Erzähl's doch geschwind!
Nanna: Ein Mönch, der Geister beschwören konnte und 'ne ganze Menge Flaschen voll davon hatte, stieg eines Nachts, als alles schlief, über die Mauern mehrerer Hausgärtchen und kletterte auf das Dach des Hauses, worin die Mönchssaftzieherin früher gewohnt hatte, und es gelang ihm auch mit Hilfe des Herrn Urian, die Tür des Zimmers zu finden, worin die Mutter fortwährend weinte und nach ihrem seligen Töchterchen schrie. Als nun der Mönch sie rufen hörte: »Wo weilst du jetzt?«, da machte er ihre Stimme nach und antwortete: »Ich bin an einem Ort des Heils; und ich bin noch am Leben, dank den Rosenkränzen, die Ihr am Brunnen gebetet habt. Ich triumphiere im Schoße Eurer Gebete, und binnen zwei Tagen werdet Ihr mich wieder sehen, und zwar gesund und fett wie nie!« Der Mutter stand vor Erstaunen die Sprache still, der Mönch aber verschwand und kehrte auf demselben Weg, auf dem er gekommen war, zu den Väterchen zurück, denen er die Schnurre erzählte. Sie riefen ihre gemeinsame Frau, und der Prior sprach ihr im Namen des Klosters zwei Fuder Danksagungen für ihre Gefälligkeit aus, bat sie um Verzeihung, falls er nicht seine Pflicht getan haben sollte, und erbot sich zugleich, sie noch einmal zu laben. Hierauf zog man ihr ein weißes Hemd an, setzte ihr einen Olivenkranz auf und gab ihr einen

Palmenwedel in die Hand. Zwei Stunden vor Tagesanbruch brachte dann der Mönch, der der Mutter ihre Rückkehr verkündigt hatte, sie nach ihrem Hause, wo die Alte, die durch die Schwindelvision mit neuer Lebenshoffnung erfüllt war, voller Erwartung dem Erscheinen ihrer so sehr für Fleisch und Knochen eingenommenen Tochter entgegensah. Diese hatte, als sie ihre Kleider auf dem Rand des Brunnens niederlegte, zur Vorsicht doch den Schlüssel zur Hintertür bei sich behalten. Mit diesem öffnete sie das Haus und verabschiedete dann den Nekromanten, nachdem sie ihn zuvor noch mal hatte knuspern lassen. Sie setzte sich auf den Brunnenrand und wartete. Als es Tag wurde, stand die Magd auf und wollte Wasser holen, um das Frühstück aufs Feuer zu setzen. Da sah sie ihre Herrin wie 'ne gemalte heilige Ursula auf dem Brunnen sitzen und fing an zu schreien: »Mirakel! Mirakel!« Die Mutter, die ja schon wußte, daß ihre Tochter so ein Mirakel machen sollte, sprang Hals über Kopf die Treppen hinunter und fiel ihr so stürmisch um den Hals, daß wahrhaftig nicht viel fehlte, so hätte sie sie wirklich in den Brunnen geschmissen. Nun gab es einen großen Lärm, scharenweise strömten die Leute herbei, um das Mirakel zu sehen, gerade wie wenn so ein Schelmpfaff das Kruzifix oder die Madonna hat weinen lassen. Und glaube nur nicht, daß der Mann, dem die Schwiegermutter so derb den Kopf gewaschen hatte, dahinten blieb! Er warf sich ihr zu Füßen und konnte kaum ein Miserere hervorbringen, weil ihm die Tränen geradezu stromweise aus den Augen schossen. Er breitete die Arme aus wie ein Gekreuzigter, sie aber hob ihn auf und küßte ihn. Dann erzählte sie, wie sie im Brunnen gelebt hätte. Sie gab zu verstehen, daß da unten die Schwester von der Sibylle von Norcia und die Tante von der Fee Morgana wohnten, und sie beschrieb alles so schön, daß mehreren Zuhörerinnen das Wasser im Munde zusammenlief und daß sie nicht übel Lust bekamen, freiwillig in den Brunnen zu springen. Was soll ich dir noch weiter erzählen? Der Brunnen wurde so berühmt, daß man ihn mit einem eisernen Gitter umgab; und jede, die einen brutalen Mann hatte, trank von dem Wasser, und es dünkte ihnen, die Wirkung sei nicht gering. Bald begannen die Mädchen, die sich bald zu verheiraten gedachten, dem Brunnen Gelübde zu machen und zur Quellenfee zu beten, sie möchte ihnen ihre Zukunft offenbaren. Und in einem einzigen Jahr wurden an dem Brunnen mehr Kerzen, Kleider, Leibchen und Bilderchen als Geschenke niedergelegt, als man in Bologna am Grabe der lieben heiligen Lena mit der Ölkruke[1] sieht.

Antonia: Die Verrücktheit ist ja noch größer!

Nanna: Nimm dich nur mit deinen Worten in acht; du könntest in den Kirchenbann kommen, denn Kardinal Dingerichs läßt gerade in diesem Augenblick Geld sammeln, damit sie heiliggesprochen werde. Soviel ist gewiß: Sie paßt zu jenem Mönch, der die Bewohner des frommen Guastalla rein und selig machte.

Antonia: Möge es ihnen hundert Jahre lang vergolten werden!

Nanna: Aber ich will nicht zu weitschweifig werden und meine Geschichten von dem Leben der Ehefrauen lieber etwas abkürzen. Ich sage dir also nur noch, daß eine, die mit dem allerschönsten Mann verheiratet war, sich in einen von jenen Kerlen verliebte, die wie ein wandelnder Laden aussehen, mit ihren Waren, die sie sich um den Hals hängen und auf allen Straßen ausschreien; »Schöne Nesteln, Nähnadeln, Stecknadeln, schöne Fingerhüte, Spiegel, Spiegel, Kämme, hübsche kleine Scheren!« Immer haben sie bald mit dieser, bald mit jener Faulenzerin was zu handeln und zu tauschen: parfümierte Öle, Seifen, Moschus geben sie für Brot, Lumpen und alte Stiefel, wenn sie nur ein paar Batzen bares Geld obendrein bekommen. Und ihre Leidenschaft berauschte sie dermaßen, daß sie alle Ehre unter die Füße trat und ihm ein ganzes Vermögen an den Hals warf. Flugs zog der Schwänzerich andere Kleider an, stolzierte einher wie ein Paladin und begann in den Spielhäusern mit großen Herren zu verkehren. Acht Tage darauf redete man ihn ›gnädiger Herr‹ an; übrigens verdiente er in Wahrheit eine Krone.

Antonia: Warum?

Nanna: Weil er seine Zahlmeisterin verwamste, wie wenn sie 'ne gemeine Vettel gewesen wäre. Er begrüßte sie nicht nur oft mit dem Stock, sondern er schrie sogar diese Heldentaten auf allen Gassen aus.

Antonia: Sehr richtig!

1. die Sünderin Magdalena, die dem Heiland die Füße mit Öl salbte.

Nanna: Aber was ich dir bisher erzählte, sind nur harmlose Anekdötchen. Die wirklich haarsträubenden Geschichten passieren zwischen den feinen Damen und den großen Herren. Ich fürchte nur, man verschreit mich als Lästermaul, sonst würde ich dir von einer Gewissen erzählen, die's mit dem Haushofmeister, dem Lakaien, dem Stallknecht, dem Koch und dem Küchenjungen treibt.
Antonia: Holla, holla!
Nanna: Ich weiß, was ich sage – du kannst mir's glauben oder nicht.
Antonia: Holla, holla! sag ich.
Nanna: Wie du willst, Antonia. Ich denke, du hast mich verstanden.
Antonia: Na, und ob!
Nanna: Aber bedenke eins: Von den Nonnen hab ich dir nur das erzählt, was ich in ein paar Tagen und in einem einzigen Kloster sah; und von dem, was ich ebenfalls in wenigen Tagen in einer einzigen Stadt von den Ehefrauen erfuhr, hast du auch nur einen Teil gehört. Nun denke bloß, was für ein Stück Arbeit es wäre, wenn ich dir alle Schliche und Streiche von allen Nonnen der Christenheit und allen Ehefrauen in allen Städten der Welt erzählte.
Antonia: Sollte nicht von den Guten auch das Wort gelten, das du vorhin aufs Geld anwandtest: ›Vorsicht und Vertrauen!‹?
Nanna: Ganz gewiß.
Antonia: Auch von den Nonnen, die streng nach ihrer Ordensregel leben?
Nanna: Von diesen spreche ich nicht. Im Gegenteil, ich kann dir sagen, daß nur die Gebete, die sie für ihre schlimmen Mitschwestern zum Himmel emporsenden, den Teufel verhindern, sie mit Strümpfen und Röcken hinunterzuschlingen. Ihre jungfräuliche Reinheit duftet ebenso köstlich, wie der Hurenkram jener anderen abscheulich gen Himmel stinkt. Unser lieber Herrgott ist Tag und Nacht bei ihnen, wie jene im Wachen und Schlafen den Teufel bei sich haben. Und wehe uns, wenn nicht die Gebete jener lieben Schwesterlein wären! Wehe uns! Wehe uns! Ich will es dreimal sagen. Ganz gewiß sind die paar Guten, die es unter den Klosterschwestern gibt, so vollkommen, daß wir ihnen von Rechts wegen die Füße wärmen sollten wie dem Sankt Feuerbrand.

Antonia: Da hast du recht, und was du sagst, ist klare Vernunft.

Nanna: Auch unter den Ehefrauen gibt es ganz vortreffliche, die sich lieber schinden ließen gleich dem heiligen Bartholomäus, als daß sie sich auch nur einen Finger anrühren ließen.

Antonia: Auch darüber freue ich mich. Und wenn du nur bedenkst, in was für kümmerlichen Umständen wir Frauen geboren werden, so ist's kein Wunder, wenn wir uns von anderen verführen lassen, und wir sind nicht so schlecht, wie man uns machen möchte.

Nanna: Davon verstehst du nichts. Ich sage dir: vom Fleische sind wir geboren, und am Fleische sterben wir; der Schwanz macht uns, und am Schwanz werden wir zuschanden. Zum Beweis, daß du dich irrst, nenne ich dir bloß das Beispiel der großen Damen, die Perlen, Ketten und Ringe im Überfluß haben, so daß sie sie aus den Fenstern werfen könnten. Und die ärmste Bettlerin will lieber Maria auf dem Wege nach Ravenna[1] finden als einen geschliffenen Diamanten. Auf eine, der ihr Mann gefällt, kommen tausend, die den ihrigen nicht ausstehen können. Das ist ja ganz klar, denn es kommen ja auch auf zwei Menschen, die ihr Brot zu Hause backen, siebenhundert andere, die es lieber vom Bäcker nehmen, weil dieses weißer ist.

Antonia: Das geb ich dir zu.

Nanna: Und ich nehm's von dir an. Aber nun zum Schluß! Frauenkeuschheit gleicht einer Kristallkaraffe, nimm dich in acht, soviel du willst, schließlich, in einem Augenblick der Unbedachtsamkeit, fällt sie dir doch mal aus der Hand und zerspringt in tausend Scherben. Unmöglich ist es, sie ewig heil zu behalten, wenn du sie nicht fortwährend in einer Eisentruhe unter Schloß und Riegel hältst. Wenn eine ganz bleibt, so muß das als Mirakel gelten, wie wenn ein Glas zu Boden fällt, ohne zu zerschellen.

Antonia: Der Vergleich ist sehr richtig.

Nanna: Also noch einmal: zum Schluß! Nachdem ich so vieles vom Leben der Ehefrauen gesehen und gehört hatte, wollte ich

1. Maria per Ravenna, eine italienische Redensart, die etwa bedeutet: leichtsinnige Abenteuer suchen, bei denen man materiell zu Schaden kommt.

auch nicht hinter den anderen zurückstehen und versagte mir kein Gelüste. Vom Straßenkerl bis zum großen Herrn wollte ich sie alle ausprobieren, dazu die Pfaffenschaft und die Priesterschaft, und vor allen die ganze Möncherei. Und meinen besonderen Spaß hatte ich daran, daß mein Herr Gemahl nicht nur von meinem Treiben wußte, sondern es sogar mit seinen eigenen Augen ansehen mußte. Und mich dünkte, überall sagte man von mir: Die Soundso hat recht; die behandelt den Kerl, wie er's verdient. Und als er mir mal Vorwürfe machen wollte, fuhr ich ihm mit allen zehn Nägeln ins Gesicht, daß er seine Haut lassen mußte, und sagte mit einer Unverschämtheit, wie wenn ich ihm 'ne ganze Goldmine zur Mitgift ins Haus gebracht hätte: »Was bildest du dir denn eigentlich ein? Mit wem glaubst du zu sprechen? Plappermaul! Trunkenbold!« Und mit solchen Worten setzte ich ihm dermaßen zu, daß er schließlich wahrhaftig aus seinem stumpfsinnigen Geleise herauskam und sich aufs hohe Pferd setzte.

Antonia: Ja, kennst du denn nicht das alte Wort, Nanna, daß man, um einen Menschen tapfer zu machen, ihm recht viele Niederträchtigkeiten sagen müsse?

Nanna: Dann muß er ein sehr tapferer Mann geworden sein, denn Niederträchtigkeiten, von denen du sprichst, ließ ich ihn in Hülle und Fülle sehen und hören. Und nachdem er etwa eintausend mit seinen eigenen Augen gesehen und sie hinuntergeschluckt hatte wie einen zu heißen Bissen, der einem freilich nicht gut bekommen wird, fand er eines Tages einen Straßenbettler mir auf dem Bauche liegen. Das konnte er denn doch nicht verdauen; er sprang mir ins Gesicht und wollte es mir mit seinen Fäusten verwalken. Flugs kroch ich unter meiner Presse hervor, zog ein Messerchen, das ich bei mir hatte, aus der Scheide, denn ich war wütend, daß er mir das Wässerchen, wovon ich trank, getrübt hatte — und stieß es ihm unter der linken Brustwarze in den Leib; sein Puls schlug noch ein einziges Mal und dann nicht mehr.

Antonia: Gott geb ihm die Seligkeit!

Nanna: Kaum hatte meine Mutter es gehört, so verhalf sie mir zur Flucht, verkaufte alles, was im Hause war, und brachte mich dann hierher nach Rom. Und was danach kam, als sie mich hierher führte, davon wirst du morgen hören, denn heute will ich kein Wort mehr erzählen. Wir wollen jetzt nur aufstehen und nach Hause gehen, denn von all dem Schwätzen habe ich nicht nur Durst gekriegt, sondern auch einen Hunger, daß ich ihn leibhaft vor mir sehe.

Antonia: Ich steh schon auf. Oje, oje! Da krieg ich 'nen Krampf im rechten Fuß!

Nanna: Mach mit Spucke ein Kreuz darauf; davon wird es sofort vergehen.

Antonia: Ich hab das Kreuz gemacht.

Nanna: Hat's geholfen?

Antonia: Ja – es geht schon weg; es *ist* schon weggegangen.

Nanna: Nun, dann wollen wir in aller Gemächlichkeit nach meinem Hause gehen, denn heute und morgen nacht bleibst du bei mir.

Antonia: Ich danke dir dafür wie für deine übrigen Freundlichkeiten.

Nach diesen Worten schloß Nanna die Pforte des Weinbergs zu; sie gingen nach Hause, ohne unterwegs noch weiter zu sprechen, und kamen dort gerade in dem Augenblick an, wo der Sonnengott sich die Stiefeln anzog, um sich als Postreiter zu den Antipoden zu begeben, die wie verschlafene Hühner auf ihn warteten. Die Zikaden verstummten, als er ging, und an ihrer Stelle übernahmen die Grillen das Amt des Spektakelmachens. Der Tag aber sah aus wie ein Bankrottmacher, der sich blinzelnd nach einer Kirche umsieht, in die er flüchten könnte. Schon ließen die Eulen und die Fledermäuse, diese Papageien der Nacht, sich sehen. Die Nacht aber schritt einher mit verbundenen Augen, stumm, ernst, melancholisch, gedankenvoll, wie eine Witwe, die, in ihren schwarzen Mantel gehüllt, um den vor einem Monat gestorbenen Gatten klagt. Und die Himmelsleuchte, die die Sterngucker verrückt macht, trat jetzt mit abgenommener Maske auf, von einem Wolkenfetzen wie von einem Tuch umhüllt. Und die Sterne, die am Himmel feststehen, aber sich im Hirn der Sterngucker drehen, mit ihren unheil- und glückverkündenden Gefährten, von Meister Goldschmied Apollos Hand im Feuer vergoldet, sie guckten aus dem Himmelsfensterchen: jetzt einer, jetzt zwei, drei, vier, fünfzig, hundert, tausend – gleich Rosenknospen, die beim Tagesdämmern eine nach der andern sich öffnen, dann aber, wenn der Strahl des Schutzherrn der Dichter sie trifft, plötzlich alle miteinander zur Augenweide erblüht sind. Auch möchte ich sie mit einem Heere vergleichen, das seine Quartiere bezieht; erst kommen die Soldaten in Trupps von zehn und zwanzig, und auf einmal, siehe da!, die ganze große Menge hat sich auf alle Häuser verteilt. Aber dieses Bild möchte vielleicht keinen Anklang finden, denn heutigen Tages gehören ja zur poetischen Suppe Röschen, Veilchen und allerlei Kräutlein. Genug, sei dem, wie ihm wolle, Nanna und Antonia kamen an ihr Ziel, besorgten, was zu tun war, und gingen dann zu Bett, um bis zum nächsten Morgen zu schlafen.

Ende des zweiten Tages

DER DRITTE TAG

Wie Nanna der Antonia vom Leben der Freudenmädchen erzählte

Mit Tagesanbruch sprangen die beiden Frauen aus dem Bett, packten einige Eßwaren, die sie schon am Abend vorher gekocht hatten, in einen großen Deckelkorb und setzten diesen der Magd auf den Kopf. Diese ging voraus, eine Korbflasche Korserwein in der Hand, hinter ihr kam Toni mit einem Tischtuch und drei Mundtüchern über dem Arm. Diese waren für die Mahlzeit, die die Magd nach dem Weinberg brachte. Dort angekommen, breiteten sie das Tuch über einen Steintisch, der in einer Laube neben dem Brunnen stand; dann machte die wackere Magd den Korb auf, holte erst das Salz heraus und legte es auf den Tisch, hierauf die sauber zusammengefalteten Mundtücher und dann die Messer. Und da die Sonne bereits in vollem Glanze zu strahlen begann, so beeilten sie sich mit dem Frühstück, damit das heiße Himmelsgestirn nicht mitäße. Nach der Mahlzeit aßen sie zum Zeitvertreib noch einen halben Quarkkäse, und dann ließen sie die Magd verzehren, was übriggeblieben war, einschließlich des andern halben Käses und des Weinrestes, worauf Antonia ihr sagte: »Räume nachher alles ab!« Dann machten Nanna und Antonia zweimal die Runde um den Weinberg und setzten sich endlich auf den Platz, auf dem sie die Tage vorher gesessen hatten. Und nachdem sie sich ein bißchen ausgeruht hatten, begann die Antonia.

Antonia: Beim Ankleiden mußte ich so bei mir selber denken, es wäre doch famos, wenn einer deine Erzählungen niederschriebe; derselbe müßte dann auch das Leben der Priester und Mönche und Pfarrer beschreiben; da würden dann die von dir durchgehechelten weidlich über jene lachen, die sich ja gewiß auch über uns amüsieren werden, die wir uns einbilden, besonders gewitzigt zu sein, und dabei nur zu unserem eigenen Schaden reden. Mir ist's bereits, als ob irgendein Meister Soundso schon am Schreiben sein müßte, denn mir klingen die Ohren. Also wird es in Erfüllung gehen.

Nanna: Wie könnte das auch anders sein! Aber wir wollen uns nun den Erlebnissen zuwenden, die meine Mutter und ich gleich nach unserer Ankunft in Rom hatten.

Antonia: Bitte, nur zu!

Nanna: Wenn ich mich recht erinnere, kamen wir am Tage vor Sankt Peter, und Gott weiß, was für ein Vergnügen mir das Feuerwerk und die Raketen machten, die auf der Engelsburg abgebrannt wurden. Es war eine abscheulich schöne Kanonade, und nachher spielten die Pfeifer, und dann wie lustig war das Menschengedränge auf der Brücke, im Borgo und bei den Bänken!

Antonia: Wo wart ihr denn zuerst abgestiegen?

Nanna: Bei Torre di Nona in einem möblierten Zimmer, das ganz und gar mit Tapeten ausgeschlagen war. Die Wirtin war ganz vernarrt in mich von wegen meiner Anmut und Schönheit, und als wir kaum acht Tage da waren, sprach sie ein Wörtlein über mich mit einem Kavalier. Da hättest du am anderen Tage schon sehen sollen, wie die Stutzer, gleich spatlahmen Pferden, vor unserem Hause auf und ab promenierten und sich beklagten, daß ich mich nicht nach Herzenslust von ihnen begaffen ließ. Ich stand nämlich hinter einem Fensterladen, den ich nur ab und zu mal ein bißchen in die Höhe hob und gleich wieder niederließ, nachdem ich kaum das halbe Gesicht herausgestreckt hatte. Und obwohl ich ohnedies schön war, so machte doch dieses Aufblitzen meiner Reize ein Wunder an Schönheit aus mir. Dadurch wurden sie dann erst recht lüstern, mich zu sehen, und man sprach in ganz Rom bloß noch von der neu angekommenen Fremden. Und da, wie du weißt, das Neue immer gefällt, so rückten die Neugierigen sozusagen in Reih und Glied an, um mich zu sehen, und unsere Hauswirtin hatte keinen Augenblick mehr Ruhe, weil fortwährend an die Tür geklopft wurde. Du kannst dir wohl denken, warum sie klopften und was sie der Frau alles versprachen, wenn sie die Vermittlerin machen wollte. Meine kluge Frau Mutter aber, von der ich alles gelernt hatte, was ich getan hatte, tat und noch tun sollte, die wollte von solchen Sachen nichts hören und rief: »Was? sehe ich denn aus wie eine von *der* Sorte? Das wolle Gott nicht, daß meine Tochter zu Fall käme! Ich bin von adeligem Stande, und wenn wir auch augenblicklich im Unglück sind, so haben wir, Gott sei Dank, doch noch soviel übrig, daß wir uns durchs Leben schlagen können.« Solche Reden brachten meine Schönheiten überall nur noch mehr in Ruf. Vielleicht hast du mal einen Sperling gesehen, der zur Luke eines Kornbodens hereinfliegt, zehn Körnchen aufpickt und wieder fortfliegt, nach einer Weile mit zwei anderen zum Futter zurückkehrt, dann wiederum fortfliegt und mit vieren wiederkommt, dann mit zehn, dann mit dreißig und schließlich mit einer ganzen Wolke von lauter Spatzen. So schwärmte es rings um unser Haus von lauter Liebhabern, die alle mit ihrem Schnabel auf meinem Fruchtboden pikken wollten. Ich konnte mich gar nicht satt sehen an all den feinen Kavalieren und guckte mir hinter meinem Fensterladen die Augen aus dem Kopf! Wie sie einherstolzierten in ihren Wämsern von Samt und Atlas, mit einer Agraffe am Barett, goldene Ketten um den Hals, und auf Pferden, die so blank waren wie Spiegel. So ritten sie ganz sachte, sachte vorbei, ihre Bedienten an den Steigbügeln, auf die sie nur die alleräußersten Fußspitzen aufstützten; und ihren Taschenpetrarca in der Hand, sangen sie gar zierlich:

›Wenn dies nicht Liebe ist – was fühl ich denn?‹[1]

Bald hielt dieser, bald jener vor dem Fenster, hinter welchen ich ›Guck-guck‹ spielte, sein Rößlein an und sprach: »Signora, seid Ihr so mörderisch grausam, daß Ihr so viele treue Diener umkommen lasset?« Dann hob ich ein wenig den Vorhang hoch, ließ ihn aber mit einem leisen Lächeln gleich wieder fallen und eilte hinweg; er aber ritt davon mit einem ›Küß die Hand, Euer Gnaden!‹ und ›Gott im Himmel, wie seid Ihr grausam!‹

Antonia: Ah! Heut bekomm ich ja das Allerschönste zu hören!

Nanna: Das war nun eine Zeitlang so fortgegangen, da beschloß eines Tages meine kluge Frau Mutter, eine kleine Vorstellung mit mir zu geben; indessen sollte alles so aussehen, als ob es der reine Zufall wäre. Sie zog mir also ein ganz einfaches violettes Atlaskleid ohne Ärmel an und kämmte mir die Haare zurück, daß

1. Anfang des hundertundzweiten Sonetts von Petrarca: Se amor non è, che dunque è quel ch'io sento?

du hättest schwören mögen, es seien keine Haare, sondern golddurchwirkte Seidensträhnen.

Antonia: Warum mußtest du ein Kleid ohne Ärmel anziehen?

Nanna: Um meine schneeweißen Arme zu zeigen. Sie ließ mich mein Gesicht mit einem sehr kräftigen Wasser waschen, sonst aber keine Schminke auflegen, und als dann ein recht voller Strom von Kavalieren am Hause vorbeizog, mußte ich ans offene Fenster treten. Mein Anblick wirkte auf sie wie der Stern von Bethlehem auf die Weisen aus dem Morgenland. Sie wurden alle ganz fröhlich, legten die Zügel auf die Hälse ihrer Pferde und sahen mich so voll Genuß an, wie die Stromer sich von der Sonne bescheinen lassen. Und wie sie mich so mit zurückgelegten Köpfen unverwandt anblickten, da sahen sie aus wie jene Tiere, die vom anderen Ende der Welt kommen und bloß von Luft leben.

Antonia: Du meinst das Chamäleon?

Nanna: Ganz recht. Und sie schwängerten mich mit ihren Blikken, wie jene Vögel, die wie Sperber aussehen, aber keine sind, mit ihrem Gefieder die Nebelwolken schwängern.

Antonia: Du meinst die Ziegenmelker?

Nanna: Natürlich, die Ziegenmelker!

Antonia: Was machtest du denn, während sie dich angafften?

Nanna: Ich stellte mich schamhaft wie eine Nonne, sah sie fest und unbefangen an wie eine Ehefrau und benahm mich dabei wie eine Hure.

Antonia: Ausgezeichnet!

Nanna: Nachdem ich nun etwa eine drittel Stunde lang mich hatte begucken lassen und das Getuschel der Kavaliere untereinander im schönsten Gange war, kam meine Mutter ans Fenster und ließ sich auch einen Augenblick sehen, wie wenn sie sagen wollte: ›Das ist meine Tochter.‹ Dann nahm sie mich mit sich. Da saßen nun die angeführten Maulaffen auf dem trocknen wie ein Netz voll gefangener Fische, und vor Ungeduld hüpften sie herum und zappelten wir Barben und Rotaugen außerhalb des Wassers. Sowie es Nacht wurde, da ging es ticktack! tack! an der Tür. Unsere Wirtin ging hinunter, meine Mutter aber stellte sich auf die Treppe, um zu hören, was der Klopfende zu sagen hätte. Dieser hatte sich ganz dicht in seinen Mantel gewickelt und sagte:

»Was ist das für eine, die vorhin am Fenster stand?« – »'s ist die Tochter einer fremden Edeldame«, antwortete jene. »Soviel ich aus ihren Erzählungen entnommen habe, ist der Vater in den Bürgerkriegen ums Leben gekommen; da ist nun die Arme hierher geflüchtet mit ein paar geringen Habseligkeiten, die sie bei der Flucht hat retten können.« Alle diese Märchen hatte meine Mutter ihr unvermerkt eingetrichtert.

Antonia: 'ne tüchtige Frau!

Nanna: Als der Vermummte das hörte, fragte er: »Auf welche Weise könnte ich wohl die Dame zu sprechen bekommen?« – »Auf gar keine Weise«, antwortete sie; »denn sie will von solchen Sachen nichts hören.« Er erkundigte sich darauf, ob ich wohl noch Jungfer wäre, und unsere Wirtin rief: »Das will ich meinen! Jungfer von der allerreinsten Sorte; man sieht sie fortwährend bloß Ave-Marias kauen.« – »Wer Ave-Marias kaut, spuckt Paternoster«, sagte er, und damit will er ganz keck die Treppe hinaufgehen. Aber das gelang ihm nicht, denn die Wirtin ließ ihn nicht vorbei. Schließlich sagte ihr der Kavalier: »Tu mir wenigstens einen Gefallen: Sag ihr, wenn sie überhaupt jemals einen Anbeter erhören wollte, so würdest du ihr was Schönes geben, wofür sie ihr Leben lang dich segnen würde!« Sie schwor ihm zu, das würde sie tun, bat ihn dann zu gehen, und er ging wirklich; ein Weilchen darauf aber kam sie zu uns herein und sagte: »Ganz gewiß weiß niemand geschwinder einen guten Wein aufzuspüren als ein Zechbruder; Eure Tochter ist aufgestöbert; diese Bracken von Kavalieren sind ja sofort hinter jeder Wachtel her. Ich sage Euch das, weil einer in höchsteigener Person hier war und mit Euch zu sprechen begehrte.« – »Nein, nein!« rief meine Mutter. »Nein, nein!« Die Wirtin aber hatte eine wahre Schlangenzunge und fuhr fort. »Wenn eine eine kluge Frau sein will, so gehört dazu vor allen Dingen, daß sie die Gelegenheit zu nutzen weiß, wenn der liebe Gott sie ihr gibt; der Kavalier ist ein Mann, der für Euch eine Goldgrube werden kann.« Dann sagte sie bloß noch: »Überlegt es Euch!« und ließ uns allein. Am anderen Morgen setzte sie uns ein sehr hübsch angerichtetes Frühstück vor und klopfte dabei wieder auf den Busch und setzte meiner Mutter, die ja für einen guten Rat nicht taub war und ihren Nutzen recht geschickt wahrzunehmen wußte, dermaßen zu, daß sie sich mit allem einverstanden erklärte. Sie versprach ihr also, sie wolle ihrem Freund Gehör schenken, und dieser Herr glaubte, er hätte Ware von allererster Güte gekauft, indem er bei mir schlafen dürfte. Sie ließ ihn kommen; er tat tausend Schwüre und Eide und gab ein schönes Angeld auf meine Jungfernschaft, für die er außerdem noch ganz Rom und sieben goldene Berge versprach.

Antonia: Famos!

Nanna: Um's kurz zu machen: Der verabredete Abend kam heran. Erst hatten wir eine Mahlzeit, die schon mehr einem Bankett glich. Ich aber aß höchstens zehn Bissen, die ich mit zusammengepreßten Lippen hinunterwürgte, und trank in zwanzig Schlückchen ein einziges halbes Glas Wein, worin fast nur Wasser war, und sagte kein Sterbenswörtlein. Dann wurde ich in die Kammer unserer Wirtin geführt, die diese uns für die eine Nacht aus gutem Herzen und für einen Dukaten zur Verfügung gestellt hatte. Kaum war ich drinnen, so schloß er die Tür mit dem Riegel, indem er erklärte, er wolle sich allein ausziehen. Er war auch richtig im Handumdrehen damit fertig, legte sich zu Bett und versuchte, mich mit den allersüßesten Schmeichelreden kirre zu machen. Zwischendurch rief er alle Augenblicke: »Ich werde dich einrichten und beschenken, daß du die erste Kurtisane in ganz Rom nicht sollst zu beneiden brauchen.« Die Langsamkeit, womit ich mich auszog, um mich nicht so bald an seine Seite legen zu müssen, wurde ihm schließlich so unerträglich, daß er aus dem Bette sprang und trotz all meinem Sträuben mir die Strümpfe von den Beinen zog. Dann ging er wieder zu Bett und drehte, während ich ebenfalls hineinstieg, das Gesicht nach der Wand, damit ich mich nicht schämen möchte, mich vor einem Manne im Hemd zu zeigen. Ich löchte das Licht aus, obwohl er rief: »Nicht doch! Nicht doch!« und kaum lag ich im Bett, so stürzte er sich mit einer Inbrunst auf mich, und wie eine Mutter ihren bereits als tot beweinten Sohn umarmt – so küßte er mich und umschlang mich mit seinen Armen. Er griff mit den Händen nach meiner Harfe, die aufs beste gestimmt war; trotzdem aber wand ich mich in seinen Armen und tat, als ob ich durchaus nicht wollte. Indessen ließ ich ihn schließlich an die Orgel greifen, als er dann aber die

Spule in die Kunkel stecken wollte, da weigerte ich mich entschieden. Er sagte zu mir: »Meine Seele, meine Hoffnung, halte nur ganz still! Wenn ich dir weh tue, darfst du mich totschlagen!« Ich blieb aber hartnäckig, und nun fing er an zu bitten, und während des Bittens tat er einige Stöße, die aber vorbeigingen. Darüber geriet er ganz außer sich, drückte mir seinen in die Hand und rief: »Mach es alleine, ich werde mich nicht rühren!« Ich aber antwortete ihm ganz weinerlich: »Was ist denn das für 'n dickes Ding? Haben denn die anderen Männer auch so große? Ihr wollt mich wohl mitten auseinanderspalten!« Während ich so sprach, hielt ich einen ganz kurzen Augenblick stille, aber gerade als er in der schönsten Erwartung war und ihm schon das Wasser im Munde zusammenlief, kroch ich unter ihm weg, worüber er ganz außer sich geriet. Vom Bitten ging er zu Drohungen über, die er unter greulichen Flüchen ausstieß: »Beim heiligen Donnerwetter! Ich drehe dir das Genick um, ich erwürge dich!« Dabei packte er mich wirklich an der Kehle und drückte sie mir zusammen, aber nur ganz sachte, sachte. Dann fing er wieder an zu betteln, so daß ich ihm versprach, ich wollte ihm jetzt zu Willen sein. Sobald er aber mit der Schaufel ins Ofenloch hineinfahren wollte, weigerte ich mich wieder. Er stand auf und griff nach seinem Hemd, als ob er's anziehen und dann gehen wollte; da nahm ich ihn aber bei der Hand und rief: »Aber nicht doch! Kommt wieder ins Bett: Ich werde tun, was Ihr verlangt!« Kaum hatte er diese Worte vernommen, so war sein Zorn völlig verraucht; ganz fröhlich küßte er mich und sagte: »Du hast Angst davor; aber es tut nicht weher als ein Mückenstich, ganz gewiß nicht! Paß nur auf, wie sachte ich's machen werde!« Ich ließ ihn nun ein Stückchen, etwa ein Drittel einer Bohne, eindringen, dann aber kam er nicht weiter, sosehr er auch wütete und tobte. Schließlich rutschte er nach dem Bettrand; da lag er auf den Knien, den Kopf vorgestreckt, den Hintern hoch in der Luft, und vertrieb sich mit der Hand das Gelüste, das er mit mir hatte befriedigen wollen. Hierauf stand er auf und zog sich an und ging in der Kammer auf und ab, aber nicht lange, denn die Nacht, die er um meinetwillen wachend wie eine Nachtschwalbe verbracht hatte, war beinahe herum. Mit einem bitterbösen Gesicht wie ein Spieler, der um all sein Geld und um den

Schlaf obendrein gebracht ist, und mit Flüchen, wie einer, den seine Geliebte an die Luft gesetzt hat, öffnete er das Fenster der Kammer, stützte den Ellbogen auf die Brüstung, legte die Wange in die hohle Hand und sah nach dem Tiber, der so blank herüberschien, als ob er ihn wegen jenes Kampfes der ›Fünfe gegen einen‹ noch obendrein auslachte. Während er seinen Gedanken nachhing, schlief ich die ganze Zeit; kaum aber hatte ich die Augen aufgeschlagen und wollte aufstehen, so fuhr er auf mich los, und niemals hat ein Schwarzkünstler beim Geisterbeschwören soviel Gefasel vorgebracht wie er in diesem Augenblick; aber seine Reden waren so vergeblich wie die Hoffnungen von Verbannten. Zuletzt wollte er zufrieden sein, wenn ich ihm einen einzigen Kuß gäbe, aber auch diesen schlug ich ihm ab. Als er im Nebenzimmer meine Mutter mit der Hauswirtin plaudern hörte, rief er sie herein, machte ihnen die Tür auf und rief: »In was für 'ne Mördergrube bin ich hier geraten? solche Sachen machen ja die Räuber im Baccanerwald nicht!« Als er jedoch immer lauter tobte, suchte die Wirtin ihn zu beruhigen, indem sie sagte: »Ja, wenn man's mit 'ner Jungfer zu tun hat, da ist der Teufel los!« Unterdessen zog ich mich an, ging in meine Kammer und ließ ihn sich mit den beiden Frauen auskrächzen. Der arme Schelm hatte sich in eine Hartnäckigkeit verrannt wie ein Spieler, der durchaus sein verlorenes Geld wiedergewinnen will. Er verließ endlich das Haus; kaum aber war er 'ne Stunde fort, so kam ein Schneider mit einem ganzen Stück grünen Seidentaft, nahm mir Maß und schnitt den Stoff zu einem Kleid für mich ab, das er mir sofort nähen mußte. Auf diese Weise glaubte der Verliebte zu erreichen, daß in der nächsten Nacht alles nach seinen Wünschen verlaufen würde. Ich nahm das Geschenk an, aber ich hielt mich an den Rat meiner Mutter, die, als sie es zu sehen bekam, sofort ausrief: »Der Hammer ist am Schmieden! Bleib nur fest, so wird er dir ein Haus mieten; er muß dir Möbel kaufen, sonst mag er verrecken!« Übrigens hätte ich auch ohne ihre Ermahnungen meine Pflicht nicht vergessen. Gleich darauf werfe ich einen Blick zum Fenster hinaus auf die Straße und seh ihn herankommen. »Da ist er!« ruf ich, gehe ihm auf die Treppe entgegen und sage: »Gott ist mein Zeuge, mit welchem Schmerze ich Euch fortgehen sah, ohne daß Ihr mir auch nur ein Wort zum Abschied gönntet. Nun bin ich aber ganz getröstet, weil Ihr wiedergekommen seid; und wenn ich daran sterben sollte – heute nacht will ich alles tun, was Ihr verlangt!« Als er diese Worte von mir hörte, lief er mit offenem Mund auf mich zu und küßte mich; dann schickte er nach einem guten Frühstück, und wir schlossen fröhlich und munter Frieden. Als es endlich Abend wurde – und, ich glaube, die Zeit wurde ihm so lang wie einem Verliebten, der ein Stelldichein hat, nachdem er sich seit zehn Jahren gesehnt hatte – da ließ er wieder ein Essen auftragen, und als dann die Zeit gekommen war, legten wir uns zusammen in dasselbe Bett, in welchem wir auch die vorige Nacht zugebracht hatten. Als er mich aber seinen verliebten Wünschen nicht geneigter fand als einen Juden zum Geldleihen, wenn er kein Pfand erhält, da konnte er sich nicht mehr halten und gab mir eine tüchtige Tracht Prügel mit der Faust. Ich ließ sie ruhig über mich ergehen und sagte nur zu mir selber: »Die sollst du mir teuer bezahlen!« Es blieb ihm aber nichts weiter übrig, als sich wieder den Saft selber abzuziehen. Er machte das genau wie in der vorhergehenden Nacht, stand auf und stürzte in die Kammer, in der meine Mutter und die Hauswirtin schliefen. Vier geschlagene Glockenstunden stieß er lauter Drohungen gegen mich aus. Als er endlich schwieg, sagte meine Mutter: »Mein werter Herr, seid unbesorgt: In der nächsten Nacht soll sie sterben oder Euch nach Wunsch bedienen; dafür stehe ich Euch!« Mit diesen Worten stand sie auf, gab ihm einen ganz langen Gürtel aus Doppeltaft und sagte: »Hier! Damit müßt Ihr ihr die Hände binden!« Der Schafskopf nahm das Ding, bezahlte wieder Mittag- und Abendessen und ging zum drittenmal mit mir zu Bett. Diesmal fand er mich so störrisch, daß ich ihm nicht mal erlauben wollte, mich auch nur anzurühren. Darüber geriet er in eine solche Wut, daß er mit einem Dolch auf mich losging. Ich will's dir nur gestehen: Da kriegte ich doch ein bißchen Angst und drehte ihm notgedrungen den Hintern zu, so daß ich seinen Bauch berührte. Diese Einladung verdoppelte seinen Appetit, und er begann an mir herumzustochern. Ich ließ mich von all seinen Bewegungen nicht anfechten, bis ich merkte, daß er auf einen falschen Weg geriet. Als er sich aber erkühnte, dahinein zu wollen, rief ich: »Es wäre wohl besser, wenn Ihr aufwachtet!«, schlüpfte unter seinem Bauch hervor und drehte ihm das Gesicht zu. Er legte mich nun so, daß ich alle Balken der Zimmerdecke zählen konnte, kletterte auf mich hinauf und drang nicht ganz bis zur Hälfte ein. Da fing ich an zu schreien: »O weh, o weh! o weh, o weh!« Er aber ging nicht runter, sondern streckte die Hand aus und holte seine Börse hervor, die er unters Kopfkissen gelegt hatte. Aus dieser nahm er etwa zehn Dukaten und eine ganze Menge Juliusse, drückte mir all das Geld in die Hand und sagte: »Da!« Ich schrie: »Nein, ich will es nicht!«, machte aber schnell die Hand zu und ließ ihn bis zur Hälfte hinein. Weiter kam er nicht, und so ergab er sich darein und spuckte seine Seele aus.

Antonia: Aber warum band er dir denn nicht die Hände mit dem Gürtel?

Nanna: Wie sollte denn einer, der als Legat selbst gebunden war, mich binden können?«[1]

Antonia: Du sprichst wie 's Evangelium.

Nanna: Noch viermal, ehe wir aufstanden, ging sein Rößlein ›bis an die Hälfte unsrer Lebensbahn‹.

Antonia: Ja, so sagt Petrarca.

Nanna: Nein, Dante.

Antonia: Oh! Petrarca!

Nanna: Dante, Dante! Damit war er denn auch zufrieden und stand am anderen Morgen ganz fröhlich auf, und ich auch. Da er nicht bei mir zum Essen bleiben konnte, so schickte er mir die Speisen ins Haus, und am Abend kam er wieder zum Nachtessen, das er ebenfalls bezahlte.

Antonia: Wart mal 'nen Augenblick! Merkte er denn nicht, daß bei dir kein Blut kam?

Nanna: Ganz und gar nicht! Was verstehen denn auch diese feinen Herren von Jungfern und Märtyrern? Ich ließ mitten im Geschäft mein Wasser und gab ihm zu verstehen, es wäre Blut. Wenn sie ihn nur drin haben, so sind sie völlig zufrieden. In dieser vierten Nacht nun ließ ich ihn richtig hinein, und als der Biedermann das merkte, fiel er vor Freude beinahe in Ohnmacht. Am Morgen

1. ›Come vuoi tu che mi legasse un legato?‹ Unübersetzbares Wortspiel mit Legato, das ›Gebundener‹ und ›Legat‹ bedeutet.

kam meine Mutter lachend in unsere Kammer, und als sie uns im Bette sah, gab sie mir ihren Segen, grüßte Seine Gnaden und sprach zu ihm, während ich ihn herzte und küßte, so gut ich's nur gelernt hatte: »Morgen reise ich von Rom ab; ich habe einen Brief aus meiner Heimat bekommen und will dorthin zurückkehren und im Kreise meiner Familie sterben. Rom ist bloß für die gut, die Glück haben, und nicht für die, die keins haben. Gewiß wäre ich ja niemals abgereist, wenn wir nur unsere Güter verkaufen könnten, um hier wenigstens ein Haus zu erwerben. Ich hatte gedacht, ich könnte hier eins mieten, aber meine Gelder bleiben aus, und eine Frau wie ich kann nicht in möblierten Zimmern bei anderen Leuten wohnen.« Ich aber fiel ihr ins Wort und rief: »O liebes Mütterchen, ich bin in zwei Tagen tot, wenn ich von meinem Herzliebsten scheiden muß!«, und dabei gab ich ihm einen Kuß, und zwei Tränchen rannen mir über die Wangen. Er fuhr empor, setzte sich im Bett aufrecht und sagte: »Bin ich denn nicht der Mann dazu, euch ein Haus zu mieten und es fein säuberlich einzurichten? Blix Hurenkind noch mal!« Er ließ sich seine Kleider reichen, zog sich in aller Eile an und stürmte fort. Gegen Abend kam er wieder mit einem Schlüssel in der Hand, zwei Lastträger hinter sich, die mit Matratzen, Bettdecken und Kopfkissen schwer beladen waren. Zwei andere Packträger hatten Bettstellen und Tische; außerdem waren da eine ganze Menge Juden mit Vorhängen, Bettüchern, Zinngeschirr, Eimern und Küchengeräten. Man hätte meinen mögen, eine ganze Familie zöge um. Er holte meine Mutter ab und brachte mit ihr ein ganz reizendes Häuschen jenseits des Flusses in Ordnung. Dann kam er zu mir zurück, bezahlte unsre Hauswirtin, ließ unsere Sachen auf einen Karren laden, und ehe es Nacht war, hatte er mich schon in das neue Häuschen eingeführt. Da lebte er mit mir und gab für seine Verhältnisse ein schönes Stück Geld aus, kann ich dir sagen. Da ich nun nicht mehr am Fenster unserer früheren Wohnung zu sehen war, so erkundigte man sich nach mir und erfuhr bald, wo ich war, und ein Schwarm von Liebhabern summte um mich herum wie Bienen um einen Klimperkasten oder wie Hummeln um ein Blumenbeet. Einer von ihnen, der sich hatte, als ob er um mich sterben wollte, fand Gnade vor meinen Augen, und ich war ihm, unter Vermittlung einer Kupplerin, zu Gefallen. Und da er mir alles gab, was er hatte, so fing ich an, meinem ersten Wohltäter den Rücken zu drehen. Er war natürlich zu sehr ins Zeug gegangen, hatte alle Sachen, die er mir schenkte, auf Pump genommen. Und da er kein Geld hatte, um seine Schulden zu bezahlen, so wurde er mit den Teufeln exkommuniziert und gehängt, wie's in Rom Brauch ist. Ich aber, die ich vom echten Hurenstamm war, maß dem zweiten jetzt die Liebe ebenso knapp zu, wie ich ihm vorher das Geld knapp gemacht hatte. So fand er denn ab und zu bereits meine Tür zugefroren; dann hielt er mir all das Gute vor, das er mir erzeigt hatte; nichtsdestoweniger aber mußte er ›mit 'nem steifen abziehen‹, wie's in der Boccaccioschen Novelle vom Gespenst heißt. Nachdem ich nun dem zweiten den Beutel ganz geleert hatte, machte ich mich an einen dritten heran. Kurz, mich hatten alle, die mit Quibus zu mir kamen, wie Gonella sagt. Ich mietete ein großes Haus, hielt mir zwei Zofen und lebte wie die allergrößte Dame. Und glaube nur nicht, daß es mir beim Erlernen der Hurenkünste ging wie jenen Studenten, die voll Pracht zur Hochschule kommen und nach sieben Jahren als Pracher nach Hause zurückkehren. Ich lernte in drei Monaten – was sage ich in dreien? in zweien, in einem! –, wie man den Männern einen Vogel in den Kopf setzt, wie man sich Freunde macht, ihnen das Geld aus dem Beutel lockt, sie zum besten hält, unter Tränen lacht, lachend weint. Das alles werde ich dir noch erzählen. Meine Jungfernschaft verkaufte ich öfter als jene Schelmenpfaffen ihre erste Messe, indem sie in allen Städten an allen Kirchentüren anschlagen, daß sie ihre Primiz zelebrieren würden. Nur einen ganz kleinen Teil von meinen Halunkenstreichen – das ist wirklich der richtige Name dafür –, die ich den Männern spielte, will ich dir erzählen. Und alle, die ich dir erzähle, sind Streiche meiner eigenen Erfindung; und wenn du auch kein Albichrist oder Algebrist bist, so kannst du dir doch dann ungefähr denken, wie groß die Gesamtzahl aller meiner Streiche war.

Antonia: Albichrist bin ich nicht und will's auch nicht sein. Ich glaube dir, wie ich an die Quatember glaube und noch dreimal mehr – wenn du mir gestatten willst, dir's zu sagen!

Nanna: Unter anderen hatte ich einen Liebhaber, dem ich sehr zu Dank verpflichtet war. Aber 'ne Hure hat ein Herz bloß für bares Geld, sie weiß nichts von Dank und Undank und hat nicht mehr Liebe als ein Holzwurm. Lieb ist ihr einer nur, solange er berappt; dreht sie ihm den Rücken, so heißt's: »In Lucca hab ich dich mal gesehen!« Diesem also spielte ich die allerschlimmsten Streiche, die ich nur ersinnen konnte, und immer schlimmere, als er mir nicht mehr mit vollen Händen gab. Immerhin zahlte er noch. Ich schlief mit ihm jeden Freitag, und jedesmal fing ich beim Abendessen an, mit ihm zu zanken.

Antonia: Warum denn?

Nanna: Damit ihm das Essen Leibweh machte.

Antonia: Pfui, wie grausam!

Nanna: Aber praktisch. Nachdem ich das ganze Essen allein verschlungen hatte, trödelte ich mit dem Zubettgehen, bis es mindestens sieben oder acht Uhr[1] geworden war. Dann legte ich mich mit ihm nieder und gab ihm so übellaunig sein Liebesfutter, daß er von mir wieder herunterkletterte und wie ein Renegat die Taufe abschwor. Schließlich war dann freilich das Liebesbedürfnis bei ihm doch stärker als der Ärger, und da ich ihm nicht die guten Worte gab, die er erwartete, so kam er von selber wieder an; ich aber lag stocksteif da. Hierauf packte er mich und rief mit Tränen in den Augen greuliche Verwünschungen auf mich herab; ich erlaubte ihm aber nicht eher, mich wieder zu besteigen, als bis er mir alles Geld gegeben hatte, das er bei sich trug.

Antonia: Du warst ja eine Neronin!

Nanna: Gegen die Fremden, die nach Rom zu Besuch kommen, um nach acht oder zehn Tagen wieder abzureisen, gegen die verübte ich die größten Halunkereien. Ich hatte einige Halsabschneider bei der Hand, die's mir einmal auf hundert umsonst machen durften; die benutzte ich, um meinen Besuchern Angst einzujagen, wie du hören wirst. Die Fremden, die nach Rom kommen, um sich die Stadt anzusehen, wollen, nachdem sie die Antiquitäten besichtigt haben, sich auch mit den Modernitäten bekannt machen, nämlich mit dem Damen, bei denen sie den feinen Herrn spielen möchten. Ich war immer die erste, zu der diese Leutchen kamen und wer bei mir die Nacht schlief, der war seine Kleider los.

1. ein oder zwei Uhr morgens.

Antonia: Wie zum Teufel – die Kleider?

Nanna: Gewiß, die Kleider. Du wirst gleich hören, wie. Frühmorgens kam die Magd in meine Kammer und holte des Fremden Kleider unter dem Vorwande, daß sie sie reinigen wollte. Sie versteckte sie aber und erhob ein Geschrei, als ob sie gestohlen wären. Der gute Fremde springt im Hemd aus dem Bett und verlangt seine Sachen und droht mir, er werde die Truhen aufbrechen, um sich bezahlt zu machen. Da fange ich fürchterlich an zu schreien und zu rufen: »Du willst meine Truhen aufbrechen? Du willst mir in meinem eigenen Hause Gewalt antun? Du willst mich als Spitzbübin hinstellen?!« Das hören die Schnapphähne, die unten im Hause im Versteck liegen, laufen mit blanken Degen herzu und sagen: »Was gibt's denn, Signora?« Zugleich packen sie den Fremden an den Kragen. Der steht im bloßen Hemde da und sieht aus wie einer, der ein Pilgergelübde getan hat. Er bittet mich um Verzeihung und ist noch froh, daß ich ihm erlaube, zu einem Freunde oder Bekannten zu schicken, um sich von diesem Hosen, Wams, Mantel und Barett zu leihen. Diese zieht er an und empfiehlt sich mir, seelenfroh, daß man ihn nicht noch obendrein zur Beruhigung mit den Degen gekitzelt hat.

Antonia: Was sagte denn dein Herz dazu?

Nanna: Nichts. Denn es gibt keine Gemeinheit, keine Verräterei und keine Halunkerei, wovor eine Hure zurückschräke. Als sich mit der Zeit der Ruf meiner Gesinnung verbreitete, da kamen die Fremden, die davon Wind gekriegt hatten, nicht mehr zu mir. Oder wenn sie doch kamen, so ließen sie sich von ihrem Diener ausziehen und ihre Kleider in ihr Logis bringen; am nächsten Morgen brachte sie dann der Diener wieder, um sie seinem Herrn anzuziehen. Bei allem dem brachte es aber kein einziger fertig, nicht wenigstens seine Handschuhe oder den Gürtel oder die Nachtmütze bei mir einzubüßen, denn eine Hure hat für alles Verwendung: eine Schnalle, einen Zahnstocher, eine Haselnuß, eine Kirsche, eine Fenchelspitze, und wär's auch nur ein Birnenstiel!

Antonia: Und trotz all ihren Gaunereien bringen sie's kaum dahin, nicht ihre Lichtstümpfchen verkaufen zu müssen; und oft rächt die Franzosenkrankheit die von ihnen so schlecht Behandelten. Es ist wirklich 'ne Freude für unsereine, mit anzusehen, wie 'ne Alte, die ihr Alter durchaus nicht mehr unter Puder, Parfüms, Schminken, schönen Kleidern und großen Fächern verstekken kann, ihre Halsketten, Ringe, seidenen Kleider, Hauben und all den anderen Staat zu Gelde machen muß und schließlich die vier niederen Weihen[1] nimmt, wie die Knaben, welche Priester werden wollen.

Nanna: Wieso denn.

Antonia: Zuerst vermieten sie Zimmer an Krethi und Plethi, nachdem sie für ihre Schmucksachen Betten gekauft haben. Nachdem sie beim Zimmervermieten ihr Geld zugesetzt haben, gehen sie zur Epistel über, das heißt, sie werden Kupplerinnen; dann kommen sie zum Evangelium, indem sie Wäscherinnen werden; endlich singen sie die Messe[2] in San Rocco, in der Chiesa del Popolo, auf den Treppen von Sankt Peter, bei der Friedenskirche, bei St. Johannes und bei der Trostkirche. Ihre Gesichter sind gezeichnet mit der Beule, womit Sankt Hiob seine Stuten zeichnete, außerdem noch mit diesem oder jenem Schmiß, den sie einem durch ihre Verruchtheiten außer sich Gebrachten zu verdanken haben. Diese Verruchtheiten haben sie an den Bettelstab gebracht, nachdem sie sich vorher Affen und Papageien gehalten hatten, ja sogar Leibzwerge wie eine Kaiserin.

Nanna: So wie diese hab ich's nicht gemacht. Wenn eine keine Grütze im Kopf hat, so ist's ihr eigener Schade. Man muß sich in diese Welt zu schicken wissen und nicht höher hinauswollen als 'ne Königin. Man muß seine Tür nicht bloß Prälaten und Kavalieren öffnen. ›Wenig und oft‹ – das gibt die höchsten Berge, und alberne Gänse nur können sagen: Ein Ochs macht auf einmal einen so großen Haufen wie tausend Fliegen, denn es gibt mehr Fliegen als Ochsen; und auf einen großen Herrn, der dir ins Haus läuft und was Rechtes daläßt, kommen zwanzig, die dich bloß mit Versprechungen abspeisen; und tausend brave Leute, die keine großen Herren sind, füllen dir die Hände. Eine, die bloß

1. Die vier anderen Weihen sind die des Ostiario oder Türhüters; des Lettore, der die Epistel liest; des Esorcista oder Teufelsaustreibers; des Accolito oder Meßgehilfen.
2. das heißt, sie betteln.

Liebhaber in Samt und Seide haben will, ist verrückt; denn unter dem groben Wollwams stecken blanke Dukaten, und ich weiß aus Erfahrung, was für schöne Batzen man von Wirten und Hühnerbratern, von Wasserträgern und Juden einnimmt. Diese letzteren hätte ich eigentlich obenan auf meine Liste stellen sollen, denn sie geben das Geld noch leichter aus, als sie's zusammenstehlen. Man muß sich also als Hure nicht an die schönen Wämser halten.

Antonia: Warum?

Nanna: Warum? Weil diese Wämser mit faulen Schulden gefüttert sind. Die meisten Kavaliere sind wie Schnecken, die ihr ganzes Besitztum auf dem Rücken tragen. Sie wissen kaum mehr aus noch ein. Das bißchen, was sie noch haben, geht drauf für das Öl, womit sie Bart und Haar salben. Auf ein Paar neue Schuhe, das du bei einem von ihnen siehst, kommen hundert alte abgetragene. Ich muß lachen, wenn ich daran denke, daß mit ihren Kleidern sich Mirakel begeben, denn die seidenen Stoffe sehen mit der Zeit aus, wie wenn sie mal geschorener Samt gewesen wären.

Antonia: Du kennst eben nur die schäbigen Knauser von heutzutage. Zu meiner Zeit hatten wir 'ne andere Sorte. Aber wo der Herr ein Spitzbube ist, da sind die Diener schäbige Bettler. Aber weiter im Text!

Nanna: Da war einer, der berühmte sich, als er von mir gehört hatte: »Ich will's ihr besorgen, ohne ihr was zu bezahlen.« Der kam zu mir ins Haus mit den allersüßesten Redensarten, die du je gehört hast, und erzählte mir Geschichten, schmeichelte mir und bediente mich. Wenn mir was aus der Hand gefallen war, hob er's mit abgezogenem Barett auf, küßte es und überreichte mir's mit Verbeugungen, von denen ich nur sagen kann: sie waren parfümiert. Eines Tages saß er auch wieder bei mir und schwatzte, und da sagte er: »Warum erhalte ich nicht eine Gnade von Eurer Herrlichkeit, meiner Gebieterin, damit ich hernach sterbe!« – »Ich bin zu Euren Diensten«, antwortete ich, »sagt mir nur, was Ihr wünscht.« – »Ich flehe Euch an«, sagt er, »kommt heute nacht zu mir und schlaft bei mir. Ich hege diesen Wunsch, damit Euer Gnaden in einem mir gehörigen Zimmerchen, das Euch gefallen wird, als Herrin schalten mögen.« Ich versprach es ihm, sagte aber, ich könnte erst nach dem Nachtessen kommen, weil ich einen Freund eingeladen hätte. Dies freute ihn erst recht, weil er dann damit renommieren konnte, er hätte mir nicht mal was zu essen vorgesetzt. Zur verabredeten Stunde ging ich zu ihm und schlief mit ihm. Ich wartete, bis er gegen Morgen fest eingeschlafen war, und als ich ihn schnarchen hörte, ließ ich ihm mein Hemd zurück, indem ich mir statt dessen das seinige anzog. Seine goldenen Schmucksachen hatte ich schon seit einem Monat aufs Korn genommen. Nicht lange, so kam eine Magd, die ich hinbestellt hatte, und da ich in einem Winkel ein dickes Bündel von seiner feinen Wäsche sah, das für die Wäscherin zurechtgelegt war, so packte ich es meiner Magd auf den Kopf und ging mit ihr nach Hause. Was er sagte, als er aufwachte, kannst du dir wohl denken.

Antonia: Es ist nicht schwer zu erraten.

Nanna: Als er aufstand und mein Hemd sah, das über und über mit Spitzen besetzt war, da dachte er zuerst, ich hätte es aus Versehen mit dem seinigen verwechselt; als er aber auch die schmutzige Wäsche nicht mehr vorfand, ließ er mich vor Gericht fordern, wo man ihn aber mit Spott und Hohn fortschickte. So machte ich mich über einen lustig, der sich über mich hatte lustig machen wollen.

Antonia: Geschah ihm recht!

Nanna: Nun 'ne andere Geschichte! Ich hatte zum Liebhaber einen Kaufmann, 'ne Seele von 'nem Menschen, der mich nicht bloß liebte, sondern geradezu anbetete. Er hielt mich aus, und soviel ist gewiß: Ich war sehr lieb zu ihm, indes hatte die Liebe mich durchaus nicht verrückt gemacht. Denn das will ich dir nur sagen: wenn man dir erzählt, die und die Kurtisane ist sterbensverliebt in den und den – so ist es ganz gewiß nicht wahr. Das sind Kapricen, die darauf hinauslaufen, daß wir zwei- oder dreimal 'nen dicken Stengel befühlen möchten, und sie vergehen so geschwind wie Wintersonne oder Sommerregen. Es ist unmöglich, daß eine, der alle Welt aufm Bauche liegt, für irgendeinen Mann Liebe empfindet.

Antonia: Das weiß ich aus meiner eigenen Erfahrung.

Nanna: Besagter Kaufmann schlief also mit mir, sooft er Lust hatte. Um nun meinen Ruf noch zu erhöhen, und auch, um ihn

vollends einzuseifen, machte ich ihn auf eine ganz vertrackte Art eifersüchtig, und das machte mir um so mehr Spaß, weil er immer behauptete, er wisse gar nicht, was Eifersucht sei.
Antonia: Wie fingst du es denn an?
Nanna: Ich ließ zwei Paar Rebhühner und einen Fasan kaufen; dann paukte ich einem Dienstmann, den mein Liebster nicht kannte und der von Natur ein Erzschelm war, seine Lektion ein. Als wir beim Mittagessen sitzen, mein Kaufmann und ich, klopft es an die Tür. Ich sage zur Magd: »Mach auf!« Und schau! da kommt mein Dienstmann rein: »Gesegnete Mahlzeit Euer Gnaden! Der spanische Botschafter bittet Euer Gnaden, Ihr möchtet geruhen, ihm zuliebe diese Vögel zu essen, und wenn's Euch recht wäre, so würde er fünfundzwanzig Worte mit Euch sprechen.« Ich mache ein ganz finsteres Gesicht und knurre: »Botschafter hin, Botschafter her! Trag das Zeug wieder fort; mit mir soll kein anderer Botschafter sprechen als dieser hier, der mir mehr Gutes erweist, als ich verdiene.« Damit geb ich dem guten Pinsel einen Schmatz, wende mich dann wieder zum Dienstmann und sage ihm drohend, er solle sich fortscheren. Mein Kaufmann aber sagt zu mir: »Nimm doch die Vögel, kleine Närrin! Geschenke kann man immer brauchen!« Dann sagt er zum Dienstmann: »Sie wird sie sich gut schmecken lassen!« und lacht dabei, aber nur mit den äußersten Lippenspitzen, und wird ganz nachdenklich. Ich rüttle ihn und sage: »Was denkst du denn? Der Kaiser selbst bekäme nicht einen einzigen Kuß von mir, geschweige denn sein Botschafter; Eure Stiefelsohlen sind mir mehr wert als eine Million Dukaten!« Er dankt mir von Herzen und geht aus, um einige Geschäfte zu besorgen.
Inzwischen befehle ich, meine Schnapphähne sollten sich um vier Uhr[1] einfinden. Um vier Uhr aßen wir nämlich immer zu Abend. Sie suchten sich einen abgefeimten verteufelten Burschen, sagten ihm, was er zu tun hätte, gaben ihm einen Fackelstumpf in die Hand und ließen ihn an meine Tür pochen. Sie selber standen vermummt hinter ihm. Der Bursche kommt nach oben, grüßt mich mit echter spanischer Grandezza und sagt: »Signora, der Herr Botschafter ist schon unterwegs, um Eurer Durchlaucht die Hand

1. zehn Uhr abends.

zu küssen.« Ich antwortete ihm: »Der Herr Botschafter wird mich entschuldigen; ich habe Verpflichtungen gegen den Botschafter, den du hier bei mir siehst.« Damit lege ich meinem Kaufmann den Arm um den Hals. Der Bursch geht und klopft nach einem Weilchen wieder an; ich weigere mich, ihm öffnen zu lassen, und da hören wir ihn sagen: »Wenn Ihr nicht aufmacht, wird mein Herr die Tür einschlagen lassen.« Ich laufe ans Fenster und rufe hinunter: »Dein Herr kann mich totschlagen, mich lebendig verbrennen, mich zugrunde richten, ganz wie's ihm beliebt. Ich liebe nur einen einzigen, dessen Huld ich alles verdanke, was ich bin und habe; für ihn will ich gerne sterben, wenn es sein muß!« In diesem Augenblick, tack! tack!, schlagen die Pharisäer an meine Tür. Es waren nur fünf oder sechs, aber es sah aus, als ob es tausend wären. Und einer von ihnen ruft mir zu, mit 'ner Stimme wie 'n Kaiser: »Alte Hure! Das wird dich noch gereuen! Und dem traurigen Suppenhuhn, das dir den Nabel poliert, dem werden wir's schon besorgen, Herrgottsdonnerwetter!« – »Tut, was ihr dürft!« antwortete ich, »aber feine Herrschaften machen so was nicht, daß sie den Leuten mit Gewalt in die Häuser brechen!« Ich wollte noch weiter sprechen, aber mein Tolpatsch zupfte mich am Rock und sagte: »Kein Wort mehr! Kein Wort mehr, wenn du nicht willst, daß diese Spanier mich in Stücke hauen!« Dann zog er mich vom Fenster weg und dankte mir für die hohe Achtung, die ich ihm erzeigt hätte, überschwenglicher, als die losgelassenen Gefangenen den Viertelsmeistern, wenn sie sie zum Augustfest in Freiheit setzen. Am nächsten Morgen ließ er mir ein Kleid aus prachtvollem orangegelbem Atlas machen. Von der Zeit an hättest du ihn nach dem Ave-Läuten nicht mehr auf der Straße gefunden, und wenn du ihm ein Königreich dafür geschenkt hättest, solche Angst hatte er vor den Spaniern. Auch fürchtete er, der Gesandte könnte ihm mal ein X ins Gesicht zeichnen lassen, und bei jeder Gelegenheit sagte er zu jedem, der es hören wollte: »Das kannst du mir glauben, meine Liebste, die weiß mit Botschaftern umzuspringen!«

Antonia: Was wollte er denn damit sagen?

Nanna: Oh, ich hatte ihm weisgemacht, ich hätte mal in einer schönen kalten Januarnacht nicht weniger als neun Botschafter auf einmal unter einer Treppe versteckt, warten lassen. Die Dummköpfe hätten da bis zum Morgengrauen gesessen! Und dann schwor ich ihm: »Neulich nacht, als du bei mir schliefst, da war einer unten im Keller und mußte sich mit sich selber amüsieren. Und gestern erst machte der Dingsda im Hof meinem Brunnen den Hof.« Na, hatte der Gute 'ne Freude! Und damit ich keinen Anlaß hätte, mich zur Botschafterin machen zu lassen, schickte er mir das Doppelte an Geschenken und sagte dabei zu jedem: »Ich bin ihr zu Dank verpflichtet, und damit basta!«

Antonia: Niedliche Schlauheiten!

Nanna: Schön ist der nächste Streich: Ich schlief oft mit einem Renommisten mit 'nem großen Federhut. Wenn dem einer sagte: »Nimm dich vor der Soundso in acht!«, flugs platzte er los: »Ich? Haha! Mir sagst du das? Haha! Wo ich in Garnison lag: in Siena, in Genua, in Piacenza, da hab ich mit einigen von der Sorte umspringen gelernt; meine Batzen sind nicht für die Hurenmenscher, nee, weiß Gott nicht!« Bei diesem Prahlhans bemerkte ich eines Tages zehn Taler, die er in der Börse hatte; ich hätte sie ihm ja nachts fortnehmen und an deren Stelle Kohlen lassen können — aber ich kriegte sie auch so, wie du gleich hören wirst. Eines Tages war er bei mir im Hause und war ganz unwohl, so stark klopfte ihm das Herz, weil ich mich gestellt hatte, als läge mir ein anderer im Sinn. Wie ich ihn in dem Zustand sehe, geh ich auf ihn zu, fahr ihm mit den Händchen in den Bart, zupf ihn ganz sachte, sachte zweimal dran und sage: »Ei, wer ist denn dein liebes Mädel?«, und damit setz ich mich auf ihn, krieg ihn um den Hals und presse ihm mit dem Knie die Schenkel auseinander, daß ihm die Gefühle kommen, und küß ihm das Gesicht. Da sagt er denn zu mir: »Ei, nu ja denn!« und stößt dabei einen ganz tiefen Seufzer aus, daß ich den Wind spüre. Dann schweigt er. Ich aber umarme ihn und herze ihn so zärtlich, daß er wieder ganz munter wird. Und gerade, als ich zu ihm sage: »Ich möchte, daß wir heute nacht zusammen schlafen!« — da klopft's an die Tür. Das war einer, dem ich Bescheid gesagt hatte; die Magd läuft ans Fenster und sagt mir: »Signora, 's ist der Meister!« — »Sag ihm, er soll raufkommen«, antwortete ich. Er kommt also und verlangt von mir zehn Taler, die ich ihm noch für einen Bettvorhang schuldig sei. Außerdem bittet er mich, ich möchte ihm doch das Geld sofort geben, denn er hätte andere Geschäfte. Ich sage also meinem Zöfchen: »Nimm diesen Schlüssel hier und gib ihm von den Talern, die du im Geldkoffer findest, seine zehn.« Sie geht, um den Kasten zu öffnen, und ich bleibe da und streichle meinem Kater den Schwanz, dem Schlaumeier, der gegen alle Pfiffe gefeit war, und bin dabei, ihm den Kopf zu verdrehen und hab ihn auch schon recht hübsch verdreht, da ruft der Meister wieder nach mir. Ich hatte der Magd schon ein paarmal zugeschrien: »Beeil dich doch, dummes Vieh!«, ich höre sie aber fortwährend brummen und stehe auf. Ich geh zu ihr hinaus und finde sie sehr eifrig am Geldkasten beschäftigt, den sie durchaus nicht aufkriegen konnte, was auch kein Wunder war – denn wie der Tapezierermeister, der sein Geld verlangte, nicht echt war, so paßte der Schlüssel, den ich ihr gegeben hatte, nicht zur Geldkassette. Ich tu so, als hätte sie mir das Schloß verdreht, und springe ihr ins Gesicht; sie bekam aber mehr Geschrei als Püffe. Dann sag ich ihr, sie solle den Kasten aufbrechen, aber das Brecheisen ist nicht zu finden. So wende ich mich denn an den Herrn Schlaumeier und sag zu ihm: »Oh, bitte, bitte, wenn Ihr zehn Taler habt, gebt sie ihm doch; gleich im Augenblick werde ich den Kasten öffnen oder zerschlagen lassen, und dann kriegt Ihr Euer Geld wieder.«

Antonia: Du ihrztest ihn also, wenn's sich um wichtige Angelegenheiten handelte, hahaha!

Nanna: Flugs hat er die Hand an der Börse, öffnet sie, wirft die zehn Taler hin und sagt: »Da, Meister! und geh mit Gott!« Und wie ich immerfort mit dem Fuß gegen den Kasten stoße, wie wenn ich ihn in Stücke schlagen wollte, da sagt er mir: »Schick nach dem Schlosser und laß ihn öffnen; wir haben's ja nicht so eilig!« Er duzte mich, als wenn ich jetzt ganz und gar nach seinen Befehlen stände, wegen des Geldes, das er mir geliehen!

Antonia: Rotznase!

Nanna: Ich ließ nun den Geldkasten mit meinen Fußtritten in Ruhe und legte mich mit ihm aufs Bett, wobei ich mir vornahm, er sollte nicht 'ne Lippenspitze von mir kriegen. Und kaum hatte er mich in seine Arme gepreßt, da klopfte es ganz stark. Darauf hatte ich bloß gewartet, um den Prahlhans anzuführen. Sofort stand ich auf, soviel er mich auch festhielt, und bat, ich möchte doch nicht erst nachsehen, wer der Mensch wäre, der an meine Tür klopfte. Ich laufe an den Fensterladen und sehe, es ist ein Monsignorchen, der in Hut und Mantel auf 'nem Maultier sitzt. Er ruft mir zu, ich möchte runterkommen und mich hinter den Sattel setzen. Ich sage ja, nehme den Mantel seines Dieners, da ich im übrigen schon Knabenkleidung anhatte — die ich überhaupt fast immer trug —, und reite mit ihm ab. Der Rekruten- und Hurenbändiger aber zerfetzte aus Wut mit seinem Sarras mein Bildnis, das in meiner Kammer an der Wand hing, und ging dann ab, wie ein Spieler aus einer Spielhölle, wo man ihn Schelm geheißen hat. Übrigens hab ich noch was zu erzählen vergessen: Er fing an, die Möbel zu zerschlagen, um sich bezahlt zu machen, aber meine Magd schrie nach der Straße hinaus um Hilfe, und so zog er denn mit ganz geknicktem Federbusch ab, teils, weil eine Menge Leute herbeiliefen, teils weil er in dem Geldkasten, den er schließlich aufkriegte, nichts weiter gefunden hatte als Salben und Einreibungen für gewisse Übel, die einem zustoßen können ... Aber indem ich dir meine Streiche erzähle, geht es mir wie der Sünderin, die eine Generalbeichte ablegen und alles sagen will, was sie jemals begangen hat: Sobald sie dem Beichtiger zu Füßen sitzt, erinnert sie sich kaum noch der Hälfte.

Antonia: Erzähle mir nur die Geschichten, die dir einfallen; nach ihnen werde ich dann die anderen, die du ausläßt, schon beurteilen können.

Nanna: So will ich's denn machen. Da war ein guter Trottel, der auf der ganzen Welt nichts hatte als einen einzigen Weinberg; davon hatte er sich aber hundert Dukaten auf die Kante gelegt und setzte sich nun in den Kopf, mich zur Frau nehmen zu wollen. Er besprach die Sache mit meinem Friseur, und dieser ließ mir ein Wörtchen darüber zukommen. Sowie ich von dem Mittelsmann hörte, daß der Verliebte bares Geld hätte, wiegte ich ihn in so schöne Hoffnungen, daß er ganz gewiß glaubte, er würde mich kriegen. So kam er denn in mein Haus, wo ich ihn mit vielen Liebkosungen empfing und ihn bald dahin brachte, daß er in Zeit von einem Monat mit seinen hundert Dukaten meine Betten, meine Küche und mein ganzes Haus fein zurechtmachen ließ. Ein-

oder zweimal – aber nicht mehr! – ließ ich ihn mal dran picken, dann brach ich einen Streit um des Kaisers Bart vom Zaun, nannte ihn Schafskopf, Landstreicher, Halunke, Lumpenkerl, Dummkopf, Ignorant und schmiß ihm die Tür vor der Nase zu. Da sah der Unglückswurm ein, daß er sich ein wenig geirrt hatte, wurde Mönch und ergab sich großer Frömmigkeit. Und ich lachte aus vollem Halse!

Antonia: Warum denn?

Nanna: Weil eine Hure ganz besonders im Ansehen steigt, wenn sie sich rühmen kann, jemanden zur Verzweiflung, an den Bettelstab oder um seine Vernunft gebracht zu haben.

Antonia: Darum beneide ich keine!

Nanna: Wieviel schönes Geld hab ich nicht gewonnen, indem ich bald diesen, bald jenen auf den Leim lockte! In meinem Hause speisten gar oft Leute; gleich nach dem Essen kamen die Karten auf den Tisch, und ich rief: »Holla! Wir wollen doch zwei Juliusse für Konfekt ausspielen; und wer, sagen wir meinetwegen, den Treffkönig kriegt, der bezahlt.« Das Naschzeug wurde ausgespielt und gekauft; hatten aber die Leute mal die Karten gesehen, so konnten sie sowenig die Finger davon lassen, wie 'ne Hure das Nummern lassen kann. Sie schmissen 's Geld auf den Tisch und fingen an zu spielen, daß es 'ne Art hatte. Dauert nicht lange, so erscheinen zwei Gauner mit recht einfältigen Gesichtern, lassen sich erst ein bißchen bitten und nehmen dann die Karten, die falscher waren als Dublonen von Mirondola, und gewinnen so ganz in aller Unschuld meinen Gästen alles Geld ab; ich selber gab ihnen dabei Winke, was für Karten die anderen hatten, da mir die Falschheit der Karten für sich allein noch nicht sicher genug erschien.

Antonia: Das sind so kleine Scherze!

Nanna: Für zwei Dukaten verriet ich einem Gewissen, daß sein Feind zwei Stunden vor Tage ganz mutterseelenallein zu mir käme, um mich zu beschlafen. Er lauerte ihm auf und hackte ihn in Stücke.

Antonia: Ein kleiner Wespenstich! Aber sag mir doch, warum kam er denn zwei Stunden vor Tage?

Nanna: Weil um diese Stunde ein anderer von mir ging, der

nicht länger bleiben konnte. Aber du glaubst doch nicht etwa, wenn einer auch die ganze Nacht bei mir schlief, er wäre der einzige gewesen, der mich gekitzelt hätte? Ah! Tausendmal stand ich von der Seite meines Kaufmanns auf, indem ich vorgab, ich hätte Durchfall oder Magendrücken, und dann machte ich die Runde und befriedigte diesen und jenen, der im Hause versteckt auf mich wartete. Im Sommer stöhnte ich über die große Hitze, stand im bloßem Hemd auf, ging in den Saal und lehnte mich ein bißchen zum Fenster hinaus, sprach mit dem Mond, den Sternen und dem Himmel. Und da hatte ich manchmal im Handumdrehen zweie hintereinander, die mir's von hinten machten.

Antonia: Man soll mitnehmen, was man kriegen kann, sonst hat man nichts davon!

Nanna: Das ist ganz gewiß. Nun hab ich noch 'nen schönen Lekkerbissen für dich: Nachdem ich ein Stücker zehn oder zwölf Freunde ausgepumpt hatte, so daß sie mir nichts mehr geben konnten, beschloß ich, ihnen auch noch den letzten Tropfen abzupressen.

Antonia: Was hattest du denn da für 'nen Trick?

Nanna: Unter den Kunden meines Äpfel- und Fenchelgeschäfts[1] waren auch ein Apotheker und ein Arzt, auf die ich mich verlassen konnte. Zu denen sagte ich also: »Ich will mich krank stellen, und meine schönen Hausfreunde sollen mich kurieren lassen. Sobald ich mich also ins Bett gelegt habe, kommt Ihr, Doktor, und erklärt, ich sei futsch, und verschreibt die allerteuersten Medizinen, die es gibt. Und du, Apotheker, schreibst sie in dein Buch ein und schickst mir nicht das Zeug, sondern statt dessen, soviel dir gut dünkt.«

Antonia: Ah, ich hör dich laufen! Auf diese Weise sacktest du alles Geld ein, das deine Liebhaber dem Doktor und dem Apotheker gaben, denn diese mußten es dir wiedergeben.

Nanna: Du bist gut von Begriff, Antonia! Es war, um sich krumm zu lachen, als ich bei Tisch plötzlich tat, als ob ich 'ne Ohnmacht kriegte, und unter den Tisch fiel. Meine Mutter, die in den ganzen Schwindel eingeweiht war, nestelte mir mit 'nem ganz ängstlichen Gesicht das Mieder auf, trug mich mit Hilfe der

1. das heißt Hinter- und Vorderseite.

Gäste auf mein Bett und erhub ein Jammergeheul, wie wenn ich schon tot wäre. Ich kam wieder zu mir, stieß einen Seufzer aus und flüsterte: »Oh, wie weh mir mein Herz tut!« Als sie das hörten, riefen alle wie aus einem Munde: »Ach! Das ist nichts! Das sind Blähungen, die ins Gehirn steigen.« Ich aber stöhne: »Ich weiß recht wohl, wie mir zumute ist!« — und falle wieder in Ohnmacht. Da laufen schleunigst zwei von ihnen zum Doktor. Der kommt, nimmt meinen Arm zwischen zwei Finger — wie wenn er das Griffbrett am Lautenhals hielte —, besprengt mich mit seinen Rosenessigen und sagt: »Der Puls ist vollständig weg!« Damit geht er zur Kammer hinaus; und von meinen im Glauben Seligen trösteten die einen meine Mutter, die sich durchaus aus dem Fenster stürzen wollte, die anderen standen um den Doktor herum, der das Rezept schrieb, das sofort nach der Apotheke geschickt werden müßte. Sowie es geschrieben war, lief einer von ihnen selber damit hin, und als er zurückkam, hatte er alle Hände voll von Papiertüten und Flaschen. Der Arzt ordnete an, was gemacht werden müßte, und ging hierauf fort; und meine Mutter hatte die allergrößte Mühe, unsere Freunde nach Hause zu schikken, denn sie wollten durchaus in vollen Kleidern bei mir wachen. Sobald es Morgen war, kamen sie alle wieder zu mir. Der Medikus kam auch wieder, und als er hörte, daß ich in der Nacht beinahe in die andere Welt gegangen sei, befahl er, es müßten fünfundzwanzig venezianische Dukaten aufgebracht werden, um irgendwelches Zeug — ich weiß nicht mehr, was — zu destillieren. Sofort gab einer von den Pinseln, ohne zu fragen, ob nicht auch die Dukaten durch das Kochen kleiner werden könnten, meiner Mutter das Geld, die es auf Nummer Sicher brachte. Nachher konnte der Schafskopf krächzen, soviel er wollte — er sah seine Dukaten niemals wieder. Kurz und gut, an den Medizinen, den Rhabarbermixturen, Sirupen, stärkenden Tropfen, Klistieren, Manuschristi, Juleps, Salben, dem Doktorhonorar, dem Holz und den Kerzen machte ich mir einen schönen runden Beutel voll von Talern zum Gewinn.

Antonia: Brachte es dich denn nicht um, daß du kerngesund zu Bett liegen mußtest?

Nanna: Es hätte mich wohl umgebracht, wenn ich allein gewesen wäre. Aber die eine Nacht bearbeitete mir der Doktor den Hintern, und die andere machte der Apotheker mir Einsalbungen. Und als ich wieder in der Genesung war, da flogen mir die Kapaunen fix und fertig gerupft ins Haus; und dann die Weinchen! Da gab's keinen Prälatenkeller, der nicht für mich entjungfert wurde!

Antonia: Hahaha!

Nanna: Der Kaufmann, von dem ich dir sprach, hatte, obwohl er nie ein Wort darüber sagte, die größte Lust, von mir 'nen Jungen zu kriegen. Dies schien mir eine gar zu schöne Gelegenheit; ich tat, als ob ich mich sterbensübel fühlte, wand und krümmte mich morgens und abends, aß drei Mundvoll, spuckte viere aus und rief: »Was ist das für bitteres Zeug!« und tat dabei, als müßte ich mich brechen. Der gute Trottel tröstete mich und sagte: »Oh, wenn doch Gott das gäbe!« Und dann schwieg er wieder. Ich aß wie ein Scheunendrescher, wenn er nicht dabei war; in seiner Gegenwart aber wurde mein Appetit immer schwächer und schwächer, und zuletzt aß ich keinen Bissen mehr. Schließlich stellte ich mich an, als hätte ich Kopfschwindel, Leibweh, Mutterweh, Brennen im Kreuz, beklagte mich, meine Regel käme nicht mehr, und ließ ihm durch meine Mutter beibringen, ich sei schwanger; und mein Gehilfe, der Doktor, bestätigte das. Flugs fängt der Hosenscheißer voller Freude an, Leute zu Gevattern zu bitten, Kapaunen zur Mast in Käfige zu sperren, Windeln und Binden zu kaufen und 'ne Amme zu bestellen. Wenn's Vögelchen, Erstlingsobst, frische Blumen gab, sofort kaufte er sie mir, damit nur ja unser Kleines kein Muttermal kriegte. Er konnte es nicht mal mit ansehen, wenn ich mit der Hand meinem Mund zu nahe kam, darum steckte er mir selber die Bissen in den Mund; auch stützte er mich, wenn ich aufstand oder mich niedersetzte. Zum Totlachen war's, wie er weinte, wenn er mich sagen hörte: »Wenn ich im Kindbett sterben sollte, so lege ich dir unsern Kleinen ans Herz!« Ich machte auch ein Testament, worin ich ihn für den Fall meines Todes zum Erben meiner ganzen Habe einsetzte; das zeigte er überall herum und sagte einem jeden: »Lest doch nur dies hier und das da, und dann sagt mir, ob ich nicht recht habe, daß ich sie anbete!« Nachdem ich ihn mit diesem Unsinn eine Weile unterhalten hatte, tat ich eines Tages wie von ungefähr einen

Fall und stellte mich, als ob ich mich schwer verletzt hätte; dann ließ ich ihm in einer Schale lauen Wassers einen ungeborenen Lammsfötus bringen. Du hättest darauf geschworen, es sei ein menschlicher Embryo. Als er den sah, da rannen ihm die Tränen hernieder; er stimmte ein großes Wehklagen an und schrie doppelt so laut, als gar meine Mutter ihm sagte, es sei ein Knäblein gewesen und habe ihm ähnlich gesehen! Und er gab, ich weiß nicht wie viele Taler aus, um den Kleinen beerdigen zu lassen; wir brachten ihn auch dazu, daß er sich in Schwarz kleidete; vor allem aber war er darüber in Verzweiflung, daß der Junge nicht die Taufe empfangen hätte.

Antonia: Wer war denn der Vater von der Pippa?

Nanna: Vor Gott war's ein Marchese; vor der Welt aber hat er's nicht anerkennen wollen. Bitte sprechen wir von was anderem.

Antonia: Ganz, wie du willst.

Nanna: Mal bekam ich den Einfall, die Laute klimpern zu lernen; nicht weil ich besondere Lust dazu gehabt hätte, sondern damit es aussehen sollte, als ob ich mich mit schönen edlen Künsten abgäbe. Ganz gewiß sind solche Künste, wenn Huren sie gelernt haben, gute Schlingen, um Gimpel drin zu fangen; und sie kommen den Gästen teurer zu stehen als die Fenchelkörner, Oliven und Gelees, die ihnen von den Wirten vorgesetzt werden. Von 'ner Hure, die Kanzonen singen und vom Blatt spielen kann, geht man barfuß von dannen.

Antonia: 's ist eben alles Schwindel auf dieser Welt.

Nanna: So wie ich verstand es keine, jeden kleinen Vorteil wahrzunehmen; ich hätte sogar in 'ner Kirche mein Netz ausgeworfen, wie Margutte[1] sagt; niemals schlief einer bei mir, ohne Haare zu lassen. Du mußt dir nicht einbilden, daß er ein Hemd, 'ne Nachtmütze oder Strümpfe, Hut, Degen und sonst 'ne Kleinigkeit jemals wieder zu sehen bekam, wenn das Zeug mal bei mir im Hause geblieben war. Denn man braucht alles, und darum kann man alles brauchen. Und Wasserträger, Holz-, Öl-, Spiegel- und Brezelhändler, dann die Verkäufer von Seife, Milch, Käse, Heißem-Gebratenem-Gekochtem[2] bis herab zu Schuhputzern und

1. in Pulcis ›Morgante maggiore‹.
2. Kastanien.

Schwefelfadenhausierern, sie alle waren meine Freunde und eiferten um die Wette, dafür zu sorgen, daß bei mir immer ein ganzer Berg Besucher waren.

Antonia: Warum taten sie denn das?

Nanna: Weil ich alle Augenblicke ans Fenster kam und alle möglichen Sachen kaufte, die natürlich meine Liebhaber bezahlen mußten. Wer zu mir kam, um mir die Kur zu schneiden, der mußte ganz bestimmt etwas ausgeben: einen Julius, einen Grosso, einen Baiocco. Da erschien zum Beispiel plötzlich meine Magd auf der Bildfläche und sagte mir: »Es fehlen uns tausend Meilen Schnürbänder für die Kopfkissenbezüge!« Ich gab dem ersten besten, der mir in den Wurf lief, 'nen Kuß und sagte: »Gib ihr 'nen Julius!« Und er hätte ja als ein lausiger Knicker dagestanden, wenn er's nicht getan hätte. Nach der Magd kam meine Mutter rein, beide Arme voll von Linnenzeug, und sagte: »Wenn du dir dieses aus den Fingern gehen läßt, findest du niemals so 'ne gute Gelegenheit wieder!« Da gab ich denn einem andern zwei Küsse, und der bezahlte mir den Flachs. War die Gesellschaft fortgegangen und es kamen andere Leute, so ließ ich sagen, ich hätte Gäste bei mir; dann öffnete ich nur einem, der allein kam. Den machte ich mit dem Feuer meiner Küsse mürbe wie ein Stück Kochfleisch und bearbeitete ihn so meisterhaft, daß er mir noch selbigen Tages eine gesteppte seidene Bettdecke oder einen Vorhang oder ein Gemälde oder sonst was Schönes schickte, wovon ich wußte, daß er's besaß. Für dies Geschenk versprach ich ihm, ehe er mich noch darum gebeten hatte, er dürfte zu mir kommen und bei mir schlafen; er schickte mir dann ein sehr anständiges Nachtessen ins Haus, und wenn er selber kam, ließ ich ihm sagen, er möchte erst noch einen kleinen Spaziergang machen; das tat er, und wenn er dann wieder an die Tür kam, sagte ihm die Magd: »Nur noch ein kleines Augenblickchen!« Er wartet zwei ganz kleine Augenblickchen, klopft wieder, niemand antwortet ihm, und da fängt er an zu brüllen: »Hure! Sau! Beim Leibe der Unbefleckten, Hochgebenedeiten und Geweihten, das sollst du mir bezahlen!« Unterdessen saß ich und tafelte auf seine Kosten mit einem andern, lachte aus vollem Halse und sagte: »Fasele du nur immerzu; wisch dir den Bart und laß mich in Ruh!«

Antonia: Wie brachtest du ihn nachher wieder dazu, dir zu verzeihen — vorausgesetzt, daß es irgend jemand von Belang war?
Nanna: Er mochte sein, wer er wollte; zwei Tage lang grollte er mir; dann konnte er sein Hähnchen nicht mehr im Zaum halten und ließ mir sagen, er möchte gern ein Wörtlein mit mir sprechen, worauf ich antwortete: »Nicht eins, sondern tausend von Herzen!« Und sowie ihm die Tür aufgemacht war, kam er zornschnaubend auf mich los und rief: »Nein, das hätt ich nie von dir gedacht!« Und ich: »Meine geliebte Seele, wenn du mir doch glauben wolltest! Oh, glaube mir, nur dir gilt meine Liebe, nur du bist meine Lust, nur für dich schlägt mein Herz; wenn du wüßtest, ach, wenn du doch nur wüßtest, was für eine wichtige Sache neulich abend mich auszugehen zwang, da würdest du mich loben. Wenn ich mich nicht mal auf deine Liebe fest verlassen kann, auf wessen Liebe dann sonst?« Du kannst dir wohl denken, was für 'nen Haufen Entschuldigungen ich vorbringen mußte: ich hätte zu irgend 'nem Advokaten oder Prokurator oder Beamten ins Haus gehen müssen wegen eines sehr wichtigen Prozesses. Und dann ließ ich mich auf ihn sinken, schlang ihm die Arme um den Hals, und während er seinen Lilienstengel in mein Gärtlein pflanzte, nahm ich ihm das Herz aus dem Leibe und den Verdruß aus der Seele; und ich ließ ihn nicht eher von mir gehen, bis er wieder hübsch artig nachsang, was ich ihm vorsang.
Antonia: Man tut wirklich sehr unrecht, daß man aus dir nicht eine Gesangslehrerin macht.
Nanna: Danke recht schön für deine Güte!
Antonia: Du brauchst dich nur für dein Talent zu bedanken.
Nanna: Nein, nein, für deine Güte! Aber höre jetzt 'ne Geschichte, wie ich beinahe mit einemmal reich geworden wäre. Ein Edelmann war sterblich in mich verliebt und schlug mir vor, mich für zwei Monate mit sich auf seine Güter zu nehmen; dies brachte mich auf den Gedanken, das Gerücht auszustreuen, ich sei zu Gottes Seligkeit eingegangen; ich ließ daher einen Juden kommen, ließ ihn meine ganze Hauseinrichtung abschätzen und verkaufte sie ihm zum großen Herzeleid meiner Anbeter; dann legte ich, ohne daß sie etwas davon erfuhren, die erhaltenen Gelder bei einer Bank an und reiste mit dem Edelmann ab.

Antonia: Warum verkauftest du denn dein Hausgerät?

Nanna: Um für das alte neues wiederzukriegen. Und so war es auch; denn kaum war ich wieder da, so liefen sie von allen Seiten herzu wie Ameisen nach einem Getreidehaufen, und jeder wollte mir neue Möbel kaufen.

Antonia: Das ist gewiß: Je mehr wir die unglücklichen Trottel behexen, desto fester und eifriger glauben sie an uns!

Nanna: Ich kann nicht leugnen, daß da alle möglichen Künste angewandt werden, um sie zu verblenden, daß wir ihnen sogar von unserm A-a und von unserm Marchese[1] zu essen geben. Eine war da – ich will ihren Namen nicht nennen –, die wollte 'nen Liebhaber recht verliebt und treu machen und gab ihm 'ne hübsche Menge Schorf von Franzosenbeulen, von denen sie voll saß.

Antonia: Brrr! berx!

Nanna: Was ich dir sage! Mit einer Kerze aus dem Fett eines lebendig Verbrannten ist mir's gelungen, eine hübsche Menge von meinen Geschäftchen recht warm zu halten. Aber schließlich und im Grunde sind doch alle diese Zaubergeschichten mit Kräutern, die im Dunkel der Nacht getrocknet sind, mit dem Strick des Gehenkten, mit Leichennägeln, mit Teufelsworten und dergleichen nur Tand und Narretei neben dem Zaubermittel, das ich dir nennen würde, wenn's erlaubt wäre.

Antonia: Du hast ein so zartes Gewissen wie Fra Ciapelletto.[2]

Nanna: Nun, um nicht für eine Heuchlerin zu gelten, so will ich dir also sagen, daß zwei stramme Popobacken mehr vermögen als alle Philosophen, Astrologen, Alchimisten und Nekromanten, die je auf der Welt waren. Ich probierte soviel Kräuter, wie auf zwei Wiesen wachsen, und soviel Worte, wie auf zehn Märkten geschwatzt werden, und vermochte doch nicht auch nur um Fingers Breite einem, dessen Namen ich dir nicht nennen darf, das Herz zu rühren. Und dann machte ich ihn mit einer einzigen Bewegung meiner Hinterbäckchen so bestialisch verrückt nach mir, daß alle Bordelle ganz baff darüber waren; und da pflegt man sich doch nicht so leicht über was zu wundern, weil man da ja jeden Tag merkwürdige neue Sachen sieht.

1. Menstruationsblut.

2. in der ersten Novelle des ›Decamerone‹.

Antonia: Schau, schau, worin doch die Geheimnisse der Zauberkunst bestehen!
Nanna: In unserer Hinterpforte. Und die Hinterpforte ist so zauberstark wie das Geld. Denn die Hinterpforte lockt das Geld aus den Hosen heraus, wie das Geld sogar die Hinterpforte eines Klosters zu öffnen vermag.
Antonia: Wenn der Popo soviel Gewalt hat wie 's Geld, so ist er stärker als Ronceval, der alle Paladine totschlug!
Nanna: Viel stärker, ganz gewiß! Aber fahren wir in unserem Gespräch fort, und merke dir die folgende recht einträgliche kleine Schlauheit: Ich hatte einen Freund, der war cholerisch wie alle Verschwender, die nicht viel Geld auszugeben haben. Bei jeder Gelegenheit kroch ihm 'ne Laus über die Leber, und dann konnte er sich nicht halten und sagte mir Grobheiten wegen jeder Kleinigkeit, die ihm nicht behagte. War dann seine Wut verraucht, so warf er sich mir zu Füßen, breitete die Arme in Kreuzesform aus und flehte mich um Verzeihung an. Und ich war dann so freundlich und gewährte sie ihm auf Kosten seiner Börse. Eines Nachts aber, als er's ganz besonders schlimm getrieben hatte, brachte ich ihn völlig zur Verzweiflung, indem ich mich von seiner Seite aus dem Bett erhob und mich einem seiner Rivalen hingab. Das brachte ihn so in Wut, daß er mir etliche überzog. Als er dann wieder zur Besinnung kam, nahm ich ihm alle Hoffnung, daß ich ihm je wieder verzeihen würde, indem ich kein Wort mehr von ihm anhörte. Da gab er mir die Hälfte seines Vermögens, und auf diese Art kriegte er denn auch seinen Frieden mit mir.
Antonia: Du machtest es mit ihm wie ein Angstmeier, der einem, der ihn bedroht hat, Kaution hinterlegen läßt, daß er ihn nicht tätlich angreifen werde; nachher tut er alles, was er kann, um seinen Feind zu reizen, bis der ihm ein paar mit der Faust gibt, und dann streicht er das Strafgeld ein.
Nanna: Ja, ich machte es ganz genau wie so einer. Hahaha! Ich mache mich vor Lachen ganz naß, wenn ich daran denke, daß der Prediger für alle Menschen auf der Welt nur Sieben Todsünden aufgestellt hat, während die allererbärmlichste Hure allein schon deren hundert hat! Denk doch nur, wie viele eine hat, die, um ihren Altar zu bedenken, tausend fremde Kirchen entblößt. An-

tonia, die Völlerei, der Zorn, der Stolz, der Neid, die Trägheit und der Geiz wurden am selben Tag geboren, an dem die Hurerei erstand. Und wenn du gern erfahren willst, wie eine Hure schlingt, so frage nur ihre Tischgesellen; wenn du wissen willst, in welchen Zorn eine Hure sich hineintobt, so frage nur Vater und Mutter von Allerheiligen. Du mußt wissen, wenn sie's könnten, sie verschlängen die Welt in ihren Abgrund und brauchten nicht mal so lange Zeit dazu wie der liebe Herrgott.

Antonia: Das ist 'ne böse Geschichte!

Nanna: Der Stolz einer Hure ist ärger als der eines Bauern im Sonntagsstaat; und Hurenneid frißt sich selber auf wie die Franzosen den, der sie in den Knochen hat.

Antonia: Bitte, sprich mir nicht davon! Ich hab sie gehabt und habe niemals begreifen können, woher ich sie gekriegt hatte.

Nanna: Verzeih mir, ich hatte nicht daran gedacht, daß diese scheußliche Krankheit auch dich gemeuchelt hat. Die Trägheit einer Hure ist schärfer ausgeprägt und sitzt tiefer im Herzen als die Melancholie eines Kavaliers, der ohne Hoffnung auf einen Heller Pension sich im Hofdienst verfaulen sieht. Der Geiz einer Hure gleicht einem habsüchtigen Geldwechsler, der seinem Hunger einen Bissen abknappst, um ihn zu den anderen in den Schrank zurückzulegen.

Antonia: Was sagst du denn von der Wollust einer Hure?

Nanna: Antonia, wer fortwährend trinkt, hat niemals großen Durst, und wer immer bei Tafel sitzt, hat selten Hunger. Und wenn sie auch mal nach einem großen Schlüssel greifen, so tun sie das gleichsam wie 'ne Schwangere, die ein Gelüste kriegt und 'ne Knoblauchzehe oder eine unreife Pflaume ißt; und ich schwöre dir bei der glücklichen Zukunft, die ich für meine Pippa suche: Die Wollust ist die unschuldigste der Begierden, von denen sie besessen sind, denn sie denken an nichts weiter als daran, wie sie ihren Mitmenschen Herz und Eingeweide aus dem Leibe ziehen können.

Antonia: Das glaube ich dir, auch ohne daß du schwörst.

Nanna: Ja, das kannst du mir auch glauben. Nun aber koste bitte von den tausend niedlichen Sachen, die ich dir sozusagen in *einem* Atem vorlegen werde.

Antonia: Bitte, erzähle sie nur.

Nanna: Drei Leute waren vor allen anderen in mich verliebt: ein Maler und zwei Kavaliere; und sie vertrugen sich so gut wie Hund und Katz. Jeder lauerte fortwährend um mein Haus herum, um mich zu besuchen, wenn er glaubte, daß niemand bei mir wäre. Nun geschah es, daß einmal zu ungewohnter Stunde der Maler vor meiner Tür erschien; er klopfte an, und ihm wurde aufgetan; er stieg die Treppen hinauf und wollte sich gerade neben mich setzen, auf einmal, tapp! topp!, da pocht's, und es erscheint der eine von den beiden Kavalieren; ich erkenne ihn am Klopfen, verstecke meinen Maler und gehe meinem Freund entgegen, um ihn zu bewillkommnen. Kaum sieht er mich, so ruft er schon: »Alle Teufel! Laß mich bloß deinen Schlingel von Prangermützenbeschmierer hier begegnen!« Der Maler konnte dies übrigens nicht hören; und während der andere noch weiter schimpft, kommt mein dritter Liebhaber, den ich immer schon an seinem Husten erkannte, und ruft, ich solle ihm aufmachen. Ich verstecke also auch den zweiten, der's auf den Maler abgesehen hatte, und auf der Bildfläche erscheint der dritte hustend und spuckend; der spricht mich gleich mit den Worten an: »Ich bin zu dir gekommen, weil ich dachte, ich würde bei dir einen von deinen beiden Kerlen finden; und wenn ich einen fände, ja, wenn ich einen fände, das mindeste wäre, daß ich ihm ein Ohr abhackte.« Bilde dir aber nur nicht ein, der Held, der so tapfer sprach, sei ein Mann gewesen, um dem Castruccio einen Fußtritt vor den Hintern zu geben.[1] Das wirst du gleich sehen. Nämlich als der Maler in seinem Versteck, der nichts vom ersten Kavalier wußte, und der Kavalier, der nichts vom Maler wußte, diese Worte hörten, sprangen sie alle beide hervor, um vom Prahlhans Abbitte zu verlangen. Kaum sieht er die beiden, so hält er's für geratener, an den Rückzug zu denken, tritt an der obersten Treppenstufe vorbei und purzelt die ganze Treppe hinunter; die beiden anderen, die vor Wut nicht klar vor Augen sehen, fallen ihm nach. Da lagen nun die drei, die sich auf den Tod haßten, innig zu einem Bündel verschlungen und begannen selbdritt eine Prügelei, und zwar mit solcher Energie,

1. italienisches Sprichwort. Castruccio-Castracani, Tyrann von Lucca, ist Machiavellis Ideal eines Fürsten.

daß auf den Lärm eine Menge Leute herzuliefen. Es konnte aber niemand hereinkommen, um sie auseinanderzureißen, weil sie mit ihren Schultern gegen die Tür lagen, so daß diese nicht zu öffnen war. Das Geschrei der Leute draußen auf der Straße wurde nun immer lauter, und da wollte es der Zufall, daß gerade der Gouverneur vorbeikam. Der ließ die Tür einschlagen, die drei verhaften und sie, zerklopft und blutbesudelt, wie sie waren, in ein und dasselbe Gefängnis werfen. Da blieb ihnen denn nichts anderes übrig, als sich wieder zu vertragen, denn sonst wollte man sie nicht wieder herauslassen. So vertrugen sie sich denn also.

Antonia: Ei, das war wirklich 'ne hübsche Geschichte.

Nanna: Sie war so hübsch, daß ich sie allen Fremden erzählte und daß ich sogar daran dachte, vom Juden Gianmaria eine Ballade darauf machen zu lassen; ich tat es nur deshalb nicht, damit man nicht von mir sagen möchte, ich sei 'ne Renommistin.

Antonia: Möge Gott dir das lohnen!

Nanna: Amen. Aber wenn über diese Geschichte jedermann lachte, so war über 'ne andere, die ich dir gleich erzählen werde, ein jeder baff. Als ich bei meinen Freunden auf dem Höhepunkt meiner Beliebtheit stand – und ich war ja allerdings ein leckerer Happen –, da kam ich auf die Idee, mich im Campo Santo einmauern zu lassen.

Antonia: Warum denn nicht in Sankt Peter oder in Sankt Johann?

Nanna: Weil ich das Mitleid der Menschen viel tiefer zu rühren gedachte, indem ich mich unter allen diesen Totengebeinen vergraben ließ.

Antonia: Das war 'ne gute Idee von dir.

Nanna: Nachdem ich das Gerede in Umlauf gebracht hatte, begann ich ein heiliges Leben zu führen.

Antonia: Ehe du weiter erzählst, sag mir doch bitte, wie du auf diesen verrückten Gedanken gekommen warst, dich einmauern zu lassen?

Nanna: Damit mich meine Freunde auf ihre Kosten wieder ausgraben ließen.

Antonia: Ach so!

Nanna: Ich begann also, meinen Lebenswandel zu ändern; zuerst entfernte ich alle schönen Sachen aus meiner Kammer, von meinem Bett, von meinem Tisch; dann legte ich ein Kleid aus grauer Sackleinwand an, tat Ketten, Ringe, Hauben und anderen Tand ab und begann jeden Tag zu fasten — indessen hielt ich das ganz gut aus, weil ich im geheimen aß. Das Sprechen versagte ich mir nicht ganz und gar, dafür aber hielt ich meine Freunde recht knapp; sie mußten sich von Tag zu Tag immer mehr meines Leibes entwöhnen, so daß sie ganz in Verzweiflung gerieten. Als ich nun hörte, daß das Gerücht, ich wollte mich einmauern lassen, sich schon in der ganzen Stadt verbreitet hätte, da packte ich all meinen besseren Hausrat zusammen, verwahrte ihn an einem sicheren Ort und begann um der Liebe Gottes willen hier und da einige Almosen zu geben. Als mir nun der günstige Zeitpunkt gekommen zu sein schien, da rief ich meine Freunde, die sich schon als meine Witwer fühlten — ihnen wäre es besser gewesen, sie hätten mich ganz verloren, als daß ich ihnen nur zeitweise abhanden kam! —, und bat sie, Platz zu nehmen; und nachdem ich mir eine kleine Weile still für mich ein paar Worte noch einmal überlegt hatte, die ich mir selber ausgedacht, preßte ich meinen Augen zehn Tränen ab, die ich mit einer mir selbst unbegreiflichen Geschicklichkeit so rinnen ließ, daß sie auf meinen Wangen haftenblieben. Dann begann ich: »Liebe Brüder, Väter und Kinder! Wer nicht an seine Seele denkt, der hat entweder keine, oder er hat sie nicht lieb. Ich aber, ich habe die meine lieb; ich habe sie mir von einem Prediger und von der Legende der heiligen Chiepina bekehren lassen, und in gerechter Furcht vor der Hölle, die ich im Bilde gemalt gesehen habe, habe ich beschlossen, nicht ins heiße Haus zu gehen. Und da meine Sünden bereits nicht viel geringer sind als die göttliche Barmherzigkeit, darum, liebe Brüder, darum, liebe Kinder, will ich dies schnöde Fleisch, diesen schnöden Leib, dieses schnöde Leben einmauern lassen.« Da ging ein Gemurmel durch die Versammlung, und den armen Kerlen kamen die Seufzer in die Kehlen, wie den frommen Christen, die das Schluchzen nicht zurückhalten können, wenn der Priester den Passionsgesang anstimmt. Dann fuhr ich fort und sprach: »Keinen Putz und Tand mehr und überhaupt nichts mehr für mich: Mein geschmücktes Zimmer ist von nun an ein schrittbreites nacktes Kämmerchen; mein Bett ein Arm voll Stroh auf einem Holzschragen; mein Essen, was Gottes Gnade mir zukommen läßt, mein Trinken das Wasser, das vom Himmel regnet, und mein goldgewirktes Gewand – *dieses!*« Damit zog ich unter mir ein sehr rauhes härenes Büßerhemd hervor und zeigte es ihnen – ich hatte darauf gesessen! Vielleicht erinnerst du dich des Weinens und Heulens der guten Christenseelen, wenn ihnen im Coliseo das Kreuz gezeigt wird – so sah und hörte auch ich meine Verliebten wehklagen, und Schmerz und Tränen erstickten ihre Stimmen. Aber als ich dann sagte: »Brüder, ich bitte euch um Vergebung!« – da erhoben sie ein Geschrei, wie es Rom erheben würde, wenn es ein zweites Mal geplündert werden sollte – wovor Gott uns behüten wolle! Einer von ihnen warf sich mir gar zu Füßen, aber da er mit all seinen Litaneien nichts ausrichten konnte, so stand er schließlich wieder auf und rannte zwanzigmal mit dem Kopf gegen die Wand.

Antonia: Schade um den Kopf!

Nanna: So kam denn der Morgen heran, an dem ich mich einmauern lassen sollte; da hättest du schwören mögen, ganz Rom sei in der Kirche des Campo Santo; wenn du all die Leute zusammennimmst, die jemals hingegangen sind, um sich eine Judentaufe anzusehen, so kommt noch nicht annähernd die Menge heraus, die an meinem Ehrentage zugegen war. Und verlaß dich darauf, denen, die am Morgen gehängt werden sollen, und denen, die ein Duell ausfechten müssen, ist nicht elender zumute, als meinen Liebhabern war. Aber wozu soll ich dich über die Baumwipfel führen? Ich wurde eingemauert, unter dem Gezischel des ganzen Volkes. Da sagte der eine: »Der liebe Gott hat ihr das Herz gerührt.« Der andere: »Sie wird den anderen Frauenzimmern ein gutes Beispiel geben.« Noch wieder andere: »Wer hätte das je gedacht?« Mancher wollte es nicht glauben, obwohl er's mit eigenen Augen sah; manche waren ganz starr vor Staunen; andere aber lachten und sagten: »Oh! wenn sie's einen Monat aushält, will ich mich kreuzigen lassen!« Und es war ein wahrer Jammer und 'ne wahre Lust mit anzusehen, wie meine armen Liebhaber sich in der Kirche drängten und schubsten, um mit mir sprechen zu können; und das Heilige Grab wurde nicht so gut von den Pharisäern bewacht wie ich von jenen. Als jedoch ein paar Tage verstrichen waren – in der Tat, nur ein paar –, da begann ich ihren täglichen und stündlichen Bitten, ich sollte doch herauskommen, ein günstiges Ohr zu leihen. »Wozu denn dies?« sagten sie fortwährend. »Seine Seele kann man ja allerorten retten.« Und um's in *einem* Wort zu sagen: Sie mieteten mir ein neues Haus und statteten es ganz funkelnagelneu mit Möbeln aus. So ging ich denn aus meinem Mauerloch heraus, das von ihnen eingerissen wurde, wie man die Steine der Jubiläumstür einreißt, sobald der Heilige Vater den ersten Ziegel herausgenommen hat. Und ich wurde schamloser denn je; ganz Rom hielt sich den Bauch vor Lachen, und die, die meine baldige Entmauerung vorausgesehen hatten, riefen einander laut zu: »Na? was hatte ich gesagt?«

Antonia: Ich weiß nicht, wie's menschenmöglich ist, daß eine Frau sich alle deine Streiche ausdenken kann!

Nanna: Die Huren sind keine Frauen, sondern sie sind eben Huren; und darum ersinnen und machen sie alles, was ich getan und erzählt habe. Aber wie steht's bei ihnen mit jener Eigenschaft, die die Ameisen auszeichnet, daß sie im Sommer für den Winter vorsorgen? Antonia, liebe Schwester, du mußt bedenken, daß 'ne Hure immer im Herzen einen Stachel fühlt, der ihr alle Zufriedenheit raubt: nämlich die bange Angst vor jenen Kirchenstufen und Lichtstümpfchen, von denen du so verständig sprachst; und ich will's dir nur gestehen: auf eine Nanna, die ihr Schäfchen ins trockene zu bringen wußte, kommen tausend, die im Spittel sterben. Und Meister Andrea pflegte zu sagen: Mit Huren und Hofkavalieren ist's so ziemlich die gleiche Leier; unter diesen beiden Klassen gibt's viel mehr Karlinen[1] als Goldstücke. Und was macht jener Stachel, den sie nicht nur im Herzen, sondern auch in der Seele spüren? Er macht sie an ihr Alter denken: Darum gehen sie in die Hospitäler, suchen sich das schönste kleine Mädchen aus, das sie dort finden können, und ziehen's als ihr Töchterlein auf. Sie wählen sie von einem solchen Alter, daß sie gerade aufblühen müssen, wenn sie selber verblühen, geben ihnen den

1. Der Carlino war eine kleine Silbermünze im Wert von etwa 30 Pfennig.

schönsten Namen, den sie sich ausdenken können, wechseln diesen aber jeden Tag, so daß niemals ein Fremder den richtigen wissen kann. Heute heißen sie Giulia, morgen Laura, dann wieder Portia, Lucretia, Penthesilea, Prudentia, Cornelia. Und auf eine, die eine richtige Mutter hat, wie meine Pippa mich, kommen tausend, die in den Spitälern aufgelesen worden sind. Auch ist es eine Heidenarbeit, die Namen der Väter von den Kindern, die wir selber kriegen, richtig anzugeben. Natürlich sagen wir immer, sie seien die Töchter von irgend 'nem Edelmann oder Monsignor. Aber unsere Gärten werden ja so mannigfaltig besamt, daß es unmöglich ist zu behaupten, das Pflänzlein sei von diesem oder jenem bestimmten Samen. Und 'ne Närrin ist die, die sich rühmt, sie wisse genau, von welchem Samen ein Gewächs ist, wo zwanzig Arten Samen ausgestreut werden, ohne daß man sich ein bestimmtes Zeichen macht.

Antonia: Das ist ganz gewiß.

Nanna: Und wehe dem, der einer Hure, die 'ne Mutter hat, in die Hände fällt! Armer Mann, der sich in ihre Netze verstrickt! Denn wenn die Mütter auch schon alt sind, so wollen sie doch gleichwohl ihren Anteil am Salbentopf haben: Daher müssen sie denn zu den Gaunereien ihrer Tochter auch noch einige Schelmenstreiche eigenen Produkts hinzufügen, um den Kerl, der's ihnen feinfein besorgt, bezahlen zu können; denn ihnen stechen immer gerade die jungen Bürschchen in die Nase; und wie's nun mal den Alten geht: Sie finden kaum für bares Geld was Ordentliches.

Antonia: Was du da sagst, ist so recht mitten aus dem Leben gegriffen.

Nanna: In welche Gefahr begibt sich nicht der unglückliche Mensch, um den sich Mutter und Tochter in der Enge ihres Kämmerleins streiten! Was für spitzbübische Anschläge werden da gegen seine Börse geschmiedet, was für hinterlistige Ratschläge ihm gegeben, was für verräterische Reden ihm gehalten. Der Fechtmeister, der neben meinem Hause wohnte, brachte seinen Schülern nicht so viele Finten bei, wie diese falschen oder nicht falschen Mütter sie ihre Töchter lehren. Da sagen sie ihnen: »Wenn dein Freund kommt, sag ihm doch das und das, bitte ihn um das und das, küsse ihn auf die und die Art, liebkose ihn so und so, rege dich auf, wenn er dir die und die Laune nicht erfüllen will und werde wieder nett zu ihm, wenn er das und das tut. Stoß ihn nicht vor den Kopf, liebkose ihn auch nicht zu sehr, und wenn du mit ihm Scherze treibst, mach plötzlich ein nachdenkliches Gesicht und geh ins Nebenzimmer. Versprich ihm etwas und brich dein Versprechen, je nachdem, wie's gerade dein Vorteil ist; und sieh immer zu, daß du ein Armband, einen Ring, ein Halsband oder 'nen Rosenkranz ergatterst: Das schlimmste, was dir passieren kann, ist, daß du ihm die Sachen wiedergeben mußt.« Glaube mir, so ist's, wie ich dir sage!

Antonia: Mich dünkt beinahe, daß ich dir glauben muß.

Nanna: Glaube mir nur ruhig ganz und gar, und nicht beinahe.

Antonia: Und bist du auch so niederträchtig gewesen?

Nanna: Wer wie die andern pißt, ist auch sonst so wie sie. Darum war ich Hure, solange ich vom Huren lebte, und habe nichts unterlassen, was zum Geschäft einer Hure gehört. Denn ich wäre ja keine Hure gewesen, hätte ich nicht auch hurenmäßige Gesinnung gehabt; und wenn jemals eine verdient hat, das Doktordiplom der Hurerei zu erhalten, so ist's deine Nanna gewesen. Meisterin war ich besonders in der Kunst, immer fünfundzwanzig Jahre alt zu sein. Leichter läßt sich die Zahl der Feuerfliegen von zehn Sommern feststellen als das Alter einer Hure, die dir heute sagt: »Ich bin zwanzig!« und dir sechs Jahre darauf schwört, sie sei neunzehn. Aber sprechen wir jetzt von ernsteren Sachen. Wie viele arme Kerle sind zu meiner Zeit um meinetwillen in Stücke gehauen und von Dolchstößen durchlöchert worden!

Antonia: Du gefällst mir besser, wie du jetzt bist.

Nanna: So wie ich jetzt bin, wird dank dem Jubeljahr, reichlichem Ablaß und fleißigem Kirchengehen meine Seele in der anderen Welt nicht unter den letzten sein, wie auch mein Leib auf dieser Welt nicht unter den letzten gewesen ist. Bei der Madonna, nein! Ich werde nicht hintenan zu stehen brauchen, wenn ich auch mal mein Vergnügen daran gehabt habe, daß die Männer sich um meinetwillen die Hälse abschnitten. Denn ich tat es aus großartiger Gesinnung: Es schien mir eine Glorifizierung meiner Schönheit zu sein, wenn um ihretwillen Tag und Nacht die Funken von den Degen stoben. Und wehe dem, der's wagte, mich schief anzugucken! Ich hätte mich dem Henker hingegeben, um meine Rache an dem Beleidiger zu haben!

Antonia: Das Böse ist bös, und das Gute ist gut.

Nanna: Wie man's nimmt. Ich hab's nun mal getan und bereue es natürlich, aber es tut mir nicht leid. Aber wer könnte dir beschreiben, mit welcher Kunst ich den Leuten die Köpfe zu verdrehen wußte! Antonia, manchmal hatte ich gleichzeitig zehn Liebhaber im Hause und wußte meine Küsse, Karessen, Koseworte, Händedrücke so vorzüglich unter ihnen allen zu verteilen, daß sie glaubten, sie wären im Paradies, bis mir ein neuer Vogel zuflog, nach der Mode von Mantua oder Ferrara, mit Nesteln, Tressen und Bändern überladen. Den nahm ich dann auf, wie man einen empfängt, der mit Geschenken kommt, ließ meine Galanten – wie die Genuesen sagen – auf dem trockenen sitzen und zog mich mit ihm in meine Kammer zurück. Das dämpfte denen, die ich im Saale zurückgelassen hatte, ein bißchen den Übermut, wie die Mandeln durch die Kälte von den Bäumen fallen und die Blumen vorm Winde sich hinlegen. Dann hörte man von ihnen Seufzer ohne Worte, und sie sahen aus wie Leute, die mit Gewalt fortgeführt werden und sich mit den Rücken gegenstemmen, weil sie nichts anderes machen können. Nach den Seufzern kam etliches Zähneknirschen; dann bissen sie sich auf die Finger, schlugen mit den Fäusten auf den Tisch, kratzten sich am Kopf, sprangen auf und liefen stumm im Saal auf und ab und sangen schließlich ein paar Töne aus irgend 'nem Liedchen, um sich den Zorn zu vertreiben. Und da ich mir Zeit ließ, ehe ich wieder zu ihnen kam, so gingen sie zuletzt die Treppe hinunter; aber in der Hoffnung, ich möchte sie zurückrufen, sagten sie dabei der Magd oder ihren Kameraden noch irgendein Wort mit recht lauter Stimme. Sie machten einen kleinen Spaziergang, kamen zurück, fanden die Tür verschlossen und kriegten vor Liebesschmerzen die Krämpfe.

Antonia: So grausam wie du war ja nicht mal die Ancroia.[1]

Nanna: Du bist recht sehr zum Mitleid geneigt!

Antonia: Ja, das bin ich und will's auch bleiben.

1. Heldin des zu jener Zeit in Italien sehr beliebten Rittergedichts: ›Libro chiamato la Regina Ancroia‹. Sprichwörtlich für eine garstige alte Hexe.

Nanna: O bitte, bleib's nur, wenn du's bist. Wenn du nur anhörst, was ich erzähle – das genügt.
Antonia: Anhören werd ich dich schon, darauf kannst du dich verlassen.
Nanna: Wie komisch war es anzusehen, wenn ich mitten im Pläsier, das sich einer mit mir machte, plötzlich ohne jeden Grund zu weinen anfing! Und wenn ich dann gefragt wurde: »Warum weint Ihr denn?«, dann antwortete ich mit tiefen Seufzern und herzbrechendem Schluchzen und tränenerstickten Worten: »Du verhöhnst mich, du hast keine Achtung vor mir; aber nur Geduld, ich muß mich eben in mein schwarzes Unglück ergeben!« Ein anderes Mal sagte ich weinend zu einem, der für zwei Stunden von mir Abschied nahm: »Wohin geht Ihr denn? Gewiß zu einer von denen, die Euch behandeln, wie Ihr's verdient!« Da hielt der Dummkopf sich für was Rechtes, weil eine Frau sich so um ihn hatte! Oft weinte ich auch, wenn einer wiederkam, der zwei Tage lang nicht bei mir gewesen war; das tat ich, damit er glauben sollte, ich weinte aus Freude über das Wiedersehen.
Antonia: Mit den Tränen warst du also leicht bei der Hand.
Nanna: Ja, du mußt dir vorstellen, daß ich einem Erdreich glich, woraus das Wasser hervorquillt, sobald man's betritt, oder gar einem solchen, das fortwährend sintert, auch ohne daß man's anrührt. Aber ich weinte immer nur mit *einem* Auge.
Antonia: Oh! Kann man denn mit *einem* Auge allein weinen?
Nanna: Die Huren weinen mit einem, die Ehefrauen mit zweien und die Nonnen mit vieren!
Antonia: 's ist wirklich schön, wenn man so was vernimmt.
Nanna: Ja, es wäre schön, wenn ich's dir ausführlich erzählen wollte; für heute sage ich dir nur soviel: Die Huren weinen mit dem einen Auge und lachen mit dem anderen.
Antonia: Das ist ja wahrhaftig noch schöner! Aber sage mir nun auch bitte, wieso.
Nanna: Weißt du denn nicht, du armer Unschuldsengel, daß wir Huren – gewiß, so nenn ich mich! – immer im einen Auge das Gelächter und im anderen die Träne haben? Denn es ist ganz gewiß wahr, um die eine Kleinigkeit lachen, um die andere weinen wir. Unsere Augen sind wie die wolkenverdeckte Sonne, die jetzt einen

Strahl hervorschießt, während sie sich im nächsten Augenblick versteckt. Mitten im Gelächter lassen wir ein Tränchen fallen; und auf solches Weinen, auf solches Lachen verstand ich mich besser als irgendeine Hure, die je von Spanien zu uns kam; und damit meuchelte ich mehr Leute, als auf dem Strohlager in den allerheiligsten Gefängnissen der Inquisition gestorben sind! Es gibt nichts Notwendigeres als dies Lachen und Weinen, wovon ich dir sprach; aber man muß sie zur rechten Zeit anbringen; denn wenn man den richtigen Augenblick verpaßt, sind sie nichts mehr wert; mit ihnen ist's wie mit den Röschen von Damaskus, die ihren Duft verlieren, wenn man sie nicht in der Morgenfrühe pflückt.

Antonia: Man lernt doch alle Tage was Neues!

Nanna: Nach dem Lachen und Weinen kommen dann ihre Schwestern, die Lügen; an diesen ergötzte ich mich mehr als die Bauersleute an ihren Karpfen, und ich sagte mehr Lügen, als im Evangelium Wahrheiten stehen. Und ich vermauerte sie mit dem Kalk meiner Schwüre in den Glauben des Nächsten, daß du hättest rufen mögen: ›Sie ist die erste Evangelistin!‹ Ich erfand die durchtriebensten Sachen von der Welt über meine Verwandtschaften, meine Besitzungen und andere Schwindelgeschichten; ich dachte mir die verrücktesten Märchen aus, legte sie auf meine Art aus und erzählte sie, wie wenn ich sie geträumt hätte. Auf ein Täfelchen hatte ich alle Namen meiner Liebhaber geschrieben; ich verteilte unter sie die Nächte der Woche und schrieb für jede Nacht den Namen dessen auf, der mit mir schlafen sollte, und wenn du je gesehen hast, wie auf gewissen Täfelchen, die in der Sakristei angeschlagen sind, die Namen der Priester, die die Messe lesen, der Reihe nach angeschrieben stehen, so weißt du auch mit meinen Namenstäfelchen Bescheid.

Antonia: Die Priestertafeln habe ich gesehen, und mich dünkt, ich sehe auch deine Namenstafeln deutlich vor mir!

Nanna: Na, das ist nur gut.

Antonia: Aber was hat denn die Namenstafel mit den Lügen zu tun, die du den Leuten aufbandest?

Nanna: Ei nun, die Gelbschnäbel hielten sich durch die Tafel, die ihnen ihre Nacht garantierte, für gesichert, und dadurch gingen sie oft auf den Leim. Denn es kamen eben auch Programmänderungen vor — gerade wie in den Kirchen mit den Priestern, die die Messe lesen.

Antonia: Ah so, nun versteh ich! Ja, da gehört allerdings das Täfelchen zu deinen Lügenstreichen!

Nanna: Nun höre mal folgende Geschichte und heb sie dir auf, um deine Freude dran zu haben: Von einem, der in mich ganz verschossen war, lieh ich eine Kette von großem Wert, die er selber von einem Edelmann geliehen hatte; dieser aber hatte sie seiner eigenen Frau heimlich weggenommen, um seinem Freund den Gefallen zu tun. Und er hängte sie mir an dem Tage um den Hals, wo der Papst in der Minervakirche den vielen armen Mädchen die Mitgift schenkt.

Antonia: Am Tage von Mariä Verkündigung?

Nanna: An der Verkündigung, ganz recht. An ebenjenem Tage hängte ich sie mir um den Hals, aber ich behielt sie nicht lange.

Antonia: Warum denn nicht?

Nanna: Kaum war ich in der Kirche und sah da das große Gedränge, so dachte ich daran, daß die Kette mein werden müßte. Was tat ich also? Ich nahm sie mir vom Hals ab und gab sie einem, der mir verschwiegener war als der Beichtvater. Dann drängte ich mich in die Menge hinein, und als ich mittendrin war, stieß ich plötzlich einen Schrei aus wie einer, der sich auf dem Campo di Fiore vom Marktschreier einen Zahn ziehen läßt. Und als jeder sich nach dem Geschrei umdrehte, da ruft deine gute Nanna: »Meine Kette! meine Kette! der Räuber, der Spitzbube, der Schurke!« Und so schreie ich und heule und raufe mir die Haare aus. Alles läuft auf mein Geschrei herzu, und die ganze Kirche gerät in Aufruhr. Auf den Lärm rennt auch der Bargello herbei und packt irgendeinen Unglücklichen, der ihm dem Gesicht nach der Kettenräuber zu sein scheint, und schafft ihn auf der Stelle nach Torre di Nona ins Loch. Und es fehlt nicht viel, so hätt er ihn brühwarm gleich aufgehängt!

Antonia: Nein, davon mag ich nichts mehr hören!

Nanna: Doch! Du mußt die Geschichte weiter hören!

Antonia: Ich möchte lieber hören, was der Mann sagte, der dir die Kette geliehen hatte.

Nanna: Ich verließ die Kirche und ging nach Hause, wobei ich den ganzen Weg über weinte und die Hände rang. Dann schloß ich mich in meiner Kammer ein und sagte der Magd: »Laß keinen ein, der mich belästigen will!« Schon aber ist der Freund da und will mit mir sprechen. Gibt's nicht! Er klopft und klopft, ruft und ruft und sagt: »O Nanna, Nanna! Öffne mir doch, sag ich dir! Willst du dich denn wegen solcher Geschichte der Verzweiflung ergeben?« Ich tat, als hörte ich ihn nicht, und sagte halblaut: »O ich Arme, ich Unglückliche! Ich Unglückselige, vom Schicksal Verfolgte! Ich will bei den Büßerinnen eintreten! Ich will mich ins Wasser stürzen! Ich will Einsiedlerin werden!« Damit stehe ich vom Bette auf, auf das ich mich hingeworfen hatte, und sage zur Zofe, aber ohne meine Kammer zu öffnen: »Höre, Mädel, lauf zu einem Juden. Ich will alles verkaufen, was ich habe, und mit dem Gelde können wir die Kette bezahlen!« Wie er nun meine Zofe ausgehen sieht, wie wenn sie den Juden holen wollte, da fängt mein guter Liebhaber ganz laut an zu schreien: »Mach mir doch auf! Ich bin's ja!« Ich öffne, und als ich ihn sehe, rufe ich, so laut ich kann: »O weh, o weh mir Armen!« Und er: »Habe keine Sorge! Und wenn ich mich von allem entblößen müßte, so sollst du von dieser Geschichte nicht mehr spüren als ich von diesem Nasenstüber, den ich mir gebe!« – »Nein, nein!« antworte ich, »ich bin zufrieden, wenn du mir nur zwei Monate Zeit läßt, die Kette zu bezahlen!« Aber er rief: »Schweig doch, Närrin, schweig!«, und dann schlief er die Nacht bei mir, und ich machte sie ihm so süß, daß dann von der Kette nicht mehr die Rede war.

Antonia: Du hattest ein gutes Geschäft!

Nanna: Ein alter Graubart, runzlig, gelb, lang und dürr, vergaffte sich in mich wie ich mich in seine Börse. Und da er von der Liebeslust gerade noch soviel Vergnügen haben konnte wie ein Zahnloser von einer harten Brotrinde, so amüsierte er sich damit, mich zu tätscheln, mich zu küssen und mir an den Brustwarzen zu lutschen. Und er konnte Trüffeln, Artischocken, Elektuarium zu sich nehmen – half alles nichts, das richtete ihm den Stengel nicht auf; und wenn er sich auch wirklich mal ein bißchen erhob, so fiel er doch gleich wieder – genau wie ein Lampendocht, der kein Öl mehr hat und ausgeht, während er noch einmal aufzuflackern scheint. Da half's auch nicht, wenn ich seinem Ding den Schüttelpapa machte, da half kein Finger im Pfeifenloch, kein Krabbeln an den Oliven. Mit diesem nun trieb ich ganz verrückte Scherze. Unter anderem gab ich einer Menge Kurtisanen ein großes Gastmahl, das ganz und gar aus seiner Tasche bezahlt wurde, und von dreißig Stück Silbergeschirr, das er mir für die Tafel lieh, mauste ich ihm vier. Und als er darob einen großen Spektakel machte, warf ich mich ihm um den Hals und rief: »Papachen! liebes Papachen! schilt doch nicht und verdirb dir damit nicht die Verdauung! Nimm alle meine Kleider und alles, was ich besitze, und mache dich damit bezahlt!« Er stand ganz sprachlos da, denn ich sprang ihm mit so vielen ›Papachen!‹ ins Gesicht, daß er schließlich dastand wie ein Vater, dem sein kleiner Junge mit seinem ›Papachen! liebes Papachen!‹ das Herz rührt. Und er bezahlte die Schüsseln von seinem eigenen Gelde und schwor nur, er werde keinem Menschen auf der Welt jemals mehr was leihen.

Antonia: Du warst eine von den Schlauen!

Nanna: Wenn ich eine neue Freundschaft anknüpfte, war ich so süß, daß jeder, der mit mir zum erstenmal sprach, wie ein Prediger in der Stadt herum mein Loblied sang; wenn er mich dann freilich ein bißchen genauer kostete, dann verwandelte sich die Aloe in Manna.[1] Denn wenn ich im Anfang einen großen Abscheu vor dem Bösen zeigte, so hatte ich ihn in der Mitte und am Ende vorm Guten. Denn wie jede gute Hure hatte ich eine wahre Lust daran, Skandale zu säen, Stänkereien anzuzetteln, Freundschaften zu stören, Haß zu erregen, Schimpfereien anzuhören und Prügeleien zuwege zu bringen. Mein freches Mundwerk beschäftigte sich immer mit den Fürsten, schwätzte über den Großtürken, den Kaiser, den König, die Teuerung, den Reichtum des Herzogs von Mailand und den künftigen Papst. Ich behauptete, die Sterne seien so groß wie der Fichtenzapfen des heiligen Peter und nicht größer und der Mond sei ein Bastardbruder der Sonne. Und von den Herzogen auf die Herzoginnen übergehend – von denen sprach ich, wie wenn ich zeitlebens auf ihnen herumgetrampelt wäre. Protzige Manieren hatte ich, wie man sie kaum Herzoginnen hingehen läßt – denn was man von denen der Kaiserin sagt,

1. Dies ist natürlich eine scherzhafte Verwechslung seitens der unwissenden Nanna, da das Bittere gerade die Aloe ist.

ist nur ein Schnack –, und ich machte es wie eine Gewisse, die zu ihren Füßen seidene Matratzen ausbreiten ließ, auf denen niederknien mußte, wer mit ihr sprechen wollte.

Antonia: Es gibt also noch Päpstinnen?

Nanna: Die Päpstin – wie ich mir habe sagen lassen – machte nicht annähernd soviel Scheißkram. Nein, wahrhaftig – das tat sie nicht! Und sie legte sich keinen solchen Namen bei, wie die Kurtisanen sich aussuchen. Die eine nennt sich eine Tochter des Herzogs von Valentinois,[1] die andere sagt, ihr Vater sei Kardinal Ascanio, und Madrema unterschreibt mit ›Lucretia Portia, römische Patrizierin‹, und siegelt ihre Briefe mit 'nem riesengroßen Siegel. Aber bilde dir nur nicht ein, daß die schönen Titel, die sie sich selber geben, sie besser machen; im Gegenteil, sie sind so von Liebe, Mitleid und Frömmigkeit verlassen, daß sie, wenn der heilige Rochus, der heilige Hiob und der heilige Antonius sie um ein Almosen bäten, ihnen doch nichts geben würden, obwohl sie vor diesen dreien große Angst haben.

Antonia: Rüdige Bande!

Nanna: Und verlaß dich darauf: Wenn man was in den Tiber wirft, so ist's besser angewandt, als wenn man's den Huren gibt. Denn sosehr sie dich hochzuhalten scheinen, ehe sie ihr Geschenk haben, sosehr verachten sie dich, sobald du ihnen was gegeben hast. Treu und Glauben findest du bei ihnen wie bei den Zigeunern und den Mönchen, die aus Indien zurückkommen. Kurz und gut: Die Huren haben Honig im Mund und Rasiermesser in der Hand; du kannst zweie sich vom Kopf bis zu den Füßen ablecken sehen, und kaum sind sie voneinandergegangen, so sagen sie sich gegenseitig Sachen nach, daß Desiderius und die ›Priester vom guten Wein‹ Angst davor kriegen würden, die doch sogar dem Tode bange machten, indem sie ihn auslachten, als er sie vierteilen und am Spieß braten wollte. Schandmäuler haben sie, daß sie einem jeden etwas anhängen, er sei, wer er wolle, und habe ihnen noch soviel Gutes getan – darum kümmern sie sich gar nicht. Sie tun also, als seien sie ganz verschossen in einen, den man für ihren Favoriten hält und den sie hinten und vorn mit hunderttausend ›Euer Gnaden‹ umschmeicheln; und wenn er geht,

1. Cesare Borgia.

um einem andern Platz zu machen, der ihr die Kur schneiden will, so erweisen sie ihm tausend Ehren mit Grimassen und Worten. Kaum aber ist er die Treppe hinunter, so kriegt er seinen Senf; und kaum ist er zur Tür heraus, so könnten sie über einen Lumpenkerl nicht gemeiner schimpfen. Und der andere, der bei ihnen bleibt, bildet sich ein, er sei Frauchens Pintchen.

Antonia: Warum sind sie denn so?

Nanna: Warum, oh? Eine Hure wäre ja keine rechte Hure, wenn sie nicht sozusagen Brief und Siegel auf Schuftigkeit hätte. Und eine Hure, die nicht alle Hureneigenschaften hätte, wäre wie eine Küche ohne Koch, wie Essen ohne Trinken, wie 'ne Lampe ohne Öl, wie Makkaroni ohne Käse.

Antonia: Ich glaube, es ist für einen, der von ihnen zugrunde gerichtet ist, ein süßer Trost, wenn er sieht, daß von ihnen mal eine ausgepeitscht wird wie zum Beispiel in jenem Capitolo[1], worin es heißt:

O Mamachen-erlaubt's-nicht, o Lorenzina
O Laura, o Cecilia, o Beatrice
Seht hier die Unglückliche, nehmt euch ein Beispiel dran!

Ich weiß es auswendig und hab's eigens auswendig gelernt, weil ich glaubte, es sei vom Meister Andrea; ich habe aber später gehört, es sei von dem, der die großen Herren behandelt[2] wie mich dieses verhenkerte Franzosenübel: keine Parfüms, keine Salben, keine Medikamente wollen mir helfen. Ach herrje!

Nanna: Aber ich weiß wirklich nicht, was ich dir noch erzählen soll, und doch weiß ich, daß ich noch mehr zu erzählen habe, als ich schon gesagt. Mir ist zumute, als wenn mein Hirn in heißem Waschwasser schwämme, als wenn's auf dem Ofen stände, als wenn's mir wie Bohnen abgepellt würde — und das kommt davon, daß du fortwährend vom Ast auf den Zweig springst. Nun hör bitte mal ruhig an, was ich dir erzähle: Nach Rom kam ein junger Dachs von zweiundzwanzig Jahren, adlig, reich, Kauf-

1. Capitolo heißt ein in Terzinen geschriebenes kleines Gedicht, Epigramm.
2. Pasquino. Jedenfalls sind die Verse von Aretino selber, der sehr häufig Epigramme an den berühmten Torso heftete, solange er sich in Rom aufhielt.

mann bloß dem Namen nach, ein richtiger Hurenbissen. Der fiel mir sofort in die Finger. Ich tat, als sei ich fürchterlich in ihn verliebt, und je demütiger ich ihn umschmeichelte, desto mehr stieg ihm der Stolz zu Kopf. Und da ich vier- bis sechsmal täglich meine Zofe zu ihm schickte und ihn bat, er möchte doch geruhen, mich zu besuchen, so verbreitete sich in der ganzen Stadt das Gerede, ich sei seinetwegen schon beim Hühnersalmi und der letzten Ölung, und man sagte: »Endlich hat's auch mal die Hure erwischt! Und um wen? Um einen, dessen Schnabel noch nach der Milch riecht. Um einen Burschen, der nicht 'ne Stunde ernst zu nehmen ist, hat sie Sinn und Verstand verloren.« Ich schwieg ganz still, aber ich tat, als ob ich mich vor Liebe nach ihm mit Haut und Haaren verzehrte, stellte mich, als könnte ich nicht mehr essen und nicht mehr schlafen, sprach immer von ihm und ließ ihn alle Augenblicke rufen. Und schließlich wettete man, ich würde mich um seine schönen Augen an den Bettelstab oder gar ins Grab bringen. Der junge Mann erhielt von mir einige süße Nächte und ein paar gute Mahlzeiten bewilligt und renommierte in der ganzen Stadt herum und zeigte überall einen Türkis von geringem Wert, den ich ihm geschenkt hatte; und wenn er bei mir war, sagte ich ihm fortwährend: »Wenn's Euch mal am Geld fehlt, so wendet Euch nur ja an niemand als an mich, denn alles, was ich habe, gehört Euch, da ja ich selber Euch gehöre.« Darob stolzierte er wie ein Pfau bei den ›Banchi‹ einher, besonders, als er sah, daß man mit den Fingern auf ihn zeigte. Eines Tages, als er auch wieder bei mir war, kam ein sehr großer Herr zu mir, ich ließ meinen Jungen sich in einem Kämmerchen verstecken und öffnete Seiner Exzellenz. Er kommt nach oben, nimmt Platz und sieht von ungefähr meine frischen leinenen Bettlaken. »Wer wird denn die entjungfern?« lacht er. »Wohl Euer Ganymed?« Oder Canimed, ich erinnere mich nicht mehr so genau. Und ich antworte ihm: »Ganz gewiß wird der sie entjungfern! Und ich liebe ihn, ich bete ihn an, er ist mein Gott! Und ich bin seine Magd und werde es in Ewigkeit sein! Denn euch anderen allen verkaufe ich meine Liebkosungen bloß für euer Geld!« Stell dir bloß vor, wie der sich im Kämmerlein aufblähte, als er mich so reden hörte! Als der andere weg war, lief ich hin und machte ihm auf; und wie er rauskam, da ging er, wie wenn ihm 's Hemd über den Hintern raufgerutscht wäre, und er schritt einher mit Blicken, wie wenn er der Herr über mich und meine Dienstboten und mein ganzes Haus wäre. Aber um zum Amen meines Paternosters zu kommen: Eines Tages wollte er mich nach seiner Weise auf einem Koffer vornehmen, da ließ ich ihn plötzlich in seiner Brunst stehen und schloß mich mit einem andern ein. An solche Scherze war er nicht gewöhnt: Er ließ einen grimmigen Fluch fahren, nahm seinen Mantel und ging fort. Er dachte, ich würde ihn wie gewöhnlich zurückrufen lassen; als er aber die Friedenstaube nicht erscheinen sah, da fuhr ihm vor Wut der Teufel in den Leib. Und als er wieder an die Tür kommt, wird ihm gesagt: »Die Signora hat Gesellschaft!« Da machte er ein klägliches Gesicht wie 'ne Maus, die ins Öl gefallen ist, das Kinn sank ihm auf die Brust, in den Mund stieg ihm ein bitterer Geschmack, die Lippen wurden ihm trocken, die Augen feucht, und er neigte den Kopf zur Seite, wie wenn er ihn an eines Freundes Schulter lehnen wollte. Mit klopfendem Herzen, Schritt für Schritt, ging er langsam fort, und die Knie zitterten ihm wie einem, der nach langer Krankheit eben das Bett verlassen hat. Durch die Löcher des Fensterladens sah ich ihn so ruckweise fortgehen und immer mal wieder stillstehen. Wie ich da lachte! Und als ihn jemand grüßte, da antwortete er, indem er kaum ein wenig den Kopf erhob. Als er am selben Abend wiederkam, ließ ich ihm aufmachen; er fand aber bei mir eine große Gesellschaft, mit der ich lustig schwatzte, und da sah er, daß ich ihm nicht wie gewöhnlich sagte: »Nehmt Platz!« So nahm er sich selber diese Freiheit und setzte sich in eine Ecke. Da blieb er sitzen, ohne sich durch alle die scherzhaften Sachen, die er mit anhörte, aufheitern zu lassen, bis alle anderen fort waren. Als er aber mit mir allein war, sagte er: »Ist das deine Liebe? Sind das deine Küsse? Sind das deine Schwüre?« Und ich antwortete ihm: »Brüderchen, deinetwegen bin ich unter allen Kurtisanen Roms zum Stadtgespräch geworden; man macht schon Komödien über meine Einfalt; am meisten aber wurmt und brennt es mich, daß meine Liebhaber mir nichts mehr geben wollen, denn sie sagen: ›Wir wollen nicht den Braten kaufen, damit ein anderer uns das Fett von der Tunke ißt.‹ Aber wenn du willst, daß ich wieder zu dir werde, wie du selber gut genug weißt, daß ich sein kann, und wie ich früher war, so tu mir einen Gefallen!« Als er diese Worte hört, da wirft er den Kopf empor wie einer, der zum Galgen geführt wird und dem man zuruft: »Reiß aus! Reiß aus!«, und er schwört, mir zuliebe wollte er den Flöhen Augen machen, und ich möchte nur nach Herzenslust verlangen, was ich haben wollte. Da sag ich ihm denn: »Ich will mir ein seidenes Bett machen lassen; das kostet mit den Fransen, dem Atlasüberzug und dem Holzgestell, aber ohne den Macherlohn, hundertneunundneunzig Dukaten oder so drumrum. Und damit meine Freunde sehen, daß du die Sache aus dem vollen betreibst und Schulden machst, um mir Geschenke geben zu können, so wünsche ich, daß du das alles auf Kredit nimmst. Wenn der Zahltermin da ist, so laß mich nur machen: bezahlen sollen die anderen oder dran verrecken.« – »Das geht nicht«, sagte er, »denn mein Vater hat seinen Geschäftsfreunden geschrieben, man dürfe mir keinen Kredit geben; und wenn mir trotzdem einer etwas borgte, so geschähe es auf seine eigene Gefahr.« Ich drehte ihm den Rücken zu und schickte ihn fort. Einen Tag darauf aber ließ ich ihn wieder holen und sagte ihm: »Geh zum Salomon, er wird dir das Geld auf einen bloßen Schuldschein geben.« Er geht hin, Salomon sagt ihm aber: »Ohne Unterpfand leihe ich kein Geld aus.« Er kommt wieder zu mir, erzählt mir alles, und ich sage ihm: »Geh zum Soundso, er wird dir für die betreffende Summe Juwelen geben, die der Jude dir gerne abkaufen wird.« Er geht hin, findet den Mann mit den Juwelen, wird mit ihm handelseins, gibt ihm einen Wechsel auf zwei Monate, trägt die Juwelen zum Salomon, verkauft sie ihm und bringt mir das Geld.

Antonia: Wo will das hinaus?

Nanna: Sehr einfach. Die Juwelen gehörten mir, und sobald der Jude von mir sein Geld zurückbekam, brachte er sie mir wieder. Nach acht Tagen ließ ich den Mann kommen, der dem jungen Fant die Juwelen auf seinen Schuldschein hin verkauft hatte, und sagte ihm: »Laß den jungen Mann ins Schuldgefängnis werfen und schwöre, er sei fluchtverdächtig.« Mein Auftrag wurde sofort ausgeführt, der Maulaffe verhaftet und kam nicht eher wieder heraus, als bis er die Zeche doppelt bezahlt hatte, denn die alten

Wirte pflegen sowenig wie die jungen umsonst zu essen zu geben.

Antonia: Ich hatte mich bis jetzt selber für eine Abgefeimte gehalten, aber ich gestehe, im Vergleich mit dir bin ich ein Waisenmädchen!

Nanna: Etwas anderes: Es kam die Zeit des Karnevals, der die Folter, der Tod und die Verwesung der armen Pferde, der armen Kleider und der armen Verliebten ist. Ich hatte damals 'nen Freund, der viel guten Willen, aber wenig Mittel hatte. Es war kurz nach Weihnachten, um die Zeit, wo die Masken anfangen sich zu zeigen, wenn auch noch nicht viel. Immerhin sieht man schon welche, und diese werden von Tag zu Tag immer mehr, wie die Melonen, von denen zuerst jeden Morgen fünf oder sechs erscheinen, dann zehn, zwölf, dann ein Korb voll, dann eine Fuhre, und endlich so viele, daß man nicht weiß, wohin damit. Wie gesagt, die Masken traten noch nicht in Scharen auf, da sagt mein Freund mit dem Vogel im Kopf, als er mich ein Gesicht machen sieht wie eine, die gerne verstanden werden, aber selber nichts sagen möchte: »Habt Ihr denn keine Lust, als Maske auszugehen?« — »Ich bin ein Hausmütterchen«, antwortete ich ihm; »ich mach mir mein Vergnügen, indem ich hinter den Fensterläden hervorluge; die Maskeraden überlasse ich den Schönen und denen, die was anzuziehen haben.« — »Sonntag«, sagt er, »möchte ich, daß du als Maske ausgehst, und zwar im höchsten Staat.« Eine Weile bin ich ganz still, dann fall ich ihm um den Hals und sage: »Mein Herz, wie willst du mich denn als Maske gehen lassen?« — »Zu Pferde«, antwortet er, »und zwar in prachtvollem Kostüm. Ich bekomme den Gaul vom Reverendissimo[1]; nämlich, um dir die Wahrheit zu sagen, sein Stallmeister hat ihn mir versprochen.« — »Das paßt mir famos!« sage ich und bestimm ihm sogleich als Tag den siebenten nach jenem, an dem wir dies Gespräch über die Maskerade hatten. Am Montag laß ich ihn wieder zu mir kommen und sage: »Was du mir zuallererst beschaffen mußt, sind ein Paar Strümpfe und ein Paar Hosen; aber damit dir die Sache nicht zu teuer wird, kannst du mir deine Samthosen schicken; ich werde alle abgenutzten Stellen herausnehmen lassen

1. Kardinalstitel.

und sie so herrichten, daß sie mir passen; die Strümpfe wirst du mir ganz, ganz billig beschaffen, und eins von deinen Wämsern, eins von den weniger guten, wird für mich völlig ausreichend sein, sobald es nach meinem Wuchs zurechtgemacht ist.« Auf diese Worte hin seh ich ihn ein Gesicht schneiden, und zwischen den Zähnen bringt er ein »Mir ist's recht!« hervor, als ob's ihm schon leid täte, mich auf die Sprünge gebracht zu haben. Darum sag ich ihm: »Du tust es nicht gerne; lassen wir's also nur, ich will von der Maskengeschichte gar nichts mehr wissen.« Damit will ich in meine Kammer gehen, er hält mich aber fest und sagt: »Ist das Euer ganzes Vertrauen zu mir?« Sofort schickt er den Diener, um die Kleider zu holen und den Schneider gleich mitzubringen, der sie für meinen Gebrauch zurechtmachen soll. Am selben Tage kauft er den Stoff zu den Strümpfen, läßt sie zuschneiden, und zwei Tage darauf sind sie fertig. Er war gerade bei mir, als sie gebracht wurden, half mir beim Anziehen und rief: »Sie sitzen dir wie angemalt!« Und da ich mal in Knabenkleidern war, so gestattete ich ihm, mich als Knaben zu behandeln; dann sag ich: »Liebe Seele, der den Besen kauft, kann wohl auch den Stiel kaufen: Ich möchte gerne ein Paar Samtschuhe dazu haben.« Da er kein Geld hatte, zog er sich einen Ring vom Finger, kaufte dafür den Samt und gab diesen dem Schuster, der mir Maß nahm und im Handumdrehen die Schuhe fertig hatte. Hierauf nahm ich ihm ein goldgesticktes, seidenes Hemd nicht etwa aus seiner Kommode, sondern direkt ihm vom Leibe; und da mir auch ein Barett fehlte, so sagte ich ihm. »Gib mir dein Barett; die Agraffe werde ich mir selber besorgen.« Er war jetzt ganz hitzig, weil man sich überall von ihm erzählen würde, er ginge mit mir maskiert aus; so gab er mir sein ganz neues und behielt für sich selbst eins, das er schon seinem Bedienten hatte schenken wollen. – So kam denn nun der Vorabend des Tages, an dem ich mit ihm paradieren sollte; und wer ihn um mich beschäftigt gesehen hätte, der hätte sagen mögen: ›Da kleidet das Kapitol den Senator an!‹ Und um fünf Uhr in der Nacht[1] schickte ich ihn fort, um mir eine Feder für das Barett zu kaufen; dann ging er noch einmal aus, um die Maske zu besorgen, und weil er mir keine von

1. elf Uhr abends.

Modena brachte, schickte ich ihn noch mal weg, um mir eine modenesische zu holen, und dann ließ ich ihn auch noch mal um ein Dutzend Schnürbänder gehen.

Antonia: Du hättest ihn doch alle diese Besorgungen in *einem* Gange machen lassen sollen!

Nanna: Das hätte ich sollen, aber ich wollt es nicht.

Antonia: Warum nicht.

Nanna: Da ich schon dem Namen nach eine Signora war, wollt ich's auch dem Kommandieren nach sein.

Antonia: Schlief er denn mit dir die Nacht vor eurem Festtag?

Nanna: Auf tausend flehentliche Bitten ließ ich ihn ein einziges kleines Mal stochern, indem ich ihm sagte: »Morgen abend kannst du's mir zwanzigmal machen, wenn zehnmal dir nicht genügen!« So wurde es denn Morgen, und ehe noch die Sonne aufgegangen war, ließ ich ihn aufstehen und sagte ihm: »Geh jetzt und laß das Pferd bereithalten, damit ich gleich nach dem Frühstück in den Sattel steigen kann.« Er steht auf, zieht sich an, geht fort, sucht den Stallmeister auf und sagt recht liebenswürdig zu ihm: »Na, da bin ich.« Der Stallmeister steht da und macht ein Gesicht und sagt weder ja noch nein. »Was?« ruft da der andere. »Wollt Ihr denn mein Verderben?« – »Oh, ich nicht«, antwortet der Stallmeister, »aber mein Herr, der Reverendissimo, ist ganz vernarrt in sein Pferd. Na, und ich weiß, wie die Huren sind: die nehmen ja nicht mal auf den lieben Gott Rücksicht, geschweige denn auf 'nen Gaul, und ich möchte nicht, daß er mir mit 'ner ausgerenkten Schulter oder spatlahm wieder in den Stall käme; denn das wäre *mein* Verderben und noch ganz anders, als es Euer Verderben wäre, wenn Ihr das Pferd nicht kriegt.« Der andere bittet und bettelt, bis ihm zuletzt der Stallmeister sagt: »Ich kann Euch nicht mein Wort brechen; laßt also das Pferd holen, man wird's Eurem Diener mitgeben.« Der Stallmeister befahl also seinem Reitknecht, der das Pferd wartete, es solle verabfolgt werden, und mein Freund schickte mir als Extrapost seinen Diener, der mir das ganze Gespräch erzählte, worüber wir herzlich zusammen lachten.

Antonia: Ja, diese Diener sind große Schurken; ganz gewiß sind sie die schlimmsten Feinde ihrer Herren.

Nanna: Ohne allen Zweifel. Aber schon ist's Zeit zum Frühstükken. Ich esse mit meinem Freund, und kaum laß ich ihn sechs Bissen hinunterschlucken, so sag ich ihm schon: »Laß deinen Burschen essen und schick ihn nach dem Pferd.« Mein Befehl wird ausgeführt, der Bursche ißt und geht ab; und als ich glaube, er bringt das Pferd, da kommt er ohne den Gaul, kommt rauf zu uns und sagt: »Der Reitknecht will mir das Pferd nicht geben, weil der Stallmeister erst noch mit Euch sprechen will.« Kaum hat er seine Botschaft ausgerichtet, so hat der arme Kerl auch schon 'nen Teller am Kopf.

Antonia: Warum tat denn sein Herr das?

Nanna: Weil der Diener ihn hätte auf die Seite rufen und ihm die Geschichte ins Ohr flüstern sollen, so daß ich nichts davon gehört hätte, wenn ich mich nicht nach ihnen umgedreht hätte. Aber ich *hatte* mich umgedreht und rief: »Ah! das ist ja recht nett, das ist ja ganz reizend; da hab ich ja 'ne viel hübschere Maske gekriegt, als ich sie von meiner Frau Mutter, die auch 'ne Hure war, geerbt hatte! Aber ich wußte schon vorher, daß mir so was passieren würde. Du lockst mich aber nicht mehr auf den Leim! Ich war verrückt, daß ich dir glaubte und mich von dir hineinlegen ließ. Aber was mich noch mehr ärgert, als dies, daß ich das Pferd nicht kriege, das ist, daß man sich überall erzählen wird, ich sei gefoppt worden.« Er wollte mir sagen ›Verlaß dich darauf, das Pferd wird kommen!‹, aber mit einem ›Ach was! laß mich in Ruh!‹ drehte ich ihm den Rücken. Er nimmt sofort seinen Mantel, rennt nach dem Stall, macht vor allen Reitknechten tiefe Bücklinge, läßt sich zum Stallmeister führen und beschwört diesen himmelhoch und so lange, bis er wirklich den Wundergaul bekommt. Ich war derweil bei jedem Geräusch, das ich hörte, im Glauben, das Pferd käme, ans Fenster gelaufen, und schließlich sehe ich seinen Diener, der ganz schweißüberströmt, den Mantel über die Schultern gehängt, angesprungen kommt und mir zuruft: »Signora, jetzt! Jetzt kommt er gleich!« Kaum gesagt, da kommt schon einer, der das Pferd am Zügel führt und dabei das Blaue vom Himmel herunterflucht, weil der Gaul so um sich schlägt, daß die Straße nicht breit genug ist. Als er vor meiner Tür stillhält, da lehne ich mich mit dem ganzen Leib zum Fenster hinaus, damit alle Vorübergehenden sähen, daß ich die wäre, welche auf dem schönen Pferd ausreiten sollte; und 'ne wahre Freude hatte ich an den Straßenkindern, die um den Gaul herumstanden und zu jedem, der vorbeikam, sagten: »Die Signora hier reitet in Maske aus!« Bald nach dem Pferd kam auch mein Liebster, halb ärgerlich, halb vergnügt, und sagte mir: »Wir müssen die Leute wegschicken!« Da standen nämlich zehn, die nur auf 'nen Wink von mir warteten. Ich gebe ihm einen Kuß und verlange von ihm das Samtwams, das der Diener mir schon am Abend vorher hätte bringen sollen; das Wams ist nicht da, der Trunkenbold hat es vergessen! Und wenn ich seinen Herrn nicht zurückgehalten hätte, der Taugenichts hätte mir solche Vergeßlichkeiten nicht mehr gemacht! Genug – er springt schnell nach Hause und holt es; ich ziehe es an, und da ich beim Anlegen meiner Strümpfe bemerke, daß seine Hosenbänder sehr schön sind, so luchse ich sie ihm mit einem Wörtchen ab und geb ihm dafür meine, die nicht eben hübsch waren. Als ich endlich mit meinem Ankleiden fertig war, was mehr Zeit kostete, als man braucht, um reich zu werden, wurde ich unter hundert Schnäcken und Firlefanzereien aufs Pferd gehoben. Und sobald ich oben saß, stieg mein Verliebter auch auf seinen Klepper und ritt mit mir ab, indem er mich an der Hand führte. Und am liebsten hätte er's gehabt, wenn ganz Rom ihn in so hoher Gunst gesehen hätte. So ritten wir dahin, bis wir an den Platz kamen, wo die Eier verkauft werden, deren Schalen vergoldet sind und deren Inneres mit Rosenwasser gefüllt ist. Ich rief einen Dienstmann heran und ließ ihn mir alle bringen, die der Verkäufer hatte. Mein Freund entledigte sich einer Halskette, die auf seiner Brust Staat machte, und ließ diese zum Pfand für die Eier, die ich in Zeit von einem Credo in die Kreuz und die Quer warf. Dann reiche ich ihm wieder die Hand und reite so mit ihm weiter, bis wir einer ganzen Horde von Maskierten und Unmaskierten begegnen; unter diese Gesellschaft mische ich mich nach Herzenslust mitten hinein, und mein Dummkopf bleibt mit einem ganz langen Gesicht dahinten. Und als ich durchs Borgo kam oder bei den Banchi vorbei – der Dreck liegt an beiden Orten gleich hoch –, da machte ich, ohne auf Pferd und Mantel die geringste Rücksicht zu nehmen, zweimal die Runde in Karriere.

Vier- oder sechsmal an jenem Tag begegnete ich meinem Freund wieder und behandelte ihn so freundlich und lieb wie einen Menschen, mit dem man niemals verkehrt. Er trottete wohl ein bißchen hinter mir drein, konnte mich aber mit seinem Zuckeltrab nie einholen und saß auf seinem Klepper wie 'ne ausgestopfte Gliederpuppe. Als dann die Nacht herankam, da sang ich im Chor mit tausend anderen Huren und Zuhältern:

Frostzitternd im heißen Sommer
Glühend im Winterfrost...

Und dann endlich ließ ich mich von meinem verzweifelten Liebhaber wiederfinden und an der Hand führen. Der lustigen Gesellschaft rief ich zu: »Gute Nacht, gute Nacht, meine Herrschaften!«, und die Maske in der Hand, sag ich zu meinem Ritter Georg: »Du bist mir ein schöner Prinz! Du hast dich vor mir gedrückt, und ich weiß wohl, warum! Aber warte nur, das gedenk ich dir schon noch mal!« Der gute Trottel entschuldigt sich, und während er mir klarmachen will, daß ich ihm unrecht tue, kommen wir auf den Campo di Fiore. Da halte ich vor der Bude eines Geflügelhändlers, nehme ein paar Kapaune und zwei Drosseln, gebe sie einem, um sie mir nach Hause zu tragen, und sage zu meinem Begleiter: »Zahle!« Da mußte er denn ein Rubinchen dalassen, das ihm seine Mutter gegeben hatte, als er nach Rom reiste; und dieser Ring lag ihm ebensosehr am Herzen, wie's mir am Herzen lag, ihn zu rupfen. Als wir nun in mein Haus kamen, da war da keine Kerze, kein Holz, kein Feuer, kein Brot, kein Wein — (vielleicht war dies alles nicht da, weil ich nicht wollte, daß es dasein sollte) —, worüber ich in großen Zorn geriet. Ich besänftigte mich erst wieder, als er selbst fortging, um die notwendigen Einkäufe zu machen; sein Diener war nämlich nicht da, weil er fortgegangen war, um das Pferd zurückzubringen, bei dessen Anblick der Stallmeister sagte, er würde es niemals wieder verleihen, und wenn der Herr Christus selber ihn darum bäte. Ich warf mich unterdessen auf mein Bett und hatte einen kleinen Augenblick dagelegen, als er schon wieder da war und alles in Hülle und Fülle angeschleppt brachte. Meine Mutter legte mit Hand an, und in Zeit von einem Glockengeläute war das Abendessen zurechtgemacht und gekocht; wir setzten uns zu Tische, und als wir so ziemlich mit dem Essen fertig waren, da hörte ich einen husten und spucken. Dies Husten und Spucken war ein harter Schlag für meinen armen Freund, denn sofort lief ich ans Fenster, erkannte einen anderen Freund, eilte zu ihm herunter und ging mit ihm davon. Den Gastgeber aber ließ ich in meinem Hause, wo er die ganze Nacht kein Auge zutun konnte, ruhelos hin und her lief und davon schwatzte, was er mir sagen und was er mir tun wollte. Er hatte noch Glück, daß er sein Samtwams ziemlich bald von mir wiederbekam; immerhin mußte es sein Diener eine Woche lang jeden Tag verlangen, ehe er's kriegte.

Antonia: Es war nicht eben nett, so mit einem umzuspringen, der für dich soviel getan hatte, um dich eine Nacht ganz nach seinem Gefallen besitzen zu können!

Nanna: Es war die Nettigkeit einer Hure, und sie war nicht weniger nett als die, welche ein Zuckerhändler bei mir fand, der sogar seine Kisten in meinem Hause ließ, um etwas noch viel süßeres als seinen Zucker zu bekommen. Und solange sein Liebesrausch dauerte, hatten wir Zucker sogar an unserem Salat. Und wenn er den Honig kostete, der aus meiner Verstehstdumich troff, da schwor er, im Vergleich damit sei sein Zucker bitter.

Antonia: Darum eben bedachte er dich so verschwenderisch mit seinem Zucker.

Nanna: Haha! Ich erinnere mich noch, daß er immer ganz närrisch wurde, wenn er meine kleine Honigbüchse betrachtete. Er krabbelte dran rum, bis ihm sein eigenes Ding ganz steif wurde; und er verglich sie gern mit dem Mund einer jener marmornen Frauenbildsäulen, die in Rom überall herumstehen und die Lippen so fest geschlossen halten. Und er behauptete, meine Kleine lachte wie die Lippen jener Marmorbilder, die also, wie's scheint, auch lachen können. Und in der Tat, das konnte er wohl sagen – obwohl es mir nicht zukommt, mich selber zu loben –, aber ich hatte wirklich die allerreizendste, die sich denken läßt. Die Haare drumrum zeigten sich nicht allzu vordringlich; und gespalten war sie so schön, daß man den Spalt kaum bemerkte; und er war nicht zu hoch, nicht zu tief; und ich versichere dir auf mein Wort: Der Zuckerhändler gab mir mehr Küsse darauf als auf meinen Mund und lutschte sie aus wie ein ganz frisch gelegtes Ei.

Antonia: Der Schurke!
Nanna: Wieso Schurke?
Antonia: Möge Gott ihn dafür strafen!
Nanna: Hat er ihn nicht schon genug gestraft, indem er ihn in mich verliebt machte?
Antonia: Nein, nach meiner Meinung lange nicht genug!
Nanna: Ich will dir heute nicht im einzelnen alle meine schlauen Streiche erzählen, mit denen ich meine Nächsten rupfte, ohne daß sie meine Hände zu sehen bekamen. Als ein gutes Mittel dazu benutzte ich das Kauderwelsch, sooft mir irgendein rechtes Kalb zwischen die Finger kam, denn da sie die Ausdrücke nicht verstanden, waren sie schon halb verloren wie ein kranker Bauer vom gelehrten Gerede der Doktoren. Ganz gewiß ist die Gaunersprache der Gauner würdig, denn mit ihrer Hilfe werden tausend Gaunereien vollbracht. Aber laß mich dir jetzt erzählen, wie ich einen Tölpel hochnahm, der, wenn ich mich recht erinnere, aus Siena war.
Antonia: Anderswoher konnte er gewiß nicht sein!
Nanna: Dieser Senese, der seit kurzem erst in Rom war, verschlang mich mit den Augen und konnte niemals meine Zofe auf der Straße sehen, ohne sie anzukrallen und mit Fragen nach mir zu langweilen. Das eine Mal sagte er: »Dieses Herz gehört deiner Signora!« Ein anderes Mal: »Was macht denn deine Signora, schönes Kind?« Und sie antwortete dann: »Der Signora geht's gut, Euer Gnaden aufzuwarten.« Hinter seinem Rücken aber schnitt sie ihm Gesichter. Eines Tages sehe ich ihn von weitem kommen und sage zu meiner Vertrauten: »Geh hinunter und zwack ihm die Miete für die Straße ab, die er fortwährend versperrt, indem er alle Augenblicke hier vorbeigeht.« Sie stellt sich unten in die Tür, und im Augenblick, wo er den Mund auftut, um ihr guten Tag zu bieten, fängt sie aus Leibeskräften an zu schreien: »Wenn er sich doch das Bein bräche, damit er niemals wiederkommen könnte. Oh! oh! oh! Ganz genau, wie wir's dachten, man sieht ihn nicht wieder erscheinen! der Halunke! der Tagedieb!« Der Pflastertreter, der aussah wie 'ne Vogelscheuche auf der Schaukel, sagt zu ihr: »Was ist denn los? Ich stehe ja völlig zu Euren Diensten; ich bin der Signora ergebener Diener —

jawohl, das bin ich.« Sie tut, als ob sie ihn gar nicht gehört habe, und schimpft weiter: »Vor vier Stunden, vor vier geschlagenen Glockenstunden schickten wir den kleinen Spitzbuben aus, um eine Dublone zu wechseln, weil wir dem Dienstmann, der meiner Herrin die zwei Stücke von karmesinfarbenem Atlas gebracht hat, einen Dukaten Trinkgeld geben wollen, denn sie sind ein Geschenk vom Prinzen de la Storta. Nun kommt dieser Bengel nicht zurück!« Der Schafskopf, der gerne wegen seiner Freigebigkeit ebenso bekannt gewesen wäre wie wegen seiner Dummheit, öffnet seine Börse und sagt zur Zofe: »Da, nimm! Ich bete ja deine Signora an, ich bete sie an!« Damit drückt er ihr vier Kronen in die Hand, wobei er sich aufbläst wie ein großer Herr. Dann sagt er noch: »Sie hat mich gern, nicht wahr?« Die Zofe wird inzwischen von mir gerufen, antwortet ihm nicht, ob ich ihn gern hätte oder nicht, sondern schlägt ihm die Tür vor der Nase zu. Und da stand er nun draußen wie einer, den man von der Hochzeit wegjagt, auf der er, ohne eingeladen zu sein, erschienen war.

Antonia: Dem albernen Hans Narren geschah ganz recht!

Nanna: Jetzt kommt die Geschichte von den Katzen.

Antonia: Von was für Katzen?

Nanna: Ich war einem Leinwandhändler fünfundzwanzig Dukaten schuldig, und da ich nicht daran dachte, sie ihm bezahlen zu wollen, so beschloß ich, ihn darum zu prellen. Was tat ich also? Ich hatte zwei recht schöne Katzen, und als ich nun vom Fenster aus wieder mal den Mann ankommen sehe, sage ich zu meiner Zofe: »Gib mir eine von den Katzen und nimm du die andere; sobald der Leinenhändler da ist, werde ich schreien: ›Ich verlange, daß du sie erwürgst!‹ Dann tust du so, als ob du das nicht wolltest, und ich werde mich stellen, als ob ich die, die ich in meinen Händen habe, erwürgte.« Kaum hatte ich diese Worte gesagt, so war er schon oben.

Antonia: Hatte er denn nicht vorher an die Tür geklopft?

Nanna: Nein, denn er hatte sie offen gefunden. Sobald er hereinkommt, fang ich an zu schreien: »Dreh ihr den Hals um! dreh ihr den Hals um!«, und meine Zofe bittet mich ganz weinerlich, ich möchte doch dem Tier verzeihen, und verspricht mir, es würde niemals mehr vom Essen naschen. Ich aber umspanne mit ganz wütendem Gesicht die Kehle meiner Katze mit der Hand und rufe: »Wart! du tust es mir nicht wieder!« Mein Gläubiger — der zu seinem Schaden Geld von mir zu fordern hatte! — sieht die Katzen, fühlt Mitleid mit ihnen und bittet mich, ich möchte sie ihm doch schenken. »Ach, jawohl!« sag ich. »Bitte, bitte, Signora!« fährt er fort, »überlasset sie mir für acht Tage, dann werde ich selber Euch helfen, sie totzumachen, falls Ihr sie mir dann nicht schenken oder den Tierchen verzeihen wollt.« Mit diesen Worten nimmt er mir die Katze weg — wogegen ich mich ein wenig sträubte —, dann nimmt er auch meiner Zofe die andere aus den Händen, gibt die Tiere dem Markthelfer, den er mitgebracht hatte, und läßt sie von diesem hinaustragen, nachdem die Zofe sie zuvor in einen Sack gesteckt hat. Und ich sage ihm: »Gebt acht, daß Ihr sie mir nach acht Tagen zurückschickt, denn ich will sie totschlagen, die Spitzbübinnen!« Er verspricht mir, das wolle er tun, und fordert sodann seine fünfundzwanzig Dukaten; ich schwöre ihm einen Eid, binnen zehn Tagen würde ich sie ihm in seinen Laden bringen lassen, und er geht zufrieden von dannen. Es vergehen zehn Tage, es vergehen zwei Wochen; da kommt er abermals und verlangt wiederum das Geld von mir. Ich habe das Geld in ein Schnupftuch gebunden, lasse die Dukaten klingen und sage: »Sehr gern! Aber erst will ich meine Katzen wiederhaben.« — »Wieso Eure Katzen?« antwortet er. »Die sind über alle Dörfer verschwunden, sobald sie im Hause losgelassen wurden.« Sobald ich dies hörte — was ich übrigens schon wußte, auch ohne es gehört zu haben —, da machte ich ihm ein Gesicht wie eine Stiefmutter und sagte ihm: »Sorgt dafür, daß meine Katzen wieder zu mir kommen, sonst werden sie Euch mehr kosten als Eure lumpigen fünfundzwanzig Dukaten. Die Katzen sind schon einem versprochen, sie sollen nach der Berberei geschickt werden, meine Katzen; meine Katzen, mein guter Meister, sind hierher zurückzubringen, hierher zurückzubringen sind sie!« Der Arme stand an die Fensterbrüstung gelehnt und sah, daß von dem Geschrei, das ich erhob, bereits die Leute auf der Straße zusammenliefen. Und ohne mir ein Wort zu erwidern — worin er sehr vernünftig handelte! —, eilte er die Treppen hinunter und sagte bloß: »Na ja! Trau einer 'ner Hure!«

Antonia: Nanna, ich will dir was sagen, was mir eben durch den Kopf geht.

Nanna: Bitte, nur zu!

Antonia: Deine Katzengeschichte ist so hübsch reizend, daß um ihretwillen vier andere von deinen gottlosen dir vergeben werden.

Nanna: Glaubst du?

Antonia: Darauf würde ich meine Seele gegen eine Pistazie verwetten.

Nanna: Das will was heißen – (hustend) hö! hö! ho! Jetzt hab ich 'nen Schnupfen gekriegt! Hö! hö! ho! Dieser Feigenbaum hat die Sonne sehr schlecht von mir abgehalten. Es wird mir nicht möglich sein, dir von den vielen anderen zu erzählen, die ich dermaßen einseifte, daß sie glaubten, die Judensynagoge schwebe in der Luft, wie es dem Gerede nach Mohammeds Grabstein tut. Hö! Hö! Ich kann kaum noch Luft kriegen; ich bin schon ganz heiser; von dem Katarrh ist mir 's Zäpfchen angeschwollen.

Antonia: Sonst ist doch der Schatten des Nußbaums schädlich und nicht der des Feigenbaums.

Nanna: Sag mir nun, wie du's mir versprochen hast, deine Ansicht in drei Worten. Ich ersticke! Hö! hö! ho! Ich fühle mich ganz schlecht, und noch mehr wurmt es mich, daß ich dir nicht erzählen kann, wie ich meine Liebhaber zu vernünftigen Leuten erzog. Wenn ich irgendwas verloren hatte, heuchelte ich Mitleid mit ihren Börsen und verbot ihnen, sich in schönen Kleidern, in Gastmählern und in unnützen Tand zu ruinieren. Das tat ich aber bloß, damit ihr Geld für meinen eigenen Appetit übrigbliebe. Und die Dummköpfe sangen noch mein Loblied, weil ich so ein vernünftiges Mädchen sei und mich um ihr Vermögen bekümmere. Oje! Ich verrecke! Hö! hö! ho! Sehr leid tut es mir auch, dir nicht die Geschichte von meinem Betthimmel erzählen zu können. Damit legte ich alle Beteiligten gründlich hinein: den, der ihn verpfändete, den, der Geld darauf lieh, den, der ihn mir abkaufte, zwei, die dabeistanden, als der Handel abgemacht wurde, den, der ihn mir in mein Haus trug, und einen, der gerade dazukam, als ich ihn in meinem Schlafzimmer anbringen ließ.

Antonia: Ach! gib dir doch 'nen kleinen Stoß und erzähle mir die Geschichte! Ach, bitte, bitte, Nanna, süße Nanna, liebe Nanna!

Nanna: Die Geschichte war die: Meister ..., hilf mir doch ein bißchen: Mei ... Meister ..., ich sterbe! nein, es geht nicht! Verzeih mir, ich werde sie dir ein anderes Mal erzählen, und dann zugleich auch die von dem Monsignore, der nackt über alle Dächer des Viertels floh. Ach, ach! ich krieg die Krämpfe! Anto ... Antonia ... mei ... meine liebe Antonia ... hö, hö, hö, hö!

Antonia: Verdammt sei der Schnupfen! verdammt sei auch dies hübsche Ding von Sonne, die uns unsere Unterhaltung verdorben hat! Ich wollte dir nichts davon sagen, aber vielleicht ist es doch nicht ganz wahrscheinlich, daß du gleich am ersten Tag, wo du bei den Nonnen eintratest, so viele Dinge zu sehen bekamst; auch glaube ich nicht recht, daß du mit deinem Bakkalaur gleich ohne weiteres so vertraut geworden bist.

Nanna: Ich kann dir aber versichern: Als ich Nonne wurde, war ich noch halb und halb Jungfer. Daß ich im übrigen so viele scherzhafte Sachen hintereinander gesehen habe, das kannst du mir wahrhaftig glauben. Ich sah sogar noch viel, viel schli ... schlim ... schlimmere. Verdammter Husten! Hö, hö, hö, hö!

Antonia: Hast du wirklich?

Nanna: Ja, ja, gewiß! Aber sag mir nun, wie du's versprachst, in drei Worten deine Ansicht.

Antonia: Dieses Versprechen, das ich dir gab, ich würde dir mit drei Worten zu einem festen Entschluß verhelfen, das kann ich dir leider nicht halten!

Nanna: Warum denn nicht? Ach, ach! Hö, hö, hö!

Antonia: Dies Versprechen konnte ich dir damals wohl geben, als ich's gab. Mit uns Frauen ist's ebenso: Wir sind klug, wenn wir etwas ohne zu denken tun; wenn wir's uns aber erst reiflich überlegen, so machen wir Unsinn. Indessen will ich dir wohl meine Meinung sagen: Nimm von dieser dann, bitte, die Rosen und laß die Dornen.

Nanna: Nun, so sprich!

Antonia: Nun, wenn ich von allem, was du mir gesagt hast, einen Teil abstreiche und den Rest dir glaube – denn man mischt ja immer einige Unwahrheiten in die Wahrheit und bringt wohl allerlei goldene Schnörkel und Zierat an, um die Erzählung zu verschönen ...

Nanna: Also, da hältst du mich für eine Lü ... hö, hö! für 'ne Lügnerin?

Antonia: Nicht für 'ne Lügnerin, aber für eine, der es beim Erzählen auf ein Wort mehr nicht ankommt. Und ich glaube, wenn du auf die Nonnen und Ehefrauen so schlecht zu sprechen bist, so mußt du dazu andere Gründe haben. Genug, ich räume dir ein, es sind unter ihnen mehr schlechte, als da sein sollten. Zur Verteidigung der Huren sage ich gar nichts.

Nanna: Ich kann dir lei ... hö, hö! leider nicht antworten. Ich fürchte, dieser Husten entwickelt sich zu einem regelrechten Katarrh. Bitte, beeile dich und gib mir deinen Rat!

Antonia: Ich bin der Meinung, du solltest deine Pippa Hure werden lassen, denn die Nonne verrät ihr heiliges Gelübde, und die Ehefrau gibt dem Sakrament der Ehe den Todesstoß; aber die Hure tut weder dem Kloster noch dem Ehemann was zuleide, sondern sie macht's wie ein Soldat, der dafür bezahlt wird, daß er Unheil anrichtet. Und wegen des Übels, das sie tut, kann man ihr keinen Vorwurf machen, denn in ihrem Laden wurde eben verkauft, was da ist. Wenn ein Wirt eine neue Kneipe aufmacht, so braucht er kein Schild auszuhängen, denn gleich am ersten Tage weiß man, daß bei ihm getrunken, gegessen, gespielt, gehurt, geflucht und gegaunert wird. Und wer dahinein ginge, um zu beten oder zu fasten, der würde weder Altar noch Fastenzeit finden. Die Gärtner verkaufen Kräuter, die Gewürzkrämer Gewürze, und die Bordelle verkaufen Flüche, Lügen, Verleumdungen, Skandale, Schande, Gaunereien, Schweinereien, Haß, Grausamkeit, Mord, Franzosenkrankheit, Hinterhalt, schlechten Ruf und Armut. Aber mit dem Beichtiger ist's ja ähnlich wie mit dem Arzt: Er heilt das Übel schneller, wenn's ihm auf der flachen Hand gezeigt wird, als wenn man's ihm verbirgt. Deshalb mach mit der Pippa keine Umschweife, sondern laß sie *sofort* Hure werden, denn mit Hilfe einer kleinen Bußübung nebst zwei Tropfen Weihwassers wird ihre Seele allen Hurenkrams wieder ledig sein; ferner sind, wenn ich dich recht verstanden habe, alle Laster an einer Hure als Tugenden zu betrachten. Außerdem ist es eine schöne Sache, sogar von gnädigen Herren als ›gnädige Frau‹ angeredet zu werden, immer wie eine Signora sich zu kleiden und zu essen und immer herrlich und in Freuden zu leben, wie du selber, die du mir so viel von ihnen erzählt hast, ja viel besser weißt als ich. Auch ist es nichts Geringes, jede Laune befriedigen und jeden, dem man wohlwill, begönnern zu können. Denn Rom war immer und wird immer sein ... ich will nicht sagen die Hurenstadt, damit ich den Ausdruck nicht zu beichten nötig habe.

Nanna: Was du sagst, Antonia, hat Hand und Fuß, und ich werde nach deinem Rat handeln.

Diese Worte sprach Nanna mit ganz heiserer Stimme; dann ging sie hin und weckte die Magd, die während der ganzen Unterhaltung geschlafen hatte. Sie setzte ihr den Korb wieder auf den Kopf und gab ihr die leere Flasche in die Hand. Antonia nahm die Mundtücher, die sie am Morgen unter dem Arm getragen hatte, und dann gingen sie nach Nannas Haus zurück. Für die Nanna wurden ein paar Stücke Lakritzen geholt, und dann aß man zu Abend: die Nanna nahm sich wohl vor dem Essig in acht und verzehrte eine Brotwassersuppe; der Antonia gab sie jedoch etwas anderes. Diese blieb bei ihr die Nacht über und kehrte am Morgen bei guter Zeit zu ihren kleinen Geschäftchen zurück, mit denen sie ihr Leben fristete. Wohl war sie wegen ihrer Armut dieses Lebens überdrüssig, doch fand sie Trost in den mit der Nanna geführten Gesprächen. Und sie war wie betäubt, wenn sie daran dachte, wieviel Unheil die Huren auf der Welt anrichten und daß sie zahlreicher sind als die Ameisen, Fliegen und Mükken von zwanzig Sommern und daß die Nanna ihr soviel erzählt und doch noch nicht die Hälfte gesagt hatte.

Ende des dritten Tages
und des ersten Teils der Gespräche des Aretino

ZWEITER TEIL

Dem liebenswürdigen und hochgeehrten Herrn Bernardo Valdaura, königlichem Muster der Vornehmheit, *Pietro Aretino*

Ganz gewiß, wenn mein Geist, der fast immer bei Euch weilt, mich nicht an Euch erinnerte, so wäre ich schlimmer dran als die Laster, die von dem Haß meiner freimütigen Natur, womit mich die Sterne begabt, auf frischer Tat ertappt sind. Da ich große Verpflichtungen gegen einen ganzen Schwarm von Halbgöttern habe, so wußte ich nicht, wem von ihnen ich dieses Geschichtenbuch widmen sollte, das ich hiermit Euch widme. Wenn ich's dem König von Frankreich darbrächte, so beleidigte ich damit den römischen König; böte ich's Cäsars großem Schwiegersohne an, dem Großherzog von Florenz, dem leuchtenden Muster von Gerechtigkeit und Enthaltsamkeit, so erzeigte ich mich undankbar gegen die erhabene Güte Ferraras. Widmete ich's dem großen Antonio de Leva, was würde da die hochherzige Durchlaucht von Mantua von mir sagen, und der hochgeehrte Marchese del Vasto? Brächte ich es dem wackeren Fürsten von Salerno dar, so mißfiele das meinem treuen Gönner, dem Grafen Massimiano Stampa. Überschriebe ich's mit dem Namen des Don Lopez Soria, wie sollte ich dann die Stirn haben, dem Grafen Guido Rangone und seinem Schwäher, dem Herrn Luigi Gonzaga, gegenüberzutreten, dessen Vortrefflichkeiten den Waffen und den Wissenschaften ebensosehr zur Ehre gereichen wie die Waffen und die Wissenschaften ihm! Wenn ich's dem Lothringer überreichte, was würden dazu Seine Gnaden von Trient sagen? Welche Genugtuung könnte ich dem Herrn Claudio Rangone geben, dieser Leuchte des Ruhms, wenn ich mein Buch dem Herrn Livio Liviano zu Füßen legte oder dem großherzigen Ritter von Legge? Wie handelte ich gegen den trefflichen Herrn Diomede Caraffa und meinen S. Giambattista Castaldo, dessen Freundlichkeit ich soviel verdanke, wenn ich das Buch mit dem Namen eines anderen schmückte? Aber da seid Ihr mir in den Sinn gekommen, und das ist der Grund, warum ich

Euch diesen Band der Gespräche darbringe. Eure Vorzüge haben es wohl verdient, denn sie leuchten an Euch, wie an allen meinen Wohltätern ihre Vorzüge leuchten. Und hätte ich an Euch gedacht, als ich die drei Tagesgespräche der Capricci[1] meinem Affen dedizierte, weil er alle Eigenschaften der großen Herren besäße – die ich wegen ihres Geizes hasse –, so wären sie vielleicht unter dem Schutz Eures Namens auf dem Kampfplatz erschienen; denn Ihr allein besitzet jene Eigenschaften, die die großen Männer zieren, welche ich wegen ihrer Tugenden anbete. Ihr seid ein Kaufmann im Erwerben, ein König im Ausgeben, sonst wäret Ihr nicht durch Bande des Blutes wie des Herzens mit dem ebenso hochherzigen wie unglücklichen Marco di Nicolo verbunden. Und mögen alle Monarchen der Welt sich schämen! – Ich spreche nicht von dem weisen und tapferen Herzog Francescomaria, vor dessen Verdiensten ich mich morgens und abends verneige, sondern von jenen, die die Lobschriften, die man ihnen darzubringen pflegt, und die Bücher, die mit ihrem Namen gedruckt werden, nicht nur einem gewöhnlichen Edelmann, sondern sogar einem Affen überlassen. Einen Ehrenplatz verdiente in Giovios Chroniken die Handlungsweise des Molza und des Tolomen, die eine ihrer Komödien vor allen Lakaien und Stallknechten der Medici (glorreichen Angedenkens) spielen ließen, während das ganze vornehme Pack draußen stehen mußte.

Ich will's Euch sagen: Als Homer seinen Odysseus schuf, da schminkte er ihm nicht eine Menge von Wissenschaften an, sondern er schilderte in ihm einen Mann, der das Getriebe der Menschen kennt. Darum bemühe auch ich mich, die Charaktere mit jener Lebhaftigkeit zu schildern, womit der wunderbare Tizian dieses und jenes Antlitz malt. Und da die guten Maler gerade eine kaum ausgeführte Gruppe von schönen Gestalten höchlich zu schätzen wissen, so laß auch ich meine Werke drucken, so wie sie sind, und kümmere mich nicht im geringsten darum, an Worten zu feilen. Denn das Schwierige liegt in der Zeichnung, und wenn die Farben an sich auch noch so schön sind, so bleiben die Blasen, worin sie sind, doch immer Blasen. Es kommt darauf an, schnell

1. So nennt Aretino in seinen Briefen und Schriften meistens den ersten Teil dieses Werkes.

zu arbeiten und selbständig zu schaffen; alles, was man sonst redet, ist Geschwätz. Da sind meine ›Psalmen‹, da ist meine ›Geschichte Christi‹, da sind meine Komödien, meine Gespräche, da sind Erbauungs- und Erlustigungsbücher, je nach dem Gegenstand. Fast jedes dieser Werke habe ich beinahe in einem Tage entworfen. Und damit man vollends sehe, was es mit einem Talent auf sich hat, womit ein Künstler von Kindesbeinen an begabt ist, so wird man bald etwas vom Wüten der Waffen und vom Leiden der Liebe hören, obwohl ich es eigentlich unterlassen sollte, diese Gegenstände zu besingen, um vielmehr die Taten des Erhabenen Karl[1] zu besingen, der den Namen ›Mensch‹ erhöht, indem er einwilligt, Mensch zu heißen, und der den Namen der Götter berabsetzt, indem er nicht duldet, daß man ihn ›Gott‹ nennt. Und wenn ich um der Phantasie willen, womit ich meinem Stil Leben einhauche, keine Ehre verdiene, so verdiene ich doch wohl ein bißchen Ruhm, weil ich die Wahrheit in die Gemächer und vor die Ohren der Mächtigen gebracht habe, zur ewigen Beschämung der Schmeichelei und der Lüge.

Und um mir nichts von meinem Range nehmen zu lassen, so will ich hier die eigenen Worte des einzigen Herrn Gianjacopo, des Gesandten von Urbino, hersetzen: ›Wir, die wir unsere Zeit im Dienste der Fürsten opfern, wir Hofleute und Männer von Talent, wir werden jetzt von unseren Herren anerkannt und geehrt, und das verdanken wir den Züchtigungen, womit Pietros Feder sie gegeißelt hat.‹ Und ganz Mailand kennt die Worte aus dem geheiligten Munde des Edlen, der binnen weniger Monate mich um zwei goldene Becher bereichert hat: ›Aretino ist dem menschlichen Leben notwendiger als alle Predigten, denn diese bringen die gewöhnlichen Leute auf den rechten Weg, seine Schriften aber die hohen Herren.‹ Ich sage das nicht, um mich zu berühmen; dieses Verfahren wurde auch schon von Äneas angewandt, um sich an einem Ort, wo man ihn nicht kannte, zur Geltung zu bringen. Zum Schluß: Nehmet das Geschenk, das ich Euch mache, mit demselben aufrichtigen Herzen an, wie ich es Euch darbringe. Und zum Lohn dafür empfehlet mich dem Don Pedro di Toledo, Marchese di Villafranca und Vizekönig von Neapel.

1. Karls des Fünften.

DER ERSTE TAG

Wie Nanna ihr Töchterlein Pippa im Hurenberuf unterrichtet

Nanna: Was ist denn mit dir los? Was ist das für ein Zorn, was für 'ne Gereiztheit, Wut, Tobsucht, was klopft dir das Herz, was wirst du fortwährend rot und blaß, was steigt dir der Senf in die Nase? Du bist ja eine ganz ungezogene Göre!

Pippa: Jawohl, mir kriecht 'ne Laus über die Leber, weil Ihr mich nicht Kurtisane wollt werden lassen, wie's Euch doch meine Gevatterin, die Monna Antonia, geraten hat.

Nanna: Ja, zum Essen gehört mehr, als daß man's drei Uhr[1] schlagen hört.

Pippa: Ihr seid 'ne böse Stiefmutter! Huhu!

Nanna: Weinst du darum, mein Püppchen?

Pippa: Gewiß will ich darum weinen, gewiß!

Nanna: Lege den Hochmut ab, leg ihn ab, sag ich dir. Denn wenn du dir nicht ganz andere Manieren angewöhnst, Pippa – aber ganz andere! –, so wirst du niemals Hosen auf deinem Hintern haben. Denn heute sind der Huren eine so große Menge, daß eine schon Mirakel verstehen muß in der Kunst der Lebensführung; sonst wird's ihr niemals zu Mittag- und Vesperbrot langen. Denn es genügt nicht, ein hübsches Weibsstück zu sein, schöne Augen und blonde Zöpfe zu haben: Nur Kunst oder Glück macht Flekken aus. Alles andere ist nur Firlefanz.

Pippa: Ja, das sagt *Ihr!*

Nanna: So ist's, Pippa! Aber wenn du nach meinem Sinn handelst, wenn du deine Ohren hübsch aufsperrst, um meine Ermahnungen anzuhören – oh, dann Heil dir!

Pippa: Wenn Ihr Euch nur beeilen wollt, aus mir 'ne Signora zu machen, die Ohren werde ich dann schon aufsperren!

Nanna: Wenn du mich nur anhörst; wenn du nicht mehr hinter jedem Haar herspringst, das in der Luft rumfliegt; wenn du nicht

1. neun Uhr morgens.

bloß Grillen im Kopf hast, wie bis jetzt immer, sooft ich mit dir von dem spreche, was dir gut und nützlich ist – ja, dann schwöre und versichere ich dir bei diesen Paternostern, die ich den ganzen Tag kaue: binnen vierzehn Tagen, längstens, laß ich dich das Geschäft anfangen.

Pippa: Das gebe Gott, Mama!

Nanna: Wolle du nur selber!

Pippa: Ich will's gewiß, mein liebes Mamachen, mein Goldmamachen!

Nanna: Wenn du nur willst, so will auch ich. Und wisse, mein Kind, ich bin mehr als gewiß, du wirst es weiterbringen als irgendeine Favoritin des Heiligen Vaters; und ich seh dich schon im Himmel. Darum paß auf, was ich dir sage!

Pippa: Sieh, da sitz ich schon und horche.

Nanna: Pippa, vor den Leuten habe ich zwar immer gesagt, du seist sechzehn, in Wirklichkeit aber hast du deine zwanzig Jahre rund und nett. Denn du wurdest geboren kurz nach dem Auseinandergehen von Leos Konklave[1], und als man in ganz Rom brüllte: »Palle! Palle!«[2], da schrie ich in meiner Kammer: »Oje! o weh!«, und in dem Augenblick, wo sie das Wappen der Medici über dem Portal von Sankt Peter anschlugen, da brachte ich dich zur Welt.

Pippa: Das ist doch erst recht ein Grund, mich nicht länger mit Säcken den Nebel einheimsen zu lassen, denn wie mir meine Base Sandra sagte, will man auf der ganzen Welt jetzt bloß noch von den Elf- und Zwölfjährigen was wissen, und aus den anderen macht man sich nichts mehr.

Nanna: Das bestreite ich nicht; aber du siehst ja aus, als ob du erst vierzehn seist. Und um wieder darauf zurückzukommen, was ich vorhin schon sagte: Du mußt mich anhören und keine Luftschlösser bauen. Stelle dir vor, ich sei der Schulmeister und du seist das Schulkind, das das Buchstabieren lernt; oder noch besser: Nimm an, ich sei der Prediger und du der Christenmensch. Aber wenn du das Schulkind vorstellen willst, so höre mich so aufmerk-

1. Das Konklave, von welchem Giovanni de Medici unter dem Namen Leo X. zum Papst gewählt wurde; am 11. März 1513.
2. Die Palle (Kugeln) sind das Wappen des Mediceer Hauses.

sam an, wie dieses dem Lehrer zuhört, damit es nicht mit dem hölzernen Esel zu tun kriegt. Wenn du der Christenmensch sein willst, so gib dir Mühe, mir zuzuhören, wie einer der Predigt lauscht, der nicht gern ins Haus der Verdammnis gehen will.

Pippa: So will ich's machen.

Nanna: Liebe Tochter – die Männer, die Vermögen, Ehre, Zeit und sich selber den Dirnen nachwerfen, die jammern immer drüber, diese oder jene sei so dumm, gerade wie wenn sie dadurch ruiniert würden, daß die Weiber so alberne Gänse sind! Sie können nicht begreifen, daß die Dummheiten, die jene im Kopf haben, gerade ihr Glück sind, und darum schimpfen und drohen sie! Darum habe ich beschlossen, du sollst gescheit sein und sollst sie dadurch mit der Nase darauf stoßen, was den armen Schürzenjägern bevorstände, wenn die Huren nicht Spitzbübinnen, treulose Schurkinnen, dumme Gänse, Eselinnen, Schlumpen, Taugenichtse, Trukenboldinnen, alberne schuftige Ignorantinnen, der Teufel und noch Schlimmeres wären.

Pippa: Warum wollt Ihr ...?

Nanna: Warum? Wenn sie soviel gute Eigenschaften hätten, wie sie schlechte haben, so würden die Leute, denen schließlich ein Licht über ihre Verruchtheiten und Schurkereien aufgeht, nachdem sie's sechs, sieben oder zehn Jahre bei Tag und Nacht mit angesehen haben – so würden diese Leute, sage ich, sie an den Galgen schicken und würden sie daran mit noch größerer Lust zappeln sehen, als sie voll Unlust sich fortwährend um ihr Geld hatten begaunern sehen. Woher kommt es, daß die Huren alle miteinander schließlich Hungers sterben, während sie mit ihrem eigenen Fleisch und Blut den Aussatz, den Schanker und das Franzosenübel nähren, das sie verzehrt? Ganz einfach, weil sie niemals eine Stunde lang an ihre eigenen Angelegenheiten denken.

Pippa: Ich fange an, Euch zu begreifen.

Nanna: Höre nur hübsch zu und trichtere dir meine Episteln und Evangelien in den Kopf. Die werden dich in zwei Worten aufklären, nämlich: Wenn ein Doktor, ein Philosoph, ein Kaufherr, ein Soldat, ein Mönch, ein Priester, ein Einsiedler, ein Edelmann, ein Monsignore, ein Salomon von diesen albernen Gänsen so weit gebracht werden, daß man sie für dummes Vieh halten möchte,

wie meinst du denn, würde mit diesen Tröpfen eine umspringen, die Grütze im Kürbis hätte?
Pippa: Ganz eklig würde so eine mit ihnen umspringen.
Nanna: Das Hurengewerbe ist also kein Beruf für 'ne Dumme; und darum habe ich's, die ich Bescheid weiß, es mit dir gar nicht so eilig. Es genügt nicht, die Röcke hochzuheben und zu sagen: »So! Meinetwegen kann's losgehen!« Man muß was anderes können, sonst macht man Bankrott am selben Tage, wo man die Bude eröffnet. Nun wollen wir zum Mark kommen: Es wird sich so machen, sobald man hört, daß du den Betrieb eröffnet hast, daß viele zuerst bedient sein möchten, und da werde ich einem Beichtvater gleichen, der eine aufgeregte Menge zu beschwichtigen hat, so viele ›Pst! pst!‹ werden mir von den Abgesandten, von diesem und jenem in die Ohren getuschelt werden, und du wirst immer von einem Dutzend vorausbestellt sein, so daß wir wünschen möchten, die Woche hätte so viele Tage wie ein Monat. Ich sehe mich schon in meiner Rolle, wie ich einem Diener des Herrn Soundso antworte: »Es ist ja wahr, meine Pippa hat sich ihr Blümchen pflücken lassen — der liebe Gott mag wissen, wie das zugegangen ist! Dieser Kuh, der Kupplerin, dieser Spitzbübin, der werde ich's schon heimzahlen; meine Tochter ist ja reiner als eine Taube — die hat keine Schuld daran, und — auf Nannas Wort! — sie hat's nur ein einziges Mal getan! Ich müßte ja eine wahre Barbarin sein, mein eigenes Kind so herzugeben. Aber Seine Gnaden hat mich so völlig bezaubert, daß ich's nicht über die Lippen bringe, dem Herrn nein zu sagen. Gleich nach dem Ave-Maria wird meine Pippa bei ihm sein.« Im Augenblick nun, wo der Bote sich gerade wieder trollen will, um die Bestellung auszurichten, da mußt du durchs Haus gelaufen kommen; tu, als ob deine Flechten aufgegangen seien, und laß die Haare über den Nacken herabfallen. Und wenn du in das Zimmer trittst, so erhebst du dein Gesicht ein wenig, so daß der Lakai einen schnellen Blick auf dich werfen muß.
Pippa: Wozu ist das gut?
Nanna: Das ist gut, weil alle diese Burschen ihre Herren begaunern und beschwindeln. Der, von dem ich spreche, wird zu seinem Herrn springen, um sich bei ihm lieb Kind zu machen, und wird

ihm ganz atemlos und aufgeregt sagen: »Gnädiger Herr, ich habe mir soviel Mühe gegeben, daß es mir gelungen ist, das Mädchen zu sehen; Zöpfe hat sie, die gleichen Goldfäden, zwei Augen, die's mit denen eines Falken aufnehmen können. Und noch eins: Ich habe so ganz beiläufig von Euch gesprochen, um zu beobachten, welchen Eindruck Euer Name machen würde; wahrhaftig, ich glaube, das ist eine, die man mit einem Seufzer in Brand stecken kann.«

Pippa: Welchen Vorteil können mir denn solche Schnäcke bringen?

Nanna: Sie werden dem, der Lust nach dir hat, eine sehr gute Meinung von dir beibringen; die Stunde, die er auf dich warten muß, wird ihm so lang vorkommen wie tausend Jahre. Was meinst du, wie viele Esel es nicht gibt, die sich schon verlieben, wenn sie bloß 'ne Zofe das Lob ihrer Herrin singen hören, und denen das Wasser im Munde zusammenläuft, bloß weil diese Lügnerinnen und Schelminnen ihre Herrschaft über den grünen Klee loben!

Pippa: Dann sind, wie's scheint, die Zofen von derselben Sorte wie die Bedienten?

Nanna: Schlimmer noch! Nun, du gehst also zu dem reichen Herrn, den ich hier als Beispiel herausgreife, ins Haus, und ich begleite dich. Bist du bei ihm angekommen, so wird er dir entgegengehen, entweder bis oben an die Treppe oder gar bis an die Haustür. Du bringst deine Kleider in Ordnung, die sich unterwegs vielleicht ein bißchen verschoben haben, und hältst dir hübsch stramm die Arme an den Leib. Einen flüchtigen Blick wirfst du auf die Gesellschafter des Herrn, die, wie sich's gehört, sich ein wenig zur Seite halten, dann heftest du bescheiden deine Blicke in die seinigen, machst ihm eine parfümierte Reverenz und bringst deinen Gruß an, wie es – so sagt die Perugina – die Frauen und Wöchnerinnen zu machen pflegen, wenn die Verwandten ihres Mannes oder die Gevattern ihr die Hand schütteln.

Pippa: Dabei werde ich aber vielleicht rot werden.

Nanna: Aber das wäre ja reizend! Denn die Schminke, die die Schamhaftigkeit über die Wangen eines jungen Mädchens breitet, raubt den Männern die Herzen.

Pippa: Das ist ja dann gut.

Nanna: Wenn die Zeremonien gebührend erledigt sind, wird der Herr, mit dem du die Nacht zu schlafen hast, zuallererst dich an seiner Seite niedersitzen lassen, und wenn er dich an der Hand zu deinem Platze führt, wird er auch mir einige Freundlichkeiten sagen. Ich aber werde, um die Aufmerksamkeit aller Gäste auf dein Gesicht zu lenken, fortwährend mit den Augen an deinem Antlitz hängen, als ob ich ganz betäubt sei ob deinen Schönheiten. Und da wird er denn gar bald sagen: »Madonna, Eure Mutter hat ganz recht, daß sie Euch anbetet, denn andere Frauen bekommen Kinder, sie aber hat einen Engel zur Welt gebracht?« Und sollte er etwa, nachdem er solche Worte gesprochen hat, sich zu dir neigen, um dich aufs Auge oder auf die Stirn zu küssen, so wende dich sanft ihm zu und stoße einen Seufzer aus, den aber kaum nur er alleine hören kann. Und wenn es dir möglich wäre, dabei das Erröten hervorzubringen, wovon wir vorhin sprachen, so hättest du ihn sofort an deiner Angel.

Pippa: Wirklich, ja?

Nanna: Aber ganz gewiß!

Pippa: Warum?

Nanna: Darum, weil der Seufzer und das gleichzeitige Erröten Zeichen der Verliebtheit sind, und ein Beweis, daß du dich in ihn zu vergaffen beginnst. Und da alle anderen sich natürlich zurückhalten, so wird der Herr, der die nächste Nacht den Genuß von dir haben soll, anfangen sich einzubilden, du seist ganz verschossen in ihn, und das wird er um so leichter glauben, je mehr du ihn mit deinen Blicken verfolgst. Während er nun fortwährend mit dir plaudert, wird er dich ganz allmählich in eine Ecke ziehen, und da wird er mit den süßesten und allergewähltesten Worten das Gespräch auf Liebe und solchen Firlefanz bringen. Da mußt du ihm denn treffend zu antworten wissen; gib dir rechte Mühe, mit sanfter Stimme ein paar Worte zu sagen, die nicht nach dem Puff riechen. Inzwischen wird die Gesellschaft, die derweile mit mir gescherzt hat, sich an dich heranmachen wie Nattern, die sich durchs Gras heranschlängeln, und lachend und witzelnd wird dir der eine dies, der andere jenes sagen. Da paß dann gut auf, und magst du nun sprechen oder magst du schweigen — das Sprechen und das Schweigen muß in deinem Munde schön erscheinen. Wenn du dich zu diesem oder zu jenem zu wenden hast, so sieh ihn nicht mit geilen Blicken an, sondern so, wie Mönche keusche und ihren Gelübden gehorsame Namen ansehen. Und nur den Freund, der dir Tisch und Bett gibt, beglücke mit sehnsüchtigen Blicken und schmachtenden Worten. Und wenn du lachen willst, so brülle nicht nach Hurenart laut auf, wobei du die Kinnbacken auseinander reißest, daß man dir bis hinten in den Rachen hinuntersieht – nein! sondern lache so, daß kein einziger Zug deines Gesichtes dadurch verunschönt wird. Im Gegenteil, verschöne es durch ein Lächeln, durch einen Augenaufschlag, und laß lieber einen Zahn fallen als ein häßliches Wort. Schwöre nicht bei Gott oder bei den Heiligen, versteife dich nicht darauf, etwas zu bestreiten: »Nein, so ist's nicht gewesen.« Erzürne dich nicht über Bemerkungen, wodurch diese Art Herren unsereins so gern ein bißchen in Harnisch bringen. Denn eine, die jeden Tag mit einem andern Hochzeit feiert, die muß ihren Schmuck nicht in samtenen Kleidern sehen, sondern im liebenswürdigen Wesen, und muß in jeder Gebärde die Dame hervorkehren. Und wenn du dann zu Tisch gerufen wirst, so sei immer die erste, dir die Hände zu waschen und an deinen Platz zu gehen; setze dich aber erst, nachdem es dir mehr als einmal gesagt ist, denn wer sich selbst erniedrigt, der wird erhöhet werden.

Pippa: So werd ich's machen.

Nanna: Wenn dann der Salat kommt, so stürze dich nicht darauf wie die Kuh aufs Heu, sondern nimm ganz kleinwinzige Bißchen und mache dir kaum die Fingerspitzen fettig, indem du sie zum Munde führst. Und den Mund senke nicht auf den Tisch nieder, wie wenn du das Essen damit vom Teller schnappen wolltest, wie man's so manche Schlumpe machen sieht, sondern sitze voller Majestät da und strecke mit anmutiger Gebärde die Hände aus; wenn du zu trinken wünschest, so nicke dem aufwartenden Lakaien zu; wenn aber die Karaffen auf der Tafel stehen, so bediene dich selber. Und fülle nicht das Glas bis zum Rande, sondern nur ein bißchen höher als bis zur Hälfte, setze voll Anmut die Lippen an und trinke niemals ganz aus.

Pippa: Wenn ich nun aber großen Durst habe?

Nanna: Einerlei. Trinke trotzdem wenig, damit man dich nicht als Schlemmerin und Trunkenboldin verschreit. Kaue auch nicht die Speisen mit offenem Munde, indem du auf widerwärtige und unappetitliche Art dabei schmatzest, sondern mach es so, daß du kaum zu essen scheinst. Während du issest, sprich sowenig wie möglich, und wenn dich nicht etwa andere fragen, so fange nicht von selber an zu schwatzen. Und wenn einer der Gäste, der die Speisen vorlegt, dir einen Hühnerflügel, ein Stück Kapaunen- oder Rebhuhnbrust anbietet, so nimm es mit einer Verbeugung, sieh aber dabei deinen Liebhaber an; dadurch bittest du ihn um Erlaubnis, ohne ausdrücklich ein Wort zu sagen. Und wenn du mit dem Essen fertig bist, so rülpse nicht – um Gottes willen!

Pippa: Wenn mir nun aber doch mal unversehens ein Rülpser entführe?

Nanna: Brrr! Da würden nicht nur die Ekligen, es würde die Ekelhaftigkeit selber Ekel vor dir haben.

Pippa: Wenn ich nun alle Eure Lehren und noch mehr beobachte, wie wird's dann weiter kommen?

Nanna: Da wirst du den Ruf erlangen, die tüchtigste und anmutigste Kurtisane von der Welt zu sein, und ein jeder wird sagen, wenn er über dich mit einem anderen spricht: »Verlaßt Euch drauf, der Schatten von Signora Pippas alten Schuhen ist mehr wert als dieunddie und jeneundjene in Schuhen und Kleidern!« Und alle, die dich kennen, werden deine Sklaven bleiben und werden überall von deinen Vorzügen predigen; und du wirst ebenso begehrt sein, wie man die andern flieht, die sich wie Spitzbübinnen und Landstreicherinnen benehmen. Und denke, wie stolz ich dann auf dich sein werde!

Pippa: Was muß ich denn machen, wenn wir mit dem Essen fertig sind?

Nanna: Unterhalte dich ein kleines Weilchen mit deinem Nachbarn; verlaß aber ja nicht den Platz neben deinem Anbeter. Wenn's Bettzeit ist, läßt du mich nach Hause gehen, du selbst aber sagst respektvoll: »Gute Nacht, meine Herrschaften!« Und hüte dich mehr als vorm Feuer, daß man dich nicht pissen sieht oder hört, auch geh nicht auf den Abtritt und benutze nicht dein Taschentuch, um dich abzuwischen; denn alle diese Sachen würden

den Hühnern übel machen, die doch an jedem Scheißdreck herumpicken. Wenn du aber mit ihm hinter verschlossener Tür in der Kammer bist, sieh dich fleißig um, ob du nicht irgendein Handtuch oder ein Häubchen entdeckst, das dir passen könnte; bitte nicht darum, aber lobe die Handtücher und die Häubchen.

Pippa: Zu welchem Zweck?

Nanna: Damit der Hund, der auf die Hündin will, dir das eine oder andere zum Geschenk anbiete.

Pippa: Und wenn er sie mir anbietet?

Nanna: Drück ihm 'nen Kuß auf, mit 'nem kleinen Zungenschlag, und nimm an.

Pippa: Das werde ich machen.

Nanna: Während er sich dann mit Kuriergeschwindigkeit zu Bette begibt, ziehst du dich ganz sachte aus und murmelst dabei einige Worte zu dir selber, die du noch ab und zu mit einem Seufzer untermischst; auf diese Weise kann er nicht umhin, dich zu fragen, sobald du dich ihm zur Seite legst: »Worüber seufzet Ihr denn, liebe Seele?« Dann presse noch einen Seufzer hervor und sage: »Euer Gnaden haben mich behext!« Und mit diesen Worten umschlinge ihn ganz fest und küsse ihn immerzu, so stark du nur kannst, dann schlag ein Kreuz, wie wenn du's beim Eintreten ins Zimmer vergessen hättest, und wenn du kein Gebet oder sonst was Ähnliches sagen willst, so bewege ein bißchen die Lippen, damit es so aussieht, als ob du betest wie eine, die das in allen Lebenslagen zu tun gewöhnt ist. Nun wird der Kerl, der in seinem Bett schon auf dich wartete wie einer, der mit einem Wolfshunger sich zu Tische gesetzt hat, ehe noch Brot und Wein aufgetragen sind – nun wird der Kerl, sage ich, dir mit den Händen die Brüste streichen und wird sein Gesicht in sie vergraben, wie wenn er daraus trinken wollte, dann wird er den Bauch tätscheln und so allmählich sich zu deinem Mäuschen herunterarbeiten; und nachdem er sie ein bißchen befingert hat, wird er anfangen, dir die Lenden zu betätscheln, und dann kommen die Hinterbäckchen dran, die eigentlich unser Unglück sind, denn sie ziehen unwiderstehlich die Hand an, sag ich dir; und nachdem er sie ein bißchen beklopft hat, wird er dir sein Knie zwischen die Beine schieben, um zu versuchen, ob du dich nicht umdrehst; indessen wird er es dieses erste Mal nicht wagen, dich geradezu darum zu bitten. Da bleibe mir aber fest, und sollte er etwa anfangen zu winseln und das Püppchen zu spielen und sonderbare Manieren zu zeigen, so dreh dich auf keinen Fall um.

Pippa: Und wenn er mir nun Gewalt antut?

Nanna: Man tut keiner Gewalt an, Närrin!

Pippa: Aber was ist denn weiter dabei, ob er mir's ein bißchen weiter vorne oder hinten macht?

Nanna: Äffchen! Du sprichst wirklich wie 'ne Närrin, die du bist. Sag mir schnell, was ist mehr wert: ein Julius oder ein Dukaten?

Pippa: Jetzt versteh ich: Das Silber ist nicht soviel wert wie das Gold.

Nanna: Richtig! Und jetzt fällt mir ein famoser Streich ein.

Pippa: Sagt ihn mir doch!

Nanna: Ein wirklich famoser, ein ganz ausgezeichnet famoser!

Pippa: Bitte, bitte, Mamachen!

Nanna: Wenn er dir also das linke Bein zwischen die Schenkel schiebt, um dich zu seiner Bequemlichkeit umzudrehen, so befühle ihn, ob er nicht irgendwelche Kettchen am Arm oder Ringe am Finger hat; und während der Brummer um dich herumschnurrt wegen der Versuchung, in die ihn der Duft des Bratens bringt, sieh zu, ob er sich seine Sachen wegnehmen läßt. Wenn ja, so laß ihn machen; sobald du ihm sein Geschmeide abgenommen hast, wirst du ihn ganz leicht nach allen Regeln der Kunst anführen; läßt er sich aber nichts wegnehmen, so sage ihm geradeheraus: »Wie? Euer Gnaden befassen sich mit solchen häßlichen Sachen von hinten?« Wenn du das sagst, wird er's auf vernünftige Art mit dir machen, und wenn er auf dich hinaufgeklettert ist, dann tu deine Schuldigkeit, meine Tochter, tu deine Schuldigkeit, Pippa; denn die Liebkosungen, mit denen wir den Ringelstechern helfen, daß sie fertig werden, die sind ihr Ruin; die Süßigkeit, die wir ihnen verabfolgen, bringt sie um. Und dann: eine Hure, die damit gut umzugehen weiß, die ist wie ein Posamentierer, der seine Waren teuer verkauft; man kann wirklich nur einem Posamentenladen die Scherze, Spiele und Belustigungen vergleichen, die eine ausgelernte Hure verabfolgt.

Pippa: Was Ihr für Vergleiche macht!

Nanna: Nun, nimm nur den Posamentierer: Er hat Schnürsenkel,

Spiegel, Handschuhe, Kränze, Bänder, Fingerhüte, Steck- und Nähnadeln, Gürtel, Häubchen, Tressen, Seifen, wohlriechende Öle, zyprischen Puder, falsche Haare und hunderttausend Sachen sonst noch. So hat auch eine Hure auf ihrem Lager Worte, Gelächter, Küsse, Blicke. Aber das ist noch gar nichts: In ihren Händen und in ihrer Dose hat sie alle Rubinen, Perlen, Diamanten, Smaragden und alle Melodie der ganzen Welt.

Pippa: Wieso denn?

Nanna: Wieso! Ha! Es gibt keinen Mann, der sich nicht im siebenten Himmel dünkt, wenn seine geliebte Freundin im Augenblick, wo er ihr das Züngelchen zwischen die Lippen schiebt, ihm nach dem Ding greift, es zwei- oder dreimal zusammenpreßt, bis es sich aufbäumt, und, sobald es sich bäumt, es ein bißchen schüttelt. Dann läßt sie das tatenlustige Ding fahren, wartet einen Augenblick und nimmt seine Oliven in ihre flache Hand und streichelt sie sachte. Hierauf tätschelt sie ihm den Popo, krabbelt ihm an den Haaren herum und fängt wieder an, ihn auf den Hintern zu klatschen, bis der Pint, ganz saftgeschwollen, aussieht wie einer, der sich übergeben möchte, aber nicht kann. Der Liebhaber aber, dem solche Liebkosungen widerfahren, steht da voll Stolz wie ein Abt und würde sein Vergnügen nicht mit dem einer gekitzelten Sau vertauschen; und wenn er gar sieht, daß sie, die er zu reiten gedachte, sich als Reiterin auf ihn schwingt, da haucht er vor süßer Wollust die Seele aus.

Pippa: Was höre ich!

Nanna: Höre nur zu und lerne deine Ware verkaufen! Auf mein Wort, Pippa, wenn eine, die ihren Liebsten besteigt, auch nur ein Teilchen macht von dem, was ich dir sagen werde, so kann sie ihm das Geld viel besser aus den Hosen holen, als alle Würfel und Karten die Spieler auszubeuteln vermögen.

Pippa: Das will ich gern glauben.

Nanna: Verlaß dich drauf.

Pippa: Wünscht Ihr, daß ich es mit dem, der mich bei sich im Bett hat, so mache, wie Ihr's eben beschrieben habt?

Nanna: Jawohl, mach es so!

Pippa: Was kann ich denn aber anfangen, wenn er einmal auf mir obendrauf ist?

Nanna: Als ob es an Mitteln fehlte, ihn wieder aus dem Sattel zu werfen!

Pippa: Beschreibt mir doch eins!

Nanna: Gern, hör nur zu: Während er dich walkt, weine, werde nachdenklich, bewege dich nicht, schweig ganz still. Und wenn er dich fragt, was du denn habest, so stöhne nur. Wenn du das tust, so kann er nicht anders, er muß innehalten und zu dir sagen: »Liebes Herz! Tu ich Euch weh? Habt Ihr Unlust an der Lust, deren ich genieße?« Und dann sagst du zu ihm: »Liebes Alterchen, ich möchte wohl ...« – »Was denn?« Da miaust du aber nur, und schließlich gibst du ihm halb mit Worten und halb durch Zeichen zu verstehen, du möchtest gern nach Art der Gianetta eine Lanze brechen.

Pippa: Ah! verlaßt Euch drauf: jetzt weiß ich schon, worauf Ihr hinauswollt.

Nanna: Wenn dir deine Phantasie eingibt, was du zu machen hast – aber so, wie ich gern möchte, daß du's machst –, so mach es dir in aller Gemächlichkeit bequem. Und wenn du bequem sitzest, so schlinge ihm die Arme um den Hals und gib ihm zehn Küsse hintereinander. Dann nimm seinen Stengel in die Hand und drück ihn so lange, bis er zuletzt ganz wild wird. Und wenn er ganz Feuer und Flamme ist, so schieb ihn in die Radnabe hinein, und presse dich, all, was du kannst, gegen ihn an, und dann bleib still. Nach einer Weile seufze, wie wenn du fertig werden solltest, und sage: »Wenn's mir kommt, laßt Ihr's auch kommen?« Der Hengst wird mit halberstickter Stimme antworten: »Ja, meine Hoffnung!« Dann tust du, wie wenn sein Pflock 'ne Handspeiche wäre und dein Loch ein Rad, an der Stelle, wo es sich dreht, und beginnst dich herumzudrehen. Und wenn du ihm anmerkst, daß es ihm kommt, so halt ihn zurück und sage: »Noch nicht, mein Leben!« und stoß ihm deine Zunge in den Mund, nimm dich aber dabei in acht, daß der Schlüssel nicht aus dem Schlüsselloch herausschlüpft; dann stoße zu, zieh dich zurück, stoß wieder jetzt leise, jetzt stark, greif ihn an mit Hieb und Stoß und bearbeite ihn wie eine rechte Paladine. Um es kurz zu machen: Ich möchte, daß du bei dieser Arbeit alle jenen kleinen Körperverdrehungen machst, die man an einem Ballschläger beobachtet:

Mit dem Ball in der Hand bewegt er kunstvoll den Oberkörper hin und her, tut, als ob er bald hierhin, bald dorthin laufen wolle, und benimmt sich die ganze Zeit über so listig, daß die Gegenspieler ihn nicht hindern können, schließlich den Ball nach seinem Belieben zu schlagen.

Pippa: Ihr ermahnt mich zuerst zu anständigem Benehmen, und nachher bringt Ihr mir die maßlosesten Rüdigkeiten bei!

Nanna: Dabei bleibe ich vollkommen bei meiner Aufgabe, denn ich wünsche, daß du im Bette eine ebenso vollkommene Hure seist wie anderswo eine feinerzogene Dame. Gib dir Mühe, daß sich keine Liebkosung erdenken läßt, die du nicht deinem Bettgenossen machen würdest; sei immer aufmerksam und bei der Hand und kratze ihn, wo's ihn juckt. Hahaha!

Pippa: Worüber lacht Ihr?

Nanna: Ich lache über die Ausrede, die die armen Leute, denen der Pinsel nicht steht, sich ausgedacht haben.

Pippa: Was ist das für 'ne Ausrede?

Nanna: Sie schieben die Schuld darauf, sie hätten *zuviel* geliebt! Und ganz gewiß, wenn sie diese Ausrede nicht hätten, so wären sie noch mehr in Verlegenheit als die Ärzte, wenn der Kranke ihnen auf ihre Frage nach dem Stuhlgang antwortet, er habe Öffnung gehabt; denn da wissen sie nicht, was sie ihm sonst noch für eine Medizin geben könnten, und stehen ganz belämmert da – gerade wie die Alten, die auf uns raufklettern und uns mit falscher Liebesmünze und langen Schnäcken bezahlen.

Pippa: Ich wollte Euch gerade fragen, wie ich mich zu benehmen habe, wenn ich einen sabbernden Hosenfurzer auf mir habe, der von oben und von unten stinkt; und wie ich mich von so einem anpesten lassen muß, wenn ich ihn 'ne ganze Nacht auf dem Halse habe. Meine Base erzählt mir, die Soundso sei bei solcher Gelegenheit ganz ohnmächtig geworden.

Nanna: Kindchen, der Duft der Taler ist so süß, daß der Gestank eines üblen Atems oder schweißiger Füße gar nicht in unsere Nasen dringt; es ist schlimmer, eine Ohrfeige zu bekommen, als den Abtritt zu ertragen, der aus dem Munde eines Zahlungsfähigen stinkt, denn ein solcher zahlt für die Geduld, womit wir seine Mängel ertragen, ihr Gewicht in Gold. Und höre mir recht aufmerksam zu, denn ich will dir erzählen, wie du dich mit all diesen Musico musicorum zu benehmen hast; wenn du dich in die Naturen der Menschen finden und sie mit Geduld ertragen kannst, so kannst du über ihr Hab und Gut freier schalten und walten, als mein Wille für dich und zugleich für mich maßgebend ist.

Pippa: Gebt mir noch einige Einzelheiten über diese Alten!

Nanna: Du sitzest also zu Tische mit diesen Lustgreisen, die einen guten Willen, aber kümmerliches Beinwerk haben. Pippa! Da sind die Speisen im Überfluß, die Weine, wie sich's gehört, und aufgeschnitten wird in herrschaftlicher Weise – ja, wenn man sie so prahlen hört, da möchte man sagen: ›Diese reiten ihre fünfzehn Meilen in der Stunde.‹ Wenn ihre Heldentaten im Bett denen entsprächen, die sie gegen Fasanen und Malvasier verrichten, so könnten sie auf Held Roland scheißen. Und wenn sie ihre Freundinnen beim Stemmen zu befriedigen wüßten wie bei Tische, wo sie ihnen gute Bissen in den Mund stopfen, dann Heil ihnen! Diese lüsternen Prahlhänse setzen all ihre Hoffnungen auf Pfeffer, Trüffeln, Artischocken und auf gewisse hitzige Reizmittel, die aus Frankreich kommen, und schlucken solches Zeug in Mengen hinunter, wie ein Bauer sich mit Trauben stopft. Und weil sie die Austern hinunterschlucken, ohne sie zu kauen, bilden sie sich ein, sie könnten noch Mirakel vollbringen. Bei solchen Mahlzeiten kannst zu ziemlich ungeniert essen.

Pippa: Warum?

Nanna: Weil sie ihre Lust daran haben werden, dich zu päppeln, wie man ein Kleinchen päppelt. Wenn sie dich mit einem Riesenappetit essen sehen, freuen sie sich wie ein Pferd, wenn's den Pfiff des Reitknechts hört, der es zur Tränke führt. Außerdem hassen die Alten es, wenn ein Mädchen sich benimmt wie 'ne junge Frau vor der Brautnacht.

Pippa: Dann kann ich mich also, wenn ich mit solchen alten Herren speise, für die vorhin besprochenen Zimperlichkeiten schadlos halten!

Nanna: Beim Kreuz unseres Herrgotts, du hast mich begriffen! Und wenn du weiter solche Fortschritte machst, werden die anderen Huren lange Gesichter machen wie der Pfarrer, wenn nichts im Klingelbeutel ist. Ich hatte vergessen, dir zu sagen: Wenn du mit Alten zu Tische sitzest, darfst du dir nicht die Zähne mit der Serviette putzen und sie dir auch nicht mit klarem Wasser spülen, wie du's tun würdest, wenn du mit jungen Leuten speisest. Denn sie könnten darob empfindlich sein und zueinander sagen: »Die da macht sich wohl über unsere wackligen Zähne lustig, die wir künstlich mit Wachs im Munde befestigt haben!«

Pippa: Gerade werde ich sie mir putzen, ihnen zum Schabernack!

Nanna: Keine Geschichten!

Pippa: Nu, nu! Ich werde sie mir also nicht putzen.

Nanna: Dagegen kannst du sie dir wohl mit einem Rosmarinstengelchen stochern — jedoch heimlich.

Pippa: Wie wird's nun, wenn ich mit dem Alten zu Bett gehe?

Nanna: Hahaha! Ich kann mir das Lachen nicht verhalten, weil sie nie vergessen dürfen, vorher auf den Lokus zu gehen (auf den du, wie ich dir gesagt habe, niemals gehen darfst, wenn du bei einem solchen Herrn zu Besuch bist). Oh, wie sie sich da drehen und winden, und wie sie kanonieren! So stark bläst kein Schmiedeblasebalg. Und während sie ihren After strapazieren, um ihren Dreckpfropfen loszuwerden, halten sie in der Hand ein Tütlein mit Lakritzenstangen, um ihren Husten zu besänftigen, der sie martert. Und das ist wahr, wenn sie ausgezogen sind und im bloßen Wams dastehen, da sind sie reizend anzusehen. Sie erinnern sich ihrer Jugend wie Esel und Eselinnen der grünen Kräuter, und sie haben mehr Appetit denn je. Und während sie die Nymphe in ihre Arme pressen, umschmeicheln sie sie mit süßen Reden von einer Länge, daß ich sie dir gar nicht alle sagen kann; diese Plappereien sind ihr Zuckerzeug; man denkt dabei an das Gefasel der Ammen, die mit ihrem Kindchen lauter Zeug schwatzen, das es gar nicht versteht. Sie drücken dir den Sperber in die Faust, saugen dir an den Brüsten, steigen dir auf den Rücken, wie wenn du ein Pferd wärst, und lassen dich bald so, bald so drehen. Du mußt sie dann unter den Armen, unten am Bauch krabbeln — und sei recht eifrig dabei; und sowie du ihm Gefühle beigebracht hast, pack ihn wieder und schüttele ihn auf allerlei schnurrige Arten, bis er zuletzt, ein bißchen kümmerlich zwar, aber eben so gut es gehen will, das Köpfchen erhebt.

Pippa: Steht er den Alten denn auch noch?

Nanna: Ja, manchmal; aber sie lassen ihn bald wieder hängen. Und wenn du deinen Vater gesehen hättest – Ehre seinem Andenken! –, wie er in seiner letzten Krankheit sich bemühte, sich im Bett aufrecht zu setzen, und dann plötzlich starr und kalt wieder zurücksank – da hättest du so ein Ding eines alten Herrn gesehen. Es sieht aus wie ein Regenwurm, der sich zusammenzieht und sich wieder ausdehnt und auf diese Weise sich vorwärts bewegt.

Pippa: Mama, Ihr habt mich jetzt in allem unterrichtet, was ich machen muß, wenn ich obendrauf bin, und all die kleinen Käkkereien, die dazu gehören, aber noch nicht, wie ich fertig werden muß.

Nanna: Du brauchst nichts mehr zu sagen, ich versteh dich schon! Und es erfüllt mich ein solcher Stolz über den Eifer, womit du bei der Sache bist, daß ich wie in cimbalis bin. Ich kehre also nochmals um und sage dir, was du gern von mir hören möchtest. Du möchtest also wissen, wozu alle die kleinen niedlichen Sachen dienen, die du zu machen hast, wenn du auf dem Begattenden – wie man zu sagen pflegt – obendrauf bist?

Pippa: Ihr habt den Finger im rechten Loch, Mamachen.

Nanna: Erinnerst du dich denn nicht, Pippa, wie's der Zoppino macht, wenn er auf seiner Jahrmarktsbank die Legende vom Campriano verkauft?

Pippa: Des Zoppino erinnere ich mich sehr gut, denn wenn er auf seinem Bänkchen singt, läuft ja alle Welt herbei, um ihm zuzuhören.

Nanna: Den meine ich. Erinnerst du dich noch, wie du lachtest, als wir bei meinem Gevatter Piero waren? Da warst du mit seiner Luchina und mit seiner Lucietta hin, um den Zoppino zu hören.

Pippa: Ja, gewiß!

Nanna: Du weißt, der Zoppino erzählt in seinem Lied, wie Campriano seinem Esel drei Pfund Heller in den Hintern gesteckt hatte und mit ihm nach Siena zog. Dort verkaufte er ihn für hundert Dukaten an zwei Kaufleute, denen er weismachte, sein Esel schisse Geld.

Pippa: Hahaha!

Nanna: Er erzählte seine Geschichte bis zur Hälfte. Als er aber die versammelte Menge recht lüstern gemacht hatte, da kam ihm auf einmal was anderes in den Sinn, und ehe er den Schluß vortrug, verkaufte er erst tausend Kleinigkeiten aller Arten.

Pippa: Ich verstehe noch nicht recht ...

Nanna: Weißt du auch, Stütze und Stab meines Alters, wie es dir ergehen wird, wenn du mich ruhig ausreden läßt?

Pippa: Nun, wie denn?

Nanna: Wie einem, der einen Mann tauchen und unterm Wasser schwimmen sieht: Er wird ihn immer an einer Stelle zum Vorschein kommen sehen, wo er ihn nicht erwartet hatte ... Wenn du also durch deine Bewegungen deinen Alten in süße Wollust versetzt hast, so daß er soweit ist, die Nachtschnecke auszuspucken, dann halte plötzlich inne und sag: »Ich kann nicht mehr!« Und laß ihn bitten und betteln, soviel er mag – sag immer nur: »Ich kann nicht!«

Pippa: Ich werde sogar sagen: »Und ich will auch nicht.«

Nanna: Sag es nur. Denn wenn du's sagst, wird er so rasend werden wie ein von glühendem Durst verzehrter Fieberkranker, der einen Eimer frischen Wassers, welchen ihm sein Diener aus Mitleid aus dem Brunnen gezogen und ihm hopp! hopp! gebracht hatte, sich aus den Händen gerissen sieht. Sobald du Miene machst, vom Pferde steigen zu wollen, wird er dir große Dinge versprechen. Du aber weigerst dich. Zum Schluß wird er sich auf seine Börse stürzen und wird dir alles geben, was drin war. Du tust so, als ob du's nicht haben wollest, streckst aber zugleich die Hand aus, um es doch zu nehmen. Denn dieses: ›Ich will nicht, und ich kann nicht!‹ mitten in der besten Arbeit, das entspricht genau dem Verfahren des Zoppino, der seine Zuhörerschaft, die sich vor Lachen den Bauch hält, plötzlich mit offenen Mäulern stehenläßt und seine Geschichte vom Campriano nicht zu Ende erzählt, sondern erst seine Pillen und Pülverchen verkauft.

Pippa: So! Das hätt ich also glücklich herausgekriegt! Nun wieder zu meinem Alten.

Nanna: Ja so, der Alte! Der schwitzt und schnauft wie ein rechter Lapparsch und wird dir nach Noten zusetzen, um dir's zu machen – er wird aber nichts fertigkriegen. Da mußt du denn allerlei kleine Scherze treiben. Schmiege deinen Kopf an seine Brust und sag zu ihm: »Wer ist Euer Puttchen? Wer ist Euer Blut und Leben? Und wer ist Euer Töchterchen? Papa, Paperl, Papachen, bin ich nicht Euer kleines Herzblättchen?« Dabei streichle ihm jede Warze und jede Runzel, die du an seinem Leibe findest, und sage dabei: »Killekille!« Sing ihm auch leise ein Wiegenlied, indem du ihn wie ein Wickelkind hin- und herwiegst. Ich wette, er wird sofort tun, wie wenn er ein kleines Kind wäre, und wird dich ›Mama, Mammerl, Mamachen!‹ nennen. Wenn er soweit ist, greif ihn tüchtig an und taste zugleich, ob sein Geldbeutel unter dem Kopfkissen liegt; wenn er da ist, laß nicht einen Heller drin. Ist er nicht da, so sorge dafür, daß du ihn trotzdem bekommst. Diese Kunstgriffe sind unerläßlich, denn diese Geizhälse destillieren einen Pfennig vier Stunden lang, wenn sie kein Amüsement dafür haben. Und wenn sie dir Kleider oder Halsketten versprechen, so laß nicht eher von ihrer Pelle ab, als bis das Geschenk in Ordnung ist. Nachher mag er's dir mit dem Finger, oder was ihm sonst dazu geeignet scheint, machen; er mag ihn dir in die Sonnen- oder in die Schattenseite hineinstecken, dafür würde ich dir keine Pistazie geben.

Pippa: Verlaßt Euch auf mich!

Nanna: Noch eins: Sie sind eifersüchtig, setzen sich sofort aufs hohe Pferd und sind zu Handgreiflichkeiten ebenso geneigt wie zu Flüchen und groben Worten. Aber wenn du mit ihnen umzuspringen weißt, so wird es nicht nur Geschenke regnen, sondern du wirst dich auch über sie amüsieren wie im Himmel. Es ist mir, als sähe ich so einen hier leibhaftig vor mir stehen: klappriger als der Urgroßvater des Antichrist, in Hosen und Wams aus ganz zerschlitztem Brokat, eine Feder auf seinem goldgestickten Samtbarett mit einer diamantenbesetzten goldenen Agraffe, mit seinem Bart von Kapellensilber, seinen zittrigen Händen und Beinen und dem Gesicht voller Runzeln. Der wackelte den ganzen Tag bei meinem Hause vorbei, pfeifend, knurrend und schnurrend wie ein Kater im Januar. Vor Lachen pinkle ich noch jetzt ins Hemd, wenn ich an einen Possen denke, auf den der Tausendste nicht hineingefallen wäre.

Pippa: Bitte, erzählt mir die Geschichte!

Nanna: Ein Halunke von Scharlatan machte ihm weis, er besäße eine Bart- und Haarfarbe, die sei so schwarz, so pechkohlrabenschwarz, daß im Vergleich zu ihr die Teufel weiß wären. Aber er verlangte einen so teuren Preis dafür, daß es eine hübsche Anzahl Tage dauerte, bis der Alte ihm Gehör schenkte. Endlich aber dünkte ihm doch, sein Zwiebelkopf und sein Wergbart täten ihm Abbruch in der Liebe, und so zählte er dem Scharlatan fünfundzwanzig bare venezianische Dukaten auf. Dieser nun hatte ihn entweder betrogen, oder er wollte sich einen Spaß mit ihm machen – genug, er färbte ihm Haare und Bart mit dem schönsten Türkisblau, womit man je einem Berber- oder Türkenpferd den Schwanz gefärbt hat; und so mußte sich denn der Alte bis auf die Schwarte rasieren lassen. Eine gute Zeit lang war er das Gespött der ganzen Stadt; und man lacht sogar noch jetzt über die Geschichte.

Pippa: Hahaha! Mich dünkt, ich seh ihn vor mir. Alter Narr! Aber wenn mir mal einer in die Klauen fällt, den will ich zu meinem Hanswurst machen!

Nanna: Ganz im Gegenteil! Hänsele ihn unter keinen Umständen, und besonders nicht, wenn Gesellschaft dabei ist – denn das Alter soll man ehren. Du würdest für eine verruchte Halunkin gelten, wenn du dich über einen solchen Mann lustig machtest. Ich wünsche im Gegenteil, daß du dich stellst, als ob du ihn tief im Herzen tragest, daß du dich bei jedem Wörtchen, das er dir sagt, tief verneigst. Das wird dazu führen, daß andere Alte in der Liebe zu dir sich wieder jung fühlen werden; und wenn du dir durchaus mal vor Lachen den Bauch halten willst, dann müssen wir ganz unter uns sein.

Pippa: Wenn's Vorteil bringt, so werde ich's also machen.

Nanna: Nun kommen wir zu den großen Herren.

Pippa: Ja, bitte!

Nanna: Also ein großer Herr läßt dich kommen, und ich schicke dich zu ihm oder du gehst selber hin – gleichviel. Da mußt du dich dann fein benehmen, denn sie sind an den Verkehr mit großen Damen gewöhnt und füttern sich mehr mit Gesprächen und Geschwätz als mit was anderem. Da mußt du zu sprechen und passende Antworten zu geben wissen und nicht lauter Kraut und Rüben plappern, denn nicht bloß Seine Gnaden, sondern sogar seine Lakaien würden sonst hinter deinem Rücken Gesichter schneiden. Benimm dich da nicht wie 'ne dumme Gans und auch nicht wie 'ne Schneppe, sondern hübsch anständig. Und wenn musiziert oder gesungen wird, so sperr die Ohren auf und höre andächtig dem Spiel oder Gesang zu und lobe die Musiker oder Sänger, auch wenn du kein Vergnügen daran gehabt hast und nichts davon verstehst. Und sollte irgendein Dichter da sein, so sprich ihn mit heiterem Gesicht an, und stelle dich, als ob du auf ihn noch höhere Stücke hieltest – ja, wahrhaftig! – als auf den Herrn des Hauses selber.

Pippa: Wozu denn?

Nanna: Aus einem sehr guten Grunde!

Pippa: Und der ist, bitte?

Nanna: Weil es dir gerade noch fehlen könnte, daß ein Dichter Soundso Bücher gegen dich machte und überall die schnöden Verleumdungen verbreitete, die sie uns Frauen anzuhängen wissen. Das wäre 'ne schöne Geschichte, wenn dein Leben im Druck erschiene, wie ein gewisser Tagedieb das meinige hat drucken lassen, als ob keine schlimmeren Huren auf der Welt wären als ich! Wenn man erst die Aufführung von – ich weiß schon, wen ich meine! – hernehmen wollte, da würde die Sonne sich verfinstern; und was für ein Geheul hat man ob meinen Geschichten erhoben.[1] Der eine tadelt, was ich über die Nonnen gesagt habe, und ruft: »Es ist alles erlogen!« und merkt gar nicht, daß ich diese Geschichten der Antonia nur erzählte, um sie lachen zu machen, und nicht, um ihnen etwas Böses nachzusagen, wie ich's vielleicht hätte tun können. Aber die Welt ist ja nicht mehr dieselbe; und für eine, die mit dem Leben Bescheid weiß, gibt's keine Möglichkeit mehr, hier zu existieren!

Pippa: Rege dich doch nicht auf!

Nanna: Hör mal zu, Pippa: Ich bin Nonne gewesen und habe das Kloster verlassen, weil ich's verlassen habe. Und wenn ich die

1. Dieser zweite Teil der Gespräche wurde zwei Jahre nach dem ersten veröffentlicht; auf den folgenden Seiten beschäftigt sich Aretino mit einigen Kritiken, die gegen sein Werk laut geworden waren.

Antonia darüber hätte aufklären wollen, wie die Nonnen sich verheiraten, wie sie ihren Mönch ›mein süßer Freund‹ nennen und wie der Mönch seine Nonne ›meine süße Freundin‹ nennt — da hätte ich gar viel zu sagen gehabt. Wenn ich bloß die Sachen vorbringen wollte, die diese Suppenschlucker ihren ›süßen Freundinnen‹ erzählen, wenn sie irgendwo zum Predigen gewesen sind und wieder heimkommen — da würden sich die heiligen Wundenmale entsetzen! Ich weiß recht wohl, wie sie's mit den Witwen treiben, die mit ihnen von Hemden und Schnupftüchern, von Essen und Trinken, schlüpfrigen Liebesgeschichten und allem möglichen Kuddelmuddel sich unterhalten. Eine große Dame war ganz gewiß die Geliebte von dem Mönch, der wie ein Drache auf der Kanzel tobte und alle Anwesenden in den Pfuhl der Hölle verdammte, als ihm plötzlich aus dem Ärmel sein Barett unter die Menge fiel, die mit aufgesperrten Mäulern ihm zuhörte. Da sah man denn die verborgenen Stickereien: Mitten im Futter war ein Herz aus fleischfarbener Seide aufgenäht, das brannte in einem Feuer aus roter Seide, und rundherum am Rande standen in schwarzen Buchstaben die Worte:

›Die Liebe braucht Treue, der Esel Prügel!‹

Die Anwesenden brachen in ein lautes Gelächter aus und bewahrten das Barett als Reliquie auf. Was ich über die Gemälde von der heiligen Nafissa und vom Massetto aus Lamporecchio sagte, da ist kein wahres Wort daran. Im Gegenteil, die Wahrheit ist, daß man statt solcher Bilder an den Wänden Bußhemden, Riemenpeitschen mit Nägeln, scharfe Kämme, Sandalen mit ledernen Riemen, Wurzeln — als Zeichen der Fasten, die die Nonnen nicht halten —, Holzbecher, mit denen man jenen, die sich der Enthaltsamkeit ergeben, das Wasser zumißt, Totenköpfe, die an das Ende erinnern, Fesseln, Stricke, Handschellen, Geißeln aufgehängt sieht — lauter Dinge, die für den, der sie betrachtet, greulich anzusehen sind, aber nicht für die Sünderinnen und auch nicht für die Nonnen, die die Wand damit ausstaffiert haben.

Pippa: Ist's möglich, daß es soviel derartiges Zeug gibt?

Nanna: Oh, es gibt noch andere, die mir nur gerade nicht einfallen. Aber was hätten wohl gewisse Ignorantinnen, gewisse Scheißdreckbeschnupperinnen gesagt, wenn ich bekanntgegeben hätte, wie die Novizenmeisterin es merkt, wenn Schwester Crescentia und Schwester Gaudentia sich mit dem Hund zu schaffen machen? Diese Bande, die über jeden Sbirrenscheißdreck klatscht! Mögt ihr die Kränke kriegen! Ihr Klugschnäbel, ihr schwatzt ja sogar über die Sprechweise von Leuten, bei denen ihr in die Schule gehen solltet!

Pippa: Was? Kann man denn nicht sprechen, wie man Lust hat?

Nanna: Möchten sie ersticken, die Gänse, die immer nur an den Worten herumzuklauben wissen und 's einem aufmutzen, wenn man nach Landesbrauch spricht, während sie ihre Redensarten zuspitzen, wie man Radieschen zuspitzt. Und ich bitte dich, liebes Kind, geh nie von der Sprache ab, die dein Mütterchen dich gelehrt hat, und überlaß der Madrema und ihresgleichen die ›dergestaltermaßen‹ und ›allsogleich‹, und räume ihnen das Feld, wenn sie mit ihren neuen und tiefsinnigen Ausdrücken anfangen: »Geht, und seien die Himmel Euch günstig und die Stunden Euch geneigt!« Mögen sie uns auslachen, die wir frischweg nach der guten alten Art reden und hunderttausend ungesuchte und ungekünstelte Wörter gebrauchen.

Pippa: Die alten Krähen!

Nanna: Da hast du ihnen den rechten Namen gegeben, denn es ist ja schon rein gefährlich geworden, nur den Mund aufzutun. Aber ich bin ich, und ich schwätze, wie's mir paßt und nicht mit aufgeblasenen Backen, wie wenn ich Salzbrühe ausspucken wollte; ich gehe auf meinen eigenen zwei Beinen und nicht auf Kranichbeinen; ich bringe die Worte heraus, wie sie mir kommen, und hole sie nicht mit 'ner Gabel aus meinem Munde hervor. Denn es sind Worte und keine Zuckerplätzchen; und wenn ich spreche, sprech ich wie 'ne Frau und nicht wie 'ne Elster. Und darum ist und bleibt die Nanna die Nanna und die ganze Pedantenbande, die Verbi gratia scheißt und am Ei ein Haar bekrittelt, das gar nicht dran ist, die hat nicht soviel Ansehen, um sich den Arsch damit warm zu halten. Und um schließlich auf die Hauptsache zu kommen: Wer über alles kakelt, ohne selber was zu machen, der macht seinen Namen niemals weiter bekannt als in den nächsten Schenken; mein Name aber ist bis nach der Türkei gewandert. Also, ihr Dummköpfe, ich will meine Stoffe nach meinem Sinn weben und mustern, denn ich weiß, wo ich das Garn finde für die kommenden Stücke, und ich habe viele Garnknäuel, um die einzelnen Stücke zusammenzunähen und die Risse auszubessern.

Pippa: Die alten Schachteln werden in ein Wespennest stechen! Und sie werden sich zum Bersten aufblasen, wenn wir ihnen nicht eines Tages unter ihren Augen die Feige machen, weil sie sich immer über unser Sprechen aufhalten.

Nanna: Das werden wir ganz gewiß tun! Dabei fällt mir ein, erst vorgestern fragte mich eine Sibylle, eine Fee, eine Beffana, die den Papageien das Plappern beibringt, was die Wörter anfanare, trasandare, aschio, ghiribizzo, meriggie, trasecolo, mezza moscia, sdrucciola und razzola bedeuteten. Und während ich ihr die Hieroglyphen erklärte, kritzelte sie die Bedeutung sofort nieder; jetzt wird sie sich damit dicketun, wie wenn es Wörter von ihrem eigenen Gewächs wären. Aber ich, die ich schlecht und recht dahinlebe, ich zerbreche mir nicht den Kopf darüber, ob es dümmer ist, ›covelle‹ oder ›nulla‹ zu sagen.

Pippa: Bitte, laßt jetzt das Zanken auf die Wortklauberinnen, denn mir wird schon ganz schwindlig im Kopf, und schließlich werde ich noch all die Sachen, die für mich so wichtig sind, wieder vergessen.

Nanna: Da hast du recht. Ich hab nun mal solche Wut gegen diese Alphanen,[1] die immer bei ihren Schlingen auf der Lauer stehen, aus kümmerlichen Wörtlein Salate und pikante Saucen machen und mit der Hartnäckigkeit von Schaben und Zecken durchaus ihre Ansichten verfechten wollen. Dadurch bin ich vom Thema abgekommen, aber ich erinnere mich, ich sprach dir davon, daß du die Dichter, denen man meistens an den Tafeln der großen Herren begegnet, recht liebenswürdig behandeln müßtest.

Pippa: Ja, gerade dabei waren wir stehengeblieben.

Nanna: Mach ihnen ein freundliches Gesicht, unterhalte dich mit ihnen, und um dir den Anschein zu geben, als seist du eine Freundin der schönen Künste, bitte sie um ein Sonett, ein Strambotto,[2] ein Capitolo[3] oder einen anderen Unsinn von der Art. Und wenn

1. Alphana ist die Stute des Gradass im ›Orlando furioso‹.
2. ein Liebesgedicht, meistens in ottava rima.
3. ein Scherzgedicht in Terzinen.

sie's dir geben, so küsse sie und danke ihnen, wie wenn du Juwelen gekriegt hättest. Und sooft sie bei dir an die Tür klopfen, öffne ihnen stets; denn sie sind diskrete Leute, und wenn sie dich beschäftigt sehen, gehen sie von selber, ohne daß du ihnen einen Wink zu geben brauchst, und erst wenn die anderen abgefertigt sind, kommen sie wieder, um dir den Hof zu machen.

Pippa: Wenn ich nun aber trotzdem mal gerade keine Lust hätte, ihnen zu öffnen – was dann?

Nanna: Dann würden sie dich mit den allergrausamsten Schandschriften verdreschen, von denen man je gehört hat; denn ihnen bringt ja ohnehin schon jeder Mondwechsel das Gehirn in Unordnung, und dazu käme dann noch der Zorn, in den du sie versetzen würdest. Darum nimm dein Bein in acht! ... Aber ehe ich wieder auf den großen Herrn zu sprechen komme, bei dem du zu Besuch bist, will ich dir noch einen hübschen kleinen Streich beibringen, den ich eigentlich beim Kapitel von den alten Lustgreisen hätte erwähnen wollen, damals aber vergaß; wir Frauen sind ja nun mal so, daß wir niemals zwei Worte im Zusammenhang sagen können.

Pippa: Das muß ja ein ganz reizender Streich sein, da Ihr eigens noch mal umkehrt, um ihn mir zu erzählen.

Nanna: Haha! Also, Pippa, wenn nach dem Essen das Tischtuch abgenommen und das Konfekt über die ganze Tafel verstreut wird, dann sollst du dir fünf Zuckerplätzchen nehmen. Diese wirf in die Luft und sage: »Wenn sie ein schönes Kreuz machen, dann liebt mein liebes, süßes Alterchen nur mich allein; wenn aber das Kreuz krumm und schief ist, dann betet er die Soundso an.« Pippa! wenn das Kreuz gut wird, dann hebe die Hände zum Himmel empor, breite die Arme aus und umschlinge ihn ganz fest und gib ihm einen Kuß mit soviel Kinkerlitzchen, wie du dir nur ausdenken kannst: Du wirst sehen, er fällt hintenüber wie einer, der vor Hitze umkommt, sich auf eine Stelle hinwirft, wo ein kleines bißchen Luftzug ist. Wenn aber das Kreuz schlecht ausfällt, dann laß dir, wenn's irgend angeht, zwei Tränchen entwischen, dazu zwei künstliche Seufzer, steh von deinem Stuhl auf und geh ans Kaminfeuer. Tu dann so, als ob du mit der Feuerzange drin herumstocherst, um deinen Ärger zu verbergen. Sofort wird das

Mondkalb sich mit allerlei kindischen Faxen von hinten an dich ranschleichen und wird dir beim Leib und beim Blut schwören, daß er gewiß, aber ganz gewiß, dich liebe. Sobald ihr miteinander in der Kammer seid, sprich fortwährend von dem Kreuz und der anderen, bis er dir irgendwas schenkt. Und vorher laß ihn nicht in Ruhe.

Pippa: Ich werde mich nach Eurem Rat richten, Mama.

Nanna: Darauf vertraue ich bestimmt, mein Kind. Du bist also bei dem großen Herrn, der fortwährend mit seinen Liebesgeschichten prahlt und dir sagt: »Signora Soundso, Madame Dingsda, die Herzogin, die Königin und der Scheißdreck – möge er ihm in der Kehle steckenbleiben! – hat mir diese Schleife geschenkt; und diese andere ist von 'ner anderen!« Da lobst du mir die Schleifen und tust, als ob du ganz baff seist, daß nicht alle Schönen von Tunis um seinetwillen sich taufen lassen. Und während er von den Heldentaten anfängt, die er bei der Belagerung von Florenz und bei der Plünderung von Rom verübt hat, neige dich zu deinem Nachbarn und sag ihm, aber so, daß der Tölpel es hört: »Oh, was für ein schöner Herr! seine Grazie bringt mich ganz von Sinnen!« Er wird tun, als ob er deine Worte nicht gehört habe, und wird sich drehen und spreizen wie ein Pfau. Und du mußt wissen, daß sie einen als ihren Feind ansehen, wenn er sie nicht so schlau zu behandeln weiß, wie die heruntergekommenen Schmeichler den Monsignor, dessen Eseleien sie als die größten Wundertaten der Hierarchie preisen.

Pippa: Das habe ich begriffen.

Nanna: Schmeichelei und Speichelleckerei sind der Pint der Großen,[1] wie man zu sagen pflegt. Darum lade bei ihnen Lobhudeleien fuderweise ab, wenn du von ihnen was kriegen willst; sonst wirst du mir mit vollem Bauch und leerem Beutel nach Hause kommen. Und abgesehen davon, daß ihre Freundschaft mehr Ehre als Nutzen bringt, so würde ich dir doch raten, dich von ihnen fernzuhalten, weil sie immer die Mahlzeit für sich allein haben möchten und verlangen, bloß weil sie vornehme Herren sind, daß man anderen nichts gebe. Und wenn du nicht kommst oder ihnen

1. das heißt die Stelle, wo Freudenmädchen, ganz im Geist ihres Gewerbes, mit der größten Aussicht auf Erfolg sie anfassen können.

nicht aufmachst, so schicken sie ihre Lakaien, lassen dir Türen und Fenster einschlagen, auf der Straße Lärm machen oder deine Zofe prügeln — das ist ihnen 'ne Kleinigkeit, wie wenn einer auf die Erde spuckt. Sie gleichen jenen großen Kötern, die auf einen Platz kommen, wo eine Menge kleine Kläffer auf eine Hündin steigen: Sie jagen die einen mit Zähnefletschen, die anderen mit Beißen in die Flucht und bleiben Herren der ganzen Straße. Und ohne Zweifel schreckt solche Art und Weise gar manchen zurück, der Furcht hat, mit den großen Herren zusammenzustoßen; ausgezeichnet ist sie nur für eine, die den Rauch lieber hat als den Braten.

Pippa: Gott bewahre mich vor solchen hohen Herrschaften!

Nanna: Aber ich will dir ein Mittelchen zum Geschenk machen, das ihnen das Geld aus der Tasche lockt und wenn sie dran krepieren möchten: Wenn Seine Hoheit anfängt sich auszuziehen, um sich ins Bett zu legen, nimm ihm sein Barett weg und setz es dir auf, dann zieh dir sein Wams an und mach zwei kleine Gänge die Kammer auf und ab. Sobald der Herr dich aus einer Frau plötzlich in einen Jungen verwandelt sieht, wird er sich auf dich stürzen wie der Hunger aufs warme Brot, und er wird's gar nicht abwarten können, bis du dich zu Bette legst, sondern dich mit dem Kopf gegen die Wand oder dich auf eine Truhe aufstützen lassen. Ich will dir nichts weiter sagen als dies: Laß dich lieber vierteilen, als daß du ihm das Geringste erlaubst, ehe er dir das Barett und das Wams geschenkt hat, damit du in Zukunft in dem Gewand zu ihm kommen könnest, wofür die hohen Herren eine besondere Vorliebe besäßen.

Pippa: Die Kuh ist unser!

Nanna: Vor allen Dingen aber studiere, wie gesagt, die Kunst des Schmeichelns und des Speichelleckens. Denn diese sind die Stickereien auf der Kunst, sich durchs Leben zu bringen. Die Männer wollen betrogen sein, und selbst wenn sie merken, daß man sich über sie lustig macht, daß man sie auslacht, sobald man von ihnen weg ist, und sie sogar mit den Zofen durchhechelt, so sind ihnen doch die erheuchelten Liebkosungen lieber als wahre ohne Brimborium. Knausere niemals mit Küssen, Blicken, Lachen, Worten; halte immer seine Hand in der deinen; und beiß ihn manchmal mit deinen Zähnen ganz unerwartet in die Lippen, so daß er mit gar zu großer Wonne jenes Au! ausstößt, das das Zeichen wollüstigen Schmerzes ist. Die Kunst der Huren besteht darin, daß sie den Herren Einfaltspinseln die Würmer aus der Nase zu ziehen wissen.

Pippa: Das sagt Ihr keiner Stummen und keiner Tauben!

Nanna: Ich denke ...

Pippa: An was?

Nanna: An mich selber. Indem ich dir nämlich zeige, wie du dich zu benehmen hast, um Erfolg zu haben – was ich von Herzen hoffe –, kläre ich auch die Leute auf, die mit dir zu tun haben. Denn wenn sie wissen, was ich dir sage, so wissen sie auch, daß sie dir keinen Glauben schenken dürfen, wenn du deine Künste an ihnen übst, und so werden meine Ratschläge einem jener Porträts gleichen, die immer den Beschauer ansehen, mag er sich hinstellen, wo er will.

Pippa: Aber wer sollte sie ihnen denn verraten?

Nanna: Dies Zimmer, dies Bett hier, die Stühle, worauf sie sitzen, jenes Fenster da und diese Fliege, die mir meine Nase auffessen will – hol sie der Teufel! So 'ne Fliege ist wirklich gar zu frech; sie sind zudringlicher als die Eifersüchtigen, die sich schließlich selber zur Last werden mit all ihren Spionenkünsten, die sie aufwenden, um eine zu bewachen, die sich nicht bewachen läßt, wenn sie mal beschlossen hat, ihnen Hörner aufzusetzen. Mit einem Vieh von der Sorte mußt du dich geschickt zu benehmen wissen und ihm die Hörner aufsetzen, ehe du ihn was merken läßt.

Komm mal ran! Wir wollen annehmen, du bist die Freundin eines, der auf einen anderen eifersüchtig ist, welcher letztere dir eine wertvolle Bekanntschaft ist – nicht so wertvoll wie der erste, aber doch immerhin so, daß ihn zu verlieren dir recht sehr empfindlich wäre. Der erste wird dir befehlen, jenem nicht aufzumachen, nicht mit ihm zu sprechen und nicht das geringste Geschenk von ihm anzunehmen. Da sind nun teuflische Schwüre vonnöten, eine freche Stirn, Kopfschütteln, laute Beteuerungen und Gesten des Erstaunens über ihn, daß er glauben könne, du könntest ihn aufgeben um eines solchen Schafskopfs willen. Füge hinzu: »Das ist ja wirklich reizend, zu glauben, ich könnte mich an einen solchen Eselskopf, an ein solches Idiotengesicht wegwerfen!« und verlange selber, er solle dich bewachen lassen, du wollest sogar die Spione aus deiner eigenen Tasche bezahlen. Dann geh in deine Kammer, schließe dich ein und komm nicht wieder heraus. Wenn sein Verdacht sich trotzdem nicht vermindert, so verliere keine Zeit mehr, sondern laß das, was du ihm abknappst, in Hülle und Fülle dem armen Ausgeschlossenen zugute kommen, laß ihn in dein Haus ein, sobald der Eifersüchtige fortgeht, entweder unter dem Vorwand, bei dir Holz abzuladen oder das Brot zum Backen fortzutragen. Wenn die eifersüchtige Wut noch höher steigt, laß den andern bei Nacht zu dir kommen und versteck ihn im Kämmerchen der Magd; sorge dafür, daß dort immer dein Nachtstuhl steht. Am Abend iß absichtlich Sachen, die dir Durchfall machen, oder stelle dich, als hättest du Leibesweh, und verlasse unter Klagen und Stöhnen den Platz an seiner Seite und geh zum anderen, der dich schon mit der Pfeife in der Hand erwartet hat und dir darum zwei Nägel in einem Schmieden fertigmachen wird. Vor Wonne über den Genuß, der dich überall kitzeln wird, wirst du lauter und öfter »au!« und »ich sterbe!« schreien, als wenn du das Mutterweh hast. Sobald das Geschäft verrichtet ist, kehre, aller Schmerzen ledig, zu deinem Eifersüchtigen zurück. Und dieses ist das rechte Mittel, die Ziege und die Klöten zu retten, wie Armellinos Verschwender sagte.

Pippa: Wird gemacht!

Nanna: Angenommen, der von der Eifersucht Besessene bekommt irgendwie Wind von der Sache – dann schnell die Hand zum Schwur erhoben und geleugnet, mit sicherer Miene immer nur: »Unsinn!« gesagt. Wenn er in Wut gerät, demütigst du dich soweit, ihm zu sagen: »Also Ihr haltet mich für so eine, ah? Und wenn man Euch irgendwas gesagt hat, kann *ich* die bösen Zungen zurückhalten? Wenn ich andere Liebhaber hätte haben wollen, so hätte ich doch nicht Euch genommen! Dann würde ich doch nicht aus Liebe zu Euch wie 'ne Nonne leben!« Und mit solchem Gegacker presse dich an ihn, so eng du nur kannst. Und sollte dir gar mal die Faust ins Gesicht fahren – Geduld! Denn bald werden dir Medici und Medizinen bezahlt sein; und all die Schmeichelworte, die du ihm gibst, um ihn wieder zu besänftigen, er wird sie dir zurückgeben, um dich nachher wieder zu trösten und seine ›Verzeih mir!‹ und ›Ich hab unrecht gehabt, es zu glauben!‹ werden dich aufs angenehmste kitzeln, und du wirst wieder seine ›Gute‹ und seine ›Schöne‹ sein. Wenn du aber deine Schuld eingeständest oder dich rächen wolltest für vier Ohrfeigen, die schnell kommen und gehen, dann würdest du ihn möglicherweise verlieren oder ihn derart erzürnen, daß für dich nichts Gutes danach käme. Es ist klar, daß das Schwierige darin besteht, sich seine Freunde zu *erhalten* und nicht, welche zu gewinnen.

Pippa: Daran ist nicht zu zweifeln.

Nanna: Ein anderes Bild! Du findest einen, der nicht eifersüchtig ist, der dich aber liebt, trotz jener, die behaupten wollen, es gebe keine Liebe ohne Eifersucht. Für Männer, die aus solchem Holz geschnitzt sind, gibt es ein Reizmittel, von dem nur ein oder zwei Mundvoll genügen, um ein Bordell eifersüchtig zu machen.

Pippa: Was ist das für ein Reizmittel?

Nanna: Laß dir von einem, auf den du dich verlassen kannst, ein Brieflein schreiben, wie zum Beispiel dieses, das ich auswendig gelernt habe:

›Signora, Heil kann ich Euch zu Beginn dieses Briefes nicht wünschen, denn für mich gibt es kein Heil. Wenn aber Euer Mitleid mir Stunde und Ort zu bestimmen geruhen will, die Euch am bequemsten sind, so kann ich Euch sagen, was ich keinem Brief und keinem Boten anzuvertrauen wage. Darum flehe ich Euch an bei Euren göttlichen Schönheiten, die die Natur mit Gottes Zustimmung nach dem Bilde seiner Engel kopiert hat: erlaubt, daß ich Euch sage, was ich Euch zu sagen habe. Seid gesegnet, seid um so inniger gesegnet, je bälder Ihr mir die Unterredung bewilligt, um die ich Euch auf meinen Knien bitte. Ich erhoffe eine Antwort voll von jener Anmut, die von Eurer anmutigen Erscheinung ausstrahlt. Und sollte es sein, daß Ihr auch diese Bitte zurückweist, wie Ihr die Perlen zurückwieset, die ich nicht als Geschenk, sondern Euch als ein Zeichen meiner guten Gesinnung durch ... (usw.) ... überbringen ließ, so werde ich durch Eisen, Strick oder Gift mich von meinen Qualen befreien! Und ich küsse die Hände Eurer erlauchten Gnaden ...‹

Dazu Aufschrift und Unterschrift. Diese macht ebenfalls der Mann, der für dich den Brief schreiben wird, um den es sich hier handelt.

Pippa: Und was habe ich zu tun, wenn der Brief fertig ist?

Nanna: Falte ihn ganz klein zusammen und laß ihn in einen Handschuh gleiten, den du, wie aus Unachtsamkeit, irgendwo fallen läßt. Der Mann, der die Eifersucht mit Füßen trat, wird sie bald mit vollen Zügen einatmen. Kaum hat der gleichgültige Herr den Handschuh aufgehoben, so wird er das geschriebene Blatt, das drin ist, fühlen; und wenn er's gefühlt hat, wird er's herausziehen. Er wird sich von allen Anwesenden absondern und ganz mutterseelenallein in ein Winkelchen zurückziehen. Kaum hat er zu lesen begonnen, so wird er ein böses Gesicht machen; wenn er aber an die Stelle von den zurückgewiesenen Perlen kommt, wird er fauchen wie eine Viper. Sein ganzer Stolz wird ihm in die Hakken sinken, und seine Seele wird ihm zwischen die Zähne kommen, denn ich denke mir, die Teufel fahren in einen, der plötzlich auf einen Nebenbuhler stößt. Und es läßt sich gar nicht beschreiben, was für 'ne Wut einen aus der Fassung bringt, der bis dahin keine Ahnung hatte, daß er einen Mitesser an seiner Schüssel haben könnte, und nun plötzlich einen auftauchen sieht, der ihm seinen ganzen Braten streitig macht. Nachdem er den Brief gelesen und wieder gelesen hat, wird er ihn wieder an den Ort tun, wo er ihn gefunden hatte, das heißt, er wird ihn in den Handschuh stecken. Unterdessen wirst du ihn durch eine Türspalte oder durch das Schlüsselloch beobachtet haben, und wenn du siehst, daß er gerade in der richtigen Stimmung ist, so machst du Krach mit deiner Zofe und rufst: »Wo ist denn mein Handschuh, du vergeßliche Trine!« Darüber kommt der Tiefgekränkte dazu, und du schreist noch lauter: »Dumme Person! Schlumpe! Du wirst schuld sein, wenn es einen Skandal gibt, ja vielleicht sogar an meinem Ruin. Ich sehe schon, er wird ihm in die Hände fallen, und ich werde ihm niemals glaubhaft machen können, daß ich die Absicht hatte, ihn ihm aus freien Stücken zu zeigen und ihm zu sagen, wer der Mensch ist, der mir solches Zeug zuschickt. Gott weiß, daß weder Perlen noch Dukaten mein Herz einem andern haben gewinnen können.« Wenn der auf den Leim Gegangene das hört, wird sein Zorn nachlassen; er wird sich einen Augenblick bedenken, dann wird er dich rufen und sagen: »Hier ist der Handschuh! Kein Wort mehr! Ich habe nur zu dir volles Vertrauen. Ich habe alles gelesen, und an Perlen soll's dir nicht fehlen. Und ich bitte dich, mir den Namen des Herrn, der dir so prachtvolle Geschenke anbietet, nicht zu nennen, denn vielleicht, vielleicht ...« Damit schweigt er, und du sagst ihm: »Ich wollte Euch immer nichts sagen von all den Belästigungen, den fortwährenden Zuschriften, den ... nun, genug! Ich bin Euer, ich will es immer sein; und auch wenn ich tot bin, werde ich noch ganz und gar die Eure sein.«

Pippa: Erklärt mir bitte, worauf die ganze Komödie hinauslaufen wird.

Nanna: Darauf, daß der Finder des Briefes um seine ganze Seelenruhe gebracht sein wird. Jeden, den er in deiner Straße sieht, wird er für den Nebenbuhler oder für dessen Kuppler halten. Und damit du keine Ursache habest, des andern Geschenke anzunehmen, wird er sich beeilen, es jenen Mantuanern oder gar Ferraresen zuvorzutun, die, kaum in ihrer Herberge ausgestiegen, schon auf Liebesabenteuer ausgehen, wie wenn ihre Stickereien und die Schlitze, womit sie ihren Mantel und ihr Wams verunstalten, ihnen das Privileg gäben, sich, wie man im Palast sagt, gratis spedieren zu lassen. Pippa, wenn diese Nachtvögel sich bei dir auf den Ast setzen, so halt hübsch deine Augen offen, um zu erfahren, wann sie abreisen, und berechne die Zeit, die sie sich in Rom aufhalten können, nach ihren Ringen, Agraffen, Halsketten, Spitzen und anderen Kinkerlitzchen, die sie am Leibe haben. Denn auf ihr bares Geld ist wenig zu rechnen. Und da sie wahrscheinlich niemals wiederkommen werden, so brauchst du dir nichts daraus zu machen, ob sie gut von dir reden oder auf dich schimpfen.

Pippa: Wird gemacht. Aber wie wißt Ihr denn von ihrem Gelde Bescheid?

Nanna: Ich weiß, daß sie niemals so viel bei sich haben, daß es zu ihrer Heimreise langt. Und wenn du dich mit ihnen einläßt, so halte dich an die genannten Wertsachen; wenn nicht, so wirst du von ihnen nichts haben als deine Hände voll von ihren parfümierten Höflichkeiten.

Pippa: Wenn ich mich von denen erwischen lasse, will ich ...

Nanna: Sollte mal einer von ihnen bei dir schlafen, so wirf ein Auge auf seine guten Sachen: sein Hemd oder seine Nachtmütze. Und am andern Morgen, ehe er aufsteht, laß eine Jüdin mit tausenderlei Tand kommen; und wenn du den Kram mit seinem mantuanischen Kram verglichen hast, heiße das Zeug forttragen, aber bring alles in Unordnung und wirf es auf die Erde, zanke mit dir selbst, mit dem Laffen und brumme so lange, bis er dir die Sachen als Geschenk anbietet. Wenn nicht, so lade ihn ein, wieder bei dir zu schlafen, und dann nimm sie ihm entweder mit Gewalt oder mit Liebe ab.

Pippa: Als Ihr jung wart, Mama, machtet Ihr da auch alle die Sachen, die ich nach Eurer Meinung machen soll?

Nanna: Zu meiner Zeit war's 'ne andere Zeit. Ich tat immerhin, was ich konnte, wie du erfahren wirst, wenn ich dir meine Lebensgeschichte zu lesen gebe, die ein Gewisser hat drucken lassen, den der Teufel ... den der liebe Gott holen möge, will ich lieber sagen, damit er – falls etwa der Verfasser kein Guter sein sollte – mich nicht noch schlimmer behandelt, als dich deine verliebten Grobiane behandeln werden, wenn du nicht mit ihnen auszukommen weißt. Du könntest mir freilich antworten: ›Mit solchen lasse ich mich nicht ein!‹ – aber leider geht das nicht.

Pippa: Warum nicht?

Nanna: Warum? Wenn du, wie sich's gehört, vernünftig bist, so mußt du auch sie in deiner Gesellschaft haben. Darum laß sie toben, wenn sie wütend sind; knöpf deine Ohren zu, wenn sie dir ihr ›Hure! Spitzbübin!' hineinschreien. Laß sie den Weltglobus spalten mit ihren Worten, die sie mit ihrem Speichel jedem, der ihnen zu nahe kommt, ins Gesicht spucken – da ist weiter nichts dabei. In Zeit von weniger als zwei Credos sind sie wieder gut, bitten um Verzeihung, machen dir Geschenke und möchten dich am liebsten in ihr Herz schließen. Mir gefällt's ganz gut, mit solchen Leuten zu tun zu haben, denn wenn eine Kleinigkeit sie in Wut bringt, so macht eine Kleinigkeit sie auch wieder friedlich. Ich vergleiche ihren Zorn mit einer Juliwetterwolke: Es donnert, es blitzt, es fallen fünfundzwanzig Tropfen Regen, und siehe!, da ist die Sonne wieder. So wird geduldiges Ertragen dich reich machen.

Pippa: Also ertragen wir alles geduldig! Wie wird's dann weitergehen?
Nanna: Ein jeder wird dir bis zum Tode anhängen ... Nun ein anderes! Du hast es mit einem Schlaumeier, einem alten Fuchs zu tun, der auf alle deine Bewegungen achtgibt, über jedes Wörtchen eine Rede hält, seinen Freund mit dem Fuß anstößt, das Maul verzieht und mit den Augen zwinkert, wie wenn er sagen wollte: ›Mir will man was weismachen? Oho!‹ Du bist mir ganz still, regst dich niemals auf, sondern spielst im Gegenteil immer die Einfältige und Dämliche. Fragst ihn nie, widersprichst ihm nie. Wenn er mit dir spricht, antworte ihm; wenn er dich küßt, küß ihn wieder; wenn er dir was gibt, nimm's; und benimm dich stets so hübsch schlau, daß er dich niemals beim Naschen ertappen kann. Im Gegenteil, benimm dich so, daß er schon anfängt, zu sich selber zu sagen: »Sie ist besser als das liebe Brot.« Laß dir aber nicht von ihm in deinem Gärtchen das Unkraut jäten, wenn er dir nicht den Boden bezahlt hat, den er besamen will. Und wie er selber alle möglichen kleinen Kunstgriffe zu Hilfe nimmt, um sich nicht von dir in die Karten gucken zu lassen, so biete auch du alle deine Schlauheit auf, und bring es dahin, daß er bei sich gesteht: »In ihr ist kein Falsch und nichts Verdächtiges.« So wird also notgedrungen der Hosenflicker trotz seinem Mißtrauen dir trauen und wird damit von hüben und von drüben angeführt sein, denn er wird dein sein, du aber brauchst sein nur dann zu sein, wenn du Lust dazu hast.
Pippa: Ich staune, Mamachen, daß Ihr keine Schule aufmacht, um die Leute über all diese Galanterien zu unterrichten.
Nanna: Ich besitze eine Eigenschaft, die einer Kaiserin zur Zier gereichen würde: Ich bin nicht prahlsüchtig. Früher war ich's, Gott verzeih mir! Aber wir wollen keine Zeit verlieren. Lerne, in Zorn zu geraten und dich wieder mit deinen Anbetern zu versöhnen, so, wie ich's dich gelehrt habe. Und laß dir diese Abhandlung nicht zu lang erscheinen. Ich wünsche sogar, daß du sie auswendig weißt und geläufig hersagen kannst. Der Hurenberuf hat's in sich: In acht Tagen wird eine ohne Lehrer mehr lernen, als sie sonst wissen kann. Nun urteile selbst, ob du es nicht noch viel weiter bringen mußt, die du eine Nanna zur Führerin hast.

Pippa: Möchte es so sein!

Nanna: Es wird so sein, sei unbesorgt. Erzürne dich auf eine nette Art, Pippa, mache es in solcher Weise, daß ein jeder dir recht gibt. Wenn dein Freund dir Rom und sieben goldene Berge verspricht, so warte ein oder zwei Tage, ohne ein Wort zu sagen, auf die Erfüllung des Versprechens. Wenn der dritte Tag zur Hälfte verstrichen ist, gib ihm einen kleinen Anstoß. Er wird dir antworten: »Sei unbesorgt; du wirst schon sehen, und damit basta!« Mach ein fröhliches Gesicht und fang an, vom Türken zu sprechen, der kommen soll, vom Papst, der noch nicht verreckt ist, vom Kaiser, der Wunderdinge vollbringt, und vom ›Preistarif der Kurtisanen von Venedig‹ – den ich eigentlich in erster Linie hätte nennen sollen. Dann laß das Kinn auf die Brust sinken und werde plötzlich still, sitze eine Weile ganz nachdenklich da, steh dann auf und sage mit heiterer Stimme: »Ich hätt es nie gedacht!« Mich dünkt, ich seh den saumseligen Geschenkgeber leibhaftig vor mir, wie er dir sagt: »Was gibt's denn?« Du aber rufst: *»Wo warst du gestern abend?!«* Und ohne eine Antwort von ihm hören zu wollen, fliehst du in deine Kammer und schließt dich ein. Und wenn er klopft, laß ihn bellen. Dann komme *ich* dazu, gebe ihm immer unrecht und schwöre ihm, dir sei gesagt worden, er vertreibe sich bei dir nur die Leidenschaft, die er für die Soundso habe. Verlaß dich drauf, er wird alles leugnen und fluchend die Treppe heruntergehen. Wenn er aber nach einer Weile wiederkommt – vielleicht gleich nachher, vielleicht erst am nächsten Tag –, dann laß ihm sagen, du seist beschäftigt oder du habest Gesellschaft bei dir.

Pippa: Jaja! Der Friede wird wieder hergestellt werden, indem er mir das Doppelte von dem Versprochenen bringt.

Nanna: Oh! Jetzt bin ich sicher, du wirst die Sachen mit einem anderen Gesicht anschauen als ich dummes, junges Ding damals! Merke nur recht auf das, was ich dir sage! Bediene dich zu deinen Zwecken auch einer geheuchelten Verstimmung, nämlich mitten im besten Scherzen und Plaudern tust du plötzlich, wie wenn du ärgerlich auf dich selber würdest, und sitzest still da, indem du die Wange auf deine Hand stützest.

Pippa: Wozu ist das?

Nanna: Damit er, der nicht ohne dich sein kann, an dich herantrete und dir sage: »Was sind denn das für Grillen von Euch? Ist Euch nicht wohl? Fehlt Euch irgendwas? Sprecht doch!« Um dich zu besänftigen, wird er dich ihrzen. Darauf antwortest du ihm: »Ach was! laß mich, bitte, in Ruhe! Mach, daß du fortkommst, geh weg von mir – jawohl, jawohl!« Du brichst einen Streit vom Zaun und tust dabei immer, als ob du ihn geringschätztest. Und du benimmst dich so, daß er dich schließlich kitzelt, um dich zum Lachen zu bringen; laß aber ja nicht ein solches Lachen deinem Gesicht oder deinen Augen entwischen, wenn er dir nicht irgendwas schenkt. Wenn er dir was gibt, dann laß ihm seinen Willen. Man sagt ja, daß auch die Kinder ganz ohne Anlaß zu toben anfangen und erst wieder gut werden, wenn man ihnen Zuckerwerk gibt.

Pippa: Das sind alles nur Läppereien. Ich möchte aber wohl, Ihr sagtet mir, wie man sich mit einem Schwergekränkten wieder verträgt. Nehmen wir meinetwegen an, die Kränkung gehe von mir oder sie gehe von ihm aus.

Nanna: Das will ich dir wohl sagen. Wenn die Kränkung von dir ausgeht – wie es wohl als erzsicher anzunehmen ist –, so mach den Rücken krumm, sprich höflich und sage zu jedem, der es hören will: »Ich habe einen Jugendstreich gemacht, eine Dummheit, wie ein gedankenloses Frauenzimmer sie wohl verübt; der Teufel verblendete mich; ich verdiene keine Verzeihung, und wenn der liebe Gott mir diesmal noch heraushilft, so will ich niemals, niemals wieder mich gegen seine Gebote vergehen.« Und dann zieh deine Tränenschleusen auf und weine mehr, als wenn du mich tot und kalt zu deinen Füßen liegen sähest – Gott bewahre mich davor, sondern mache es denen so, die uns übelwollen.

Pippa: Amen!

Nanna: Dein Spektakeln und Heulen werden ihm spornstreichs hinterbracht – denn so einer hält sich immer seine Spione bei dir. Und was sie ihm erzählen mit Hinzufügung einiger Kleinigkeiten von ihrer eigenen Erfindung, wird ihm andern Sinn beibringen, und obwohl er schwört, lieber wolle er vor Hunger seine eigenen Fäuste benagen, als noch wieder mit dir sprechen, und lieber wolle er sich von seinen Feinden zur Schlachtbank führen lassen, nebst anderem Bombast, wie Leute, die der Zorn fortreißt, ihn zwischen den Zähnen hervorsprudeln — so wird doch aus alledem nichts. Diese Herzensergießungen werden ihn nicht in die Hölle bringen, denn unser lieber Herrgott gibt nichts auf die falschen Schwüre der Verliebten. Diese können kein vollgültiges Testament machen, solange sie in ihrem Liebeswahnsinn faseln. Wenn's aber einer ist, der schon von der Wiege an eigensinnig war und der darum in seinem Eigensinn verharrt, so schreib ihm einen Brief, lang wie die Bibel, such ihn in seinem Hause auf und tu, als wolltest du seine Tür einschlagen. Und wenn er dir nicht aufmachen will, gerate außer dir, fang an zu schimpfen, verfluche ihn. Und wenn dir das alles nichts hilft, so tu, als ob du dich aufhängen wolltest. Aber nimm dich wohl in acht, daß aus dem Spaß nicht Ernst wird und daß es dir nicht geht wie einer, deren Namen ich vergessen habe, in Modena.

Pippa: Oh! Wenn ich mich je im Scherz oder im Ernst aufhänge, so soll man mich aufhängen!

Nanna: Hahaha! Das ist das rechte Mittel, die Schlinge zu lösen ... Such im ganzen Hause herum, in den Truhen und in jedem Winkel, und mach ein Bündel aus seinen Hemden, seinen Strümpfen und was sonst an Sachen von ihm da ist, sogar ein Paar abgetretene Pantoffeln, alte Handschuhe, Nachtmütze, und allerlei sonstigen Plunder füge bei. Und wenn du etwa Armbänder oder 'nen Ring hast, die er dir geschenkt hat — schick sie ihm zurück!

Pippa: Das werde ich *nicht* tun!

Nanna: Tu, was ich dir sage! Denn wenn ein Verliebter in seiner Liebeskrankheit in den letzten Zügen liegt, da wirkt es wie die letzte Ölung, wenn er die Geschenke zurückgebracht sieht, die er seiner Liebsten gegeben hatte, denn daraus erkennt er deutlich, wie wenig man von seiner Person und von seinen Sachen hält. Und da verfällt er in den tiefsten Schmerz; das Wenigste, was er tut, ist, daß er mit Steinen schmeißt.[1] Unverzüglich wird er die ganzen Sachen wieder zusammenpacken und sie dir zurückschikken. Das ist ganz gewiß.

Pippa: Wenn er nun aber zufällig ein Geizhals wäre?

1. bei Aretino mehrfach vorkommender sprichwörtlicher Ausdruck für Verrücktheit.

Nanna: Geizhälse machen keine Geschenke und lassen keine wertvollen Sachen bei dir im Hause; riskiere es also ruhig und mach es so, wie ich dir sage. Und wenn nicht der Friede von Marcone[1] geschlossen wird, so sage von mir, ich sei 'ne dumme Gans, wie Gewisse, die nichts weiter können, als die Beine breitmachen, und die sich einbilden, solange man sie zu den großen Huren rechnet, sie hätten ihre Geschäfte schön in Ordnung, wenn sie einfach ihr Fleisch verkaufen und sich nicht mit Zauberkram abgeben. Ihr armen, armen Luder! Sie wissen nicht von dem Ende, zu dem der Anfang und die Mitte ihres Lebenswandels sie führt: nämlich ins Spital und auf die Brücken, wo sie, von der Franzosenkrankheit zerfressen, als traurige Ruinen, von allen gemieden, umherirren, ein Ekel für jeden, der sie überhaupt noch ansieht. Und ich sage dir, mein Kind, der Schatz, den die goldgierigen Spanier in der Neuen Welt gefunden haben, er würde nicht hinreichen, um eine Hure zu bezahlen, mag sie noch so häßlich und jämmerlich sein. Und wer mal ordentlich über ihr Leben nachdenkt, der muß mir das zugeben; und wer das leugnet, der begeht eine unverzeihliche Sünde.

Und um dir zu zeigen, daß aus meinem Munde die Wahrheit spricht, will ich dir so ein Bild vorführen von einer, die gegen diesen und gegen jenen Verpflichtungen hat. Niemals hat sie eine Stunde Ruhe, wo sie geht, wo sie steht, bei Tisch und im Bett. Ist sie müde, so kann sie nicht schlafen, nein, sie muß sich wach halten und einen Grindigen karessieren, einen Kerl, dessen Mund wie ein Abtritt stinkt, einen Büffel, der sie fortwährend verprügelt. Tut sie's nicht, so geht's los mit den Vorwürfen: »Du verdienst es nicht, einen zu haben wie mich; du bist meiner nicht würdig; wäre ich der Hasenfuß X oder der Halunke Y – da würdest du hübsch wach sein.« Ist sie bei Tische, macht er aus jeder Mücke einen Elefanten, gibt sie irgend 'nem anderen einen Bissen, so knurrt er und schäumt vor Wut und frißt Brot, Eifersucht und Suppe in sich hinein. Geht sie aus, gleich gerät er in hellen Zorn und ruft: »Da ist was los!« Und dann geht das Geschwätz los: Auf Straßen und Plätzen spricht er von dem Verrat, der, wie er meint, gegen ihn verübt worden ist, faßt einen Haß gegen die-

1. der Friede zwischen zwei Bettlaken.

sen und gegen jenen und findet nirgends Ruhe. Bleibt sie zu Hause, so befällt sie jene eigentümliche melancholische Stimmung, die doch keine eigentliche Melancholie ist, und sie vermag nicht das gewohnte Gesicht zu machen. Da heißt's gleich: »Mein Verdacht bestärkt sich; es war mir ja auch von vornherein klar; jetzt hab ich dich ausgeschnobert; ich weiß wohl, wo dich der Schuh drückt – ganz genau weiß ich's! Dir wird's nicht an Männern fehlen und mir nicht an Weibern für mein Geld; Huren gibt's ja die Hülle und Fülle.« Aber diese Kränkungen sind noch Manuschristi und vergoldete Zuckerplätzchen im Vergleich mit jener abscheulichen Schmach, die man uns antut und deren Gestank zur Hölle, geschweige denn zum Himmel schreit. Man dreht und wendet uns und schiebt uns hin und her auf alle erdenklichen Arten bei Tage und bei Nacht; und wenn eine nicht in alle Schweinereien einwilligt, die sich nur ausdenken lassen, so muß sie im Elend umkommen. Der eine verlangt Kochfleisch, der andere Braten. Was haben sie nicht alles ersonnen: von hinten; die Beine um den Hals, die Giannetta; Kranich; Schildkröte; Kirche auf dem Glockenturm; die Eilpost; auf Schafsart und andere Stellungen, die seltsamer sind als die Stellungen eines Jongleurs. Da kann ich wohl sagen: »Welt, ade!« Ich schäme mich, mehr davon zu sagen. Kurz und gut – heutzutage stellt man bei 'ner sogenannten ›Signora‹ anatomische Studien an. Und darum, Pippa: Wisse dich zu benehmen, wisse zu leben; sonst heißt's: »In Lucca haben wir uns mal gesehn!«

Pippa: Ja wahrhaftig, um Kurtisane zu sein, braucht's was anderes, als bloß die Röcke hochzuheben und zu sagen: »Fertig! Meinetwegen kann's losgehn!« – wie Ihr vorhin bemerktet. Und es genügt nicht, nur ein hübsches Weibsstück zu sein – Ihr seid eine gute Prophetin.

Nanna: Hat einer mal zehn Dukaten ausgegeben, um alle Gelüste zu befriedigen, die man mit einer jungen Hure befriedigen kann, so tut er, als hätten ihn die Räuber im Baccanerwald gekreuzigt; zwar weiß niemand was Genaueres darüber, aber das Volk verwundert sich baß, und allüberall kakelt man drüber, das liederliche Weibsbild, die X, habe den braven Burschen, den Y, zugrunde gerichtet. Aber wenn sie die Rippen aus dem Leibe verspielen, wenn sie Taufe und Glauben abschwören – da lobt man sie noch obendrein; möchte ihr Same verdorren! ... Ich will dir zunächst das Versprochene zu Ende erzählen, und morgen den ganzen Tag werde ich dir dann das Sündenregister der Spitzbuben von Männern vortragen; und Tränen wirst du weinen, wenn ich dir all die grausamen Listen erzähle, womit diese Türken, Mohren, Juden uns Weiblein betrügen: kein Gift, kein Dolch, kein Feuer, keine Flamme ist genug, uns an ihnen zu rächen. Ich für mein Teil habe zwei Paar von ihnen auf der Seele; und ich habe meine Schuld gebeichtet – aber nicht im Beichtstuhl!

Pippa: Redet Euch nicht in Zorn!

Nanna: Ich kann nichts dafür: Diese Halunken bringen mich immer in Wut. Du wirst hören, wie sie's verstehen, einer wieder abzunehmen, was sie ihr geschenkt haben, und wie wacker sie sind, zu verleumden und unsereiner den Einunddreißiger[1] zu zeigen. Ich will dir aber heute noch nicht meine letzten Ratschläge geben in bezug auf das Geplauder, das Benehmen und die ganze Art und Weise, wie du dich bei diesen Unterhaltungen aufzuführen hast – denn das ist der Schlüssel zum ganzen Spiel.

Pippa: Ich wollte, Ihr kämt zur Sache.

Nanna: Und ich bin schon dabei. Sich unterhalten zu können mit jener angenehmen Leichtigkeit, die niemals Last wird, ist der Zitronensaft, den man über die in der Pfanne schmorenden Kutteln träufelt, und der Pfeffer, den man drüber stäubt. Es ist wirklich etwas Reizendes, wenn du mit alt und jung in lustiger Gesellschaft bist und mit allen in einer Weise zu schwätzen weißt, die nicht lästig fällt. Sein recht Gutes hat es auch, wenn man von Zeit zu Zeit ein gesalzenes Wort anzubringen und gewisse Herren, die unsereine pritschen möchten, mit einer treffenden Antwort abzufertigen weiß. Und da die Charaktere der Menschen noch mannigfaltiger sind als ihre Phantasien, so studiere sie, spioniere sie aus, sieh voraus, prüfe, überlege, grüble und kritisiere alle Gehirne. Also, da kommt zu dir ein Spanier, geschniegelt, pomadenduftend, etepetete wie 'n Boden von 'nem Nachttopf, der entzweigeht, wenn man ihn anfaßt, den Degen an der Seite, aufgeblasen, seinen Pagen hinter sich, mit seinem ewigen ›Beim Leben der Kaiserin!‹

1. ein vulgärer Witz für ›Steiß‹.

und anderen gezierten Redensarten. Da sagst du zu ihm: »Ich bin nicht würdig, daß ein so vornehmer Kavalier mir solche Ehre erweist. Wollen Euer Gnaden sich bedecken! Ich werde kein Wort anhören, wenn Euer Gnaden nicht den Hut aufsetzen.« Und wären seine ›Eure Hoheit‹, die er dir an den Kopf wirft, und die Küsse, womit er dir die Hand schleckt, das von Alchimisten gesuchte Elixier, um reich zu werden, so würden seine ›Hoheiten‹ und alle seine Faxen dir ein größeres Einkommen bringen, als Agustino Chigi hatte.[1]

Pippa: Ich weiß wohl, daß bei ihnen nichts zu verdienen ist.

Nanna: Du hast mit ihnen nichts anderes zu tun, als ihnen auf ihren Dunst Wind herauszugeben und für jene Seufzer, die sie so tief aus den Eingeweiden hervorzuholen wissen, sie wieder anzublasen. Aber verbeuge dich immerzu, wenn sie sich verbeugen, küsse ihnen nicht nur die Hand, sondern sogar den Handschuh, und wenn du nicht willst, daß sie dich mit 'ner Schilderung der Einnahme von Mailand beglücken, so befreie dich schnellstens und auf möglichst gute Art von ihrer Gesellschaft.

Pippa: Das werde ich tun.

Nanna: Halt! Ruhig jetzt: ein Franzos! Öffne ihm sofort, öffne ihm schnell wie der Blitz, und während er ganz lustig dich umarmt und dir so obenhin einen Kuß gibt, laß Wein holen. Wenn du's mit Leuten von dieser Nation zu tun hast, so überwinde die Natur der Huren, die einem nicht ein Glas Wasser umsonst geben würden, und wenn sie ihn vor ihren Augen verenden sähen. Und wenn ihr zwei Schnittchen Brot zusammen gegessen habt, steht ihr schon auf vertrautem Fuß miteinander. Ohne viel nach Form und Etikette zu fragen, nimm ihn als Bettgast für die Nacht an und schicke alle anderen mit guter Art fort. Nun, da wirst du denken, bei dir werde Karneval gefeiert, so viele Eßwaren werden dir in die Küche hageln. Schön! Er wird im bloßen Hemd aus deinen Klauen herauskommen, denn diese Franzosen sind Zechbrüder, die ihr Geld leichter loszuwerden als zu erwerben wissen und die für einen Schaden, den man ihnen angetan hat, ganz und gar kein Gedächtnis haben. Und darum wird er sich nicht das geringste daraus machen, ob du ihn bestiehlst oder nicht.

1. bekannter römischer Bankier jener Zeit, der bei seinem Tode, im Jahre 1520, ein ungeheures Vermögen hinterließ.

Pippa: Ihr Prachtkerle von Franzosen! Seid mir gebenedeit!
Nanna: Bedenke auch, daß die Franzosen Batzen und die Spanier Schellen geben. Die Deutschen – hm! –, die sind von anderem Schlag, und es lohnt sich wohl, ein Auge auf sie zu werfen. Ich meine die reichen Kaufleute, die sich in Liebeshändel stürzen – ich will nicht sagen ›wie auf den Wein‹, denn ich habe welche von sehr mäßigen Gewohnheiten gekannt, aber sagen wir, ›wie in ihre Luthereien‹. Sie werden dir schwere Dukaten geben, wenn du sie richtig zu nehmen weißt und nicht überall ausposaunst, die seien Liebhaber von dir und täten dies und sagten das. Rupfe sie im stillen, sie werden sich rupfen lassen.
Pippa: Ich werd's mir merken.
Nanna: Sie sind von Charakter hart, scharf und grob, und wenn sie sich mal was in den Kopf gesetzt haben, dann kann der liebe Gott allein sie wieder davon abbringen. Deshalb beobachte sie, lerne sie kennen und salbe sie süß und sanft ein.
Pippa: Was habe ich sonst noch zu machen?
Nanna: Ich möchte dir wohl noch zu etwas raten – aber ich riskiere es nicht.
Pippa: Was ist es denn?
Nanna: Ach – nichts!
Pippa: Sagt es mir doch! Ich möchte es gerne wissen.
Nanna: Nein, ich tu's nicht. Man würde mir's nachreden als eine große Sünde.
Pippa: Warum habt Ihr mir denn erst Lust gemacht, es zu hören?
Nanna: Hm, schließlich, was in aller Welt wird denn auch dabei sein, wenn du dich mit Juden abgibst? Also, gib dich mit ihnen ab, aber fang es geschickt an. Besuche sie unter dem Vorwand, du wollest Vorhangstoffe, Bettzeug oder derlei Plunder kaufen; du wirst sehen, es findet sich bald einer, der dir in deine kleine Sparbüchse, die du vorne hast, die ganzen Erträgnisse seiner Wuchereien und Betrügereien legt und das Agio noch obendrein. Und wenn sie stinken wie ein Hund – laß sie stinken!
Pippa: Ich glaubte, du wolltest mir irgendwas ganz besonders Wichtiges sagen!
Nanna: Ja, ich weiß selber nicht – der fürchterliche Gestank, der ihre Krankheit ist, machte mich bedenklich, dir davon zu sprechen.

Aber weißt du, wie sich's damit verhält? Der Seefahrer heimst große Gewinne ein, aber er hat dafür die Unannehmlichkeit, auf Galeeren und mit katalonischen Matrosen fahren zu müssen, er läuft Gefahr, den Türken oder dem Barbarossa in die Hände zu fallen oder Schiffbruch zu leiden, er muß hartes Brot voller Würmer essen, Essigwasser trinken und noch andere Widerwärtigkeiten erdulden, wie ich mir habe erzählen lassen. Wenn nun der Seefahrer, um seine Waren abzusetzen, sich aus Wind und Regen und harter Mühsal nichts macht — warum sollte nicht auch eine Kurtisane sich über den Gestank der Juden hinwegsetzen?

Pippa: Ihr macht wunderschöne Vergleiche. Aber wenn ich mich mit ihnen einlasse, was werden meine Freunde dazu sagen?

Nanna: Was sollen sie dazu sagen, wenn sie nichts davon wissen?

Pippa: Aber erfahren sie's denn nicht?

Nanna: Wenn du's ihnen nicht selber sagst, nein! Der Jude wird stille sein wie 'n Einbrecher, damit man ihm nicht die Knochen im Leibe zerschlägt.

Pippa: Ach so, ja, so geht's.

Nanna: Ich nehme an, du hast 'nen Florentiner in deiner Kammer mit seinem Gequackel, Gepappel und Geschnatter. Den behandle recht gut, denn die Florentiner außerhalb Florenz' gleichen Leuten, die aus Respekt vor dem Ort, wo sie sich befinden, nicht zu pissen wagen, obgleich sie die Blase voll haben. Sobald sie aber draußen sind, setzen sie eine riesige Bodenfläche unter Wasser mit dem Urin, den ihr Schlauch verspritzt. Ich will sagen, die Florentiner sind draußen so freigebig, wie sie bei sich zu Hause knauserig sind. Außerdem sind sie gebildet, liebenswürdig, höflich, geistreich, witzig; und wenn du von ihnen keinen anderen Vorteil hättest, als ihre angenehme Sprache anzuhören, könntest du damit nicht schon zufrieden sein?

Pippa: Ich nicht.

Nanna: Na, es war ja nur so eine Redensart von mir. Genug, sie geben aus, soviel sie nur können, veranstalten Gastmähler mit päpstlicher Pracht und Feste mit einem Pomp wie sonst niemand; außerdem gefällt ihre Sprache jedermann.

Pippa: Kommt mir, bitte, nun mal ein bißchen auf die Venezianer zu sprechen.

Nanna: Über die will ich dir nicht ausführlich sprechen, denn wenn ich von ihnen alles Gute sagte, das sie verdienen, so würde man mir antworten: ›Die Liebe macht dich blind.‹ Aber sie macht mich ganz gewiß nicht blind, denn es ist die Wahrheit, wenn ich sage, sie sind Götter, sind die Herren der Welt und sind die schönsten Jünglinge, die schönsten Männer, die schönsten Greise hier auf Erden. Und zieh ihnen ihre ernste Tracht ab, da sind im Vergleich mit ihnen alle anderen Männer nichts als Wachspuppen. Zwar sind sie stolz, weil sie reich sind, aber sie sind dabei die Güte selbst in Lebensgröße. Und wenn sie auch von Beruf Kaufleute sind, uns gegenüber benehmen sie sich wie Könige; die Kurtisane, die sie zu gewinnen weiß, die ist glücklich, denn alles andere ist Firlefanz neben ihren großen Kisten, die sie randvoll von Dukaten haben; und mag's donnern, mag's regnen, daraus machen sie sich nicht mehr als aus einem Heller.

Pippa: Gott beschütze sie!

Nanna: Das tut er.

Pippa: Aber – was mir eben einfällt: Erklärt mir doch, warum die Signora, die neulich von Venedig zurückkam, dort nichts hat machen können, denn wie meine Patin mir erzählte, war alles, was sie wieder mitbrachte – zwanzig Paar Kisten voll von Steinen.

Nanna: Das will ich dir sagen. Die Venezianer haben ihren besonderen Geschmack: Popo, Brüste und der ganze Leib müssen fest und glatt sein, das Alter fünfzehn bis sechzehn Jahre, höchstens zwanzig, und von Petrarca-Duseleien wollen sie nichts wissen. Darum, liebes Töchterlein, laß bei ihnen alle Kurtisanenmätzchen beiseite und bediene sie mit reeller Ware, wenn du willst, daß sie für dich gutes rotes Gold aus dem Fenster werfen und nicht mit nebelgrauen Redensarten bezahlen. Ich für mein Teil, wenn ich ein Mann wäre, ich möchte eine beschlafen, die 'ne süße Zunge hätte, aber nicht 'ne ausgelernte Hure wäre. Und als Weib möchte ich viel lieber 'nen strammen Burschen von Fleisch und Blut in den Armen halten als den Meister Dante. Und ich meine, es ist 'ne viel süßere Melodie als alle Danteschen Gesänge, wenn eine suchende Hand den Busen betastet wie die Saiten einer Laute und dann bei dem Spitzchen innehält, das weder zu tief eingezogen ist, noch zu weit hervorsteht. Und wenn diese Hand auf dem Heiligtum der Hinterbacken trommelt, das scheint mir lieblichere Musik, als die Pfeifer auf der Engelsburg sie machen, wenn die Kardinäle in jenen Kapuzen, aus denen sie wie 'ne Eule auf ihrem Loch hervorsehen, sich zu Hofe begeben. Mir ist's, als sehe ich die Hand, von der ich eben spreche, plötzlich die Musik aufgeben und wieder zum Busen zurückkehren, der in stürmischem Ein- und Ausatmen sich hebt und senkt wie ein belebtes Bild.

Pippa: Oh! wie Ihr es versteht, mit Worten zu malen! Mir ist ganz heiß geworden, während ich Euch zuhörte, und es kam mir vor, als betastete die Hand, von der Ihr sprecht, mir die Brüste und griffe mir ... ich mag nicht sagen, wonach.

Nanna: Ich hab's dir wohl am Gesicht angesehen, daß du dich aufregtest, denn deine Züge veränderten sich, und plötzlich wurdest du ganz rot, während ich dir von diesen Sachen erzählte, die man nicht sehen läßt. Nun wollen wir von Florenz einen Sprung nach Siena machen, und da will ich dir nur sagen: Die Senesen sind große Narren, aber liebe Narren, obwohl sie seit etlichen Jahren, wie ich von diesem und jenem gesprächsweise hörte, sich verschlechtert haben. Von allen Männern, mit denen ich zu tun gehabt habe, scheinen sie mir der Höhepunkt zu sein. Sie haben etwas von dem liebenswürdigen Wesen und der feinen Geistesbildung der Florentiner, sind aber nicht so verschmitzt und nicht so mit allen Hunden gehetzt. Wenn eine sie zu betümpeln weiß, kann sie sie scheren und schinden bis aufs Blut. Im großen und ganzen sind es Einfaltspinsel, aber in ihrem Wesen anständig und nett.

Pippa: Das sind also gerade die rechten Leute für mich!

Nanna: Ganz gewiß. Nun weiter nach Neapel!

Pippa: Von den Neapolitanern sprecht mir nicht; wenn ich bloß an sie denke, steht mir die Luft still!

Nanna: Höre nur zu, kleines Dämchen, beim Leben deines Todes! Die Neapolitaner sind Leute, die einen von Schlafmützigkeit kurieren können; sie sind gut, um sie einmal im Monat zu genießen, wenn dir gerade mal die Lust danach ankommt; ob du allein bist oder Gesellschaft bei dir hast, darauf kommt's ihnen nicht an. Ich kann dir nur sagen, ihre Prahlereien sind himmelhoch. Sprich ihnen von Pferden, sie haben die allerbesten spanischen; von Kleidern: zwei oder drei große Schränke voll; Geld wie Heu; und alle Schönen des ganzen Landes sterben vor Sehnsucht nach ihnen. Läßt du dein Schnupftuch fallen oder einen Handschuh, so heben sie ihn mit den galantesten Gleichnissen auf, die man je am Hof von Capua gehört hat. Jawohl, Herrschaften!

Pippa: Was für ein Spaß muß das sein!

Nanna: Ich kannte früher einen ganz verfluchten Kerl von ihnen, namens Giovanni Agnese; den brachte ich immer ganz außer sich, indem ich ihn nachäffte, das heißt seine Sprache – (denn sein Benehmen könnte kein Henker nachmachen; er ist ein Ausbund von einem abgefeimten Schwerenöter); ein Genuese, der oft dabei war, wollte immer vor Lachen darüber platzen. Einmal hechelte ich auch ihn durch und sagte zu ihm: »O Genua mein, stolze Hauptstadt dein! Ihr Genuesen wißt ja die Kuh zu kaufen, ohne euch einen Knochen dabei geben zu lassen; bei euch können wir nicht viel verdienen!« Und das stimmt, denn sie wissen vom Knappen noch was abzuknappen und das Spitze noch feiner zuzuspitzen. Sie sind ungemein gute Haushalter, tranchieren den Braten, so dünn es nur geht, und geben dir kein bißchen zuviel. Übrigens sind sie über alle Maße eitel, lieben das feine Benehmen des hispanisierten Neapolitaners, sind respektvoll, und das bißchen, das sie dir geben, kommt dir vor wie Zucker; und dies bißchen haben sie *immer*. Diese Leute mußt du richtig zu behandeln wissen: Miß ihnen deine Ware zu, wie sie dir ihr Geld zumessen; ihre Sprache ist ja nicht schön mit ihren Kehltönen, Nasenlauten und ihren Schluckern; laß dir davon nicht den Appetit verderben, und nimm sie hin, wie sie sind.

Pippa: Die Bergamasken sind ja auch netter als ihre Sprache.

Nanna: Auch unter denen sind nette und liebe Leute, ganz gewiß. Aber kommen wir jetzt zu unseren Römerlein! ›Vor dem Schwatzen nimm dich in acht, Rienzi!‹ Kind, wenn es dir Spaß macht, Brot und Quark mit Degenklingen und Lanzenspitzen zu essen, das ganze als Salat angemacht mit den schönen Heldentaten, die ihre Urgroßväter dereinst gegen den Bargello zu verüben pflegten – dann laß dich mit ihnen ein! Ich sage nur soviel: Der Tag der Plünderung hat uns auf den Kopf geschissen – mit

Verlaub zu sagen –, und darum wollte Papst Clemens niemals wieder was von ihnen wissen.

Pippa: Vergeßt ja nicht Bologna, und wär's auch nur um des Grafen und Ritters[1] willen, der schon ganz und gar zu unserem Hause gehört.

Nanna: Die Bologneser vergessen?! Wie würden denn die Kurtisanensalons aussehen ohne den Schatten dieser Bohnenstangen?

›Geboren nur um Schatten und Zahl zu sein‹,

wie's im Liede heißt. »Ich meine in bezug auf die Liebe, nicht auf Waffentaten«, wie Bruder Mariano sagte – so erzählte mir ein hübscher zwanzigjähriger Guckindiewelt, der ganz und gar sein Werk war; und er hätte, sagte er, niemals pausbäckigere und besser angezogene Leute gesehen. Darum, Pippa, nimm sie gut auf, denn sie werden beim Hofe, den du halten wirst, brauchbare Statisten sein, und amüsiere dich an ihrem gedankenlosen, wohlklingenden Geschwätz. Dann bleiben uns also noch die Lombarden; diese dicken Schnecken und großen Schmetterlinge behandle freiweg nach Hurenart, nimm von ihnen, was du kriegen kannst und so schnell wie möglich, und gehe ihnen allen stets mit ›Herr Ritter‹ und ›Herr Graf‹ um den Bart; auf das ›ja, Herr‹ und ›nein, Herr‹ halten sie wie auf ihre eigenen Augen. Bei diesen Leuten schadet es nichts, wenn du ihnen die Suppe ein bißchen pfefferst; es ist sogar verdienstlich, und du darfst dich rühmen, wenn dir's gelingt; denn auch sie betrügen die armen Kurtisanen und renommieren damit in allen Schenken, wo sie verkehren. Und damit du's weißt, wie man einem die Suppe pfeffert, ohne daß er's merkt, will ich dir zwei Geschichten erzählen, von denen ich der Schwätzerin, der Antonia, nichts gesagt habe; ich habe sie vielmehr für etwa eintretende Fälle in petto gehalten.

Pippa: Oh! ich freue mich sehr, sie zu hören!

Nanna: Die erste Gaunerei ist ganz gewöhnlich, die zweite bewegt sich in ganz hohen Regionen. Doch um zur Sache zu kommen: Ich hatte ein Zöfchen, das mir seither gestorben ist; dreizehn Jahre war sie alt, rundlich und pummelig, ein ganz entzückend hübscher Käfer, gewitzt, verschlagen, durchtrieben bis in

1. der Cavaliere da Legge, Conte da Santa Croce, einer von Aretinos Gönnern. Vgl. die Widmung dieses II. Teiles.

die Puppen, ein Plappermaul – das weiß Gott! – eine richtige Füchsin, eine Schelmin, vor der man sich in acht nehmen mußte. Dieser brachte ich bei, mir das Wirtschaftsgeld für die kleinen Ausgaben zu verdienen oder vielmehr zu stibitzen.
Pippa: Und wie machte sie das?
Nanna: Sobald sie sich bei allen, die bei mir im Hause aus und ein gingen, den Einheimischen wie den Fremden, in Gunst gesetzt hatte, schäkerte sie bald mit diesem, bald mit jenem, so daß mancher von ihnen keinen größeren Spaß kannte, als sich mit ihr abzugeben. Ich richtete sie nun ab, eine in drei Stücke zerschlagene Porzellanschüssel in die Hand zu nehmen; sobald irgendein Kavalier an die Tür klopfte, zog sie die Schnur, um ihm zu öffnen, und lief dann mit aufgelöstem Haar ans Treppengeländer, indem sie mit jämmerlicher Stimme schrie: »O weh, o weh! ich bin tot; o weh, ich bin futsch!« Dabei tat sie, als wollte sie davonlaufen; meine andere Magd, eine Alte, hielt sie mit aller Kraft am Rock fest und sagte: »Laß doch, laß doch; die Signora wird dir nichts tun!« Wie der Hohlkopf sie so verstört und ganz von Sinnen sieht, nimmt er sie am Arm und sagt: »Was ist denn los? Warum weinst du? Warum schreist du?« – »Ich Unglückselige!« antwortet sie, »ich hab das Ding da zerschlagen – es kostet einen Dukaten; laßt mich gehen, sonst schlägt sie mich tot, wenn sie mich erwischt.« Und diesen Schwindel brachte sie mit den rührendsten Gebärden, mit tiefen, aus dem Herzen kommenden Seufzern vor und tat dabei, als ob sie einer Ohnmacht nahe sei, so daß sie das Mitleid des Galgens des Gouverneurs von Man Mozza erregt haben würde, geschweige denn eines Kavaliers, der zu einer Unterhaltung mit 'ner Kurtisane kam. Ich stand derweile hinter der Türspalte meiner Kammer und stopfte mir meinen Schürzenzipfel in den Mund, um nicht laut herauszuplatzen, als er, der sonst den Daumen sehr fest auf den Beutel hielt, ihr den Taler in die Hand drückte, vermutlich auf Rechnung seines Almosenkontos. Und ich dachte, ich müßte platzen, als die Alte ihr den Taler aus der Hand nahm und damit die Treppe hinunterging, damit er glauben sollte, sie kaufte eine andere Schüssel.
Pippa: Tüchtige Spitzbübin!
Nanna: Inzwischen erschien ich im Saal. Er empfing mich mit der

Begrüßung: »Ich komme, Euer Gnaden meine Reverenz zu bezeigen«, ergriff meine Hand und drückte einen saftigen Kuß darauf. Wir plaudern miteinander, und 'ne drittel Stunde drauf kommt mein Zöfchen zu uns rein mit der Zwillingsschwester der gebrochenen Schüssel und sagt zu mir: »Ich will sie wieder in Eure Kammer stellen.« – »Was hast du denn?« frage ich. »Was bedeutet denn das? Du hast ja ganz geschwollene Augen!« Und das Schleckermäulchen, das Schlauköpfchen, gibt ihm verstohlen einen Wink, er solle mir nichts von der Geschichte sagen.

Pippa: Soviel ist sicher, 'ne Kurtisane muß mehr gelernt haben als ein Doktor!

Nanna: Diesen Schabernack mußte sie jedem spielen, der zu mir kam; bald hatte sie ein Glas, bald eine Tasse, bald einen Teller in der Hand, und auf diese Weise zog sie ihre zwei, vier oder fünf Juliusse bald diesem, bald jenem aus der Börse, und so wurden die kleinen Ausgaben meiner Haushaltung immer ganz wunderschön gedeckt. Nun zur *großen* Spitzbüberei!

Pippa: Ich schlürfe Eure Worte ein, ehe Ihr sie noch ausgesprochen habt.

Nanna: Ein Offizier, der aus seinen verschiedenen Stellen an die zweitausend Kammerdukaten Einkünfte hatte, war so bestialisch verliebt in mich, daß er damit für alle seine Sünden büßte. Er gab viel Geld aus, wenn ihm gerade die Laune ankam – man hätte meinen können, er sei mondsüchtig –, aber man mußte schon geradezu zur Astrologie seine Zuflucht nehmen, kann ich dir sagen, um ihm was abzuluchsen, wenn er keine Lust hatte, was zu geben. Aber was noch schlimmer war: Er war ein grober Wüterich von Kindesbeinen an; über jedes Wörtchen, das nicht nach seinem Sinn ausgesprochen wurde, geriet er in Wut, und wenn er bloß mit der Hand an den Dolch fuhr und mit der Schneide einem vor dem Gesicht herumfuchtelte, so war man noch froh, mit der Furcht davongekommen zu sein. Darum verabscheuten die Kurtisanen ihn wie der Bauer den Regen. Na, ich hatte ja längst meine Angst dem Schuhflicker zum Versohlen gegeben[1] und hatte ihn jeden Tag bei mir zu Tisch. Und obwohl er auch mit mir seine eselhaften Scherze trieb, so nahm ich mich immer hübsch zusammen

1. Gemeint ist, sie hatte keine Angst.

und dachte nur daran, wie ich ihm mal einen Streich spielen könnte, der ihm alle die seinigen heimzahlen würde. Darüber dachte ich so lange nach, bis ich schließlich auch das Richtige traf. Was tat ich? Ich zog einen Maler ins Vertrauen, den Meister Andrea – oh, ich kann seinen Namen gerne nennen! –, und ließ ihn ein paar Häppchen an mir naschen unter der Bedingung, daß er sich mir zur Verfügung stellte: Er sollte sich nämlich mit Farben und Pinseln unter meinem Bett verstecken und mir eine Schmarre ins Gesicht malen, sobald der rechte Augenblick gekommen wäre. Ich eröffnete mich auch dem Meister Mercurio – seligen Angedenkens –, ich weiß, du hast ihn noch gekannt.

Pippa: Ja, ich kannte ihn.

Nanna: Dem sagte ich: Wenn ich an dem und dem Abend zu ihm schickte, möchte er mit Charpie und Eiern[1] zu mir kommen. Um mir gefällig zu sein, blieb er am Abend der von mir beabsichtigten Hetz ganz zu Hause. Schön! Also Meister Andrea liegt unter meinem Bett, Meister Mercurio wartet in seinem Hause, und ich sitze mit meinem Offizier bei Tisch. Als wir ungefähr mit dem Essen fertig sind, bringe ich die Rede auf einen gewissen Kammerherrn des Reverendissimo, von dem mein Freund mir verboten hatte zu sprechen; damit wollte ich ihn aufbringen. Na, wenn's Brot schon aufgegangen ist, braucht's keinen Sauerteig mehr. Es dauert nicht lange, so schreit er mich an: »Vettel! alte Hure! Gaunertrine!« Und als ich ihm seine Schimpfworte in gleicher Münze heimzahle, versetzt er mir mit der flachen Klinge seines Dolches einen derartigen Hieb auf die eine Wange, daß ich ihn allen Ernstes fühlte. In der Tasche hatte ich irgendwelche Ölfarbe, die mir Meister Andrea gegeben hatte; mit dieser beschmiere ich mir die Hände und schlage diese vors Gesicht und erhebe ein fürchterliches Geschrei, wie nur eine Frau im Wochenbett schreien kann. Er glaubte allen Ernstes, der Hieb habe mich mit der Schneide getroffen, bekam eine Angst, als ob er mich ermordet hätte, und lief, so schnell ihn seine Beine tragen wollten, in den Palast des Kardinals Colonna, schloß sich dort in dem Zimmer eines ihm befreundeten Kammerherrn ein und stöhnte leise: »Weh mir! Ich habe Nanna, Rom und alle meine Stellen

1. Das Eiweiß wurde beim Verbinden von Wunden gebraucht.

verloren!« Unterdessen hatte ich mich ganz allein mit meiner alten Magd in meiner Kammer eingeschlossen, Meister Andrea kroch aus dem Nest hervor und malte mir im Handumdrehen eine Schmarre auf die rechte Wange, und zwar so geschickt, daß ich selber, als ich mich im Spiegel besah, vor Schreck beinahe in Ohnmacht fiel. Inzwischen war von meiner Kleinen, die die Spitzbübereien mit den zerschlagenen Schüsseln machte, Meister Mercurio geholt worden. Er kam herein und sagte mir: »Seid unbesorgt, Signora, es ist weiter nichts.« Er ließ der Farbe Zeit zum Trocknen, befeuchtete die Charpie mit rosenparfümiertem Öl und verband mir den Schmiß nach allen Regeln der Kunst. Dann ging er in den Saal, wo sich unterdessen eine große Gesellschaft versammelt hatte, und sagte: »Sie kann nicht davonkommen!« Die Nachricht verbreitete sich sofort durch ganz Rom und kam auch zum Mörder, der darob weinte wie ein geprügeltes Kind. So kommt der Morgen heran. Es erscheint in meiner Kammer, deren Fenster alle dicht verhängt waren, der Arzt, ein angezündetes Pfenniglicht in der Hand, und hebt den Verband auf. Ich weiß nicht, wie viele Leute den Kopf durch die Tür in die halbdunkle Kammer hineinsteckten und weinten. Irgendeiner von ihnen fiel sogar in Ohnmacht bei dem Anblick der fürchterlichen Schmarre. So erzählte man sich denn überall, mein Gesicht sei für alle Zeiten auf die traurigste Weise verunstaltet, und der Täter schickte mir Geld, Arzneien und Ärzte ins Haus, damit sich nur nicht der Bargello in die Sache einmischte, denn selbst der Schutz der Colonna schien ihm noch nicht völlig hinreichend. Nach acht Tagen ließ ich das Gerücht in Umlauf setzen, ich würde davonkommen, aber mit einer Narbe, die für 'ne Kurtisane schlimmer wäre als der Tod. Der Freund beschloß, mich durch Geld zu besänftigen. Er bot alle möglichen Mittel auf, setzte alle seine Freunde und Gönner in Bewegung und brachte mich schließlich dahin, daß ich mich einverstanden erklärte. Die ganze Zeit über hütete ich mich wohl, mich von irgend jemand sehen zu lassen, ausgenommen von einem seiner Freunde, einem gewissen Monsignor, der dumm war wie Bohnenstroh. Kurz und gut: Er zahlte fünfhundert Dukaten Schmerzensgeld und fünfzig für Arzt und Arzneien, und ich verzieh ihm, das heißt, ich versprach, ihn nicht vor dem Gouverneur zu verklagen; außerdem verlangte ich, daß er mich in Ruhe ließe und dafür Bürgschaft stellte. Diese fünfhundert Dukaten sind das Geld, das ich für dies Haus ausgab, ohne den Garten, den ich erst später dazukaufte.

Pippa: Ihr wart ein tüchtiger Kerl, Mama, daß Ihr 'ne solche Sache durchführen konntet.

Nanna: Die Geschichte ist noch lange nicht beim Halleluja, und ich würde in einem ganzen Jahre nicht zu Ende kommen, wenn ich dir alle Einzelheiten davon erzählen wollte. Aber allen Ernstes: Ich habe die Zeit, die ich gelebt habe, nicht ins Wasser geworfen, wahrhaftig nicht, ich hab sie nicht ins Wasser geworfen. Ei verflucht!

Pippa: Das sieht man am Erfolg.

Nanna: Also weiter: Da ich fand, daß die fünfhundert Dukaten nebst den fünfzig obendrein für meinen feinen Gaumen und für meinen Appetit noch nicht genug seien, so dachte ich mir den allerhurenmäßigsten Hurenstreich aus. Was meinst du, wie ich das anfing? Ich stöberte einen Neapolitaner auf, einen ganz abgefeimten Spitzbuben, der im Rufe stand, er besitze ein Geheimnis, jede Hiebnarbe aus dem Gesicht eines Menschen verschwinden zu machen. Dieser kam zu mir und sagte verabredetermaßen: »Wenn irgendeiner hundert Taler deponieren will, so mache ich, daß auf Eurem Gesicht soviel Narben zu sehen sind wie hier!«, und damit zeigte er mir seine Handfläche. Ich wälzte mich innerlich vor Lachen, sagte aber mit einem Seufzer: »Geht und sprecht von diesem Mirakel mit dem, der schuld ist, daß ich nicht mehr ...«, ich wollte sagen ›mir selber ähnlich sehe‹, aber ich wandte mich ab und schluchzte ganz leise, leise. Der Gauner, der einen ungemein anständigen Rock trug, ging und suchte den in schlimme Hände gefallenen Offizier auf. Er trug ihm die Wundertat vor, die er vollbringen zu können sich rühmte, und was meinst du? Der Mensch, der vor Verzweiflung, mich nie wieder besitzen zu können, Folterqualen ausstand, deponierte die hundert Taler. Aber wozu das Ende noch lange hinausziehen! Die nicht vorhandene Narbe verschwand kraft des heiligen Wassers, das der Gauner mir sechsmal ins Gesicht sprengte, wobei er einige Worte sprach, die sich anhörten wie Mirabilium, aber nicht den gering-

sten Sinn hatten. Und so kamen die hundert Piaster, wie die Griechen sagen, in meine Hand.
Pippa: Herzlich willkommen und prost Neujahr!
Nanna: Warte nur, es kommt noch was. Als sich das Gerede verbreitete, ich sei wiederhergestellt, ohne daß auch nur die geringste Narbe zu sehen sei, da lief jeder, der 'ne Schmarre überm Schnabel hatte, dem Gauner ins Haus, wie die Synagogen dem Messias entgegenlaufen würden, wenn er auf den Judenplatz herniederstiege. Sowie der Halunke seine Börse voll von Anzahlungen hatte, schnürte er sein Bündel; ich hatte ihm von den Dukaten, die ich mit seiner Hilfe gewann, etliche als Lohn gelassen, und da mochte er wohl meinen, die anderen könnten sich ebensonett gegen ihn benehmen wie ich.
Pippa: Und der Offizier erfuhr, hörte und glaubte die Sache?
Nanna: Er erfuhr sie und erfuhr sie nicht, er hörte sie und hörte sie nicht, er glaubte sie und glaubte sie nicht.
Pippa: Das genügt!
Nanna: Im Schwanz liegt das Gift.
Pippa: Was gibt's denn noch?
Nanna: Das Beste kommt noch. Nachdem der Dummkopf so viele Ausgaben gehabt hatte, daß er, wie man sich erzählte, ein Rittergut verkaufen mußte, versöhnte er sich mit mir mit Hilfe von Zwischenträgern und vermittels seiner Briefe und Botschaften, in denen er mir von seiner Leidenschaft vorsang. Er begab sich zu mir, um sich, den Strick um den Hals, mir zu Füßen zu werfen, und während er sich gerade einige Worte ausdachte, durch die er sich bei mir wieder in Gunst zu setzen hoffte, kam er bei der Bude des Malers vorbei, der mir das Mirakelbild gemalt hatte, das ich in eigener Person nach Loretto zu bringen gedachte, wie ich überall erzählte. Und als er die Augen darauf wirft, sieht er sich selber porträtiert, den Dolch in der Hand, wie er mir armen Hure die Schmarre beibringt. Das war aber noch gar nichts, denn darunter las er:

ICH
SIGNORA NANNA
ANBETERIN DES
MESSER MACO

HABE DANK DEM TEUFEL
DER IHM IN DEN KOPF GEFAHREN WAR
ZUM LOHN FÜR MEINE ANBETUNG
DIE FURCHTBARE SCHMARRE ERHALTEN.
VON DIESER HEILTE MICH
DIE MADONNA
DER ICH DIESES
IHR
VON MIR GELOBTE BILD WEIHE.

Pippa: Haha!

Nanna: Als er seine eigene Mordgeschichte las, da machte er ein viel saureres Gesicht als die Bischöfe mit den Pergamentmützen,[1] wenn ihnen mit Stockprügeln bei der Exkommunizierung die Teufel ausgetrieben werden. Er fuhr vor Wut fast aus der Haut, rannte nach Hause und schickte mir ein Kleid, um mich dazu zu bestimmen, daß sein Name von der Votivtafel entfernt würde.

Pippa: Hahaha!

Nanna: Nun kommt noch der Schluß: Der Bramarbas gab mir auch auf seine eigenen Kosten das Geld, um mein Gelübde zu erfüllen und nach Loretto zu gehen – was ich niemals gelobt hatte. Aber damit noch nicht genug: Ich weigerte mich hinzugehen, und es blieb ihm nichts anderes übrig, als mir beim Papst die Absolution zu erkaufen.

Pippa: Ist es möglich, daß er so von Sinnen war, und als er zu Euch kam, nicht bemerkte, daß auf Eurer Wange niemals eine Schmarre gewesen war?

Nanna: Das will ich dir erklären, Pippa. Ich nahm irgendein Ding – ich weiß nicht mehr, was für eins –, das Ähnlichkeit mit einem Messer hatte, band es mir ganz fest auf die Wange und ließ es die ganze Nacht liegen. Erst als er kam, nahm ich's mir ab. Und da hättest du wirklich 'ne gewisse Zeit glauben können, wenn du den bläulichen Streif gesehen, der sich tief in das Fleisch eingeprägt hatte, es sei eine vernarbte Schnittwunde.

1. Ketzer und vom Teufel Besessene trugen bei den Exekutionen spitze Mützen aus Pergament, das mit allerlei Fratzen bemalt war; da diese Mützen Ähnlichkeit mit einer Mitra hatten, so nannte man die armen Sünder scherzhaft ›Bischöfe‹.

Pippa: Ach so!

Nanna: Jetzt will ich dir noch die Geschichte vom Kranich erzählen, und dann komme ich zum Schluß der Unterweisung, die ich dir zu geben habe.

Pippa: Bitte, erzähle!

Nanna: Ich tat, als hätte ich ein solches Gelüste, einen Kranich mit Nudelfüllung zu essen, daß ich Angst hätte, ich kriegte ein Kind mit 'nem Muttermal. Zu kaufen war keiner, und so blieb einem meiner Liebhaber nichts übrig, als einen mit 'ner Donnerbüchse schießen zu lassen. So kriegte ich meinen Vogel. Was machte ich aber damit? Ich schickte ihn einem Wursthändler zu, der alle meine ›Untertanen und Vasallen‹ kannte, wie der Jude Gian Maria die vom Verucchio und der Scorticata nannte – ich erinnere mich nicht mehr. Ich ließ den Freund, der mir den Kranich schenkte, schwören, daß er nichts davon erzählen wollte, und als er mich fragte, was es denn machte, wenn er's erzählte, antwortete ich ihm, ich wollte nicht für ein Leckermaul gehalten werden.

Pippa: Das war recht, daß Ihr ihm das sagtet. Nun zum Wursthändler!

Nanna: Diesem sagte ich Bescheid, er dürfte den Vogel nur an einen verkaufen, der ihn für mich kaufen wollte. Da er in solchen Geschäftchen auch früher schon mit mir zu tun gehabt hatte, so verstand er sofort, was ich beabsichtigte. Kaum hat er den Kranich in seinem Laden ausgehängt, so kommt einer von denen, die mein Gelüste nach so 'nem Vogel kannten, bei ihm vorbei, rennt hinein und ruft: »Wieviel willst du dafür?« – »Der Kranich ist unverkäuflich«, antwortet der Schlaumeier, um dem Käufer erst recht Lust zu machen und um ihm mehr Geld abzunehmen. Der beschwört ihn himmelhoch und sagt immerfort: »Laß ihn kosten, was er will!« Schließlich bekommt er ihn für einen Dukaten, schickt ihn mir durch seinen Bedienten ins Haus und denkt, ich solle denken, er habe den Kranich von einem Kardinal zum Geschenk erhalten. Ich empfange ihn voll Jubel, und sobald der Diener fort ist, schick ich den Vogel wieder zum Verkauf. Schön und gut! Der Kranich wurde von allen meinen Freunden gekauft, jedesmal für einen Dukaten, und wurde mir jedesmal in mein

Haus geschickt. Na, was meinst du, Pippa. Ist es nicht 'ne schöne Sache, wenn man sich als Hure durchs Leben zu schlagen weiß?

Pippa: Ich bin ganz baff!

Nanna: Nun wollen wir uns mal betrachten, wie du dich zu benehmen hast, um Kundschaft zu bekommen.

Pippa: Ja! Das ist ja die ganze Hauptsache.

Nanna: Nehmen wir an, es kommen zu dir fünf oder sechs neue Vögel; sie sind in Gesellschaft irgendeines guten Bekannten von dir. Empfange sie wie eine vornehme Dame, nimm mit ihnen Platz und unterhalte dich mit ihnen munter, aber so anständig, wie du nur kannst. Und während du sprichst und zuhörst, schätze ihre Kleider und Schmucksachen ab und mache dir nach ihrem ganzen Benehmen einen Überschlag, was wohl etwa aus ihnen herauszuziehen sein dürfte. Dann nimm mit guter Art deinen Bekannten auf die Seite und befrage ihn nach den Verhältnissen eines jeden; hierauf mach dich wieder an dein Geschäft. Du gibst dem Reichsten den Vorzug, beäugelst ihn mit wollüstigen Blikken, tust, als ob du zum Sterben in ihn verliebt seist, und wendest niemals deine Augen von den seinen ab, ohne einen tiefen Seufzer zu tun. Und wenn du von ihm auch nur den Namen wüßtest, so sagst du doch beim Abschied zu ihm: »Ich küß die Hand, Euer Gnaden, Herr Soundso!« Zu den anderen aber nur: »Ich empfehle mich Euch.« Stell dich an den Fensterladen, sobald sie zum Hause heraus sind, laß dich aber nur sehen, wenn er sich umdreht, um dir mit einem letzten Gruß zu huldigen; und im Augenblick, wo er deinen Blicken entschwinden muß, beuge dich mit dem ganzen Leib zum Fenster hinaus, beiß dich in die Finger, drohe ihm und gib ihm durch Zeichen zu verstehen, er habe mit seiner göttlichen Gegenwart dir dein ganzes Herz verzaubert. Du wirst sehen, er kommt dir allein ins Haus zurück, und er findet den Weg sicherer, als wenn ihn einer begleitete. Dann, Pippa, ans Werk!

Pippa: Wie schön Ihr zu sprechen wißt!

Nanna: Nun will ich dir noch was sagen, weil's mir gerade einfällt. Lache niemals, wenn du einem, der bei Tische oder am Kaminfeuer oder sonstwo neben dir sitzt, was ins Ohr flüsterst — das ist einer von den schlimmsten Fehlern, die eine Frau haben kann, sei sie 'ne anständige, sei sie 'ne Hure. Denn wenn du diesen Verstoß begehst, so argwöhnt sofort ein jeder, du machst dich über ihn lustig, und daraus entstehen oft tolle Skandale. Ferner kommandiere nicht in Gegenwart anderer Leute deinen Dienstboten, als ob du 'ne Königin wärest; im Gegenteil, wenn du etwas selber machen kannst, so tu's; man weiß ja recht gut, daß du Dienstboten hast und ihnen nur deine Befehle zu geben brauchtest; und gerade wenn du ihnen gegenüber keinen hochmütigen Befehlston anschlägst, erwirbst du dir das Wohlwollen deiner Besucher; und wer dich so sieht, der sagt: »Oh, dies reizende Geschöpf! mit welcher Anmut sie alles zu machen weiß!« Wenn sie dich dagegen ärgerlich sehen werden und dich schelten hören, sooft deine Zofe sich nicht beeilt, dir den Zahnstocher aufzuheben, der dir aus der Hand gefallen ist, oder dir einen Pantoffel abzubürsten, da denken sie bei sich selber: ›Wehe der Armen, die unter deren Fuchtel ist‹, und winken einander zu, um sich gegenseitig auf deinen Hochmut aufmerksam zu machen.

Pippa: Was für heilige Ratschläge! was für gute Ratschläge!

Nanna: Aber was mache ich denn? Ich habe ja ganz vergessen, dich über dein Verhalten auf einem Fest zu belehren, wo ein ganzer Schwarm von Kurtisanen, die ja von Natur immer neidisch, eifersüchtig, klatschsüchtig und lästig sind, versammelt sein wird! Wenn du mich nicht mehr hast, dann wirst du so recht erkennen, was du an mir besaßest.

Pippa: Warum sagt Ihr mir das?

Nanna: Ich sage dir's, damit ich's nicht mehr zu sagen brauche. Du bist also bei einem Gastmahl, zu welchem — wir sind im Karneval — Signoras von allen Ecken und Enden eingeladen sind. Sie erscheinen im Saal, alle maskiert, tanzen, sitzen an den Wänden und paudern, ohne die Maske vom Gesicht nehmen zu wollen — und daran tun sie recht, solange die vielen Zuschauer, die nicht mit ihnen speisen sollen, noch anwesend sind und sich an der Musik und dem Tanzen ergötzen; aber unrecht tun sie daran, nachher, wenn man sich die Hände wäscht, nicht an der Tafel essen zu wollen, die für die ganze Gesellschaft gedeckt ist. Da geht die eine hierhin, die andre dorthin, und man müßte die nötige Anzahl Zimmer durch Schwarzkunst beschaffen, um alle die zufriedenzustellen, die mit ihrem Liebhaber unter vier Augen speisen wollen und dadurch alles auf den Kopf stellen: das Mahl, das Fest, das Haus, die Diener, die Vorschneider, die Köche, die Pest und die Kränke – und möchten sie alle die Pest und die Kränke kriegen!

Pippa: Die Zimperliesen!

Nanna: Meine Herzenshoffnung, jetzt will ich dich lehren, mit deiner Liebenswürdigkeit eines jeden Herz zu erobern.

Pippa: Gewiß?

Nanna: Ganz gewiß!

Pappa: Sagt mir nur, wie – und macht Euch bezahlt mit meinem Dank!

Nanna: Nimm dir die Maske ab, ohne dich im geringsten bitten zu lassen, und setze dich auf den Platz, den man dir anweist, und sage: »So, da sitz ich, wie mich meine Mutter zur Welt gebracht hat.« Wenn du so sprichst, wirst du in den Himmel erhoben werden, nämlich von den Lobreden, mit denen dich alle – bis zu den Bratspießen in der Küche! – preisen werden.

Pippa: Warum laufen denn die anderen in alle Zimmer?

Nanna: Weil sie die Vergleiche scheuen. Die eine hat Runzeln und will nicht runzlig aussehen; die andere ist häßlich und erträgt es nicht, daß eine schöne in ihrer Nähe sitzt; die dritte hat schlechte Zähne und will den Mund nicht auftun, wenn 'ne andere dabei ist, deren Zähne weiß wie Schlickermilch sind. Wieder 'ne andere hat nicht solches Kleid, solches Halsband, solchen Gürtel, solches Häubchen wie die oder jene; in allem übrigen dünkt sie sich der Seicento,[1] ja noch mehr zu sein und möchte lieber sterben, als daß sie sich in der Öffentlichkeit zeigte. Einige tun's aus Laune, andere aus Dummheit, noch wieder andere aus Bosheit, denn ich will dir nur sagen, wenn sie allein sind, da reden sie voneinander das Schlimmste, was sie nur wissen und können: die

1. eine jetzt ziemlich veraltete, zu jener Zeit aber viel gebrauchte sprichwörtliche Redensart, um einen besonders hoffärtigen Menschen zu bezeichnen. Der Ausdruck hat mit dem Secento (17. Jahrhundert) nichts zu tun, sondern rührt von einem berühmten Berberpferd her, das in vielen Rennen gesiegt hatte und Seicento genannt wurde, weil der Kaufpreis 600 Gulden betragen hatte.

Perlenschnur, die die X trägt, ist nicht ihr eigen; jenes Kleid gehört eigentlich der Frau von dem Y; der Rubin da gehört dem Meister Picciuolo und dies oder jenes dem Juden Soundso. Und so berauschen sie sich mit Lästerungen und mit allen möglichen Sorten Wein; aber es wird ihnen von der großen Tafel aus, an der du Platz genommen hast, mit Wurst wider Wurst vergolten. Da sagt einer: »Die Signora Soundso tut recht gut daran, ihre Häßlichkeit zu verstecken.« Andere rufen: »Signora Dingsda! wann nehmt Ihr Euer Holzwasser[1] ein?« Wieder andere wollen sich schieflachen, weil sie der oder jener an den Augen ansehen, daß sie den Marchese[2] hat. Ein anderer preist den hohen Mut eines guten Laß-mich-in-Ruh, der es riskiert, an der Seite seiner Diva zu schlafen, die aussieht wie des Teufels Großmutter, ja wie der Teufel selber. Und schließlich wenden sie sich alle zu dir und bieten dir Leib und Seele an.

Pippa: Ich danke Euch!

Nanna: Wenn du auf einem solchen Feste bist, wie ich's dir beschreibe, so mach dir selber Ehre; damit machst du auch mir Ehre. Natürlich wirst du an den hohen Feiertagen in die Volkskirche, in die Trostkirche, in Sankt Peter, Sankt Johann und in die anderen bedeutenderen Kirchen gehen. Da werden alle galanten Herren, Kavaliere, Edelleute scharenweise versammelt sein, um in aller Bequemlichkeit die Schönen mustern zu können, und jede, die vorbeigeht, bekommt ihren Senf, und wenn sie mit der Fingerspitze ihr Weihwasser nimmt, kriegt sie ganz gewiß irgendeine bissige Bemerkung anzuhören. Da gehst du einfach mit liebenswürdigem Gesicht weiter und gibst nicht etwa nach Hurenart eine freche Antwort, sondern schweigst entweder oder sagst: »Ich hab die Ehre – schön oder häßlich, ich bin Eure ergebene Dienerin!« Und wenn du so sprichst, wird deine Bescheidenheit die schönste Rache für dich sein. Wenn du dann wieder hinausgehst, werden sie dir Platz machen und sich bis zur Erde vor dir verneigen. Wenn du ihnen dagegen schroffe Antworten geben wolltest, so

1. Eine Abkochung von Guajakholz – darum auch Franzosenholz genannt – war zu jener Zeit das Hauptmittel gegen Syphilis.
2. das heißt die Regel – Marchese genannt, weil sie die Wäsche ›markiert‹.

würden die Stichelreden dich durch die ganze Kirche verfolgen, und deine Antworten würden dir gar nichts genützt haben.

Pippa: Davon bin ich fest überzeugt.

Nanna: Wenn du dann niederzuknien hast, so wirf dich ehrsam auf die Stufen des Altars, der am besten von den Anwesenden gesehen werden kann, und halte dabei ein Gebetbüchlein in der Hand.

Pippa: Wozu denn das Gebetbüchlein, da ich ja doch nicht lesen kann?

Nanna: Damit es so aussieht, als ob du's könntest. Und es schadet nichts, wenn du's auch mit der Schrift verkehrt hältst, wie's Frauenzimmer wie die Romanesca tun, damit man glauben soll, sie seien Hexen und könnten einem das Alpdrücken schicken. Nun zu dem, was an den jungen Herrchen Gutes ist! Auf diese setze keine Hoffnungen und baue nicht auf ihre Versprechungen, denn sie sind unbeständig und lassen sich bald zu dieser, bald zu jener ziehen, wie eben ihr Hirn und ihr heißes Blut sie treibt; sie verlieben sich und entlieben sich wieder, sobald sie eine andere finden, in die sie sich verlieben. Solltest du ihnen aber doch mal ein bißchen zukommen lassen, so laß dich vorher bezahlen. Und wehe dir, wenn du dich in so einen jungen Fant oder sonst jemand vergaffen solltest! Verlieben darf man sich nur in einen, der von seinen Renten lebt – das ist sogar gut –, aber nicht in einen, der von einem Tag zum andern sich durchschlägt. Und wenn du dich auch nicht um deinen Liebhaber zugrunde richtetest – sobald du überhaupt auf einen solchen Leim gingest, wärst du schon verloren, denn wenn dir der Sinn nur nach einem einzigen steht, so treibst du damit die Freunde aus dem Haus, denen du sonst deine Liebkosungen gleichmäßig zukommen ließest. Ja, verlaß dich drauf; eine Kurtisane, die sich in was anderes als in die Börsen ihrer Freunde verliebt, die ist wie ein trunksüchtiger Kneipenschlemmer, der vor allen Dingen essen und trinken will, und wenn er seine Kleider vom Leibe verkaufen müßte.

Pippa: Ihr kennt sie doch alle, alle!

Nanna: Mich dünkt, ich höre einen Kapitän dir die Tür einschlagen. O du lieber Gott! Heutzutage nennt ein jeder sich Kapitän; ich glaube, sogar die Maultiertreiber leisten sich den Kapitänstitel. Ich sprach von ›Türeinschlagen‹, weil sie so fürchterlich dran klopfen lassen, um recht brutal zu erscheinen; dabei gebrauchen sie fortlaufend spanische Redensarten, untermischt noch dazu mit französischen! Solchen Helmbuschbramarbassen schenke kein Gehör. Solltest du sie aber etwa gern haben, so traue ihnen, wie du einem Zigeuner traust, denn sie sind schlimmer als Kohlen, die einen entweder verbrennen oder schwarz machen. Höre nicht auf ihr fortwährendes Gekrächze von dem rückständigen Solde, den sie erwarten. Wenn eine sich mit dem Seezug bezahlt machen will, den nach ihrer Meinung der König unternehmen muß, oder mit den Eroberungen, die die Mutter Kirche machen wird – so mag sie diesen Helden Zucker geben; aber eine, die gern bares Geld sieht, die preise solchen Herrn als einen Roland des Stadtviertels und gehe ihrer Wege. Sonst wird sie nichts davontragen als Beulen am Kopf, und dasselbe wird ihr auch mit den Jüngelchen, Gelbschnäbeln, verrückten Springinsfelden begegnen. Denn diese erweisen dir höchstens die Ehre, überall deine Maus und das benachbarte Loch schlechtzumachen und damit zu renommieren, sie ließen dich nach ihrer Pfeife tanzen, daß es 'ne Art hätte.

Pippa: Die Hampelmänner!

Nanna: Wenn eine Hure wird, um ihre Geilheit und nicht um ihren Hunger zu befriedigen, das ist ein Wagnis, wie wenn sich ein Schwimmer auf hoher See ins Wasser stürzt. Wenn eine ihre Lumpen loswerden will, sag ich dir, wenn eine nicht in Fetzen gehen will, die muß hübsch verständig sein und weder in Werken noch in Worten Firlefanz treiben. Da fällt mir eben ein kleiner Vergleich ein – ganz heiß von der Pfanne. Denn ich rede, wie's mir grad in den Mund kommt, und ziehe nicht die Worte an den Haaren herbei, ich spreche sie in einem Atem aus und brauch nicht hundert Jahre dazu wie gewisse Damen, die Verzweiflung ihrer Schulmeister, bei denen sie das Büchermachen lernen. Die tun ja, als ob sie das ›sozusagen‹, ›sozutun‹ und ›sozukacken‹ gepachtet hätten, und machen Komödien mit Redensarten, die ihnen härter abgehen, als wenn sie die Hartleibigkeit selber wären. Darum läuft auch jedermann herzu, um mein Geplauder anzuhören und es sofort in Druck zu geben wie das Verbum caro!

Pippa: Wie steht's denn mit dem kleinen Vergleich?

Nanna: Ein Soldat, dessen Mut sich nur darin kundgibt, daß er den Bauern die Hühnerställe ausräumt und die Canonici aus dem Gefängnis befreit,[1] der wird bald als Feigling erkannt und bekommt mit Mühe und Not seinen Sold ausbezahlt, wie mir mal einer von der Garnison erzählte. »Aber einem, der sich zu schlagen weiß«, sagte er, »und der Heldenstücklein verübt, dem laufen alle Krieger und Solde von der Welt nach.« So geht's auch mit den Huren. Wenn eine nichts weiter weiß, als sich bearbeiten zu lassen, die kommt niemals über 'nen Fächer mit zerschlissenen Federn und über ein Taffetfähnchen hinaus. So ist also, mein liebes Kind, entweder Geschicklichkeit oder Glück vonnöten; und wenn ich ganz nach Belieben zu wählen hätte, so leugne ich nicht, daß ich das Glück der Geschicklichkeit bedeutend vorziehen würde.

Pippa: Warum?

Nanna: Wenn man Glück hat, so braucht man sich ganz und gar nicht anzustrengen; ist man aber auf seine Geschicklichkeit angewiesen, so muß man schwitzen; da muß man rechnen wie ein Sterngucker und all seinen Witz aufbieten, um sich durch's Leben zu schlagen, wie ich dir wohl schon gesagt habe. Das Glück ist ein Weg ohne Steinchen, und zum Beweis schau dir nur die Spitzbübin an, die Schlumpe, die Lausetrine, die ... na du verstehst mich schon und weißt, was und wen ich meine!

Pippa: Oh – aber hat die nicht Geld wie Heu?

Nanna: Ebendarum führe ich sie ja als Beispiel an: Sie hat keinen Anstand, keine Bildung, kein bißchen, was ihr gut stände, weiß nicht aufzutreten, ist dumm und über die Dreißig hinaus – und trotz alledem möchte man meinen, sie hätte Honig in ihrer, so laufen ihr alle Männer nach. Ist *das* Glück, wie? Ist *das* Glück, was? Frag die Dienstboten, die Lakaien, die Kuppler danach, und sprich mir nichts davon, daß das Glück aus ihnen große Herren und Monsignori macht; das sehen wir ja alle Tage. Ist *das* Glück, wie? Ist das *Glück*, was? Meister Troiano war Steinhauer; jetzt hat er den schönen Palast. Ist *das* Glück, was? Ist *das* Glück, wie? Acursio war Goldschmiedsgeselle und wurde

1. das heißt, den Leuten das Geld aus der Tasche nimmt.

Julius II.[1] Ist *das* Glück, wie? Ist *das* Glück, was? Gewiß, wenn Glück und Geschicklichkeit bei 'ner Hure zusammenkommen, dann: Sursum corda! Denn so was ist süßer als das ›Ja, da! da!‹, das man ruft, wenn der Grabbelfinger nach dem ›Weiter unten! weiter oben! mehr da! mehr dort!‹ endlich den kleinen Kujon findet, der dir juckt. Selig eine, die alle beide ihr eigen nennen darf! Geschicklichkeit *und* Glück, was? Glück *und* Geschicklichkeit, wie?

Pippa: Kehrt nun bitte wieder zur Stelle zurück, wo Ihr mich stehengelassen habt.

Nanna: Wo war ich doch gleich stehengeblieben? Ach so! Ich riet dir ab von der Minne der jungen Leute, die nichts als Dummheiten in den Kutteln haben, und auch von der der Kapitäne mit dem Federbusch, und ich sagte dir, diese solltest du fliehen, wie ich dir jetzt sage: Lauf hinter den gesetzten Leuten her, denn bei diesen findest du Geld und anständiges Benehmen obendrein.

Pippa: Lieber ein bißchen mehr Batzen und ein bißchen weniger Höflichkeiten!

Nanna: Das ist wohl richtig; indessen, von diesen gesetzten Leuten bekommst du immerzu das eine wie das andere; darum sind gerade diese lieben Menschen so recht unser Fall! Denn wenn man sich mit solchen auf guten Fuß stellen kann, so hat man davon ein Vergnügen wie 'ne Amme, wenn sie zum Säugen, Warten und Aufziehen ein Jüngelchen hat, das nicht die Krätze hat und niemals, weder bei Tag noch bei Nacht, weint.

Nun zu denen, die mit nichts zufrieden sind; oh, was für 'n Elend hat man mit *der* Sorte! Lege den Hochmut ab, den Madame Hure von der Ritze, die sie gekackt hat, als Erbteil mitbringt! Und wenn diese widerborstigen Nörgler dich anschreien, dich ausschimpfen, dich mit höhnischen Reden reizen, dann sei auf der Hut wie ein Fechter, der zum Spaß einen Bären reizt; und richte es so ein, daß diese Esel dich nicht mit ihren Huftritten treffen, und vor allem, daß sie dir immer Haare lassen müssen.

Pippa: Wenn ich das nicht fertigbringe, sollen sie mich abmalen!

1. Meister Troiano: Bischof von Troja ›in partibus‹, Sarapica und Accursio waren Großwürdenträger der Kirche unter Clemens VII. Nanna macht sie einfach zu Päpsten.

Nanna: Nach diesen Biestern kommen wir zu den Bramarbassen, die zu Hause und beim Pokale tapfer sind, aber hinterher dem Castruccio auch keinen Fußtritt in den Hintern geben; das Aufschneiden können sie nun mal nicht lassen, und sie würden dir das Weltmeer in 'nem Wasserglase bringen. Oh! Du wirst es doch mindestens so gut können wie die Ancroia und ihnen alles abnehmen, was sie auf dem Leibe haben – einschließlich des gestrickten Unterleibchens und des Degens, der ihnen ohne jeden Zweck an der Seite baumelt?

Pippa: Das werd ich.

Nanna: Zwischen diesen beiden Sorten von Menschen stehen die schnurrigen Käuze, die immer mit ihrem Lachen laut herausplatzen, daß sie mit ihrem gedankenlosen Hahaha auf den Hintern fallen. Die verkünden mit Plakatbuchstaben, was sie dir getan haben und was sie dir noch zu tun gedenken; mag dabeisein, wer will – je mehr Leute kommen, je lauter erheben sie die Stimme. Das ist mal so ihre Natur; außerdem wollen sie sich als gute Gesellschafter aufspielen; sie machen sich nichts daraus, dir in Gesellschaft von irgend jemandem die Röcke hochzuheben; dabei denken sie sich nicht mehr, als wenn sie auf die Erde spucken. Denen sage nur ganz gehörig die Meinung; zause sie genauso, wie sie dich zausen; du kannst das ruhig tun, denn sie kümmern sich um nichts und leben nur immer gedankenlos in den Tag hinein.

Pippa: Glaubt Ihr denn, daß solche Gesellen nach meinem Geschmack sind?

Nanna: Du bist gerade wie ich – wir haben denselben Geschmack. Aber sag mal – habe ich dir nicht schon davon gesprochen, daß so ein Grobian geradeso ist wie ein Affe, den man mit einer Haselnuß besänftigen kann? Das Meer ist ja auch eine große Bestie, aber wenn die Wut verraucht ist, macht es weniger Lärm als ein Bächlein.

Pippa: Ich glaube, Ihr spracht schon davon.

Nanna: Ja, ich hatte es bereits erwähnt – aber von den ganz dummen Rüpeln, von denen hatte ich noch nichts gesagt. Na, die sind schlimmer als die feigen Prahlhänse, die Esel, die Geizhälse, Grobiane, Heuchler, die Neunmalklugen, die Taugenichtse und der ganze Rest des Menschengeschlechts – und wie du dich mit ihnen zu verhalten hast, das weiß ich selber nicht. Auch am Besten haben sie immer was auszusetzen, und magst du noch so nett gegen sie sein – 's ist alles verlorene Liebesmüh. Diese Lümmel fallen über dich her, ohne daß du 'ne Ahnung davon hast, und alles, was sie dir zu Schimpf und Schaden antun, beweist nur, was für Dummköpfe sie sind.

Pippa: Wieso zu meinem Schimpf und Schaden?

Nanna: Weil es fade Gesellen ohne jede Lebensart sind; sie setzen sich über die Würdigsten, reden, wenn sie schweigen sollten, sind still, wenn sie sprechen sollten. Dadurch entfremden sie dir die Freundschaft der anständigen Leute; denn wer diese Burschen gesehen hat, wie sie einer Dame den Hof machen, der denkt natürlich an Schweine, die in einem Garten Rosen beschnüffeln. Darum schlag ihnen mit dem Knüppel der Klugheit die Knochen entzwei.

Pippa: Sogar das Herz will ich ihnen entzweischlagen! Aber sind denn nicht die Grobiane und die ungezogenen Rüpel alle von einerlei Schlag?

Nanna: Ganz und gar nicht! Diese Rüpel sind schlimmer als Uhren, deren Räderwerk in Unordnung ist, und man muß sich vor ihnen mehr in acht nehmen als vor Tollhäuslern, die ihre Ketten gesprengt haben; sie wollen und wollen zugleich auch nicht; jetzt sind sie stumm, jetzt sprengen sie einem die Ohren mit ihrem Geschwätz; meistens sind sie unwirscher Laune und wissen selber nicht, warum; und Santa Nafissa, die die Geduld und Güte selber war, würde ihren Grillen gegenüber in Verlegenheit sein. Darum nimm dich mit ihnen in acht und gib ihnen am ersten Tage, wo du ihren Charakter erkennst, den Laufpaß.

Pippa: Ich werde es machen, wie Ihr sagt.

Nanna: Und was sagst du nun zu den ›Höre-Papachens-Worte-der-Weisheit‹? Was für ein schmerzhaftes Kreuz ist es, mit diesen Neunmalklugen zu tun zu haben, die den Mund nicht auftun, damit die Falten sich nicht verschieben, in die sie ihre Lippen vor dem Spiegel gelegt haben; wenn sie aber wirklich mal den Mund öffnen, so tun sie's mit der größten Vorsicht, damit die Lippen sich gleich wieder in die richtigen Falten legen; und dabei verdrehen sie dir fortwährend deine Worte in ihr Gegenteil. Sie essen nach den Vorschriften der Gelehrsamkeit, spucken rund, glupen von unten auf, möchten in Gesellschaft von Huren gesehen werden, wünschen aber nicht, daß man's erfährt; hüten sich, dir in Gegenwart ihres Dieners was zu geben, und wollen doch gern, daß er weiß, was du geschenkt gekriegt hast.

Pippa: Was sind denn das für Menschen!

Nanna: Wenn jemand zu dir kommt, während sie bei dir sind, so verstecken sie sich in der Kammer, stehen wie der Wauwau hinter den Türritzen und verrecken vor Angst, daß du zu dem, der sie in die Flucht gejagt hat, sagen möchtest: »Der Herr Dingsda ist in der Kammer.« Außerdem messen sie alles genau ab: das Schlafen, das Wachen; das Essen, das Fasten; das Gehen, das Stehen; das Tun, das Nichtstun; das Reden, das Schweigen; das Lachen, das Nichtlachen – und benehmen sich bei allem, was sie machen, als solche Umstandsscheißer, daß selbst 'ne Neuverheiratete darin noch hinter ihnen zurücksteht. Aber dieses wäre ja noch zu ertragen; zu weit geht es aber, wenn sie so lange in deinen Angelegenheiten herumstochern, bis du ihnen Rechenschaft ablegen mußt über alles, was du hast und was du mit deinen Überschüssen anfängst. Da nun so ein Kluger (oder besser gesagt: einer, der sich für 'nen Klugen hält) stets ein Stück Geizhals ist – denn er denkt fortwährend daran, wieviel Mühe das Geldverdienen macht –, so setze immer deine List gegen seine Klugheit; bemäntle alles, was du tust und sagst, und benimm dich, wie die Sapienza Capranica,[1] so daß Salomo den Hut vor dir, abnehmen muß. Und ich weiß es aus guter Quelle, es gibt keine gesalzeneren Dummheiten als die, welche diese klugen Leute schließlich doch machen, selbst wenn sie nicht verliebt sind; nun stell dir selber vor, was für Narrenstreiche ihr Kopf erst ausheckt, wenn sie sterblich verliebt sind!

Pippa: Und wie ich mit diesen Käuzen umspringen werde, wenn sie mir mal ins Garn gehen!

Nanna: Hab ich dir noch nichts von den Heuchlern gesagt?

Pippa: Madonna, nein!

Nanna: Die Heuchler, die immer nur mit Handschuhen zu Bette gehen, die die Märzfreitage und Quatemberfasten mit der Pünktlichkeit des frommsten Betbruders einhalten – die kommen zu

1. die Universität von Rom.

dir, leise mit Katerschritten. Und wenn sie dir die Ehre von hinten zu erweisen wünschen und du sie fragst: »Wie? So von hinten?« –, so werden sie dir antworten: »Wir sind Sünder wie die anderen!« Pippa, mein Mädchen! Sei verschwiegen in bezug auf alles, was diese Leute machen; halte dicht, damit das Öl nicht ausleckt, und plausche nicht ihren Schweinekram aus; das wird dir zum Guten sein. Diese Schurken, diese Feinde des wahren Glaubens tätscheln dir die Brüste, machen dir Lutschflecke, stochern in jedem Loch und jeder Ritze herum wie nur irgendein Taugenichts. Und wenn sie eine finden, die die Schändlichkeiten, an denen sie ihre Lust haben, in Stillschweigen zu begraben weiß, so geben sie, ohne zu rechnen. Ist der Hosenlatz wieder zugenestelt, so setzen sie ihre Lippen in Bewegung und brummeln unaufhörlich das Miserere, das Domine, ne in furore und das Exaudi orationem. Und dann gehen sie spornstreichs ins Spital, um den Unheilbaren die Füße zu reiben.

Pippa: Möchten sie mit glühenden Zangen gezwickt werden!

Nanna: Sei unbesorgt, es wird ihnen eines Tages noch schlimmer ergehen. Ihre Jammerseelen werden von jenen Geizhälsen zertrampelt werden, von jenen gemeinen Knickern, jenen Schweinen, die sogar beim Stemmen auf ihr Profitchen sehen. Um diesen Halunken das Geld aus der Tasche zu locken, mußt du dieselbe Geschicklichkeit besitzen, die sie aufbieten, um es auf die Seite zu bringen. Oh, was für 'ne Hundearbeit, ihnen das Geld aus den Fingern zu reißen! Glaube nur nicht, ihr Birnbaum gebe seine Früchte gutwillig her, und wenn du ihn noch so stark schüttelst! Eine Mama, die zärtlicher ist als alle anderen, macht ihrem Söhnchen, das nicht einschlafen oder sein Pappchen nicht essen will, nicht so viele Liebkosungen, wie du sie 'nem Geizigen erweisen mußt. Und wenn er endlich einen Dukaten herausholt, kriegt er 'nen Krampf in den Fingern und beäugelt jede einzelne von seinen beschnittenen Münzen, ehe er sie dir gibt. Diesen Halunken lege Schlingen und fange die Schlaumeier in Fallen, wie man die alten Füchse fängt. Und wenn du willst, daß sie was hergeben, so verlange ihnen keine große Summe auf einmal ab, sondern sauge ihnen das Blut tröpfchenweise aus. Sage ihnen zum Beispiel: »Ich kann es mir nicht machen lassen, weil mir schäbige fünf Dukaten fehlen.«

Pippa: Was nicht machen lassen? Ein Kleid?

Nanna: Natürlich, ein Kleid. Und wenn du ihm das sagst, wirst du ihn sich drehen und winden sehen wie einen, der seine Notdurft verrichten möchte und nicht weiß, wohin. Und während dieser Verrenkungen wird er vor sich hin brummen, sich den Kopf kratzen, sich durch den Bart fahren und dazu ein böses Stiefmuttergesicht machen wie ein Spieler, der kein gutes und kein schlechtes Geld mehr im Sack hat und aufgefordert wird, den Rest zu setzen. Indessen wird er dir brummend die Dukaten geben. Sobald du sie hast, gib ihm 'nen Haufen Küsse und mach tausend lustige Mätzchen. Nach drei Tagen fang an zu stöhnen, dir auf die Finger zu beißen und mach ihm kein freundliches Gesicht mehr. Und wenn er fragt: »Was hast du denn?«, antworte ihm: »Ein ganz abscheuliches Pech hab ich; darum bin ich eben nackt und bloß, und das kommt davon, daß ich viel zu gut bin; denn wenn ich anders wäre, würden mir nicht vier Taler fehlen; und wenn ich die hätte, brauchte ich diesen schlechten alten Rock nicht weiter zu tragen.« Na, da wird aber dem erbärmlichen Geizkragen höchst unbehaglich zu Mut. »Äh!« schreit er, »dir kann man aber geben, soviel man will; du bist niemals satt zu kriegen; du wirfst ja das Geld in den Dreck; aber laß mich in Ruh und mach mir keine Kopfschmerzen, von mir kriegst du keinen Heller mehr!« Damit zieht er die Schnüre seiner Börse zu, geht aber sofort aus, um ein Mittel zu finden, diesem oder jenem das Geld abzugaunern.

Pippa: Warum soll ich ihm nicht einfach alles auf einmal abfordern?

Nanna: Um ihn nicht durch die Höhe der Summe kopfscheu zu machen.

Pippa: Ich verstehe.

Nanna: Nun zu den Freigebigen; gegen die muß man keine Eselsschlauheit anwenden, sondern Löwenkühnheit. Wenn du sie um etwas bitten willst, so bitte coram populo. Denn die Prahler wachsen um eine Spanne, wenn du sie öffentlich als große Herren behandelst; den Großen kommt es ja zu, freigebig zu sein, obwohl sie's gewöhnlich nicht sind. Du brauchst so einen Prahler gar nicht zu bitten, sondern sobald du nur anfängst: »Ich will mir ein Kleid nach der allerneuesten Mode machen lassen« –, wird er dir sagen (vorausgesetzt, daß Gesellschaft dabei ist): »Laß nur, das werde *ich* dir machen lassen.« Gegen so einen, mein liebes Kind, sei du ebenfalls freigebig; nimm die Stellungen ein, die er von dir verlangt, und schlag ihm niemals etwas ab, wonach ihm der Appetit steht.

Pippa: Es ist nicht mehr als anständig, daß ich's so mache.

Nanna: Bedenke, daß gewisse Leute dir nicht mal ein Korianderkorn geben würden, wenn du sie darum bätest; andere springen dir nicht mit einem Heller bei, wenn du ihnen nicht fortwährend die Sporen in die Flanken schlägst. Aber den Gefälligen, denen mach keine Vorschriften, sondern laß sie nach ihrer Naturanlage handeln; ebendiese finden eine wilde Lust daran, dir immerzu Geschenke zu machen, und es dünkt ihnen, wenn sie etwas schenken, ohne darum gebeten zu sein, so geben sie ihr Geld nicht nach Hurenart aus, sondern haben im Gegenteil noch Gewinn davon, indem sie dadurch zu großen Herren werden; denn, wie gesagt, große Herren müssen ja Geschenke machen. Solchen Leuten gegenüber hast du daher nichts anderes zu tun, als ihnen zu Gefallen zu sein und Achtung zu bezeugen und nicht bloß immer zu sagen: »Gebt mir dies!« und »Laßt mir das machen!« Aber wenn sie dir was geben und machen lassen, so tu immer, wie wenn's dir gar nicht recht sei, daß sie es geben oder machen lassen.

Pippa: Sehr gut.

Nanna: Die Packesel aber, wie die Romanesca sie nannte, die verfolge unaufhörlich mit deinem ›Gib mir! Laß mir machen!‹. Denn diese Bauernlümmel wollen mit solchen Stacheln angespornt sein. Und wenn Leute dabei sind, die das mit anhören, worum du sie bittest, so ist ihnen das ungeheuer lieb, denn es gibt ihnen nach ihrer Meinung den Anschein, als ob sie gewandte Weltmänner seien und keine Einfaltspinsel. Außerdem dünken sie sich ganz besonders große Lichte, wenn sie sich von der Signora bitten lassen. Aber wenn sie auch Verwandte von den Ameisen im Schierlingsbaum wären – sie werden schon herauskommen, um an deine Tür zu klopfen,[1] und wenn sie verrecken sollten.

1. eine italienische Redensart, um zu bezeichnen, daß jemand sich um Einflüsterungen und dergleichen nicht bekümmert.

Pippa: Sie sollen rauskommen oder umkommen!

Nanna: Und noch eins, ehe ich's vergesse: Obwohl ich mich selbst in meinen Reden bald des *Du*, bald des *Ihr* bediene, so wünsche ich doch, daß du zu jedermann, ob jung oder alt, ob groß oder klein, *Ihr* sagst; denn in dem *Du* liegt etwas Barsches, was vielen Leuten nicht recht gefällt. Ohne allen Zweifel sind gewandte Manieren ein gutes Mittel, um es zu was zu bringen; deshalb sei in deinem Benehmen niemals anmaßend und beherzige, was das Sprichwort sagt: ›Laß aus dem Spaß keinen Ernst werden, und treibe niemals Scherz mit einem, der in Trauer ist!‹ Wenn du mit Freunden und Bekannten deines Liebhabers zusammen bist, so laß dir niemals beißende Bemerkungen entschlüpfen und laß dir's nie einfallen, jemanden an den Haaren oder am Bart zu zupfen oder einem leise oder starke Klapse zu geben; denn die Männer sind Männer – wenn du ihnen ihren Schnabel berührst, so schneiden sie ein Gesicht und schnauben, wie wenn sie wirklich beleidigt wären; ich habe selbst erlebt, daß es darüber zu ganz gröblichen Schimpfereien kam, ja, daß eine alberne Gans, die die Frechheit so weit trieb, jemand an den Ohren zu zupfen, einen gehörigen Denkzettel erhielt; und jedermann sagte: »Geschieht ihr recht.«

Pippa: Meiner Seel, ja; es geschah ihr recht!

Nanna: Auch an etwas anderes habe ich dich noch zu erinnern: Halt dich von der Weise der Huren fern, deren Treu und Glauben darin besteht, daß sie nicht Treu noch Glauben haben. Stirb lieber, als daß du jemanden an der Nase herumführst; versprich, was du halten kannst, und nicht mehr! Und wenn sich dir die allerschönste Gelegenheit böte, niemals gib einem anständigen Liebhaber, der bei dir schlafen sollte, den Laufpaß – womöglich gar mit Spott und Hohn, wie's einige machen! –, es sei denn, daß der Franzose komme, von dem ich dir sprach. Wenn dieser kommt, so rufe deinen Freund, der mit dir schlafen sollte, und sage ihm: »Ich habe Euch diese Nacht versprochen, und sie gehört Euch, denn ich bin Euch ganz und gar zu eigen; aber ich könnte damit ein hübsches Stück Geld verdienen; so bitte ich Euch denn, leiht mir diese Nacht – ich werde sie Euch mit hundert für eine zurückgeben. Ein hoher Herr aus Frankreich wünscht sie, und ich werde sie ihm gewähren, wenn's Euch recht ist; aber wenn's Euch nicht recht ist, nun, so stehe ich zu Euer Gnaden Befehlen.« Wenn er sich so hochgeehrt sieht, daß du ihn bittest, dir das zu schenken, was er dir anstandshalber doch nicht verkaufen kann, so wird er dir in deinem Interesse gefällig sein, ja er wird dir für dein Vorgehen sogar Dank wissen und wird dein Sklave bleiben. Wenn du aber, ohne ihm ein Wort zu sagen, ihn aufs trockene setztest, so würdest du Gefahr laufen, ihn zu verlieren, ja noch mehr: Er wird überall über den schlechten Streich zetern, den du ihm gespielt hast, und wird dadurch allen, die im geheimen schon ein Auge auf dich geworfen hatten, den Appetit vergehen lassen.

Pippa: Und das wäre ein recht großes Unglück, wollt Ihr sagen?

Nanna: Ganz recht! Nun merke dir folgendes: Natürlich wirst du zuweilen von allen deinen Liebhabern umringt sein; darum mußt du daran denken, daß du deine Gunstbezeugungen zu gleichen Teilen zu vergeben hast, denn sonst wird dem, der weniger kriegt, der Senf in die Nase steigen. Darum wäge sie mit der Waage der Diskretion ab; und sollte dir der Sinn mehr nach dem einen als nach 'nem andern stehen, so deute ihm das durch verstohlene Winke an, aber nicht mit unmäßigen Gesten. Und benimm dich so, daß nicht etwa dieser oder jener zornig auf dich und auf den Bevorzugten aus dem Hause geht. Jeder, der dir Geld gibt, verdient eine gute Behandlung; und wenn einer, der dir mehr gibt, auch mehr zu beanspruchen hat, so benimm dich doch dabei auf gute Art. Das ist der rechte Weg, um durch die ganze Welt zu kommen: Man muß zu leben und sich zu benehmen wissen.

Pippa: Das werde ich ganz gut fertigbringen.

Nanna: Nun zur Hauptsache, auf die es dabei ankommt: Amüsiere dich nicht damit, Freunde zu veruneinigen, indem du in Umlauf bringst, was du gehört hast; hüte dich vor Skandalen, und wenn du Frieden stiften kannst, so tu's. Und sollte es vorkommen, daß man dir deine Türe mit Pech beschmiert oder sie verbrennt, so lache darüber, denn das sind eben Früchte, wie sie auf den Bäumen wachsen, die von den von der Liebe Geplagten in die Hurengärtlein gepflanzt werden. Mag man dir noch so arge Schändlichkeiten sagen oder antun, so laß trotzdem niemals deine Leute, denen du befehlen kannst, Handgreiflichkeiten verüben.

Wenn dich einer kränkt – schweige und lauf nicht weinend zu deinem Liebsten, wenn er sterbensverliebt in dich und ein Wirbelkopf ist. Und wenn einer, der einen Liebeskummer hat, zu dir ins Haus kommt, so sprich nicht schlecht über seine Geliebte, auf die er zornig ist; diese Zornanfälle legen sich wieder, und der tobende Liebhaber sieht dann voll Beschämung ein, daß er selber den Schaden davon gehabt hat. Halte im Gegenteil ihm sein Unrecht vor und sage: »Ihr habt unrecht, daß Ihr mit ihr zürnt, denn sie ist schön, talentvoll, anständig und höchst anmutig.« Der Mann wird eines Tages zum Futternapf zurückkehren, und dann wird er dir für deine Worte Dank wissen, und sie wird sie vernehmen und wird sie dir mit Zinsen vergelten, wenn einmal einer von deinen Liebhabern sich mit dir überwirft.

Pippa: Ich weiß wohl: Ihr seid eine Feine!

Nanna: Mein Kind, ich sage dir zum Schluß nur soviel: Wenn ich, die ich die verruchteste und abgefeimteste Hure von ganz Rom, ja von ganz Italien, ja von der ganzen Welt gewesen bin, die ich mit bösen Werken und noch schlimmeren Worten nach Herzenslust Freunde, Feinde und gewöhnliche Laufkunden gepeinigt habe – wenn ich, sage ich, es zu Goldstücken und nicht zu Hellern gebracht habe, was wird dann erst aus dir werden, wenn du so lebst, wie ich dich lehrte?

Pippa: Die Königin unter den Königinnen und nicht nur die Signora unter den Signoras.

Nanna: Darum gehorche mir!

Pippa: Ich werde Euch gehorchen.

Nanna: Tu's! Und richte dich nicht durchs Spiel zugrunde, denn Karten und Würfel bedeuten das Spital für eine jede, die sich ihnen ergibt. Auf eine, die einen neuen Mantel gewinnt, kommen tausend, die das Spiel an den Bettelstab bringt. Das Damebrett und das Schachbrett sind ein hübscher Schmuck für deinen Tisch, und wenn man einen Julius oder zwei ausspielt, so hast du damit das Kerzengeld verdient, denn wenn nur Kleinigkeiten gewonnen werden, so heißt es: »Alles gehört Euch, Signora!« Wenn nicht Condennata oder Primiera gespielt wird, hört man niemals von Zank und Streit, wird niemals ein unpassendes Wort gesagt. Und wenn du einmal einen leidenschaftlichen Spieler zum Freund hast, so bitte ihn herzlich – aber so, daß ein jeder es hört –, er möchte doch nicht mehr spielen, und gib dir den Anschein, als sprächest du so zu ihm, damit er sich nicht zugrunde richte, und nicht, damit er dir sein Geld gebe.

Pippa: Ich hör Euch laufen!

Nanna: Mach ihm auch Vorwürfe, er gebe dir zu prächtig zu essen. Es muß aber so aussehen, als ob du keinen Wert aufs Essen legtest, und nicht, als ob du dabei einen Profit für dich suchtest. Und vor allem gebe ich dir den Rat: Suche deine Freude darin, würdige Personen in deinem Hause zu empfangen; denn selbst wenn sie nicht in dich verliebt sein sollten, so ziehen sie doch durch ihre bloße Anwesenheit dir Liebhaber ins Haus, indem sie dir Ehre bei den anderen machen. Dein Anzug sei einfach und sauber; Stickereien mag sich eine leisten, die das Gold zum Fenster hinauswirft; der Macherlohn allein kostet ein Vermögen, und will man sie wieder los sein, so findet man keinen Käufer dafür. Auf dem Samt und der Seide bleiben die Spuren der aufgenäht gewesenen Litzen zurück, und die Stoffe sind schlechter als Lumpen. Es empfiehlt sich also in dieser Hinsicht zu sparen, denn schließlich machen wir doch unsere Kleider zu Geld.

Pippa: Gut!

Nanna: Nun bleiben uns also noch die künstlerischen Talente zu betrachten. Diesen sind natürlich die Huren so feind wie einem, der ihnen nicht mit vollen Händen gibt. Pippa, niemand bringt es fertig, dir ein Instrumentchen abzuschlagen, wenn du ihn darum bittest, darum verlange von einem 'ne Laute, vom andern ein Hackbrett; von diesem 'ne Bratsche, von jenem 'ne Flöte; von Hinz ein Klavizimbel, von Kunz eine Leier – dies alles ist reiner Gewinn. Wenn du dir dann Lehrer kommen läßt, um dich in der Musik zu unterrichten, so kannst du sie zum besten halten; du läßt sie ein paar Fetzen Musik vorspielen, und bezahlen tust du sie mit Hoffnungen und Versprechungen, ab und zu auch mal mit 'nem kleinen Kosthappen – aber nur hopp, hopp, im Galopp! Wenn du alle Instrumente hast, mach dich an Gemälde und Bildwerke; nimm alles, was du kriegen kannst: viereckige und runde Bilder, Porträts, Büsten und nackte Statuen; denn alle diese Sachen verkaufen sich nicht weniger gut als Kleider.

Pippa: Ist es nicht ein wenig genierlich, die Kleider vom Leibe zu verkaufen?
Nanna: Wieso genierlich? Ist es nicht viel sonderbarer, wenn man sie auswürfelt, wie die unseres lieben Herrgotts ausgewürfelt wurden?
Pippa: Da habt Ihr recht.
Nanna: Das ist gewiß: Der Spieler hat den Teufel im Leibe. Darum komme ich noch mal aufs Spiel zurück und sage dir: Halte weder Karten noch Würfel im Hause, denn der Spieler braucht sie nur zu sehen, und wer sich einmal dieser Leidenschaft ergeben hat, der ist einfach futsch. Ich schwöre dir's bei der Vigilie der heiligen Lena mit'm Öl: Karten und Würfel vergiften die Gesellschaften, die sie nur anschauen, geradeso wie einer von den Kleidern eines Pestkranken angesteckt wird, wenn er sie anzieht, selbst nachdem sie zehn Jahre lang eingeschlossen waren.
Pippa: Karten und Würfel, hinaus mit euch!
Nanna: Aber höre, höre, was ich dir jetzt über die eitle Prahlerei pomphafter Feste sage! Pippa, mach dir nichts mit Stiergefechten zu schaffen und lauf nicht auf die Stechbahn und zum Ringelreiten; man schafft sich dort nur Todfeindschaften, und die Spiele sind nur gut zum Zeitvertreib für die Kleinen und den Pöbel. Wenn du indessen durchaus mal 'nen Stier abmetzeln sehen oder nach der Strohpuppe und dem Ring stechen sehen möchtest, so guck dir die Geschichte von einem fremden Hause aus an. Und wenn du dir für eine Maskerade — du verstehst mich — gute Kleider oder ein wertvolles Pferd leihst, so nimm sie so sorgfältig in acht, wie wenn sie dein eigen wären, und schicke sie nicht ungereinigt zurück, wie's ja bei den Huren üblich ist, sondern blitzsauber geputzt und hübsch wieder zusammengelegt, wie du sie bekommen hattest. Wenn du's anders machst, kriegen die Eigentümer einen Mordszorn auf dich und gar oft auf den, auf dessen Veranlassung sie sie dir geliehen hatten.
Pippa: Ihr denkt doch nicht, daß ich so eine Unordentliche bin? Das sind Dreckpatzereien, die's bei mir nicht gibt.
Nanna: Dreckpatzereien, das stimmt. Wenn ich dir nun sagen wollte, wie du deine Zöpfe aufbinden und ein Löckchen entschlüpfen lassen mußt, so daß es dir in die Stirn hineinhängt oder um das

eine Auge herum, so daß du mit einem gewissen liederlich-wollüstigen Ausdruck hindurchblinzeln mußt – da müßte ich bis in die Nacht hinein schwatzen. Ebenso, wenn ich dir beibringen wollte, wie du deinen Busen im Leibchen zeigen mußt, nämlich so, daß einer ihn nur durch den Hemdenschlitz hindurch sieht; da heftet er den Blick darauf und taucht ihn hinein, so tief er nur kann. Sei mit deinen Brüsten so karg, wie gewisse Frauenzimmer damit verschwenderisch sind; bei denen sieht es aus, als ob sie sie wegschmeißen wollten, dermaßen quellen sie ihnen aus dem Leibchen und dem Kleide hervor ... Nun will ich aber zum Schluß eilen; noch ein oder zwei Atemzüge oder höchstens drei!

Pippa: Ich wollte, Ihr könntet es aushalten, ein ganzes Jahr lang zu reden!

Nanna: Was ich vergessen habe, dir zu sagen, oder was ich nicht weiß, das wird dein Hurenberuf dich ganz von selber lehren. Denn die Haken, die dabei sind, die haften dem Beruf als solchem an, und die Schwierigkeiten erheben sich in Augenblicken, die von anderen nicht vorausgesehen, ja nicht mal geahnt werden können. Darum komm mit deiner natürlichen Anlage meinem von Natur vermaledeit schlechten Gedächtnis zu Hilfe. Aber habe ich dir nicht noch zu sagen ...?

Pippa: Was?

Nanna: Die Priester, die Mönche wollten mir das Gehirn auftrennen und durch die zerschnittenen Maschen entwischen.

Pippa: Schau einer die Halunken!

Nanna: Ja, sogar Erzhalunken!

Pippa: Sobald Ihr mir gesagt habt, wie ich mich mit diesen zu benehmen habe, möchte ich wissen, wie weh es mir tun wird, wenn ich die Jungfernschaft verliere.

Nanna: Gar nicht oder ganz wenig.

Pippa: Werde ich dabei schreien müssen wie jemand, dem man ein Blutgeschwür öffnet?

Nanna: I, Gott bewahre!

Pippa: Wie jemand, dem man eine verrenkte Hand wieder einrenkt?

Nanna: Weniger.

Pippa: Wie beim Zahnausziehen?

Nanna: Weniger.
Pippa: Wie wenn einem ein Finger abgeschnitten wird?
Nanna: Nein!
Pippa: Wie wenn man sich den Schädel zerbricht?
Nanna: Hast du 'ne Ahnung!
Pippa: Wie wenn man einem einen Fingerwurm öffnet?
Nanna: Möchtest du, daß ich deiner Phantasie einen Begriff davon gebe?
Pippa: Bitte!
Nanna: Erinnerst du dich, dir mal ein kleines Pickelchen, zum Beispiel bei einem Ausschlag, aufgekratzt zu haben.
Pippa: Gewiß.
Nanna: Nachdem du dich gekratzt hast, verspürst du ein brennendes Jucken; diesem Brennen gleicht der Schmerz, wenn das jungfräuliche Mädchenheiligtum erbrochen wird.
Pippa: Oh! warum hat man denn so große Angst davor, die Jungfernschaft zu verlieren? Ich habe doch sagen hören, daß manche aus dem Bett springen, andere um Hilfe schreien oder gar mit ihrem Wasser das Bett, die Kammer und alles, was darin ist, überschwemmen.
Nanna: Die Angst, die solche Mädchen haben, ohne daß sie selber wissen, warum – diese Angst stammt noch aus der alten Zeit, als die Neuvermählte unter Hörnerschall zu ihrem Gatten geführt wurde und als man zum Zeichen, daß die Vermählung vollzogen war, einen Hahn zum Fenster hinauswarf. So wie einer, der den ausgerissenen Zahn in der Hand hat, es bereut, daß er das Ding, das ihm solche Leiden verursacht hat, sich nicht schon früher ziehen ließ, so bedauert auch eine, die aus Angst vor dem: ›Es wird mir weh tun!‹ sich nicht ihre Fledermaus hat bürsten lassen, den allzu langen Aufschub; und wie jener sagt: »Ich glaubte, das Zahnziehen sei wunder was für 'ne Geschichte!«, so spricht auch das Mädchen, das sich mutvoll das Ding hat reinschieben lassen.
Pippa: Das freut mich.
Nanna: Wie man's anfängt, hundertmal als Jungfer zu gelten, wenn es nötig ist, so oft als eine solche aufzutreten, darüber werde ich dich am Tage vor dem Beginn deiner Tätigkeit belehren. Das ganze Geheimnis beruht auf einer Mischung von Bergalaun und

Fichtenharz, die miteinander gekocht sind, ein Mittelchen, das in allen Bordellen erprobt worden ist.

Pippa: Um so besser.

Nanna: Nun zu den Mönchen, die mich noch bis hierher mit ihrem Bocksgeruch von Suppe, Sauce und Schweinefett anstinken; allerdings gibt es unter ihnen auch einige geschniegelte, die süßer duften als ein Friseurladen.

Pippa: Verliert keine Zeit mit den Mönchen! Ich möchte lieber, daß Ihr mir sagt, wie ich mir die Schminke aufzulegen und wieder abzunehmen habe; auch möchte ich gern wissen, ob Ihr wünscht, daß ich mich mit den Teufelskünsten, den Hexereien und den Zauberformeln abgebe oder nicht.

Nanna: Sprich mir nicht von solchen Narreteien, die nur für die dummen Gänse gut sind. Deine Zaubersprüche werden meine feingewürzten, frischen Ratschläge sein; wie du dich schminken mußt, werde ich dir sogleich sagen. Aber jetzt rufen mich die Mönche und sagen mir, ich möchte dir sagen, Frauenzimmer seien ihnen jetzt überhaupt zum Ekel und das komme von den Priestern, den Generalen, Prioren, Ministern, Provinzialen und die ganze Rotte gehöre zum Verbande der Reverendi und Reverendissimi. Und wenn sie mit einer Frau schlafen, so sind sie zur Liebe so aufgelegt, wie einen, der mit vollgestopftem Wanst von der Mahlzeit kommt, der Anblick von Speisen zum Essen reizen würde. Und wenn man ihm auch das Liedchen singt, das wir immer den alten Herren singen:

> Schneck, Schneck im Schneckenhaus,
> Steck deine drei Hörnchen raus,
> Deine dreie oder viere,
> Dazu auch die vom ...,

so steht er ihm doch nicht eher, als bis sein Gatte kommt und sich zu ihm ins Bett legt.

Pippa: Oh! Haben denn die Mönche und die Priester Gatten?

Nanna: Wenn sie nur ebenso tüchtige Gattinnen hätten?

Pippa: Ei verflucht!

Nanna: Ich möchte dir was sagen ... und ich möchte dir's doch wieder *nicht* sagen ...

Pippa: Warum nicht?

Nanna: Wenn man die Wahrheit sagt, so tun die Leute, als habe man Christus ans Kreuz geschlagen. Ich *habe* sie ja gesagt, und es hat einen schönen Spektakel gegeben! Wenn man lauter Lügen sagt, so geht's einem gut; sagt man aber die Wahrheit, so geht's einem schlecht. Aber das sage ich: 'ne Schandschnauze ist's, die mich ›alte Hure‹ und ›spitzbübische Kupplerin‹ nennt. Darum sage ich dir, die großen Fische von der Möncherei und der Priesterei schlafen bloß deshalb mit den Huren, um zu sehen, wie die von ihren Lustknaben bearbeitet werden — von ihren Lustknaben, jawohl! Es reizt ihren Appetit, indem sie sehen, wie diese per alia via, wie die Epistel sagt, herumstochern. Du mußt mit ihnen gute Freundschaft halten und zu ihnen gehen, sooft sie dich rufen lassen. Denn — versteh mich recht! — wenn sie ihren Lustknaben machen lassen können, was sie wollen, so verlieben sie sich plötzlich in dich und verschwenden für dich mit vollen Händen die Einkünfte ihres Bistums, ihrer Abtei, ihres Kapitels, ihres Ordens.
Pippa: Ich hoffe, wenn ich mich nach Euren Ratschlägen richte, bekomme ich sogar ihren Glockenturm mitsamt den Glocken.
Nanna: Wenn du das fertigbringst, so tust du nichts weiter als deine Pflicht ... Hahaha! ich lache über die Kaufleute, von denen ich dir noch nicht gesprochen habe.
Pippa: O doch!
Nanna: Ja, du meinst die Deutschen; diese sind aber fast alle nur Geschäftsführer anderer, und deshalb hüten sie sich, zu dir zu kommen, wie ich dir gesagt habe. Aber die großen Kaufleute, die Väter der Batzen — möchten sie den Bubo kriegen! Denn sie wollen, der Hurenstand solle sich nur von dem nähren, was sie uns Soldo um Soldo geben! Und auf einen Freigebigen kommen zwanzig, die stets, wenn du sie um etwas bittest, mit der Antwort bei der Hand sind: »Ich habe all mein Geld auf Wucher — ich wollte sagen, auf Zinsen ausgeliehen.« Aber das niederträchtige ist, daß sie mit vollen Geldsäcken Bankrott machen, sich in ihren Häusern einmauern oder sich lebendig in den Kirchen begraben und nachher sagen: »Die Hure, die Soundso, hat mich zugrunde gerichtet.« Ich rate dir, Pippa, denen gib den Laufpaß, obwohl die dummen Gänse, die selber nicht wissen, warum, sich einbilden, die Freund-

schaft dieser Kaufherren bringe sie in große Reputation. Und wenn man fragt: »Wer ist denn das?«, so dünkt ihnen, sie werden durch die Antwort: »'s ist ein Kaufherr!« zu Göttinnen kanonisiert. Aber es ist wirklich nicht so was Großes daran – bei meiner Seele, nein!

Pippa: Das glaub ich Euch.

Nanna: Damit wir was von ihnen haben, müssen sie was andres herzeigen als Handschuhe und Briefe in der Hand und einen Ring am Finger.

Pippa: Davon bin auch ich überzeugt.

Nanna: Liebes Kind, mit meinem heutigen Vortrag habe ich dir eine Erziehung gegeben wie einer Herzogin. Du mußt wissen: Mütter wie die deinige wachsen nicht an den Hecken, und ich kenne keinen Prediger in der ganzen Maremma, der dir eine Predigt hätte halten können wie ich. Behalte sie gut im Gedächtnis, und ich will mich an den Schandpfahl stellen lassen, wenn du nicht als die reichste und tüchtigste Kurtisane angebetet wirst, die jemals war, ist und sein wird. Darum werde ich zufrieden sterben, wenn's zum Sterben kommt. Und merke dir: Mit den Gestänken, den Rotznasen, den Sabberlippen, mit den Unannehmlichkeiten des üblen Atems, der Pestgerüche, der schlechten Launen und des Schimpfens deiner Freunde – damit geht's wie mit muffig riechendem Wein: Wer ihn drei Tage lang getrunken hat, der denkt nicht mehr an den unangenehmen Geschmack ... Aber höre noch zwei Wörtchen, die ich dir über zwei Sächelchen sagen will.

Pippa: Über was denn?

Nanna: Die erste: Halte dir keine Samtkissen auf seidenen Matratzen, wie die eitlen Äffinnen sie auf der Erde liegen haben, damit ihre Freunde bei der Unterhaltung zu ihren Füßen sitzen; ihr dummen Gänse, ihr werdet dereinst bei saurer Arbeit Hungers sterben! Die zweite: Fahre nicht mit allen zehn Fingern in die Schminktöpfe hinein, sondern geh diskret mit ihnen um, und streiche dir nicht das Gesicht an, wie's die vierschrötigen Lombardinnen machen; ein bißchen Rot genügt, um von den Wangen jene Blässe zu beseitigen, die sich gar oft nach einer schlechten Nacht, beim Unwohlsein oder wenn du's zu oft gemacht hast zeigt.

Spüle dir morgens, wenn du noch nüchtern bist, den Mund mit frischem Brunnenwasser aus; und wenn du willst, daß deine Haut stets sauber und blank und immer die gleiche ist, so werde ich dir mein Buch mit Rezepten geben. Daraus kannst du lernen, dir deine schöne Gesichtsfarbe zu erhalten und ein leckeres Fleisch zu bekommen; ich werde dir ein wunderbares Talkwasser machen lassen, und für die Hände werde ich dir ein schnupperschnupperfeines Lavendelwasser geben. Für den Mund habe ich etwas, was nicht nur die Zähne gesund erhält, sondern auch den Atem in Nelkenduft verwandelt. Ich bin ganz starr vor Staunen, wenn ich gewisse geschminkte dumme Trinen sehe, die sich anmalen und firnissen wie 'ne modenaische Maske und sich die Lippen einzinnobern, daß einer, der ihnen 'nen Kuß gibt, seinen Mund ganz seltsam brennen fühlt. Und was für 'nen Atem, was für Zähne, was für Runzeln bekommt so manche von ihrem unsinnigen Schminken! Pippa ...?

Pippa: Ja, Mama?

Nanna: Wende niemals Moschus, Zibet oder andere starke Gerüche an, denn die sind nur dazu gut, um den Gestank von einer, die durch die Rippen stinkt, zu verdecken. Bäderchen – ja! Wasch dich und wasch dich wieder zu jeder Stunde, sooft du nur kannst; denn wenn du dich mit Wasser wäschst, worin wohlriechende Kräuter abgekocht sind – das verleiht deinem Fleisch den unbeschreiblich süßen Duft, wie ihn frische Wäsche aushaucht, wenn man sie aus der Truhe herausnimmt und auseinanderfaltet. Und gerade wie jemand, der so ein blütenweißes Tuch vor sich sieht, sich nicht enthalten kann, sein Gesicht damit abzutrocknen, so kann auch einer, der einen blitzsauberen Busen und Hals und frischgewaschene Wangen vor sich sieht, nicht widerstehen. Er muß sie küssen und wieder küssen. Um dir die Zähne recht rein zu halten, nimm vorm Aufstehen den Saum des Bettlakens und reibe sie dir mehrere Male damit ab; damit entfernst du alles, was sich auf ihnen abgelagert hat; denn solange die Luft noch nicht darangekommen ist, ist es noch ganz weich. Aber jetzt kommt noch eine ganze Schar von kleinen feinen Sachen, die mir gerade jetzt einfallen, wo ich aufhören wollte und wo ich dir sagte, ich wüßte mich nicht mehr zu erinnern, was ich dir noch sagen wollte!

Wisse: Ich bin ein tiefer, tiefer Brunnen, aus dem ein so dicker Wasserstrahl hervorschießt, daß nur immer mehr kommt, je mehr man schöpft. Nun schiebe dir mal diesen Ring auf den Finger!
Pippa: Ich schiebe ihn mir über!
Nanna: Wenn Sankt Philipp herankommt, so sage beizeiten deinen Anbetern, du habest ein Gelübde getan, zur Vigilie deines Namensheiligen[1] zwanzig Messen lesen zu lassen und zehn Arme zu speisen; die Kosten verteilst du zu gleichen Teilen auf sie. Ist dann die Vigilie und der Festtag da, so brumme, schelte und drohe und sage: »Ich bin gezwungen, mir das Gewissen mit Schuld zu beladen und die Seele obendrein!« – »Und warum?« werden die Schafsköpfe fragen. »Weil die Pfaffen heute und morgen anderweitig versagt sind und mir die Messen nicht lesen können.« Du verschiebst infolgedessen die ganze Sache auf eine andere Gelegenheit, das Geld bleibt dir, und deiner Ehre ist kein Abbruch geschehen.
Pippa: Das würde mir so recht passen!
Nanna: Nehmen wir an, du siehst in deinem Hause eine ganze Schar von Freunden und von Edelleuten, die gekommen sind, um sich mit dir zu unterhalten; tu, als ob du den Einfall bekämest, ein paar Stunden spazierenzugehen; ohne gerade Salz oder Öl zu verschwenden,[2] mach dich fein und zieh dich mit einer Kunst an, daß dein gewählter Anzug nur den Eindruck des Zufälligen macht. Bist du mit ihnen vor der Tür, so sage: »Gehen wir in die Friedenskirche!« Dort sagst du ein bißchen vom Paternoster und begibst dich dann in die Pilgerstraße; vor jeder Verkaufsbude hältst du an und läßt dir alles vorlegen, was sie an schönen Sachen haben: Salben, Ambra und anderen hübschen Firlefanz. Und wenn du etwas siehst, was dir ins Auge sticht, so sage nicht: »Kauf du mir dies, und du mir jenes!«, sondern sage: »Dies und das gefällt mir!« Laß es auf die Seite legen und füge hinzu: »Ich werde die Sachen abholen lassen.« Ebenso mach es mit Parfüms und ähnlichen Kleinigkeiten.
Pippa: Auf was zielt Ihr ab?

1. Pippa ist die Koseform von Philippa.
2. ohne gesuchten Luxus.

Nanna: Auf ihren Taubenschlag.

Pippa: Und wo ist die Armbrust dazu?

Nanna: Die Armbrust ist ihre Freigebigkeit, die sich für beschimpft halten würde, wenn sie nicht auf der Stelle oder gleich nachher alle von dir zur Seite gelegten Sachen kaufen und dir zum Geschenk machen würde.

Pippa: Wer keinen Grips hat, ist selber schuld!

Nanna: Wenn du wieder nach Hause zurückgekehrt bist, verteile mit der peinlichsten Genauigkeit deine Gunstbezeugungen und mach es so, wie ich dir's sagen werde.

Pippa: Das von den Gunstbezeugungen habt Ihr mir schon gesagt.

Nanna: Ich hab es dir gesagt und will es dir nochmals sagen; denn die Leute zu bezaubern zu wissen, das ist das Heilmittel, das die Bezauberer gegen das Gift geben. Strecke dich also auf einem ganz niedrigen Sessel aus; laß zweie sich zu deinen Füßen setzen; zwei andere plaziere zu deinen Seiten, strecke deine Arme aus und gib jedem von ihnen eine von deinen Händen. Und wenn du dich bald zu diesem, bald zu jenem wendest, wirst du abermals zweie mit angenehmem Geplauder zufriedenstellen. Dem Rest erweise die Gunst deiner Blicke und gib ihnen mit schnellem Schließen und Öffnen deiner Augenlider zu verstehen, daß in den Augen das Herz liegt und nicht in den Händen, Füßen oder Worten. So wird die Kunst deines anmutigen Benehmens acht große Tölpel auf einmal mit angenehmen Gefühlen kitzeln.

Pippa: Immer zwei und zwei!

Nanna: Und sollte auch wirklich dieser oder jener nicht recht nach deinem Geschmack sein – gib deiner Natur einen Stoß und spiegle dich in dem Bilde eines Kranken, der, um von seinem Leiden zu genesen, die Medizin einnimmt, was auch sein Magen dazu sagt; auch du hast zu genesen: nicht von der Armut – denn auch ohne Hure zu sein, bist du ohnehin reich –, sondern von dem Vorurteil, das dem Kurtisanenstande anhaftet: Du mußt eine Signora werden, nicht nur dem Namen nach, sondern eine wirkliche!

Pippa: Wenn's was nützt, daß man fest an etwas glaubt, so bin ich jetzt schon eine.

Nanna: Merke dir folgendes: Laß dich nicht von denen hineinlegen, die dir mit großen Gebärden Schwüre leisten, um dich für sich allein zu haben; traue ihnen nicht, mögen sie auch noch so vornehm und reich sein! Denn in ihrer Liebesraserei und im Wahnsinn ihrer Eifersucht werden sie dir selber auf jeden Leim gehen und werden Wunderdinge um deinetwillen anstellen, solange ihr Zustand dauert. Das kann Angela Greca dir beschwören; die hat ihrer etliche mit den Füßen voran zum Bett hinausgestoßen.[1] Es ist sehr wichtig, solche Kunden zu finden, denn die vor Liebe Verrückten springen ja auch fortwährend wieder ab. Und dann noch eins: Wenn auch kein anderer Vorteil dabei wäre, daß du dich vielen hingibst – du wirst schöner dadurch! Zum Beweis schau du dir mal ein unbewohntes Haus an, wie's durch Spinnengewebe usw. immer älter wird; der Stahl wird ja auch immer blanker, je mehr er poliert wird.
Pippa: Das stimmt.
Nanna: Und weiter: Wer daran zweifelt, daß viele viel machen und wenige wenig – der ist ein Roß! Natürlich wünsche ich, daß du's machst wie eine Wölfin, die in einen Pferch mit vielen Schafen einbricht und nicht in eine Hürde, wo nur ein einziges ist. Und ich will dir was sagen, mein liebes Kind: Obwohl die Mißgunst selber eine Hure war und darum der Huren Herzblättchen ist – verschließ sie fest in deinem Busen! Und wenn du hörst oder siehst, daß Signora Tullia und Signora Beatrice große Berge von Stoffen, Vorhängen, Juwelen, Kleidern empfangen, so mach ein heiteres Gesicht dazu und sage: »Wahrhaftig, ihr Talent und ihre liebenswürdigen Manieren verdienen noch Besseres. Gott vergelte den Herren, die ihnen Geschenke machen, ihre noble Gesinnung!« Dadurch werden die Herren und die Signoras große Zuneigung zu dir fassen, wie sie dich andererseits hassen würden, wenn du die Nase rümpftest und sagtest: »Das ist ja niedlich! die hält sich wohl für die Königin Isolde? Die werde ich auch schon noch mal irgendwo ohne Kerze ins Scheißhaus gehen sehen!« Meiner Seele! es ist ja Kreuz und Pein für 'ne Hure, wenn sie andere Huren fein ausstaffiert sieht; das beißt ärger als ein alter Rest vom Franzosenübel, der sich in einem Fußknöchel oder in 'ner Kniescheibe oder

1. sprichwörtlich: ins Elend gebracht.

in einem Achselgelenk eingenistet hat oder, um's noch stärker auszudrücken: Es tut weher als jene Kopfschmerzen, von denen nicht mal Sankt Kosmas und Sankt Damian einen zu heilen vermögen.

Pippa: Möchten alle diese Schmerzen den Pfaffen in den Leib fahren!

Nanna: Nun zu den Andachtsübungen, die für Leib und Seele gut sind! Ich wünsche, daß du nicht jeden Samstag fastest wie die anderen Huren, die frömmer sein wollen als das Alte Testament, sondern nur an den Vigilien der hohen Feste, zu allen Quatembern und an allen Freitagen im März. Gib bekannt, daß du in diesen heiligen Nächten mit niemandem schläfst. Verkaufe sie indessen heimlich dem, der das meiste dafür zahlt; nimm dich aber wohl in acht, daß deine Liebhaber dich nicht über diesem Schwindel ertappen.

Pippa: Wenn ich die Steuer darauf bezahle, so ist das ja meine Sache.

Nanna: Nun eine hübsche kleine Sache: Von Zeit zu Zeit stell dich krank und bleib etwa zwei Tage im Bette liegen — und zwar weder ganz angezogen noch ganz ausgezogen. Man wird dir nicht nur Komplimente machen wie einer Dame, sondern es werden auch feine Weine, fette Kapaune und alle möglichen guten Sachen dir ganz von selbst ins Haus kommen, denn bei den Schelmenstücken dieser Art braucht man seine Zunge nicht, sondern gibt nur zarte Winke.

Pippa: Das ist so recht nach meinem Sinn, auf eine so einträgliche und stattliche Art zu faulenzen!

Nanna: Über den Preis der Freuden, die du verkaufen wirst, muß ich dich ganz besonders eingehend belehren, denn dieser Punkt ist von großer Wichtigkeit. Du mußt dabei pfiffig sein und die Verhältnisse des betreffenden Kunden in Betracht ziehen. Mach es so, daß du immer auf den Preis von 'nem Dutzend Dukaten aus bist, laß aber keinen aus dem Netz, der dir nur ein Paar oder gar nur ein halbes Paar gibt. Laß die hohen Preise ausposaunen und verheimliche die niedrigen. Wer dir nur einen Dukaten gibt, soll seine Sache verrichten und den Mund halten; wer dir zehn gibt, mag Pauken und Trompeten ertönen lassen. Wenn du deinen Monatsabschluß machst, sind all die heimlichen Einnahmen reiner Gewinn. Eine, die sich nicht hergibt, wenn sie nicht ihre zwanzig kriegt, ist wie ein Fenster mit Papierscheiben: Jeder kleine Windstoß macht es zuschanden ... Aber da fällt mir ein hübscher Trick ein: Tochter, wenn du fetten Drosseln die Dohnen stellst und es kommt eine deiner Schlinge nahe, so verscheuche sie nicht durch Lärm, sondern halte den Atem an, bis sie drinhängt; sobald sie gefangen ist, rupf ihr den Steiß, sei sie lebendig, tot oder nur betäubt.

Pippa: Ich verstehe nicht.

Nanna: Ich sage dir, wenn dir einer in die Finger gerät, der der Mühe wert ist, mach mir den nicht kopfscheu, indem du verrückte Preise verlangst, sondern nimm, was er dir gibt; sobald er richtig fest auf dem Leim sitzt, zieh ihm das Fell ab, aber das ganze! Ein Gauner, der einen Spieler, der was zu verlieren hat, sicher machen will, läßt ihn zuerst ein paarmal gewinnen; nachher nimmt er ihm nach Belieben das Geld ab.

Pippa: So werd ich's auch machen.

Nanna: Verliere niemals deine Zeit, Pippa. Geh durch dein Haus; tu ein paar Stiche mit der Nadel, des guten Aussehens wegen; gib deinen Vorhängen einen geschmackvollen Faltenwurf; singe ein Liedchen, das du zum Zeitvertreib auswendig gelernt hast; zupfe die Gitarre, rupfe die Laute; tu, als ob du im ›Furioso‹, im Petrarca, in den ›Cento‹[1] läsest – diese Bücher mußt du immer auf deinem Tisch liegen haben; stell dich ans Fenster hinter den Laden; geh wieder ins Zimmer; und denke, denke immer wieder ans Studium deines Hurenberufs. Und sollte es dir mal zuviel sein, überhaupt irgend etwas zu tun, so schließ dich in deine Kammer ein, nimm den Spiegel in die Hand und lerne vor ihm, kunstvoll zu erröten, ferner Gebärden, Manieren, Bewegungen beim Lachen und beim Weinen; übe dich darin, deine Augen niederzuschlagen und in den Schoß zu sehen und sie zur rechten Zeit wieder aufzuschlagen.

Pippa: Was das für feine Kniffe sind!

Nanna: Da fällt mir ein: Das Kauderwelsch, das unter Gaunern üblich ist – gewöhne es dir ja nicht an und höre nicht auf solche,

1. Boccaccios hundert Novellen des ›Decamerone‹.

die ihr Vergnügen daran haben, es zu sprechen. Denn du würdest notwendigerweise für eine von diesem Gelichter gehalten werden. Ich weiß wohl, was ich sage: Du brauchtest nur den Mund aufzutun, und jedermann würde mißtrauisch gegen dich werden. Ich gebe dir völlig freie Hand, selber Gaunereien auszuüben, sooft sich eine gute Gelegenheit bietet, natürlich nur an einem, den unser lieber Herrgott dir niemals wieder wird vor Augen kommen lassen – aber das Kauderwelsch erlaube ich dir unter keinen Umständen!

Pippa: Es genügt, daß Ihr mir den Wink gegeben habt.

Nanna: Wie du etwa begangene Schändlichkeiten durch Entschuldigungen und passende Antworten wiedergutmachen kannst, dafür gebe ich dir keine Anweisungen, denn deine Behutsamkeit tritt mir auf den Fuß und winkt mir zu, ich solle mich nicht damit abmühen, dir das zu sagen. Ich komme also ihrem Wunsche nach und sage dir nur soviel: Wenn du Lust hast, einen zu quälen, der dich liebt, so mach es so, daß er nicht soviel leidet, um sich schließlich an sein Leiden zu gewöhnen, wie jemand, der seit fünf oder sechs Jahren das Quartanfieber in seinem Leibe wohnen hat. Geh den Mittelweg und halte dich an Saraphinos Buch, worin es heißt:

Nicht gar zu harte Grausamkeit,
Nicht gar zu milde Gnadenhuld!
Die eine ist an Herzeleid,
An Überdruß die andre schuld.

Und wenn du auch mal einen wirklich recht gern hast, zeige dich niemals so verliebt in ihn, daß du ihm nicht jederzeit mit dem Hämmerchen der Eifersucht zwei Schläge auf den Amboß des Herzens versetzen könntest. Vor allem öffne deine Tür sperrangelweit jedem, der dir was bringt, und vernagle sie jedem, der dir nichts bringt. Und richte es so ein, daß der Geschenkespender es mit anhört, wie du dem, der dir nichts gibt, sagst: »Wenn nur der Soundso mir sein Wohlwollen erhält, so mach ich mir aus den anderen nichts.« Tu aber so, als ob du nichts davon wissest, daß er dich hören kann. Hast du jemand gekränkt, so komm ihm zuvor und sei du die erste, die sich gegen ihn erbost; denn wenn er von der Liebe unterjocht ist, wird er wegen *deiner* Verfehlungen maxima culpa rufen. Solltest du dagegen Zorn auf jemanden haben, so laß die Spannung eures Verhältnisses nicht zu lange dauern, damit du nicht riskierst, daß er dir gänzlich fortbleibt. Denn mit der Liebe ist's wie mit einem gewissen gelinden Hungergefühl, das einem bleibt, wenn der Appetit nicht voll befriedigt worden ist; steht man aber vom Tische auf, so ist dieses Hungergefühl flugs verschwunden, und man würde um nichts auf der Welt noch einen Bissen essen.

Pippa: Das ist mir selber schon so ergangen.

Nanna: Habe ich schon vom Schwören gesprochen?

Pippa: Ja, aber Ihr habt Euch dabei widersprochen.

Nanna: Ich spreche und widerspreche mir, wie's eben der Frauen Art ist, die ein und dieselbe Sache wohl gar zehnmal wiederholen — wie's vielleicht auch mir gegangen ist.

Pippa: Ihr sagtet mir, ich solle weder bei Gott noch bei den Heiligen schwören; dann aber wieset Ihr mich an, wenn mir einer aus Eifersucht verböte, einen Freund zu empfangen, solle ich ihm einen Eid tun, daß ich unschuldig sei.

Nanna: Richtig! Schwören kannst du also, aber nicht fluchen. Denn Fluchen macht sich häßlich selbst bei einem Spieler, der alles bis auf das Herz im Leibe verloren hat, geschweige denn bei einer Frau, die immer gewinnt.

Pippa: Ich schweige also.

Nanna: Weise deine Zofe und deinen Lakai an, wenn sie mit deinen Liebhabern plaudern, während du in der Kammer bist, irgendwelche kleine Gelüste von dir im Gespräch zu erwähnen und etwa zu sagen: »Wollt Ihr die Signora zu Eurer Sklavin machen? da kauft ihr das und das — sie verschmachtet geradezu vor Lust danach.« Laß sie aber stets nur irgendwelche niedlichen Nichtigkeiten vorschlagen, wie zum Beispiel Vögelchen in vergoldeten Käfigen oder einen Papagei — einen von den grünen.

Pippa: Warum nicht einen grauen?

Nanna: Sind zu teuer. Auf diese Weise kannst du immer ein Profitchen haben. Ferner wirst du von Zeit zu Zeit bald von diesem, bald von jenem etwas leihen, was dir gerade gut scheint. Beeile dich nicht mit dem Zurückgeben, und wenn er's nicht geradezu verlangt, gib's ihm gar nicht. Denn der Mann, von dem du's geliehen hast, schiebt es hinaus, davon mit dir zu sprechen, brummt bei sich selber über die Sache und wartet, du möchtest aus freiem Antrieb daraufkommen. Mittlerweile entwickelt sich bei vielen eine gewisse Großartigkeit, die sich schämt, von dir was zurückzuverlangen, wenn es sich zum Beispiel — sagen wir — um Kleider, ein Wams, ein Hemd oder was es sonst sein mag, handelt. Auf diese Weise bleiben dir gar oft hübsche Sächelchen als Gewinn.

Pippa: Den Kniff kannte ich noch nicht.

Nanna: Ich hab ihn eigens für dich herausgefischt ... Nehmen wir an, wir stehen vierzehn Tage vor Sankt Martin; da veranstaltest du ein kleines Konsistorium von all deinen Liebhabern, nimmst mitten unter ihnen Platz, erweisest ihnen alle Liebenswürdigkeiten, die du verstehst und kannst, und sprichst zu ihnen, nachdem du sie mit deinen Redensarten gehörig eingeseift hast: »Ich schlage vor, daß wir den Bohnenkönig spielen und daß bis zum Karneval ein jeder von uns ein Essen gibt; ich selber werde den Anfang machen, aber unter der Bedingung, daß keine Torheiten getrieben werden, sondern daß wir uns nur auf anständige Weise die Zeit vertreiben.« Eine solche Anordnung macht viel Spaß und bringt dir einen ganz beträchtlichen Nutzen, weil dabei Profite von verschiedener Art abfallen. Zunächst wird das Essen, das bei dir stattfindet, aus ihren Börsen bezahlt werden; ferner ist der König verpflichtet, die Nacht, nachdem er seine Gasterei gegeben hat, bei dir zu schlafen; und diesen Beischlaf muß Seine Majestät notgedrungen wie ein König bezahlen. Andererseits werden die Abfälle und Überreste einer jeden dieser Mahlzeiten dir die Haushaltungsausgaben für eine ganze Woche ersparen; wenn du zu mausen verstehst, machst du einen schönen Gewinn an Öl, Holz, Wein, Kerzen, Salz, Brot, Essig. Wenn du gar im geheimen diese Schmuwaren an diesen oder jenen wieder verkaufen könntest, so tu's; aber wenn es bekannt würde, so kämest du dadurch in einen Ruf, daß es nicht genug Seife geben würde, dir den Kopf rein zu waschen; darum ist es besser, es nicht zu riskieren.

Pippa: Oh! die Geschichte — ja, die ist nicht von Pappe!

Nanna: Was ich dir jetzt noch sage, daß sind ebensoviel Rubinen wie Worte, und gewiß — du kannst sie aufziehen wie eine Perlenschnur: Von Zeit zu Zeit laß dir von deiner Zofe einen Lutschfleck am Halse machen, oder auf einer Wange einen Biß, so daß man die Spuren der beiden Zahnreihen sieht. Da wird sich manchem Liebhaber das Herz im Leibe umdrehen, denn er wird denken, sein Nebenbuhler sei's gewesen! Auch bringe am Tage dein Bett in Unordnung, mach dir die Haare zusselig und erscheine mit geröteten Wangen, wie wenn du dich sehr angestrengt hättest – doch dürfen die Wangen nicht *zu* rot sein. Du wirst sehen, der Liebhaber wird in seiner Eifersucht schnauben wie einer, der seine Frau auf dem Peccavisti ertappt.

Pippa: Ich hab es mir zu Herzen genommen.

Nanna: Und ich werde es mir als eine große Freude zu Herzen nehmen, wenn meine Worte in deinem Kopf Frucht tragen wie Korn, das auf das Feld gesäet ist. Wenn sie aber in den Wind geworfen sind, so wird mich das in Kummer und Verzweiflung bringen, und dein Ruin wird's sein, denn in einer einzigen Woche wirst du alles verkäckern, was ich dir an Renten hinterlasse. Wenn du dich aber an meine Ratschläge hältst, dann wirst du die Gebeine, das Fleisch und die Asche deiner Mutter segnen und wirst sie im Tode noch lieben, wie du, glaube ich, sie bei Lebzeiten liebst.

Pippa: Das könnt Ihr gewiß und wahrhaftig glauben, Mama!

Nanna: Hier breche ich nun ab, und laß es dich nicht betrüben, wenn die Schale wertvoller erscheint als der Kern; gib dich damit zufrieden, daß ich dir jetzt nichts mehr sage.

Pippa: Was wolltet Ihr mir denn noch mehr sagen?!

Nach diesen Worten stand Mutter Nanna auf. Vom zu langen Sitzen waren ihr die Beine eingeschlafen. Sie gähnte und streckte sich und ging dann in die Küche. Und als das Abendessen aufgetragen war, konnte ihr gelehriges Töchterchen nur kleine Häppchen essen vor lauter Freude, daß sie nun selber ihren Laden aufmachen sollte. Sie sah wirklich aus wie ein Mädchen, dem der Vater versprochen hat, sie mit ihrem Liebsten zu verheiraten. Vor Freude und stolzem Selbstgefühl wäre sie beinahe aus der Haut gefahren. Da aber die eine müde war vom Sprechen und die andere vom Zuhören, so gingen sie bald zur Ruhe und legten sich in dasselbe Bett. Und am Morgen standen sie ganz frisch und munter auf und frühstückten, als es ihnen Zeit dünkte. Und als sie ihr Gespräch wieder aufnehmen wollten und die Nanna gerade den Mund auftat, um die schnöden Streiche zu besprechen, denen die Frauen sich aus Liebe zu den Männern aussetzen, da erzählte die Pippa ihrer Mutter einen schönen Traum, den sie gegen Morgen gehabt hatte.

Ende des ersten Tages.

DER ZWEITE TAG

Wie Nanna der Pippa von den schnöden Streichen erzählt, die die Männer den unglücklichen Weibern spielen, die ihnen ihr Vertrauen schenken

Pippa: Gestattet, daß ich Euch meinen Traum erzähle; nachher werde ich Euch anhören.
Nanna: Erzähl ihn nur.
Pippa: Werdet Ihr ihn mir auslegen?
Nanna: Das will ich.
Pippa: Heute nacht gegen Morgengrauen kam es mir vor, als sei ich in einem hohen, weiten und schönen Zimmer, dessen Wände mit grüner und gelber Seide bespannt waren; und an diesen seidenen Wänden hingen vergoldete Degen, Hüte aus besticktem Samt, Barette mit Agraffen, Wappenschilde, Gemälde und andere hübsche Sachen. In der einen Ecke des Zimmers stand ein Bett mit einer schweren Brokatdecke, und ich selber saß großmächtig und majestätisch auf einem karmesinroten Sessel, der überall mit goldenen Nägeln beschlagen war wie der Stuhl des Papstes. Um mich herum drängten sich Ochsen, Esel, Schafe, schwerfällige Büffel, Füchse, Pfauen, Nachteulen und Gimpel. Ich knuffte, puffte, stieß sie, schor sie, riß ihnen die Haare aus, rupfte ihnen die Schwung- und Schwanzfedern aus und trieb allen möglichen Mutwillen mit ihnen – und trotzdem wichen sie nicht von der Stelle, sondern beleckten mich vom Kopf bis zum Fuß. Nun möchte ich gern, daß Ihr mir den wahren Sinn dieses Gaukelspieles klarlegtet.
Nanna: Diesen Traum verstehe ich so gut wie Daniel, und darüber kannst du froh sein: Die von dir geknufften Ochsen und Esel sind die erbärmlichen Geizhälse, die uns trotz alledem ihr Geld lassen müssen, und wenn sie verrecken sollten; die Schafe und Büffel bedeuten die Unglücklichen, die sich von deinen Foppereien scheren und schinden lassen; in den Füchsen erblicke ich die Schlaumeier, die du bis aufs Blut peitschen wirst, sobald sie dir ins Garn gegangen sind; die Pfauen, denen du die Schwanzfedern

ausgerupft hast, deute ich als die reichen und schönen jungen Leute; die Nachteulen und Gimpel sind die Schwärme von Dummköpfen, die schon verloren sein werden, wenn sie dich nur sehen oder dich sprechen hören.

Pippa: Wo laßt Ihr aber die anderen Einzelheiten?

Nanna: Nur gemach! Das reichgeschmückte Zimmer kündet deine hohe Stellung; die an den Wänden befestigten hübschen Sachen sind die Beute, die du invisibilium et visibilium diesem und jenem aus den Händen stibitzen wirst; der päpstliche Stuhl bedeutet die Ehren, die dir von der ganzen Welt erwiesen werden. Kurz und gut, du wirst den Siegespreis davontragen.

Pippa: Wartet, wartet! Die Pfauen, von denen ich träumte, besahen sich die Pfoten, aber sie kreischten nicht, wie sie's sonst tun. Was hat das zu bedeuten?

Nanna: Sie sind ein Zeichen, daß meine Prophezeiungen richtig sind! Ich ersehe daraus, daß du dich so verständig benehmen wirst, daß selbst die durch ihre Liebe zu dir auf den Wüstensand der Berberei gesetzten keine Klage erheben werden ... Nun höre mich an und setze beim Anhören dein Siegel unter meine Erörterungen, und wolle Gott, daß die Ermahnungen deiner Mutter genügen, um dich vor den Listen und Ränken des Mannsvolks zu schützen. Ach! Ich sage ›ach!‹ um jener armen Weiblein willen, die zugrunde gingen durch Kupplerinnen, Kuppler, Briefe, Versprechungen, durch Liebe, Zudringlichkeit, günstige Gelegenheit, durch Geld, Schmeichelworte oder eine schöne Gestalt und durch das Unglück, das sie am Schopf packte. Glaube nur nicht, daß da ein Unterschied herrscht zwischen Huren und Nichthuren: Alle Frauen werden bedrängt, alle werden angegriffen ... Aber da ich beabsichtige, in meiner Darstellung dir eine mit den verschiedensten Gerichten aufs reichhaltigste besetzte Tafel zu bieten, so weiß ich nicht, welche Speise ich zuerst auftragen soll, da ich niemals als Aufwärterin bei Tische bedient habe. Zwar sind die Vorspeisen dazu da, um den Appetit zu reizen, aber mir selber ist es beim Essen am liebsten, mit dem Besten zu beginnen. Darum will ich eine von den abgefeimtesten Schnödigkeiten, die mir bekannt sind, dir als ersten Gang auftragen; denn das schöne Gesicht einer Frau ist ja auch das erste, was einem in die Augen sticht; und was in aller Welt würde man sich aus einer machen, wenn man, ehe man noch ihr Gesicht gesehen, schon bemerkt hätte, daß unter den Röcken ein schlechter Kauf steckt? Hat man dagegen zuerst ihr schönes Gesicht gesehen, so nimmt man den Rest unbesehen als gute Ware an.

Pippa: Eure Gleichnisse sind sauber wie neugeprägte Zechinen. Bitte, erzählt jetzt!

Nanna: Ein römischer Baron, jedoch nur ein Römling, kein Römer, war bei der Plünderung von Rom durch ein Loch entwischt, wie's die Mäuse machen, segelte auf irgendeinem Schiff davon und wurde mit vielen Gefährten durch die rücksichtslose Tollwut der Winde an den Strand einer großen Stadt geworfen, wo eine Dame herrschte, deren Namen ich dir nicht sagen kann. Auf einem Spaziergang bemerkte sie den armen Menschen auf der Erde ausgestreckt, naß, zerschlagen, bleich, mit wirren Haaren. Mit einem Wort, er sah der leibhaftigen Furcht ähnlicher als der römische Hof von heutzutage einer Spitzbubenbande. Und das schlimmste war, daß die Bauern glaubten, er sei irgendein spanischer Grande; darum umdrängten sie ihn, um ihn und seine Gefährten zu behandeln wie die Räuber einen, der im Walde ohne Waffen von der Straße abgekommen ist. Die Dame aber jagte sie mit einem Wink ihrer Brauen allesamt zum Kuckuck, dann trat sie auf ihn zu, flößte ihm durch ihre anmutige Erscheinung und durch huldvolle Gebärden frische Zuversicht ein und führte ihn in ihren Palast. Dann ließ sie mit mehr als fürstlicher Freigebigkeit das Schiff ausbessern und die Schiffbrüchigen laben. Als der Baron sich wieder völlig erholt hatte, machte die Dame ihm einen Besuch und hörte Einleitung, Text, Betrachtung und Nutzanwendung der Predigt an, die er ihr hielt und worin er sagte, er würde ihre Freundlichkeit nicht eher vergessen, als bis die Ströme bergauf flössen. Verräterische Männer! Lügenhafte Männer! Falsche Männer! Und während er nach Römerart große Worte machte, verschlang das unglückliche arme Frauchen, das Dummchen, ihn mit ihren Blicken; voll Staunen betrachtete sie immer wieder seine Brust und seine Schultern; auf den Höhepunkt der Bewunderung aber geriet sie, als sie den stolzen Ausdruck seines Gesichtes sah; seine Augen, aus denen Ehre sprach, entlockten ihr Seufzer, und seine goldenen Ringellocken brachten sie ganz und gar um den Verstand. Sie konnte ihre Blicke nicht abwenden von seiner schönen Gestalt und von der Anmut, womit die Natur – die alte Sau! – ihn begabt hatte, und starrte ganz versunken auf seine göttlich schöne Larve. Hol der Kuckuck die Larve und was dazugehört.[1]

Pippa: Warum wünscht Ihr sie zum Kuckuck?

Nanna: Gar oft ist sie verräterisch und fast immer trügerisch; das beweist auch die schöne Erscheinung des Barons, die die Dame, von der ich spreche, um ihren Verstand brachte. Schneller, als eine Frau ihren Sinn ändert, ließ sie die Tafeln decken, und als das königlichste Mahl bereitet war, setzte sie sich, ihr zur Seite der bewußte Herr, dann kamen seine Gefährten, und dann nach Rang und Stand die Einheimischen, in der Ordnung des Melchisedek. Inzwischen waren den Hungrigen prachtvolle silberne Schüsseln mit Speise von den zahlreichen Dienern vorgesetzt worden, und als sie ihren Hunger gestillt hatten, brachte der Baron der Signora seine Geschenke dar.

Pippa: Was gab er ihr?

Nanna: Eine Mitra aus leichtem Brokat, die Seine Heiligkeit am Aschermittwoch auf dem Kopf gehabt hatte; ein paar mit Goldfäden gestickte Pantoffeln, die er an den Füßen trug, als Gian Matteo[2] sie ihm küßte; den Hirtenstab des Papstes Stoppa alias Lino,[3] die Kugel des Obelisken; einen Schlüssel, der dem heiligen Petrus, dem Wächter seiner Treppen, aus der Hand gerissen war; eine Altardecke aus der Privatkapelle des Palastes und ich weiß nicht wie viele Reliquien der Sancta sanctorum, die der Herr Bombast, wie er renommierte, den Händen der Feinde entrissen hatte.

1. Das in diesem Satz liegende Wortspiel läßt sich wohl kaum wiedergeben: ›Che maladetta sia le cera e il mele.‹ Wörtlich: ›Hole der Kuckuck das Wachs und den Honig!‹ ›Cera‹ bedeutet Wachs und zugleich Gesicht.
2. Kardinal Gian Matteo war Datarius (Vorsteher der päpstlichen Pfründenkammer) unter Clemens VII.
3. Stoppa: Werch; Lino: Flachs, Leinen. Die Ausspielung, die in diesen Worten zweifellos liegt, habe ich nicht aufklären, also auch nicht wiedergeben können.

Hierauf erschien ein wackerer Künstler mit seiner Ribeba,[1] der stimmte sein Instrument und sang seltsame Possen.
Pippa: Was sang er denn? – daß Gott Euch behüte!
Nanna: Von der Feindseligkeit der Wärme gegen die Kälte und der Kälte gegen die Wärme; er besang, warum der Sommer lange Tage und der Winter kurze hat; er besang die Verwandtschaft des Blitzstrahls mit dem Donner, des Donners mit dem Blitz, des Blitzes mit der Wolke, der Wolke mit dem heiteren Himmel. Er besang, wo der Regen weilt, wenn gutes Wetter ist, und das gute Wetter, wenn's regnet; er sang vom Hagel, vom Reif, vom Schnee, vom Nebel; er sang, wenn ich mich recht erinnere, von der Zimmervermieterin, die sich das Lachen verhält, wenn man weint, und von jener anderen, die sich das Weinen verhält, wenn man lacht; und zuletzt sang er, was für ein Feuer das ist, das dem Glühwurm unterm Arsch brennt, und ob die Grille mit dem Leibe oder dem Munde zirpt.
Pippa: Schöne Geheimnisse!
Nanna: Schon hatte Ihre Hoheit die hohe Dame, die auf das Singen hörte wie die Toten auf das Kyrieeleison, sich an dem Geplauder und dem galanten Wesen ihres Gastes berauscht; und da ihr dünkte, als lebe sie nur, solange er spräche, so brachte sie das Gespräch auf Päpste und Kardinäle; hierauf bat sie ihn, er möchte ihr doch gütigst erzählen, wie es gekommen sei, daß die priesterliche Schlauheit sich von den Krallen böser Tatzen habe fangen lassen. Der Baron wollte den Befehlen ihrer Bitte gehorchen und stieß einen tiefen Seufzer aus, einen jener spitzbübischen Seufzer, die sich der Leber einer Hure entringen, wenn sie eine volle Börse sieht, und er sprach: »Da denn Deine Hoheit, o hohe Frau, es wünscht, daß ich mich dessen erinnere, was mir mein Gedächtnis verhaßt macht, weil es es aufbewahrt – so will ich dir erzählen, wie die Kaiserin der Welt die Sklavin der Spanier wurde, und werde dir auch das ganze Elend schildern, das ich mit angesehen habe. Aber welcher Maure, welcher Deutsche, welcher Jude wäre so grausam, daß er so etwas einem anderen erzählen könnte, ohne in Weinen auszubrechen?« Dann fuhr er fort: »Hohe Frau, es ist Schlafenszeit, und schon verschwinden die Sterne; doch

1. eine dreisaitige Zither.

wenn es dein Wille ist, von den Leiden zu hören, die wir erduldet, so werde ich beginnen, obgleich mein Schmerz sich erneut, wenn ich davon spreche.« Und dann begann er von dem Volk zu sprechen, das vernichtet wurde, weil es zehn Dukaten sparen wollte; er erzählte, wie plötzlich Rom die Kunde vernahm, daß die deutschen Landsknechte und die spanischen Schwadroneure mit fliegenden Fahnen heranrückten, um die Ewige Stadt zum Schwanz der Welt zu machen.[1] Da sagte einer zum andern: »Nimm deine Bettstatt und wandle.« Und gewiß hätte ein jeder sich über alle Berge gemacht, wäre nicht jene verwünschte Verfügung ›Bei Strafe des Galgens!‹ erschienen. Er erzählte, wie nach der Bekanntmachung dieses Verbots die geängstigten Leute anfingen, Geld, Silbergeschirr, Juwelen, Halsketten, Kleider und alle ihre wertvollen Sachen zu vergraben; wie in den Gruppen und Häufchen der Menschen, die erst auseinandergelaufen waren und sich dann hier und da wieder zusammengefunden hatten, allerlei Reden über die Feinde, die ihnen solche Angst einjagten, zutage gebracht wurden. Unterdessen marschierte die Bürgermannschaft unter ihren Viertelsmeistern – hol sie die Pest! –, untermischt mit Rotten von Soldaten, heran. Und gewiß, wenn die Tapferkeit in schönen Wämsern und schönen Hosen und vergoldeten Degengriffen stäke, dann hätten die Spanier und die deutschen Lümmel einen schlimmen Empfang gefunden. Der Baron erzählte, wie ein Eremit durch alle Straßen geschrien habe: »Tut Buße, ihr Priester! tut Buße, ihr Halunken! Und bittet Gott um Barmherzigkeit, denn die Stunde eurer Züchtigung ist nahe, sie ist schon da, sie ertönt!« Aber ihr Hochmut hatte keine Ohren. So erschienen denn die Schriftgelehrten und Pharisäer beim Kreuz von Monte Mari,[2] und als im Sonnenlicht ihre Waffen funkelten, da erfüllte der furchtbare Glanz, der von ihnen ausstrahlte, die Herzen der Gimpel, die zur Besetzung der Mauern herbeigeeilt waren, mit einer schlotternden Angst, wie wenn Blitze und Donnerschläge wüteten. Da dachte gar mancher nicht mehr daran, die anrückenden Feinde zu zerschmettern, sondern suchte nur noch mit den Augen nach einem Schlupfwinkel, um sich darin zu verstecken.

1. als Gegensatz zum Haupt der Welt.
2. Monte Mario, eine kleine Anhöhe nordwestlich von Rom.

Unterdessen begann der Lärm bei Monte di San Spirito,[1] und unsere Exerzierplatzhelden vollbrachten gleich beim ersten Anlauf eine Heldentat, wie wohl einem zufällig etwas gelingt, was er nachher niemals wieder so gut macht. Ich will sagen, sie schossen Bourbon tot und eroberten, ich weiß nicht, wie viele Banner, die sie mit einem Hoch! hoch!, das Himmel und Erde betäubte, zum Palast trugen. Aber während sie schon glauben, der Sieg gehöre ihnen, da werden auf einmal die Barrikaden beim Monte durchbrochen – die Feinde zerhacken eine Menge Leute, die in der Schlacht weder Schuld noch Fehl begangen hatten, zu Pastetenfleisch und stürzen sich in die Vorstadt. Von da aus drangen einige von den Feinden über die Brücke und rückten bis zu den Banchi vor, zogen sich dann aber wieder zurück; und man sagt, die Engelsburg – guten Angedenkens! –, in die unser Freundchen[2] sich geflüchtet hatte, habe aus zwei Gründen die Feinde nicht bombardiert: erstens aus Knickerei, um nicht die teuren Pillen und Pulver[3] wegzuwerfen, zweitens, um den Feind nicht noch wütender zu machen, als er schon war; man beschäftigte sich nur damit, Stricke herunterzulassen, und die großen Kirchenlieder,[4] die schon den brennenden Scheiterhaufen unter ihrem Hintern zu spüren vermeinten, ins Allerheiligste hinaufzuziehen. Aber nun bricht die Nacht herein, die feisten Wächter am Ponte Sisto kriegen's

1. eines der Tore von Trastevere.
2. Papst Clemens VII. (Giulio de Medici).
3. Die Kugeln des Mediceer-Wappens wurden vom Volk scherzhaft als Pillen gedeutet, natürlich eine Anspielung auf Namen und Abstammung der Medici. Aretino hatte Papst Clemens VII. bei einer Zusammenkunft, die von einem seiner Gönner vermittelt war, gebeten, ihn zum Kardinal zu machen. Der Papst hatte das für einen Witz Aretinos gehalten und darüber gelacht. Aretino hatte es aber völlig ernst gemeint und ließ sich seitdem niemals eine Gelegenheit entgehen, Clemens VII. eins auszuwischen. Die fortwährenden Sticheleien auf die Knausereien des Mediceers erscheinen ein bißchen komisch aus der Feder eines Mannes, der für ein einziges Sonett von Papst Clemens 1000 Goldgulden geschenkt erhalten hatte – immerhin ein ganz stattlicher Dichterlohn. Aber Aretino hatte nun mal durchaus Kardinal werden wollen.
4. die Kardinäle.

mit der Angst und laufen auseinander, das Heer ergießt sich von Trastevere nach Rom hinein. Schon hört man Geschrei, die Tore werden eingeschlagen, ein jeder flieht, ein jeder versteckt sich, ein jeder weint und jammert. Das Blutbad überschwemmt Straßen und Plätze, Menschen werden totgeschlagen, Gefolterte schreien, Gefangene bitten, Frauen raufen sich die Haare, Greise zittern, und in der ganzen Stadt geht alles drunter und drüber. Glücklich, wer sofort tot ist, oder wenn er nicht gleich stirbt, bald jemanden findet, der ihm den Gnadenstoß gibt! Aber wer könnte die Greuel, das Elend einer solchen Nacht schildern! Die Klosterbrüder, die Mönche, die Kapläne und das ganze andere Pack, bewaffnet oder unbewaffnet, versteckten sich mehr tot als lebendig in den Grabgewölben; und da war keine Grotte, kein Loch, kein Brunnen, kein Glockenturm, kein Keller oder sonst ein versteckter Ort, der nicht plötzlich von allen möglichen Leuten angefüllt gewesen wäre. Ehrwürdige Männer wurden durchgewalkt, man zerriß ihnen die Kleider auf dem Leibe, verhöhnte sie und spie sie an. In jedes Gebäude drangen die Horden ein, gleichviel, ob's Kirche, Hospital, Wohnhaus oder sonstwas war, ja sogar in jene Orte, die von Männern nicht betreten werden dürfen; und mit wildem Hohn trieben sie ihre Bewohnerinnen in jene Häuser,[1] die bei Strafe der Exkommunikation von keiner Frau betreten werden dürfen. Aber ein Jammer war's, mit anzusehen, wie das Feuer die goldverzierten Loggien, die buntbemalten Paläste zerstörte; das Herz brach einem, wenn man hörte, wie die Ehemänner, vom roten Blut ihrer Wunden überströmt, nach ihren verlorenen Frauen riefen – mit einer Stimme, daß jener Marmorblock im Coliseo, der ohne Kalk und Mörtel aufrecht steht, hätte weinen mögen. Alles, was ich dir erzähle, das erzählte der Baron der Dame, und als er auf das Wehklagen zu sprechen kam, das der Papst in der Burg erhob, und auf die Flüche, die er gegen, ich weiß nicht mehr wen, schleuderte, weil er ihm das Wort gebrochen hätte, da entströmten seinen Augen so viele Tränen, daß sie ihn fast erstickten, und da er kein Wort mehr hervorbringen konnte, so schwieg er, wie wenn er stumm gewesen wäre.

1. Nach einer Anmerkung in der Elzevierschen Ausgabe von 1660 sollen damit die Bordelle gemeint sein.

Pippa: Wie ist es denn möglich, daß er über das Unglück des Papstes weinte, da er doch ein Feind der Priester war?
Nanna: Weil wir doch immer Christen sind; und sie sind nun einmal geweihte Priester, und die Seele muß auch an ihre eigenen Angelegenheiten denken; darum befiel den Baron dieser so heftige Weinkrampf, daß die Dame aufstand, ihm zweimal sanft die Hand drückte und ihn zu seinem Zimmer führte; dort wünschte sie ihm gute Nacht und ging dann selber zur Ruhe.
Pippa: Ihr habt wohl daran getan, die Geschichte abzukürzen; denn ich vermochte nicht mehr, Euch ohne tiefes Weh zuzuhören.
Nanna: Ich hab dir's nur fetzenweise erzählt und manches übersprungen, habe von diesem ein Wörtchen gesagt und von jenem eins; denn um dir die Wahrheit zu gestehen, mein Gedächtnis ist beim Schuster zum Versohlen; übrigens würde man auch niemals fertig werden, wenn man alles erzählen wollte, so viele Grausamkeiten fielen bei der Plünderung vor, und wenn ich dir sagen wollte, wieviel Raub, Mord und Notzucht auch von denen verübt wurden, in deren Häuser sich Menschen im Glauben, dort sicher zu sein, geflüchtet hatten, da liefe ich Gefahr, mir die Feindschaft gar mancher Leute zuzuziehen, die glauben, man wisse nichts davon, wie sie ihre Freunde umgebracht haben.
Pippa: Laßt nur die Wahrheit in Ruh und gebt Euch lieber mit Lügen ab; dabei werdet Ihr besser Eure Rechnung finden.
Nanna: Das werde ich jedenfalls auch eines Tages so machen.
Pippa: Macht es so und sagt nichts.
Nanna: Du wirst es sehen. Doch nun wieder zu unserer Geschichte: Die Dame, verzaubert von dem lockenden Liebreiz, womit Amor die Gestalt und das Wesen des Barons umkleidet hatte, stand lichterloh in Flammen, und das Herz hüpfte ihr in der Brust, wie wenn's von Quecksilber gewesen wäre. Und indem sie an den erlauchten Ruhm seines Geschlechtes dachte und an die Heldentaten, die er ihrer Meinung nach in jener Nacht vollbracht haben mußte, warf sie sich auf ihrem Bette hin und her wie jemand, der von einer eiskalten und dann wieder glühendheißen Angst gequält wird; das Antlitz und die Worte des Prahlhanses waren ihr tief ins Gedächtnis gegraben, und sie vermochte fast keinen Schlummer zu finden. Schon hatte der neue Tag mit den Farben

des Meisters Helios Frau Auroras Wangen geschminkt, da stand sie auf, ging zu ihrer Schwester, der sie einen Traum erzählte, und fragte sie geradezu: »Was hältst du von dem Fremdling, der zu uns gekommen ist? Sahst du jemals einen Mann von schönerer Gestalt? Was für Wunderdinge muß er verrichtet haben mit den Waffen in der Hand, als der Kampf in Rom wütete! Ohne Frage muß er einem großen Geschlecht entsprossen sein. Wahrhaftig, hätte ich nicht damals, als mir der Tod meinen ersten Gemahl raubte, das Gelübde getan, Witwe zu bleiben – vielleicht, vielleicht würde ich noch einmal diesen Fehltritt begangen haben – aber nur um seinetwillen! Liebe Schwester, ich will dir nichts verhehlen, sondern ich schwöre dir bei der jungen Zuneigung, die ich dem edlen Fremdling entgegenbringe: Seitdem jener starb, ist mein Herz sehr karg mit Liebe gewesen, nun aber erkenne ich die Anzeichen der alten Flammen, die mich damals ganz und gar, auf einmal, und nicht nach und nach verzehrte. Aber ehe ich etwas Zuchtloses tue, soll sich die Erde auftun und mich lebend verschlingen, soll der Blitzstrahl vom Himmel zucken und mich in den Abgrund schmettern. Ich bin nicht die Frau, die Gesetze der Ehre zu zerfetzen; er, dem meine Liebe gehörte, er nahm sie mit sich in die andere Welt, und dort wird er sie genießen in seculorum secula.« Plötzlich hörte sie auf zu sprechen und begann zu weinen wie ein geschlagenes Kind.

Pippa: Die arme Frau!

Nanna: Die Schwester, die keine Heuchlerin war und alles von der richtigen Seite auffaßte, machte sich über ihr Gelübde und ihre Tränen lustig und antwortete ihr: »Ist es möglich, daß du nicht erfahren willst, wie wonnig es ist, Kinderchen zu haben, und wie honigsüß die Gaben der Frau Venus sind? Wie töricht bist du zu glauben, die Seelen der Toten denken an nichts anderes als daran, ob ihre Frauen sich wohl wieder verheiraten werden oder nicht. Meiner Meinung nach genügt der Sieg, daß du dich nicht hast rumkriegen lassen, einen von den vielen Fürsten zu nehmen, die dich zum Weibe begehrten – willst du dich in einen Kampf mit dem Gaukler, dem Cupido, einlassen? Närrin! tu das nicht, denn du würdest mit zerschlagenem Kopf von dannen gehen! Zudem sind alle Nachbarn deine Feinde: So nimm doch die

Gelegenheit wahr, die dir ihren Schopf selber in die Hand gedrückt hat; wenn unser Blut sich mit Römerblut mischt, welche Stadt wird es dann mit uns aufnehmen können? Wir wollen sofort in allen Klöstern beten lassen, der Himmel möge uns zum Guten lenken. Unterdessen werden wir schon ein Mittel finden, ihn hier zurückzuhalten, vielleicht wird es ihm selber eine Gunst des Schicksals dünken, schiffbrüchig und verlassen, wie er ist, und auch wegen des rauhen Frostes, der vom Herzen des Winters ausgeht.« Du siehst mich fragend an, Pippa; nun, ich mach es kurz und sage nur: Die Schwester wußte so gut die Vesper zu singen, daß die Dame ihrem Gelübde und ihrer Ehrbarkeit ein Schnippchen schlug und ihre Ehre auf die leichte Schulter nahm; wo sie ging und stand, sah und hörte sie nur den Baron. So kam die Nacht heran, und als auch die Grillen schon schliefen, da wachte sie noch und warf sich im Bett bald auf die eine, bald auf die andere Seite, sprach mit sich selber und wurde von einer Herzensangst verzehrt, wie sie nur jemand kennt, der bald aus dem Bett springt, bald sich wieder hinlegt, je nachdem, wie ihn die Pein treibt, von der er besessen ist. Und um's dir kurz und bündig zu sagen: Ihr war der Kopf verdreht, und sie verfiel schließlich in Sünde mit dem Freund; ja, das tat sie, Tochter!

Pippa: Das war ganz vernünftig von ihr.

Nanna: Im Gegenteil, höchst töricht.

Pippa: Warum?

Nanna: Den Grund nennt dir jenes Lied:

Wer 'ne Schlange an seinen Busen nahm,
Dem geht es wie jenem Bauernsohn:
Kaum war sie gesund und nicht mehr von Kälte lahm,
Da zahlte ihr Gift ihm seinen Lohn.

Du wirst gleich von mir hören, wie's der Verräter machte. Sobald die Dame ihrem Seligen, der einige Zeit vorher a porta inferi gegangen war, Hörner aufgesetzt hatte, da ging die geschwätzige Fama, die müßige Fama, die bösmäulige Fama überall umher und posaunte es aus; und die vornehmen Herren, die um ihre Hand angehalten hatten, verschworen sich mit den gräßlichsten Flüchen beim Satan und sagten vom Himmel und ihrem Glück tausend Schand. Unterdessen rief der Kain, als er sich gut herausgefüttert,

in schönen Kleidern und vollkommen wiederhergestellt sah, seine Leute zusammen und sagte ihnen: »Brüder, heute nacht ist mir Roma im Traum erschienen und hat mir im Namen aller Heiligen befohlen, von hier abzufahren, denn ich bin ausersehen, ein anderes, viel schöneres Rom zu erbauen. Darum macht euch leise, leise an die Arbeit; und während ihr meine Befehle ausführt, werde ich schon irgendein geschicktes Mittel finden, mich von der Dame zu beurlauben.« – Aber wer vermöchte Verliebten Sand in die Augen zu streuen? Die sehen ja, was sonst niemand sieht, und hören, was niemand hört. Sobald sie sah, daß auf dem Schiff des Barons alles drüber und drunter ging, erkannte sie, daß die gute Seele mit ihrem Schiff das Leva ejus spielen wollte. Da geriet sie in Wut und rannte ohne Licht und ohne Besinnung wie eine Besessene an den Strand. Mit bleichem Gesicht, mit nassen Augen, mit trockenen Lippen trat sie vor den Baron, löste die Fesseln ihrer Zunge, die in den Schlingen der Leidenschaft verstrickt war, und ließ ihrem Munde die folgenden Worte entfallen:
»Ha! Glaubst du, Treuloser, du könntest von hier ohne mein Wissen entweichen? Hat dich der kurze Blick schon satt gemacht, und kann nicht unsere Liebe, dein Treuschwur, mein Todesentschluß dich von der beschlossenen Abreise zurückhalten? Aber du bist auch gegen dich selber grausam, daß du jetzt im Winter, in der gefährlichsten Jahreszeit, absegeln willst. Mitleidloser Mann, du dürftest in so stürmischer Jahreszeit nicht nur nicht nach fremden Ländern schiffen, sondern nicht einmal nach Rom zurückkehren, und wenn es mehr denn je in Blüte stände! Du fliehst mich, Grausamer! Mich fliehst du, Ruchloser! Ach! Bei diesen Tränen, die mir aus den Augen rinnen, bei dieser Rechten, die meiner Marter ein Ende setzen soll, bei meiner eben erst begonnenen Vermählung mit dir: Wenn die Wonnen, die du an meinem Leibe genossen, dir nichts sind, so habe doch Mitleid mit meinem Land, mit meinem Hause, die zusammenbrechen werden, wenn du scheidest! Und wenn die Bitten, die doch sogar unseren Herrgott rühren, auch in deine Brust dringen, so entsage deiner Absicht, mich zu verlassen. Meine Liebesraserei für dich hat mich nicht nur den Herzögen, Grafen und Edelleuten verhaßt gemacht, deren Anträge ich ausgeschlagen hatte, sie hat mir auch die Zu-

neigung meiner Bürger und Vasallen geraubt, und ich habe das Gefühl, daß ich von diesen wie von jenen anderen gefangengehalten werde. Aber dies alles ließe sich noch ertragen, hätte ich wenigstens ein Söhnchen von dir, das um mich herum spielte und vor der Welt ein Abbild deiner Gestalt, deines Antlitzes wäre.«
So sprach sie schluchzend und weinend zu ihm. Und er, der Heuchler, der Meister aller Schlauheit, blieb hartnäckig bei seinem erdichteten Traum und schlug nicht einmal die Augen nieder. Ungerührt ließen ihn ihre Bitten, ihre Tränen; er machte dazu ein Gesicht wie ein Geizhals, wie ein filziger Knauser, wie die teure Zeit, die die Armen am Straßenrand sterben sieht und nicht einmal einen Bissen dem Hunger reichen will, der ihr die Hand hinstreckt. Schließlich sagte er ihr in wenigen Worten, er leugne nicht, daß er Verpflichtungen gegen sie habe, er werde sie stets in der Erinnerung behalten und er denke gar nicht daran, abzusegeln, ohne ihr ein Wort davon zu sagen. Mit eiserner Stirn leugnete er, ihr jemals versprochen zu haben, daß er sie zum Weibe nehmen wolle, und alle Schuld seines Verhaltens schob er auf die Celi celorum. Und er schwor ihr, der Engel sei ihm erschienen und habe ihm befohlen, große Taten zu verrichten; aber er predigte in den Wind, denn sie sah ihn bereits mit ganz anderen Augen, und aus ihrem Munde sprühte die Wut, die ihr Flammenherz mit gerechter Verachtung und mit Schmerz erfüllte. Und so trat sie ganz nahe an ihn heran und rief: »Du bist niemals ein Römer gewesen, und du lügst, wenn du behauptest, du stammest aus so edlem Blute! Monte Testaccio, du treuloser Mensch, hat dich gezeugt aus den Scherben, aus denen der Berg besteht, und die Hündinnen, die dort herumstreichen, haben dich mit ihrer Milch gesäugt; darum hat sich kein Zug des Mitleids bei meinem Bitten und Weinen in deinem Antlitz gezeigt. Aber wem soll ich denn mein Unglück klagen, da, wie es scheint, im Himmel droben niemand waltet, der mit gerechtem Urteil die Ungerechtigkeiten mißt? Wahrlich, heutzutage gibt's nicht Treu noch Glauben mehr: Da nehme ich diesen Menschen auf, der vom Meer gerüttelt und an meinen Strand geworfen ist, ich teile mit ihm alle meine Habe, gebe und schenke mich ihm, und trotz alledem verläßt er mich, nachdem er mich verraten und beschimpft hat! Und obendrein

will er mich glauben machen, ein Bote sei ihm vom Himmel gekommen, um ihm die geheimen Befehle unseres lieben Herrgotts zu überbringen, wie wenn dieser nichts anderes zu tun hätte, als sich mit deinen Läppereien zu befassen! Aber ich halte dich nicht! Geh nur und folge den Pfaden, die deine Träume und Gesichte dir weisen! Ganz gewiß wirst du die Herrlichkeit der Kinder Israels erneuen. Aber ich hege die Hoffnung, wenn du gehst, so wirst du zwischen den Klippen deine Strafe erleiden. Dann wirst du meinen Namen rufen, wirst dir mehr als siebenmal meine liebevolle Pflege und meine Güte herbeiwünschen. Ich aber werde dich als Feind verfolgen, mit Feuer und Schwert werde ich meine Rache nehmen; und noch wenn ich tot bin, wird dich mein Schatten, meine Seele, mein Geist verfolgen!«
Sie konnte nicht weitersprechen, denn die Leidenschaft schnitt ihr die Worte ab, und sie mußte mitten in ihrer Rede schweigen. Ihre Blicke verdunkelten sich, sie konnte sich nicht mehr auf den Füßen halten und sank wie eine Todkranke in die Arme ihrer Dienerinnen, die sie forttrugen. Der Baron blieb allein zurück, das Antlitz verzerrt und von Schamröte bedeckt über den schnöden Verrat, den er an der Unglücklichen begangen. Du weinst, Pippa?
Pippa: Möchte der feige Schurke hingerichtet werden!
Nanna: Ja, gevierteilt, wenn's möglich wäre. Denn nach dieser Wehklage seiner Dame rüstete er sich sofort zur Abfahrt, und seine Leute, die das Schiff an den Strand zogen, glichen Ameisen, die ihr Korn für den Winter herbeischleppen: Einige von ihnen brachten süßes Wasser, andere trugen die laubumkränzten Ruder, und noch wieder andere ... die Kränke, die ich ihnen an den Hals wünsche!
Pippa: Was machte denn mittlerweile die unglückliche Dame?
Nanna: Sie stöhnte, sie seufzte, sie raufte sich die Haare aus; und als sie die Rufe der von ihr bewirteten Matrosen hörte, das Durcheinanderlaufen der Rudermannschaft und der übrigen Besatzung sah, da stockte ihr der Atem, sie fiel in Ohnmacht und lag wie eine Tote da. Ah! grausame Liebe, warum kreuzigst du uns so schrecklich und auf so manche Art? Aber trotz alledem hatte die Dame noch ein bißchen Hoffnung, und sie ging zu ihrer Schwester und sprach: »Liebe Schwester, siehst du nicht, daß er fortgeht,

daß schon das Schiff sich zur Abfahrt rüstet? Aber warum, o ihr undankbaren Himmel! warum, wenn ich auf solches Leid gefaßt sein mußte, gabt ihr mir nicht die Kraft, es zu ertragen? Du allein, Schwester, kannst mir jetzt helfen, denn dich machte der Verräter ja immer zum Vertrauten aller seiner Gedanken. So geh denn und sprich mit ihm und suche ihn durch deine Worte zu erweichen, sag ihm in meinem Namen, ich habe mit jenen nichts zu schaffen, die unter dem Vorwand, Frieden und Ruhe herzustellen, seine Vaterstadt zerstörten, ich habe nicht die Gebeine seines Vaters aus ihrem Grab gerissen – darum möge es ihm gefallen, vier Worte von mir anzuhören, bevor ich sterbe. Sag ihm, er möge mir, die ich ihn zu meinem Unglück anbete, die einzige Gnade erweisen, nicht jetzt abzusegeln, sondern zu warten, bis die Fahrt für den Schiffer weniger gefährlich sei. Ich will gar nicht sein Weib sein, da er mich ja verschmäht; ich will ihn erst recht nicht für immer hierbehalten: nur einen kleinen Aufschub wünsche ich, damit mein Schmerz Zeit gewinnt, damit ich lerne, ihn zu ertragen!« Und in Tränen ausbrechend, schwieg sie.

Pippa: Ihr Schicksal schneidet mir ins Herz.

Nanna: Ihre unglückliche Schwester, liebe Pippa, überbrachte ihm die Worte und schilderte ihm lang und breit all ihre Tränen, all ihre Verzweiflung. Aber der Grausame ließ sich dadurch nicht erweichen; er glich einer Mauer, von der die leichten Bälle abprallen. Endlich beschloß die Dame, als sie die Gewißheit hatte, daß er absegeln würde, zu Zaubermitteln ihre Zuflucht zu nehmen, wovor sie sich bis dahin immer gescheut hatte.

Pippa: Half ihr das etwas?

Nanna: Gar nichts! Sie rief Hexen, Gespenster, Dämonen, Werwölfe, Feen, Geister, Sibyllen, den Mond, die Sonne, die Sterne, Harpyien, Himmel, Erden, Meere, Höllen und andere Teufelswerke, sie goß schwarzes Wasser aus, streute Asche von Verstorbenen und Kräuter, die im Schatten der Nacht getrocknet waren; sprach Zauberworte, machte Zeichen, zeichnete Buchstaben und seltsame Figuren und sprach zu sich selber. Aber kein Heiliger war da, der sich um den falschen verräterischen Liebhaber kümmerte. Es war Mitternacht, als sie ihre nutzlosen Beschwörungen machte, und die Schuhus, die Nachteulen und die Fledermäuse schliefen schon wieder in festem Schlaf, als sie allein noch immer nicht den Schlummer mit ihren Augen fangen konnte, sondern die Liebe peinigte sie immer mehr. Und nachdem sie eine Weile still gewesen war, begann sie zu sprechen und sagte zu sich selber: »Was mache ich jetzt, ich Unglückliche? Soll ich jetzt irgendeinen von denen, die ich verschmäht habe, bitten, mich als Weib heimzuführen? Soll ich den abenteuernden Römern folgen? Ja, das wird mir von Nutzen sein, denn ich habe ihnen Hilfe gewährt, und sie sind ja Leute, die sich dankbar genossener Wohltaten erinnern. Aber wer wird mich aufnehmen, wenn ich auch wirklich auf das stolze Schiff gehen wollte? Und dann – kenne ich nicht zur Genüge diese eidbrüchigen Römer? Sie würden mich auslachen, wenn ich zu ihnen käme. Aber darf ich's dulden, daß sie alle Segel setzen und in diesem Augenblick in See stechen? Ach! stirb, stirb Unglückliche! und befreie dich mit dem Stahl von deinem Schmerz! Aber du, Schwester, du hast mich in all dies Unglück hineingestoßen, du hast mich meinem Feinde ausgeliefert, du bist schuld, daß ich zur Verräterin wurde an der Asche meines Gemahls und an meinem Gelübde der Keuschheit – treuloses, sündiges Weib, das ich bin!«

Pippa: Welch eine schöne Wehklage!

Nanna: Wenn du schon gerührt bist, indem du sie von mir hörst, die ich doch kein Stückchen so wiedergebe, wie sich's eigentlich gehört, die ich auf klägliche Weise beim Erzählen alles durcheinanderwerfe – was hättest du erst gemacht, wenn du sie aus ihrem eigenen Munde gehört hättest!

Pippa: Ich wäre bei ihrem Schmerz in Ohnmacht gefallen.

Nanna: So wäre es gewesen ... In diesem Augenblick ließ der Baron die Ruder in die Flut tauchen und entfloh, wobei er sich oft umsah, denn es kam ihm immer vor, als wäre ihm das Volk seiner Dame auf den Fersen. Und als die Morgendämmerung graute, da eilte die Untröstliche, der die Nacht dreimal so lang wie sonst vorgekommen war – wie die Weihnachtsmessen, die dreimal wiederholt werden –, da eilte, sag ich, die Untröstliche ans Fenster, und als sie das Schiff schon fern vom Hafen sah, schlug sie sich vor die Brust, zerfleischte mit den Nägeln ihr Gesicht, raufte sich die Haare und rief:

»O Gott! Soll denn wirklich dieser Mensch mir zum Trotz davongehen? Soll ein Fremdling eine hochgeborene Dame wie mich verschmähen dürfen? Ist meine Macht ohnmächtig gegen ihn, kann sie ihn nicht durch die ganze Welt verfolgen? Auf! zu den Waffen! und macht schnell! Aber was sage ich? Wo bin ich? Was verrückt mir den Sinn? Ah, Unglückliche! dein grausames Los ist nicht mehr fern; das alles hätte ich machen sollen, als ich's konnte, und nicht jetzt, wo ich's nicht mehr kann! Das also war die Treue des Mannes, der Roms Reliquien gerettet hat! Das war der Mann, der aus Mitleid mit seiner Vaterstadt Tränen vergoß! Der Mensch, der mir den Rücken dreht und mir damit all mein Wohlwollen und den gastlichen Empfang vergilt! Aber warum habe ich ihn nicht vergiftet, sobald ich seine Niedertracht erkannte? Oder noch besser, warum habe ich ihn nicht in Stücke hauen lassen, um sein zuckendes, warmes Fleisch zu essen? Vielleicht wäre das ein gefährliches Wagnis von zweifelhaftem Erfolg gewesen; aber was auch immer gekommen wäre, konnte es schlimmer kommen, als es mir widerfahren ist? Da ich doch sterben muß, so wär's wohl besser gewesen, ihn zuerst zu erwürgen oder ihn und seine Leute mitsamt dem Schiff zu verbrennen!« Nachdem sie dies gesagt, verfluchte sie Roms Ursprung, Lage, Vergangenheit, Gegenwart, Zukunft. Und sie flehte Himmel und Hölle an, sie möchten aus den Gebeinen ihres Volkes Rächer und unversöhnliche Feinde erstehen lassen. Und nachdem sie alle diese Worte gesprochen hatte, die aus ihrem Munde kamen, schickte sie ihre Amme fort, um irgendwas zu besorgen, und schickte sich an, sich den Tod zu geben.

Pippa: Wie? Sich zu töten?

Nanna: Sich zu töten.

Pippa: Auf welche Art denn?

Nanna: Mit ganz verzerrtem Antlitz, die Wangen schon mit den fahlen Flecken des Todes übersät, die Augen blutunterlaufen, betrat sie ihr Schlafgemach. Zur Raserei gebracht, nachdem alle Hoffnungen, an die sie sich in ihrer Verzweiflung geklammert, sich als trügerisch erwiesen hatten, riß sie ein Schwert aus der Scheide, das ihr vom Kain geschenkt war; aber gerade als sie, ohne noch ein Wort zu sagen, sich damit die Brust durchbohren wollte, da fielen ihre umflorten Blicke auf einige Kleider des Römers und auf das Bett, worauf sie mit dem Judas gelegen hatte. Da hielt sie noch einmal inne und sprach ihre letzten Worte, die mir — ein Magister hat sie mich einst gelehrt — immer im Gedächtnis geblieben sind wie das Pane nostrum quotidiano:

»Ihr Kleider, die ihr mir einst teuer waret, als Gott und das Schicksal mir dieses Glück gönnten, empfanget, ich bitte euch, diese Seele, deren Feuer erloschen ist! Ich habe die Zeit gelebt, die mir beschieden war, ich gehe jetzt in die Unterwelt, sein Bild im Herzen. Ich gründete eine Stadt von hochberühmtem Namen, ich sah meine Burg sich erheben, und ich habe mich an dem Bruder meines früheren Gemahls gerächt; ich wäre also eine Glückliche unter den Glücklichen gewesen, wenn nicht das römische Schiff an meinem Gestade gelandet wäre.« Mit diesen Worten rannte sie mit dem Kopf gegen das Bett, stürzte es in voller Wut um und schrie zähneknirschend:

»Und doch scheiden wir nicht ohne Rache aus dem Leben! Denn wenn du mir den Busen durchbohrst, o Schwert, wirst du auch diesen grausamen Ritter töten, der in meinem Herzen lebt; so wollen wir denn sterben! denn so geziemt es sich, zu sterben!«

Kaum hatte sie das letzte Wort hervorgebracht, da sahen ihre Frauen das mörderischste Schwert in ihrem Busen stecken!

Pippa: Was sagte denn der Baron, als er's erfuhr?

Nanna: Sie sei ein verrücktes Frauenzimmer gewesen ... So machte sie denn also einen Spaziergang in die andere Welt, wie du's soeben gehört hast, und das kam davon, daß sie einem Mann soviel Liebe erwiesen hatte.

Die Männer? Die Männer? Bei Gott, es ist Zucker, wenn wir sie verraten und zugrunde richten in Anbetracht alles dessen, was sie uns antun! Und damit du mir das glaubst, erzähle ich den Streich, den ein mir wohlbekannter Student und ein mir wohlbekannter Kavalier einer abgefeimten Hure spielten.

Pippa: Ihr habt mich noch nicht unterwiesen, wie ich mich mit Studenten und mit Kavalieren zu verhalten habe.

Nanna: Diese beiden Spitzbubenstreiche werden dich aufklären, so gut ich's nur selber könnte; gib dir Mühe, aus der Geschichte dieses *einen* Studenten und dieses *einen* Kavaliers alles zu lernen, was mit dieser Sorte von Leuten zusammenhängt.

Pippa: Sehr schön. Aber wartet noch mal 'nen Augenblick, wartet!

Nanna: Wozu?

Pippa: Ich hatte heute nacht *zwei* Träume und habe Euch nur den einen erzählt.

Nanna: Ich habe niemals ein so kindisches Mädel gesehen wie dich! Du bist ja ganz außer Rand und Band mit dem Erzählen von Träumen, die du gehabt hast.

Pippa: Hört nur, was ich nach dem Traum von dem geschmückten Zimmer noch weiter träumte.

Nanna: Erzähle also; was wird's denn sein?

Pippa: Mir war's, als schreie ganz Rom aus vollem Halse: »Pippa, Pippa! Deine Mutter, die Spitzbübin, hat den vierten Teil vom Vergil[1] gestohlen und treibt ihren Ulk damit.«

Nanna: Hahaha! Hör mal, Schelmin: ein ganz kleines Tröpfchen mehr, und du wärst über den Respekt hinausgegangen! Was, zum Kuckuck, weiß ich, von wem da die Rede ist! Aber mag er sonst sein, was er will – von solchen gelehrten Sachen versteh ich nichts –, auf jeden Fall muß er ein Tölpel sein, wenn er den vierten Teil von sich selber wegnehmen läßt; und wenn das so ist, so kann er den Rest getrost den Hunden vorwerfen.

Pippa: Nun zum Studenten und zum Kavalier!

Nanna: Ein Student, der besser über Gaunerstreiche als über seine Bücher Bescheid wußte, listig, schlau, lebhaft, mundfertig und ein Taugenichts im höchsten Grade, kam nach Venedig und lebte dort einige Zeit still und verborgen, bis er genügend Erkundigungen eingezogen hatte, welche von den dortigen Huren die spitzbübischsten und reichsten seien. Als er Bescheid wußte, bat er den Schafskopf, bei dem er zur Miete wohnte, um eine geheime Unterredung. Er hatte ihm zu verstehen gegeben, er sei der Neffe eines Kardinals und verkleidet nach Venedig gekommen, um sich dort einen Monat lang zu amüsieren und um Juwelen und Stoffe zu kaufen, wenn er welche fände, die ihm gefielen. Er ruft ihn also zu sich und sagt: »Lieber Bruder, ich wünsche mit der Signora Soundso zu schlafen; geh zu ihr und sag ihr, wer ich bin; sie muß aber

1. Das Abenteuer des Äneas mit der Dido nimmt ungefähr den vierten Teil der ›Aeneis‹ ein.

schwören, daß sie mich nicht verraten wird, und wenn sie verschwiegen ist, so wird sie sehen, was für eine schöne Seele ich habe.« Der Liebesbote trottet davon, kommt vor ihre Tür, klopft tick, tack, tack, und die Haushälterin erscheint am Fenster oder, wie die Venezianer sagen, am Balkon; da sie den Makler für die Ware ihrer Herrin erkennt, so macht sie weiter keine Schwierigkeiten und zieht die Schnur; er unterrichtet die Freundin von allem und erscheint gleich darauf auf dem Turnierplatz mit dem falschen Neffen des Allerehrwürdigsten Monsignore, und der junge Mann steigt voll priesterlicher Majestät die Treppen hinauf. Die Signora tritt ihm entgegen und sieht auf den ersten Blick seinen Mantel von feinem Tuch, sein Wams von schwarzem Atlas, Barett und Schuhe aus Tercio pelo,[1] wie die Spanier sagen. Dann reichte sie ihm Hand und Mund auf die anständigste Hurenmanier, die man sich nur denken kann, und als die Plauderei begann, sprach er bei jeder Gelegenheit von ›meinem Onkel, Monsignor …‹ Den Kopf wiegte er auf eine mehr als königliche Art hin und her, machte ein Gesicht, wie wenn alles und jedes stänke, und sprach langsam, leise und anständig; mit einem Wort, er benahm sich scheißfein und schien seine eigenen Worte mit Andacht anzuhören.

Pippa: Ich seh ihn im Geiste vor mir.

Nanna: Wie solltest du auch nicht? Die Venezianerin war die Ehrfurcht und Dienstbeflissenheit selber und antwortete auf jedes Kompliment, das der Spitzbube ihr machte: »Ich sterbe! genug! was sind das für Sachen!«, und ich weiß nicht, was sonst noch für Quatsch. Genug, sie wurden handelseins, daß sie miteinander schlafen wollten. Dann winkt der Student den Mittelsmann heran, gibt ihm zwei Zechinen und sagt: »Gib mir dies Geld aus; suche selber die Sachen aus.« Meister Rindvieh geht auf den Einkauf, stibitzt Heller und Batzen und schickt die Eßwaren der Diva durch einen Facchino ins Haus.

Pippa: Wie Ihr von Facchino usw. zu sprechen wißt! Man möchte meinen, Ihr seiet selber in Venedig gewesen.

Nanna: Weißt du denn, ob ich nicht mal da gewesen bin?

Pippa: Ja, ja.

1. Samt.

Nanna: Schließlich war es so weit, daß sie miteinander zu Bett gehen wollten und daß der Doktor in spe sich ausziehen mußte. Nach vielen ›Oh, das kann ich nicht zugeben!‹ und ›Bitte, bemüht Euch nicht!‹ und ›Euer Gnaden sind zu gütig!‹ ließ er sich zuletzt doch von ihr helfen, und sie zog ihm eine leinene Jacke vom Leibe. Diese Jacke starrte und stank vor Schmutz und war sehr schwer, weil nämlich zweitausend Dukaten – von denen du noch Näheres hören wirst – in das Futter eingenäht waren.

Pippa: Da bin ich neugierig.

Nanna: Als die Hure das Gewicht des Geldes spürte – sie konnte die Jacke kaum heben –, da machte sie ein Gesicht wie ein Gauner, der einen jener Einfaltspinsel, die sich ihre Börse neben dem Pint zwischen den Beinen durchziehen lassen, aufs Korn nimmt; sie legte aber die Jacke auf den Tisch und tat, als hätte sie gar nichts bemerkt; doch nahm sie sich vor, ihn mit Liebkosungen und Küssen blind zu machen und ihm, wenn sie zusammen im Bett lägen, die Süßigkeiten ihrer Äpfel und ihres Fenchels mit Scheffeln zuzumessen. Es kommt der Morgen, und der Bursche des Schwindlers erscheint im Schlafzimmer und macht Verbeugungen bis zur Erde. Der verhenkerte Student wirft ihm die Börse zu, die nicht eben großen Lärm machte, als sie zur Erde fiel, und sagt: »Hol Malvasier und Marzipan.« Es dauert nicht lange, so erscheinen Malvasier und Marzipan nebst frischen Eiern. Das Mittagessen besorgte wieder der Lieferant der vorigen Abendmahlzeit; dann legten sie sich wieder zu Bette, standen wieder auf, und so ging es fünf Nächte und fünf Tage hintereinander. Du mußt bedenken, daß der Spitzbube mit etwa fünfzehn Talern die ganze Ausgabe bestritt und dafür ein Liebesfutter und freundschaftliche Behandlung von prima Qualität hatte. Und fortwährend prahlte der erzverruchte Student: »Wenn ich doch Euer Gnaden mit einem Knaben schwängerte! Ich würde ihm ein Priorat, eine Pfarre, eine Abtei zum Wiegenangebinde bescheren.« – »Das gebe Gott!« antwortete sie. »Nun, da dürfen wir keine Zeit verlieren!« sagte dann der Betrüger, der die Betrügerin begaunerte ... Nun, was tat er? Er zog sich die Leinenjacke aus, hielt sie in der Hand und bemerkte eine mit höllisch vielen Eisenbeschlägen und Schlössern versehene Kiste. Sofort bat er sie, sie möchte ihm gestatten, sein Geld dorthinein zu legen, er habe es aus guten Gründen eingenäht und versteckt. Sie schloß das Geld ein und gab ihm den Schlüssel, indem sie bei sich dachte, unter allen und jeden Umständen würde sie mindestens ein- oder zweihundert von den Dukaten zu kriegen wissen. Gleich darauf sagt das schlechte Tuch von einem Studenten zu ihr: »Ich möchte wohl eine goldene Damenkette zum Wert von etwa hundertundfünfzig Goldstücken kaufen. Da ich aber von solchen Sachen nicht viel verstehe, so laßt mir bitte heute oder morgen eine hierherbringen. Ich werde sie sofort kaufen.« Sofort schnappte sie nach diesem Köder, denn sie dachte, das Geschenk wäre für sie bestimmt; so schickte sie denn zu diesem und jenem und ließ Ketten und Kettchen von geringerem Wert schicken; da aber keine für passend befunden wurde, so nahm sie ihre eigene ab, die zweihundert unbeschnittene Golddukaten wog, und ließ sie Seiner Hoheit durch einen angeblichen Goldschmied zuschicken. Kaum zeigte man sie ihm, so rief er: »Was für feines Gold! was für eine wundervolle Arbeit!« Und richtig, der Handel wurde abgeschlossen und der Preis auf zweihundertfünfundzwanzig vereinbart. Die Signora war froh und sagte bei sich selber: »Die Kette werde *ich* bekommen, und außerdem werde ich noch den Profit der fünfundzwanzig Dukaten an der Rechnung des Goldschmiedes haben.«

Pippa: Ich glaube zu sehen, worauf der Streich hinausläuft, aber ich weiß doch noch nicht recht.

Nanna: Der Spitzbube hielt die Halskette in der Hand und lobte sie so überschwenglich, wie wenn er sie jemandem hätte verkaufen wollen. Und während er mit ihr liebäugelte und sie hin und her drehte, sagte er: »Signora, wenn Ihr mir Bürgschaft dafür leisten wollt, so verpfände ich dem Meister das Bewußte, das ich Euch zur Aufbewahrung gegeben habe, denn ich möchte die Kette erst einem meiner Freunde zeigen; nachher werde ich die Summe erheben, die ich für das Geschmeide zu bezahlen habe; ich brauche dieserhalb nur zu dem Geschäftsmann zu gehen, bei dem dieser Wechsel fällig ist.« Damit zeigte er ihr einen Wisch, bei dessen Anblick die doch nicht ganz schlaue Schlaue es sehr eilig bekam.

Pippa: Warum bekam sie's denn so eilig?

Nanna: Um nicht die mit Messingdukaten vollgestopfte Jacke aus ihrem Koffer herauszulassen, sagte sie: »Nehmt nur die Kette mit. Gott sei Dank habe ich auch für größere Beträge Kredit.« Damit wandte sie sich zu dem falschen Goldschmied und schickte ihn mit einem Kopfnicken fort. Der Student nahm seine Sachen und verschwand. Es wird Abend, und er kommt nicht wieder; es wird Morgen – nichts von ihm zu sehen; es vergeht ein ganzer Tag, und man hört nichts von ihm. Sie schickt zu dem Mann, bei dem er gewohnt hatte; der zuckt die Achseln und zeigt auf einen Ranzen, ein schmutziges Hemd und einen Hut, die in der Kammer des Studenten zurückgeblieben waren. Als die Kurtisane dies vernimmt, wird sie so weiß im Gesicht wie einer, der hört, daß ihm sein Diener mit allem, was nicht niet- und nagelfest war, durchgegangen ist. Sie läßt die Truhe aufbrechen, stürzt sich auf die Jacke, reißt mit ihren Zähnen das Futter entzwei und findet das Dings vollgestopft mit Rechenpfennigen. Sie hätte sich aufgehängt, wenn man sie nicht festgehalten hätte.

Pippa: Was – beim Kuckuck! – tun denn die Bargelli heutzutage auf dieser Welt?

Nanna: Nichts, gar nichts! Gerechtigkeit gibt's nicht mehr für die Huren; von 'ner Polizei, wie sie früher war, sieht man nichts mehr. Unsere Welt war halt 'ne schöne Welt in der guten alten Zeit, und mein wackerer Gevatter Motta führte mir mal ein schönes Beispiel dafür an. »Nanna«, sagte er, »mit den Huren von heutzutage ist's wie mit den Kavalieren von heutzutage: Wenn sie reich werden wollen, müssen sie stehlen, sonst können sie Hungers sterben; und auf einen, der Brot im Kasten hat, kommen ganze Scharen, die betteln gehen müssen. Aber dies Elend kommt davon, daß die großen Herren ihren Geschmack geändert haben; hol drum der Geier die jungen Böcklein und die alten Böcke, die daran schuld sind!«

Pippa: Wozu ist denn das Feuer da? Warum ist es so saumselig?

Nanna: Das Feuer ist dazu da, die Bratöfen zu heizen, damit der Braten 'ne Tunke bekommt; weißt du, warum?

Pippa: Ich? nein!

Nanna: Weil auch der gemeine Taugenichts Geschmack findet, und darum duftet ihm ein gebratenes Hinterteil leckerer als ein gesottenes Vorderteil.

Pippa: Verbrennen sollte man die Halunken!

Nanna: Es wäre immerhin schon etwas, wenn wir auch 'nen Stengel hätten, um sie zu stöpseln wie ihre Lustknaben, Lakaienlümmel und das andere Gesindel ... Aber nun zu unserem Kavalier! O heiliges, süßes, liebes Venedig! Ja, du bist göttlich, du bist wundervoll, du bist entzückend! Und deinetwillen wollte ich gern zwei ganze Fastenzeiten hindurch hungern, wär's auch bloß, weil du die Schlemmer, die Wüstlinge, die jungen Spitzbuben, Hochstapler und andere Beutelschneider Cortigiani nennst. Und warum? Wegen der schlimmen Folgen, die ihr Lebenswandel mit sich bringt.

Pippa: Sind denn die Kurtisanen ebenso sündhaft wie jene?

Nanna: Da sie von ihnen den Namen haben, so folgt daraus notgedrungen, daß sie auch ihr Aussehen, ihr Verbo et opere – wie's im Confiteor heißt – von ihnen gekriegt haben ... Aber ich wende mich wieder unserem Kavalier zu. Es war einmal hier in Rom ein Gewisser, einer von den Herren, die am Palastbeamtentisch speisen und auf dem Stroh sterben, ein richtiger In-die-Ecken-Spucker, Steißwackler und aufgeblasener Stutzer, das Barett immer auf dem linken Ohr, 'ne Schleife am Griff seines Dolchs, die Kleider stets sauber gebürstet und gebügelt, kokett in jeder Bewegung, schwatzhaft und ein Windbeutel durch und durch. Der plauschte einer armen unglücklichen Kurtisane so viel ins Ohr, daß sie sich von dem blauen Dunst seines Geschwätzes völlig einräuchern ließ. Etwa vier Monate lang gab er ihr nichts weiter als allerhand Sächelchen, wie zum Beispiel ein Ringelchen, ein Paar Pantoffeln von Atlas oder altem Samt, Handschuhe mit Nelkenparfüm, Schleier oder Häubchen, dazu einmal auf zehn ein paar magere Kapaunen, ein Bund Drosseln, ein Fäßchen Korserwein und andere derartige Geschenke, wie ein Windbeutel ohne Geld sie zu geben pflegt; in der ganzen Zeit gab er, sagen wir, etwa zwanzig Taler aus, und dafür hatte er sie, wann, wo und wie's ihm beliebte. Sie hatte bisher eine Kundschaft gehabt wie nur irgendeine, aber da sie sich nur noch aus diesem hübschen Lausbuben was machte, so verkäckerte sie nach und nach alle ihre Freunde; sie hatte nur noch Augen und Ohren für ihren Kavalier und blähte sich vor Stolz, wenn sie ihn den großen Herrn spielen sah.

Pippa: Inwiefern spielte er denn den großen Herrn?
Nanna: Wegen seines Kardinals, dessen hochwürdigste Gnaden ihn täglich zweimal umhalsten und herzten, nichts aßen, ohne jeden Bissen mit ihm zu teilen, und ihm alle Geheimnisse ausplauderten; und wenn der geistliche Herr von Renten, Schatzhäusern und Pfründen gefaselt und ihm die neu angekommenen Briefe aus Spanien, Frankreich und Deutschland gezeigt hatte, fing er an mit 'ner Stimme wie 'ne zerbrochene Glocke zu grölen: ›Im Winde flatterte das Goldgelock‹ und ›So schwach ist der Faden, oh!‹ Die Taschen seines Wamses hatte er immer voll von Madrigalen in der eigenen Handschrift der Poeten, deren Namen er hersagte, wie die Landpfarrer die Namen der Festtage herunterschnurren. Der Kalender selbst kennt die Namen kaum so gut, wie auch ich sie einst wußte; ich hatte sie auswendig gelernt aus Anlaß einer gewissen Komödie – na, schweigen wir drüber! Und sie waren mir sehr nützlich – na, schweigen wir drüber! Ich brachte sogar einen Gewissen zum Glauben, ich sei 'ne Dichterin – na, schweigen wir drüber!
Pippa: Bitte, lehrt sie auch mich, damit ich damit Bescheid weiß, falls ich in dieselbe Lage kommen sollte wie Ihr und davon Gebrauch machen müßte.
Nanna: Mit den Namen der Dichter kannst du dich gerne abgeben, aber mit den Leuten selber nicht.
Pippa: Warum denn nur mit den Namen und nicht mit den Leuten selber?
Nanna: Weil ihre Münzen ein hölzernes Kreuz haben; sie bezahlen mit gloria patri und sind – mit Verlaub zu sagen – eine Narrenbande. Wie ich dir bereits gestern sagte: Öffne ihnen deine Tür, empfange sie mit Liebkosungen, setze sie bei Tische obenan, aber bewillige ihnen nichts, wenn's dich nicht gereuen soll. Doch um wieder auf unseren salbenduftenden Kavalier, den Habenichts, den Windbeutel zu kommen: Eines Abends klopft er bei seiner Signora an die Tür; sobald er drinnen ist, stimmt er ein über die Maßen schönes Te deum laudamus an, springt die Treppen hinauf wie einer, der 'ne gute Nachricht bringt, küßt seine Geliebte, die ihm entgegengelaufen war, und ruft: »Endlich hat's der Teufel gewollt, daß ich aus der Armut rauskomme; hol der Kuckuck

jetzt das Hofleben und das Gefasel, womit die hochwürdigen Kleeriecher oder Kleriker ihre Diener an der Nase herumführen!« Die Närrin kriegte 'nen richtigen Knax, als sie seine Worte hörte; sie dachte bei sich selbst, jetzt würde sie für all das Liebesfutter, das er bei ihr genossen, mit Wucherzinsen bezahlt werden, und rief mit sonst nicht gewagter Kühnheit, indem sie ihn duzte: »Was für Gutes ist dir denn passiert?« – »Der Dingsda, mein Oheim, der Millionär, ist tot, und er hatte keine Söhne, keine Töchter und überhaupt keine Verwandten außer mir!« – »Aha!« sagte sie, »Euer Gnaden sprechen von dem alten Geizhals, von dem Ihr mir öfters erzählt habt?« – »Ganz recht«, antwortete er. Als schlaue Katze begann sie sofort, ihn mit ›gnädiger Herr‹ hinten und ›gnädiger Herr‹ vorne zu traktieren, sobald sie von der Erbschaft hörte; er hingegen erkühnte sich, sie zu duzen, indem er dachte, dieser Kunstgriff würde schon genügen, um ihr seine neue Größe glaubhaft zu machen.
Pippa: Sieh mir doch einer das Spitzbubenvolk!
Nanna: Die Sache nahm ihren Verlauf ganz nach Wunsch und Absicht des Kavaliers; er umnebelte sie derart, daß sie ihm zuliebe auf den Baumwipfeln marschiert wäre. So schwatzte er ihr zum Beispiel vor: »Meine geliebte Herrin, bis jetzt habe ich Euch niemals recht wirksam die Liebe beweisen können, die ich für Euch hege, denn ich verausgabte meinen ganzen Seelenschatz in Monsignors Diensten, indem ich hoffte, seine Freigebigkeit würde mich dafür belohnen. Jetzt hat der liebe Gott den Bruder meines Vaters zu sich genommen, auf daß ich erkennen solle, wer er ist: nämlich ebenso barmherzig, wie jene Halunken undankbar sind. Ich will dir nur soviel sagen, daß ich fünfzigtausend Dukaten erbe, teils in Häusern, teils in Landbesitz, teils in barem Gelde. Ich habe weder Vater noch Mutter, weder Brüder noch Schwestern; darum erkiese ich dich als mein rechtmäßiges Gemahl; dies ist der schuldige Lohn für alles, was du mir erwiesen, und außerdem folge ich dabei dem Zuge meines Herzens.« Mit diesen Worten küßte sie der Schurke, der ein würdiger Diener eines Pfaffen war, zog sich einen Ring vom Finger und steckte ihn ihr an. Du kannst dir denken, wie sie ob seinem Gefasel vergnügt und rot wurde, sie fiel ihm um den Hals, und die Tränen schossen ihr aus

den Augen. Sie wollte ihm danken und konnte es nicht. Unterdessen hatte der Gauner den mit seiner eigenen Tinte geschriebenen Brief mit der Todesanzeige hervorgeholt, setzte sich auf einen Stuhl und sagte zu ihr: »Da ist der Brief mit der Freudenbotschaft.« Hierauf las er ihn ihr von A bis Z vor.

Pippa: Er sagte ihr das Alphabet her bis zum Halleluja!

Nanna: Nachdem die Signora ihn ein Stößchen hatte machen lassen, gab sie ihm Urlaub, damit er alle seine Sachen in Ordnung bringen könnte, um mit ihr abzureisen – denn das hatte sie sich in den Kopf gesetzt. Kaum war er zur Tür hinaus, so öffnete sie eine Truhe, worin sich Juwelen, bares Geld, Halsketten und Silbergeschirr im Wert von mehr als dreißighundert Talern befanden; ihre Kleider und die sonstige Einrichtung waren über zwölfhundert wert. Während sie dabei war, alle diese Sachen auszupacken, kam er wieder ins Haus, und sie rief ihm entgegen: »Mein Gatte, seht! Das ist all mein bißchen Armut; ich gebe Euch das alles nicht als Mitgift, sondern als ein Zeichen von Liebe und Zärtlichkeit.« Der gemeine Schurke nahm alle Wertsachen, packte sie wieder in die Truhe hinein und verschloß diese mit eigener Hand. Und die unheilbare Tollhäuslerin, die nicht wußte, was sie alles anstellen sollte, um sich ihm recht lieb und wert zu machen, bestand darauf, daß er den Schlüssel an sich nehme, ließ darauf Juden holen und machte ihren ganzen Hausrat zu Gelde. Von dem Erlös kleidete der Gauner sich wie ein Paladin, kaufte auf dem Campo di Fiore zwei Reiseklepper, ließ seine Freundin Männerkleider anziehen und reiste mit ihr ab. Als Gesellschaft wollte er nur sie allein, notabene mit ihren Juwelen und den anderen Wertsachen, die in der Truhe waren. Sie schlugen den Weg nach Neapel ein.

Pippa: Nach dem Gaunerparadies!

Nanna: In den ersten zwei oder drei Nachtquartieren behandelte er sie wie eine Marchesa: die ganze Nacht hielt er sie in den Armen und liebkoste sie mit den süßesten Schmeichelnamen von der Welt. Endlich beschloß er, der Geschichte ein Ende zu machen, und schüttete ihr irgendein Opium, das er von Rom mitgebracht hatte, in den Wein. Und wie sie beim besten Schnarchen war, ließ er sie – höchst kavaliermäßig! – im Bett des Wirts liegen. Sogar ihr Pferd nahm er mit und ließ darauf einen Jungen reiten, dem er gleich nach seinem Fortreiten vom Wirtshaus auf der Straße begegnet war. Und er ritt so schnell davon, daß man niemals erfahren hat, was aus ihm geworden ist.

Pippa: Was machte denn die Unglückliche, als sie erwachte?

Nanna: Sie brachte das ganze Dorf in Aufruhr, lief dann in den Stall, nahm die Halfter ihres Kleppers und hängte sich an der Raufe auf. Und man sagt, der Wirt habe das ruhig mit angesehen, weil er auf diese Weise ihre Kleider bekam und sich damit für die Zeche bezahlt machen konnte.

Pippa: Wenn eine dumm ist, hat sie selber schuld.

Nanna: Gewisse Leute betrachten es als ein frommes Werk, wenn sie eine Hure anführen. Wie wenn man von den Huren verlangen könnte, daß sie alle lebten wie die heilige Nafissa — wie wenn nicht die Huren alles bar bezahlen müßten: Hausmiete, Brot, Wein, Holz, Öl, Kerzen, Fleisch, Hühner, Eier, Käse, Wasser und sogar das Sonnenlicht — wie wenn sie nackt gingen oder wie wenn die Kaufleute ihnen für ihre Kleidung Tuch, Seide, Samt und Brokat umsonst lieferten! Wovon sollen sie denn leben? Etwa vom Heiligen Geist? Und warum sollen sie sich jedem, der mit seiner Brunft zu ihnen kommt, gratis hingeben? Die Soldaten verlangen ihren Sold von dem, der sie ins Feld schickt; die Doktoren halten ihre Prozeßreden nur, wenn sie Geld kriegen; die Hofleute vergiften ihre Herren, wenn diese ihnen keine Geschenke machen; die Reitknechte haben ihren Lohn und freie Kost — sonst würden sie nicht neben dem Steigbügel des Herrn herlaufen. Und wenn jede Arbeit, die Mühe macht, ihren Lohn erhält, sollten wir dann für nichts und wieder nichts jeden rüberlassen, der Lust nach uns hat? Das wären schöne Geschichten! Die könnten uns so passen! Bei meinem Eid — so etwas ist nicht in der Ordnung, und der Gouverneur sollte eine Verfügung erlassen und jeden, der uns bestiehlt oder anführt, mit der Strafe des Scheiterhaufens bedrohen!

Pippa: Vielleicht erscheint diese Verordnung noch mal.

Nanna: Das steht in ihrem Belieben ... Es war also mal einer von diesen sauberen Herren; der hatte 'ne Wohnung wie ein großer Herr, aß wie ein Franzos, trank wie ein Deutscher und hatte auf einem Kredenztisch eine silberne Platte, darauf einen sehr schönen und großen silbernen Pokal und rundherum vier große Becher, ebenfalls aus Silber, zwei Kompottschüsseln und drei Salznäpfe. Dieser bewußte Herr wäre gestorben, wenn er nicht jede Woche 'ne andere Hure gehabt hätte. Um nun ohne Kosten stöpseln zu können, hatte er sich den allerneusten und allerschönsten Schwindel ausgesonnen, woran jemals der größte Galgenvogel unserer Zeit gedacht hat. Der Spitzbube — der übrigens in allem anderen ein ehrenwerter Mann war — hatte eine Jacke aus karmesinrotem Atlas, aber ohne das Leibchen. Wenn er nun wieder eine Signora zum Schlafen in sein Haus geführt hatte, sagte er gegen Ende des Abendessens zu ihr: »Euer Gnaden haben vielleicht vernommen, was für einen Streich mir die Soundso gespielt hat? Beim Leib! beim Blut! so was ist unerhört; sie verdiente eigentlich anders als bloß mit Worten gestraft zu werden.« An allem, was er da sagte, war kein wahres Wort. Das gute Weiblein aber stimmte dem Prahlhans in allem zu und gab sich alle Mühe, ihn zu überreden, sie wäre nicht eine solche; sie schwor ihm, sie hätte niemals was versprochen, was sie nicht gehalten hätte. Da schüttelte der Ehrenmann ihr die Hand und sagte: »Schwört nicht! Ich glaube Euch auch so, denn ich weiß, Ihr seid 'ne Frau, wie man sie heutzutage nicht mehr findet.« Kurz und gut — er rief seinen Diener, der, wie ich dir, liebes Kind, wohl nicht zu sagen brauche, in den ganzen Schwindel eingeweiht war, und ließ ihn die besagte Jacke aus dem Schrank holen. Sobald man von Tische aufgestanden war, probierte er sie der Signora an, indem er ihr zu verstehen gab, er wolle ihr auf alle Fälle ein Geschenk damit machen. — Da die Jacke ohne Leibchen war, so saß sie einer jeden wie angegossen und paßte daher auch der Hure, von der ich dir erzähle, ganz ausgezeichnet. Sofort ruft der Schwindelfritze ganz stolz seinen Diener und sagt ihm: »Lauf zu meinem Schneider und sag ihm, er solle alles mitbringen, um der Signora Maß zu nehmen, und er möchte gefälligst hopp! hopp! kommen, denn sein ›gleich! gleich!‹ hätt ich satt.« Der Bengel fliegt mehr, als er läuft, und im Handumdrehen ist der Meister da, der in den faulen Zauber mit der Jacke ebenfalls eingeweiht war. Er kommt die Treppen herauf und schnauft dabei wie einer, der sich ganz außer Atem gelaufen hat, nimmt sein Barett ab und sagt: »Was befehlen Euer Gnaden?«

Pippa: Hör einer den Spaß!

Nanna: »Ich wünsche«, erwidert jener, »daß du soviel karmesinroten Atlas auftreibst, um das Leibchen dazu zu machen.« Und damit zeigt er auf die Jacke, die die gute Trine noch auf dem Leibe hatte. Der Schneider fängt an zu brummen und sagt nach vielen Hum! und Hem!: »Es wird Mühe kosten, gerade von diesem Atlas noch was aufzutreiben; aber ich wünsche Euch zu Gefallen zu sein, und ich glaube, ich kann's fertigbringen, daß wir etwas von demselben Stoff bekommen, woraus Monsignor Dingsda sich, um seine Sünden abzubüßen, ein neues Meßgewand hat machen lassen; sollte indessen von diesem Stück doch nichts mehr zu haben sein, so werde ich mir Abfälle von den Hüten verschaffen, die die Kardinäle sich zur nächsten Quatember bestellt haben.« – »Meister, ich bin Eure Dienerin, wenn Ihr das tut!« ruft mit vielem Augenverdrehen das Frauchen im hoffnungsgrünen Gewande. Der Meister geht mit einem ›Verlaßt Euch drauf!‹ und trägt zum Schein die Jacke in seine Werkstatt. Die Schöne bleibt und atzt den großen Schelm mit ihrem Liebesgemüse; er behält sie so lange bei sich, wie sie ihm gefällt, und beschwatzt sie immer wieder mit der Vertröstung: »Heute abend bekommt Ihr die Jacke; und wenn nicht heute abend, so doch ganz gewiß morgen früh.« Ist er ihrer überdrüssig, so spielt er ihr das Prävenire, bricht ohne jeden Anlaß einen Streit vom Zaune, heuchelt großen Zorn und ruft seinem Lümmel zu: »Schnell! bring das Frauenzimmer nach Hause! So was nimmt so eine sich hier heraus? Ah!« Damit schließt er sich in seine Kammer ein, und die andere kann Entschuldigungen krächzen, soviel sie Lust hat – er hört nicht auf sie.

Pippa: Von *der* Sorte Wasser hat mein Eimer noch nicht geschöpft.

Nanna: Laß ihn nur hinunter in den Brunnen und du wirst ihn voller Weisheit wieder heraufziehen ... Auf diese Weise ließ der Gauner von allen Huren, die er in sein Haus zu locken wußte, die Jacke anprobieren, lockte sie mit Hilfe des zum Maßnehmen kommenden Schneiders auf den Leim, genoß an ihnen Kochfleisch und Braten, geriet mit ihnen in einen absichtlich herbeigeführten Streit und schickte sie fort, ohne ihnen das Geringste zu geben; er glaubte sie mit der Hoffnung auf das Kleid, das er einer jeden versprach und keiner gab, genügend bezahlt zu haben.

Pippa: Was für ein Otterngezüchte!

Nanna: Ja, ein Gezücht, von dem man sich keine Jungen wünscht! Ich erzähle dir nach Gutdünken ein Geschichtchen bald von diesem, bald von jenem Streich, denn die Verruchtheiten dieser Höllenspeier und Paradiesfresser sind so zahlreich, daß selbst die Nekromantie, die doch Geister zu beschwören weiß, sie nicht alle ans Tageslicht zu bringen vermöchte. O was für gefährliche Bestien! Honig im Munde und das Rasiermesser im Ärmel! Wir Frauen sind wohl auch schlau, niederträchtig, geizig, spitzbübisch und treulos, aber so sind eben die Weiber, und wer uns gut auf die Finger schaut, dem können wir nichts vormachen, sowenig wie einer, der die Tricks kennt, sich von den Gauklern was vormachen läßt, die mit Bechern und Korkbällen spielen. Ferner muß man uns die Entschuldigung zugestehen, daß wir habsüchtig sind, weil wir von Natur ängstlich und feige sind und immer befürchten, wir müßten mal Hungers sterben; darum stibitzen, bitten und betteln wir, und jede noch so geringe Kleinigkeit scheint uns des Nehmens wert; die betriebsamen Ameisen sind nicht so betriebsam wie wir, und trotz alledem und alledem werden von hundert Huren neunundneunzig auf ihre alten Tage Bettlerinnen. Aber die Männer, die mit ihren Talenten alles mögliche machen können, die es, selbst wenn sie von geringer Herkunft sind, dahin bringen, daß sie Erlauchte und Hocherlauchte, Ehrwürdige und Hochehrwürdige werden, die sind so unehrenhaft, daß sie ohne jede Scham aus unserer Kammer irgendwelche Kleinigkeiten mitgehen heißen: Bücher, Spiegel, Kämme, Handtücher, ein Stück Seife, eine Schere, zwei Fingerbreit Band und was ihnen sonst zwischen die Finger kommt.

Pippa: Ist das wahr, was Ihr da sagt?

Nanna: Die reine Wahrheit! Gibt's eine größere Gemeinheit, als daß man eine unglückliche Hure betrügt, die nicht reicher ist als eine Schildkröte, die ja ihr ganzes Vermögen auf dem Rücken trägt? Daß man ihr erst den Saum des Schlitzes und der Tasche fusselig macht und sie dann mit einem falschen Diamanten bezahlt, mit vier vergoldeten Juliussen, mit einer Halskette aus Messing — und daß sich einer noch dazu damit brüstet, wie wenn er wegen dieser Heldentat erwartete, Bannerherr von Jerusalem zu werden. Wie weh tut's, wenn man so einen mit Predigermiene über uns losziehen und Sachen behaupten hört, die erfunden und erlogen sind! Da sagt so einer: »Vor zwei Tagen war ich bei der Dingsda, um die auch mal zu probieren. Oh! was für 'ne Schlumpe! was für ein ungeheuerlicher Dreck! Ihre Lenden sind rauh wie ein Gänsesterz, ihr Atem stinkt wie Leichengeruch, ihr Fußschweiß kann einem übel und schlimm machen, 'nen Bauch hat sie wie 'n Koffer, vorn hat sie 'nen Sumpf und hinten 'nen Abgrund — da muß wahrhaftig jeder keusch werden!« Dann kommt 'ne andre an die Reihe, und da heißt's: »Das gemeine Luder! die alte Kuh! die ekelhafte Sau! erst muß man ihr das ganze Ding, mit allem, was dranhängt, reinschieben, und da stößt sie gegen und wackelt mit dem Hintern, daß man denkt, so was gibt's ja eigentlich gar nicht; dann nimmt sie ihn raus und leckt ihn, reibt ihn, putzt ihn auf 'ne Art, wie man sich's nicht hat träumen lassen.« Und je mehr Zuhörer sie um sich sehen, desto lauter schreien sie: »Die Bettfurzerin! Die Mönchsvettel! Die Wallrutscherin!« Wir schneiden ihnen ja wohl mal 'ne Grimasse, wenn sie unsere Treppe heruntergehen, aber sie denken nicht an die Gesichter, die sie uns schneiden, wenn wir bei ihnen die Treppe runtergehen. Haben sie wohl nötig, uns erst anzuführen und zu ruinieren, und uns dann noch übers Bohnenlied zu verleumden? Entschlüpft uns aber mal ein ›Er ist ein Knauser, ein Undankbarer!‹ oder, wenn wir mit gutem Grunde besonders aufgebracht sind, ein ›Er ist ein Schurke!‹, so geraten sie außer sich. Und wenn wir ihnen was wegnehmen, so machen wir uns damit nur ein bißchen besser bezahlt, denn der Schatz der Schätze vermöchte nicht die Ehre zu bezahlen, die sie uns nehmen.

Pippa: Wenn ich Euch so höre, kriege ich Angst vor ihren Niederträchtigkeiten!

Nanna: Ich mache dir Angst davor, damit du hinwieder den Männern mit den klugen Streichen, die ich dich gelehrt habe, Angst machen kannst. Und wenn einer die Vorstellungen, Lügen, Klagen, Schwüre, Versprechungen, Flüche, mit denen sie sich wie mit einem Brustpanzer wappnen, um uns zu besiegen — wenn einer, sage ich, dies alles vergleichen wollte mit den Doppelzüngigkeiten, Schmeicheleien, Tränen, Meineiden, Schwüren und Verwünschungen, mit denen wir den Kampf führen, so würde er bald erkennen, welche von den beiden Parteien sich besser aufs Betrügen versteht.

Ein Edelmann — möcht es den Schanker kriegen, das ganze Edelmannsvolk! —, ich glaube ein Piemontese, vielleicht auch ein Savoyer — genau weiß ich's nicht —, ein richtiges Laternengesicht, der hatte im Spiel ein sehr schönes Bettgestell aus goldverziertem Nußbaumholz gewonnen. Sowie der nun mit irgendeiner Signora in Verhandlungen trat, wußte er geschickt das Gespräch auf seine hochbelobte Bettstelle zu bringen. Nachdem er deren Schönheit gelobt und beiläufig bemerkt hatte, daß sie fünfzig Dukaten wert sei, bot er der Schönen das Bett zum Geschenk an und brachte es auf diese Weise dahin, daß sie sich einverstanden erklärte, mit ihm zu schlafen. Er gab ihr die Bettstelle, amüsierte sich mit ihr so etwa zehn Nächte lang, und wenn er von ihr genug und übergenug hatte, nahm er Manieren an wie einer von jenen Klopffechtern, die im Bevilacqua ihr hohes Vorbild sehen, und schnitt Gesichter, wie wenn er mit allen Fliegen Händel anfangen wollte. Wenn sie auch nur ein Stück Brot abschnitt, hatte er was dran auszusetzen, um eine Gelegenheit zum Bruch zu suchen, und bot sich endlich diese Gelegenheit, so sprang er auf und schrie: »Luder, Lauseaas! Gib mir meine Bettstelle wieder! Wo nicht, so mache ich aus dir den allerelendigsten Puffbesen! Gib sie her! Gib sie wieder raus!« Damit riß er ein Messer heraus, womit er tausend Schafen nicht ein einziges Spritzerchen Blut hätte abzapfen können; die Hure bekam aber solch einen Schreck, daß sie dreißig Soldi für 'ne Lira zu kriegen vermeinte, wenn sie bloß das Bett herauszugeben brauchte, das der Halunke sofort an sicheren Ort bringen ließ.

Pippa: Das ist ja recht niedlich: Einer erst was schenken und es ihr nachher wieder wegnehmen, wie's die Kinder machen!

Nanna: Er schenkte und nahm seine Bettstelle auf die eben beschriebene Art nicht einer, sondern etwa sechzig Huren, und behielt davon für ewige Zeiten den Spitznamen des ›Kavaliers mit der Bettstelle‹. Alle Huren zeigen noch jetzt mit Fingern auf ihn wie übrigens auch auf den Ehrenmann mit der Jacke ohne Leibchen. Die vom Ponte Sisto[1] sogar würden ihm nicht einen einzigen Kuß geben, und wenn sie damit ihrem verruchten Tummelplatz einen anständigen Namen verschaffen könnten.

Pippa: Ich möchte den Kerl wohl mal kennenlernen.

Nanna: Daraus würde ich mir im Gegenteil ganz und gar nichts machen. Du mußt bedenken, diese Herren mit ihrem Adelstitel und mit ihrem hochnäsigen Gesicht wissen derartig aufzutreten, daß sie zwar mir, deiner Lehrmeisterin, kein X für ein U vormachen können – aber mit dir, die du noch Anfängerin und Schülerin bist, wäre das was anderes.

Pippa: Das mag wohl sein.

Nanna: Ich will dir jetzt 'ne nette Geschichte erzählen – das heißt, für die, der sie passierte, war sie weniger nett! Es war mal ein Freudenmädchen, eine gewisse Soundso – der Name tut nichts zur Sache –, ein prachtvolles Weibsstück, groß und stramm, schön und pummelig, und wenn 'ne Hure überhaupt gutmütig sein kann, so war diese es; dazu liebenswürdig, unterhaltsam, lustig mit jedermann und gegen alle von jenem graziös-anmutigen Benehmen, das einer von Kindesbeinen an zu eigen gewesen sein muß, wenn's das Rechte sein soll. Diese wurde von einigen Herren eingeladen, in einem Landhaus mit ihnen zu Abend zu speisen und ›römischen Streuselkuchen zu essen. Die Gastgeber brauchten sie übrigens nicht lange zu bitten, denn sie war gern allen gefällig, wenn's ihr anständige Leute zu sein schienen, und von diesen meineidigen Halunken dachte sie, es wären feine Herren. Gegen zweiundzwanzig Uhr[2] setzen sie also das Dämchen auf die Kruppe eines Maultiers und reiten mit ihr nach dem vermaledeiten Landhaus. Na, an dem Essen läßt sich wirklich nichts aussetzen: Es gab Lammbraten, Kalbsschweser, Rindfleisch, Rebhühner, Ragouts, Torten und alle möglichen auserlesenen Früchte – aber für die gar zu gefällige Schöne war's keine gesegnete Mahlzeit.

Pippa: Wieso denn? Sie hackten sie doch nicht etwa in Stücke?

1. Dort trieben sich die Prostituierten niedrigster Sorte herum.
2. vier Uhr nachmittags.

Nanna: In Stücke hackten sie sie nicht, aber sie vierteilten sie, wie du gleich hören wirst. Kaum hörte sie den ersten Schlag des Ave-Läutens, so erbat sie sich von den Herren, mit denen sie speiste, als Gunst, sie möchten sie gehen lassen, denn sie wollte mit dem Freund, der sie aushielte, die Nacht zusammen schlafen. Im Namen der verrückten Trunkenbolde, der schlechten Kerle, antwortete ihr einer von ihnen, ein Spaßvogel, der für seine Späße Prügel verdient hätte: »Signora«, sagte er, »diese Nacht gehört mit Fug und Recht uns und unseren Stallknechten. Wollet Euch also gefälligst darein ergeben, daß wir statt des gewöhnlichen Einunddreißigers[1] uns mal 'nen doppelten Einunddreißiger leisten, den wir Euch zu Ehren fortan ›Erzeinunddreißiger‹ nennen werden; zwischen diesen beiden Sorten von Einunddreißigern wird also derselbe Unterschied sein wie zwischen Bischöfen und Erzbischöfen; und wenn Ihr nicht nach Verdienst und Würdigkeit behandelt werdet, so müßt Ihr das dem Ort zugute halten.« Weiter sagte der Pharisäer nichts, sondern nahm seine Klöterbüchse in die Hand, ging auf sie los und sang:

Liegt Frauchen allein im Bett voll Ungeduld,
Hat sie selber schuld – mir gebe sie keine Schuld!

Was für 'nen Schreck das Opferlamm eigener Gutmütigkeit und fremder Niederträchtigkeit kriegte, als sie dies hörte, das kann ich mir lebhaft vorstellen, denn mir ist's mal im Wald von Montefiascone passiert, daß ich in der Morgendämmerung mit der Schulter gegen die Beine eines Gehängten stieß. Herrje, die Angst! So fühlte auch sie plötzlich von einem solchen Schmerz ihre Kehle zusammengepreßt, daß sie kein Wort hervorbringen konnte. Der Schweinekerl schleppt sie an den Stumpf eines umgehauenen Mandelbaums, läßt sie sich mit dem Kopf dagegen stützen, wirft ihr die Röcke über den Kopf und jagt ihr seinen Nagel in die ihm am geeignetsten erscheinende Stelle. Zum Dank für ihre Gefälligkeit gibt er ihr mit aller Macht zwei Klatsche auf den Popo; dies war das Zeichen für den zweiten, der sie quer über den Baumstumpf legte und ihr's nach alter Väter Sitte machte, wobei er

1. Trentuno ist zugleich eine scherzhafte Bezeichnung des Hinterns. Vgl. übrigens in dem Kapitel von den Ehefrauen die Geschichte von der Frau des Spielers.

seine Lust daran hatte, daß die Splitter des rohbehauenen Baumstumpfes ihr das Gesäßfleisch zerpikten und sie wider Willen zwangen, sich unter ihm hin und her zu winden. Als er fertig war, gab er ihr einen Stoß, daß sie Kobolz schoß, und auf ihr Geschrei rannte der dritte Lanzenstecher herbei; der behandelte sie indessen ganz nett, denn er machte sich bloß den Spaß, mit seinem Ding in jedem Loch herumzufummeln, das er an ihrem Leibe fand. Aber den Tod spürte sie im Herzen, als sie jetzt eine ganze Bande von Lakaien, Küchenjungen und Stallknechten aus dem Landhaus herausstürzen sah; die machten dabei einen Lärm wie losgelassene Kettenhunde und stürzten sich auf den Fraß wie Mönche auf die Suppenschüssel. Lieb Töchterchen mein — ich würde dich zum Weinen bringen, wenn ich dir alles, was sie mit ihr anfingen, im einzelnen erzählte: wie sie sie von oben bis unten bepißten, wie bald der eine sie so, bald der andere sie anders vornahm und wie dabei die Unglückliche sich drehte und wand, stöhnte und ächzte. Aber du kannst mir glauben: Die ganze gesegnete Nacht hindurch hatten sie sie vor; und als sie müde waren, sie auf jede erdenkliche Art zu schänden, da setzten sie ihr 'ne Armesündermütze auf, die sie aus Feigenblättern gemacht hatten, dann prügelten sie sie, daß es nur so rauchte, mit Weidenruten, und einer von ihnen, ein Witzbold, hielt mit lauter Stimme eine hochnotpeinliche Anklagerede gegen sie: Er beschrieb alle Diebstähle, Gaunereien, Sodomitereien, Hurereien, Falschheiten, Grausamkeiten und Halunkereien, die man sich nur ausdenken kann, und alle diese Sünden schrieb er ihr zur Last.

Pippa: Mir steht der Atem still!

Nanna: Als es Morgen geworden war, brachten sie ihr noch ein scherzhaftes Ständchen mit Gepfeife, Geheul, Gefurze und Geschnatter und machten damit mehr Spektakel als Bauern, wenn sie 'nen Fuchs oder 'nen Wolf sehen. Sie war mehr tot als lebendig und flehte mit den allersüßesten und rührendsten Worten, die man sich nur denken kann, man möchte sie doch jetzt in Ruhe lassen. Ihre Augen waren rot und entzündet, ihre Wangen von Tränen naß, ihre Haare in wirrer Unordnung, ihre Lippen trocken, ihre Kleider zerrissen: und so sah sie aus wie eine jener Nonnen, die von Vater und Mutter verflucht und pretorum pretarum nach

Rom geschickt, unterwegs aber den Deutschen zwischen die Beine geraten sind.

Pippa: Sie tut mir leid, die Arme!

Nanna: Zuletzt ging's ihr gar noch schlimmer als zu Anfang; denn sie schickten sie nach Hause zu einer Stunde, als schon die Wechselstuben geöffnet waren. Sie hatten sie auf 'ne alte Stute gepackt und auf 'nen Saumsattel gebunden, wie die Gemüsehöker sie benutzen, wenn sie nach dem Kornmarkt ziehen. Und ich kann dir sagen: Keine Spitzbübin, die am Pranger ausgepeitscht wurde, war jemals so mit Schande bedeckt wie sie; sie kam in einen solchen schlechten Ruf, daß sie selber nicht mehr wußte, was sie war, und starb vor Schmerz und Kummer. Und nun sage selbst: Machen die Männer jemals solche Scherze mit einer, die ihnen alles an den Augen abzusehen sucht, wie mit einer, die ihnen nicht zu Willen sein will?

Pippa: Oh, diese Männer!

Nanna: Ein gewisser Herr Hauptmann, ein tapferer, angesehener, stattlicher Soldat, zugleich aber – das *muß* ich sagen! – ein ganz durchtriebener Bursche, kam in Soldangelegenheiten nach Rom. Zu dem mußte morgens und abends 'ne bekannte Kurtisane kommen; sie war nicht gerade über alle Maßen schön, aber doch so, daß sie sich überall sehen lassen konnte, schmuck im Anzug, gut eingerichtet im Hause und durch und durch Kraft und Saft. Es blieben ihr zwar etliche Freunde weg, weil sie Tag und Nacht gar nicht mehr von ihrem Hauptmann fortging; aber daraus machte sie sich nichts, denn sie dachte bei sich selber: ›Ich verdiene bei ihm mehr, als ich durch das Fortbleiben der anderen einbüße.‹ Schließlich kam es zum Scheiden, der Kapitän sollte den nächsten Tag in aller Frühe abreisen: Seine Gnaden hielt die Hand der guten dummen Trine in der seinigen und sagte dabei seinem vertrauten Diener was ins Ohr; sie glaubte zu verstehen ›Gib ihr hundert Taler!‹, in Wirklichkeit aber hatte er befohlen, ihr die Röcke über dem Kopf zusammenzubinden und sie mit zwei Winterstiefeln zu prügeln, indem man sie, eine brennende Fackel rechts und links, mit Stiefelhieben durch die alte und neue Vorstadt, über den Ponte Sisto und bis zu Chiavica[1] jagte. Man packte

1. die Cloaca maxima.

sie also und band ihr den Saum ihrer Kleider über ihrem Kopf mit einem Taftgürtel zusammen: Da leuchtete ihr Gesäß hervor, rund und weiß wie der Mond am fünfzehnten Tage. Oh! wie war der Popo fest und stramm! oh, wie war er wohlgeformt! Nicht zu fett und nicht zu mager, nicht zu breit und nicht zu schmal, getragen von zwei Schenkeln, rund wie Säulen und anmutiger geformt als jene Säulen aus zartem Alabaster, die man in Florenz zu drechseln versteht; und genau von solchen Adern wie dieser Alabasterstein waren auch ihre hübschen Schenkel und Waden durchzogen. Sie schrie in ihren Röcken mit erstickter Stimme wie einer, der in eine Kiste eingesperrt ist; aber vergeblich! Sobald die Fackeln angezündet und die Stiefel bereit waren, wurden die Lakaien gerufen, um sie zu martern. Betäubt und schwindlig von der Schönheit ihres Coliseo, standen sie da und ließen wie verzaubert die Stiefel fallen. Etliche Stockhiebe, ganz frisch aus der Münze, brachten sie wieder zu sich: Sie packten sie von neuem, führten sie auf die Straße und begannen sie zu bearbeiten und schlugen und schlugen, daß besagter Popo zuerst rot, dann blau, dann schwarz wurde, bis endlich das Blut kam. Klitsch! klatsch! machten die Stiefel, und dazu grölte niederer und höherer Pöbel genauso, wie die Straßenjungen grölen, wenn der Schinder seines Amtes waltet und die Schandbuben auspeitscht. So wurde die in schlimme Hände gefallene nach ihrem Hause gebracht, das sie, mit Schimpf und Schande bedeckt, eine geraume Zeit hindurch nicht zu verlassen wagte, denn ein jeder, der von dieser Geschichte hörte, verhöhnte und schmähte das arme Mädchen.

Pippa: O ihr Dolche, worauf wartet ihr denn noch? Warum verliert ihr eure Zeit, ihr Schwerter?

Nanna: Ich weiß gar nicht, woher wir in dem schlechten Ruf stehen, den Männern alle Schand anzutun und nachzusagen, und es ist mir unbegreiflich, daß niemand davon spricht, wie sie sich gegen die Huren benehmen — denn Hure nenne ich jede, die sich in 'nen Mann verschießt. Aber wenn wir auf die eine Seite alle die Männer stellen, die von den Huren ruiniert sind, und auf die andere alle Huren, die von den Männern geschunden sind, dann möchte ich mal sehen, wer mehr schuld hat, sie oder wir! Zu Dutzenden, schockweise könnte ich dir die Kurtisanen aufzählen, die unter die Räder gekommen sind, die in Hospitälern oder in den gemeinsten Garküchen, auf der Straße oder hinter der Hecke endigten, und ebenso viele, die Wäscherinnen, Zimmervermieterinnen, Kupplerinnen, Bettlerinnen, Kerzenverkäuferinnen geworden sind – und warum? weil sie in ihrem Hurenkram bald diesen, bald jenen gern gehabt haben! Dagegen wird mir wohl niemand 'nen Herren zeigen, der durch die Huren so weit gebracht ist, daß er Garkoch, Lakai, Reitknecht, Scharlatan, Sbirre, Kuppler oder Hanswurst werden mußte. Wenn einer so weit herunterkommt, ist er ganz alleine schuld daran. Eine Hure weiß doch wenigstens 'ne Zeitlang das Geld zusammenzuhalten, das sie für ihre Mühe von den Männern kriegt; aber jene Esel schmeißen ja in einem einzigen Tag zum Fenster hinaus, was sie uns abgaunern und was gewisse Närrinnen, die man an den Schandpfahl stellen sollte, ihnen freiwillig an den Hals werfen!

Pippa: Es tut mir leid, daß ich mir wahrhaftig mehr als einmal gewünscht habe, selber ein Mann zu sein.

Nanna: Noch eine andere Schändlichkeit sagt man uns mit himmelschreiender Ungerechtigkeit nach.

Pippa: Was denn für eine?

Nanna: Man schiebt alle Schuld auf uns, sobald irgendeiner, der hinter uns her ist, verwundet oder getötet wird. Was, beim Teufel! können denn wir für ihre Eifersucht und für ihre Raufsucht? Und selbst wenn wir die Ursache von all diesen Händeln wären, so soll man mir doch gefälligst mal sagen, in was für Gesichtern man mehr Schmisse sieht, ob an den Huren, die zur Verfügung der Männerwelt stehen, oder an den Männern, die hinter den Huren herjagen. Oje, oje! Die Welt ist nicht so, wie sie sein sollte!

Pippa: Nein, gewiß nicht!

Nanna: Dann: die Franzosenkrankheit!! Ich möchte aus der Haut fahren, wenn ich so einen Bengel sagen höre: »Derundder ist jetzt an allen Gliedern gelähmt; das hat er der Soundso zu verdanken!« Andere gibt es, die unseren ganzen Hurenstand ans Kreuz schlagen und verfluchen mit ihrem fortwährenden Gerede: »Sie hat den armen Kerl alle gemacht!« Ich hoffe recht sehr, wenn man erst mal festgestellt hat, ob das Huhn zuerst da war oder 's Ei, dann wird man auch ausfindig machen, ob die Huren das Franzosenübel den Männern angehängt haben oder die Männer den Huren; da werden wir wohl eines Tages den Meister Sankt Hiob danach fragen müssen. Ganz gewiß hat der Mann zuerst die Hure gestupft, die dabei nur stillhielt, und keineswegs hat die Hure zuerst den Mann gestupft; das kann man ja noch alle Tage sehen an den Briefen, den Botschaften und Gesandtschaften, die sie uns schicken. Dagegen schämen sich ja sogar die vom Ponte Sisto, irgend jemandem nachzulaufen. Na, und wenn sie die ersten sind, die uns um unsere Gefälligkeiten angehen, so sind sie auch die ersten gewesen, die uns jene Bescherung angehängt haben.

Pippa: Von diesem Flecken habt Ihr unsern Stand ganz und gar befreit!

Nanna: Kommen wir nur wieder zu den Geschichten, die sich von den bösen Streichen der Männer erzählen lassen. Eine sehr, sehr hohe Dame hatte in ihrem Dienst ein Ehrenfräulein, das anmutigste und süßeste Dingelchen, das man je gesehen hat. Und Madame kannte kein größeres Vergnügen, als wenn die Kleine um sie herum war, so angenehm war ihr ganzes Wesen, so pünktlich war sie in allen ihren Verrichtungen: Wenn sie ihr zu trinken reichte, sie an- oder auskleidete, so zeigte sie dabei einen so vollendeten Anstand, daß jeder, der sie sah, sich in sie verliebte und daß die Faulenzerinnen, ihre Mithofdamen, vor Neid platzten. Auf dieses Mädchen warf ein gewisser Graf von Habenichts seine Augen, der seine ganzen Einkünfte auf die Stickereien seines Wamses, auf Agraffen und Federn seines Baretts, auf die Tressen seines Mantels und auf die Scheide seines Degens verwandte. Besagter Graf also verliebte sich in sie, und da er bei Hofe frei aus und ein ging, so sprach und tanzte er oft mit ihr. Er sprach und tanzte so lange, bis schließlich die Lunte Feuer fing. Als dies der Zweihellergraf merkte, ließ er sich ein Sonett zu ihrem Preise dichten und schickte es ihr nebst einem Brieflein voll von Seufzern, Ach und Weh, und von der Liebe Feuern und Höllenflammen. Es beschrieb die Schönheiten des Mädchens in allen Einzelheiten mit dem ganzen Bombast eines Strohkopfs und erhob ihre Haare, ihr Gesicht, ihren Mund, ihre Hände und ihre ganze Gestalt, wie wenn es lauter überirdische Schönheiten gewesen wären; sie selber hatte auch nicht mehr Verstand als die Krebse bei

Neumond und blähte sich bei diesen Ruhmeshymnen auf und tat, als ob sie dadurch die Angelika vom Roland von Montalban würde.

Pippa: Reinold, wollt Ihr sagen!

Nanna: Ich sage Roland.

Pippa: Ihr irrt Euch, Roland war aus 'ner ganz anderen Gegend.

Nanna: Sein eigenes Pech, wenn er das war! Ich habe mein Leben lang nur studiert, wie man Geld zusammenbringt, und nicht, wie man Rittersagen und feine Redensarten lernt. Und Roland kann mich von hinten begrüßen! Angelika und ihn habe ich bloß deshalb erwähnt, weil ich ihre Namen oft von einem jungen Burschen hörte, der jede Nacht um vier[1] singend an unserem Haus vorbeikam. Wie dem auch sei – das Mädchen, das lesen konnte, kam ganz außer Rand und Band, als sie all die Redensarten las, die ebenso falsch waren wie ihr Schreiber; und als ihr mal das Gehirn verdreht war, da war sie um so glücklicher, je öfter sie ihn sah und je mehr Liebesbriefchen sie von ihm bekam. Manchmal kam er zu Hofe, lehnte sich in einer Ecke gegen die Wand und zerriß sein Taschentuch mit den Zähnen, warf es ein Stückchen in die Höhe und fing es mit einer Miene der Verachtung wieder auf. Wie wenn das Schicksal ihm die Leber seziert hätte, so hob er drohend die Faust empor und machte dem Himmel die Feige. Manchmal tanzte er mit 'ner andern und seufzte dabei fortwährend; sein Page, den er ganz in ihre Farben gekleidet hatte, war immerzu auf den Beinen. Aber die schurkische Glücksgöttin war nicht eher zufrieden, als bis sie sie auf eine ganz sonderbare Weise zusammengebracht hatte: seine Versprechungen, seine Liebe, die ihr die ganze Welt verhieß, verdrehten ihr vollends den Kopf, und sie ließ sich an einem Strick, den er ihr gegeben hatte, aus dem Fenster heraus, das sich unmittelbar unter einem kleinen Balkon an der Rückseite des Palastes befand. Und da der Strick nicht ganz bis zur Erde reichte, so hätte sie sich beinahe die Beine gebrochen, als sie sich herabließ. Sowie sie unten war, ließ das Gräflein, der Bettelgraf, der Lumpengraf seinen Diener, der bei ihm war, sie auf die Kruppe seines Gauls nehmen und ritt mit seiner Beute in gestrecktem Galopp davon.

1. zehn Uhr abends.

Pippa: Ich wäre runtergefallen, wenn ich auf der Kruppe eines so schnell laufenden Pferdes hätte sitzen sollen.

Nanna: Sie verstand das Reiten wie ein Araberjunge und saß besser zu Pferde als 'ne Marketenderin; deshalb hielt sie gleichen Schritt mit dem Halunken, der so in die Kreuz und Quer ritt, daß er bald vor etwaigen Verfolgern in Sicherheit war. Na, das Ende vom Liede ist, daß er sie nach drei Wochen satt hatte, und als sie eines Abends einem Bürschchen, das eigentlich den Herrn des Grafen spielte, ein paar Wörtchen zur Antwort gab, da bekam sie alle ihre schönen Hoffnungen ausbezahlt, nämlich in Gestalt einer tüchtigen Tracht Prügel; acht Tage darauf ließ er sie völlig auf dem trockenen sitzen, denn er ließ ihr nichts zurück als das abgetragene Fähnchen aus gelbem Atlas, mit grünem Seidenbesatz, das sie am Leibe trug, und die Nachtmütze, die sie auf dem Kopfe hatte. Und so fiel sie, die von ihrer hohen Herrin an irgendeine würdige und reiche Persönlichkeit verheiratet worden wäre, einer Bande von jungen Wüstlingen in die Hände, von denen der eine sie dem anderen lieh; aber als man in ihrem Gesicht wie einen Blütensegen die Beulen aufkeimen sah, die der Graf ihr eingeimpft hatte, da schnupperten nicht Hund noch Katz sie mehr an, und das Bordell allein hatte Mitleid mit ihr.

Pippa: Gebenedeiet sei es dafür!

Nanna: Einer, der sie da gesehen hatte, erzählte, ihre Hausgenossinnen seien ganz erstaunt über ihre gewählte Sprache, und der feine Anstand, den sie von Hofe mitgebracht hätte, ließe einen das Bordell vergessen, so daß man in einem Kloster zu sein glaubte. Es ist kein Zweifel: Wenn eine Hure sich mit feinem Anstand zu umgeben weiß, so erscheint sie mitten in einem Puff so ehrenvoll wie ein Priester im vollen Ornat, der in hoher Feierlichkeit seine erste Messe liest.

Pippa: Wenn der feine Anstand schon bei den Huren etwas so Schönes ist, was muß er dann erst an Jungfrauen sein!

Nanna: Ein Göttliches unter den Göttern, ein Glorienschein der Sonne, ein Mirakel aller Mirakel!

Pippa: Herrlicher Anstand! heiliger Anstand!

Nanna: Höre jetzt den grausamen Streich eines Mannes, der um seiner Tugenden willen noch tausend Meilen hinter Kalkutta berühmt war; ich hab die Geschichte grad frisch aus dem Topf genommen, sie ist also noch ganz heiß. Der berühmte Herr, von dem ich dir erzählen will, sah zu ihrem Unglück ein junges Ding von siebzehn Jahren; das Mädchen lehnte sich mit der ganzen linken Seite zum Fensterlein des Häuschens heraus, worin ihre Mutter zur Miete wohnte; an Anmut übertraf sie alle Schönheiten der sechs Schönsten von ganz Italien. Ihre Augen funkelten, ihre Zöpfe waren so golden, daß sie selbst einem, der nicht von Fleisch und Blut war, mit ihren Augen hätte das Herz verbrennen und mit ihren Haaren den Willen in Fesseln schlagen können; ihre Bewegungen waren so unbeschreiblich süß, daß man vom bloßen Ansehen den Tod ins Herz kriegte, und unschätzbar war die Sanftmut, von der sie ganz und gar durchdrungen war. Ihre Armut kleidete sie in ein Gewand aus einfacher Sersche — von löwenbrauner Farbe, wenn ich mich nicht irre —, das auch nur mit Sersche, indes von gelber Farbe, besetzt war; aber dies Kleid stand dem armen Mädel schöner als die kantillenbesetzten Samtkleider und die perlengestickten Seiden- und Goldbrokatröcke, die eine Königin auf dem Leibe trägt. Ihre Glieder freilich wiesen noch nicht die Vollendung der Formen auf, aber das kam nur von den Entbehrungen, die sie erlitt, da sie nicht genug Essen, Trinken und Schlaf bekam. Was aber als schönster Schmuck an ihr leuchtete, das war der ehrbare feine Anstand, womit sie sich an ihrem Fenster zeigte oder auf der Türschwelle stand. In alle diese Vorzüge vergaffte sich vorgenannter Biedermann, ja er verlor sogar den Verstand darüber — mögen Seine Gnaden mir das Wort verzeihen —, und da er durchaus nicht zum Ziel kommen konnte, wandte er sich schließlich an Kuppler; diese fand er mit leichter Hand, dank seinem hochberühmten Namen und dank seinen prachtvollen Kleidern, die er jeden Tag wechselte — denn dieses Kleiderwechseln ist der Köder, womit man die dummen Weiblein fängt. Du siehst mich fragend an? Er sprach eine gewisse Lucia an, eine Freundin der Angela — so hieß das gute Mädchen —, und wenn er der nicht ebenfalls den Kopf verdrehte, so will ich nicht Nanna heißen! Er küßte sie, schüttelte ihr die Hand, überhäufte sie mit Versprechungen und gab ihr, um ihrer Hilfe ganz sicher zu sein, sein Wort, er wolle bei ihrem einzigen Söhnchen Pate sein. Na, du hättest sie sehen sollen! Vor Stolz rutschte ihr das Hemd über den Arsch empor, und von den Versprechungen des Gevatters ganz bezaubert, hatte sie in zwei Augenblicken die kleine Schwester des Mädchens auf ihre Seite gebracht – und um Angelas Hals war's geschehen, sobald sie sich mit dem neuen Gedanken vertraut gemacht hatte: Im Nu war das Heiratsgeschäft abgemacht.

Pippa: Soviel weiß ich: Mich hätte einer nicht so geschwind erwischt!

Nanna: Dich nicht erwischt, ah? Die heilige Petronella selber wäre nicht fest geblieben, wenn ein Schwesterlein sie bearbeitet hätte; was da alles aufmarschieren muß: bequemes Leben, behagliche Einrichtung, bares Geld! Und welches Mädchen würde nicht schnell die Röcke hochheben, wenn sie sagen hört: »Er ist der liebste Mensch von der Welt und noch dazu der freundlichste, der schönste, der freigebigste. Er liebt dich und betet dich an, und er hat mir gesagt, einer deiner Zöpfe, eines deiner Augen sei mehr wert als alle Schätze der Welt! Er schwört, sobald er gewahr werde, daß du nichts von ihm wissen wollest, dann würde er Eremit.«

Pippa: Und sie glaubte das?

Nanna: Verhüte Gott, daß dir jemals die Kuppelmenschen derartige Sporen in die Flanken drücken! Du würdest dann selber sehen, ob man so was glaubt oder nicht. Schwestern? ui je! Nachbarinnen? ui je! Die Hoffnung, reich zu werden – das großartige Auftreten der Männer! Schwestern? Nachbarinnen? Hundepack!

Pippa: Sagt mir doch, bitte, ehe Ihr fortfahret: Ist wirklich jemals aus Liebe zu uns jemand Mönch geworden?

Nanna: Möchten sie die Kränke kriegen! In Worten hängen sie sich auf; in Schwüren vergiften sie sich und lachen dabei Tränen über jede, die ihnen glaubt! Sie tun, als ob sie sich mit ihrem Dolch erstechen wollten, gebärden sich, wie wenn sie sich vom Dach herunterstürzen oder ins Wasser springen wollten, stellen sich, als gingen sie dorthin, von dannen keine Kunde dringt und keine Wiederkehr ist; ich möchte, du sähest sie, wie sie mit dem Strick um den Hals sich den dummen Weibern zu Füßen werfen, wie sie sie mit tränenerstickten Seufzern anflehen. Oh! oh! oh! Halunken ihr! Wie versteht ihr's, mit dem Kopf gegen die Wand zu rennen, so daß wir alles glauben, was ihr uns weismachen wollt!

Pippa: Wenn's so ist, da muß man fein die Augen offenhalten!

Nanna: Nun wieder zum abgemachten Heiratsgeschäft! Die Taube wurde, wie gesagt, aus dem Nest herausgeholt und in das Haus einer freundlichen und gefälligen Hebamme gebracht, die der wackere Edelmann kannte. Ihre leibliche Schwester legte sie ihm mit eigenen Händen an die Brust, nachdem er sein verhenkertes Ehrenwort gegeben hatte, daß die Sache unentdeckt bleiben werde.

Pippa: Blieb sie denn nicht geheim?

Nanna: Wenn sie geheim geblieben wäre, woher wüßte ich sie dann? Die Trompetenbläser, die Glöckner, die Bänkelsänger, die Krammärkte, der Gerichtshof der Ruota, die Vespern, die Straßenhändler und die Viehmärkte sind verschwiegener als er! Jedem dummen Kerl, den er traf, schrie er entgegen: »Sprecht nicht mit mir! Ich bin im Paradiese: ein Mädelchen wie Milch und Blut ist ganz krank vor Liebe zu mir, und morgen vor Tagesanbruch vollziehen wir die Vermählung, weil um diese Stunde ihre Mutter infolge eines Gelübdes San Lorenzo vor der Mauer besucht.« Aber das alles ist nichts, wie das spanische Sprichwort sagt, im Vergleich mit dem Te deum laudamus, das er anstimmte, als er sie an seinem Halse hängen sah; er wurde sogar ganz ärgerlich, als ihn ein Zittern überfiel wie den Stier, sobald er die Sterke erblickt hat.

Pippa: Warum war ihm denn dieses Zittern so unangenehm?

Nanna: Es unterbrach ihn im Plappern, und er konnte nicht alle seine großen Redensarten und geschwollenen Versprechungen hervorbringen. Die einfältige Gans aber betastete ihm sein Brokatkamisol, das mit schwerem Golde gestickte Wams, die Hosen aus Silberstoff, spielte mit seiner großen Halskette und machte dazu ein Gesicht wie ein Dorflümmel, der kaum mal einen Kotzen aus Sackleinwand oder eine Jacke aus Romagnatuch gesehen hat und sich durch alle Püffe und Knüffe der Menge hindurch zum Domine herangedrängt hat, der die Kerzen austeilt; und da befühlt und streichelt er nun mit seiner erdschmutzigen Hand den Chorrock aus schlechtem Samt, den der Pfarrer trägt. Genug —

nachdem sie nach Herzenslust mit seinen Stickereien gespielt hatte, tat sie alles, was er wollte, und unterlag aus freiem Willen mehr als einmal der Versuchung; allen beiden begann das Feuer die Herzen zu verzehren, und sie, die bis dahin von keinem Laster auf der Welt was gewußt hatte, dünkte sich als Freundin einer so großartigen Persönlichkeit mehr als der Settecento zu sein — der Seicento[1] genügte noch nicht mal! Und was hatte sie von ihrer Gutmütigkeit? Der Teufel packte ihren Liebhaber beim Schopf seiner Gelüste; es genügte ihm nicht, dreiviertel von ihr zu haben, sondern er wollte durchaus das Ganze und bewahrheitete damit wieder mal das Sprichwort, daß, wer alles will, alles verliert.

Pippa: Geschah ihm ganz recht!

Nanna: Er hat selber gesagt, ihm sei ganz recht geschehen, und darum kannst du's auch sagen. Um dir die Geschichte mit allen Umständen klarzumachen: Das junge Mädel hatte 'ne Art Bräutigam; das war ein liederlicher Bursche, der zuerst ein Verhältnis mit einer ihrer Schwestern gehabt hatte. Nachdem er aber diese satt gekriegt, hatte er sich mit ihr verlobt und vermählt, das heißt: Er hatte ihr seine Hand gegeben, aber mit dem Hintergedanken, so spät wie nur irgend möglich ihr den Ring zu geben und mit ihr 'nen Haushalt zu beginnen. Und man meinte eigentlich allgemein, er würde sie überhaupt nicht heiraten, sondern habe es nur auf eine Befriedigung seines Gelüstes abgesehen — wie's ja heute allgemein der Brauch ist. Geschichten könnt ich dir erzählen — Geschichten! Wie oft fängt einer auf diese Art 'ne Liebschaft an; sobald er satt ist, läßt er seine Schöne sitzen, ohne ihr auch nur ein Stückchen Brot zu geben ... Unsere Geschichte aber nahm einen ganz unerwarteten Ausgang: Der feine Herr, dem die Liebe den Verstand verdreht hatte, wollte sich in den uneingeschränkten Besitz des Mädchens setzen und dachte sich zu dem Zweck eine List aus, die so läppisch war, daß ein Mailänder oder ein Mantuaner sich ihrer geschämt hätte.

Pippa: Schön!

Nanna: Die Dummheit bestand darin, daß er beschloß, das klare Wasser ihres Brautstandes zu trüben; er dachte, wenn der Bräuti-

1. Siehe die Anmerkung S. 252.

gam erführe, daß sie zur Hälfte 'ne Hure und bloß zur anderen Hälfte ein anständiges Mädchen wäre, so würde er sie fortjagen, Sein Plan wäre ihm auch geglückt, wenn nicht die Liebe eines Gatten und Bräutigams stärker wäre als die eines bloßen Liebhabers; damit will ich nicht sagen, daß das Mädchen ihren Bräutigam lieber gehabt hätte als den andern – denn wäre das der Fall gewesen, so hätte sie ihm keine Hörner aufgesetzt –, sondern nur der gefürchtete Stock der Mutter flößte ihr den gehörigen Respekt ein ... Nachdem der reiche Herr eine ganze schlaflose Nacht von seinem Plan phantasiert hatte, ließ er den unglückseligen jungen Bräutigam holen und setzte ihm die ganze Geschichte auseinander, und um ihn ganz handgreiflich von der Wahrheit seiner Worte zu überzeugen, beschrieb er ihm das winzigste Härchen, irgendein kleines Pickelchen oder ein Mälchen, das sie unter den Röcken hatte. Ferner erzählte er ihm haarklein jedes Wort, das sie miteinander gesprochen, jeden kleinen Zank, den sie gehabt, jede Versöhnung, die sie darauf gefeiert hätten. Dann kam er auf die Geschenke zu sprechen, die er ihr gegeben, und zählte sie alle einzeln auf. Dem armen Bräutigam war zumute, wie wenn er tot hinsinken sollte; er hielt sich aber auf den Füßen und streckte nur den Hals vor, wie unser Affe, wenn er seine Grimassen schneidet. Wie versteinert stand er da, in seine Gedanken versunken, antwortete ohne Sinn und Verstand »hä?« und »ha?«, sagte ja statt nein und nein statt ja, verdrehte die Augen, stieß tiefe Seufzer aus und ließ das Kinn auf die Brust sinken, und seine Lippen schienen aneinandergeklebt zu sein. Er zitterte vor den Frostschauern der Eifersucht, schließlich aber gelang es ihm, ein paar Worte hervorzustoßen, und er sagte mit jenem höhnischen Lächeln, das ein zum Galgen Geführter zur Schau trägt, um den Mutigen zu spielen: »Gnädiger Herr, ich bin zwar noch ein junger Mann, aber auch ich habe meinen festen Entschluß gefaßt: Wahrhaftig, ich schwöre Euch bei der Taufe, die ich auf mein Haupt empfangen habe« – damit legte der die Hand auf seinen Kopf und strich sich damit über den Scheitel –, »ich schwöre Euch: Ich will nichts mehr von ihr wissen; sie ist nicht meine Braut, und wer was anderes behauptet, der lügt in seine Kehle hinein!« Der Verliebte blähte sich auf wie ein Pfauhahn und sagte ihm:

»Du bist ein Mann, wie man sie heutzutage nicht mehr findet! Die Ehre, die du so hochhältst, ist mehr wert als eine ganze Stadt; an 'ner Frau soll's dir nicht fehlen – dafür laß mich nur sorgen!«

Pippa: Dünkt dich nicht auch, daß er den armen Tropf auf einen Leim gelockt hatte?

Nanna: Um den Zorn zu verbergen, den die schlechte Aufführung seiner Braut in ihm erregt hatte, trug er eine erheuchelte Heiterkeit zur Schau. »Ich will mich benehmen wie ein Alter!« sagte er, und plötzlich hatten ihn, ohne daß er selber wußte, wie es zuging, seine Füße zum Hause der Schönen getragen, die ihm die Hörner gedrechselt hatte. Du kannst dir denken, daß er ihr sagte, was jeder in seiner Lage gesagt haben würde. Aber sie schrie, wie wenn sie ermordet würde, und ihre Tränen, ihre Klagen, ihre Schwüre hatten ihn im Handumdrehen wieder umgestimmt; er rannte mit frischen Eiern herbei, um sie zu erquicken, die auf ihrem Bettchen lag und aussah, als ob sie im nächsten Augenblick verscheiden sollte. Und als der Tölpel davon sprach, der Edelmann habe ihm gesagt, er habe sie vor ihm besessen und das habe er ihm eben geglaubt, da stürzte die Mutter sich mit Geschrei auf ihn und rief: »Oh! weißt du denn selber nicht, ob du sie als Jungfrau befandest oder nicht?« Das stopfte ihm gänzlich den Mund – wie wenn's 'ne große Kunst wäre, die kleine wieder enge zu machen und es so einzurichten, daß Blut kommt!

Pippa: Ihr habt mir schon davon gesprochen.

Nanna: Ich will dir auch nicht mehr darüber sagen. Kurz und gut – der Brotfresser, der Traubenschlucker war ganz stolz darauf, große Herren zu Nebenbuhlern zu haben, und er brach nicht nur nicht die Verlobung mit der Schönen, sondern heiratete sie sogar allen Ernstes, feierte die Hochzeit und wäre beinahe gestorben, so oft machte er ihr's. Er verkaufte einige Lumpen, die ihm gehörten, und ließ sich für das Geld einen neuen Anzug machen, in der Hoffnung, sie sollte ihn dann ebenso liebhaben wie er sie.

Pippa: Also schlug es gerade zu ihrem Besten aus, daß der Kavalier ihrem Bräutigam die Geschichte gesagt hatte; denn ebendarum nahm er sie zur Frau!

Nanna: Die Seligkeit wird nur nicht lange dauern, denn meistens, ja sogar fast immer nimmt es mit 'ner Frau, die einer aus Liebe und ohne Mitgift geheiratet hat, ein böses Ende; denn die Liebe eines Mannes, dem's in seinem verliebten Wahn gar nicht schnell genug gehen will, seine Schöne zur Frau zu kriegen – diese Liebe gleicht einem Schornsteinbrand, der einen Spektakel macht, daß dem Tiber angst und bange werden könnte, und sich nachher mit zwei Eimern Spülwasser löschen läßt. Das Ende vom Liede ist, daß die Frau niemals 'ne ruhige Stunde hat und daß sie noch von Glück sagen kann, wenn sie mit Schimpfworten, Faustschlägen, Fußtritten und Stockprügelgeprassel davonkommt; sie sitzt eingeschlossen in ihrer Kammer, ist eine Gefangene in ihrem Hause, er traut ihr nicht mal soviel, um sie in die Messe oder zur Beichte gehen zu lassen; und wehe ihrem Buckel, wenn sie sich mal am Fenster sehen läßt! Und wenn sogar eine, die sich nichts zuschulden kommen läßt, ein solches Leben hat, wie, glaubst du dann, ergeht's erst einer, deren Mann von ihren früheren Hurereien Bescheid weiß?

Pippa: Mehr als traurig – hundeschlecht!

Nanna: Ich komme in meinen Gedanken jetzt zu den schlauen Listen, die den Männern als Hilfsmittel dienen, wenn sie einer abgefeimten Hure einen Streich spielen wollen. Es ist ein törichtes Geschwätz, wenn jemand behauptet, wir Weiber seien göttliche Meisterinnen in der Verstellungskunst. Sieh mal, da kniet so ein Frauenpreller am Altar einer Kirche; jetzt neigt er sich mit seinem ganzen Leibe zu einer herüber, auf die er seinen Blick geworfen hat; ich höre die Seufzer, die er dem Vorratsschrank seiner Heuchelkunst entnimmt. Er ist allein in die Kirche gekommen, um sich den Anschein zu geben, als sei er recht verschwiegen, und sein ganzes Trachten geht dahin, des Vögleins Auge auf sich zu ziehen; indem er ihr seine Blicke zuwirft, neigt er den Kopf hintenüber und schaut zum Himmel empor, wie wenn er sagen wollte: ›Ich sterbe um dieser Frau willen, o himmlischer Vater, die aus deinen wunderwirkenden Händen hervorgegangen ist!‹ Dann neigt er den Kopf nach vorne, blickt sie wiederum an – und da könntest du was studieren an süßlichem Gesichtsausdruck, an jenen sich anheftenden Blicken, an denen ihre Schurkenkunst einen Vorrat hat, daß sie ihnen jederzeit handvollweise zur Verfügung stehen. Inzwischen erscheint ein Armer und bettelt ihn an, und der Stutzer sagt zu seinem Diener: »Gib ihm einen Julius!« Und der Diener gibt ihm einen.

Pippa: Warum nicht einen Pfennig?

Nanna: Um als ein außerordentlich freigebiger Mann dazustehen, dem seine Mittel es erlauben, viel Geld auszugeben.

Pippa: Was es nicht alles gibt!

Nanna: Und wenn diese Leute von einer, die sie mit ihren Faxen zu betören suchen, gehört werden können, da geben sie ihren Dienern keine Befehle mit barscher Stimme und hochmütigem Gesicht, wie sie's sonst zu Hause tun, sondern so freundlich und nett, wie wenn sie mit ihresgleichen sprächen; das tun sie, damit sie in den Ruf kommen, sie seien liebenswürdige Leute und keine greulichen Grobiane.

Pippa: Hundepack!

Nanna: Und wie sie tun, wie wenn ein Hutabnehmen von einem Vorübergehenden den Wert von blankem Golde für sie hätte!

Pippa: Was haben sie denn davon, wenn jemand vor ihnen den Hut zieht?

Nanna: Das gibt der Göttin, die sieht, wie hoch man sie schätzt, 'ne gute Meinung von ihnen, und indem sie den Leuten mit einem Kopfnicken ihren Gruß erwidern, geben sie mit dem Meißel der Heuchelei ihrem Gesicht einen Ausdruck, wie wenn sie sagten: ›Ich ziehe deinen Gruß allem anderen auf der Welt vor.‹

Pippa: Sie verstehen's besser noch als wir!

Nanna: Wenn sie in Gegenwart der von ihnen zur Befriedigung ihrer Gelüste Ausersehenen eine Unterhaltung mit einer anderen beginnen, dann schwätzen sie mit Grazie und Galanterie so recht wie einer, der sich in unsere Freundschaft einschmeicheln möchte; und wenn sie mitten im allerschönsten Sprechen sind, stehen sie plötzlich auf und gehen im Saal auf und ab; natürlich nur, damit die anwesenden Frauenzimmer von ihren Vorzügen und Verdiensten sprechen sollen.

Pippa: Ach! Und da soll man Lust behalten, Frau zu sein – wahrhaftig!

Nanna: Kaum haben sie den Ort verlassen, wo sie sich wie im Paradies zu fühlen schienen, so sagen sie zu jedem, der es hören will: »Was das für Puffbesen da drinnen sind! Vor denen möchte ja der Teufel weglaufen! Was meinst du? Die sind ja zu haben, wenn du bloß pfeifst!« Kommen sie dann mit anderen zusammen, gleich bringen sie das Gespräch wieder auf die Damen, und aus ihrem Munde strömt's heraus: »Heute morgen bei der Messe hab ich 'nen überaus spaßhaften Spaß gehabt; Frau Soundso kniete da betend vorm Altar, und ich tat so, als wäre ich in sie verliebt. Die alte Kuh! Die Hurentrine! Ich will ihr die hübschen Batzen, die sie hat, aus der Tasche locken und will sie nachher ins Gerede bringen, daß man auf Straßen und Plätzen über sie lacht!«

Pippa: Schöner Kerl!

Nanna: Wenn eine Hure sich über diesen oder jenen mal ein bißchen lustig macht, so kann sie wenigstens die Entschuldigung für sich in Anspruch nehmen, daß sie sich damit einem *anderen*, diesem oder jenem, angenehm macht; aber wer hat etwas von dem übermütigen Triumphieren eines Mannes, der vor seinen Kameraden über ein armes Weiblein schimpft?

Pippa: Möchten sie das davon haben, daß sie ein Bein brächen!

Nanna: Darum lerne und werde gescheit, wenn du die Männer prellen willst, ohne daß sie dich prellen! ... Jetzt gebe ich dir noch 'ne andere hübsche Geschichte zu knabbern. Knabbere sie! Ich möchte dir von einem erzählen, der ließ sozusagen ausposaunen, er suche eine Junge von höchstens achtzehn bis zwanzig Jahren; die wolle er mitnehmen, und sie solle mit ihm das Glück genießen, das er durch seine Stellung beim König von Sterlick habe; und wenn sie nicht bloß ihre Schönheit hätte, sondern sich auch zu benehmen wüßte, so würde er was für sie tun – na, und so weiter. Er gab gewissermaßen zu verstehen, nach einiger Zeit würde er sie sogar heiraten. Kaum wurde die Geschichte bekannt, so fingen die Kupplerinnen an, in der Stadt rumzurennen, klopften bald bei dieser, bald bei jener an und konnten kaum die Worte finden, ihnen ihr gutes Glück mitzuteilen, weil sie so schnell gerannt waren, daß ihnen der Atem ausgegangen war. Da warf nun eine jede sich in die Brust, denn jede dachte, sie sei die von dem Herrn begehrte. Flugs lieh sie sich ein Kleid oder mietete sich eins für soundso viel den Tag, eine Halskette oder sonst 'nen Tand, womit die Weiber sich putzen, und trottete mit ganz ehrpusseligem Gesicht vor ihrer Vermittlerin her. Nachdem sie Erlaubnis erhalten hatten, vor Seiner Gnaden zu erscheinen, machten sie ihm ihre Reverenz und nahmen Platz, wobei sie aus den Augenwinkeln nach ihm schielten. Er stand renommistisch mit gespreizten Beinen da, strählte sich mit einem Elfenbeinkamm den Bart und scherzte mit seinem Diener, der ihm sein Wams, seine Hosen und seine Samtstrümpfe abbürstete. Nachdem dies Reinigungswerk beendigt war, gab er dem Diener einen ganz leisen, leisen Klaps, damit die Arme, die zu ihm gekommen war, um seine Frau zu werden, denken sollte, ein Mann, der so leutselig mit seinem Bedienten scherze, müsse von ganz besonders liebenswürdigem und freundlichem Charakter sein.

Pippa: Da haben wir den Rechten!

Nanna: Endlich kommt er zum Schluß mit all diesen Läppereien und schickt alle Anwesenden fort mit Ausnahme der Alten und der Jungen, die den guten Bissen schon im Munde zu spüren vermeint. Er setzt sich zwischen sie und beginnt freiweg zu reden, wie wenn er ihnen so recht sein Herz ausschüttete. Das Aussehen des Mädchens, sagt er, gefalle ihm sehr, aber er wolle keine Bockbeinige, keine Übelnehmerische, keine, die nach zwei Tagen zu ihm sagte: »Ich will wieder fort; hier ist keiner, der mich nach meinem Wert bezahlen könnte!« Da springt die Alte auf und ruft: »Oh! mein gnädiger Herr! Diese hier ist ein zartes Gemüse, ein Fisch ohne Gräten, und ihre Vorzüge zergehen dem, der sie kostet, auf der Zunge; wenn Ihr sie nehmt, können die anderen, die eine gute und schöne Frau suchen, sich den Mund wischen. Wenn Ihr mir nicht glauben wollt, könnt Ihr nur die ganze Nachbarschaft fragen – da fingen alle an zu weinen, als sie hörten, daß sie abreisen müßte! Sie ist die Rockenhülle der Kunkel und die Kunkel der Rockenhülle – der Wirtel der Spindel und die Spindel des Wirtels; ich sage Euch: Sie ist der Wischlappen und das Handtuch, die neben dem Gußstein liegen und auf welche man die Messer, die Brotstücke und den Abraum von der Tafel legt und an denen man sich außerdem noch die Hände abtrocknet.«

Pippa: Köstliche Alte! du wußtest sie herauszustreichen!

Nanna: So sprach das Mütterchen. Unterdessen spielte er mit

zwei Fingern dem Mädchen am Busen; dann sagte er mit einem etwas boshaften Lächeln: »Seid Ihr auch gesund am Leibe? Habt Ihr auch nicht die Krätze oder sonst 'ne Unannehmlichkeit?« Und die Alte antwortet ihm im Namen der anderen: »Faßt sie doch nur an, zieht sie doch aus, bitte! Krätze – hoho! Sonst 'ne Unannehmlichkeit – haha! Sie ist gesund wie 'ne Plötze, und ihr Fleisch hat größeren Abscheu vor Unsauberkeiten als sie selber vor Radaubrüdern. Ich will's Euch nur sagen: Alles, was an ihr ist, kann mit Zirkel und Winkelmaß gemessen werden, und sie paßt für Euch wie der Dreifuß für die Kuchenpfanne. Und wisset: Ich stopfe Euch nicht glatte Redensarten in den Mund, damit Ihr sie nehmen sollt; ich will Euch nichts abgaunern, denn fürwahr! meine Gläser sind nicht im Kühleimer, und ich kann über die Ziegel und Fliesen eines Daches gehen, ohne Sandalen nötig zu haben!«

Pippa: Was für 'ne Sprache!

Nanna: 's ist die Sprache, die man bei ihr zu Hause spricht. Und wenn du die Wahrheit sagen willst, so mußt du gestehen, daß man eine von jenen Alten aus der guten alten Zeit zu hören vermeint; die wußten noch ein tüchtiges Wort zu sprechen und so, wie sich's gehört!

Pippa: Da habt Ihr ganz recht.

Nanna: Und du sollst sehen, man kommt wieder auf die gute alte Sprache zurück, wie man ja auch in der Kleidung die guten alten Trachten wieder angenommen hat. Mögen diese oder jene vor Ärger darob aus der Haut fahren: Die engen Ärmel haben doch wieder die Narrenärmel zum Land hinausgejagt, die Schuhabsätze sind nicht mehr hoch wie Stelzen, und der Webstuhl der Schwätzerinnen will nicht mehr ihren Wortkram flechten und weben, denn es ist nichts als durchgesiebter Kaff, dürre Blüten von grünen Pflaumen, und verdiente, in einen Trog zum Schweinetrank geschüttet zu werden: Mit was für 'nem Klatsch, Tratsch, Quatsch bellen sie uns an in ihrer neumodischen Sprache! Aber laß sie laufen! ... Der gnädige Herr hat – kille, kille! – an der Jungen herumgegrabbelt und wendet sich nun zur Alten und sagt zu ihr: »Mütterchen, wenn's Euch recht ist, bleibt die Kleine hier bei meiner Schwester.« Das sagte er recht laut, so daß seine Schwester, die ganz im hintersten Winkel verborgen gesessen hatte, es hören mußte; sie lief herzu, nahm die alte Kupplerin bei der Hand und bat sie aufs dringlichste, sie sollte das Mädchen doch dalassen. Sie ließ sich was vorreden und ging ab; und auch die dumme Kuh ging wieder hin, woher sie gekommen war, nachdem der Bulle seinen Appetit an ihr gestillt hatte. Und als ganzen Dank und Lohn bekam sie ein ›Wir werden's schon machen‹ in ihre Schürze.

Pippa: Was für 'ne Gemeinheit, sie nicht einmal zu bezahlen!

Nanna: Weißt du, Pippa, wie das Haus dieses Weiberfoppers aussah, sobald sich das Gerede von den großen Vorteilen, die er der von ihm gesuchten Reisebegleiterin anbot, verbreitet hatte?

Pippa: Wie sah's denn aus?

Nanna: Wie der Navonaplatz, wenn Pferdemarkt ist und er voll von Kleppern steht. Wie die Gäule dastehen mit geflochtenen Schwänzen, glattgekämmten Mähnen, blitzblank gestriegelt, den Sattel auf dem Rücken, die Steigbügel vorschriftsmäßig hochgeschnallt, mit frischen Eisen beschlagen, den Zügel auf dem Hals – mit einem Wort, fix und fertig, um sich in Schritt, Trott und Galopp zu zeigen, so gut sie's nur vermögen –, so kamen zu ihm die armen Geschöpfe, ungewöhnlich sorgfältig herausgeputzt und geschmückt in Kleidern, die ihnen nicht gehörten, machten im Bett und außer'm Bett alles, was sie nur konnten, um den hohen Herrn zu befriedigen, bei dem sie gerne geblieben wären. Aber, was soll ich noch lange davon erzählen? Er saß voll von den allerschlimmsten Franzosengeschwüren, an denen je ein vornehmer Herr litt, und trotzdem fummelte er mit seinem Stock in jedem Loch herum und fegte mit seinem Besen aus Fleisch und Bein alle Ofenlöcher aus; aber nach ein, zwei, drei oder vier Tagen warf er der Schönen den Strick um den Hals – ich hoffe, er wird selber eines Tages daran baumeln! –, jagte sie zum Haus hinaus und sagte von der einen, sie sei zu frech, von der andern, sie habe schlechte Manieren, von der dritten, sie mäkele an allem herum, von der vierten, sie sei 'ne dürre Bohnenstange; die fünfte stank aus dem Munde, die sechste hatte keinen Schick. Aber die Liebeswarenballen der Schönen hatten grausige Signaturen erhalten; ich meine damit, daß er ihnen allen seine Beulen und Schwären und seine Schmerzen zum Lohn mitteilte. Und die Franzosen, die sie von ihm kriegten, waren von so auserlesener Art, daß ihnen die Wimpern und die Haare am Bauch, unter den Armen und auf dem Kopf ausfielen; die Krankheit besorgte ihnen das besser, als siedendes Wasser der Köchin beim Kapaunenrupfen hilft; und die ganze ratlose Schar behielt nicht einen einzigen Zahn im Munde. Na, was meinst du jetzt: Sind die Männer Menschen oder was sonst?

Pippa: Mich dünkt, sie sind ein Hals, den man durchschlagen sollte; und wenn man sie in eine Schleuder legte und ins heiße Haus[1] schmisse, so könnte man aus ihrer Haut Nachtigallen, aus ihren Beinen Bohrer, aus ihren Armen Reitpeitschen machen! Ich spreche von denen, die solche Gemeinheiten verüben, und nicht von denen, die keine verüben.

Nanna: Du sprichst gut – aber ich habe dir die Kehle mit dem Weißen vom Ei gekitzelt, indem ich dir die Schurkereien der Schurken schilderte; warte nur, jetzt werde ich dir auch das Dotter vorsetzen und will meine Worte an die Zacken deines Gehirns hängen. Ich werde die Türklinke meines Gedächtnisses festbinden, damit diese Tür offenbleibt, und werde dir alles erzählen, so daß du jede Masche, jedes Schnürband an meinem Unterrock erkennen kannst, den ich ausgezogen habe, um dir die Wahrheit nackt, wie sie geboren ist, zu zeigen.

Pippa: Ich warte.

Nanna: Ich werde mit Hilfe meiner Phantasie versuchen, wieder einiges von der Sprache aufzufischen, die ich zugleich mit meinem Wohnort ebenfalls gewechselt habe. Es ist für mich ein großer Schmerz, daß ich die schönsten und kraftvollsten Ausdrücke, die man in unserm Toskana braucht, fast ganz vergessen habe. Und die Alte, die mit dem Herrn Windbeutel sprach, dem Günstling des Herzogs von Sterlick – oder des Königs, was er nun gewesen sein mag –, diese Alte, die hat mir Lust gemacht, mal wieder zu räuspern und zu spucken und zu sprechen, wie uns in Toskana der Schnabel gewachsen ist. Und halte mich nicht für langweilig, weil ich fortwährend auf das Kapitel der Sprache komme und immer wieder darauf zurückkomme: Man kann hier

1. die Hölle.

ja nicht mehr leben, zu jeder Stunde hacken die Schnattergänse mit ihren Schnäbeln auf unsereine ein. Und obwohl ich dir gesagt habe, daß ich mehr Freude am schönen Geldverdienen als am schönen Sprechen hatte, so würdest du doch — du kannst mir's glauben! — vor Erstaunen herumtanzen, wenn ich im erhabenen Stil mit dir sprechen wollte. Ich weiß wohl, daß ich mich an manchen Stellen schon schöner Wörtlein bedient habe, besonders bei den Wehklagen der von dem Baron verlassenen Dame; diese Ausdrucksweise kenne ich zum Teil schon von mir selber, zum Teil habe ich sie gelernt — aber nicht von einem, der nicht den Unterschied zwischen 'nem X und 'nem U kennt. Und man würde erstaunen, wenn man hörte, wie wir ganz einfach das Wort ›Knüppel‹ statt des fein sein sollenden ›Knittel‹ gebrauchen und noch viele andere alte und neue Ausdrücke, deren sich bei uns zulande die Bauern bedienen wie anderswo gelehrte Doktoren; hinter denen laufen ja die dummen Weiber her und klauben Worte und denken, mit solchem Gequatsche kämen sie geradenwegs in den Himmel.

Pippa: Kommt nur lieber wieder auf die Männer zu sprechen! Es kommt mir bereits vor, als hörte ich eine im Marktweibston Euch über den Schnabel fahren und Spektakel machen, weil Ihr Feigen in den Zweigen des Feigenbaums sucht, auf den Ihr erst gestern oder doch vor ein paar Tagen hinaufgestiegen wart ... Und nun scheltet mich noch, ich sei mehr ein kleines Kindchen als ein großes Mädel!

Nanna: Das können sie halten, wie sie wollen — ich huste was drauf! Ich weiß mit ihnen Bescheid, wie's ist, wenn der Wind durch die Nüsse streicht, und mein Arsch spielt die Flöte besser als ihre Hände ... Kommen wir also wieder zu unseren Feinden, das heißt: zu den Feinden der, die sie nicht zu rupfen weiß und als gute Hausfrau sogar die Schnipsel von dem Tuch, das sie zuschneiden läßt, auf die Seite legt. Ich meine: Jene guten Frauen und anderen Huren, die sich lieber mit Haushofmeistern, Lakaien, Stallburschen, Gärtnern, Packträgern und Köchen abgeben als mit Edelleuten, großen Herren und Monsignori, das sind tüchtige Weiber, sie tun ein frommes Werk und sind nicht nur verständige und weltgewandte Frauen, sondern geradezu Heilige.

Pippa: Warum sagt Ihr das?

Nanna: Weil Haushofmeister, Lakaien, Stallburschen, Gärtner, Packträger und Köche zum mindesten deine ergebenen Diener bleiben werden; sie würden ihren Kopf ins Feuer stecken lassen oder zwischen Block und Richtbeil legen, um dir zu Gefallen zu sein; und wenn man sie zu Fetzen zerhackte, man würde ihrem Mund nicht das Geheimnis entreißen; außerdem würde kein Mensch es glauben, selbst, wenn man's ihm sagte, der Verwalter des Herrn Soundso besorgt zugleich dessen Frau. Außerdem haben solche Leutchen keine unnatürlichen Gelüste; sie walken das Tuch auf der rechten Seite und machen's, wie man's von ihnen verlangt; sie nehmen auch nie die Lampe zur Hand, um nachzusehen, wie viele Falten deine Mimi habe, deren Ränder sie zur Seite biegen. Sie lassen dich nicht den Popo hochheben, klatschen nicht mit der flachen Hand drauf oder zwicken dir gar die Hinterbacken mit ihren Nägeln; sie lassen dich auch nicht am hellichten Tag splitternackt ausziehen, um dich bald auf diese Seite zu drehen, bald auf jene, sie verlangen nicht, während sie dir ihren Bolzen hineinschieben, daß du dabei drehende Bewegungen machst oder daß du unanständige Worte sagst, um ihre geile Lust zu erhöhen; sie bleiben dir nicht vier Stunden lang auf dem Bauch liegen, daß dir alle Knochen im Leibe weh tun und alle Glieder aus dem Gelenk gehen; sie lassen dich nicht gewisse Stellungen einnehmen, zum Beispiel die Beine hoch in die Luft und dabei dich stemmen lassen – Stellungen, die diese Menschen stets erfunden haben, erfinden und erfinden werden; dagegen sind ›das weidende Schaf‹ und jene andere Firlefanzereien, von denen ich dir, glaube ich, gestern schon erzählt habe, der reine Zucker.

Pippa: Bei der Madonna, ja! davon spracht Ihr gestern.

Nanna: Die Schweinekerle stecken ihn uns in den Mund.

Pippa: Ich werde mich übergeben!

Nanna: Sie lutschen uns unsere aus.

Pippa: Ich übergebe mich, sage ich Euch!

Nanna: Und wenn sie ihren Mund vollgekriegt haben, laufen sie herum und posaunen es aus, wie wenn es 'ne Heldentat wäre.

Pippa: Wenn sie doch gehenkt würden!

Nanna: Und sie ahnen gar nichts von ihren Schändlichkeiten:

daß sie uns zu Huren gemacht und uns all ihre Schweinereien beigebracht haben. Unsere Kenntnisse in der Hurerei haben wir von den Phantasien dieses oder jenes Hurenbocks; und ein Lügner ein Erzlügner ist der, welcher behaupten will, der erste, der darauf kam, uns wie Knaben zu mißbrauchen und uns von hinten mit seinem Stöpsel zu stöpseln, habe uns nicht mit Gewalt dazu gezwungen; es ist klar, daß nur das verfluchte Geld die behext hat, die sich zum ersten Mal herumdrehte. Und ich, die ich mein gut Teil in dieser Hinsicht geleistet habe und eine von den allerverruchtesten gewesen bin, ich habe mich trotzdem niemals dazu hergegeben, als wenn ich dem Predigen und den Tränen des Lüstlings nicht länger widerstehen konnte; da hab ich denn allerdings meinen Hinteren seinem Bauch zugedreht und gesagt: »Na, was ist denn schließlich auch weiter dabei?«

Pippa: Ganz recht: Was ist denn auch weiter dabei?

Nanna: Und wie sie aus vollem Hals lachen, wenn sie ihn hineinschlupfen und wieder rauskommen sehen oder wenn sie schief- oder vorbeistoßen, wie sie vor Wonne beinahe umkommen, wenn sie uns damit weh tun! Manchmal nehmen sie einen ganz großen Spiegel, ziehen uns ganz nackt aus und lassen uns die allerverrücktesten Stellungen einnehmen, die ihre Phantasie nur zu ersinnen vermag; ihre lüsternen Augen schweifen über unser Gesicht, den Busen, die Schultern, den Bauch, die Möse und die Arschbacken, und ich kann dir gar nicht sagen, wie sie sich an dem Anblick weiden, welche Lust sie daran haben. Und wie oft, glaubst du, lassen sie ihren Mann, der's ihnen macht, oder ihren Lustknaben, dem sie's machen, kommen und sich durch eine Ritze in der Tür das Ganze ansehen.

Pippa: Wirklich? Ist das wahr?

Nanna: Ich wollte, es wäre nicht wahr. Und wie oft, glaubst du, machen sie nach Pfaffenmode die Gruppe ›die drei Glücklichen‹? O Abgrund der Hölle, öffne dich jetzt oder nie, öffne deine Pforten ganz weit! Ich habe welche gekannt, die auf alle mögliche Art ihre Freundinnen schließlich so weit gebracht hatten, daß sie sich von ihnen in einem Wagen in Gegenwart des Kutschers vornehmen ließen, auf offener Straße, wo die Leute hin und her gingen; daran hatten sie ein ganz besonderes Vergnügen — denn wenn die

Pferde, von Peitschenhieben angetrieben, sich in Galopp setzten, machte der Wagen hopp, hopp, und da kamen Stöße heraus, die sie bis dahin noch nicht gekannt hatten.

Pippa: Was für Gelüste!

Nanna: Ein anderer traf mit seiner Signora ein Abkommen – es war so um den August herum –,[1] sie sollte ihm die Regentage bewilligen; sowie ein Regentag kam, mußte sie mit ihm zu Bette gehen und mußte drinbleiben, solange die Güsse dauerten; stelle dir bloß vor, wie langweilig es für einen gesunden Menschen ist, einen oder zwei Tage zwischen den Bettlaken zu liegen und sogar im Bette zu essen oder zu trinken wie 'n Kranker.

Pippa: Ich könnte das einfach nicht aushalten.

Nanna: Ist es nicht zum Verrecken, wenn 'ne Frau nichts anderes zu tun hat, als einem das Vergnügen zu machen, ihn zu kitzeln und ihn an den Oliven zu krabbeln? Und was fürn Kreuz, ihm fortwährend den Piepmatz wachhalten zu müssen und immer an den Rändern seiner Mistgrube rumzufingern! Da soll mir doch einer von diesen Hurenjägern mal sagen, wieviel Geld hinreicht, um eine so schmutzige und übelriechende Arbeit zu bezahlen? Ich sage dir dies alles, mein liebes Kind, nicht um dir Ekel davor zu machen; im Gegenteil, ich wünsche, daß du diese Sachen besser machst als irgend 'ne andere; sondern ich habe diesen Gegenstand nur berührt, um darzutun, daß wir den Lohn, den wir von unserm Geschäft haben, nicht gestohlen haben; wir bezahlen ihn mit dem Preis unserer Ehre und tauschen dafür Mühe und Elend ein. Ich möchte meine Seele dem Satan verschreiben, wenn ich höre, daß man uns treubrüchig nennt; wir brechen allerdings oft unser Wort – aber warum auch nicht? sind wir denn nicht Frauen, wenn wir auch huren? Und da wir Frauen und Huren sind, ist es so etwas Großes, wenn wir einen Schwur brechen, den wir mit unseren beiden Händen bekräftigt hatten, die ja gar nichts davon wußten? Die ganze Geschichte läuft darauf hinaus, daß die Männer soviel Spektakel darüber machen wie zeternde Schneidergesellen; wir Frauen aber sind ganz still davon und so schweigsam wie Schachspieler; für eine Lappalie geben wir und geben immerzu, und für eine Lappalie nehmen wir und nehmen immerzu. Und das

1. Ende August beginnt in Rom die Regenzeit.

kommt davon, daß wir bisher niemals soviel Grütze hatten, ihnen die Speise am teuersten zu verkaufen, die ihrem Geschmack am meisten zusagt. Man sagt uns hingegen nach, die Speisen, worauf wir am meisten Appetit haben, seien mit Gold und Silber gewürzt; das ist ja recht niedlich, daß die Männer tun, als seien wir habsüchtiger als sie! Du kannst an deiner Nasenspitze die Frauen abzählen, welche Burgen und Städte ausgeliefert, ihre Könige, ihre Herren und Dominus teco verraten haben, aber an den Fingern herzählen, ja sogar mit der Feder zusammenrechnen kannst du die Menge der Männer, die diese Verbrechen sogar gegen die Heiligen Väter, die Hirten der Welt, begangen haben, begehen und begehen werden.

Pippa: Da habt Ihr vollkommen recht, und deshalb bringt Ihr auch die besten Beispiele aus Eurem Sack[1] zum Vorschein.

Nanna: Laß sie also nur machen, was sie wollen, und sagen, was sie wollen; schweige fein still und lache im stillen über den Dummkopf, der einen großen Spektakel anhebt und überall herumkrächzt: »Das halunkische Frauenzimmer, die gemeine Hure hat mir ihr Versprechen nicht gehalten!« Und wenn du überhaupt was darauf antworten willst, so sage ganz laut: »Das hat sie von euch gelernt, ihr Spitzbuben!«

Pippa: Das werd ich ihnen mit Grazie ins Gesicht sagen.

Nanna: Es ist ein Genuß, ihnen mit 'nem Lederriemen 'nen tüchtigen Denkzettel auf den Hintern zu geben, so daß er rot wird, wenn sie uns vorwerfen, wir seien nicht mal mit fünfundzwanzig Liebhabern zufrieden, und uns zurufen: »Läufige Wölfinnen, Hündinnen!« Wie wenn sie, die läufigen Wölfe und Hunde, mit 'ner einzigen zufrieden wären! Es ist ihnen nicht mal genug, eine jede zu beschnuppern, die ihnen in den Weg kommt, die sämtlichen Weiber der Welt genügen ihnen nicht einmal, sondern sie jagen auch noch ruhelos umher und befriedigen ihre Wollust mit den Küchenjungen der dreckigsten Kneipen von ganz Rom. Wenn ich nicht befürchtete, man sagte mir nach, ich hätte nur darum 'ne Pike auf die Sodomiter, weil sie uns drei Viertel von unserm Verdienst wegnehmen, so würde ich dir Sachen von diesen Schweine-

1. zugleich Anspielung auf den Sacco di Roma, die berühmte Plünderung im Jahre 1527.

hunden erzählen ... Sachen, daß du dir die Ohren zuhalten würdest, um sie nicht länger mehr mit anzuhören!

Pippa: Möchte die Erde sie verschlingen, die Halunken!

Nanna: Ich komme jetzt zu den Weibern, die sich von den Halunkereien gewissenloser Männer betölpeln und zugrunde richten lassen.

Pippa: Bitte!

Nanna: Es war mal eine — ihr wäre besser gewesen, wäre sie nie geboren! —, die kriegte es endlich satt, noch länger die Wutanfälle, Niederträchtigkeiten, Beschimpfungen und Grobheiten zu ertragen, womit ihr Lümmel von Liebhaber sie zwei Jahre lang gequält hatte; sie machte sich davon, indem sie nichts mitnahm, als was sie auf dem Leibe hatte, und ihre ganze Einrichtung zurückließ, sowohl das von ihm Erhaltene, wie auch das, was sie selber schon gehabt hatte. Und als sie ging, tat sie ein Gelübde, sie würde nicht eher wiederkommen, als bis sie zu Staub und Asche zerfallen wäre. Dabei blieb sie auch, mit dem ganzen Eigensinn einer eigensinnigen Frau, und sie fuhr jedem, der ihr davon sprach, sie sollte doch wieder mit dem Verlassenen anbändeln, mit den Nägeln ins Gesicht. Er schickte Freunde, Freundinnen, Kuppler, Kupplerinnen zu ihr, ja sogar seinen Beichtvater, aber niemand konnte sie von ihrem Entschluß abbringen. Natürlich schickte er ihr ihre Sachen nicht wieder. Denn einer, der seine Geliebte verloren hat, denkt stets, er könnte sie dadurch wiederbekommen, daß ihre Sachen noch in seinen Händen verblieben sind. Nun paß auf, wie's weiter kam! Der Halunke dachte fortwährend über das Mittel nach, sie wiederzubekommen, und nach einigen Wochen fand er eins, und nachdem er's gefunden hatte, geriet er vor Zorn in Feuer und Flammen, denn er meinte, er müsse sich schon dafür rächen, daß sie noch immer nicht hatte in sein Haus zurückkehren wollen. Was machte er also? Er tat, als bekäme er einen plötzlichen Fieberanfall und fürchterliche Brustschmerzen, und fiel um, so lang er war. Die ganze Nachbarschaft sprach davon, Diener und Dienerinnen liefen herzu und erinnerten ihn daran, daß er für das Heil seiner Seele Sorge tragen möchte; seinen Leib — dem nicht das geringste fehlte — hielten sie schon für futsch.

Pippa: Wer nicht auf seine Füße achtgibt, der fällt auf die Nase.

Nanna: Der Mönch kam und setzte sich mit einem ›Gott schenke Euch die Gesundheit wieder!‹ an seine Seite, redete ihm zu, er möchte nur guten Mut bewahren, und begann dann von den schweren Sünden, den Todsünden. Er fragte ihn, ob er je einen Menschen ermordet hätte oder hätte ermorden lassen. Der Spitzbube bricht in Tränen aus und ruft: »Ich habe Schlimmeres begangen! Was mir zugestoßen ist, das ist nur der Lohn für meine Schlechtigkeit gegen Signora ...« Und kaum hatte er ihren Namen so leise genannt, daß der Mönch ihn gerade eben noch hören konnte, so fiel er in eine Ohnmacht – das heißt, er tat so. »Essig! Essig!« schrie man im ganzen Hause. Man wusch ihm die Schläfen damit, und er kam sofort wieder zu sich, fuhr in seiner Beichte fort und sagte mit halberstickter Stimme: »Vater, ich sterbe, ich fühle wohl, wie's mit mir steht; und da wir eine Seele haben und da es auch eine Hölle gibt, so vermache ich mein Landgut in Dingsda der Signora, deren Namen ich Euch genannt habe. Teilt es ihr mit, jedoch nicht so, wie wenn ich Euch mit der Botschaft beauftragt habe, sondern wie wenn Ihr aus freiem Antrieb zu ihr kämet; und sollte es mit mir noch ein bißchen besser werden, so will ich die Bestimmung vom Notar in mein Testament aufnehmen lassen.« – Hiermit brach er seine Beichte ab; Seine Ehrwürden erteilte ihm die Absolution und ging flugs zur Signora; er nahm sie beiseite und berichtete ihr getreulich alles, was er von dem Vermächtnis wußte.

Pippa: Da war sie verloren!

Nanna: Als sie das Wörtchen ›Landgut‹ hörte, da begann ihr sofort das Herz vor Freuden zu hüpfen; aber sie nahm sich ein bißchen zusammen, schüttelte den Kopf und kniff die Lippen zusammen, wie wenn sie das Geschenk verachtete; dann sagte sie, indem sie kaum das Mündchen auftat: »Ich mache mir weder aus Landgütern noch aus Vermächtnissen das allergeringste.« Darüber ärgerte sich nun der Pater; er wandte sich zu ihr und rief: »Aus was für 'nem Stoff seid Ihr denn gemacht? Dürft Ihr einer Sache spotten, die Euch auf solche Weise per dominum nostrum als Geschenk zufällt? Was für 'ne jüdische Ketzerin würde schuld sein wollen, daß eine Seele der Verdammnis anheimfällt? Denkt an

Euer Herz, das Ihr in der Brust habt, meine Beichttochter, zieht Euch hopp, hopp an und lauft wie der Blitz zu ihm. Es ist mir, wie wenn mir's in den Ohren summte: ›Er wird genesen, wenn sie zu ihm geht!‹« Pippa, es ist der Deubel, wenn man was von 'ner Erbschaft hört. Um so etwas kreuzigen Brüder und Vettern einander; darum machte denn auch die vom frommen Vater Betölpelte sich sofort auf den Weg; und als sie zur Tür ihres früheren Liebsten kam, da klopfte sie so laut und dreist, wie nur die Herrin des Hauses es tut. Sobald man das Ticktack vernahm, ließ der Herr, der wie ein Toter im Bette lag – obwohl ihm gar nichts fehlte –, ihr sofort öffnen; in zwei Sätzen sprang sie die Treppe hinauf, eilte auf ihn zu und umarmte ihn, ohne ein Wort zu sagen, denn die Tränen, die nicht geheuchelt, aber auch nicht ganz aufrichtig waren, verhinderten sie am Sprechen.

Pippa: Wo will denn das hinaus?

Nanna: Der Ischariot, der Ischariot wußte im Schlafen besser, wo's hinauswollte, als sie mit wachenden Augen. Wie wenn ihre Ankunft ihn von den Toten auferweckt hätte, stand er auf, nannte ihren Besuch ein Mirakel und war in vier Tagen wieder vollkommen gesund und munter. Dann sagte er ihr: »Wir wollen auf das Landgut gehen, das ich dir vermacht habe, als ich auf dem Sterbebett zu liegen glaubte; ich mache es dir zum Geschenk, da ich dank deiner Güte wiederhergestellt bin.« Sie reiste mit ihm hin, und als sie glaubte, den Besitz der Ländereien anzutreten, wurde sie der Begier von mehr als vierzig Bauern ausgeliefert, die an diesem Festtag – man feierte San Galgano – in einer fensterlosen, halb schon in Trümmer zerfallenen Scheuer versammelt waren und schon vorher davon schnatterten, was für 'ne Lust es sein müßte, es mal 'ner Städterin und großen Hure zu machen, wenn solche Manna ihnen zwischen die Zähne käme.

Pippa: So wurde also wirklich die Erdbeere dem Bären in den Rachen geworfen.

Nanna: So war es. Und wenn ich dir einen Begriff geben sollte von den verrosteten Dingern, die sie aus ihren Hosenlätzen herausholten, da müßte ich sie schon mit Schneckenhörnern vergleichen. Aber das ist kein anständiges Wort. Auch darf ich dir nicht die Gebärden beschreiben, die sie machten, wenn sie den vollen

Strahl auf die Mühle losließen. Genug: Sie schüttelten den Pfirsichbaum nach Dörfersitte, und wie die von den Ermahnungen des Mönches auf den Leim Gelockte nachher erzählte, der Schmutzgestank, den sie verbreiteten, ihre nach Rüben stinkenden Rülpse und ihre Fürze waren eine unerträglichere Marter als der Gedanke, daß ihre Ehre in Fetzen gerissen wurde.
Pippa: Das will ich glauben.
Nanna: Nachdem die Bauern genug hatten – sie hatten sie mit ihrem Öl angefüllt wie ein Faß –, stand sie zerzaust da und kratzte sich überall; da packte man sie und warf sie auf eine Decke, deren vier Zipfel von derben Fäusten gehalten wurden. Und dieselben Einunddreißiger warfen sie so hoch, daß sie eine Drittelstunde brauchte, bis sie wieder herunterkam; ihr Hemd und ihre Röcke wurden vom Winde aufgebläht, und sie zeigte der Sonne ihren Mond; und wenn ihr nicht die Angst in den Unterleib gefahren wäre, so daß sie die Decke und die Hände, die sie hielten, mit Firnis überzog, so würde sie noch heut in der Luft schweben.
Pippa: Möchte auch der Kopf des Kerls, der solche Schmach duldete, in der Luft schweben!
Nanna: Als ihm dünkte, die Einunddreißiger hätten sie genug gekitzelt und die Decke hätte ihr genug Kurzweil verschafft, ließ er Weidenruten bringen, und sie mußte sich spreizbeinig auf die Schultern eines großen Lümmels setzen; dieser hielt sie ganz fest, sie aber sah aus, als haspelte sie eine Garndocke ab, so schlug sie mit Armen und Beinen um sich; aber sie hatte ein gar zu verfolztes Garnknäuel auf der Haspel, und nachdem sie sich eine gute Weile gewehrt hatte, bekam sie so viele Rutenstreiche auf den Popo, als die Zahl der Tage betrug, die sie sich hatte bitten lassen, ehe sie wieder zu ihm kam. Und damit nichts an der neronischen Grausamkeit des erbärmlichen Halunken fehlte, schnitt er ihr die Röcke dicht unterm Gürtel ab und ließ sie mit seinem Segen laufen, wohin sie wollte.
Pippa: Möchte ihm das Richtbeil auf den Hals fallen, das der Henker so oft erhebt, um Leute zu bestrafen, die es weniger verdient haben als dieser Schuft!
Nanna: Man erzählte sich – und es war auch wahr –, daß, als sie

davonging und sich die Scham mit der Hand bedecken wollte, ein Bienenschwarm ihr zwischen die Schenkel gefahren wäre, weil er geglaubt hätte, dort wäre sein Stock.

Pippa: Das fehlte ihr noch gerade!

Nanna: Ich halte große Stücke auf eine Junge, die zu den allergewitztesten Huren von ganz Rom gehört; diese ließ sich von dreihundert Dukaten ködern, die einer, der vor Liebe zu ihr tat, als wollte er sterben, ihr in seinem Testament aussetzte. Sie bemerkte, daß er nur so tat, als ob er in den letzten Zügen läge, und daß das Testament, worin das Liedlein von den Dreihundert stand, nur dazu da war, damit sie zu ihm eilen sollte und um ihr die Hoffnung vorzugaukeln, die sie sich machen könnte, wenn sie ihm zu Willen wäre. Weißt du, was sie tat?

Pippa: Ich weiß es nicht, aber ich möchte es wohl wissen.

Nanna: Sie gab ihm ein Häppchen Gift und spedierte ihn in den Sarg; und so brachte das Testament ihr die baren blanken Dukaten ein.

Pippa: Ich will für sie den Rosenkranz beten; und ich hoffe, daß um meiner Paternoster willen der liebe Herrgott von Imola die Kürbisse von alleine blühen läßt und ihr eine so wackere Sünde vergibt.

Nanna: Aber ein Dorn macht noch keine Hecke, und eine Ähre ist keine Ernte. Wenn diese auf ihren Vorteil zu sehen wußte, so kannte ich dafür 'ne andere, die sich damit abgab, geknickte Mohnstengel wieder aufzurichten; sie hatte ganz ohne ihr Verschulden von ihrem Liebsten einen Riesenschmiß bekommen, ein ganz brenzliges Ding, eine Schmarre von sieben Nadeln. Er vergoß darob ein paar Tränchen, stieß 'ne Anzahl Seufzerchen aus und schwor ihr die allerfalschesten Eide; daraufhin ließ sie, obwohl sie noch die Binde überm Gesicht hatte, nicht nur sich wieder begütigen, sondern sie willigte sogar ein, fast jede Nacht bei ihm zu schlafen. Und als sie glaubte, sie würde als Schmerzensgeld irgendein großes Geschenk von ihm bekommen, da fand sie sich eines Morgens schlimmer dran als Don Falcuccio, seligen Angedenkens. Er plünderte sie rein aus, bis auf 'nen silbernen Fingerhut, und sie konnte sich mit ihren Fäusten den Busen bearbeiten und konnte sich mehr Haare ausraufen, als eine Tochter es

tut, wenn ihre Mutter die Augen zum ewigen Schlaf geschlossen hat.
Pippa: Den Deixel auch, ob ich mich nicht im Dunkeln zurechtfände, wenn Ihr so mit dem angezündeten Armleuchter vor mir hergeht!
Nanna: Pippa, erinnerst du dich noch, was dir früher immer passierte, wenn du aufstandest, um zu pinkeln, während ich schlief?
Pippa: Gewiß, bei der Madonna, ja!
Nanna: Weißt du noch? Wenn du dich wieder hinlegen wolltest, konntest du meistens das Bett nicht finden, und je länger du leise auf den Fußspitzen herumtastetest, desto mehr gerietst du in die Irre; und du hättest dich niemals zurechtgefunden, wenn du mich nicht aufgeweckt hättest.
Pippa: Das stimmt.
Nanna: Nun, wenn du selbst in den kleinsten Dingen nichts ohne mich tun kannst, so sieh zu, daß ich auch in den großen dir als Kandelaber diene; bei allem, was du tust, denk an mich, höre auf mich, gehorche mir und halte dich an meinen Rat. Und wenn du das tust, so brauchst du weder vor Riesen noch vor Zwergen dich zu fürchten. Soviel ist gewiß, wir müssen stets helle, sehr helle sein, denn mit uns ist's wie mit den Spielern: Wenn sie mit ihren Karten und Würfeln sich die Kleider beschaffen, so langt's doch nicht zu den Strümpfen. Nimm jede x-beliebige Hure, mag sie noch so reich, so beliebt, so schön sein – am Ende gleicht sie doch 'nem alten gichtbrüchigen Kardinal, der niemals Papst wird, weil nur der Tod ihm seine Stimme gibt.
Pippa: Ihr sprecht in hohem Stil!
Nanna: Ich komme aus dem Geleise, weil ich zu scharf geradeaus fahren wollte; das passiert manchmal auch solchen, die die Wörchen aneinanderreihen, wie wenn's Rosinen wären. Ich möchte dir die Überzeugung beibringen, daß die allerglücklichste und allerzufriedenste Hure im Grunde doch unglücklich und unzufrieden ist. Mögen sie schnattern und schwätzen – es ist nun doch mal so! Der Haushofmeister von Malfetta pflegte zu sagen, das Glück und die Zufriedenheit einer Hure seien leibliche Schwestern von den Hoffnungen eines Kavaliers, der in der Hand die Anzeige hält, daß der Soundso gestorben sei; und gerade, wie er die Erbschaft

in Besitz nehmen will, da wird der angeblich Verstorbene wieder gesund. Aber sie, die so dicktun, sollen mir doch mal sagen: Ist eine Frau glücklich, die – wie ich dir erzählt habe –, mag sie stehen, gehen, schlafen, essen, mag sie Lust haben oder nicht, stets, wenn sie sich niedersetzt, sich nicht auf ihre eigenen Hinterbakken setzt, die nicht auf ihren eigenen zwei Beinen geht, nicht mit ihren eigenen Augen schläft und nicht mit ihrem eigenen Munde ißt? Ist eine glücklich, auf die man überall mit den Fingern zeigt, der man nachruft, sie sei gemeines Pack, sei aller Welt Weib.

Pippa! Oh! Ist denn jede Hure aller Welt Weib?

Nanna: Ja.

Pippa: Wieso denn?

Nanna: Sie muß jeden raufklettern lassen, wenn er Geld ausgibt, um sich seine Gelüste zu vertreiben, er sei ein reicher Herr oder ein lausiger Lohgerberknote oder sonst was, denn die Dukaten sind ebensoblank in der Hand des Dieners wie in der des Herrn; wenn die Taler eines Wasserträgers bei den Talern eines Stutzers liegen, der lauter Wohlgeruch scheißt, haben sie alle denselben Wert, und wer sie kriegt, der wertet die einen nicht höher als die anderen; so muß man auch, wenn's Geld zu verdienen gibt, dem Knecht so gut aufmachen wie dem König. Darum ist jede Hure, die Batzen und nicht Degen und Knüppel will, Futter für alle.

Pippa: Besser kann man's nicht ausdrücken.

Nanna: Frage nur die Kanzeln – nicht bloß die Prediger selber –, ob wir glücklich und zufrieden sind! Wie sie sich hoch aufrichten und über uns herfallen!: »Pfui! verruchte Beischläferinnen des Gottseibeiuns! Irrwischbräute! Luziferschwestern! Scham der Welt! Schandfleck eures Geschlechtes in mulieribus! die Drachen der Hölle werden eure Seelen fressen, werden sie verbrennen; Pfannen voll siedenden Schwefels erwarten euch, rotglühende Bratspieße winken euch, die Tatzen der Dämonen werden euch zerreißen; in euer zuckendes Fleisch werden sie ihre Klauen schlagen, mit Schlangengeißeln werdet ihr gezüchtigt werden in aeternum, in aeternum!« Dann kommen die Beichtiger: »Ite in igne, in igne, sag ich euch, Halunkengesindel, Sündenschläuche, Männermörderinnen, Hexen, Zauberinnen, Teufelinnen, Spioninnen des Teufels, geile Wölfinnen!« Sie wollen uns nicht mal anhören, geschweige denn uns Absolution erteilen. Kommt dann die heilige Woche, so sehen sie die Juden, die doch unsern Herrgott ans Kreuz schlugen, mit milderen Blicken an als uns, und dazu beißt uns auch unser eigenes Gewissen und ruft uns zu: »Geht hin und laßt euch unter einen Misthaufen begraben; laßt euch nicht vor den Augen von Christenmenschen sehen!« Und wodurch befinden wir uns in so kläglicher Lage? Bloß um der Männer willen, weil wir ihnen zu Gefallen waren. Aber warum haben sie uns zu dem gemacht, was wir sind?

Pippa: Warum schilt man nicht auf die Männer genauso wie auf uns?

Nanna: Das wollte ich ja eben sagen! Seine väterliche Hochwürdigkeit der Herr Prediger müßte sich zu den hohen Herrschaften wenden und ihnen sagen: »O ihr, ihr Versucher, warum notzüchtigt, besudelt, schändet ihr die Hurenweiblein, die vertrauensseligen dummen Trinen, die Leichtfertigen? Und wenn ihr durchaus nach euren Lüsten mit ihnen umspringen müßt, warum bestehlt ihr sie noch obendrein, warum mißhandelt ihr sie, warum stellt ihr sie an den Pranger?« So müßte der Dickwanst sprechen, damit diese Schlangen, Schmorpfannen, Bratspieße, Natterngeißeln. diese Klauen und Tatzen und alle die Satanasse sich mal gegen die Schändlichkeiten der Männer wendeten.

Pippa: Vielleicht tun sie das noch mal.

Nanna: Denke nur nicht daran, glaube das nur nicht, setze darauf keine Hoffnung, denn wehe dem Schwachen! Darum werden die Männer von den Pfaffen gestreichelt, nicht gegeißelt. Doch nun komme ich auf die Mittel, wie wir uns bei denen, die uns von oben und von unten quälen, dennoch schadlos halten können.

Pippa: Mich dünkt, Ihr habt mir davon schon gesprochen.

Nanna: Nein, da irrst du dich. Übrigens soll man eine wichtige Mitteilung zwei- oder dreimal wiederholen. Pippa, ich möchte wohl mal jene parfümierten Laffen fragen, jene Schafsköpfe, die uns was anhängen wollen, bloß weil wir auf unseren Vorteil bedacht sind und weil wir uns von jedem die Dienste, die er von uns verlangt, bezahlen lassen — ich möchte sie wohl mal fragen, warum und aus welchem Grunde wir anderen Leuten um ihrer schönen Augen willen zur Verfügung stehen sollen? Da ist der Barbier, der wäscht dir den Kopf und rasiert dich; und warum? Um deines Geldes willen. Die Winzer würden im Weinberg keine Hacke rühren, die Schneider keinen Nadelstich an 'ner Hose machen, wenn ihnen nicht die Batzen in den Beutel tanzten; liege krank und bezahle nicht, da wird der Arzt dir ins Haus kommen – jawohl, morgen abend! Nimm dir 'ne Magd und zahl ihr ihren Lohn nicht, und du mußt selber machen, was eigentlich *sie* tun sollte; geh aus, um einen Salat, ein Bündchen Wurzelwerk, um Öl, um Salz, um irgendwas Beliebiges – wenn du kein Geld hast, wirst du ohne Waren zurückkommen; man bezahlt ja sogar die Beichte, die Vergebung der Sünden.

Pippa: Halt! die wird jetzt nicht mehr bezahlt!

Nanna: Was weißt denn du davon?

Pippa: Das hat mir der Beichtiger gesagt, als er mir mit dem Stäbchen auf den Kopf tippte.

Nanna: Das kann ja sein, aber denke nur an den Priester oder wer dir sonst die Beichte abnimmt; wenn du ihm nichts gibst, wirst du schon sehen, was für 'n schönes Gesicht er dir macht. Aber damit mag es sein, wie's will – die Menschen werden jedenfalls bezahlt, und wer nicht auf dem Armenfriedhof oder an der Kirchhofsmauer begraben sein will, der bezahlt auch das Kyrieeleison, das Porta inferi und das Requiem aeternam. Mehr will ich dir nicht sagen. Die Gefängnisse von Corte Savella, von Torre di Nona und im Kapitol halten dich in gar enger Haft, und trotzdem wollen sie bezahlt und sogar teuer bezahlt sein. Sogar der Henker kriegt sein Geld: drei oder vier Dukaten für jeden Kopf, den er abhackt, und für jeden Hals, den er an den Galgen henkt; er würde keinem Spitzbuben die Stirn brandmarken, keinem Schandbuben die Nase abschneiden, keinem Betrüger ein Ohr abschlagen, wenn nicht der Senator oder der Gouverneur, der Podesta oder Bürgermeister ihm seinen gebührenden Lohn gäben. Geh in die Metzgerei und bekomme vier Ünzchen Hammelfleisch übers geforderte Gewicht – wenn man sie dir läßt, ohne daß du den entsprechenden Geldbetrag drauflegst, so kannst du sagen, ich sei nicht mehr ich. Sogar die Schmerpfaffen, die den Eiersegen sprechen, kriegen ihren Lohn dafür. Wenn es dir also recht und billig scheint, deinen ganzen Leib und alle deine Glieder, alle deine Gefühle hinzugeben für ein ›Schönen Dank, liebe Signora!‹ — so kannst du's meinetwegen tun. Und wenn du den Kaufleuten, die keinem ins Gesicht sehen, ohne Gewinn daraus zu machen — wenn du dich denen umsonst hingeben willst, dann gib dich nur!

Pippa: Ich nicht! Ich denke ja gar nicht dran!

Nanna: Darum versteh mich recht, und wenn du mich recht verstanden hast, so wende meine Ratschläge auch an! Wenn du sie befolgst, werden die Männer sich nicht gegen dich schützen können, während du dich vor ihnen in acht zu nehmen wissen wirst. Laß sie nur an den Fenstern der Zimmer, von denen man in die deinigen sehen kann, stehen und die Augen verdrehen, in den Händen Halsbänder, Zobelpelze, Perlen oder volle Börsen, die sie schütteln, so daß die Dublonen erklingen — das sind lauter Dummheiten, Possen, Kinkerlitzchen, Kinderspielzeug. Auf solche Lockvögel darfst du nicht hereinfallen, das sind lauter Kunststückchen, um denen, die danach gucken, die Augen zu verblenden. Sobald sie bemerken, daß du mit ihnen liebäugelst, in der Meinung, sie wollten dir die hübschen Sachen schenken, da machen sie dir die Feige und rufen: »Da! das ist für dich, Luder, Sau, Vettel!«

Pippa: Wenn sie mir solche Zicken machen, werde ich die Rache nicht meinen Kindern vererben.

Nanna: Mach dich auch für die Näpfe bezahlt und für die Pechtöpfe, die sie dir unter die Fenster stellen und anzünden oder zerschmeißen, ja auch für die mit Wachs bestrichenen Tuchfetzen, mittels deren sie dir die Tür aus den Angeln heben und umdrehen, daß das Oberste zuunterst kommt. Und damit dieser Bohnensuppe nichts von ihrem Gewürze mangelt, dürfen nicht fehlen: Brüllen, Schreien, Pfeifen, Spektakeln, Fluchen, Furzen, Rülpsen und Drohen — die üblichen Morgengrüße, womit sie dich aus dem Schlaf wecken; in Prozession ziehen sie dir um dein Haus herum und posaunen dein kleinstes Mäkelchen aus, anstatt, wie sie's eigentlich sollten, ihre eigenen Fehler auszuposaunen.

Pippa: Möchten sie das Brustweh kriegen!

Nanna: Einer von diesen Spaßvögeln und Tagedieben hatte mal einen großartig verrückten Einfall, ja wahrhaftig, den allerverrücktesten, den jemals ein verlogener, falscher und alberner Liebhaber gehabt hat!

Pippa: Was war denn das für ein Einfall?
Nanna: Um darzutun, daß er in der Hoffnung lebte, die Dame seiner Liebe einst sein eigen zu nennen, von ihr verstanden und, wenn sie ihn verstanden hätte, belohnt zu werden, kleidete er sich ganz und gar in Grün: Sein Barett war grün, und grün waren Mantel, Wams, Hosen, Degenscheide, -ortband und -griff, Gürtel, Hemd, Stiefel und sogar sein Kopf- und Barthaar, denn wenn ich mich nicht irre, so ließ er auch diese grün färben — grün waren Barettfeder, Agraffe, Nesteln, Schnürbänder und Überrock, und mit einem Wort: Alles an ihm war grün.
Pippa: Was für 'ne Krautschüssel!
Nanna: Hahaha! Er aß sogar nur noch Grünzeug: Kürbisse, Gurken, Wassermelonen, Kräutersalat, Kohl, Lattich, Borretsch, frische Mandeln und grüne Erbsen. Damit sein Wein grün aussähe, goß er ihn in ein grünes Glas. Gab es beim Essen Gelee, so saugte er nur die Lorbeerblätter ab, mit denen die Schüssel verziert war; sein Rosmarinbrot tränkte er mit Öl, so daß es eine grünliche Farbe bekam. Er setzte sich nur auf grüne Bänke, schlief in einem grünen Bett und sprach fortwährend von Gras, Wiesen, Gärten und Frühling. Wenn er sang, hörte man nur von Hoffnung, die ihre Bäume auf ährengrünen Feldern sprossen läßt, und seine Verse spickte er mit lauter Weinlauben, Pimpernellen und Löwenzahn. Wenn er seiner Diva einen Brief sandte, schrieb er ihn auf grünes Papier, und ich glaube, auch sein Stuhlgang war grün, desgleichen sein Urin — denn sein Gesicht, das *war* grün.
Pippa: Was für ein auserlesener Narr!
Nanna: Eine auserlesene Närrin war die, die daran glaubte, einer täte so was um ihrer göttlichen Schönheit willen und nicht wegen ihrer Dummheit. Willst du noch mehr davon hören? Er spielte so gut den Hoffnungsreichen und predigte soviel von seiner Liebe, daß die gute Kuh, um seine Hoffnung nicht zu enttäuschen, auf den Leim ging, indem sie sich einbildete, dieser Einfall mit der allgemeinen Grünigkeit sei ein schöner Tribut für ihre Schönheiten. Was sie von dem Grünling hatte, war einfach: Er plünderte sie gänzlich aus und ließ ihr nicht mal den Strohsack im Bett.
Pippa: Der Galgenvogel!
Nanna: Es war hier in Rom ein armes Frauchen, eine gewisse

Quinimina. Die Natur hatte ihr ein bißchen Gesicht und ein bißchen hübsche Figur gegeben – gerade genug für sie, um sich leichter den Hals zu brechen und sich sicherer um Ehr und Ruf zu bringen – ähnlich wie's dem Spieler geht, der vom Spiel gerade so viel versteht, um sich ganz bestimmt zu ruinieren. Von den Buchstaben wußte sie gerade so viel, daß sie einen Brief lesen konnte, den ein Schelm ihr schickte. O du lieber Gott! wie, zum Teufel, kommt es, daß Cupido die Leute im Dunkeln fängt? Wie kommt es, daß so ein kleiner Hemdenscheißer schon den Bogen zu spannen und die Herzen zu treffen weiß? Er trifft die Leistenbeule, die wir Frauen kriegen, wenn wir den Scharlatanerien Glauben schenken, wenn wir glauben, wir hätten Sonnenaugen, einen Goldkopf, Granatwangen, Rubinlippen, Perlenzähne, eine erhabene Miene, einen göttlichen Mund und eine Engelszunge. Wir lassen uns von den Briefen verblenden, die die Weiberjäger uns schicken, und so ließ sich auch die Unglückliche fangen, von der ich eben spreche. Damit alle ihre Bekannten davon sprächen, daß sie lesen könne, stand sie jeden freien Augenblick, den sie sich abknapsen konnte, am Fenster, mit 'nem Buch in der Hand. Da sah sie so ein Reimeschmied, und es fiel ihm ein, es könnte leicht möglich sein, daß er sie durch irgendein Geschreibsel, wenn's mit Gold geschrieben wäre, auf den Leim lockte. Er färbte ein Blatt Papier mit dem Saft von Gelbveigelein – von der scharlachroten Sorte –, tunkte seine Feder in Feigensaft und schrieb ihr, ihre Schönheiten brächten die Engelein zur Verzweiflung, das Gold erhielte seinen Glanz von ihren Haaren, der Frühling entliehe seine Blumen ihren Wangen, und er brachte sie sogar so weit, daß sie steif und fest glaubte, die Milch würde weißer durch das Weiß ihres Busens und ihrer Hände. Nun urteile selber, ob sie im Punkte der Eitelkeit sündigte, da sie sich auf diese Art bis in den Himmel erhoben sah.

Pippa: Die dumme Gans!

Nanna: Als sie den Brief, der ihr Unglück werden sollte, zu Ende gelesen hatte, da kam es ihr vor, als hörte sie mehr Lob, als im Laudamus vorkommt, und sie fühlte sich im innersten Herzen zärtlich bewegt, und da sie sich beschworen sah, dem Schreiber eine Antwort zu geben, so warf sie sich jenem allein und ganz verschwiegen in die Arme – jener unvermeidlichen Redensart, die

die Betrüger mit einem Anschein von freimütiger Offenheit in all diesen Briefen anbringen, damit wir ihnen sofort ein geneigtes Ohr leihen. Sie gab ihm ein Stelldichein auf den dritten Tag, weil dann ihr Mann Geschäfte in der Stadt hätte, und wartete auf sein Kommen.

Pippa: Wie? Sie hatte einen Mann?

Nanna: Leider, ja.

Pippa: Aber er, scheint mir, ist auch nicht zu beneiden!

Nanna: Sobald der Herr Sonettenmacher das Jawort hatte, trommelte er ich weiß nicht wie viele Tintenkleckser und Lautenrupfer zusammen und sagte zu ihnen: »Ich will einem verheirateten Hürchen ein Ständchen bringen; sie ist ein nettes Dingelchen, und ich werde sie demnächst unter die Presse nehmen. Und damit ihr mir's glaubt — seht mal her, da steht sie Manu propria.« Er zeigte ihnen ein paar Zeilen, die sie ihm geschrieben hatte, und sie lachten 'ne gute Weile darüber. Dann nahm er seine Laute, die er im Nu gestimmt hatte, schlug darauf einen Triller in ziemlich bäuerischem Geschmack, räusperte sich aus voller Kehle mit einem Haha! und stellte sich unter das Kammerfenster seiner Geliebten, das auf ein Nebengäßchen hinausging, wo vielleicht alle Jahre einmal ein Mensch durchkam. Die Schultern an die gegenüberliegende Hauswand gestützt, stemmte er das Instrument gegen seine Brust, wandte sein Antlitz nach oben, wo sie ab und zu ans Fenster huschte, um gleich wieder zu verschwinden, und sang das folgende Ständchen:

Geliebte, nicht um alles Gold der Welt
Möcht ich zu deinem Preis zur Lüge mich bequemen,
Denn dessen müßtest du und müßte ich mich schämen.
  Dem Wohlgeruch aus Indiens Zauberreichen
  Will deines Atems Duft ich nicht vergleichen;
  Auch sag ich nicht, daß golden sei dein Haar
  Und daß in deinen Augen wunderbar
  Gott Amor wohne, daß von ihrem Schein
  Die Sonne müsse ihre Strahlen leihen;
  Daß wie Rubinen rot dein Lippenpaar,
  Wie weiße Perlen deiner Zähne Reihen.
  Und dein Benehmen ist auch nicht so fein,

Daß zum Bordell mit mächtgem Überschwang
Die Flüsse zöge heißer Sehnsuchtsdrang.
Doch sag ich gern: Du bist ein süßer Fratz;
Ich wünsche mir auch keinen andern Schatz.
Um dir's zu machen, schlüpfte hurtig wohl
Ein Eremit aus seinem Klausnerkamisol.
Doch eine Göttin? Dazu langt es nicht —
Von solchem Unsinn schweige mein Gedicht!
Auch strömet ja aus deinem Risse
Nicht Rosenwasser, sondern Pisse.

Pippa: Wär ich an ihrer Stelle gewesen, ich hätte ihm den Nachttopf an den Kopf geworfen.

Nanna: Sie war nicht grausamer, als du mal sein wirst, wenn dir so was passiert, und war mit dem Ständchen sehr zufrieden und sehr stolz darauf. Sie wartete nicht einmal den Tag ab, an welchem ihr Mann Geschäfte in der Stadt hatte, sondern begab sich schon am nächsten Tag heimlich zu einem Stelldichein mit dem Mosje Firlefanz in das Haus eines mit diesem befreundeten Bäkkers. Bei dieser Gelegenheit gab sie ihm einen Damengürtel zum Aufbewahren. Kaum sah er den Gürtel, so dachte er bei sich selber: ›Die Bernsteinperlen werden ein hübsches Armband für mich abgeben, und die Goldkugeln werden mir Geld in den Beutel bringen.‹ Gedacht, getan! Er ging in die Münze und tauschte für das ungeprägte Metall blanke Dukaten ein; siebenunddreißig vollwichtige Dukaten bekam er für die goldenen Paternosterkugeln, die zwischen den Bernsteinperlen gewesen waren. Diese verspielte er sofort. Und als er ohne das Geld in das Haus des Bäckers kam, kriegte er einen Wutanfall, wie er Leuten, die dank den Würfeln aufgeschmissen sind, oft zu Kopfe steigt; er gab der Leberblume die Schuld, die die Petersilie hatte — oder das Prezzemolo, wie die gelehrten Sibyllen das Kraut nennen —, schlug sie mit seinem Stock braun und blau und ließ zum Schluß Fausthiebe auf sie niederhageln, daß sie die Treppe herunterfiel.

Pippa: Wohl bekomm's ihr!

Nanna: Sie verbarg sich im Kämmerchen der Wäscherin Soundso und blieb dort die ganze Nacht, ohne für eine Unze Schlaf zu kriegen. Sie hatte also Zeit in Hülle und Fülle, um an ihre Rache zu denken; und was für eine Rache sie sich ausdachte, will ich dir sagen: Den Gürtel, den der schlechte Kerl ihr stibitzte, den hatte ihr Mann selber gestohlen, und zwar in dem Hause dahinten, neben dem Palast des Kardinals della Salle, du weißt wohl? Wo es vor nicht gar langer Zeit brannte, und sie hatte ihn wiederum ihrem Mann aus einem Koffer gemaust. Als sie nun sah, daß sie ihren Gürtel nicht mehr hatte, wollte sie sich an dem Grobian rächen, der sie so nach Noten verdroschen hatte, und begab sich, ohne weiter an die Folgen zu denken, zu dem Besitzer des abgebrannten Hauses und erzählte ihm, der Soundso habe seinen Gürtel. Als der Edelmann die ganze Geschichte gehört hatte, ließ er zunächst den Dieb greifen, der den Gürtel zuerst gestohlen hatte; und der Vorsitzende der Corte Savella dachte sich, der Mann müßte wohl noch 'ne ganze Menge andere Sachen gestohlen haben, und ließ ihn ein bißchen am Galgen zappeln. So hatte das dumme Schaf von der ganzen Geschichte nichts als Schaden und Schande für sich und ihren Mann, und der Bursche, der sie zum besten gehabt und verprügelt hatte, wußte den Kopf aus der Schlinge zu ziehen.

Pippa: Geschieht einer recht, die sich betölpeln läßt.

Nanna: Aber was ich dir bis jetzt vorführte, waren nur Pfeffer-, Hirse- oder Getreidekörner, höchstens Trauben- oder Granatapfelkerne. Nun aber entfalte ich das Bettuch in seiner ganzen Größe und zeig es dir von oben und von unten: Ich erzähle dir nur noch eine einzige Geschichte, in der kein Wörtlein Bombast ist, und dann geb ich dir für heute frei. Darum hör mir zu, und wenn du dir das Weinen verhalten kannst, so verhalt es dir!

Pippa: Die Geschichte handelt wohl von irgend 'ner Frau, die erst geschwängert und dann weggejagt wurde?

Nanna: Schlimmer!

Pippa: Von einem Mädchen, das der Mama und dem Papa weggenommen, darauf geprügelt und mitten auf der Straße stehengelassen wurde?

Nanna: Meiner erging es schlimmer als einer, die bloß ins Gesicht geschlagen wird, der man die Nase abschneidet und die im bloßen Hemde, geschändet, von dem Franzosenübel angesteckt und in der allertraurigsten Verfassung auf die Straße gejagt wird.

Pippa: O du himmlischer Herrgott, steh uns bei!

Nanna: So geht's einer, wenn sie sich ohne Maß und Ziel verliebt.

Pippa: Die Geschichte stammt gewiß von einem jener Poeten, die ich, wie Ihr meint, einlassen und umsonst rüberlassen soll.

Nanna: Davon habe ich dir nichts gesagt! Ich wünsche, daß du ihnen Liebkosungen, aber niemals etwas Reelles gibst. So gehört es sich, damit sie dich nicht mit ihren spöttischen Lobliedern zerfetzen und damit, selbst wenn sie dich mit ihren Narrengedichten anulken, es nicht aussieht, als bezögen sich diese auf dich.

Pippa: Wenn's so gemeint ist, dann lasse ich mir Euren Rat gern gefallen.

Nanna: Ich erinnere mich nicht mehr, was ich dir sagen wollte.

Pippa: Ich auch nicht.

Nanna: Darum solltest du mir nicht das Wort aus dem Munde nehmen!

Pippa: Ich muß mich aber doch um das bekümmern, was mich so nahe angeht.

Nanna: Jetzt hab ich's – ein König! von einem König wollte ich dir erzählen und nicht von 'nem Dokterchen oder 'nem Rittmeisterchen – nein, von 'nem richtigen König! Der zog mit 'ner ganzen Welt von Fußsoldaten und Reitern ins Feld und fiel in das Land eines andern Königs ein, seines Feindes. Nachdem er nun geplündert, gesengt und verwüstet hatte, zog er gegen eine feste Stadt, in die sich sein Gegner, der trotz allen möglichen Anerbietungen seinen harten Sinn nicht hatte rühren können, mit seinem Weibe und seiner einzigen Tochter geflüchtet hatte. Nun konnte, solange der Krieg dauerte, der König, der die Stadt einnehmen wollte, sich weidlich abquälen, denn sie war so stark, daß Herr Giovanni de Medici, der der Kriegsgott Mars selber ist, sie nicht würde eingenommen haben, und hätte er noch soviel bombardiert, kanoniert und arkebusiert. Aber wie dem auch sei – der König, der sie belagerte, vollbrachte Wunderdinge in den Scharmützeln; dem einen spaltete er den Kopf, dem andern hieb er einen Arm ab oder eine Hand, einen dritten traf er mit seiner Lanze, daß er 'ne Meile hoch in die Luft flog – und bei Freund und Feind war des Wunderns und Preisens kein Ende. So warf sich die ruhmredige Fama zu seiner Führerin auf, zog ihm voran im Triumph durch das Lager und begab sich dann in die Stadt, ging zur Tochter des unglücklichen Königs und sprach: »Geh auf die Mauer, und du wirst den schönsten, tapfersten und herrlichst gerüsteten Jüngling sehen, der jemals auf Erden erstand.« Kaum hatte Fama dies gesagt, so lief die Prinzessin schon hin. Sie erkannte ihn an dem furchtbaren Federbusch, der auf seinem Helm nickte, an seinem Mantel von Silberbrokat, der die Strahlen der Sonne blind machte, wenn ihr Glanz sie traf. Sie geriet ganz außer sich, und während sie mit ihren Augen sein Pferd, seine Rüstung und alle seine Bewegungen verschlang, da war er auf einmal dicht unterm Tor. Und als er das Schwert schwang, um einen Soldaten zu töten, der eilig davonhinkte, zerbrach der Kinnriemen seines Helms, und dieser fiel ihm vom Kopf. Da sah sie sein rosiges Antlitz, das in der Hitze des Kampfes hochrot geworden war, und die Schweißtropfen, die von der Anstrengung auf seiner Stirne perlten, glichen dem Tau, der die Rosen badet, wenn die Morgenröte dämmert.

Pippa: Macht's bitte kurz!

Nanna: Sie entflammte sich dermaßen, daß sie blind wurde, und ohne sich weiter darum zu kümmern, was er ihrem Vater angetan hatte und noch antun wollte, liebte sie ihn heißer, als er ihren Erzeuger haßte. Die Unglückliche! Sie wußte doch, es ist nicht alles Gold, was glänzt! Wie dem auch sei, die Liebe machte sie so beherzt, daß sie eines Nachts das geheime Pförtchen ihres Palastes öffnete. Dieses Pförtchen war für vorkommende Fälle bestimmt, und man konnte durch dasselbe eintreten und herausgehen, ohne gesehen zu werden. Sie hatte die Schlüssel zu diesem Ausgang, und so eilte sie denn durch das Pförtchen ins Freie und ging ganz allein zu dem Feinde, der nach ihrem Blut dürstete.

Pippa: Wie fand sie denn im Dunkeln den Weg?

Nanna: Man sagt, das Feuer ihres Herzens habe ihr als Fackel gedient.

Pippa: Das muß ich sagen: Dann brannte sie aber ganz gehörig!

Nanna: Sie brannte so sehr, daß sie sich nicht nur ohne alle Umstände dem treulosen und verräterischen König zu erkennen gab, sondern daß sie sogar bei ihm schlief und sich betören ließ, als er ihr sagte: »Abgemacht, Signora, ich nehme Euch zum Weibe, und ich erkenne als meinen Schwiegervater und Herrn Euren Vater an, unter der Bedingung, daß Ihr mir, der ich nicht in feindlicher Absicht, sondern aus Liebe zum Ruhm mit Seiner Majestät Krieg führe, die Tore der Stadt öffnet. Sobald ich alles besiegt habe, werde ich ihm meinen ganzen Sieg als Geschenk darreichen und mein eigenes Königreich noch obendrein.«

Pippa: Wie sie sich so in ihn vernarrte und er sich in sie, das müßte erstaunlich anzuhören sein, wenn sie's selber erzählten!

Nanna: Du kannst dir denken, daß sie, von der Liebe belehrt, beraten und bewegt, Bedingungen stellte, sich weigerte und schließlich doch in alles einwilligte, ganz wie diese Liebe sie trieb. Es ist anzunehmen, daß sie kein unerfahrenes und furchtsames kleines Mädchen war, sondern ein überlegendes und kühnes Weib, daß sie alle Worte anwandte, mit denen man edle Herzen rührt, daß sie ihre Worte mit Tränen und mit Schluchzen mischte und mit jenen herzbrechenden Klagen, durch die man erhält, was man wünscht. Auch können wir glauben, daß ihr Geliebter, der äußerlich so mild und innerlich so grausam war, für den das Leben ihres Vaters den Tod bedeutete, sein Geschwätz zuckersüß zu machen wußte und daß er sie mit Schwüren und Versprechungen schließlich dahin brachte, ihm das Pförtchen zu öffnen – denn die Einfältige öffnete es ihm wirklich. Kaum war der Verräter drinnen, so bemächtigte er sich ihres alten Vaters und ihrer alten Mutter und schlug der einen wie dem andern in ihrer Gegenwart den Kopf ab.

Pippa: Und sie starb nicht?

Nanna: Man stirbt nicht vor Schmerz.

Pippa: Ave maria!

Nanna: Als sie tot waren, warf er den Feuerbrand in Häuser, Kirchen, Paläste und Hütten; die eine Hälfte der Bevölkerung kam in den Flammen um, die andere Hälfte ließ er über die Klinge springen, und kein Unterschied wurde gemacht zwischen groß und klein, zwischen Mann und Weib.

Pippa: Und sie hängte sich nicht auf?

Nanna: Habe ich dir nicht gesagt, daß die Liebe sie blind gemacht und ganz außer sich gebracht hatte? Wie eine Wahnsinnige erging sie sich in leidenschaftlichen Klagen, und doch – wenn ihr Auge auf den König fiel, der mehr ihr Feind als ihr Gatte war, dann sah sie ihn an, wie wenn sie ihm zum größten Dank verpflichtet wäre.

Pippa: Das war Verrücktheit und keine Liebe!

Nanna: Pippa! Gott bewahre die Hunde, Gott bewahre die Mohren vor solchem Unglück! Ganz gewiß, die Liebe ist eine ganz verfluchte Geschichte; und glaub nur einer, die's selber durchgemacht hat, glaub nur, Töchterchen, die Liebe ... ah! Ich für meinen Teil möchte lieber sterben als einen Monat lang die Folterqualen eines Menschen aushalten, der keine Hoffnung hat, die von ihm angebetete Frau wiederzubekommen; lieber wollt ich 's Fieber haben! Keinen Heller in der Tasche haben – ist gar nichts dagegen; angefeindet zu werden – Lappalie. Aber grausames Leid kann man's nennen, wenn ein Liebender nicht mehr schlafen, essen, trinken kann, wenn er's weder im Gehen noch im Stehen aushält, wenn seine Phantasie ihn immer zu ihr zieht, wenn er bis zur Erschöpfung immer nur an sie denkt und doch seine Gedanken des Denkens niemals müde werden!

Pippa: Und doch liebt ein jeder!

Nanna: Allerdings, aber davon bekommen sie solche Gesichter, wie es Haufen, Scharen und unendliche Mengen liebestoller Weiblein vom vielen Huren kriegen, denn von hundert Huren sieht man neunundneunzig in perspektivischer Verdünnung, wie Romanello sagte. Und das ganze Hurengewerbe gleicht überhaupt einem Gewürzkramladen, der heimlich schon bankrott ist: die Schachteln sind alle in Ordnung und die Töpfe sauber in Reihen aufgestellt mit Zetteln drauf, auf denen geschrieben steht: Zukkerplätzchen, Anis, gezuckerte Mandeln, eingemachte Nüsse, Pfefferkörner, Safran, Pistazien; aber öffnet man ein Schächtelchen oder Töpfchen, so ist in keinem was drin. So sind die Kettchen, Fächer, Ringe, hübschen Kleider und fein parfümierten Hauben nur die Aufschriften der erwähnten leeren Schachteln und Töpfe. Darum kommen auf einen Verliebten, der sich mit heiler Haut aus seiner Verliebtheit herauszieht, Tausende, die der Verzweiflung verfallen.

Pippa: Kommt jetzt bitte wieder auf Eure Geschichte; sonst

könnte man Euch nachsagen, der Faden Eurer Erzählung habe sich verfitzt.

Nanna: Das wird man ganz gewiß nicht sagen – denn Frauen sind Frauen, und wenn ihnen einer vorwirft, sie machten etwas, was gegen ihre Natur sei, so können sie dem Tadler antworten: »Ihr versteht wohl was Rechtes davon!« ... Das schnöde verratene Mädchen zog also mit dem Verwüster ihrer Heimat, dem Mörder ihres Vaters und ihrer Mutter; und als eine Zeit vergangen war, da war sie schwanger von ihm und sollte gebären. Als das der Schurke vernahm, befahl er, sie nackt in eine Dornenhecke zu werfen, damit deren Stiche sie und die Frucht ihres Leibes zerfleischten. Ah! Sie behielt in all ihrer Verzweiflung ihre Zuversicht, entkleidete sich selber und sprach: »O Undankbarer, ist dies der Lohn für meine Treue? Glaubst du, eine Königin verdiene einen solchen Tod? Wo hat man jemals davon gehört, daß ein Vater seinen Sohn tötete, ehe er noch gesündigt hatte, ja ehe er noch geboren war?«

Pippa: Barmherzigkeit!

Nanna: Als sie diese Worte sprach, da waren die Dornen gerührt und wichen zur Seite: und das frische grüne Gras, das unter den Dornen gewachsen war, empfing sie in seinem Schoß, und sie genas eines Knäbleins, das in allen seinen Zügen dem glich, der es ihr gemacht hatte. Da kam ein Diener mit einem teuflischen Gesicht, nahm das arme Wesen auf seinen Arm und rief: »Mein König befiehlt, daß ich das Kind töte, damit es auf einmal mit seinem Haß, mit deinem Leben und mit diesem niederträchtigen Geschlecht zu Ende ist.« Als er dies gesagt, zerstückelte er mit seinem Messer – das auch mir, während ich erzähle, das Herz durchbohrt – die zarten Glieder, die noch nicht einmal feste Form angenommen hatten, und dem Seelchen, das den Himmel früher sah als Sonne, wurde der Lebensfaden abgeschnitten, als kaum noch der Knoten geschlungen war. Aber ein solcher Tod ist süßer als das Leben: Sterben, ehe man noch weiß, was Leben ist, das gleicht der Seligkeit der Heiligen.

Pippa: Ich glaub es Euch. Aber wen empörte nicht eine so rohe Grausamkeit!

Nanna: Hierauf wurde sie wieder bekleidet, und während sie

weinte, daß sie fast erstickte, siehe, da brachte man ihr in einer goldenen Schüssel eine Schlinge, Gift und Dolch. Und die Unglückliche hörte die Worte: »Wähle eine von diesen Todesarten; auf einem dieser drei Wege wirst du Seele und Leib aus aller Verlegenheit befreien!« Ohne Zagen und ohne Zittern nahm sie den Strick, das Gift und das Messer und bemühte sich, mit einem dreifachen Tod sich gleichzeitig das Leben zu nehmen; und als es ihr nicht gelang, da klagte sie zum Himmel, daß er ihr nicht erlaubte, sich gleichzeitig zu erhängen, zu vergiften und zu erstechen.

Pippa: O du lieber Gott!

Nanna: Sie umschlang sich den Hals mit dem Strick, knüpfte ihn an und sprang in die Luft; aber der Strick riß, und sie konnte nicht sterben. Sie trank das Arsenik, und es schadete ihr nicht, denn als sie noch ein Kind war, hatte ihr Vater sie durch Gegengifte gegen alles Gift gefeit. Sie nahm den Dolch und erhob den Arm, um sich das Herz zu durchbohren, aber als sie die Spitze ansetzen wollte, da trat Amor zwischen den Stahl und ihren Busen und zeigte ihr das Bild ihres falschen Abgotts, das sie in verschiedenfarbiger bunter Seide gestickt auf ihrer Brust trug; da entglitt ihrer Hand das Messer, denn dieses gemalte Bild stand ihr höher als ihr eigenes Leben.

Pippa: Niemals hat man so seltsame Sachen vernommen!

Nanna: Er aber haßte sie mehr als den Tod, weil sie dem Blute seines Feindes entstammte; und glaube nur nicht, daß ihn ihre fromme Zärtlichkeit, die sie seinem Bilde bezeigte, gerührt hätte! Im Gegenteil, er ließ sie in das nahe Meer stürzen; die Meeresgöttinnen aber trugen sie gesund und lebendig wieder ans Ufer.

Pippa: Ich will zu Ehren dieser Göttinnen, von denen Ihr sprecht, zwei Kerzen anzünden!

Nanna: Als der Drache sie wieder auf dem Strande sah, rief er einen fürchterlichen Kerl heran und sagte ihm: »Ziehe dein Schwert aus der Scheide und schneide ihr den Hals ab.« Der Mensch gehorcht, das Schwert blitzt in der Luft, sie sinkt nieder — und Unsere Liebe Frau steht ihr bei!

Pippa: Wie denn?

Nanna: Indem sie bewirkte, daß das Schwert sie nur mit der flachen Klinge traf.

Pippa: Gelobt sei Gott!

Nanna: Aber es ist noch nicht zu Ende: Der grausame Schurke ließ ein großes Feuer anzünden und sie mit roher Gewalt hineinwerfen, aber sie verbrannte nicht; denn im Augenblick, wo sie in die Flammen fiel, hatte der Himmel Mitleid mit ihr: Er verfinsterte sich plötzlich und vergoß eine solche Menge Regen, daß er die Höllenfeuer der Unterwelt damit hätte auslöschen können, geschweige denn ein Häuflein Reisig und dürre Äste!

Pippa: Wackerer Himmel! Mitleidiger Himmel!

Nanna: Sobald die Flamme, die mit dem Rauch gen Himmel steigen wollte, erloschen war, da schrie alles Volk: »Ach, Herr König! Wollet doch nicht etwa, was der dort oben nicht will! Ach! verzeihet der Unglücklichen, die Euch nur allzusehr liebt; denn nur ihre übergroße Liebe zu Euch hat Euch Rache und Sieg verschafft.«

Pippa: Wurde denn nicht sein Herz weich, als er solche Bitten hörte?

Nanna: Werden etwa die Herzen der Gekrönten weich, wenn sie die Not braver Menschen sehen?

Pippa: Entschuldiget!

Nanna: Man riß sie von dem durch den Regen ausgelöschten Scheiterhaufen herab, zum Schmerz all derer, die für sie gebeten hatten, und warf sie in einen Zwinger, worin ein Löwe gefangengehalten wurde; indessen beschnupperte er sie kaum, sondern ehrte ihren edlen Sinn; auch wollte er sich nicht entwürdigen, indem er einer so unglücklichen Frau etwas zuleide täte.

Pippa: Möge Gott es ihm vergelten!

Nanna: Hast du jemals einen tollen Hund gesehen, der in seiner Wut sogar sich selber in die Pfoten beißt?

Pippa: Das hab ich.

Nanna: Wenn du das gesehen hast, so kannst du dir auch diesen eingefleischten Teufel vorstellen, wie er vor Verzweiflung, nicht mit ihrem Tode seinen Rachedurst stillen zu können, sich seine Hände zernagte. Er faßte sie an ihren Zöpfen und schleifte sie in das Verlies eines Turmes; dort ließ er sie acht Tage lang und duldete nicht, daß jemand ihr Speise und Trank brächte. Aber sie aß und trank doch – diesem Ekel zum Trotz!

Pippa: Wie bekam sie denn was?

Nanna: Frag ihren Schmerz und ihre Tränen – die werden dir sagen, wie sie ihr zu Brot und Wein wurden. Als man nun den Kerker öffnete und sie immer noch lebend fand, da rannte der schurkische Renegat mit dem Kopf gegen alle Wände. Und nachdem er sich den Kopf zerschlagen hatte – aus Wut über sich selber –, band er sie mit eigener Hand an einen Baumstumpf und ließ seine Bogenschützen mit ihren Pfeilen nach ihr schießen. Aber wer möchte es glauben? Der Wind hatte Mitleid mit ihr und hielt alle Pfeile fern; er teilte die Wolke der Pfeile, und die eine Hälfte fiel auf dieser, die andere auf jener Seite von ihr nieder!

Pippa: Du lieber Wind!

Nanna: Jetzt kommt das Grausamste: Angestachelt von jenem Gift, das einem den von unverlöschbarem Feuer der Wut angefüllten Busen schwellt, befahl er, sie solle vom höchsten Turm herabgestürzt werden. Man packte sie und schleppte sie hinauf; aber als sie sah, daß man ihr gar die Hände band, da rief sie: »So müssen denn also Königstöchter wie Sklavinnen sterben?« Der Turm ragte mit seinen Zinnen fast bis in den Himmel hinauf, und unter den Henkersknechten, die sie hinaufschleppen mußten, war keiner, der den Mut hatte, das Volk anzusehen, das mit aufgerissenen Augen den Todessprung erwartete, den die unglückliche Königin, die ein besseres Los verdient hatte, wider ihren Willen tun sollte. Sie aber zitterte an allen Gliedern, als sie nur ein kleines Stückchen von der fürchterlichen Tiefe bemerkte. Die Sonne, die in diesem Augenblick in ihrer ganzen Schönheit leuchtete, verbarg sich hinter den Wolken, um nicht den Sturz mit anzusehen. Die Königin aber begann zu weinen, und aus ihren Augen strömten ein Tiber und ein Arno. Aber sie weinte nicht vor Furcht, daß sie in ihrem Sturz zerschmettern und in Stücke zerschellen müßte – sondern vor Scham, daß sie in jener Welt dem Geiste ihrer Mutter begegnen würde, und sie glaubte schon der Seele ihrer Mutter gegenüberzustehen und deren Worte zu vernehmen: ›O Himmel, o Höllenabgrund! da ist sie, die mir das Fleisch vom Leibe riß, womit ich sie genährt hatte!‹

Pippa: Ich bin erschüttert!

Nanna: Fürchte dich noch nicht! Als sie fühlte, daß rohe Fäuste sie packten und emporrissen, da erhob sie die Stimme und rief: »O ihr, die ich in dieser Welt zurücklasse, entschuldigt mich bei den lebenden und bei den künftigen Geschlechtern: Ich habe mehr als je ein Weib gesündigt, denn ich liebte mehr als je ein Weib gel ...«

Kaum hatte sie diese Worte gesprochen, so erschütterten gellende Schreie die Luft, und Nanna rief: »O weh! Pippa! weh mir, mein Töchterlein! Schnell ein Messer her! schneidet ihr die Nesteln auf! Wasser her! spritzt es ihr ins Gesicht! Helft mir, sie auf ihr Bett zu tragen!« Auf diesen Lärm liefen Nannas zwei Mägde herbei; sie brachten die Pippa wieder zu sich, die in Ohnmacht gefallen war, weil die Königin in der Geschichte vom Turm herabgestürzt wurde, wie gar manche Frau es nicht mit ansehen kann, wenn in der Karfreitagsnacht die verrückten Genuesen hinter dem Kruzifix sich mit Geißeln zerfleischen, daß ihnen das Blut über die Lenden läuft. Aber als sie wieder zu sich gekommen war, wollte Nanna sie nicht noch mehr aufregen und erzählte deshalb die Geschichte nicht zu Ende, obwohl sie mit ihrer Wortstickerei schon bei der Spitze des Pantoffels angelangt war und obwohl sie so gut zu erzählen wußte, wenn ihr der Sinn danach stand. Und während sie einige Stärkungsmittel für ihre Tochter auftragen ließ, da kamen die Gevatterin und die Amme, die als alte Bekannte in aller Seelenruhe an die Tür klopften; und nachdem sie die Nanna und ihre Tochter umarmt hatten, sagte die Gevatterin: »Nanna, morgen ist ein halber Feiertag, oder wenigstens wird doch der Tag meistens gefeiert, und da möchten wir uns ein bißchen deines Gartens erfreuen. Ich möchte gern von dir hören, was du dazu meinst, ob ich der Amme hier guten Rat geben soll – sie will nämlich Kupplerin werden.« – »Das ist ja gerade, was ich selber wünschte!« versetzte Nanna. »Und ich ärgere mich bis in meine Seele hinein, daß ihr nicht mit angehört habt, was ich gestern und heute meiner Pippa erzählte: Was man wissen muß, um 'ne gute Hure zu sein, und was für Schurkenstreiche die Männer gegen uns Huren und gegen die anderen Frauen verüben. So wie ich – ich sage das nicht, um mich zu rühmen –, so wie ich nicht meinesgleichen in der Kurtisanenkunst habe, so gibt es keine, die es

mit dir in der Kuppelei aufnehmen könnte. Kommt also auf alle Fälle! Denn meine Tata, mein Puttchen, mein Herzblättchen wird auch zuhören und wird vom Zuhören lernen – nicht wie man das Kuppelhandwerk betreibt, sondern wie eine Hure sich mit den Kupplerinnen zu stellen hat.« An diesem Tage gab's keine Rede und Antwort mehr zwischen ihnen; aber sie kamen der Abrede gemäß und setzten sich unter den Pfirsichbaum. Die Gevatterin kam mitten zwischen Nanna und der Amme zu sitzen, und die hübsche Pippa saß der Gevatterin gegenüber. In diesem Augenblick fiel ein dicker Pfirsich, der einzige, der noch am Baum gewesen war, der Gevatterin auf den Kopf; die Amme hielt sich den Bauch vor Lachen und rief: »Du kannst jetzt nicht mehr leugnen, daß es einstmals deine Lust gewesen ist, deine Pfirsche[1] hinzustrecken!« – »Da irrst du!« sagte die Gevatterin, »im Gegenteil, die paar Male – oder die ziemlich vielen Male –, die ich mich dazu bequemen mußte, kam es mir immer vor, als ginge ich zum Galgen. Aber wenn das Geld alles macht und kann – was Wunder, wenn's uns auch dazu bringt, uns herumzudrehen?«
Nachdem sie nun über den Fall der Pfirsche genugsam gelacht hatten, setzte die Pippa sich zurecht, um aufmerksam zuzuhören. Mit offenem Munde saß sie da und sah aus, als schlürfte sie die Worte der Gevatterin, die sofort zu reden anhub.

Ende des zweiten Tages.

1. den Hintern.

DER DRITTE TAG

Wie Nanna und Pippa in ihrem Garten saßen und der Gevatterin und der Amme zuhörten, die sich über die Kunst der Kuppelei unterhielten

Gevatterin: Die Kupplerin und die Hure, meine liebe Amme, sind nicht nur Schwestern, sondern sogar Zwillingsschwestern. Frau Wollust ist ihre Mutter, und Herr Puff ist ihr Vater – so steht's in den Chroniken. Aber ich bin der Meinung, die Kupplerin ist eine Tochter der Hurerei oder noch besser: die Hurerei ist aus dem Bauch der Kuppelei hervorgegangen.
Amme: Zu welchem Zweck fängst du solch einen Disput mit mir an?
Gevatterin: Weil ich möchte, daß der Kerl sich ein Bein bräche, der uns mit seinen Verleumdungen die rechte Hand abgehauen hat. Denn notwendigerweise muß die Kupplerin die Hure erzeugt haben. Verlaß dich drauf: Es ist so. Und da es so ist, so sollte man nicht leiden, daß bei allen Festen jedes Scheißhürchen den Vortritt vor uns hat.
Amme: Oh! da geb ich dir recht.
Gevatterin: Ich bin ganz baff, wenn ich daran denke, daß Salomon nicht auch mal an diesen kniffligen Fragen rumgepickt hat. Aber lassen wir das, und begnügen wir uns mit unserer Kunst, die dich zu neuem Leben wird erstehen lassen, wenn ich dir von ihr erzähle. Zur rechten Zeit und an seinem Ort werde ich dir nachweisen, daß auch die Hure, wenngleich unbewußt, uns die gebührende Ehre erweist; auch die vornehmen Herren erkennen ja unsere Wichtigkeit an, denn wenn wir mit ihnen im geheimen sprechen, so setzen sie uns a dextram patribus. Höre mich nur aufmerksam an, nachher kannst du sprechen.
Amme: Ich bin die Aufmerksamkeit selbst!
Gevatterin: Amme! Ich weiß ganz genau, was die Nanna ihrer Pippa vorgetragen haben muß, und ich weiß: Das Huren ist kein Beruf für die erste beste, denn ihr Leben ist wie 'ne Lotterie, und

auf *eine*, die mit 'nem Gewinn abgeht, kommen tausend, die 'ne Niete ziehen. Indessen das Kupplerinnengewerbe verlangt noch größere Schlauheit. Ich leugne nicht, daß man die beiden Berufe nicht gut voneinander trennen kann, denn da wären sie alle beide in einer Verlegenheit, wie die Hände, wenn jede von ihnen sich allein waschen will und sich nun selber mit Wasser abspülen soll. Aber die Kupplerin fischt in tieferem Wasser als die Hure — und deswegen braucht man nicht die Nase zu rümpfen, denn es ist so.

Amme: Wer rümpft die Nase?

Gevatterin: Weiß ich's?

Amme: Das schien mir auf mich zu gehen!

Gevatterin: Sieh dir 'ne Kupplerin an, die dank ihrer Tüchtigkeit in gutem Rufe steht, und du denkst, du sehest einen in der ganzen Welt berühmten Arzt. Höre mir nur gut zu, wenn du wünschst, daß ich dir meine Weisheit eintrichtere. Da ist der Arzt: bedächtig und weise im Gehen und Stehen; spricht Bücher, schreibt Rezepte; und alles, was er tut, ist wie mit dem Zirkel abgemessen. Dem strömen alle Leute zu, wie sie mir ins Haus laufen, weil sie wissen, daß ich eine gewitzte, nie um ein Mittel verlegene Frau, mit einem Wort, in meinem Beruf Meisterin bin. Ein Arzt geht zuversichtlich in jedes Haus hinein, und eine Kupplerin, die ihren Wert kennt, tut desgleichen. Ein Arzt versteht sich auf den Körperbau, den Puls, die Schwächen, die Zornanfälle und die Krankheiten von diesem und jenem, und die Kupplerin kennt die Begierden, Launen, Naturen und Laster von jedermann. Der Arzt heilt Leber-, Lungen-, Brust- und Magenkrankheiten, und die Kupplerin heilt Eifersucht, Argwohn, Wut und Herzweh bei Männern und Frauen. Der Arzt stärkt, die Kupplerin tröstet; der Arzt macht gesund, und die Kupplerin tut dasselbe, indem sie dem Liebenden die Freundin ins Bett führt. Das heitere Gesicht des Arztes muntert den Kranken auf, und die kecke Miene der Kupplerin belebt den Verliebten; und die Verdienste der Kupplerin übertreffen sogar die des Arztes um vieles, weil die Liebesschmerzen viel verrückter und teuflischer sind als die der Gebärmutter. Der Arzt streicht überall blanke Batzen ein und die Kupplerin auch; und es wäre gut für jeden Kranken, wenn der Arzt so viel im Urin sähe, wie die Kupplerin den Leuten, die zu ihr um Rat und Hilfe kommen, vom Gesicht abliest. Und wie der Arzt ein lustiger Plauderer, ein unermüdlicher Anekdotenerzähler sein sollte, so ist auch die Kupplerin nichts wert, die nicht zum mindesten immer hundert Geschichten auf der Zunge hat. Der Arzt weiß dem Kranken, der am nächsten Tage sterben muß, zu versprechen, er werde ihn gesund machen, und die Kupplerin flößt dem Verzweifelten, der sich aufhängen will, neue Hoffnung ein.

Amme: Hoffnung bleibt immer unverloren.

Gevatterin: Der Arzt hat eine Menge verschiedener Gewänder; das eine trägt er zu Ostern, das andere zu Allerheiligen, dieses an den hohen Feiertagen, jenes an den gewöhnlichen Sonntagen; die Kupplerin wechselt die Tracht zwar nicht je nach der Zeit, aber je nach den Personen, mit denen sie zu tun hat, um Zusammenkünfte zu vermitteln. Angenommen, ich gehe zur Besprechung mit einer Edeldame oder mit einer reichen Kurtisane, so kleide ich mich ärmlich, um sie zum Mitleid zunächst mit meinem eigenen Elend und dann mit dem Verliebten zu bewegen. Bei Frauen von niedrigem Stande und geringem Vermögen erscheine ich aufgeputzt, so gut ich's nur vermag, und das tue ich, um mir ein Ansehen und ihnen Hoffnung zu geben.

Amme: Wieso ihnen Hoffnung?

Gevatterin: Hoffnung, durch mich reich zu werden, da ich selber ihnen reich erscheine und da ich es bin, die ihnen gute Verhältnisse zuführen kann.

Amme: Was man nicht alles erlebt!

Gevatterin: Doch um wieder zur Sache zu kommen: Der Arzt hat in seinem Kabinett Pulverchen, Wässerchen, Reizmittel, Kräuter, Wurzeln, Tüten, Schachteln, Destillierkolben, Glocken, Pfannen und ähnliches Gerümpel; auch die Kupplerin hat nicht nur all dieses Zeug, sondern außerdem sogar noch Geister, die durch Zauberkunst in ihren Dienst gezwungen sind; und sie schwört, sie habe diese Geister in einem Zauberstäbchen. Der Arzt treibt mit seinen Medizinen das Schlimme und das Gute aus dem Körper des Kranken heraus, und die Kupplerin weiß mit den ihrigen Dukaten und Heller aus den Hosentaschen zu locken. Der Arzt soll in mittleren Jahren stehen, um rechtes Vertrauen zu genießen, und eine Kupplerin genießt ebenfalls das meiste Zutrauen, wenn sie von mittlerem Alter ist ... Aber gehen wir frei und offen vor, und kommen wir zum Introibo! Und während ich dir meinen Vortrag über die Geschäfte einer Kupplerin halte, picke meine Lehren sorgfältig auf und laß dir die Art und Weise, wie ich's gemacht habe, zur Lehre dienen, wie du es machen mußt.

Amme: Ob ich aufmerken werde! Ah!

Gevatterin: Von den vielen feinen Streichen, die ich gemacht habe und noch machen werde – wenn ich gesund bleibe –, will ich dir einen von den feinsten erzählen. Ich habe stets die Gewohnheit gehabt, jeden Morgen fünfundzwanzig Kirchen zu beschnuppern; in der einen nehme ich ein Stückchen Evangelium mit, in der anderen 'nen Fetzen von Orate fratres, da und dort ein Tröpflein Santus, Santus, ein bißchen Non sum dignus oder ein Bröcklein vom Erat verbum. Und wie ich so mit meinen Augen diesen und jene, jenen und diese bemustere, bemerke ich einen stattlichen, fein aufgeputzten Herrn, einen von jener Sorte, die lieber Essen und Schlafen versäumten, als daß sie auch nur an einem der Feste ohne Vigilien,[1] wie zum Beispiel Sankt Joseph, Sankt Hieronymus, Sankt Hiob oder Sankt Johannes Chrysostomus in der Kirche fehlten. Besagter Herr war sechsunddreißig Jahre alt, vielleicht etwas mehr, gut und anständig gekleidet und, soweit ich aus dem ehrerbietigen Grüßen vieler Anwesenden entnehmen konnte, ein grundgelehrter Mann; er hatte einen langen Bart, der war schwarz und spiegelblank. Denke nur nicht, er habe mit seinen Blicken und Worten um sich geworfen! Nein, neben dem Weihwasserbekken stehend, antwortete er nur durch Kopfnicken auf die Grüße oder etwa mit einem ernsten Lächeln, und wenn er die Schönen ansah, so machte er das so, daß es fast niemand bemerken konnte. Und wenn diese oder jene die Spitze ihres Fingers in das Becken tauchte und sich das Gesicht betupfte, so lobte er die Hand der Dame mit so edlem Anstand, daß sie lächelnd weiterschritt und an einer Stelle hinkniete, von wo aus sie ihn im Auge behalten konnte. Zuweilen stellte er sich auf einen Fuß, schlug das andere Bein über und runzelte auf eine eigentümliche männliche und graziöse Art die Brauen auf seiner gedankenvollen Stirn; nachdem

1. das heißt also an einem der wenigen hohen Festtage.

er etwa die Zeit eines Credos so gestanden hatte, heiterte sich seine Miene wieder auf, und das machte er, Amme, mit einem Anstand, der sozusagen sogar den Weihwedel des heiligen Bekkens bezauberte.

Amme: Mir ist, als sähe ich ihn leibhaftig vor mir.

Gevatterin: Diesem Herrn beschloß deine kleine Gevatterin einen Streich zu spielen, und es gelang ihr, wie ich dir erzählen will, Schwesterchen. Er verließ eine Kirche niemals eher, als bis kein Weiblein mehr ringsum zu sehen war, und in der Erlöserkirche stand er mit ganz besonderer Vorliebe. Hier redete ich ihn eines Morgens an, als er gerade mit all seinen Mätzchen hinter irgendeiner mir Unbekannten her war. Ich rede ihn also an, indem ich tue, als verwechsle ich ihn mit einem andern, und sage leise und mit fröhlichem Gesicht zu ihm: »Wollen Euer Gnaden sich, bitte, nicht vom Fleck rühren, ich habe mir so viele Mühe gegeben, daß die Bewußte jetzt bereit ist, mit Euch zusammenzukommen; aber es könnte irgendein anderer kommen als Ihr und noch mal so was von mir verlangen, für den wäre ich nicht zu haben! Ich werde mich niemals wieder in eine so gefährliche Geschichte einlassen.« Als der wackere Herr mich so sprechen hörte, begriff er vollkommen, daß ich mich in der Person getäuscht haben müßte; aber als vernünftiger Mann nahm er mir das nicht übel, sondern antwortete mir im Gegenteil lachenden Mundes: »Ihr erweist Eure Gefälligkeit keinem Undankbaren.« Zugleich begann ihm das Herz in der Brust zu hüpfen, jenes Zittern vor süßer Begier in Erwartung des Genusses band ihm die Zunge, so daß er stotterte, und die Farbe seines Antlitzes wechselte im Nu zwischen Rot und Weiß. Sofort trabe ich nach der Kirchentür, seh mich um und entdecke ein Zwanzig-Soldi-Hürchen, die ging in die Kirche, weil ich sie bestellt hatte.

Amme: Wie geschickt!

Gevatterin: Sobald ich ihr Gesicht genau erkannt habe, winke ich dem gnädigen Herrn und sag ihm mit der Hand: »Da ist sie!« Er streicht sich mit der flachen Hand den Bart und spreizt sich wie ein Pfau, richtet sich in seinen Schuhen auf und räuspert sich. Ich verdoppele meine Winke, während die Nymphe der Kirchentür immer näher kommt, zeige sie ihm, als sie ins Heiligtum eintritt, mit einer Kopfbewegung und ziehe mich in den Hintergrund zurück. Im selben Augenblick läßt sie einen Handschuh fallen, bückt sich und weiß beim Aufheben eine anmutige Ungeschicklichkeit anzubringen.

Amme: Was denn für eine?

Gevatterin: Indem sie den Handschuh aufhob, faßte sie zugleich den unteren Saum ihres Kleides und ließ so viel von ihren Wädchen sehen, daß der gnädige Herr mit seinem Stoßvogelblick ihre türkisblauen Strümpfe und schwarzen Samtpantöffelchen bemerkte; und beides war so nett und sauber, daß er vor wollüstiger Wonne zu schnaufen anfing. Sie kniete nun auf den Stufen des Hochaltars nieder; ich kam aus dem Hintergrund hervor, indem ich mich nach allen Seiten umsah und tat, als wollte ich nicht gesehen sein. So schlängele ich mich an Freundchen heran und sag ihm ganz leise, leise: »Wechselt jetzt zwei Blicke mit ihr – aber macht es geschickt! Unterdessen wird ihre Zofe an der Kirchentür Posten stehen.«

Amme: Haha!

Gevatterin: Der Kavalier tat, was ich ihm geheißen, zupfte sich die Kleider auf dem Leibe zurecht und schritt auf den Altar zu mit jenem neumodischen Gang und Benehmen, wobei drei Schritte einen Dukaten machen, zweimal ausspucken einen Julius und einmal sich umsehen einen Heller kostet. In seinem Antlitz, aus seinen Augen, auf seinen Wangen, um seinen Mund ließ er ein kokettes leichtes Lächeln spielen, als er an ihr vorüberkam; dann stand er eine Weile still, um sie besser betrachten zu können, aber mit einer ernsten Galanterie, die nicht für leichtfertiges Liebäugeln genommen werden konnte. Die Kleine bedeckte mit ihrem Fächer nur einen Teil ihrer linken Wange und ließ ihn also den Rest nach seinem Belieben mustern. Nachdem er so zwei oder drei Mal hin und her gegangen war, gelang es ihm, ein Teilchen ihrer – übrigens nicht allzu schönen – Schönheit zu erhaschen. Ich stellte mich hinter eine Säule, rief ihn mit einem Wink zu mir heran; und als er neben mir steht, fragte ich ihn: »Nun, was dünkt Euch?« – »Sie dünkt mir wirklich ein recht stattliches Weib zu sein; aber leider habe ich sie mir bis jetzt nicht in aller Gemächlichkeit ansehen können.« – »Ei was«, sag ich, »Euer Gnaden sollen sie sehen und vielleicht sogar ganz nach Eurer Bequemlichkeiten anfassen. Dafür will ich sorgen. Und mag danach kommen, was will – wenn Ihr nur zufrieden seid, das genügt mir. Ihr Mann ist heute früh nach Magliana[1] gegangen und kommt nicht vorm Abend zurück; geht also nur ganz dreist hinterher, beachtet aber, daß ich nicht mehr meine frühere Wohnung habe; ich bin nämlich gestern umgezogen; geht in die Tür, in die Ihr uns eintreten seht, aber richtet es so ein, daß Euch niemand sieht.« Amme, meiner Seel – das Gratia agamus selber hätte mir nicht so überschwenglich danken können, wie er mir dankte, als ich ihm sagte: »Geht hinterher.« Und als er mich flüstern hörte: »Richtet es so ein, daß Euch beim Eintreten niemand sieht!« –, da schüttelte er den Kopf, als wollte er sagen: ›Wozu brauchst du das einem Mann, wie ich bin, zu sagen?‹

Amme: Ich sehe ihn, ich sehe dich, ich sehe sie, ihre Zofe und den ganzen Hergang.

Gevatterin: Ich verlasse nun also die Kirche – und das Frauenzimmerchen, der schlechte Strick, antwortet mir auf meinen Wink durch ein Kopfschütteln, sie wolle nicht kommen. Ich laufe auf sie zu, breite die Arme aus, hebe meine Augen zum Himmel empor, verdrehe den Hals, wackle mit dem Kopf und tue, als ob ich sie himmelhoch beschwöre und anflehe, sie möchte doch kommen. Man kann mir's glauben: Der Tölpel fluchte, wie sich's für 'nen gefirmten Christenmenschen nicht gehört, als er sie diese Alfanzereien machen sah; das Herz erstarb ihm im Leibe, wie einem, dem ein zerbrechliches Juwel aus der Hand fällt. Aber die Luft kam ihm wieder, wie einem, der aufwacht und findet, daß sein Traum, worin ihm Unglück zugestoßen war, eben nur ein Traum war: Gleich darauf sah er uns nämlich auf mein Haus zugehen. Er ging hinter uns drein, und es war zum Lachen, wie er mit den Schuhspitzen in die Fußtapfen trat, die seiner Meinung nach Fräulein Wallrutscherin gemacht haben mußte.

Amme: Was für Verrücktheiten!

Gevatterin: Nun sind wir also bei meinem Hause; ich mache die Tür auf und gucke mich dabei nach allen Fenstern der Nachbarn

1. ein früheres päpstliches Residenzschloß im Tibertal, etwa zehn Kilometer von Rom.

um, ob uns doch auch niemand sähe, und dem Anschein nach in Zittern und Zagen, in Wirklichkeit aber voller Herzensfreude darüber, daß ich ihn angeführt hatte, stand ich hinter der Tür, seufzte aus tiefster Seele, zitterte, machte mich ganz klein und sagte: »Wehe mir, wenn das bekannt würde! Wenn ich nur wenigstens vorher gebeichtet hätte! Denn wer weiß, was alles darnach kommen kann?« – »Ei was!« ruft der Kavalier, der einen Ballen spanische Seide auszupacken glaubte, womit er nachher bei allen seinen Freunden renommieren könnte, »ei was! damit hat's keine Gefahr – und wenn auch, wer, glaubt Ihr denn, daß ich sei?« – »Weiß ich das nicht recht gut?« antworte ich. – »Nun, so seid denn guten Muts!« ... Du möchtest das Ende wissen? Er kam mit in meine Kammer hinauf, und die fleischliche Versuchung stand ihm schon zum Hosenlatz heraus; seine Hände, zudringlicher als die Hände eines Priesters oder Mönchs, wollten nicht bloß am Busen Nachforschungen anstellen, sondern auch sub umbra alarum tuarum, wie's auf dem Schild des Apothekers Ponzetta hieß – quacksalbernden, hartleibigen, schwindsüchtigen Angedenkens. Während dieser Zeit stand ich auf der Lauer wie eine jener spionierenden Schleicherinnen, die schuld sind, daß einem armen Bedienten wegen irgendeiner Pflichtversäumnis auf eine Woche das Essen am Gesindetisch entzogen wird. Plötzlich trete ich ein, hefte meine Augen auf das Antlitz des galanten Kavaliers, breite die Arme aus, hebe die Hände gen Himmel und stöhne leise, leise: »O weh! ich Arme! ich Unglückliche! ich Verlorene! ich bin hin, ich bin tot, ich bin zerquetscht!« Wenn du mal 'ne Katze gesehen hast, auf die im Augenblick, wo sie die Pfote ausstreckt, um irgendwas zu erhaschen, unter dem Rufe ›Katz! Katz!‹ eine Tracht Prügel herabsaust, so daß sie mit einem Riesensatz unter dem Bett verschwindet – so kannst du ihn dir vorstellen, wie er ganz verdutzt dastand, weil er nicht begriff, warum ich so jammerte. Ich aber fuhr fort: »Also so etwas tun Euer Gnaden mir an? mir, die ich Euch mit einem anderen verwechselt habe? Darf man einer Frau einen solchen Streich spielen? Um Himmels willen – geht, wohin es Euch gefällt; aber ehe Ihr geht, versprecht mir, nicht den Mund aufzutun, denn ... denn ...« Ich wollte schließen ›das wäre mein Verderben!‹, aber ich tat, als könnte ich nicht weiter-

sprechen wegen der Tränen, die ich meinen Augen zu entpressen wußte.
Amme: Wehe den Dummköpfen!
Gevatterin: Sobald er den Grund meiner Verzweiflung vernahm, erhob er lachend seinen Dickkopf und sagte zu mir: »Ei was! ich bin nicht der Betreffende; aber ich bin mehr wert als tausend seinesgleichen; ich habe die Mittel, Geld auszugeben, ja zu verschwenden wie nur irgendein Mensch in der Stadt; ich bin nicht der Mann, die Schande einer Frau auszuposaunen, im Gegenteil, ich bin verschwiegener als ein Ort, wo ein Schatz vergraben liegt. Und darum, gute Frau, quält Euch nicht wegen des Versehens, das Euch passiert ist; wenn Ihr meinen Rang und Stand kenntet, so würdet Ihr den Zufall preisen, der Euch mich mit irgend 'nem anderen hat verwechseln lassen.« Auf diese tröstlichen Worte hin raffe ich mich ein bißchen zusammen, alle meine Beunruhigungen sind besänftigt, und ich sage: »Euer Gesicht sagt mir noch besser als Eure Worte, daß alles zum besten steht. Allerdings, der hohe Herr – ich spreche von einem hohen, ganz hohen –, dem ich das Frauchen schon seit einem Jahr versprochen hatte, der wollte ihr ein schönes Geschenk geben.«
Amme: Du zapftest ihn mit dem schönen Geschenk an, damit er besser rausrückte, hä?
Gevatterin: Das kann wohl ein blinder Maulwurf sehen, also schön! Nachdem er mir Montemari mitsamt seinem Kreuz versprochen hatte, machte er sich an die Muchacha[1] – wie Don Diego immer sagte –, ich aber ging hinaus, zog die Tür hinter mir zu und legte das eine Auge an die Ritze. Da sehe ich ihre Zungen wie Blitze hin und her fahren, wie Degenklingen von Fechtern, die zum Spaß pauken: Bald hatte er seine Zunge in ihrem Munde, bald hatte sie ihre in seinem, und da lief mir selber vom Zusehen das Wasser im Munde zusammen, wie wenn die Zunge eines meiner Zuhälter in meinem Munde gewesen wäre, oder noch besser: meine Zunge in seinem. Und als ich sah, wie sie sich die Röcke hochhob, da stieß ich 'nen Seufzer hervor, so tief, wie damals am Tage der Plünderung; aber diesmal war's vor reiner Wonne, denn es war gar zu schön, wie sie von der weichen Hand des feinen

1. spanisch, Mädchen.

Herrn auf den Popo und die Lenden getätschelt wurde. Oh! was für süße Wörtlein entschlüpften seiner Weisheit Munde! Und schon klopft Bruder Bernhard an die Klosterpforte, die ihm aufgetan wird, ohne daß er großen Spektakel mit dem Klopfer zu machen braucht: Da tritt er ein, stößt mit dem Kopf gegen alle Ecken und wird ganz wütend, der Tölpel! Sie aber, wohlzufrieden, verdreht die Augen, stöhnt, dreht sich hin und her und läßt die Bettstelle Musik machen. Auf einmal halten sie ein: Sie sind fertig.

Amma: Sagtest du nicht, sie sei wie geschächtetes Fleisch gewesen: Wer einmal davon gegessen hat, will's nicht mehr?

Gevatterin: Sie war, wie ich dir gesagt habe, ein Vier-Soldi-Nickel, aber ihm kam sie appetitlich vor, weil ich sie für einen anderen hatte besorgen sollen. Ich lüge nicht – und der Beweis für die Wahrheit sind die drei Dukaten mit dem Kopf von Papst Nikolaus, die ganz moderig rochen und mit Grünspan überzogen waren wie alle Goldstücke, die bei Geizhälsen in der Truhe liegen. Diese drückte er ihr in die Hand und sagte: »Morgen abend wollen wir zusammen schlafen.« Und er hätte mit ihr geschlafen, wenn uns nicht der Teufel in die Quere gekommen wäre.

Amme: Wieso in die Quere?

Gevatterin: Kaum war er aus meinem Hause heraus, so begegnete er einem Freunde, der ihm zurief: »Woher, beim Herrgottsdonnerwetter, kommt denn Ihr? Ganz gewiß hat Gevatterin Ruffa an Euch einen ihrer Streiche verübt!« Weiter war nichts nötig, Amme; er erfuhr, wie's mit mir stände, und als vernünftiger Mensch lachte er darüber und erzählte seinem Freund, in welcher Schlinge ich ihn gefangen hätte.

Amme: Hahaha!

Gevatterin: Einen frechen Mut, ja einen sehr frechen, muß eine Kupplerin besitzen. Wäre der von mir an der Nase Geführte einer von jenen Potzhurenkind-Fluchern gewesen, so hätte ich den Bakulus zu kosten gekriegt, und das wenigste wäre noch gewesen, daß ich die Dukaten wieder hätte herausgeben müssen. Darum muß man notwendigerweise gewappnet sein mit einer schneidigen Zunge, mit einem wagemutigen Herzen, mit einer eindringlichen Zudringlichkeit, mit einem undurchdringlichen Gesicht, mit einem niemals strauchelnden Fuß, mit einer unermüdlichen Geduld, mit einer hartnäckigen Lügenhaftigkeit, mit einem stolpernden Ja, mit einem fest auf vier Füßen stehenden Nein. Das Kuppeln? Oh! oh! oh! Man hat keine Ahnung, was eine dazu alles wissen muß; die Lehrmeister müßten, um diese Kunst zu lernen, erst noch wieder in die Schule gehen. Das ist keine Redensart von mir, denn in der Schule der Kuppelei haben sich die Sibyllen, die Feen, die Hexen, die Gespenster, die Schwarzkünstlerinnen und die Dichterinnen ihre Doktortitel geholt.

Amme: Das glaub ich dir.

Gevatterin: Das Genie der Kupplerin verdiente mit Lorbeer gekrönt, heiliggesprochen und vor allen anderen ausgezeichnet zu werden. Ich hab die Bibel gelesen – potz Blitz, das hab ich! –, und nicht bloß die Juden, sondern sogar ihre Synagogen sind ganz still gewesen, als ich ihnen nachwies, daß die Kupplerinnen sogar Salomons Hirn in die Tasche gesteckt haben; nun kannst du dir selber denken, was sie erst mit seinen Talern angefangen haben.

Amme: Ich hab aber 'ne Abbildung gesehen, die war auf 'ner grünen Wolldecke – nä, 's war 'ne rote, und aus Florenz war sie gekommen! –, darauf stand Salomon und tat, als wollte er das lebende Kind in zwei Stücke schneiden und als beföhle er, daß jede von den beiden die Hälfte nehmen sollte; und daran erkannte er – weil nämlich die andere sagte: »Sie kann das ganze Kind kriegen« –, welche von ihnen die Mutter des toten war.

Gevatterin: Damals führte Salomon 'ne Hure ab und nicht 'ne Kupplerin.

Amme: Ach ja, es waren Huren – da hast du recht!

Gevatterin: Ein schönes Geschäft hat so 'ne Kupplerin, denn alle Welt ist ihr Gevatter oder ihre Gevatterin oder ihr Pate, und in jedes Loch weiß sie zu schlüpfen. Alle neuen Moden von Mantua, Ferrara, Mailand beziehen ihre Schnittmuster von der Kupplerin; sie ist es, die alle Haartrachten erfindet, die's auf der ganzen Welt gibt; der Natur zum Trotz bessert sie jeden Makel aus, sei's am Atem, an den Zähnen, Wimpern, Brüsten, Händen oder Gesichtern, sei's draußen oder drinnen, sei's hinten oder vorne. Frage sie, wie's am Himmel steht, sie weiß es ebensogut wie der Sterngucker Gaurico; in der Hölle ist sie ganz wie zu Hause: Sie weiß, wieviel Holz dazugehört, um die Töpfe zum Kochen zu bringen, in denen die Seelen der Monsignori schmoren, wieviel Kohlen nötig sind, um die Seelen der Signori zu rösten — und das weiß sie ganz einfach deshalb, weil Meister Satan ihr Gevatter ist. Der Mond nimmt nicht ab oder zu, ohne daß die Kupplerin es weiß; die Sonne geht nicht auf und nicht unter ohne die Erlaubnis der Kupplerin; und Taufen, Firmungen, Hochzeiten, Geburten, Todesfälle, Verwitwungen stehen unter dem Kommando der Kupplerin, und niemals trägt sich eins von diesen Dingen zu, ohne daß die Kupplerin ein bißchen damit zu tun hätte. Mit allen Leuten, die auf der Straße gehen, hat die Kupplerin zu sprechen, und dabei rechne ich noch gar nicht mal die, bei denen ein Gruß mit dem Kopf, ein Wink, ein Nicken, ein Augenzwinkern genügt.

Amme: Ich habe vor ihr alle Achtung, die ihr gebührt, und ich weiß, daß du das von mir wünschest. Fahr nur fort!

Gevatterin: Stößt sie auf 'nen Sbirren, so sagt sie zu ihm: »Gestern hast du dich wie ein Paladin benommen, als du den Spitzbuben packtest!« Begegnet sie 'nem Beutelschneider, so flüstert sie ihm ins Ohr: »Schneide sie nur recht geschickt ab!« Sie stößt mit dem Busen gegen 'ne Nonne, grüßt sie mit einer Neigung des Kopfes und erkundigt sich nach der Äbtissin und nach den nächsten Fasten, die sie halten wollen. Sieh, da kommt 'ne Hure! Sie bleibt stehen, und das erste Wort, das sie ihr sagt, ist: »Ihr seid schöner als Menilatesta.«[1] Sie begegnet einem Wirt und sagt ihm: »Bewirtet die Fremden gut!« Einem Küchenmeister: »Kauft gutes Fleisch!« Einem Schneider: »Stehlt kein Tuch!« Einem Bäcker: »Laßt das Brot nicht verbrennen!« Einem Knaben: »Du bist ja schon ein richtiger kleiner Mann; lerne nur recht brav!« Einem kleinen Mädchen: »Du gehst wohl zur Lehrerin, was? Laß dir nur zeigen, wie der Kreuzstich gemacht wird!« Zum Schulmeister: »Gebt Handklapse und laßt die unartigen Schlingel zu Pferde steigen —[2] aber mit Vernunft! Denn wenn die Jahre noch nicht da

1. Meni-la-testa, deutsch: Schüttelkopf; jedenfalls Spitzname einer damals berühmten Kurtisane.
2. eine früher übliche Schulstrafe, die darin bestand, daß der Schuldige sich rittlings auf den Rücken eines Mitschülers setzen mußte, so daß der Lehrer ihm bequem den Hintern mit der Rute bearbeiten konnte.

sind, kann auch der Verstand nicht dasein.« Zu einem Laienbruder: »So? Ihr betet den Rosenkranz, anstatt Messe zu halten! Ihr könnt wohl nicht lesen?« Zu einem Bauern: »Wird's heuer 'ne gute Ernte geben?« Zu einem Soldaten: »Frankreich macht ja wohl immerzu Krawall?« Nun trifft sie einen Bedienten. Dem sagt sie: »Du hast ja immer deinen sicheren Lohn! Hast du zuviel zu tun? Ist etwa dein Herr ein Grobian?« Einen Küster fragt sie, ob er die Epistel oder das Evangelium liest. Sie trifft 'nen Bummler, den hat sie im Nu so weit, daß er die sieben Fröhlichkeiten erschallen läßt. Einem Mönchlein sagt sie: »Singt nur die Responsorien nicht so laut bei der Messe und zündet die Wachskerze nicht an, ehe nicht der Leib des Herrn gezeigt wird; es kostet ja zuviel.« Sie fängt mit 'nem Alten an zu plauschen: »Eßt nur nichts, wo Essig dran ist – wegen Eures Hustens«, dann sagt sie weiter: »Erinnert Ihr Euch noch der Zeit, wo ... ach!« Sie sieht ein Jüngelchen und ruft ihn ran: »Komm mal her! Deine Mutter und ich waren ein Herz und eine Seele, wie oft hab ich dich geküßt und auf den Popo getätschelt. Zwei ganze Jahre schliefst du in meinem Bett zu meinen Füßen, und mich dünkt, ich sehe in deinem Gesicht ihre Züge, wie wenn sie nur so hingespuckt wären.« Jetzt begegnet sie 'nem Jüngling und flüstert ihm zu: »Ich hab für Euch 'ne hübsche kleine Sache gefunden; ein Graf würde damit zufrieden sein.« Kaum sieht sie einen Eremiten, so sagt sie zu ihm mit einem Seufzer: »Gott hat Euch das Herz gerührt; wir andern leben im Trubel dieser Sündenwelt.« Eine Witwe kommt ihr in den Weg, und sie beweint mit ihr ihren seligen Gatten, der vor zehn Jahren gestorben ist. Sie sieht einen Bramarbas und ruft ihm zu: »Laß nur lieber die Händelchen!« Einen Mönch fragt sie, ob nächstes Jahr die Fastenzeit spät kommt.

Amme: Na, nun hast du sie alle genannt!

Gevatterin: Denkst du, die Kupplerin schwätzt bloß zu ihrem Vergnügen mit all diesen Leuten? Da hast du keine Ahnung! Sie tut's nur um ihres Verdienstes willen, den sie bei allen Klassen von Männern und Frauen haben muß, und um sich in Stadt und Land bekannt zu machen. Was ich dir bis jetzt aufzählte, sind die Sächelchen, die die Kupplerin bei Tage zu tun hat; nun kommen ihre Nachtgeschäfte.

Amme: Ja, erzählt davon, bitte!
Gevatterin: Bei Nacht führt die Kupplerin ein Leben wie 'ne Fledermaus, die sich keinen Augenblick hinsetzt; ihre Haupttätigkeit beginnt, wenn die Uhus, die Käuzchen und die Schleiereulen aus ihren Löchern hervorkommen. So kommt auch die Kupplerin aus ihrem Nest hervor und klopft Nonnen- und Mönchsklöster, Höfe, Bordelle und alle Schenken ab, hier holt sie eine Nonne ab, dort einen Mönch. Diesem führt sie eine Kurtisane zu, jenem eine Witwe; dem einen eine Verheiratete, dem andern 'ne Jungfer; die Lakaien befriedigt sie mit den Zofen ihrer Herrschaft, der Haushofmeister kriegt zum Trost seine Gnädige; sie bespricht Wunden, sammelt Kräuter, beschwört Geister, reißt Toten die Zähne aus, zieht Gehenkten die Stiefel ab, schreibt Zauberformeln auf Papierblätter, bringt Sterne zusammen, bringt Planeten auseinander und kriegt zuweilen eine tüchtige Tracht Prügel.
Amme: Wa ... was? Prügel?
Gevatterin: Unmöglich ist es, alle und jeden zufriedenzustellen, und ebenso unmöglich, alle Aufträge glatt zu erledigen. Aber nur Geduld! sagte der Wolf zum Esel. Man muß, Schwesterchen, listig sein wie die Füchse, die nicht nur alle Listen kennen, sondern sogar noch einige mehr; trotzdem werden sie jetzt aus ihrem Bau ausgeräuchert, jetzt in einer Schlinge geschunden, jetzt in einem Sack gefangen; und wie viele von ihnen lassen nicht das halbe Fell, einen Teil ihres Schwanzes oder ihre Ohren zwischen den Zähnen eines Hundes! Trotzdem bleiben immer welche übrig, die um die Häuser herumstreunen und in die Hühnerställe schlupfen. Und weißt du was? Nachdem ich die Kupplerin mit dem Arzt verglichen habe, will ich sie auch mit dem Fuchs vergleichen. Sieh mal: Die Kupplerin arbeitet mit keiner Witwe, mit keinem Mädchen, mit keiner Ehefrau, mit keiner Nonne aus ihrer Nachbarschaft (von den Huren spreche ich nicht). So holt sich auch der Fuchs kein Hühnchen in der Nähe seines Baus; und das tut er aus List, denn man würde ihn sonst im Nu aufspüren.
Amme: Fuchsschlauheit, hä?
Gevatterin: Ist der Fuchs bei den schlaftrunkenen Hühnern eingedrungen, so beißt er zuallererst den Hahn tot, damit dieser nicht mit seinem Kikeriki die schlafenden Hennen weckt. Und die Kupp-

lerin beseitigt, verhindert, erstickt dank ihrer Behutsamkeit jeden Skandal: Sollte sie vom Bruder, vom Mann, vom Vater bei Frauchen Spantina getroffen werden, so kann sie mit einem Achselzucken den Störenfried zum Kuckuck schicken. Und wenn der Fuchs es riskiert, das Risiko seiner Laster zu riskieren, so schöpft die Kupplerin aus seinem Beispiel die Zuversicht, daß sie ihre Stückchen zum guten Ende führen werde. Ich will dir vom Fuchs so einen Spitzbubenstreich erzählen, durch den er einige Maultiertreiber in 'ne Wut brachte, daß sie bei Hölle und Teufel fluchten, während sie zugleich vor Lachen bersten wollten.

Amme: Haha! Ich lache schon, ehe du noch anfängst zu erzählen.

Gevatterin: Ich fühle es mir in den Fingerspitzen kribbeln, wenn ich daran denke, wie die einstmalige Glückseligkeit unseres Kupelgewerbes uns geraubt ist, und zwar von den Frauen und Damen, von den Männern und Herren, von den Hofkavalieren und Hoffräuleins, von den Beichtigern und Nonnen. Denn, meine liebe Amme, heutzutage regieren diese vornehmen Kuppler die Welt: Sie sind Herzöge, sie sind Markgrafen und gewöhnliche Grafen, sie sind Kavaliere; ja, du zwingst mich, es zu sagen: Es sind Könige, Päpste, Kaiser, Großtürken, Kardinäle, Bischöfe, Patriarchen, Sophis und alles mögliche. Und unser guter Ruf ist flötengegangen, wir sind nicht mehr, was wir waren. Wenn ich an jene Zeit denke, wo unsre Kunst in Blüte stand!

Amme: Oh! sie steht nicht mehr in Blüte, wenn solche Persönlichkeiten, wie du sie eben aufgezählt hast, sich damit befassen?

Gevatterin: Für sie steht sie wohl in Blüte — aber nicht für uns! Uns ist nichts weiter geblieben als der Schimpfname ›Kupplerin‹ — sie aber schreiten stolz einher und spreizen sich mit ihren Titeln Ehren, Pfründen. Bilde dir nur nicht ein, jemand könne es durch seine Talente zu etwas bringen! Das gibt's hier in diesem Schweine-Rom sowenig wie anderswo. Aber die vornehme Kuppelei läßt sich den Steigbügel halten, kleidet sich in Samt und Seide, hat den Beutel voll Geld, wird mit tief abgezogenem Barett gegrüßt. Ich bin ja freilich eine von der kernigen Sorte, aber sieh dir auch mal die andern an, wie die erbärmlich dreinschauen! Darum benimm dich, wie sich's gehört. Ich will annehmen, du verstehst dein Geschäft aus dem Grunde, siehst anständig aus, weißt dich zu benehmen; weißt lebhaft und witzig zu plaudern, hast immer das rechte Wort zur rechten Zeit; dein Verba gratia ist vollkommen einwandfrei; weißt deinen Späßen stets eine angenehme Wendung zu geben; steckst voll von Sprichwörtern und Redensarten; mischst dich in alles, bist doppelzüngig, spionierst aus, was ein jeder tut und treibt; verstehst es, jemanden zu hänseln, kannst lügen wie ein Spitzbube; liebst das Lügen wie dein rechtes Auge; weißt dich in alle Leute zu schicken; hältst fest, was du hast; weißt dich aus der Flasche eines anderen satt zu trinken, am Tisch eines andern satt zu essen; weißt bei dir zu Hause zu fasten, auch wenn keine Vigilie ist. Wenn du alle diese Eigenschaften hast und dazu noch das bißchen oder das viele, was du von mir lernen kannst, hinzunimmst, so wirst du dich schon durchschlagen können.

Amme: Ja, das sagst du wohl – ich bin aber nicht so hirnverbrannt, um nicht zu sehen, daß ich durchaus keine Begabung solcher Art besitze; allerdings hoffe ich, durch deine Belehrung mir manches anzueignen.

Gevatterin: Die kannst du haben. Aber wo waren wir doch stehengeblieben?

Amme: Bei dem Fuchs und den Maultiertreibern.

Gevatterin: Haha! Das Stückchen war wirklich hübsch. Es war mal ein hochbetagter, schon ganz weißhaariger Fuchs, eine boshafte, schlaue, durchtriebene Bestie, wie's nur jemals eine auf der Welt gab. So in der Art wie jener andere Fuchs, der zum Gevatter Wolf sagte, als der dumme Tölpel im Eimer in den Brunnen hinunterfuhr und ihn dadurch in dem andern Eimer nach oben brachte: »So geht's in der Welt: immer auf und ab; der eine steigt, der andere sinkt.«

Amme: Er hatte ihn niedlich angeführt – was willst du mehr?

Gevatterin: Also mein Fuchs, mein ganz verflixter Fuchs, hatte mal Lust, sich mit einem Gericht frischer Fische ganz gehörig den Bauch vollzuschlagen. Er ging nach dem See von Perugia, um den größten Spitzbubenstreich zu verüben, den je ein Spitzbube ausgesonnen hat. Nachdem er am Ufer eine Zeitlang gestanden und nachgedacht hatte, den Schwanz unbeweglich, seine spitze

Schnauze vorgestreckt, die Ohren gespitzt, da sah er gemächlichen Schrittes einen Trupp Maultiertreiber herankommen, die miteinander schwatzten, während ihre Maultiere, die eins an das andere gebunden, in einer langen Reihe marschierten, einen Bissen Stroh aus den ihnen vor die Mäuler gebundenen Futterbeuteln verzehrten. Sie plauderten davon, daß die Plötze so selten und die Hechte so reichlich wären, und sprachen mit Behagen von einer Schleie, die sie zum Frühstück mit Kohl und Sardellentunke genossen hatten, und von einem dicken Aal, dem sie den Garaus machen wollten, sobald sie ihre Saumtiere abgesattelt hätten. Kaum hatte Mosje Fuchs sie gesehen, so verzog er seine Schnauze zu einem Grinsen. Dann warf er sich quer über den Weg, wie wenn er mausetot wäre; und als er hörte, daß sie ganz nahe waren, hielt er den Atem an wie einer, der unter Wasser taucht; starr und steif streckte er alle viere von sich und lag unbeweglich da, wie wenn er wirklich tot gewesen wäre. Die Maultiere hatten ihn schon aus einiger Entfernung gesehen und wichen ihm aus, denn sie hatten mehr Gefühl als ihre Treiber, die, kaum daß sie ihn erblickten, ihr Ho! ho! ho! anstimmten, wie ein Bauer, wenn er über seinen mit spannenhohem Getreide bewachsenen Acker einen Hasen hüpfen sieht. Der ganze Trupp lief herzu, um den Fuchs zu fangen und seinen Pelz zu kriegen. Aber da sie ihn alle auf einmal am Schopf nahmen – denn jeder wollte den Pelz für sich alleine haben –, so hätten sie ihn beinahe in Stücke gerissen. Mit ihren groben Maultiertreiberstimmen schrien sie: »Ich hab ihn zuerst gesehen!« Und: »Ich hab ihn vor dir in der Hand gehabt!« Und wenn nicht einer von den älteren unter ihnen die Sache wieder ins Geleise gebracht hätte, indem er einen schwarzen Kiesel und eine Anzahl weißer in seinen Hut warf, so hätten sie sich ohne Zweifel ganz gehörig verdroschen. Jener Verständige rührte die Kiesel durcheinander, und sie ließen das Los entscheiden, wer der Gewinner des Fuchspelzes sein sollte, worauf die anderen sich beruhigten.

Amme: Solche Lappalien laufen gar oft auf Degenhiebe und Lanzenstiche hinaus.

Gevatterin: Der glückliche Gewinner nahm seinen Fuchs und fühlte, daß er noch ganz warm war; da rief er: »Herrgott noch mal! er muß grad in diesem Augenblick gestorben sein, und zwar scheint er in seinem eigenen Fett erstickt zu sein, wie mich dünkt!« Mit diesen Worten warf er ihn auf die Fischkörbe eines seiner Maultiere und begab sich wieder zu seiner Gesellschaft, wo jetzt aller Hader vergessen war. Schritt für Schritt wanderten sie im alten Einvernehmen weiter, und dies war für unseren wackeren Fuchs sehr bequem, denn nun konnten sie ihn nicht mehr sehen. Sachte, sachte drehte er sich um, und da er nicht bloß Hunger, sondern auch Appetit hatte, so machte er ein Loch in die vermaledeiten Fischkörbe und schlang alles herunter, was in allen beiden drin war. Dann machte er einen Satz, wie ihn die Füchse machen, wenn sie das Kläff! kläff! der Hunde auf den Hacken haben und über einen Graben hinüber müssen. Das sah einer von den Maultiertreibern und schrie: »Ach herrje! der Fuchs!« Er lief an das Maultier heran, auf welchem der Totgeglaubte gelegen hatte. Kein Fuchs war mehr zu sehen. Da schämte sich der Raufbold, der um den Fuchspelz sich hatte prügeln wollen, und die anderen schlugen ein Gelächter an wie Morgante.

Amme: Wie Margutte, willst du sagen.

Gevatterin: Oh! Morgante!

Amme: Margutte, Margutte.

Gevatterin: Nun will ich dir aber einen von meinen eigenen Streichen erzählen, der war nicht weniger sinnreich als der des sinnreichen Fuchses, und er gelang mir, ohne daß ich die allergeringste Angst dabei auszustehen brauchte. Ein hübscher Edelmann, jung, neunundzwanzig oder dreißig Jahre alt, war krank, sterbenskrank vor Liebe zu einer schönen und anständigen Witwe. Sie war sehr reich, sehr talentvoll, und ich hatte für sie bald dieses, bald jenes zu besorgen, so daß ich in ihrem Hause aus und ein ging. Der junge Herr hörte, ich sei wegen meiner Geschicklichkeit in unserer Kunst berühmt, und suchte mich auf, ganz niedergeschlagen, mager und so traurig, daß er nicht mal gelacht haben würde, hätte er einen von jenen Deutschen im Prälatengewand, die Mitra auf dem Kopf, und einer Mauleselin in illo tempore gesehen. Ich sah das alles, ließ mir aber nicht merken, daß ich's sah, und sprach ihm Trost zu, indem ich sagte: »Euer Gnaden lassen sich doch nicht von der Verzweiflung in Stücke hacken? Was sollten denn die wirklich Unglücklichen tun, wenn so ein hübscher junger Mann, der Geld hat wie Heu, dermaßen verzagt?« Er konnte mir nicht antworten, weil ihm zwischen jedes Wort ein Seufzer hüpfte, aber er blickte zum Himmel empor, knirschte mit den Zähnen und stieß endlich hervor: »Ach, jawohl!« Er war eben vor Liebe ganz abgehärmt. In diesem Augenblick flog eine Schwalbe über uns hin und kackte mir auf den Busen, und ich rief: »Das bringt Glück! Das bringt Glück!« Er hob den Kopf empor und fragte mich ganz aufgemuntert: »Warum bringt es denn Glück?« – »Weil die Schwalbe, die sich immer Sorgen und Mühen macht, mir ein Zeichen gegeben hat, daß es mit Euren Sorgen bald ein Ende nehmen wird.«

Amme: Glaubst du an Vorzeichen?

Gevatterin: An Träume, ja – an die glaub ich. Aber wenn ich an die Vorzeichen denke, da möcht ich die Kränke kriegen. Aber man muß sich eben auch mit ihnen abgeben, damit die Menschen einem Vertrauen schenken: Ich sehe niemals eine Krähe oder einen Raben, ohne ihre Schwanzhaltung auszulegen, nämlich ob sie den Schwanz an den Sterz heranhalten oder nicht. Wenn einem fliegenden Vogel oder einem krähenden Hahn eine Feder ausfällt, so hebe ich sie sofort auf und lege sie mit tausend Fisimatenten auf die Seite, indem ich den Dummköpfen zu verstehen gebe, ich wüßte schon, was ich damit anfinge. Wenn einem Bock oder einer Geiß das Fell abgezogen wird, so bin ich da, um mir den Schmer zu holen. Wenn einer begraben wird, reiß ich mir von irgendeiner seiner Sachen einen Fetzen ab. Wenn man die Gehenkten vom Galgen nimmt, hole ich mir ihre Kopf- und Barthaare. Und mit solchen Alfanzereien schinde ich gar manchen Tölpel, der gerne ein Zaubermittel haben möchte, um alle Schönen, die er sieht, besitzen zu können. Ich werde dir auch – warte nur ein bißchen – beibringen, wie man die Bohnen bespricht und wie man sie in die Luft wirft und was man dabei betet und den ganzen Hokuspokus, den man dabei machen muß.

Amme: Du hast mir meine Bitte aus dem Munde genommen.

Gevatterin: Ich gebe mich auch für 'ne Wahrsagerin aus und mache das mit 'nem ganz andern Brimborium als die Zigeunerinnen, wenn sie die Handlinien beschauen. Was für verflixte

Wahrsagereien habe ich nicht schon gemacht! Ich verstehe mich eben auf Fisonomie! Auch gibt es keine Krankheit, die ich nicht heile, entweder mit Besprechen oder mit Tränklein; einer braucht mir bloß zu sagen: »Mir fehlt das und das« –, flugs nenne ich ihm ein Mittel. Sankta Apollonia hat nicht so viele Votivtafeln zu ihren Füßen, wie man mich nach 'nem Mittel gegen Zahnschmerzen gefragt hat; und wenn du jemals das Gedränge der armen Leute gesehen hast, die auf den Klosterbruder mit den Suppenschüsseln warten, so kannst du dir 'nen Begriff von dem Gedränge machen, das jeden Morgen in aller Herrgottsfrühe vor meiner Tür ist. Der eine wünscht, ich solle mit einer sprechen, die er vor zwei Tagen da und da gesehen habe; der andere möchte einen Brief durch mich besorgt haben; eine dritte schickt ihre Zofe, um ein Enthaarungsmittel für ihr Gesicht zu holen; eine vierte kommt persönlich, um sich von mir irgend 'ne Hexerei machen zu lassen. Aber ich könnte bis morgen früh haspeln, wenn ich dir alles erzählen wollte, wozu ich geschickt bin.

Amme: Gegen dich sind Lanciano, Ricanati und alle Jahrmärkte der ganzen Welt belämmert.

Gevatterin: Ich bin vom Fußsteig abgekommen und in den Getreideacker geraten ... Ach so – ich hatte angefangen von dem Herrn zu erzählen, der neue Hoffnung schöpfte, als die Schwalbe mir auf den Busen ... kackte.

Amme: Das Wort ›kacken‹ kommt etwas zögernd aus deinem Mund. Wie's scheint, muß man heutzutage Manna spucken, wenn einen nicht die Weiber heruntermachen sollen, die in den Bäckerläden und auf dem Markt schnattern, daß einem die Ohren platzen. 's ist einfach verrückt, daß man nicht Ar, Fo und Schwa[1] sagen soll.

Gevatterin: Hundertmal hab ich bei mir gedacht, warum wir uns schämen sollen, etwas beim Namen zu nennen, was die Natur sich nicht geschämt hat zu machen.

Amme: Darüber hab ich auch nachgedacht; und ich geh sogar noch weiter und sage: Es scheint mir anständiger zu sein, den Ar, den Schwa und die Fo sehen zu lassen als Mund, Hände und Füße.

1. italienisch cu, po, ca; Abkürzungen von culo, porta und cazzo. Vgl. die Anm. S. 54.

Gevatterin: Warum?
Amme: Weil Schwa, Fo und Ar nicht fluchen, beißen und ins Gesicht spucken, wie's der Mund tut, keine Tritte versetzen, wie's die Füße tun, keine Meineide schwören, nicht prügeln, nicht stehlen, nicht morden, wie's die Hände tun.
Gevatterin: Man muß sich immer mit allerhand Leuten unterhalten, weil man von allen was lernt! Du hast den Mund auf dem rechten Fleck, und hast Grütze im Kopf – du bist auf gutem Wege! Du hast recht, der Fo und dem Schwa wird Unrecht getan; sie verdienten angebetet, als Kleinode um den Hals oder als Ohrbommeln oder als Agraffen an den Baretten getragen zu werden, nicht nur wegen der Süßigkeiten, von denen sie träufeln, sondern auch ihrer Vortrefflichkeit wegen. Da laufen einem Maler alle Leute zu, bloß weil er auf 'ne Leinwand oder 'n Brett 'nen hübschen Jungen oder 'n hübsches Mädel hinpinselt; man wiegt ihm seine Bilder, die er bloß mit Farben gemacht hat, mit Geld auf. Aber Fo und Schwa machen Kinder von Fleisch und Blut, und man kann sie umarmen, herzen und küssen. Noch mehr! sie machen sogar Kaiser, Könige, Päpste, Herzöge, Fürsten, Grafen, Freiherren, Kardinäle, Bischöfe, Prediger, Dichter, Sterndeuter, Helden – und was noch wichtiger ist: Sie haben mich und dich gemacht. Man tut ihnen also großes Unrecht an, daß man ihre Namen nur andeutungsweise nennt, man sollte sie vielmehr im sol, fa singen!
Amme: Das ist klar!
Gevatterin: Nun zu meinem Liebessiechen! Sobald ich ihn mit Hilfe des Schwalbenkäckerchens wieder aufgemuntert hatte, ergriff er meine Hand und drückte mir einen Dukaten hinein. Ich sagte, wie die Ärzte und Kupplerinnen immer sprechen: »Oh, das ist ja gar nicht nötig; ich bin bereit, für Euer Gnaden noch ganz andere Dinge zu tun!« Als ich nun sah, daß er ein viel fröhlicheres Gesicht machte als vorher, so fuhr ich fort: »Ich verspreche und schwöre Euch: Ich werde mein Möglichstes tun.« Als ich dann jedoch zum ›Wenn‹ und ›Aber‹ kam, wurde er wieder ganz weiß und sagte: »Warum sprecht Ihr denn von ›Wenn‹ und ›Aber‹?« – »Weil die Aufgabe«, antworte ich, »von der allerschwierigsten Art ist.« Und das war kein leeres Gerede von mir: Keine Kupplerin hatte sich bis dahin an die Sache herangewagt, denn die

Schöne hatte einen Bruder, einen Soldaten, der mit seinem Bart und seinem Sarras dem Sommer einen kalten Schreck und dem Winter 'ne heiße Angst hätte einjagen können. Als er zuletzt sieht, daß ich auf all sein Drängen immer nur ausweichend antworte, pflanzt er mir noch einen Dukaten in die Hand, den ich mit einem ›Oh! 's ist aber wirklich zuviel!‹ zu seinem Kameraden in den Sack steckte. »Seid unbesorgt!« sag ich, »ich hab mir 'nen großartigen und sehr zweckmäßigen Kniff ausgedacht; das heißt — ausgedacht hab ich ihn noch nicht, aber ich will diese Nacht darüber nachdenken, und ganz gewiß werd ich ihn finden. Sagt mir also nur ihren Namen, wo sie wohnt und was für Leute ihre Verwandten sind.« Er kaut an der Bitternus, dieser bittern Nuß, rum, dreht und windet sich und bringt's nicht übers Herz, mir's zu sagen; schließlich aber gibt er sich 'nen Stoß und sagt's.

Amme: Mach doch etwas schneller!

Gevatterin: Nur sachte, Amme! Die Sachen müssen der Reihe nach erzählt werden, genauso, wie sie sich zugetragen haben. Als ich hörte, wer die Diva ist, beiß ich mir auf die Lippen, zieh die Brauen hoch, runzle die Stirn, ziehe mit einem tiefen Seufzer die beiden Dukaten aus der Tasche, seh sie an, dreh sie zwischen den Fingern und tu, als wäre ich unschlüssig, ob ich sie ihm nicht wiedergeben sollte. Er will sie aber gar nicht haben und schwitzt. Schließlich sag ich ihm: »Mein werter Herr, das sind Sachen, die unsereiner an Kopf und Kragen gehen; wär's irgendeine andere gewesen — in acht Tagen hätt ich sie Euch ins Bett gelegt.« Ich will dir nur die Wahrheit gestehen: ein Dukätlein, das sich zu den beiden ersten gesellte, gab mir den letzten Stoß, und so versprach ich ihm seine Schöne und sagte ihm, er solle am nächsten Tage nach dem Vesperläuten an ihrem Hause vorbeigehen.

Amme: Das war recht von dir!

Gevatterin: Die junge Witwe stand im Begriff, sich wieder zu verheiraten, und ich wußte das, weil ich bei dieser Heirat ebenfalls meine Hand im Spiel hatte. Darum nahm ich eine Schachtel mit künstlichen Locken, die ganz genau zu ihren Haaren paßten, und klopfte flugs an ihrem Hause; um dir die Wahrheit zu sagen: Ich war ziemlich gut mit ihr bekannt, und das wußte das Herrchen auch recht wohl, obgleich er tat, als wüßte er's nicht, weil ich mich nämlich so anstellte, als hätte ich gar keine Beziehungen zu ihr. Und als ich klopfte, da fügte es mein gutes Glück, daß sie selber die Schnur zog, im Glauben, ich sei 'ne Jüdin, nach der ihre Mutter geschickt hatte, um ihnen — 's ist merkwürdig! — falsche Löckchen ins Haus zu bringen.

Amme: Der Mensch gerät manchmal durch Zufall auf etwas, was er in 'nem ganzen Jahr nicht kriegt, und wenn er sich noch so viele Mühe gibt.

Gevatterin: Das stimmt. Kaum habe ich den Fuß im Hause, so sagt sie ganz munter zu ihrer Mutter: »'s kommt uns Glück ins Haus: Die Gevatterin ist da!« Ich steige die Treppe hinauf, mache der Mutter, die oben auf dem Treppenabsatz erschienen ist, tausend Knixe, schüttele der Tochter die Hand und setze mich ganz außer Atem auf 'nen Stuhl, denn ich konnte kaum Luft kriegen. Nachdem ich mich ein Weilchen ausgeruht habe, mach ich die Schachtel auf und sage ihnen: »Meine schönen Damen, laßt euch diese Locken nicht aus den Fingern gehen, ihr bekommt sie für ein Ei und Butterbrot.« Damit neige ich mich zur Alten und sage ihr ins Ohr: »Sie gehörten einer Marchesa.« In diesem Augenblick ruft jemand die Mutter ab, und ich bleibe mit der Jungen allein; du kannst dir denken, was für Brimborium ich von ihrer Anmut, ihrer Liebenswürdigkeit, ihrer Schönheit machte: »Was für helle Augen! was für frische Wangen! was für schwarze Wimpern! welch eine hohe Stirn! was für rosige Lippen!« sagte ich und fügte hinzu: »Was für ein süßer Atem! was für ein Busen! was für Hände!« Sie wehrte ab, aber lachte dabei mit Mund und Augen. Aber da kommt die Frau Mama ganz verstört wieder herein; wie ich nachher erfuhr, war sie so aufgeregt, weil der Besucher ihr mitgeteilt hatte, daß aus der geplanten Hochzeit nichts werden könnte. Dies verdarb mir aber keineswegs mein Plänchen, denn die Witwe sagte mir: »Kommt morgen wieder; ich will die Locken auf jeden Fall kaufen.« Ich komme wieder; die Mama hatte 'ne geheime Unterredung mit einem, um die Heirat wieder in Ordnung zu bringen, und so hatte ich drei geschlagene Glockenstunden Zeit, mich mit der Schönen zu unterhalten. Sie setzte mir ein Vesperbrot vor und nahm mich mit in ihr Zimmer, indem sie sagte: »Laßt sie nur hier; meine Mutter wird sie ganz gewiß kaufen.«

Ich wünschte mir ja gar nichts Besseres, ließ also meine Schachtel da und stellte mich mit der Witwe ans Fenster. »Oh, was für 'ne schöne Aussicht!« rief ich; »was für 'ne Straße, Herrgott noch mal! was für 'ne Menge Leute hier vorbeikommen!« Sie neigte sich mit schönem Anstand hinaus und blickte die Straße hinauf und hinunter; in diesem Augenblick bemerke ich den Verliebten und fange aus vollem Halse zu lachen an; ich lache, lache, lache, und je mehr ich lache, desto mehr muß ich lachen, so daß die Witwe, die nicht weiß, was los ist, schließlich auch lacht und mich lachend fragt: »Worüber lacht Ihr denn? Sagt mir's doch, wenn Ihr mich liebhabt!« Ich antworte nur immer: »Hahaha!«, und sie kriegt solche Lust, die Ursache zu wissen, daß, wäre sie schwanger gewesen, ihr Kind gewiß ein Muttermal gekriegt hätte.

Amme: Was hatte denn dein Gelächter zu bedeuten?

Gevatterin: Sie konnte noch so sehr vor Neugierde brennen, ich lachte nur immerzu; glaub mir's, Amme, mit ihren lieben, süßen Bitten geißelte sie mich so sehr, daß ein Spitzbube sich davon hätte rühren lassen; ich meine einen von denen, die mit dem Strick um den Hals sich von den grimmigen Drohungen des Bargello und des Gouverneurs nicht rühren lassen. Wie man aus dem Taugenichts nichts weiter herausbringt als Geschrei, so brachte sie aus mir nichts weiter heraus als Gelächter. Aber bis jetzt sind dies alles nur Kinkerlitzchen.

Amme: Wieso Kinkerlitzchen?

Gevatterin: Am Tage nach diesem Lachtage ließ ich mich nicht sehen, auch am zweiten nicht, sondern erst am dritten Tage darauf. Denn es war mir ja an jenem Tage wunderschön geglückt, sie dem Verliebten zu zeigen, der bis dahin, die Brust von heißer Liebe erfüllt, mit seinem beständigen Aufundablaufen das Pflaster abgenutzt hatte, ohne daß sie ihn jemals bemerkt hatte. Jetzt hatte ich ihr aber 'nen Floh ins Ohr gesetzt, und sie konnte vor Begierde, zu erfahren, warum ich lachte, die ganze Nacht nicht schlafen; sie ging im Geiste alle ihre etwaigen Mängel durch, denn sie dachte, über so etwas müßte ich gelacht haben. Sie lag ihrer Mutter fortwährend damit in den Ohren, so daß diese mich schließlich nicht holen ließ, sondern selber zu mir kam. Als sie an meine Tür klopfte, war ich gerade dabei, den Verliebten durch einen Bericht über meine bisherigen Schritte in frohe Hoffnungen zu versetzen; denn weil er mich mit ihr am Fenster gesehen hatte, glaubte er mir fünf oder sechs Geschichtchen, die ich mir schnell ausdachte, um ihm einen Gefallen zu tun.

Amme: Gib's ihm nur richtig, dem Dummkopf!

Gevatterin: Sobald ich die Frau Mama sehe, sag ich ihr mit 'nem echten Kupplerinnenknix: »Eure Menschlichkeit beschämt meine Eselhaftigkeit, die es zuläßt, daß eine Frau wie Ihr sich herabläßt, Eure Magd in einer solchen Hütte aufzusuchen.« Sie war in großen Sorgen um ihre Tochter, die nach einjähriger Ehe Witwe geworden war, und bat mich, ich möchte sofort zu ihr kommen. Ich merkte, daß mein tolles Lachen ihr den Mund wäßrig gemacht hatte, und antwortete: »Sofort im Augenblick bin ich bei ihr!«, ging aber erst recht nicht hin, damit sie noch mehr Lust kriegen sollte, mich kommen zu sehen.

Amme: Sagtest du denn dem Verliebten nichts davon, warum du so gelacht hättest?

Gevatterin: Das kannst du glauben!

Amme: Aber wozu war denn nur dieses Lachen?

Gevatterin: Um mit meinem Kuppelgeschäft sicher zum Salvum me fac zu kommen. Ich zitterte vor dem Bruder, der manchmal, aber zu ganz unbestimmten Zeiten, in ihr Haus kam; auch hatte ich Angst, die Mutter könnte Lunte riechen, und ich war nicht sicher, ob nicht die kleine Witwe, wenn's ihr an die Ehre ginge, mit ihren Nägeln mir die Augen auskratzen würde, darum wandte ich folgenden Kunstgriff an.

Amme: List ist stärker als Klugheit, Klugheit ist niemals stärker als List.

Gevatterin: Zwei Tage drauf ging ich also zu ihr; in der Zwischenzeit umkränzte ich ihren Anbeter mit Hoffnungslaub, nämlich mit mehr grünen als dürren Blättern. Als ich nun bei ihr erscheine, ruft sie: »Glücklich, wer Euch mal zu sehen kriegt!« Und ich: »Meine Tochter und süße Herrin: elend, wer arm und unglücklich geboren ist! Ich muß mir in die Hände spucken, wenn ich essen und trinken will, und der liebe Gott weiß, wie oft ich faste, ohne ein Gelübde getan zu haben! Aber wenn nur die Seele selig wird, aus meinem Leibe mach ich mir nichts.« Während ich ihr tausenderlei solchen Firlefanz sagte, war die Mutter in ihrer Wohnung mit Hausangelegenheiten beschäftigt – sie waren nämlich beim Reinemachen. Ich gehe nun mit meiner kleinen Witwe ans Fenster und fange wieder an zu lachen, und lache genau wie 's vorige Mal, und sie läuft auf mich zu, lehnt sich über meine Schulter, schlingt mir ihren einen Arm um den Hals und gibt mir 'nen Kuß. Dann sagt sie: »Wahrhaftig, Ihr habt mich ganz argwöhnisch gemacht mit Eurem Lachen; ich habe die letzten Nächte nicht geschlafen, weil ich eine gar zu große Begier verspüre, zu erfahren, warum Ihr so laut lachtet, als Ihr mich und unsere Straße ansaht.«

Amme: Was für Umständlichkeiten!

Gevatterin: Gerade im Augenblick, wo sie mir mit dieser Frage kommt, geht der Verliebte unten vorbei; und ich fange wieder zu lachen an, daß es aussieht, als solle ich dran ersticken. Und sie: »Ach! Gevatterin, befreit mich doch von dieser Unruhe! Spannt mich nicht länger auf die Folter. Ach! sagt mir doch, worüber Ihr so sehr lacht!« Ich: »So wahr mir die Madonna helfe, ich kann's nicht sagen! nein – bei meiner Ehre nicht! wenn ich's sagen könnte, würde ich mich nicht bitten lassen – wahrhaftig nicht, Gott soll mich bewahren?« ... Hast du jemals einen von jenen zudringlichen Bettlern gesehen, die lästiger sind als die Langeweile?

Amme: Das hab ich.

Gevatterin: So wie dieser Bettler dir, magst du mitleidig sein oder nicht, das Almosen aus der Hand windet, so bettelte sie meiner Zunge die Ursache meines Lachens ab. Allerdings ließ ich sie erst tausend Eide schwören, kein Wort verlauten zu lassen und nicht böse zu werden und mir zu verzeihen. Nachdem sie nun Schwur über Schwur getan, darunter auch den bekannten ›Der Teufel sei Herr über meine Seele und meinen Leib!‹, den man gewöhnlich ausruft, wenn man wünscht, daß ein anderer einem was glaube, da sag ich zu ihr: »Ein großer Tölpel – das heißt: Tölpel, indem er Unmögliches verlangt, in allem übrigen aber ein vernünftiger liebenswürdiger Mensch – hat mich aus Eurem Hause, das mir durch Eure Gunst, nicht wegen meiner Würdigkeit offensteht, herauskommen sehen. Seitdem läuft er fortwährend hinter mir her; und da er einer von den vornehmsten, galantesten, schönsten Jünglingen auf der Erde ist, hat er sich erkühnt ...« Hier schnitt ich plötzlich meine Rede ab, damit sie noch brennender wünschen sollte, auch die Fortsetzung zu hören; und nachdem ich mich ein Weilchen von ihr hatte bitten lassen, schloß ich: »Er erkühnte sich, mich zu bitten, eine Bestellung an Euch auszurichten!«

Amme: O Meisterin aller Schulen, Schule aller Meisterinnen!

Gevatterin: »›Wie?‹ sag ich; ›ich soll ihr eine Bestellung ausrichten? bin ich denn etwa eine Kupplerin?‹« – »Wie? was?« fragt die Schöne dazwischen. »›Es geschähe Euch ganz recht‹«, fahr ich in meinem Bericht fort, »›wenn ich dies ihrem Bruder sagte. Geht Eurer Wege, geht, sag ich Euch; wenn nicht, so werdet Ihr's bereuen!‹ Gnädige Frau, ich bin Eure ergebene Magd; ich weiß ihm heimzuleuchten und ihm zu zeigen, was für eine Frau Ihr seid und was für eine ich bin.« Sie wird ganz rot, als sie mich diese abgefeimte Geschichte erzählen hört; ein Weilchen steht sie ganz in Gedanken versunken; dann sagt sie: »Sagt keinem Menschen was davon!« und ich: »Eure Winke sind mir Befehle. Aber der junge Mann weiß nicht mehr aus noch ein. Er ist ein wackerer Turnierkämpfer, Springer, Sänger, Komponist, Tänzer, dazu tonangebend in den Moden, ein Juwelenkästchen und ein Geldkasten, und darum meint er, Ihr müßtet vor Liebe zu ihm sterben, der einfältige Narr! Aber jetzt wollen Euer Gnaden mir die Locken zurückgeben, denn die Eigentümerin will sie wiederhaben oder das Geld dafür.« Sie gibt mir keine Antwort darauf, sondern bleibt nachdenklich, sieht mich an; in diesem Augenblick sehe ich den unermüdlichen Liebhaber wieder bei ihrer Tür vorbeigehen, und jetzt lache ich nicht mehr, sondern mache ein Gesicht wie eine Exkommunizierte, ergreife einen Feldstein, den die Magd auf dem Fensterbrett hatte liegen lassen, nachdem sie damit Nüsse aufgeschlagen, und tue, als wollte ich ihm den Kopf damit zerschmettern. Sie aber fällt mir mit dem Ausruf: »Nein! Um Gottes willen, nicht!« in den Arm und seufzt; ich sage bei mir selber: »Dich hab ich!«, spreche von den Locken kein Wort mehr, laß mich nicht länger von ihr zurückhalten, sondern laufe die Treppe hinunter und lasse die Haustür offen, wie wenn ich vergessen hätte, sie zu schließen. Dann ging ich zu meinem Verliebten, der in Sorge und Zweifel schwebte, ob er gute oder schlechte Nachrichten vernehmen würde; er hätte hundert Ohren zu hören und im selben Augenblick wieder gar keine Ohren haben mögen, aber ich gab ihm das Leben zurück, als er mein fröhliches Gesicht sah. Und nachdem ich alles erzählt hatte, seh ich ihn sein Taschentuch aufknoten, und er gibt mir Dukaten, ohne zu zählen, wie einer, der 'nen Prozeß hat, seinem Anwalt gibt, wenn der Spruch zu seinen Gunsten ausgefallen ist.

Amme: Wenn man mir vor zwei Tagen gesagt hätte ›Die klügste Frau der Welt muß sterben‹, so wär ich sofort in die Beichte gelaufen, denn ich hätte gedacht, das müßte sich auf mich beziehen. Aber nein! *du* hättest zur Beichte gehen müssen.

Gevatterin: Ich mußte wieder zur Witwe gehen. Als ich von den Vorzügen und dem Reichtum meines jungen Herrn sprach, hatte sie ein Gesicht geschnitten, als ob sie sich darüber lustig machte; trotzdem aber ging er ihr im Sinn herum, so wie einer die Dukaten, mit denen man einen klimpern sieht und hört, im Sinn herumgehen. Als ich nun wieder bei ihr bin und wir miteinander plaudern, fange ich wieder lauter denn je zu lachen an; dann, als ich mich ein wenig von meinem Lachen erholt habe, sag ich ihr: »Muß ich's Euch nicht sagen? der galante Herr, der Liebesgott, wollte mir einen Brief in den Busen schieben, ja, er *hat* ihn mir hineingeschoben, einen Brief, der die ganze Kirche mit seinem Parfüm erfüllte, als ich ihn mitsamt allen seinen Wohlgerüchen wegschmiß; und was meint Ihr: Die Aufschrift war mit Goldtinte geschrieben! Ich glaube, ich kann es nicht vermeiden, entweder so oder so unrecht zu tun. Ich befinde mich ihm gegenüber in übler Lage; er ist fortwährend hinter mir her und stachelt und piesackt mich, ich kann keinen Schritt mehr tun, ohne diesen Hund am Schwanz zu haben. Bei diesem Kreuz, gnädige Frau, glaubt mir, was ich Euch schwöre: Ich war nahe daran, den Brief zu nehmen und ihn zu ... äh, ich will kein Wort mehr sagen!« Und sie: »Ihr mußtet handeln, wie Ihr's getan habt; sollte es sich aber fügen, daß er ihn Euch noch einmal geben wollte, so bringt ihn mir; wir können miteinander ein bißchen darüber lachen.« Liebe Amme, ich brachte ihr das Ding; es hätte auf einen Berg

Eindruck gemacht, und so machte es auch auf sie Eindruck; 'ne Heirat kam zustande, aber 'ne andere, als sie mit Hilfe einer ganzen Menge von Vermittlern hätte zuwege gebracht werden können. So besiegte ich vermöge meiner Geschicklichkeit die Keuschheit, trieb Kuppelei, ohne daß es danach aussah. Und diese Kunst ist kniffliger als das Seidensticken; sie erfordert Weisheit, ist löblich und dabei durchaus sicher.

Amme: Das ist die Hauptsache.

Gevatterin: Eines Tages kam zu mir ein Kavalier; er hatte seine Augen auf eine der allervornehmsten Damen der Stadt geworfen und war, ohne weiter über die Folgen nachzudenken, lichterloh in Liebe entbrannt. Er sagte mir, wenn ich wollte, könnte ich ihn in den siebenten Himmel versetzen; dann kam er auf das Wie? und Warum? zu sprechen, gab mir einen Dukaten, dann noch einen und kriegte mich schließlich so weit, daß ich ihm versprach, mit der bewußten Dame zu sprechen. Er wollte mir erzählen, in welche Kirche sie immer ginge, an welchem Altar sie zu knien pflegte und auf welche Bank sie sich setzte; ich nahm ihm aber das Wort vom Munde und rief: »Ich weiß genau, wer sie ist, ich kenne Kirche, Altar und Bank, aber ich bin keine Kupplerin. Indessen Euer Gnaden scheinen mir ein Herr zu sein, dem man keinen Dienst abschlagen darf; darum seid getrost: Vor morgen abend werde ich Euch mit einer Nachricht erfreuen.« Der wackere Herr, der schöne Jüngling, war ein Fremder; er kannte tatsächlich uns Kupplerinnen nicht und ließ sich von mir vorreden, ich hätte mit ihr gesprochen und sie hätte zu mir gesagt: ›Wenn er noch ein wenig gezögert hätte, so hätte ich nicht anders gekonnt, als ihm dieselbe Botschaft ausrichten zu lassen, die er mir geschickt hat.‹

Amme: Wer da traut ohne Pfand, hat keinen Verstand.

Gevatterin: Du kannst dir wohl denken, er wollte vor Entzücken aus der Haut fahren, als er hörte, daß die Geliebte ihn wiederliebte. Die Fröhlichkeit hielt glanzvoll Hof im Saale seiner Brust, und sein Herz tanzte auf der Hochzeit, die seine Gläubigkeit mit meinen Lügen feierte. Da ich in ihm eine so gute Seele fand, so hatte ich unterdessen ein Brieflein verfaßt, das wirklich ff war; darin sagte ich ihm in ihrem Namen:

›Mein lieber Herr! Wann werde ich je die Schuld abtragen, die ich bei den Glücksgöttinnen, den Sternen, den Himmeln und den Planeten habe, weil sie mich würdig gemacht, die Dienerin Eurer Holdgestalt zu sein! Glücklich wahrlich darf ich mich nennen, ja sogar selig, daß ein so wackerer Jüngling mir erlaubt, ihn anzubeten. Wehe mir Unglücklicher, wenn Ihr nicht ebenso mitleidsvoll wie schön, ebenso schön wie liebenswürdig wäret! Die Damen aller Städte müßten mich um sotane Liebe beneiden, denn wenn ich ihrer genießen könnte, würde ich mein Los nicht mit dem einer Kaiserin vertauschen. Und wenn Ihr nicht heute nacht an den Ort kommet, den Euch die treue Überbringerin dieses Briefes nennen wird, und um die Stunde, die sie Euch angeben wird, so gebe ich mir den Tod!‹

Und damit es aussähe, als sei das Papier von ihren Tränen durchnäßt, besprengte ich es mit Wasser; dann setzte ich mit allen Zeremonien Unterschrift und Aufschrift drauf und brachte ihm den Brief.

Amme: Haha! Hihi!

Gevatterin: Hätte ich so viel Taler gekriegt wie Lobsprüche und Segenswünsche und wie der Brief Küsse erhielt, da wäre ich fein heraus gewesen! Er zitterte vor Freude dermaßen, daß er ihn nicht aufmachen konnte; schließlich kriegte er ihn doch auf, las ihn und hielt bei jedem Wort inne, um mir zu sagen: »Gevatterin, ich werde nicht undankbar gegen Euch sein, und Ihre Gnaden werden sehen, was für ein Mann ich bin!« Ich danke ihm und tu ihm zu wissen, um acht Uhr[1] möchte er daundda hinkommen und dort auf mich warten. Nachdem ich noch zwei Dukätlein gepickt, verabschiede ich mich vom Beatus viro, der sofort den Barbier holen und sich mit Wickeln und Brennscheren, die er immer bei sich trug, einen Lockenkopf auf antike Art frisieren läßt. Dann zog er ein frisches Hemd an, parfümierte sich am ganzen Leibe und legte ein Wams aus pfauenblauem Samt an, das über und über mit silbernen Stickereien und Fransen bedeckt war. Hierauf aß er zu Abend: nichts als frische Eier und Artischocken in 'ner Pfefferbrühe – und was für 'ne Pfefferbrühe! –, und dann fing er an zu warten. Er sprach zwar mit aller Zuversicht wie einer, der 'ne gewünschte Nachricht erhalten hat, schickte aber zugleich einen Diener aus,

1. zwei Uhr früh.

um aufs Zifferblatt zu passen. Sechs Uhr![1] Jetzt läßt er sich nicht mehr am Halfter halten, sondern nimmt Mantel und Degen, nachdem er zuvor noch einen kleinen Blick auf 'ne Halskette im Wert von zwölf oder vierzehn Dukaten geworfen — die er trug, weil ein Goldschmied sie ihm gepumpt hatte — und auf ein Rubinchen von etwa fünf oder sechs Dukaten. Dann verläßt er seine Wohnung, begleitet von einem unerschrockenen Diener, den er hatte. Um sieben kommt er an dem von mir bezeichneten Ort an; ich bin nicht da; es schlägt acht, und ich komme noch immer nicht.
Amme: Er wird warten müssen wie Noah auf die Taube — ich wollte sagen: auf den Raben.
Gevatterin: Höre nur weiter! Als es acht schlägt, sagt er zu seinem Bedienten: »Du hast dich verzählt! Christus selber könnt's nicht anders machen, als daß es sieben ist!« — »Herr, es ist acht«, versetzt jener. »Dummes Vieh, 's ist sieben!« antwortet der Herr; er fängt an, auf und ab zu gehen, und bei jedem leisen Geräusch, das er hört, sagt er: »Da ist sie; gewiß wird sie nicht so früh haben kommen können.« Hierauf geht er noch zweimal hin und her, bleibt dann stehen und sagt zum Bedienten: »Ich meine doch, die Alte hat die Sache im Ernst gemeint und mir nichts aufgebunden; manchmal kommen ja Störungen vor, und man kann eine Verabredung nicht pünktlich einhalten. Ich brauche nur an mich selber zu denken: Zuweilen zieh ich mir das Wams an, um auszugehen, und werde von irgendeinem, der zu mir zu Besuch kommt, zwei Stunden aufgehalten.«
Amme: Er schmierte sich selber Honig um den Mund.
Gevatterin: Während er solche fieberhafte Selbstgespräche mit sich führt, bums! da schlägt es neun! Da schreit er: »Hure von 'ner Jungfrau! wenn ich genarrt bin im Angesicht des Himmels, wenn das verfluchte Kuppelmensch mich hat aufsitzen lassen, da soll sie solche Prügel von mir kriegen, solche Prü ... na warte nur! warte nur! Bin ich ein Mann, mit dem man derartig umspringen kann, he?« Er läuft wieder auf und ab und schnauft wie einer, der bemerkt hat, daß ihm Hörner aufgesetzt werden. Trotzdem meinte er immer wieder, ich könnte, ach dürfte ihn nicht so angeführt haben. Er macht drei Schritte in der Richtung nach sei-

1. Mitternacht.

ner Wohnung, dann wieder vier zurück nach dem Ort, den ich ihm bezeichnet habe. So läuft er hin und her und gleicht einem jener Büffel beim Palio,[1] aber einem, der nicht weiß, ob es besser für ihn sei, zu rennen oder stehenzubleiben. Unterdessen hatte Gianicco[2] ihn ganz gehörig angepustet, daß ihm von der schneidenden Kälte Gesicht und Ohren brannten und die Lippen weh taten und daß sein Mund die seltsamsten neuen Flüche ausstieß. Schließlich, nachdem es acht, neun, zehn geschlagen hatte, wurde ihm alles klar; er schrie noch ein paar Flüche über die Straße hin und kehrte in seine Wohnung zurück, warf dort Mantel und Degen auf die Erde und sagte zähneknirschend: »Soll ich ihr nicht die Nase abschneiden? soll ich ihr nicht zweihundert Hiebe überziehen? soll ich ihr eine Wange abbeißen und aufessen? Verhenkertes Kuppelmensch!« Er legte sich hin, und sein Bett krachte, so warf er sich hin und her, bald auf die eine Seite, bald auf die andere; er wand sich zwischen den Bettüchern wie eine Schlange, kratzte sich den Kopf, biß sich auf die Finger, schlug mit der Faust in die Luft und stieß greuliche Wehklagen aus. Um sich die quälenden Gedanken zu vertreiben, rief er seine Wirtin und ließ sie bei sich schlafen. Aber wenn man sich den Liebesschmerz um ein Weib mit einer anderen Frau vertreibt, das hilft nicht viel, denn sowie man fertig ist, spürt man einen unglaublichen Ekel. So ging's auch ihm; sobald er's ihr einmal gemacht hatte, konnte er sie nicht mehr in seinem Bett sehen und schickte sie fort. Kaum wurde es Tag, so sprang er aus dem Bett und lief nach meinem Hause; ich erkannte ihn sofort an seinem wütenden Klopfen, lachte darüber inwendig und machte ihm auf: »Was sind das für Sachen, he?!« wettert er los. »Mit wem glaubst du zu tun zu haben, was?!« – »Mit einem der liebenswürdigsten und ehrenwertesten Kavaliere von ganz Italien«, antworte ich ihm, »und ich wundere mich, daß Euer Gnaden mit solcher Wut auf eine Euch ganz ergebene Dienerin losfahren. Aber wahrhaftig, ich tu ein Gelübde, ganz gewiß tu ich eins! Na ja, da plackt man sich um die vornehmen Herren, na ja! Ich habe bis zum Morgengrauen gewartet, bin, um Euch gefällig zu sein, in der Kälte halb zu Eis erstarrt und habe nichts davon gehabt.«

1. Wettrennen. – 2. im Volksmund Bezeichnung des Nordwinds.

Amme: Oh! Die Geschichte ist wirklich gut! Du tatest noch, als ob du im Recht wärest!
Gevatterin: Und er: »Ich habe sechs Uhr, sieben, acht, neun, zehn schlagen hören, und Ihr seid nicht gekommen!« – Drauf ich: »Wann seid Ihr fortgegangen?« – »Als der letzte Schlag von zehn Uhr geschlagen hatte!« – »Und genau, als es eben zehn geschlagen hatte, bin ich erschienen und habe gewartet. Ja, ich konnte schön warten! Und ich muß es Euer Gnaden nur sagen: Ich habe die Dame mit diesen meinen Händen selber gewaschen, mit Rosenwasser, nicht mit gewöhnlichem Wasser, und als ich ihr die Brüste, die Lenden, den Hals wusch, da war ich starr vor Staunen über ihre zarte Haut und ihre Weiße. Das Bad war lau, das Feuer angezündet, und ich selber bin an dem ganzen Unglück schuld – denn als ich ihr die Schenkel und die Hinterbacken und die Mimi wusch, da kriegte ich vor lauter Wonne und Wollust 'ne Ohnmacht. Oh, was für ein delikates Fleisch! was für schimmernde Glieder! Oh, was für ein Weib, wie's niemals wieder ein Mann besitzen wird! Ich habe sie gestreichelt, habe sie geküßt, habe sie befingert – ja, das hab ich getan! – und habe dabei immerzu von Euch gesprochen!« Wozu diese Geschichte noch in die Länge ziehen? Ich machte ihn geil, sein Schemelbein richtete sich hoch auf, er sank auf mich und verabfolgte mir einen, zu dem man nicht bloß Ihr, sondern ›Euer Gnaden‹ sagen durfte.
Amme: Hahaha! Oh! ich verrecke! Hahaha!
Gevatterin: Wie viele habe ich mir nicht während meiner Lebenstage auf diese Art zu Gemüte geführt! So gehört sich's auch. Die besten Bissen schlucken ja doch immer die Köche; und wir Kuppeler haben beim Kuppeln ebensoviel Vergnügen wie der Koch, der die Waffeln, bäckt, denn er ißt alle, die ihm entzweigehen; so kleiden und nähren sich ja auch die Spaßmacher von den Kleidern und Speisen ihrer hohen Herren ... Sobald er auf mir seinen Ärger und seine Geilheit ausgetobt hatte, wurde er höchst verdrießlich, als er sah, daß ich über die Geschichte lächelte. Er verduftete zur selben Stunde, und ich habe ihn niemals wiedergesehen.
Amme: Wer wäre da nicht verduftet!
Gevatterin: Jetzt werde ich dir noch eine Geschichte erzählen, worüber ein vornehmer Herr beinahe aus der Haut gefahren wäre.

Der Kavalier, von dem ich spreche, verliebte sich in ein reizendes kleines Weibchen, die jedoch nicht ganz so klein war, daß man sie nicht hätte im Bett finden können; ein niedlicher Balg, ganz Geist, ganz Grazie. Mit ihrem Augenspiel, mit ihrem Lächeln, mit all ihren Bewegungen und Gebärden verdrehte sie allen Männern den Kopf. Kein Wunder, daß auch besagter vornehmer Herr sich auf den ersten Blick in sie vergaffte, und da er ihr und mir viel Geld gab, so gelangte er in ihren Besitz. Ich ließ ihn fünf- oder sechsmal sein Vergnügen haben, aber stets nur bei Tageszeit, bald früh, bald spät, zur None oder zur Vesper. Da war's mit seiner Liebesraserei, die er anfangs gezeigt hatte, auf einmal vorbei, er liebkoste sie nur noch anstandshalber und nicht mehr aus großer Liebe; und eigentlich geschah es nur aus Spaß, daß er sie eines Tages bat, sie möchte ihn doch besuchen und die Nacht mit ihm schlafen. Sie teilte mir dies mit, und ich dachte bei mir selber, es würde unseren Zwecken am besten entsprechen, wenn wir ihn ein bißchen fasten ließen; auf meinen Befehl mußte sie ihm daher versprechen, sie würde um sechs Uhr[1] in das Haus einer Nachbarin kommen. Ich ließ ihn da sechs Nächte hintereinander warten, die erste verging, ohne daß er sich weiter ärgerte; in der zweiten packte ihn schon eine gelinde Begier nach dem Mädchen; in der dritten begann der Ofen warm zu werden, und es gab manches Weh und Ach; in der vierten brachten Zorn und Eifersucht ihn auf die Beine; in der fünften drückten Wut und Raserei ihm die Waffen in die Hand; in der sechsten und letzten ging der Spektakel los: Seine Geduld war zu Ende, sein Verstand war hin, seine Zunge erging sich in beißenden Schmähungen, sein Atem glühte, sein Gehirn kochte über. Er läßt alle Rücksichten fahren, tobt mit Drohungen, Schreien, Weinen, Klagen und Verzweiflungsrufen im Hause umher, und so wartet er in einer leidenschaftlichen Erregung, wie ich sie selbst an jenem anderen nicht gesehen, dessen Schöne nicht gekommen war und der's dann schließlich *mir* besorgte. Er dachte, vielleicht käme sie deshalb nicht, weil er mir zuwenig gegeben; er sagte mir das gerade ins Gesicht, gab mir Geld, versprach mir noch mehr und überschüttete mich in *einem* Atem mit Drohungen und Schmeichelworten. Er

1. Mitternacht.

sprach auch mit seiner Angebeteten; die aber schwor ihm weinend, es liege nicht an ihr, sondern ihre Mutter passe zu scharf auf sie auf. »Den Trank, den Ihr mir für sie gabt«, so sagte sie, »hat sie erst gekostet, und sie fand ihn zu bitter. Dadurch schöpfte sie Verdacht, und nun würde sie um alles Gold der Welt nicht eher einschlafen, als bis sie mich zu Bette sieht.« Sie versprach ihm hoch und heilig, die nächste Nacht würde sie ganz bestimmt kommen. Sie kam aber nicht, und es war zum Lachen und zugleich zum Heulen, einen jungen Mann seines Ranges hundertmal in der Minute ans Fenster laufen zu sehen und ihn sagen zu hören: »Wieviel Uhr ist's denn? Sie kommt doch, sie kommt ganz gewiß im Augenblick; ich weiß, sie wird mir ihr Wort nicht brechen, denn sie hat's mir auf ihren Glauben geschworen.« Sooft 'ne Fledermaus vorbeiflatterte, glaubte er, sie käme; dann wartete er noch ein bißchen und dann noch ein bißchen länger, und als abermals ein Stündchen verstrichen war, da fing er an zu schnaufen, zu giften, zu toben wie einer, dem der Bargello sagt ›Mach dein Testament!‹ und zu dem im selben Augenblick der Beichtvater hereintritt. Als die verabredete Stunde verstrichen und mehr als verstrichen war, warf er sich in vollen Kleidern aufs Bett; bald lag er auf dem Bauch, bald auf dem Rücken, bald auf der einen, bald auf der anderen Seite, aber er fand keine Ruhe und konnte kein Auge zutun; seine Gedanken weilten immer bei ihr, die sich über ihn lustig machte. Er steht auf, läuft im Zimmer hin und her, geht wieder ans Fenster, legt sich wieder hin, und im Augenblick, wo er endlich einschlafen will, wacht er vor Mattigkeit auf und steht seufzend auf, denn es ist schon heller Tag. Es wird Essenszeit; die Speisen scheinen ihm zu stinken und benehmen ihm allen Appetit; er probiert einen Bissen und spuckt ihn wieder aus, wie wenn's Gift wäre. Er weicht seinen Freunden aus; wenn einer singt, glaubt er, er verhöhne ihn; wenn einer lacht, nimmt er's ihm übel; er kämmt sich nicht mehr den Bart, wäscht sich das Gesicht nicht mehr, zieht kein frisches Hemd mehr an; er irrt allein, und seine Gedanken, sein Herz, sein Sinn, seine Phantasie, sein Hirn liegen in wirrem Widerstreit, er wirft sich mehr tot als lebendig auf die Erde, baut immer Luftschlösser und kommt nie zu einem Entschluß; er schreibt Briefe und zerreißt sie, schickt ihr

Botschaften und bereut es hinterher; bald droht, bald fleht er, bald hofft, bald verzweifelt er; und sagt zu allem nur: »Meinetwegen, mir ist alles einerlei!«

Amme: Ich bin ganz hin von dem, was du mir da erzählst. Wehe dem Menschen, der solche Folterqualen erdulden muß! Es ist hartes Leiden, womit Amor die Verliebten geißelt! O du himmlischer Gott, wie sieht's im Geiste eines solchen aus! Alles ist ihm zum Ekel, der Honig schmeckt ihm bitter, die Ruhe dünkt ihm Anstrengung, das Essen Hunger, das Trinken Dürsten und das Schlafen Wachen.

Gevatterin: Hättest du ihn nach zehn oder zwölf Tagen gesehen, so hättest du ihn für alles andere gehalten, bloß nicht für einen Menschen; er kannte sich selber nicht, wenn er in seinen Spiegel sah. Ganz gewiß mißhandelte ich ihn auf diese Weise nicht deshalb, weil ich etwas gegen ihn hatte; ich wollte nur ein Rezept ausprobieren, wie Seelenqual auf einen Menschen wirkt. Na, meine liebe Amme, da das Rezept sich bewährt hat, so mache Gebrauch davon, und du wirst von den Leuten, die du auf diese Art behandelst, kriegen, was dein Herz begehrt.

Amme: Hast du denn nachher kein Mitleid mit ihm gehabt?

Gevatterin: Na, gewiß! das kannst du dir doch denken.

Amme: Das freut mich.

Gevatterin: Ich ließ sie oft und mehr als oft kommen und bei ihm schlafen; und wenn er gegen mich keine offene Hand hatte, zog ich der Stute die Zügel an; gab er reichlich, so ließ ich ihr freien Lauf.

Amme: Da werde auch ich die Zügel schießen lassen, wenn so ein Herr seine Hand auftut.

Gevatterin: Tu das, wenn du vernünftig sein willst. Einer, der hinter seiner verlorenen Geliebten herläuft, ist bereit, Mirakel zu wirken. Gewiß und wahrhaftig: Sobald er sie wieder küßt und umarmt, bekommt sein Gesicht frische Farbe, sein Körper neue Kraft; die Heiterkeit erscheint auf seiner Stirn, das Lachen in seinen Augen, und sein Mund weiß wieder, was Hunger, Durst und Sprechen ist. In seiner Brust erwacht von neuem das Gefühl der Freundschaft; er hat seine Freude an Musik, Tanz und Gesang, mit einem Wort: Er ersteht von den Toten schneller, als er gestorben war.

Amme: O Liebe! wehe dem Menschen, den du verfolgst.

Gevatterin: Nun zu etwas Lustigem! Es war mal ein gewisser Cupidobeschnupperer, der sich schöner dünkte als Parmigiano, der Kämmerer des Papstes Julius. Einer seiner Diener hatte ihm nämlich gesagt, alle Kurtisanen und Edeldamen der Stadt wollten sich aus Liebe zu ihm aus dem Fenster stürzen, wenn sie ihn vorbeigehen sähen, und da kaufte er so viel Federbetten und Matratzen, wie er nur auftreiben konnte, um sie auf Schritt und Tritt hinter sich hertragen zu lassen, damit die Schönen sich nicht Arme und Beine brächen, wenn sie aus den Fenstern sprängen. Jedes Frauenzimmer lachte er an, immer verdrehte er die Augen, wie 'n Toter; fortwährend brachte er Ständchen, stündlich schrieb er Liebesbriefe, überall las er Sonette, und wenn er mit einem im Gespräch war, lief er alle Augenblicke weg, um irgend 'ner Kupplerin was zu sagen. Da er mit allen Weibern bereits geblickvögelt hatte, war er schließlich sogar hinter den Bänken bekannt. Dem besorgte ich's süß – süß!

Amme: Ich bin dafür deine Sklavin in Ketten und Banden. Denn ich fühle mich wie 'ne Gräfin, wenn ich mal sehe, wie einer von diesen Ekeln – und wie viele solche Ekel gibt's nicht! – in die Scheißgrube geschmissen wird!

Gevatterin: Er ging jeden Morgen in die Friedenskirche, stellte sich immer auf den besten Platz und besorgte es allen Weibern mit den Augen; wenn du ihn da so seine Faxen hättest machen sehen, du hättest gesagt: ›Der da legt einer jeden den Sattel auf!‹ Ich bemerke, daß er unser Gespräch belauert, und sage zu der Bekannten, die bei mir steht: »Der Kauz da spioniert uns aus; laß dir nichts merken und tu, als ob du über meine Worte ganz baff seist.« Hierauf erhebe ich meine Stimme und sage: »Ich bin von nun an ein Krüppel im Gehirn, so liegt mir fortwährend der dal Piombo –[1] du weißt doch? der berühmte große Maler? – in den Ohren. Ich hab ihm die Fingerspitze gezeigt, und er hat Finger und Hand genommen.« – »Wieso denn!« antwortet sie mir. – »Ich verschaffte ihm neulich als Modell zum Malen ein schönes, ja geradezu wunderbar schönes Mädchen; die Geschichte hat mich 'ne Hundemühe gekostet, aber – die Gerechtigkeit muß ich ihm

1. Sebastiano dal Piombo; gehörte zu Aretinos intimsten Freunden.

widerfahren lassen — er hat mich auch entsprechend dafür bezahlt. Nun hab ich ihn aber fortwährend auf dem Halse; er will sie durchaus noch einmal malen, obgleich er sie schon so oft gehabt hat; bis jetzt malte er sie als Erzengel, als Madonna, als Magdalena, als heilige Apollonia, als heilige Ursula, als heilige Lucia, als heilige Katharina. Begreifen läßt es sich ja allerdings; denn schön ist sie — das sag ich dir!« Der Schafskopf hatte die Ohren sperrangelweit aufgerissen; und sobald ich von der Freundin, mit der ich geschwätzt hatte, Abschied nahm, lief er hinter mir her. Ich immer sachte vorneweg; ging ich langsam, so ging er auch langsam; stand ich still, so stand er auch still. Dann hustet er leise, räuspert sich, grüßt einen Bekannten so laut, daß ich ihn hören muß, und macht tausend Faxen, damit ich ihn bemerken solle. Ich lasse meinen Rosenkranz fallen und geh weiter, als ob ich's nicht gemerkt hätte; mein Fatzke ist mit einem Sprung drüber her, hebt ihn auf und schreit mir nach: »Heda, Frau! gute Frau!« Ich dreh mich um, er reicht mir den Rosenkranz, und ich rufe: »Herrje, was ich doch auch immer für Sachen mache! Schönen Dank, Euer Gnaden! Wenn ich Euch gefällig sein kann, so befehlet nur.« Damit will ich weitergehen. Er hält mich aber fest, zieht mich beiseite und fängt an, lang und breit davon zu sprechen, daß er mir so gerne gefällig sein möchte und er sei ja noch ein junger Mann, aber deshalb möcht ich's ihm doch nicht als Anmaßung auslegen, wenn er mich um meine Vermittlung bäte, um ihm zu 'ner Schönen zu verhelfen; er habe mich das Mädchen, das gar so oft als Erzengel Gabriel gemalt sei, so sehr rühmen hören; davon sei er so in Feuer und Flamme geraten, daß er 'ner Ohnmacht nahe sei.

Amme: Oh! den führtest du aber mit Grazie an der Nase!

Gevatterin: Ich schneide ihm das Wort ab mit einem ›mit Verlaub‹, wie man's sagt, wenn man gerne selber ein Wort anbringen möchte; ich antworte ihm ausweichend und komme zum Schluß, es sei ganz unmöglich, ihn mit ihr zusammenzubringen; ich rede von den Rücksichten, die zu nehmen seien, und von dem Verdacht, der sich erheben werde. Dann verabschiede ich mich von ihm, tue fünf oder sechs Schritte, indem ich mich stelle, als denke ich über sein ›Überlegt's Euch nur noch mal!‹ nach. Dann dreh ich mich um und winke ihm. Sofort ist er bei mir: »Was befehlt Ihr, Mütterchen?« – »Ich habe gute Hoffnungen für Euch, denn eben ist mir eingefallen – na, genug davon! Richtet es so ein, daß Ihr heute nacht um halb eins[1] in unserem Hause seid; vielleicht ... vielleicht ... nun, Gott befohlen!«

Amme: Ein famoser Streich!

Gevatterin: Oh, wenn du den Fatzke gesehen hättest, wie er sich aufblies und mit was für 'nem Stolz er sich entfernte, der verrückte Kerl, du hättest dich schiefgelacht. Sofort ging er nach dem Uhrturm, um zu sehen, wie spät es sei; jedem Freund, den er traf, legte er die Hand auf die Schulter und flüsterte ihm ganz leise zu: »Heute abend hab ich 'ne knusprige Sache, da würde ein Herzog sein Vergnügen dran haben; sag aber nichts weiter! Mehr kann ich dir jetzt nicht erzählen.«

Amme: Der Schafskopf!

Gevatterin: Es schlägt halb eins; er kommt, und ich sag ihm: »Muß ich's Euch nicht gestehen? Sie kennt Euch – und darum trägt sie Bedenken, und zwar aus guten Gründen.« – »Wieso aus guten Gründen?« fragt der Tropf. »Bin ich denn nicht ein Mann, he?« – »Gewiß, mein werter Herr; regt Euch nur nicht auf!« sagt ihm die Gevatterin; »sie weiß aber, daß Ihr alle Weiber haben wollt und daß Ihr sie auch alle habt, und sie befürchtet, von Euch aufs trockene gesetzt zu werden, sobald Ihr sie satt habt. Aber ich, die ich mit zwei Blicken jemanden zu beurteilen weiß, ich habe so lange getan und geredet, daß sie doch Eure ergebene Dienerin sein will.« – »Nicht meine Dienerin – meine Gebieterin! Bei Santa Bellas Fotze! Potz verreckter Chaib!« bullert er los. Und ich: »Ich möchte Euer Gnaden nur zu wissen tun, daß sie mir einen Ring gegeben hatte, genauso einen, wie Ihr am Finger habt; Ihr möchtet ihn tragen um ihrer Liebe willen; aber ich sagte zu ihr: ›Nein! er will Euch den seinigen schenken, damit Ihr zum Zeichen seiner Treue Eure Freude daran habt.‹« Kaum hatte ich das Wort heraus, so beleckte er sich den Finger mit der Zunge, zog den Ring ab und sagte zu mir: »Ihr habt mir so recht aus der Seele gesprochen, als Ihr das sagtet; darum verliert keinen Augenblick, bringt ihr den Ring und bringt mir die ganze Geschichte in Ordnung!«

1. halb sieben Uhr abends.

Amme: Hahaha! Wer lachte nicht über die schlaue Art, wie du ihm sein Kleinod abluchstest!
Gevatterin: Sobald ich den Ring hatte, versprach ich ihm, er solle die nächste Nacht mit ihr schlafen; dann entlockte ich ihm noch fünf Juliusse und verabschiedete mich von ihm mit einem ›Lebt wohl und gesund!‹ Hierauf suche ich mir eine recht niedliche Vettel, zieh ihr Kleider an, die ich gemietet habe, schminke sie und putze sie sauber heraus, bringe sie in das Häuschen eines Gevatters von mir und lege sie dem Liebenden ins Bett; der fluchte das Blaue vom Himmel herunter, weil das Lämpchen, das ich angezündet hatte, jeden Augenblick auszugehen drohte, so daß er nichts sehen konnte. Nachher tat er gar, als ob er 's Mönchsgelübde ablegen wollte, als ich nämlich eine Stunde vor Tagesanbruch ihn aus dem Bett holte, indem ich mir die Haare ausraufte und schrie: »Wir sind entdeckt! Ihre Brüder! Ihr Mann! Ihre Schwäger! Oh, ich Unglückliche! Oh, ich Elende!« Ich will das schlechteste Ende nehmen, das es gibt, wenn's nicht wahr ist, daß er in seiner Angst seine Börse unterm Kopfkissen liegenließ. Am Morgen kam er zu mir und wollte mit mir sprechen, aber ein Zuhälter von mir, der allerdings nicht vertrauenerweckend aussah, flößte ihm solches Mißtrauen ein, daß er niemals wiederkam.
Amme: Wie mich das freut, wenn derartigen verliebten Laffen so mitgespielt wird! Packt Euch, ihr Fatzken, packt euch, ihr Schlappschwänze! schlimm genug, daß die Weiber die Röcke hochheben und sich euch auf den Nabel ziehen, ihr Viehkerle, Moschusscheißer, Rubinenspucker, Affenschnauzen!
Gevatterin: Nun kommt 'ne Geschichte von 'ner Nonne.
Amme: Was doch 'ne Kupplerin für 'n Geschäft hat! Überall muß sie sein, an alles muß sie selber Hand anlegen, muß Versprechungen geben und zurückziehen, muß nein sagen und ja sagen.
Gevatterin: Potz Blitz! Das will ich meinen, daß die Kupplerin ein großes Geschäft hat! Eine Kupplerin muß den Schneider spielen können.
Amme: Wieso denn den Schneider?
Gevatterin: Dem Schneider muß sie's gleichtun im Versprechen. Da kommt er und nimmt dir Maß zu 'nem Kleide, 'ner Jacke, 'ner

Hose und 'nem Mantel; er weiß ganz genau, daß er die Sachen nicht an dem Tage abliefern kann, zu dem er sie dir verspricht, ja auch zum nächsten, übernächsten und drittnächsten nicht. Trotzdem verspricht er's hoch und heilig. Das tut er, um sich keine Arbeit entgehen zu lassen. Der bestimmte Morgen kommt; der Herr, der seinen neuen Anzug anziehen will, wartet 'ne Stunde oder zwei im Bett; dann schickt er seinen Diener zum Schneider, er solle sich beeilen. »Gleich, gleich!« sagt der. »Ich nähe bloß noch die fehlenden zehn Stiche; sofort bin ich da.« Es wird drei, es wird Mittag, es wird neun —[1] der Schneider kommt nicht; der Herr flucht und schimpft und möcht ihn in Stücke hauen. Aber unser schlauer Meister läuft ins Haus seines Kunden, kaum daß er fertig ist, breitet die neuen Kleider aus und schwätzt und entschuldigt sich und winselt, zieht den Kopf zwischen die Schultern, gibt dem andern recht und schweigt geduldig still zu all den Spitzbuben und Tagedieben, die der ihm an den Kopf wirft. So macht's auch die Kupplerin. Mag krächzen, wer krächzen will, weil sie nicht pünktlich eingehalten habe, was sie auf Glauben und Seligkeit versprochen. Wenn ihr weiter nichts passiert, als daß man sie Kuppelweib, Luderbiest, Saumensch nennt — das ist ja ein bloßer Spaß!

Amme: 's ist ja auch wirklich bloß ein Spaß.

Gevatterin: Und der Mann, der die Stunde des Stelldicheins verstreichen sieht, ist das leibhaftige Ebenbild von dem Herrn, der wütend auf seinen neuen Anzug wartet. Er will die Kupplerin erdrosseln, die aber muß unter allen Umständen dem von ihr Geprellten dasselbe Gesicht machen, wie's der Wirt dem Fremden macht, der vom Hausknecht in seine Herberge verschleppt wird.

Amme: Wieso denn in seine Herberge?

Gevatterin: Das will ich dir sagen. Gegen Abend stellen sich die Hausknechte der Wirtshäuser ein gutes Stück von der Herberge entfernt auf die Straße. Sobald sie nun einen Reisenden sehen, sprechen sie ihn an: »Herr! o mein werter Herr! kommt mit mir, ich gebe Euch Rebhühner, Fasanen, Drosseln, Trüffeln, Lerchen, Trebianerwein.« Sie versprechen ihm geradezu bitteren Zucker. Ist er aber an dem Ort, wo sie ihn haben wollen, so gibt's kaum

1. neun, zwölf, drei Uhr.

ein Huhn und dazu 'ne einzige Sorte Wein. Der Gast flucht; da entschuldigt sich denn der Wirt und sagt ihm: »Wahrhaftig! gerade vor 'nem Augenblick kehrte ein Monsignor bei mir ein, der mit Extrapost reiste; der hat alle die guten Sachen verzehrt, von denen meine Aufwärter glaubten, daß sie noch vorhanden seien.« Der Gast ist nun mal vom Pferde gestiegen, hat sich sogar schon die Stiefel ausgezogen, und so muß er denn essen, was da ist.

Amme: Geradeso muß es auch der Kunde machen, dem die Kupplerin eine Signora oder Edeldame versprach und hinterher ein Kälblein vorgesetzt hat, das man schon mehr Kuh nennen könnte.

Gevatterin: Du hast's erfaßt. Aber kommen wir jetzt zur Nonne, zur Schwester, zur Gottesbraut, deren Keuschheit ich mit 'nem Flüchelchen und 'nem Schwürchen unterkriegte. Doch um's nicht zu vergessen, will ich dir, ehe ich dich über die Klöster belehre, erst noch eine schöne Finte beibringen: Halte krampfhaft an dem Grundsatz fest, niemals zu fluchen, niemals zu schwören. Gib dir alle Mühe, diesen Grundsatz bekannt werden zu lassen, so daß man dir nachsagt, neben all deinen Lastern besitzest du doch eine einzige seltene und an einer Kupplerin noch seltenere Tugend, daß du nämlich niemals fluchtest und schwörest.

Amme: Zu welchem Zweck soll ich denn das machen, was du mir da sagst?

Gevatterin: Weil es zu unserem Beruf gehört, die Leute aufsitzen zu lassen und ihnen etwas, was nicht existiert und nicht existieren kann, weiszumachen. Wenn du nun jemanden prellen und begaunern willst, so bediene dich des Rufes, in dem du stehst, daß du niemals fluchst und schwörst: Geh dem andern mit Fluchen und Schwören unter die Augen, und sofort wird er auf deine Flüche mehr Vertrauen setzen als ein Wucherer auf ein Pfand aus Gold oder Silber.

Amme: Ich bitte mein Gedächtnis, es wolle mich lieber das Memento mei vergessen lassen als einen so guten Rat.

Gevatterin: Nun also zur Nonne! Einer von jenen schlimmen Gesellen, die ihr ganz besonderes Vergnügen daran haben, den Klöstern Hörner aufzusetzen, war ganz hirnverbrannt vor Liebe zu einem reizenden Nönnchen, einem wirklich süßen, herzigen Balg.

Nachdem er alles vergeblich versucht hatte, probierte er das letzte Hilfsmittel und kam zu mir, weinte mir was vor, erzählte mir seine Schmerzen und gab mir Geld und gute Worte. Ich machte es wie die Scharlatane, die sich anheischig machen, jedes Geschwür binnen acht Tagen zu heilen – ich versprach ihm nämlich, ich wollte hingehen und mit ihr sprechen, und ich ging auch hin. Aber als ich meine Augen zum Kloster aufhob und die Heiligkeit des Ortes, die Höhe der Mauern und die mit dem Unternehmen verbundene Gefahr in Betracht zog, dazu auch die Frömmigkeit der Nonnen, da blieb ich stehen und sagte zu mir selber: »Was wirst du tun, Gevatterin? Wirst du gehen? Wirst du nicht gehen? Ja, ja – ich will gehen ... Nein, nein – ich will mich hüten zu gehen. Aber warum sollte ich nicht? Aber warum sollte ich? ...«
Amme: Das bist du, wie du leibst und lebst!
Gevatterin: »Auf mein Wort, ich will wieder nach Hause gehen. Warum denn nach Hause? Ist die denn die erste Nonne?« In solchem Widerstreit begriffen, guckte ich das Kloster an. In der Hand hielt ich einige linnene Halskrausen von jener feinen Art, die man nicht waschen läßt; die steckte ich wieder in den Busen und öffnete ein Büchlein von Unsrer Lieben Frau, das von Anfang bis Ende mit der Feder geschrieben und mit goldenen, blauen, grünen, violetten Miniaturen geschmückt war. Dieses Gebetbuch hatte ich von einem mir befreundeten Gauner gekriegt, der es jenem durch seine Krätze in Rom berühmt gebliebenen Bischof von Amelia gestohlen hatte. Ich hatte es in ein Tuch eingewickelt und benutzte den Vorwand, es verkaufen zu wollen, um mich in allen Klöstern der Stadt an die Nonnen heranzumachen. Nachdem ich es geöffnet und voll Bewunderung eine Zeitlang beguckt hatte, wickelte ich's wieder ein und nahm es unter den Arm; dann begann ich mir wieder die Herberge der Klausnerinnen zu betrachten. Als ich später mal die Geschichte einem erzählte, der im Kriege gewesen war, da sagte er mir, ich müßte ausgesehen haben wie ein Feldherr, der einer Stadt eine Schlacht liefern will und um sie herumgeht, die Dicke der Mauern abschätzt, die Tiefe und Breite der Gräben, sich die Stellen merkt, wo die Mauerzinnen schwächer mit Mannschaft besetzt sind, und hierauf zum Sturmangriff schreitet. Aber einerlei, wie ich aussah oder mit wem ich zu vergleichen war! Ich trat

in die Kirche ein, und um mein Kleid aus Sackleinwand nicht Lügen zu strafen — das ich immer trug, wenn meine Kuppelgeschäfte mich mit den ehrbaren Nönnchen in Berührung brachten —, so nahm ich zunächst Weihwasser, warf mich dann auf die Knie und brummelte ein Fetzchen Gebet, gab mir ein paar Maxima culpa vor die Brust, streckte die Arme aus, faltete die Hände, neigte den Kopf und küßte den Fußboden. Dann stand ich auf und klopfte an der Klosterpforte, und nachdem ich leise, leise gepocht hatte, hörte ich ein Ave, das mir antwortete; und im selben Augenblick öffnete sich das Gitter. Ich ziehe den Kopf zwischen die Schultern und frage, ob nicht im Kloster eine Schwester sei, die das Buch des Psalmisten kaufen möchte.

Amme: Vor 'ner kleinen Weile sagtest du noch, es sei das Gebetbuch Unsrer Lieben Frau gewesen?

Gevatterin: Kann man denn nicht mal was Verkehrtes sagen, ohne daß es einem aufgemutzt wird?

Amme: Wollte Gott, es würde einem niemals aufgemutzt, wenn man zwei Wahrheiten gesagt hat!

Gevatterin: Also genug davon! Als die Pförtnerin hörte, daß ich ein Buch zu verkaufen habe, läuft sie hinauf und kommt nach 'nem kleinen Weilchen mit einer ganzen Schar von jungen Nonnen zurück. Sie läßt mich ein, und da stoß ich denn einen tiefen Seufzer aus und sage: »Ich betrete niemals ein Kloster, ohne daß die Seele mir im Leibe hüpft. Der bloße Geruch von Heiligkeit, von Jungfräulichkeit, der von eurer Kirche ausströmt, bekehrt mich, so daß ich über meine Sünden seufzen muß. Ach ja! Ihr seid im Paradiese, habt keine Plackereien mit Kindern, Ehemännern und dem ganzen weltlichen Kram. Eure Messen, eure Vespern genügen euch, und die Lust, die ihr an eurem Garten, an eurem Weinberg habt, ist auch viel mehr wert als alle Freuden, an denen wir in der Welt uns ergötzen.« Nachdem ich dies gesagt, setze ich mich neben die Schwester, um derentwillen ich gekommen war, wickle das Buch aus der Umhüllung, schlage das erste Bild auf und zeige es ihr. Die anderen stellen sich derweil in einem Kreise um uns herum.

Amme: Ich seh sie vor mir, wie sie sich das Buch angucken, und hör sie schwätzen.

Gevatterin: Wie sie so im Kreise herum stehen, erkennen sie auf dem Bild Adam und Eva, und eine von ihnen sagt zu mir: »Verflucht sei dieser verräterische Feigenbaum oder jene halunkische Schlange, die das Weib da versuchte!« Und dabei tippt sie mit dem Finger auf Eva und seufzt. Eine andere antwortet ihr und sagt: »Wir würden ewig leben, hätte sie nicht den Lecker nach 'nem Stück Obst verspürt. Aber wenn's kein Sterben gäbe, so würden wir einander aufessen, und das Leben würde uns zum Ekel werden, und darum hat Eva wohl daran getan, daß sie den Apfel aß.« – »Das hat sie nicht getan, nein!« schreien die übrigen. »Sterben, ach! O weh, wieder zu Staub und Asche zu werden!« – »Und ich«, ruft ein gewitztes Nönnchen, »ich möchte leben, auch wenn ich nackt und barfuß wäre; Kleider und Schuhe brauchte ich gar nicht; mag den Tod wählen, wem er gefällt!« Unterdessen blättere ich weiter und schlage das Bild von der Sintflut auf, und als ich's aufgeschlagen habe, hör ich sie rufen: »Oh, wie ist Noahs Arche naturgetreu; die Menschen, die sich auf die Baumwipfel und die Berggipfel geflüchtet haben, sehen aus, wie wenn sie lebten!« Eine andere lobte die Blitze, die aus feurigen Wolken hervorzuschießen scheinen; noch andere die Vögel, die sich angstvoll unter der Regenflut ducken; noch andere die Menschen, die sich an die Arche anzuklammern versuchen, und so entdeckt eine jede eine besondere Schönheit.

Amme: Dies Bild ist aus der Kapelle gestohlen.[1]

Gevatterin: Das behauptet man. Nachdem sie sich die Sintflut angesehen hatten, zeigte ich ihnen den Hain, worin es Manna regnete, und als sie die vielen Leute sahen, Weiber sowohl wie Männer, die ihre Schürzen, Taschen, Hände und Körbe mit Manna füllten, da wurden sie alle ganz fröhlich. In diesem Augenblick kam auch die Äbtissin dazu; und sobald sie sie erblickten, liefen sie mit dem Buche zu ihr, und sie begann nun ebenfalls die Bilder anzusehen. So blieb ich allein mit der Nonne, der mein Besuch galt. Und da die Gelegenheit so schön war, zog ich die feingearbeiteten Halskrausen hervor und sagte zu ihr: »Oh, was sagt Ihr wohl zu dieser Arbeit?« – »Oh, sie ist hübsch!« antwortete sie. – »Hübsch ist der Herr, dem die Spitzen gehören«, sag ich drauf,

1. Gemeint sind die Fresken in der Sixtinischen Kapelle.

»ich will Euch morgen ein paar von seinen goldgestickten Hemden zeigen – da werdet Ihr staunen, wie Ihr auch über seine Anmut und Liebenswürdigkeit staunen würdet. O was für ein diskreter Jüngling! was für ein reicher Herr! ich will Euch meine sündigen Gedanken gestehen: Ich wollte, ich wäre noch so, wie ich in meiner Jugend war, und ... na, genug!« Während ich ihr diese Sachen sage, guck ich ihr in die Augen, und da ich sehe, daß diese so sind, wie ich's mir nur wünschen kann, so schlag ich 'nen andern Ton an und sage: »Gott verzeih es Eurer Mutter und Eurem Vater, daß sie Euch hier einkerkerten. Ich weiß wohl, was mir der Kavalier gesagt hat, dem die Halskrausen gehören ...«

Amme: Hübsch gemacht!

Gevatterin: »Er fällt in Ohnmacht, er stirbt, er vergeht vor Liebe zu Euch. Ihr seid ein vernünftiges Mädchen; ich weiß, Ihr denkt daran, daß Ihr von Fleisch und Blut seid und daß die Jugend nicht ewig währt.« Kurz und gut, Amme, das Blut der Frauen ist sanfter und süßer als Honig, aber die Süßigkeit des Nonnenblutes geht über Honig, Zucker und Manna. Darum nahm sie ganz artig einen Brief, den ich ihr von meinem Auftraggeber überbrachte. Der Handel wurde abgemacht, und man fand Mittel und Wege, daß sie zu ihm und er zu ihr gehen konnte. Meine Schlauheit bestand darin, daß ich das Buch im Kloster ließ; dadurch standen mir alle Türen sperrangelweit offen; ich tat immer, als wollte ich das Buch nicht verkaufen, sondern schenken; dieser Handel kam aber niemals zustande.

Amme: Haha!

Gevatterin: In zwei Tagen hatte ich mit meinem Geschwätz alle Nonnen wild gemacht. Ich erzählte ihnen die seltsamsten Geschichten von der Welt, spielte bald mal die Närrische, bald mal die Vernünftige, und sie wetteiferten, wer mich am zärtlichsten liebkosen wollte. Ich erzählte ihnen, was man über die Erbfolge in Mailand dächte und wer wohl Herzog würde; ich setzte ihnen auseinander, ob der Papst für die kaiserliche oder für die französische Partei wäre; ich predigte ihnen von der Größe der Venezianer, wie weise und wie reich sie sind. Dann kam ich auf die Soundso und die Dingsda zu sprechen, zählte die Freunde auf, die sie hätten, sprach von der einen, daß sie in anderen Umständen wäre, und von der anderen, daß sie keine Kinder kriegen könnte; erzählte von den Männern, die ihre Frauen gut, und von denen, die sie schlecht behandelten; ich legte ihnen sogar die Prophezeiungen der heiligen Brigitte und des Bruders Giacopone von Pietrapana aus.

Amme: Was dazu für ein Gehirn gehört!

Gevatterin: Was anderes: Ich stehe vor der Tür einer vornehmen und reichen Frau – (verheiratet an einen sehr hohen Herrn, der jeden Tag von einer Reise zurückerwartet wurde –, in der Hand hab ich 'nen Rosenkranz, im Munde Paternoster und fromme Seufzer, im Busen ein Briefchen und in einem Täschchen meiner Schürze ein Gespinst sehr feinen Garns. Ich klopfe ganz leise und bitte die Magd, die mir vom Fenster herab zuruft: »Wer ist da?«, sie möchte doch ihrer Herrin bestellen, ich wäre da, ich brächte ihr Garn, wozu man ihr sagen müßte, es wäre ein Gelegenheitskauf, weil der Handel sich anderwärts zerschlagen hätte. Ich höre, daß aufgemacht wird, und schleiche mich hinein – so verstohlen wie ein Spitzbube, wenn er mit Brechstange und Speckfeile die Tür eines Kaufladens geöffnet hat, den er schon seit einem Monat aufs Korn genommen hatte. Ich steige die Treppe hinauf, mache vor der Dame eine Verbeugung, die schon mehr Kniefall ist, und sage: »Gott erhalte diese Anmut, diese Schönheit und dieses Auftreten, das mit dem Blütenschmuck der Tugend, der Liebenswürdigkeit und der feinen Sitte geziert ist!«

Amme: Ein schöner Gruß!

Gevatterin: Und sie »Setzt Euch, arme Frau, setzt Euch, sag ich Euch.« Ich setze mich und seufze dabei tief, und zwei heiße Tränen rollen mir schnell über die Backen; ich krieche ganz in mich selbst hinein und erzähl ihr von meinen Kümmernissen: wie alles so teuer ist und wie wenig Almosen gegeben werden. Das rührt ihr Mitleid, und als ich sie gerührt sehe, stammle ich mit bebenden Lippen: »Wenn die andern so wären wie Ihr, dann wäre für unsereine die Armut Reichtum. Was ist denn eine grausame Frau wert? Welches Lob kann man ihr erteilen? wie könnte so eine je ins Paradies kommen? Wie viele arme Frauen sterben auf den Straßen, ohne daß ihnen ein einziger Mensch zu Hilfe kommt? In den Spitälern, wie viele liegen da, die niemals von den Barmherzigen besucht werden? Aber wir wollen gar nicht von den armen Weibern reden – wie viele Männer halten die Hand geschlossen, anstatt sie milde aufzutun? Aber das kommt von jener Grausamkeit, von jener Härte, die der Teufel den Menschen mitten ins Herz pflanzt, Menschen, die mit einem Wort, mit einem Blick – von Werken gar nicht zu reden – den Betrübten beispringen, sie aus Kummer und Elend herausreißen könnten! Seid also gebenedeiet, seid angebetet, denn Ihr seid mitleidig und teilnehmend, und Ihr werdet's nicht zulassen, daß ich dieses Garn umsonst hergebe.« Damit lege ich ihr das Garn in die Hand, lächle und sage: »Heute ist mir etwas passiert, was mir meiner Lebtage noch nicht passiert ist.«

Amme: Die kunstvollste Kunst der kuppelhaftigsten Kuppelei muß noch bei dir in die Lehre gehen!

Gevatterin: Die gnädige Frau wendet sich zu mir und sagt: »Was ist Euch denn passiert?« Und ich antworte: »Wenn ich die schweifenden Blicke Eurer Augen sehe, die Löckchen Eures Haares, die sich unter dem Schleier hervorgestohlen haben, Eure hohe Stirn, den Bogen Eurer Braue, das brennende Rot Eurer Lippe und alle die anderen göttlichen Schönheiten Eurer Gnaden, dann fühle ich größeren Trost, als ich vorher Schmerz fühlte, ehe mein Glück und Eure Huld mir gestatteten, vor Eurem Angesicht zu erscheinen.« Sie nahm das gut auf und sagte: »Eure Güte ist zu groß!« – »Nein, nur die Güte meiner gnädigen Herrin!« ruf ich. »Und er hat ganz recht, daß er Euch anbetet und für Euch glüht.« Damit brech ich ab und fange an, vom Garn zu sprechen, verlange soundso viel fürs Pfund, und wenn sie mir mehr oder weniger dafür geben wolle, so stehe es in ihrem Belieben ... Was ist doch das Weib! wie leicht ist sein Sinn gelenkt! Kaum hatte ich gesagt: »Er hat ganz recht, daß er Euch anbetet und für Euch glüht!« – so wird sie ganz rot; sie verhaspelt sich in unseren Garnhandel, fragt aber nicht weiter nach dem Sinn meiner Bemerkung. Ich seh ihr aber an, daß sie gern davon sprechen möchte und daß ihr diese Angelegenheit wichtiger ist als Garn und Gespinst, und so kratz ich sie denn, wo sie's juckt, und sage: »Wenn einer keinen Verstand hat, ist's sein eigenes Pech, besser ist's, einer gerät Euretwegen in Verzweiflung, als daß er sich bei anderen befriedigt.«

Und da es mir vorkam, als wäre sie durch den Lanzenstoß meines Geschwätzes zu Boden gestreckt, so zieh ich das Brieflein aus dem Busen hervor und drück ihr's in die Hand. Da fällt sie über mich her und schreit: »Mir so was, he? Mir so was, ha? Hältst du mich für so eine? Wer, glaubst du denn, daß ich bin? Ich möchte dir mit meinen Fingern die Augen ausreißen; mit meinen Fingern möcht ich sie dir ausreißen, gottlose Kupplerin, Landstreicherin, die du bist! Geh mit Gott – raus mit dir aus dem Haus! und wenn du dir's je einfallen läßt, mir jemals wieder vor die Augen zu treten, so sollst du für diesmal und allemal deinen Lohn kriegen! Mir kommst du so, wie? Mir wagst du so was anzubieten, was?«

Amme: Mir geht's Wasser ab vor Angst um deine Haut!

Gevatterin: Nun paß auf, was ich machte, als ich mich von ihr die Treppe hinuntergeworfen sah. Gerade als ich mich hinausschleichen will, da kommt ihr Mann von seiner Reise zurück, da kommt auf den Lärm ihre Mutter herbeigelaufen, da kommt noch obendrein ein Bruder von ihr, der sonst niemals aus seinem Studierzimmer herausging. Als ich mich in so übler Lage sehe, da faß ich in meinem Herzen Mut; meine Zunge besinnt sich wieder auf ihre Lügen, und mit eiserner Stirn fang ich an zu schreien und sage zu der Jungen: »Wenn Ihr meintet, ich hätte Euch fürs Garn zuviel abverlangt, so konntet Ihr einfach sagen: ›Das ist nichts für mich‹ – aber zu schimpfen brauchtet Ihr nicht!« Zur Alten: »Wer wüßte besser als Ihr, was das Pfund Garn gilt?« Zum Bruder: »Euch gehen meine Sachen nichts an!« Zum Mann, der mir zuschrie: »Was machst du hier?« und mich anpackte: »Ich habe mich in der Tür geirrt; Euer Gnaden wollen mir gütigst verzeihen.« Und auf diese Weise kam ich aus der schlimmen Geschichte heraus.

Amme: Eine andere wäre verloren gewesen!

Gevatterin: In derartigen Fällen muß man's machen wie der schlaue Fuchs, wenn er sich von Hunden, Knüppeln, Netzen und Feuerbränden umstellt sieht. Er verliert seine Kaltblütigkeit nicht, bleibt immer bei Besinnung und tut, als wolle er bald an dieser Stelle, bald an jener durchbrechen. Alle Bewegungen, die er macht, machen die anderen nach, und so lassen sie ihn aus ihren Klauen entschlüpfen, ohne daß sie merken, wie's zugeht.

Amme: Was du da beschreibst, hab ich zehnmal mit angesehen.

Gevatterin: Aber du glaubst vielleicht, die Dame, vor deren Wut ich scheinbar die Flucht ergriff, sei im Ernst wütend gewesen? Ganz und gar nicht, Amme! sie las die Stücke des von ihr zerrissenen, mit Füßen zertrampelten, angespienen Briefes wieder auf, setzte ihn wieder zusammen, las ihn nicht einmal, sondern tausendmal und zeigte ihn vom Fenster aus dem Kavalier, der ihn ihr durch mich geschickt hatte. Und damit ich's glauben sollte, ließ ihr Liebhaber mich mit eigenen Augen sehen, daß sie die Seine wurde, ohne daß es noch anderer Zwischenträger bedurft hätte. Eines Tages nach dem Essen wies er mir ein Versteck an, von wo aus ich sah, wie sie sich mit ihm zu Bette legte und sich ganz nackt auszog — denn es war sehr heiß —, was aber die schöne Frau zu ihm sagte, das konnte ich nicht verstehen, denn das Zimmer ging auf einen Garten, und die Zikaden machten in jenem Augenblick einen betäubenden Lärm. Aber ich sah sie — ob ich sie sah! Ganz gewiß sah ich sie, denn er betrachtete sie von allen Seiten. Die Haare hatte sie sich ohne jeden Schleier hochgebunden, so daß ihre Zöpfe ein Dach für ihre schöne Stirn bildeten; ihre Augen glühten und lachten zugleich unter den beiden Bögen ihrer Brauen; ihre Wangen waren weiß wie Milch, mit ganz, ganz zarter Granatapfelfarbe betupft. Oh, diese schöne Nase, Schwesterchen! Oh, was für ein schönes Kinn sie hatte! Weißt du, warum ich dir kein Wort von ihrem Munde, von ihren Zähnen sage? um nicht durch mein Geschwätz ihre Herrlichkeit zu schmälern. Einen Hals hatte sie — himmlischer Vater! Und einen Busen, Amme! mit zwei Spitzen dran, um eine Jungfrau zu verführen und einen Märtyrer zu entmönchen. Ich kam einer Ohnmacht nahe, als ich ihren Leib sah, das Juwel von einem Nabel in der Mitte, und ich verlor fast die Besinnung, als mein Blick auf jenes Ding fiel, um dessentwillen so viele Dummheiten gemacht werden, so viele Feindschaften entstehen, so viel Geld und Worte verschwendet werden. Aber gar erst ihre Schenkel, Waden und Füße, ihre Arme und Hände — die möge statt meiner preisen, wer sich aufs Preisen versteht! Und dies war nur die Vorderseite ihres Körpers — die Besinnung wurde mir erst von staunender Bewunderung geraubt, als ich ihren Nakken, ihre Lenden und ihre anderen Schönheiten sah. Ich schwöre dir's bei meiner ganzen Habe, die ich dem Feuer, den Spitzbuben, den Sbirren preisgeben will, wenn's nicht wahr ist, daß ich bei ihrem Anblick mit der Hand an meine Kleine fuhr und sie mir rieb, wie einer, der kein Loch zum Reinstecken hat, sich sein Ding reibt.

Amme: Während du mir diese Beschreibung machtest, empfand ich jenes süße Gefühl, wie wenn man träumt, man hab seinen Liebsten auf sich, und gerade, wenn's kommt, aus dem Schlaf erwacht.

Gevatterin: Nachdem sie sich mit Betrachten und Plaudern amüsiert hatten, warfen sie sich aufs Bett und umschlangen sich so fest, daß die Luft in Verzweiflung geriet, weil sie nicht mehr zwischen ihre Leiber dringen konnte. Und gerade in diesem Augenblick schwiegen zu meinem Glück die Zikaden, und das freute mich innig, denn was Verliebte miteinander sprechen, ist nicht weniger süß anzuhören, als das, was sie machen, anzusehen ist. Ehe sie nun handgemein wurden, heftete der ebenso feingebildete wie vornehme Jüngling seine Augen auf die ihrigen, sah sie unverwandt an und sprach die folgenden Verse, die ich mir von ihm später habe aufschreiben lassen und die ich nebst den anderen Reimen, die ich dir bei passender Gelegenheit vortragen werde, meinem Gedächtnis einverleibt habe:

Warum dich sehnen nach des Himmels Wonnen,
Wenn dir der Liebe Glück auf Erden lacht?
Warum auf Sternen wandeln wolln und Sonnen,
Wenn dich umhegt der Minne Zaubermacht?
Still deinen Durst aus ihrem klaren Bronnen
Und du bist selig, wie du's nie gedacht,
Wenn du in heißem, stürmischem Verlangen
Die Liebste küssest auf die Rosenwangen.
O Wonne, wenn zwei Herzen sich ergießen
in *ein* Herz, wenn die Seele sich vermählt
Der Seele, und in fröhlichem Genießen
Das Leben sich ein zweites Leben wählt!
O Wonne, wenn zwei Menschen sich umschließen,
Von gleichem Wunsch, von gleicher Glut beseelt —
Kein Neid des Schicksals trübt das Glück der Gatten,
Bis schmerzlos sie umfängt des Todes Schatten.

Amme: Sie sind mir in die Seele gedrungen, diese Verse, in die Seele! Oh, wie sind sie süß, wie sind sie lieblich!

Gevatterin: Nachdem er diese beiden Stanzen hergesagt und damit die Ohren der jungen Schönen geatzt hatte, fuhr er in sie rein. Schon preßten ihre Busen sich so glühend aufeinander, daß ihrer beider Herzen mit gleicher Inbrunst sich küßten. Dabei küßten sie sich so süß, daß ihnen ihre Seelen vor Entzücken auf die Lippen traten, und indem sie ihre Küsse schlürften, kosteten sie die Süßigkeiten des Himmels, und ihre Seelen, von denen ich eben sprach, lagen in ihren Ausrufen: »Ach! Ach!« – »Oh! Oh!« – »Mein Leben!« – »Meine Seele!« – »Mein Herz!« – »Ich sterbe!« – »Warte, es kommt mir!« ... bis sie fertig waren. Da sanken sie beide langsam hin, indem jedes von ihnen mit einem Seufzer seine Seele in den Mund des anderen verhauchte.

Amme: Du schilderst wunderbar, wie eine Sappho, wie ein Tibaldeo, geschweige denn wie ein Petrarca. Aber sprich mir nicht mehr von ihnen; ich möchte den süßen Geschmack im Munde behalten.

Gevatterin: Den Gefallen will ich dir tun, obwohl es eigentlich schade ist, wenn ich nichts von dem Schlafe sage, der sachte, sachte auf ihre Lider sich herniedersenkte wie ein milder Regen, so daß sie sich öffneten und schlossen und den Augen das Licht nahmen und wiedergaben, wie ein Wölkchen der Sonne das Licht nimmt und wiedergibt, indem es sich bald vor sie schiebt und bald weiterzieht.

Amme: Jeder nach seinem Belieben!

Gevatterin: Ein Herr von Stande, eine hochangesehene Persönlichkeit, der mehr Tugenden hatte als der Esel graue Haare, der warf sein Auge auf eine Witwe; sie war weder alt noch jung, sehr schön und ging fast jeden Morgen in die Messe. Um mir auf jeden Fall entweder bei ihr oder bei ihm was zu verdienen, erschien ich immer vor ihr in der Kirche und kniete genau auf derselben Altarstufe, auf welcher sie immer kniete; und das tat ich absichtlich, damit sie mich anreden sollte, und wär's auch nur gewesen, um mir zu sagen: ›Packt Euch fort von hier!‹ Mein Plan gelang mir denn auch; jedesmal, wenn sie mich sah, grüßte sie mich freundlich, und oft fragte sie mich, wie's mir ginge, ob ich verheiratet wäre, wieviel Miete ich bezahlte und derlei Sachen. Infolgedessen beschloß der Kavalier, der hinter ihr her war, mich zur Vermittlerin in seiner Liebesangelegenheit zu machen; eines Abends also kam er verstohlen zu mir und richtete in sehr höflicher Weise diese Bitte an mich. Ich, als echte Lateinerin, versprech's ihm, indem ich sage: »Eine Frau meinesgleichen ist dazu da, um einem Herrn wie Euch zu dienen«, und versprech es ihm nicht, indem ich hinzusetze: »Ich zweifle, daß es mir gelingt; indessen werde ich mit ihr sprechen, verlaßt Euch drauf.« Ich bestelle ihn also in die Kirche, mache mich an die Witwe heran und spreche mit ihr von anderen Sachen, und als sie über mein Geplauder lacht, dreh ich mich nach ihm um und mache ihm ein Zeichen, wie wenn sie darüber lachte, daß ich von ihm gesprochen hätte; und er freut sich.

Amme: Barmherzigkeit! wie ist's möglich!

Gevatterin: Nach der Messe geh ich wieder nach Hause; gleich darauf ist er da, ich ergreife seine Hand und sage: »Wohl bekomm's Euch, wie sie Euch gern hat! Ich hätte ihr gar nicht von etwas Angenehmerem sprechen können. Nur hat sie es sogleich beim ersten Mal nicht gewagt, frei von der Leber weg zu sprechen — indessen, wer sähe ihr nicht an, wie sie denkt! Schreibt ihr einen Brief mit irgend 'nem Sonettchen; da hat sie nämlich ihre Freude dran, und ich werd's an sie bestellen.« Wie er das von dem Brief hört, läßt er flugs zwei Dukätchen springen und sagt: »Ich gebe sie Euch nicht als Bezahlung, sondern nur als Angeld auf das, was Ihr von mir zu erwarten habt, und heute abend bring ich Euch den Brief.« Er geht, kommt wieder und bringt mir den Brief, der in ein Stückchen Samt eingewickelt und mit grünen Seidenschnüren zugebunden war, er küßt ihn und gibt ihn mir; ich küsse ihn wieder und nehme ihn.

Amme: Zeremonien für Zeremonien!

Gevatterin: Nachdem ich den Brief erhalten, verabschiede ich mich von dem Herrn, indem ich ihm verspreche, am nächsten Morgen würde ich ihn an sie bestellen. Ich gehe in die Kirche, treffe sie auch, spreche aber nicht mit ihr und zeige auf eine Zofe, die sie sonst niemals mitzubringen pflegte; ich mache also nichts und entschuldige mich bei ihm. »Schon gut!« antwortet er; »was nicht geht, das geht eben nicht; wenn Ihr nur an mich denken wollt, so bin ich schon zufrieden.« – »Wie? an Euch denken? Noch heute will ich ihr den Brief geben oder des Todes sein! Laßt mich nur machen, ich gehe zu ihr ins Haus. Seid um zwei Uhr[1] hier; ich werde Euch wohl etwas mitzuteilen haben.« Er dankt mir, verspricht mir goldene Berge, zückt abermals ein Dukätchen und geht ab. Nach 'ner guten Weile begeb ich mich zur Witwe und frage sie, ob sie nicht ein bißchen Flachs, Werg oder Hanf für mich zum Spinnen habe. Du wirst dich erinnern, daß ich, wie ich dir sagte, in die Häuser der Reichen als arme Frau gekleidet gehe, zu den Armen aber als Reiche. Ich bekam Flachs und alles, was ich wollte. Der Herr kam am Abend wieder zu mir, und ich sagte ihm: »Ich hab ihr den Brief auf die schönste und schlaueste Art von der Welt gegeben.« Hierauf erzähle ich ihm 'ne lange Litanei, an der kein wahres Wort war, und rede ihm vor, am nächsten Abend würde ich hingehen, um die Antwort zu holen. Kommt der nächste Morgen, und ich hatte ein Geschäftchen mit 'ner kleinen Seidenhasplerin, einem schönen jungen Ding ohne 'nen Pfennig Geld. Ich lasse ein Nichtchen von mir in meiner Wohnung und denke gar nicht an den Brief, den ich ja nicht bestellt hatte. Er lag im Tischkasten, und meine Gedankenlosigkeit wäre mir beinahe teuer zu stehen gekommen. Denn der Herr, der ihn mir gegeben hatte, kam in meine Wohnung, während ich nicht da war. Das Mädel macht ihm auf, er geht nach oben, zieht zufällig den Tischkasten auf und findet den Brief, den er mitnimmt, indem er sagt: »Ich will doch mal sehen, was die verhenkerte Kupplerin, der ich soviel Gutes getan, mir sagen wird!«

Amme: Da liegst du mit 'm Beinbruch.

Gevatterin: Nur sachte! Ich komme nach Hause, und mein Herz sagt mir schon: ›Da ist irgendwas los!‹ So seh ich im Schubkasten nach und finde den Brief nicht; ich frage die Kleine, und sie sagt mir: »Herr Soundso ist dagewesen.« So hatt ich also auf eine Entschuldigung bedacht zu sein. Da kommt er auch schon selber, läßt sich aber gar nichts merken, sondern tritt lächelnd wie gewöhnlich ein und begrüßt mich wie immer mit ein paar Wörtchen. Aber deine durchtriebene Gevatterin läßt sich dadurch nicht fangen,

1. acht Uhr abends.

sondern geht auf ihn zu und sagt: »Ich weiß, Ihr laßt Eurer armen Dienerin nicht die Zeit zu schlafen und ihr Essen zu verdauen – bei meiner Seele, ich habe einen bösen Abend und eine gar traurige Nacht verbracht. Allerdings hab ich Euch gesagt, ich hätte den Brief bestellt, das will ich nicht leugnen; aber ich sagte es nicht, um Euch was aufzubinden. Ich hatte keine Gelegenheit gefunden, ihr den Brief zu geben, wußte aber bestimmt, daß es mir heute abend möglich sein würde, und darum dachte ich bei mir selber: ›Es macht nichts, daß ich ihm gesagt habe, ich hätte seinen Auftrag schon ausgeführt, da ich die Sache sofort erledigen kann.‹ Nun habt Ihr ja aber Euren Brief wieder an Euch genommen, und es ist mir klar, daß Ihr mir nicht mehr glauben werdet, selbst wenn ich Euch die Wahrheit sage. Aber gebt ihn mir wieder, und Ihr werdet sehen, was ich ausrichte – nicht morgen, sondern übermorgen!«

Amme: Hör einer solchen Schwindel!

Gevatterin: Er ist ganz friedfertig und gut, zieht den Brief aus dem Busen, gibt ihn mir wieder und sagt: »Allerdings war ich ein bißchen aufgebracht, denn ich glaubte, zum Narren gehalten zu sein, aber ich bin ein vernünftiger Mann; darum erkläre ich mich mit Euren Entschuldigungen zufrieden; alle Verstimmung ist beseitigt, und wenn Ihr ein bißchen eifrig seid, so läßt das Versehen sich leicht wiedergutmachen.« Und ich: »Ich weiß recht wohl, was es zu bedeuten hat, einem Herrn wie Euch nicht die Wahrheit zu sagen; der Fehler ist nun mal begangen, jetzt will ich dran denken, ihn wiedergutzumachen.« Mit diesen leeren Redensarten gibt er sich völlig zufrieden und geht ab. Ich lache aus vollem Halse hinter ihm her und mache den Brief auf. Amme, niemals hat man was Schöneres gesehen! Jeder Buchstabe schien eine Perle zu sein; keine Frau könnte so grausam und so hart sein, den Worten, die darin zu lesen waren, zu widerstehen. Oh, was für schöne Gleichnisse! was für rührende Bitten! welch kunstvolle Art, die Leserin zu rühren und in Flammen zu setzen! Es machte mir eine wunderbare Lust, das Madrigal zu lesen und wieder zu lesen, das in diesem Briefe stand:

›Geliebtes Weib! Unsäglich schön
Ist Schönheit nur, weil dir sie gleicht;

gut des Todes erinnern, der mir bevorsteht, und der Gebete, die meine Mutter mich lehrte, als ich noch ein kleines Kind war! Er sang zu seiner Laute:

Meine süße Flamme, hohe Herrin mein!
Darf ich mein Glück in deinen Zügen lesen,
Ruf ich: Ich bin im Paradies gewesen;
Nur dort ist Eden — sollt's woanders sein,
So wär's ein Abbild nur von deiner Zier
Und wäre schön nur als ein Bild von dir!

Amme: Nett und kurz!

Gevatterin: Dann sangen sie aus ihren Notenheften, während ein Haufen von Menschen ringsherum stand:

Es lacht die Welt und glaubt es nicht,
Daß mir die Liebe alles Leid gebracht
Und meiner süßen Feindin alles Glück — —
So fleh ich denn zu dir,
Ruchloser König der verdammten Seelen,
Und fleh zu dir, o Gott der Götter:
Schickt mir zwei Seelen auf die Welt —
Die eine aus der Hölle tiefem Schlund,
Wo Glut und Frost und Ungeheuerzahn
Mit unnennbarer Qual sie martern;
Die andre aus den Himmelsauen,
Die seligste der Engelseelen!
Laß die verdammte eine Stunde bei mir weilen,
Die selige bei ihr —
Fürwahr! vor meinem Jammer würde fliehn
Die Höllenseele und zu jedem sagen:
›Ich leide mindre Qual um meine Sünden!‹
Die gute aber würde glücklich sein,
Bezaubert von dem schönen Angesicht
Der Himmelswonne ganz und gar vergessen — —
Grausame Höllenbrände glühn in mir,
Seligste Paradiese blühn in ihr.

Amme: Das ist blödsinnig schön! Deine Dichter da, die Schwätzer, reden einen schönen Unsinn zusammen; sie haben ja auch immerzu 'nen Vogel.

Gevatterin: Malern und Dichtern steht das Lügen gut an; es sind nur Redensarten, wenn sie die von ihnen geliebten Frauen hoch erheben und wenn sie das Leiden, das ihnen die Liebe bringt, ein bißchen übertreiben.

Amme: Einen Strick her! Und bindet mir Maler, Bildhauer und Dichter zusammen, denn verrückt sind sie alle.

Gevatterin: Die Maler und die Bildhauer – mit Baccinos Verlaub – sind mit Absicht verrückt; denn warum? sie nehmen ja ihre eigene Seele und hauchen sie Bildern und Marmelblöcken ein.

Amme: Ebendrum sollte man sie binden.

Gevatterin: Wir kommen von unserm Ständchen ab! Weiter trällerten sie:

Augen!
Für euch, euch, euch will ich sterben,
Ihr, ihr, ihr seid mein Tod !

Amme: Na ja!

Gevatterin: Und zum Schluß sang einer zum Preise gewisser Augen:

Wenn doch die Sonne uns in unsre Nacht
So strahlend schiene wie deiner Augen Pracht!

Ich will dir alles bis ins kleinste erzählen, denn ohne allen Zweifel muß die Kupplerin manchmal 'ner Spinne gleichen: Wenn einmal ihre Pläne ihr mißlingen, so muß sie von vorne anfangen, gerade wie die Spinne ihr zerrissenes Netz ausbessert. Und wie die Spinne einen ganzen Tag geduldig wartet, um eine Fliege zu fangen, so muß auch die Kupplerin ruhig und unbeweglich lauern, um einen zu erwischen. Sobald sie die günstige Gelegenheit erkennt, stürzt sie sich auf ihren Vorteil, gerade wie die Spinne über das Tierchen herfällt, das in ihr Netz geraten ist; und wenn die Jagd auch nur geringe Beute bringt – tut nichts! Wenn's auch nur ein einziger Mundvoll ist, so ist's genug. Und wenn die Kupplerin sich mal irgendwo einquartiert, weil einer so dumm ist, sie bei sich aufzunehmen, so saugt sie dem Geldbeutel das Blut aus, wie die Spinne die von ihr gefangenen Fliegen aussaugt. Die Spinne liegt stets auf der Lauer, und die Kupplerin ist immer wach. Die Spinne rennt herbei, sowie nur ein Fusselchen ihr in die Maschen gerät, und die Kupplerin läuft unverzüglich, jedem zu öffnen, der bei ihr an die Tür klopft; und im Hinterhalt liegt sie stets, genau wie die Spinne.

Amme: Die Natur hat ja zwar die Dinge gemacht, die du zu deinen Gleichnissen benutzest, aber ich glaube nicht, daß sie so gut wie du solche Gleichnisse zu finden wüßte.

Gevatterin: Denk nur, was ich erst leisten würde, wenn ich mich ernstlich damit abgeben wollte!

Amme: Wenn du dich damit abgäbest, würde der Himmel sich baß verwundern!

Gevatterin: Ja, ich würde schon was zustande bringen, obwohl ich mir aus Ruhm und Namen nichts mache und nicht zu jenen ruhmredigen Weibern gehöre, denen die Straße nicht breit genug ist und die ihre Backen aufblasen wie Frau Fama. Ich bleib in meinen Kleidern und bin zufrieden mit dem, was ich bin. Aber lassen wir nur die anderen schwatzen. Ich, meine liebe Amme, habe mein Schifflein nach Wind und Wetter gelenkt, habe niemals eine Stunde verloren und hab immer was verdient, manchmal ein bißchen, manchmal viel. Oft ging ich nachmittags bei den Bänken herum, oder im Borgo, und bis nach Sankt Peter; da nahm ich die dämlichen Fremden aufs Korn, die man so leicht erkennt wie 'ne Melone. Und hatte ich so einen bemerkt, so machte ich mich so recht einfältig an ihn ran, grüßte ihn und sagte: »Aus welcher Gegend seid Ihr, mein wackrer Herr?« Dann fragte ich ihn, wie lange er schon in Rom sei, ob er einen Protektor suche, und dergleichen Zeug, und machte mich sofort so recht vertraut mit ihm. Nachdem wir Freundschaft geschlossen, gaffte ich mit ihm zusammen die Menschenmenge an, die sich fortwährend über die Engelsbrücke bewegt. Schließlich sag ich zu ihm: »Bitte, bitte, kommt doch mit mir in meine Wohnung, ich habe mit meiner Hausfrau Abrechnung zu halten, und ich versteh mich nicht auf diese Baiocchi, diese halben und ganzen Juliusse, und ich weiß nicht, wieviel ein Kammerdukaten oder ein anderer wert ist.« Der Pinsel sagt: »Gewiß, recht gern«, trottet ahnungslos mit mir, und ich führe ihn in mein Kämmerchen, wo irgend 'ne alte Hure war, zu der ich beim Eintreten sagte: »Ruft Eure Mutter!« Das war für sie das Stichwort, und sie erwiderte: »Sie erwartet Euch im Hause ihrer Tante, und sie sagte, Ihr müßtet auf alle Fälle hingehen, denn es sei irgendeiner da, der mit Euch sprechen wollte; nachher solltet Ihr wiederkommen und die Abrechnung machen.«

Amme: Was für ein schlau angelegter Streich, was für 'ne fein eingefädelte Sache! Aber ich sehe noch nicht recht, worauf es hinauswill.

Gevatterin: »Schön!« sag ich, dreh mich zu dem Tolpatsch um und sage: »Gleich im Augenblick bin ich wieder bei Euch; nehmt unterdessen ein Frühstück.« Er guckt sich von oben bis unten das für ihn abgerichtete Füllen an und sagt: »Geht nur! ich warte gern ein ganzes Jahr, geschweige denn ein Augenblickchen.« Na, wozu soll ich den ganzen Tag erzählen! Der arme Kerl unterlag den Reizungen der Vettel und ging auf den Leim. Als er aber gehen wollte, ohne die Zeche zu bezahlen, da erhob sie ein Geschrei, nahm ihm den Mantel weg und warf ihn mit greulichen Schimpfworten zum Hause hinaus.

Amme: Hahaha! hihihi! hohoho!

Gevatterin: Jeden Tag schleppte ich auf diese Weise Leute heran, und wer keinen Heller im Sack hatte, dem wurden die Kleider vom Leibe gezogen. Auf meine Rückkehr aber konnten sie warten, bis sie schwarz wurden.

Amme: Wer nicht schwimmen kann und ohne Binsenschwimmgürtel oder ausgehöhlte Kürbisse ins tiefe Wasser geht, der ertrinkt gar bald. Dabei denk ich an solche, die sich aufs Kuppeln legen wollen, ohne zu 'ner Lehrmeisterin zu gehen.

Gevatterin: Du hast die Sache begriffen.

Amme: Wenn ich sie noch nicht begriffen habe, so glaube ich doch wenigstens, sie begriffen zu haben.

Gevatterin: Nun hör mir hübsch die folgende Geschichte an.

Amme: Kein Wörtchen sag ich mehr!

Gevatterin: Ich weiß nicht, wie's der Teufel anfing – genug, er brach der Frau eines hochgeachteten Mannes, einer berühmten Schönheit, den Hals. Sie lief weg, und man hörte niemals wieder was von ihr. Als man nun von nichts anderem als von ihrem Fortgehen sprach, da rief ich den Günstling eines großen Herrn zu mir und ließ ihn beim heiligen Grabstein schwören, daß er das, was ich ihm sagen würde, geheimhalten wollte. Er schwor. Hierauf sag ich ihm, indem ich ihm zum Zeichen der Wahrheit meine Hand gebe, die berühmte Frau, die Durchgängerin, sei in meiner Kammer, aber ganz im Dunkeln, und es werde einen Teufelslärm geben, wenn er irgend jemandem ein Wort davon entdeckte. Als er vernimmt, daß ich sie zu meiner Verfügung habe, leckt er mich ab mit seinen Liebkosungen, nennt mich Mutter, Frauchen, Schwesterchen, gnädige Frau. Und ich: Ich wollte nicht gern, daß man was davon erführe! Denn es käme nicht nur die arme Frau in Gefahr, ermordet zu werden, sondern es ginge auch mir an Hals und Kragen, Arme und Beine; ich würde gestäupt, gebrandmarkt und vielleicht sogar verbrannt.

Amme: Der Mann wird's irgend 'ner Zofe besorgen. Mich dünkt, ich seh's schon kommen.

Gevatterin: Wem sollte er's denn sonst besorgen?

Amme: Hab ich's nicht gesagt?

Gevatterin: Amme — nach vielen Zeremonien und nicht ohne ihm gute Verrichtung gewünscht zu haben, führte ich ihn in die dunkle Kammer zu dem von dir erratenen Zöfchen: Er bezahlte und stemmte sie wie ein anständiger Mann; dann bedankte er sich bei mir und lief spornstreichs zu einem Botschafter, ließ sich von dem das Wort geben und erzählte ihm die Geschichte. Der konnte sich's denn nicht verkneifen — er mußte in 'ner Verkleidung zu mir kommen und 's der Zofe besorgen; er hatte sie und kam mehr als zehnmal wieder. Und nicht nur er, sondern an die hundert Kavaliere, Offiziere und Edelleute steckten ihn ihr rein; durch diesen Streich verdiente ich mir fast alles, was ich jetzt besitze.

Amme: Sag mir — kam der Schelmenstreich raus?

Gevatterin: Ja, er kam raus.

Amme: Wie denn?

Gevatterin: Eines Morgens hatte sie zufällig ein Pfäfflein auf'm Bauch. Es war sehr kalt, und ich hatte daher eine Kohlenpfanne in die Kammer gestellt. Plötzlich flackert eine Kohle auf, Monsignore sieht das Gesicht der Schönen und erkennt, daß es nicht die Richtige ist. Er auf mich los, will mich auffressen, schimpft mich aus, daß kein gutes Haar an mir bleibt, bohrt mir zwei- oder dreimal die Finger in die Augen, um sie mir aus dem Kopf zu reißen, und versetzt mir eine derbe Tracht Faustschläge. Wenn mir nicht meine Zunge zu Hilfe gekommen wäre, wäre ich futsch. Und als nun der Streich, den ich den Leutchen gespielt, bekannt wurde, da fehlte nicht viel, so hätte mich der Mann der entflohenen Schönen in Stücke und Fetzen gehackt; denn er meinte allen Ernstes, die zweite Schande träfe ihn nicht härter als die erste. Aber wer einmal davonkommt, der kommt hundertmal davon, und aus dem Spott wurde fröhliches Lachen.

Amme: Das freut mich.

Gevatterin: Wie viele Huren und wie viele Männer habe ich nicht in meinem Leben verraten, betrogen und zum besten gehabt.

Amme: Deine Seele wird die Kosten tragen müssen.

Gevatterin: Bah! Man kann nicht zu gleicher Zeit Heilige und Kupplerin sein, und wenn die Seele in der andern Welt die Schulden des Leibes bezahlt, so kann sie dafür doch sagen: ›Wer sich einmal ein Vergnügen gönnt, braucht nicht immerfort zu warten.‹ Und dann: Zur Reue ist immer noch Zeit.

Amme: Da hast du recht.

Gevatterin: Ich habe zwanzig Hühnerschlächter, dreißig Wasserträger und fünfzig Müllergesellen mit den ersten Kurtisanen der Stadt schlafen lassen, indem ich sie für große Herren und Kavaliere ausgab, ›die Euer Ruhm herbeigezogen‹ – wie's im Innamoramento heißt; die Wahrheit zu sagen: Sie haben auch gut dafür bezahlt. Drehen wir 's Blatt um, so hab ich auf der anderen Seite die schlumpigsten Vetteln von den höchsten Herrschaften bearbeiten lassen, indem ich ihre Häßlichkeit unter geliehenen schönen Kleidern versteckte. Und ich kann mich nicht enthalten, dir einen Streich zu erzählen, den ich zum Vorteil der betreffenden Signora und zu meinem eigenen verübte. Paß gut auf, Schwesterchen: obwohl die Kurtisane, von der ich spreche, sehr gewitzigt war, so war doch all ihr Witz mit meinem Öl und mit meinem Salz gewürzt.

Amme: Das Gegenteil zu glauben wäre unerlaubt.

Gevatterin: Es kam nach Rom ein ausländischer Kaufherr, der aber seiner Geschäfte wegen jedes Jahr acht Monate hier verweilte. Und nach Amors Willen verliebte er sich in eine von den allerersten Kurtisanen, wirklich eine famose Person, so famos, daß ich dir's gar nicht beschreiben kann. Er brannte lichterloh, und da er kein anderes Mittel zu finden wußte, so fiel er mir in die Finger, erzählte mir seinen Liebeskummer, und ich antwortete ihm auf die bekannte Art mit: ›Ich will mal sehen ... ich weiß nicht ... es könnte wohl sein ... vielleicht ... aber ...« – wie man eben spricht, wenn man nicht recht weiß, ob 'ne Sache zu haben sein wird. Ich geh aber doch zu ihr, spreche mit ihr, komme wieder, mach ihm Hoffnungen, zerstöre sie wieder usw. Und er gibt mir Briefe, gibt mir Sonette, und ich bringe das ganze Zeug seiner Schönen.

Amme: Immer machen Sonette oder Briefe den ersten Besuch: Warum nicht blanke Dukaten? Wenn einer nicht bloß im Dunstkreis von dieser oder jener sich das Ding reiben will, so muß er was anderes vorweisen als Papier und Verse.

Gevatterin: Was du sagst, hat Hand und Fuß; indessen Höflichkeiten sind und bleiben nun mal Höflichkeiten, und Lieder waren schon damals vielfach im Brauch; wenn eine nicht 'nen Haufen von den schönsten und neusten auswendig gewußt hätte, so hätte sie sich geschämt, und übrigens hatten die Huren ebensosehr ihr Vergnügen dran wie die Kupplerinnen. Und Nanna hier wird mich nicht Lügen strafen: Ich weiß wohl; wie manchen schönen Profit ihr ihre Lieder gebracht haben und wieviel Spaß sie 'ne Zeitlang aller Welt machte mit jenem Liede, das da lautet:

Ihr Frauen – ich hab ein Ding!
Und spielen wir das zweirückige Tier,
So habt dasselbige Ding auch ihr;
's ist weiß und hat 'nen roten Kopf,
Haare schwarz wie 'n Tintentropf,
Steht auf, sobald man's anrührt, und
Hat stets die Milch in seinem Mund.
Oft ist es groß, oft ist es klein,
Hat keine Ohren und hört doch fein –
Nun sagt, ihr lieben Frauen, mir an,
Was das wohl für ein Ding sein kann?

Amme: Ich weiß! 's ist der Schwanz!

Gevatterin: Bei der Madonna, ja — der Schwanz. Aber die Welt wird immer älter und immer jämmerlicher. Die Kurtisanen haben umlernen müssen; sie müssen was vorzustellen wissen, und die schöpft aus dem vollen, die das meiste Geschick und das meiste Glück hat, wie's die Pippa gewiß von ihrer Mutter gehört hat. Aber wieder zu unserm Kaufherrn! Nachdem ich ihn 'nen halben Monat genarrt hatte, sagte ich ihm: »Der Signora ist's recht, wenn sie's Euch recht machen kann; und denket nur nicht, sie tue es um Eures Geldes willen, denn Geld hat sie selber genug, sondern Eure Anmut, Eure stattliche Erscheinung haben's ihr angetan.« Hierauf bring ich ihm noch bei, sie werde in mein Haus kommen, denn sie könne ihn aus gewissen Rücksichten nicht in dem ihrigen empfangen. Sie kommt wirklich, und sie machen's miteinander; er hatte sie noch ein paarmal, aber immer ganz heimlich. Er machte ihr schöne Geschenke, denn er glaubte steif und fest, sie wäre in ihn ganz verschossen und deshalb käme sie in mein Häuschen, zugleich auch, damit der vornehme Herr, der sie aushielte, nichts davon merkte. Diesen Umstand hatte ich zu erwähnen vergessen. Der Kaufherr setzte ihr mit Bitten, Schwüren und Geschenken dermaßen zu, daß sie schließlich nicht umhinkonnte, zwei Nächte in meinem Bettchen mit ihm zu schlafen. Sie war ja an Federbetten, Matratzen, leinene Bettücher, seidene Decken und Samtvorhänge gewöhnt. Aber sie umarmte ihn und sagte: »Die Liebe, die ich für Euch im Herzen trage, bewirkt, daß ich in einem Bett schlafe, worin meine geringste Magd nicht schlafen würde, aber die Dornen, ja die Dornen erscheinen mir weich, wenn Ihr dabei seid.« Dann gab sie ihm 'nen Schmatz und fuhr fort: »Die nächste Nacht, hab ich beschlossen, sollt Ihr in meinem schlafen; was ist denn auch dabei, wenn's wirklich zu meinem Schaden ausschlägt?«

Amme: Die Lunte hat schon Feuer gefangen, gleich wird der Schuß losgehn.

Gevatterin: Wie er dies Versprechen hört, schickt der ungeduldige Liebhaber ihr ein feines Abendessen: Fasanen und solche Sachen. Mit dem Glockenschlag eins[1] betritt er ihr Haus, steigt beim Scheine einer weißen Wachsfackel die Treppe hinauf und tritt in

1. sieben Uhr abends.

den Saal. ›Ah!‹ denkt er, ›der ist fein eingerichtet! der ist schön groß!‹ In ihre Kammer geführt, ist er ganz erstaunt über den kostbaren Schmuck derselben, und er sagt bei sich selber: »Wie kann ich ihr die Unbequemlichkeit bezahlen, die sie um meinetwillen hat erdulden müssen, indem sie in jenem jämmerlichen Bettchen bei mir schlief?« Um's kurz zu machen: Sie speisten zu Abend und gingen dann zur Ruhe, und als sie kaum die Kerze gelöscht hatten, oder vielmehr gerade in dem Moment, wo sie die Augen zum ersten Schlummer schlossen – bums, da fliegt ein Ziegelstein durchs Zimmer und schmeißt alles in Scherben; sie klammert sich an ihn und sagt: »Ach! ach!« Auf einmal wird die Bettdecke weggezogen; sie liegen beinahe nackt, und als sie die Decke wieder an sich ziehen will, da hören sie ein lautes Gelächter. Der Kaufmann sagt ganz ängstlich zu ihr: »Sollten das Geister sein!«

Amme: Das dachte ich mir.

Gevatterin: »Wahrhaftig, ja, mein geliebter Herr«, antwortete sie. »Außer dem hohen Herrn, dem ich alles verdanke, was ich habe, und der es nicht leiden kann, daß bloß 'ne Fliege mich ansieht, so daß ich mir die Zeit förmlich stehlen muß, um Euch zu Gefallen zu sein – außer diesem Herrn verfolgt mich auch noch der Geist eines früheren Liebhabers, eines armen Burschen, der sich um meinetwillen aufhängte, und immer, immer, wenn ich mit jemandem schlafe, spielt er mir solche Possen, wie du eben erlebt hast; wenn ich allein schlafe, verhält er sich ganz ruhig.« In diesem Augenblick fängt eine von ihren Zofen, die unterm Bett versteckt liegt, wieder an, ihnen die Decke wegzuziehen und laut zu lachen.

Amme: O Gott, was für 'ne köstliche Spitzbüberei!

Gevatterin: Als er sie so sprechen hörte, da wirkten die Scherze der Zofe, und der Kaufmann geriet ganz aus dem Häuschen. Und wenn sie ihm nicht Mut eingesprochen hätte, so hätte man ihn an den Pfeiler[1] binden müssen. Als er am Morgen aufgestanden war, ließ er Kammer, Saal, Küche, Weinkeller, Holzboden, Dach und jedes Winkelchen im Haus bekreuzigen und besegnen, dann

1. Gemeint ist der Kirchenpfeiler, an den bei Teufelsaustreibungen die Besessenen gefesselt werden.

ging er zu einem Priester, dem saubersten, den er finden konnte, gab ihm einen Dukaten und sagte ihm: »Leset die Messe des heiligen Gregor für die Seelenruhe des Geistes, der in dem Hause der Signora Soundso spukt!«

Amme: Hahaha!

Gevatterin: Der saudumme Kerl, der den Klugen und Weisen spielte, ließ sich's in den Kopf setzen, der Geist hätte noch niemals so tolle Sachen getrieben, wie in jener Nacht, wo er bei ihr geschlafen; das käme davon, weil sie noch niemals einen so von Herzen geliebt hätte wie ihn.

Amme: Schafskopf!

Gevatterin: Das schönste dabei ist, daß das Kamel überall die Geschichte von dem Geist erzählte. Als man ihn auslachte, weil er an solchen Firlefanz glaubte, wollte er alle Ungläubigen vor seine Klinge fordern.

Amme: Aalhautverkäufer!

Gevatterin: Er war reich, der Nudelschlucker.

Amme: Um so schlimmer.

Gevatterin: Wenn ich mich recht erinnere, versprach ich dir zu erzählen, wie die Huren uns die Ehre wiedergeben, die sie sich angemaßt haben.

Amme: Du sagtest mir so was von 'nem Vortritt.

Gevatterin: Wenn die Huren, die uns so geringschätzig behandeln, uns nötig haben, weil sie ohne einen nicht sein können, weil sie sterbensverliebt sind, so gehen sie uns entgegen, führen uns in die Kammer, setzen uns obenan, Ihrzen uns, empfehlen sich uns, versprechen uns goldene Berge, machen uns Geschenke, küssen uns; das wenigste ist, daß sie uns sagen: »Ihr seid meine Hoffnung. Unser Leben liegt in Eurer Hand.« Und wir dummen Trinen, wir werfen uns ihnen an den Hals. Aber wir müssen darin anders werden, wir dürfen nicht immer so fix bei der Hand sein; und wenn sie vor Kummer hinsiechen und vor Sehnsucht vergehen – laß sie vergehen! Wir müssen ihnen nicht immer gleich in allem helfen, und wenn wir ihnen helfen, so sollen sie's uns nach dem Wert bezahlen und sollen uns den Rang wiedergeben, der uns gebührt. Ich kenne keinen Mann – ich meine, unter den hohen Herren und Fürsten –, der nicht von Tische, ja sogar von einer Beratung über Staatsangelegenheiten aufstände, sobald man ihm meldet, daß die Kupplerin da ist; sie schließen sich mit uns unter vier Augen ein, behandeln uns auf vertrautem Fuß und geben uns sogar den Vortritt.

Amme: Ich gäbe keinen Heller für deinen Vortritt.

Gevatterin: Du bist dumm! Ich habe Leute sich prügeln sehen, um den Platz neben der Kanzel des Universitätsrektors zu kriegen; und wenn der Papst im päpstlichen Ornat daherschreitet, da verteidigt ein jeder, der was ist, den Platz, der ihm zukommt: die Kämmerer sind mehr als die Reitknechte, die Reitknechte mehr als die Stallknechte und die Stallknechte mehr als die Wasserer. Welche Mühe kostet's einem nicht, aus dem Sire ein Messire zu werden und aus dem Messire ein Signore! Alles muß in der richtigen Ordnung vor sich gehen: Drum gibt's Edeldamen, Bürgersfrauen und gewöhnliche Weiber, und wenn sie miteinander gehen oder beisammensitzen müssen, so kriegt die Edeldame den Platz in der Mitte, die Bürgersfrau den zur Rechten, das gewöhnliche Weib den zur Linken. Darum hat die Kupplerin ganz recht; und wenn so ein Prozeß nicht die Parteien mager und die Anwälte und Sachwalter fett machte, so würde ich mit jeder Hure um den Vortritt prozessieren. Bloß weil die vom Gericht solche Gauner sind, verhalt ich mich ruhig.

Amme: Prozeß führen, he? Geben ist seliger denn nehmen.

Gevatterin: Von der gewissenhaften Frömmigkeit einer Kupplerin hab ich dir noch nicht gesprochen; wahrhaftig, nein: Ich hab dir noch nichts darüber gesagt.

Amme: Nein.

Gevatterin: Heuchelei und äußere Frömmigkeit sind die Vergoldungen unserer Schlechtigkeit. Sieh mal – da komm ich bei 'ner Kirche vorbei; flugs tret ich ein, benetze mir die Fingerspitze mit dem geweihten Wasser und mache mir ein Kreuz auf die Stirn, sag dazu ein Pater und ein Ave und geh meiner Wege. Ich seh ein Heiligenbild auf der Straße, nehme ein ›Bekenne deine Schuld!‹ in den Mund, schlag ein Kreuz und geh weiter. Den Priestern mach ich 'nen Knix, brech ein Lichtstümpfchen in zwei Teile und gebe den einen als Almosen, dazu zwei Happen Brot, einen Heller und ein Zwiebelchen obendrein. Immer hab ich ein Säckchen am

Arm; da hab ich manchmal zwanzig getrocknete Feigen drin, manchmal zehn halbe von Würmern zerfressene Nüsse, manchmal drei Knoblauchzehen, ein paar Spindeln, Brotkrusten oder alte Schuhe. Immer habe ich kleine Kerzen oder Agnus Dei in der Hand, manchmal drehe ich, während ich meiner Straße ziehe, 'nen Beichtzettel zwischen den Fingern oder bete meinen Rosenkranz ab; wenn irgend jemand zur Erde fällt, lauf ich herzu, um ihn aufzuheben; wenn jemand mich nach den Feiertagen fragt, sag ich Bescheid, gebe 'nen geschriebenen Vers, wonach man den Sankt-Pauls-Tag berechnen kann, zum Beispiel:

Wenn 'ne Sonne oder 'n Sönnchen scheint,
Sind wir mitten im Winter drein;
Wenn's blitzt oder wenn der Regen braust,
Sind wir aus dem Winter raus;
Wenn dicker oder dünner Nebel steigt,
gibt's ein gutes Jahr oder teure Zeit.

Des Schlusses erinnere ich mich nicht mehr; es ist schon so lange her, daß ich die Verse hergesagt habe ... Und gar in der heiligen Woche – da hättest du mich sehen sollen, wie ich überall hinlief mit meinem Korb voll allerlei Sachen, ohne jemals in die Kirche zu spucken; wie ich, die angezündete Kerze neben mir und den Ölzweig in der Hand, die ganze Passionspredigt anhörte, wie mir im Augenblick, wo ich das Kreuz küßte, die lang verhaltenen Tränen sanft über die Wangen strömten. Am heiligen Samstag blieb ich während der ganzen Messe stehen; und wenn die Leidensgeschichte verlesen wurde, begleitete ich den Mönch mit meinem Geschrei, das ich ausstieß, indem ich wie 'ne echte Kirchenbankrutscherin mich mit den Fäusten vor die Brust schlug. Einen großen Namen machte ich mir durch 'ne Komödie, die ich spielte.

Amme: Wieso durch 'ne Komödie?

Gevatterin: Eines Tages komme ich auf meinen Gängen zufällig durch 'ne Straße, in welcher etwa zwölf Weiber mit Baumwollezupfen beschäftigt waren. Ich begrüße sie, mach ihnen 'nen Knix, und sie laden mich ein, bei ihnen Platz zu nehmen. Sie fragen mich, was für Geschäfte ich betreibe, und ich binde ihnen den schönsten Bären auf. Ich erzähl ihnen von einem Gevatter, der mir versprochen habe, er wolle mich nach seinem Tode besuchen, und der wirklich gekommen sei und mir gar keine Angst gemacht habe; eine Hexe, erzählte ich ihnen, habe mich nicht nur nach dem Nußbaum[1] mitgenommen, sondern wäre sogar mit mir durch Flüsse und über Meere weg gegangen, ohne daß wir uns je die Sohlen naß gemacht hätten. Ich erzählte ihnen, wie man am Epiphaniastag die Sprache der Tiere verstehen könnte und was es mit Kreuzwegen auf sich hätte; auch gab ich allen diesen Weibern Ratschläge und Lehren und sogar Heilmittel gegen den Jähzorn, und als ich schließlich aufstand, um weiterzugehen, ließ ich wie von ungefähr ein Stück Zeug fallen, worin eine Geißel eingewickelt war; und als sie diese sahen, da hielten mich alle diese Weiber nicht bloß für eine Sanctificetur und Halleluja, sondern geradezu für ein Magnifikat.

Amme: Die Welt gehört den Heuchlern.

Gevatterin: Sie gehört ihnen und wird ihnen immer gehören. Wenn du sie alle betrügen willst, brauchst du nur Frömmigkeit zu heucheln wissen. Lauf in die Messe, lauf in die Vespern, lauf in die Kompleten und rutsche da schöne Stunden lang auf den Knien herum. Selbst wenn mancher nicht daran glaubt, so ist doch Preis und Glorie dein. Wie viele Frauen ich nicht kenne, die stets in Sackleinen gekleidet gehen, Fasten halten, Almosen geben und dabei alles mitnehmen, was sie kriegen können! Und wie viele Ablaßschlucker hab ich nicht gesehen, die dem Suff, der Sodomiterei, der Hurerei ergeben sind! Aber weil sie den Hals zu verdrehen wissen, weil sie geloben, kein Störfleisch zu essen und kein Rindfleisch, das mehr als drei Soldi das Pfund kostet, so beherrschen sie Rom und die Romagna. Darum ist eine gute katholische Kupplerin ein Karneolstein, der von jedermann als kostbares Juwel geschätzt wird.

Amme: Wer dir nicht glaubt, ist ein Ketzer.

Gevatterin: Nun zu der Art, wie man Schule halten muß.

Amme: Wozu denn Schule halten?

Gevatterin: Das ist zu mancherlei gut: Es vertreibt dir die Zeit, verschafft dir eine angesehene Stellung, und du pickst gar manches Profitchen. Früher – jetzt nicht – konnte ich dir fünfzehn

1. der berühmte Nußbaum von Benevent, Versammlungsort aller Hexen und Hexenmeister.

bis sechzehn Mädels zeigen, die ich unter meinem Kommando hatte; die lehrte ich die Brote zählen, die aus dem Ofen kommen, die frischgewaschenen Bettücher zusammenzulegen, Verbeugungen zu machen, die Tafel zu decken, das Tischgebet zu sprechen, einer Dame oder einem Herrn zu antworten, sich zu bekreuzigen, sich hinzuknien, die Nadel richtig in der Hand zu halten, und was sonst noch derlei Künste von kleinen Mädchen sind.

Amme: Welch eine Frau!

Gevatterin: Ich richtete Kinder ab, gab Erwachsenen den letzten Schliff. Aber wo laß ich denn die Mägde? Deren hatte ich immer fünf oder sechs auf Lager, und nachdem ich ihnen den Saft abgezogen hatte, indem ich sie von gar manchem probieren ließ, verhandelte ich sie dem einen als Adoptivtöchter, dem andern als Jungfern, dem dritten als abgefeimte Freudenmädchen — je nach dem Geschmack des Kunden. Wenn sie später mein Haus verließen, gab ich ihnen gute Ratschläge und Ermahnungen, wie's eine Mutter nicht besser könnte; vor allem schärfte ich ihnen ein, zum Lebenswandel ihrer Herrinnen die Augen zu schließen. »Seid verschwiegen!« sagte ich ihnen, indem ich sie auf die Seite nahm, »denn wenn ihr verschwiegen zu sein wißt, so werden sie eure Dienerinnen, und ihr werdet ihre Herrinnen; euch gehört ihr Bett, ihr Hemd, ihr Brot, ihr Wein, und ihr werdet immer den süßen zu trinken kriegen, der so sanft die Kehle herunterläuft.«

Amme: Du sagtest ihnen die reine Wahrheit.

Gevatterin: Jetzt macht mein Gehirn einen Luftsprung, und ich komme zu einem dicken Mönch, einem fetten, pausbäckigen, mit einer runden Tonsur, der stets in das allerfeinste Tuch gekleidet ging. Er suchte mich zur Freundin zu gewinnen und gewann mich auch, denn um mich zu gewinnen, machte er mir allerlei Geschenkchen: kunstvoll geflochtene Bändchen, Salatkräuter, Pflaumen und was weiß ich sonst für Mönchsschleckereien. Wenn er mich in der Kirche sah, ließ er jeden stehen und kam auf mich zu: Ich sah wohl, auf welchem Fuß mein Gaul lahmte, aber ich spielte immer die in Reue Zerknirschte, die in allen möglichen Kasteiungen des Leibes das Heil der Seele sucht. Zu guter Letzt entdeckte er sich mir, weihte mich in seine Liebesgelüste ein und bat mich, für ihn eine Botschaft zu besorgen — eine Botschaft, die sogar einen Botschafter bedenklich gemacht hätte, der doch für das, was er sagt, keine eigene Verantwortung zu tragen hat.

Amme: So? gefällt denn auch den Mönchen der Webertritt?

Gevatterin: Ja, sie finden sogar alles gut, einerlei, in welcher Soße es aufgetragen wird.

Amme: Beim Feuer des San Bano,[1] das mit Steinen gelöscht wurde!

Gevatterin: Ich konnte der väterlichen Väterlichkeit des guten Vaters nicht widerstehen, und als er mir sein Herz ausschüttete, da sagte ich ihm: »Seid unbesorgt, ich tue für Euch mehr, als genügt, und morgen früh steh ich Euch zur Verfügung.« Damit laß ich ihn stehen und gehe fort, um allein über die Sache nachzudenken – wie ich nämlich seiner Seele die hundert Dukaten entlocken konnte, nach denen mir schon oft, gar oft der Mund wäßrig war; darum hatte ich's denn eilig, seine Wünsche zu erfüllen; und ich brauchte nicht lange zu angeln, um das gewünschte Mittelchen zu fangen.

Amme: Kannst du mir sagen, wie du's geangelt hast?

Gevatterin: Du kannst dir's wohl denken.

Amme: Bitte, sag's doch nur!

Gevatterin: Ich warf meine Gedanken auf ein Saumensch, die an Länge und an Dicke ihrer feisten Glieder der von Seiner Ehrwürden begehrten Matrone so ziemlich ähnelte – das heißt: im Dunkeln. Aber was alles Übrige anbelangt, so hätte der Teufel selber sie nicht beschnuppern mögen. Sie hatte den Troßknechten der Spanier und Deutschen den Appetit gestillt, als sie in Rom den schönen Spektakel machten; die Belagerer von Florenz hatten sich an ihr ergötzt und dazu alles, was innerhalb und außerhalb Mailands ein Bein rühren konnte. Nun kannst du dir denken, was eine, die sich im Kriege so wacker hielt, in Friedenszeiten für Heldentaten in den Ställen, Garküchen und Bierschenken verrichtete. Aber ihre Schönheiten machten wieder gut, was ihr an jungfräulicher Frische abging. Zwei Augen hatte sie jenen zum Trotz, von denen es im Liede heißt:

Zwei lebendige Sonnen ...

denn die ihrigen konnte man zwei tote Monde nennen.

1. Bano ist offenbar die Abkürzung eines Heiligennamens.

Amme: Warum? Trieften sie?

Gevatterin: Das will ich meinen, bei der Madonna! Außerdem sprang an ihrer Kehle ein ganz fürchterlicher Kropf hervor, und man sagte, in diesem Kropf verwahre Cupido den Rost der Pfeile, die er bei einem mir nicht näher bekannten Schmied, seinem Stiefvater, schleifen lasse; ihre Brüste glichen Bahren, auf denen Amor die in seinem Dienste erkrankten Liebhaber ins Spital schaffen läßt.

Amme: Hör mir auf von ihr!

Gevatterin: Ich bin schon fertig. Aber ich muß dir doch weiter von dem Mönch erzählen. Der kam in der Tracht eines Schwadronsrittmeisters um die ihm von mir genannte Stunde in mein Haus. Und da er noch drei Stunden zu warten hatte, so begann er in einem Büchlein zu lesen, das ich ihm zum Zeitvertreib reichte. Gleich, als er's aufschlug, fiel sein Blick auf ein Liedchen, das er mit lauter Stimme las:

Mein gutes Frauchen, Gott befohlen!
Wenn ich's Euch noch mal mache, soll mich der Deubel holen.
Denn ich sag's Euch frei heraus: um Eure Grotte
Tanzt die Filzlaus mit dem Liebesgotte;
Außerdem ist Euer Arschloch so riesig weit,
Es versänken drin alle Männer unsrer Zeit.
Und dir, Amor, muß ich's klagen:
Sie stinkt an den Füßen so sehr wie aus dem Magen.
... Drum, mein gutes Frauchen, Gott befohlen –
Wenn ich's Euch noch mal mache, soll mich der Teufel holen!

Als er das gelesen hatte, lachte er, daß ihm der Bauch wackelte, und da er glaubte, daß ich lachte, weil er lachte, so legte er mit verdoppeltem Hahaha los; er merkte nicht, daß die Gevatterin sich vor Lachen die Kinnlade verrenkte, weil das Weibsstück, woran er sich erlustigen sollte, auf ein Haar dem in dem Liede besungenen Frauenzimmer glich.

Amme: Oh! die Geschichte ist gut!

Gevatterin: Der Mönch schlägt das Blatt um und liest singend weiter:

Frauchen, ich sag's Euch mit offenem Sinn:
Ich lieb Euch, weil ich ein armes Luder bin.

Aber müßt ich bezahlen mit
'nem Heller jeden Schritt:
Na, da würdet Ihr mich – ich mag nicht lügen –
Im Monat höchstens einmal zu sehen kriegen.
Oh – Ihr kommt mir damit:
Ich hab Euch gesagt, daß die Liebesglut
Mich mit langsamem Feuer verzehren tut.
Ja, gesagt hab ich's – aber das war bloß Quatsch,
Und, bitt schön, gebt doch nichts auf solchen Tratsch!

Und so weiter, bis das Lied zu Ende war; diesen Schluß hab ich aber über wichtigeren Angelegenheiten inzwischen vergessen.

Amme: Schade, das Lied muß einen gar schönen Schluß haben!

Gevatterin: Ganz gewiß hat es den. Hierauf las er ein schrecklich schönes Gedicht, das zum Preis einer gewissen Signora Angela Zaffetta[1] verfaßt ist und das ich selber manchmal vor mich hin summe, wenn ich nichts Besseres zu tun habe oder wenn ich Kummer habe.

Amme: Was? Kann man Kummer und Sorgen mit Singen vertreiben?

Gevatterin: Ich will dir was sagen, Amme. Wer um Mitternacht über einen Kirchhof geht, der singt, um seiner Furcht Mut zu machen, und wer in ähnlicher Weise in seinen Sorgen ein Liedchen summt, der tut's, um seinen Kummer zu vergessen.

Amme: Niemals, niemals wird's wieder solch eine Gevatterin geben! Mag dagegen anbellen, wer will, sei's aus Neid oder aus sonst 'nem Grunde: *So ist's!*

Gevatterin: Höre jetzt, was der Mönch weiter las:

Wißt ihr, was in der Hölle Schlund
Die armen Seelen zwackt und quält?
Nicht, daß die Himmelswonne ihnen fehlt,
Macht naß ihr Aug und trocken ihren Mund.
Nur daß sie Angela nicht mehr erblicken,
An ihrer Schönheit nicht mehr sich erquicken,
An ihrer Lieblichkeit nicht mehr sich weiden,
Das ist ihr Höllenschmerz, ihr Höllenleiden.

1. zugleich Heldin eines sehr bekannten Gedichtchens von Lorenzo Veniero, dem Freund und Schüler Aretinos.

Doch sähen sie das Engelsangesicht,
Die Holdgestalt der schönen Angela –
Sie fühlten sich der Gnadensonne nah
Und tauschten mit dem Paradiese nicht.

Amme: Oh, wie schön! wie trefflich! wie galant! Wahrhaftig, die Frau, auf die dies Gedicht gemacht wurde, die kann sich was einbilden, obwohl Lobpreisungen nicht satt machen.

Gevatterin: Sie machen satt und auch nicht satt. Der Mönch las es dreimal hintereinander, dann begann er das folgende:

Ich sterbe, Geliebte, und schweige dazu.
Oh! Frage den Gott der Liebe du,
Ob ich nicht Glut bin und du kaltes Eis ...

Dies Gedicht las er nicht zu Ende, weil der Rest des Blattes abgerissen war; da aber sein Blick auf ein anderes schön geschriebenes fiel, wollte er auch dieses lesen, und ich konnte ihm nicht schnell genug das Buch aus der Hand reißen. Ich möchte dir auch dieses Gedicht wohl hersagen und möchte es doch wieder nicht.

Amme: Sag mir's nur – auf meine Verantwortung.

Gevatterin: Oh, wenn es sein darf, Gott der Liebe,
Verteile auf die Herzen andrer Menschen
Das Weh, das du auf mich allein gehäuft!
Geist, Seele, Sinne,
Sie fühlen all die Martern mit,
Womit so grausam du mein Fleisch gegeißelt.
In meiner ungeheuren Todespein,
Die ich an deinem Kreuze leide,
Sei mir mit deiner Gnade nah!
Doch nicht um Schonung bitt ich dich, o Herr,
In meiner bittren Qual:
Als Liebender will ich den Tod bestehn!
Mag auch der Schmerz
Mir meine schwachen Glieder lösen –
Amen! Dein Wille geschehe!

Amme: Dieses Lied ist auch in Musik gesetzt worden und handelt von der göttlichen Liebe; so sagt der Meister, der, als er noch ein Schüler war, dieses sowie die anderen dichtete, die du hergesagt hast und noch hersagen wirst.

Gevatterin: Die ›Geißel der Fürsten‹[1] dichtete es, als er noch in der zartesten Jugendblüte stand ... In diesem Augenblick hört der Mönch an die Tür klopfen, wirft das Buch weg und läuft in die Kammer. Ich öffne: Das Saumensch ist da. Ich fasse sie an der Hand und führe sie zu ihm, ohne ihr auch nur Zeit zum Verschnaufen zu lassen. Dann zieh ich die Kammertür hinter mir zu und warte ein Augenblickchen, da höre ich auch schon ein Ticktack-tock! — Das unverschämteste Geballere, womit jemals ein Genasführter an die Tür einer Kupplerin oder Hure geklopft hat.

Amme: Wer klopfte denn so laut?

Gevatterin: Das waren einige von meinen Halunken.

Amme: Oh! Aber warum denn?

Gevatterin: In meinem Auftrag.

Amme: Ich verstehe nicht.

Gevatterin: Ich hatte das Saumensch von etwa dreizehn von meinen Halsabschneidern begleiten lassen; denen hatte ich befohlen, sie sollten ein Augenblickchen warten und dann mit aller Macht klopfen.

Amme: Und warum?

Gevatterin: Darum! Sobald ich das Klopfen höre, geb ich dem Mönch 'nen Wink und sage zu ihm: »Versteckt Euch unterm Bett! Schnell, und ohne Lärm! O weh — wir sind entehrt! der Bargello mit all seinen Leuten hinter sich begehrt Einlaß und will Euch festnehmen. Hatte ich Euch nicht gewarnt, Ihr solltet im Kloster nichts davon sagen? Weiß ich nicht, wie's die Mönche immer machen? Kenn ich nicht den Neid, der Euch alle verzehrt — kenn ich ihn nicht?« Der Mönch fiel um wie 'n Toter, und sein Mannesmut sank ihm in den Hosenboden; er wußte nicht, was er machen sollte, glaubte, unters Bett zu kriechen, und setzte das Knie auf die Fensterbrüstung; hätt ich ihn nicht festgehalten, so wäre er rausgepurzelt.

Amme: Haha!

Gevatterin: Wie ein Spitzbube, der beim Mausen erwischt ist, so sahen Seine Hochwürden aus. Dabei wurde fortwährend gegen die Tür geballert, und mit wütenden Flüchen schrie man mir zu: »Mach auf, mach auf, alte Hexe, oder wir schlagen dir die Tür

1. Aretino.

ein!« Ich zittere und bebe und sage mit einem Gesicht, gelb wie 'n Pfannkuchen: »Wenn wir sie mit Geld zur Ruhe bringen könnten!« – »Oh, wenn das doch ginge!« antwortete das dicke Schwein. – »Wir können's ja versuchen«, sag ich. Er hätte ja gern die ganze Suppe drum gegeben, die er bis an sein Lebensende noch essen sollte; so gibt er mir denn zwanzig Dukaten, und ich lauf ans Fenster und sage leise: »Herr Hauptmann! mein verehrter Herr! ich bitte um Gnade vor Recht! Wir sind ja alle von Fleisch und Bein – darum entehrt nicht den hochwürdigen Vater vorm Senator und Ordensgeneral ...«.

Amme: Ich bin ganz außer mir, wenn ich dich so erzählen höre.

Gevatterin: »Macht euch einen guten Tag mit diesen Dukaten!« Und damit werf ich ihnen ein paar runter zum Vertrinken, stecke die anderen in den Sack und danke dem Komödienbargello. Der sagt zu mir: »Eure Güte, Eure Liebenswürdigkeit, Eure Tüchtigkeit, Gevatterin, haben ihn davor bewahrt, die Mitra[1] auf den Kopf zu kriegen.« Ich werde nun wieder ganz munter, hole den armen Mönch aus dem Versteck heraus, in das er sich hatte verkriechen müssen, und sag zu ihm: »Ihr seid wahrhaftig mit einem blauen Auge davongekommen, denn wenn man sich's überlegt, ist die Sache noch recht gut gegangen – abgesehen von den Dukaten; aber an denen wird's Euch ja niemals fehlen.« Amme, er wollte den Herzhaften spielen und trotz alledem die Stute besteigen – aber wenn man ihm Stützpfosten unters Ding gestellt hätte, es hätte ihm nicht mehr gestanden. Und so ging er denn sündenlos von dannen. Dem Saumensch gab ich fünf Juliusse, womit sie sehr zufrieden war, und mein Schmerbauch sprach mit mir niemals wieder ein Wörtchen von Liebessachen oder sonstwas.

Amme: Sein Pech!

Gevatterin: Es war mal ein Eifersüchtiger; der verfluchteste eigensinnigste Bock, den's je gegeben hat. Nachts verriegelte er nicht nur die Kammer, sondern sogar das Fenster des Alkovens, des Saals und der Küche, und er wäre ums Leben nicht schlafen gegangen, ohne erst überm und unterm Bett nachzusehen. Er guckte in die Schränke und sogar in den Abtritt, traute keinem Verwandten, keinem Freunde und wollte sein Liebchen, das er sich zu sei-

1. die spitze Mütze, die den am Pranger Stehenden aufgesetzt wurde.

nem Vergnügen hielt, nicht mal mit seiner Mutter sprechen lassen. Wenn irgend jemand bei seiner Wohnung vorüberging, geriet er schon außer sich vor Wut: »Was ist denn das für ein Kerl? Was ist denn das für ein Weib?« Wenn er aus dem Hause ging, schloß und riegelte er sie ein und drückte sein Siegel aufs Schlüsselloch, um zu sehen, ob ihn jemand hinterginge. Kein Bettler, keine Bettlerin klopften bei ihm an die Tür, denn sofort fuhr er sie an: »Packt euch, Kuppler! Packt euch, Kupplerinnen!« ... Wie ich dir gesagt habe, weiß ich mit Worten jedermann zu bezaubern, zu heilen, von den Toten aufzuwecken; ich lege mich auf die Lauer, um auszuspähen, ob nicht dieser Eifersüchtige eine schwache Stelle habe; und richtig: Ich finde, daß gar oft ihn ein Zahn ganz fürchterlich peinigt. Darauf bau ich meinen Plan und sage zu einem, der ganz krank vor Liebe zu der Eingesperrten war: »Nur nicht verzweifeln!«

Amme: Du stärkst mir das Herz mit der bloßen Erzählung, wie du jenem das Herz gestärkt hast.

Gevatterin: Nachdem ich dem verzagten Liebhaber Mut gemacht, schick ich einen von meinen Taugenichtsen, der dem Eifersüchtigen unbekannt war, vor dessen Tür, ich meine vor das Haus, worin er sein junges Liebchen eingeschlossen hielt; ich hatte ihm gesagt, wenn er Leute in der Nähe sähe, sollte er tun, als ob er die Krämpfe kriegte; und sobald er wieder zu sich gekommen wäre, sollt er schreien: »Ich werde verrückt! ich sterbe vor Zahnweh!« Er machte es so, warf sich zu Boden, schrie und schlug wütend um sich; mehr als dreißig Menschen standen um ihn herum und bedauerten ihn in seinen Schmerzen; von dem Lärm angelockt, erschien auch die kleine Frau auf dem Balkon, obwohl ihr streng verboten war, sich am Fenster oder an der Tür sehen zu lassen. In diesem Augenblick komm ich vorüber, sehe den Mann auf der Erde liegen, frage, was los sei, und sage, als ich höre, daß ihn das Zahnweh martert: »Macht mir mal Platz! Sei unbesorgt, ich werde dich heilen. Sperr den Mund auf!« Der Kerl macht den Mund auf und stupft mit dem Finger an den bösen Zahn; ich lege zwei Stückchen von 'nem Strohhalm kreuzweise drüber, brummele ein Gebet und laß ihn dreimal das Credo sagen. Verschwunden sind seine Schmerzen! Ein jeder staunt über das Mirakel,

und als ich gehe, hab ich 'nen Schwarm von Kindern hinter mir, die in ihrer kindlichen Einfalt überall die Geschichte vom geheilten Zahnweh erzählen.
Amme: Warum schreibt nur nicht einer diese Geschichte auf und läßt sie drucken?
Gevatterin: Während ich nach Hause gehe, erscheint der Eifersüchtige, sieht vor seiner Tür hier ein Häufchen Leute und da ein Häufchen Leute, die miteinander schwatzen, und denkt sich gleich: ›Da ist irgendein Unheil geschehen!‹ Als er aber die Geschichte vernimmt, läuft er zu seiner Schönen, der hinter Schloß und Riegel Gehaltenen, und fragt sie: »Hast du gesehen, wie der Zahn geheilt wurde?« – »Was für 'n Zahn?« antwortet sie. »Seitdem ich Euch angehöre, habe ich nicht mal mehr an die frische Luft gedacht, geschweige denn an Leute, die auf der Straße grölen; wenn ich Euch nur sehe, so sehe ich alles, was mich freut.« Der mißtrauische Herr erzählt ihr die Geschichte und kommt darauf zu mir, zeigt mir den schlechten Zahn, der ihm den Atem verpestet, und ich seh ihn mir an; und nachdem ich ihn mir angesehen, sag ich: »Ich möchte dem Schutzheiligen der Zähne nicht ins Gehege kommen, denn da würde ich mir ein Gewissen draus machen; indessen ich könnte Euren Mund wohl von dieser Unannehmlichkeit befreien. Aber wo wohnt Ihr?« Und je mehr er sich bemühte, mir begreiflich zu machen, wo er wohnte, desto dummer stellte ich mich; endlich nahm er mich selber mit sich, und ich reichte der Schönen die Hand, um sie zur Liebe des Et cetera zu bekehren.
Amme: Du gingst infolge dieses schlauen Streiches in seinem Hause aus und ein. Weiter brauchst du mir nichts zu sagen.
Gevatterin: Höre nur die Geschichte zu Ende; ich bin gleich fertig.
Amme: Erzähle nur.
Gevatterin: Ich hatte Zeit genug und übergenug, um dem Frauchen einen Floh ins Ohr zu setzen, daß es doch zum Sterben sei, fortwährend hinter Schloß und Riegel zu sitzen und einem solchen langweiligen Ekel zu Willen sein zu müssen. Und da sie durchaus nicht zu den Unvernünftigen gehörte, so hielt sie mich mit ihren Bedenklichkeiten nicht lange in Ungewißheit. Sie willigte nicht

nur ein, sich einem schönen jungen Mann zu ergeben, sondern sie brannte sogar mit ihm durch. Hiervon will ich dir nun nichts erzählen, wohl aber von einem gelungenen Streich, den ich dabei verübte.

Amme: Freut mich, davon zu hören.

Gevatterin: Der eifersüchtige Dummkopf kriegte seine gewohnten Zahnschmerzen erst etwa drei Wochen nach meinem ersten Besuch in seinem Hause. Da er immer Angst hatte, ich möchte ihn im Stich lassen, so hatte er mir mit vielen Geschenken, Versprechungen und Redensarten das Gebet abgebettelt, das die geheime Wunderwirkung des Zahnwehleidens besaß – das heißt: er *glaubte* es mir abgebettelt zu haben. Ich hatte weder ein Gebet dafür noch 'ne sonstige Formel, aber ich wartete die Stunde ab, wo die von ihm gefangengehaltene Schöne auf die Flucht ging, und traf ihn in einer Kirche, wo ich ihn mit einem seiner Freunde sprechen sah; da machte ich mich an ihn heran und gab ihm ein Papier, das wie ein Brief gesiegelt war. Und darin stand:

›Ein göttliches Weib mein Liebchen ist,
Weil sie Orangenblütenwasser pißt,
Zibet und Moschus scheißt, Benzoe und Ambrakan.
Wenn sie zufällig mal ihre Locken kämmt,
Ist von tausend Rubinen der Boden überschwemmt.
Nektar und Ambrosia, Malvasier und
Korserwein triefen von ihrem Mund.
Und da unten, wo's so mollig ist und so süß,
Ist kein Filzlaus-, sondern ein Smaragdenparadies.
So sag ich denn: Hätte sie auch nur *ein* Loch
Statt der zweie, die unser Glück sind, sie wäre doch
Eine wahre Perle.‹

Was für ein Gesicht er machte, kannst du dir denken, Amme, und auch, was der Eifersüchtige in seiner Wut sagte, als er den Ulk las und als er seine Freundin nicht mehr im Hause fand.

Amme: Ich hab's mir schon gedacht.

Gevatterin: Ich wollte dir vorhin schon sagen, was für 'ne Mühe ne' Kupplerin hat, um diese Wollspinnerinnen, Seidenhasplerinnen, Flachshechlerinnen, Weberinnen und Lohnschneiderinnen so weit zu kriegen, daß sie die Röcke hochheben. Wahrhaftig, wenn wir zu den vornehmen Damen so leicht in die Häuser gehen könnten wie in die ihrigen, so ungeniert sie ansprechen könnten, da kriegten wir sie ohne die allergeringste Schwierigkeit zu allem, was wir von ihnen wünschten. Aber diese armen Dinger, die bleiben bockbeinig bei ihrem ›Ich will mich verheiraten!‹ Sie denken, wenn sie 'nen Mann haben, können sie sich überall sehen lassen. Und weil sie gar nicht gewöhnt sind, Wein zu trinken und beinahe alle Tage Fleisch zu essen, so machen sie sich nichts aus dem Wohlleben, das sie führen könnten, wenn sie sich Männern hingäben. In Lumpen und ohne Schuhe schlafen sie auf Stroh, arbeiten winters und sommers bis tief in die Nacht hinein und verdienen kaum das liebe Brot. Wenn sie schließlich doch auf uns hören, so kommt das nur davon, daß wir fortwährend ihren Müttern, Großmüttern, Tanten und Schwestern in den Ohren liegen, die sie beinahe mit Gewalt zwingen. Und ich kenne 'ne Menge von ihnen, die von ihren Männern, wenn sie betrunken sind oder im Spiel verloren haben, geprügelt, beschimpft, die Treppe hinuntergeschmissen werden und trotzdem all dies Leiden geduldig ertragen, um anständig als verheiratete Frau zu leben.

Amme: Was du da erzählst, ist vollkommen richtig.

Gevatterin: Aber die anderen Kupplerinnen sind nicht deine Gevatterinnen; die brauchte nur einen Blick hinzuwerfen, um Jungfernschaften von Eisen, Stahl und Granit zu verführen, geschweige denn Jungfernschaften von Fleisch und Blut. Schließet nur Türen und Ohren – das Schlüsselchen meines Wissens öffnet sie alle im Handumdrehen. Die Gevatterin, he? Nicht jeden Tag wird so eine geboren, nein, meiner Seel nicht! Solche Talente wie die ihren, die muß man mit auf die Welt gebracht haben. Mag schwätzen, wer will, sie tauscht ihre Kunst nicht mit irgendeinem Künstler; und wenn uns nicht die vornehmen Kuppler so ins Handwerk pfuschten, so könnten nicht mal Kriegsmänner und Advokaten es im Geldmachen mit uns aufnehmen. Und wenn ich dir sagen wollte, wie viele vornehme Herren, wie viele hübsche Jungen sich uns auf den Bauch sinken lassen, da würd ich in 'nem ganzen Monat nicht fertig. Wenn einem ein Liebesabenteuer schiefgegangen ist, so kühlt er an uns seine Hitze; und so haben wir ohne Seufzer und Tränen Genüsse, die sich verschaffen zu können die vornehmsten Damen auf der ganzen Erde sich glücklich schätzen würden.

Amme: Ich kann mir schon denken, wie's ist; du erzähltest mir ja, wie der dir's machte, den du mit der Beschreibung aufgeiltest, wie seine Schöne unterm Hemd aussähe – ich meine den, dem du weisgemacht hattest, die Dame wäre gewiß zum Stelldichein gekommen, wenn nicht ihr Mann – oder wer's sonst war – von seinem Landgut zurückgekehrt wäre.

Gevatterin: Kann wohl sein, daß ich dir das erzählt habe; aber jetzt will ich dir zum Schluß von den Zaubereien erzählen. Zunächst will ich dir sagen, was man für ein Brimborium macht, um 'ner schwangeren Frau weiszusagen, ob's ein Junge oder 'n Mädel werden wird; ob etwas Verlorenes sich wieder anfinden wird, ob eine Heirat zustande kommt oder nicht, ob die Reise vor sich gehen, ob die Ware Profit bringen wird; ob der Soundso sie liebt, ob er neben ihr noch andere Liebchen hat, ob sein Zorn sich wieder besänftigen wird; ob der Liebste bald wiederkommt und 'ne Menge sonstiger Firlefanzereien, wie törichte Weiblein sie betreiben.

Amme: Es liegt mir daran, diesen ganzen Hokuspokus zu lernen, womit man dumme Männlein und Weiblein auf den Leim lockt.

Gevatterin: Ich hatte mir aus Kork ein kleinwinziges, niedliches Englein geschnitzt und hatte es feinfein bemalt; mitten im Boden eines durchbohrten Trinkglases war ein Stift befestigt oder vielmehr ein ganz dünnes Stilett, auf dessen Spitze das Englein mit dem Fuß befestigt war, so daß es von einem Hauch sich drehte; in der Hand hielt es eine Lilie, die aus Eisen war. Wenn ich nun meine Zauberkunst trieb, nahm ich ein Stäbchen, dessen Spitze ein Magnet bildete, und wenn ich es der eisernen Lilie näherte, so bewegte sich das Figürchen, genau wie's das Stäbchen vorschrieb. Wollte nun eine oder einer wissen, ob sie geliebt würden oder ob die Versöhnung stattfinden würde, so machte ich meine Beschwörung, murmelte sinnlose Worte und ließ das Stäbchen sein Mirakel wirken, indem die eiserne Lilie sich immer hinter dem Magneten her bewegte. So wurde der Schwindel mit dem Englein für reine Wahrheit gehalten.

Amme: Wer wäre auch nicht darauf hereingefallen?

Gevatterin: Und weil's mir manchmal passierte, daß ich das Richtige traf, so hielten alle, die den Schwindel nicht kannten, mein Orakel für 'ne große Sache; und viele glaubten, alle Dämonen müßten mir Gehorsam leisten. Aber jetzt zum Bohnenwerfen!

Amme: Ich habe diesen Hokuspokus noch niemals gesehen, aber wie ich höre, sollen sich wahre Wunderdinge dabei begeben.

Gevatterin: Ich will's dir beschreiben. Diese Bezauberung ist hier in Rom wenig üblich, aber in Venedig ist sie stark im Schwange, und da gibt's viele Leute, die so steif und fest daran glauben wie die Lutheraner an ihren Bruder Martin,[1] den guten Christen.

Amme: Was ist's mit diesen Bohnen?

Gevatterin: Man nimmt achtzehn Stück, neun männliche und neun weibliche Bohnen, und zeichnet durch einen Biß mit den Zähnen zwei von diesen, also eine für den Mann, eine für die Frau; dazu tut man ein Stückchen geweihten Wachses, ein Stückchen von einem Palmblatt und etwas weißes Salz; diese Dinge bedeuten die Sorgen und Schmerzen der Liebenden. Dazu nimmt man eine Kohle – diese bedeutet den Zorn des Liebhabers – und auch etwas Kaminruß, um zu sehen, wann er wieder ins Haus kommen wird. Aber herrje! jetzt hab ich ja das Brot vergessen! Also, zu diesen Sächelchen fügt man ein Häppchen Brot zum Zeichen der Geschenke, die er ihr machen wird. Zu diesem nimmt man noch eine halbe Bohne – außer den achtzehn –, diese halbe zeigt das Glück und das Unglück an. Wenn alles auf einem Haufen liegt: Bohnen, Wachs, Palmblatt, Salz, Kohle, Ruß, Brot, so mischt man alles durcheinander, verrührt es mit beiden Händen und streicht es wieder glatt und macht hierauf offenen Mundes das Kreuz darüber; sollte der Mund, den man über dem Zauberhaufen hält, zu gähnen beginnen, so ist das ein gutes Zeichen, denn das Gähnen bedeutet, daß die Sache Erfolg haben wird. Nachdem auch die Kundin das Kreuz gemacht hat, spricht man folgende Worte: ›Ave, Frau Santa Lena Königin. Ave, Mutter des Kaisers Konstantin; Mutter wart Ihr und Mutter seid Ihr; über das heilige Meer ginget Ihr, mit elftausend Jungfrauen umgabet Ihr Euch, und von noch mehr als so vielen Rittern ließet Ihr Euch begleiten; die heilige Tafel richtetet Ihr auf; mit drei Knösplein vom Tau-

1. Martin Luther.

sendblatt warfet Ihr das Los; das heilige Kreuz fandet Ihr; zum Berge Golgatha ginget Ihr; und die ganze Welt erleuchtetet Ihr.‹

Hierauf rührt man wieder, bringt auseinander und glättet die Bohnen und die anderen Sachen, macht abermals mit offenem Munde das Kreuz darüber und sagt:

›Bei den Händen, die sie gesät haben, bei der Erde, die sie genährt hat, beim Wasser, das sie genetzt hat, und bei der Sonne, die sie getrocknet hat, bitte ich Euch, Ihr wollet die Wahrheit mir anzeigen. Und wenn der Soundso sie liebhat, so machet, daß er in diesem Bohnenhaufen sich neben ihr befinde; wenn er bald mit ihr sprechen wird, so machet, daß ich ihn Mund an Mund mit ihr finde; wenn er bald kommet, so machet, daß er aus diesen Bohnen herausfalle; wenn er ihr Geld geben wird, so machet, daß ich neben ihm ein Kreuz aus Bohnen finde; oder wenn er ihr sonst etwas zum Geschenk senden wird, so zeiget mir die Wahrheit in diesem Stück Brot an.‹

Hierauf nimmt man die Bohnen, legt sie auf ein Stück Leinwand, bindet dieses mit drei Knoten zu und sagt bei jedem Knoten folgende Worte:

›Ich binde nicht diese Bohnen, sondern ich binde das Herz des Soundso. Er habe kein Glück mehr, finde nirgends Ruh und Rast, möge weder essen noch trinken, weder schlafen noch wachen, weder gehen noch sitzen, weder lesen noch schreiben, weder mit einer Frau noch mit einem Manne sprechen, weder etwas verrichten noch tun, noch sagen, als bis er zu ihr kommt, und bis er keine liebt als sie allein!‹

Hierauf schwingt man das Tuch, worin die Bohnen sind, dreimal rund um seinen Kopf und läßt es zur Erde fallen, und wenn der Knoten oben zu liegen kommt, so ist das ein Zeichen, daß der Geliebte sie liebt. Nachdem alle von mir beschriebenen Firlefanzereien gemacht sind, bindet man das Tuch mit den Bohnen der Frau, die sich das Orakel holt, ans linke Bein, und wenn sie schlafen geht, so legt sie sich's unters Kopfkissen; das macht ihn eifersüchtig, und sie sieht, ob an ihren Zweifeln etwas Wahres ist.

Amme: Ich verstehe nicht den Satz: ›Machet, daß er sich Mund an Mund mit ihr befinde, und wenn er bald kommet, so machet, daß er aus diesen Bohnen herausfalle.‹

Gevatterin: Das bedeutet: ›Machet, daß die männliche Bohne sich mit der weiblichen berühre; und wenn die männliche beim Durcheinanderrühren allein zu liegen kommt, so soll das bedeuten, daß er zu ihr kommen wird.‹

Amme: Jetzt versteh ich's – ja, meiner Seel, die Sache gefällt mir.

Gevatterin: Man behauptet, die heilige Helena erhebe sich dreimal von ihrem Sitz, wenn man mit Hilfe ihres Gebets zaubert, und es sei eine Sünde, die nicht mit den Stationen[1] in zehn Fasten gutzumachen sei. Ich habe Leute gekannt, von denen man nicht glauben würde, daß sie daran glauben. Aber da fällt mir ein ...

Amme: Was denn?

Gevatterin: Bei der Zauberei mit dem Korkengel hab ich das Gebet vergessen, das man fünfmal sagen muß, bevor man die Lilie mit dem Stäbchen bewegt.

Amme: Mir kam's schon so vor, als fehlte irgendwas daran. Nun, sag es bitte.

Gevatterin:

Engelein schön, Engelein fein,
Kleiner Herr Sankt Raffael mein
Mit den Vogelflügelein:
Dreh dich rum, dreh dich rum,
Hat er eine andre lieb;
Dreh dich her, dreh dich her,
Wenn er treu und hold verblieb!

Amme: Was für Hokuspokus doch gesagt und geglaubt wird!

Gevatterin: Ob man's sagt, ob man's glaubt, was? Die Einfältigkeit gewisser Leute ist ganz unschätzbar, und verlaß dich drauf, wenn man die Gauner und die Dummen zählte, so würde man nicht viel weniger Einfaltspinsel als Spitzbuben finden.

Amme: Daran zweifle ich nicht.

Gevatterin: Beim Wachsorakel nimmt man für vier Soldi Jungfernwachs und einen neuen Topf, setzt diesen mit besagtem Wachs aufs Feuer, und wenn das Wachs heiß zu werden beginnt, spricht man die Beschwörung; hierauf nimmt man ein noch niemals gebrauchtes Glas und gießt das geschmolzene Wachs hinein. Und sobald es erkaltet ist, sieht man alles, was man nur zu wissen wünscht.

1. der Besuch von sieben Kirchen während der Fastenzeit.

Amme: Sag mir, bitte, die Beschwörung.
Gevatterin: Ein anderes Mal.
Amme: Warum nicht jetzt?
Gevatterin: Ich hab ein Gelübde getan, sie an dem heutigen Tage nicht zu sagen. Später werde ich dich aber auch die Beschwörung mit den Paternoster, das Wahrsagen aus dem Ei und sogar das Sieben des Mehls lehren, in welches man die Schere steckt und wobei man die Beschwörung von Sankt Peter und Sankt Paul spricht. Aber alle diese Sachen sind Hokuspokus, Brimborium und Firlefanz, und die Leute, die dran glauben, sind nicht viel besser als die Gauner, die diesen Schwindel machen. Aber da jeder gerne etwas Angenehmes glaubt, so verkauft die Kupplerin den Schwindel der Zauberkunst für Wahrheit, und wenn sie ab und zu mal das Richtige trifft, so genügt das, um die anderen Male, wo sie sich geirrt hatte, wiedergutzumachen.
Amme: Ich ärgere mich über dein Gelübde!
Gevatterin: Nimm deine Zunge in acht und sage nichts gegen die Gelübde! Denn man treibt wohl Scherz mit den Knechten, aber nicht mit den Gerechten, ich meine mit den Heiligen, und du hast gut daran getan, dir zum Zeichen, daß du deine Schuld fühlst, auf den Mund zu schlagen, wie du's eben tatest. Aber jetzt bin ich müde vom vielen Sprechen und mag dir kaum noch erzählen, wie ich manchmal, wenn ich nichts anderes zu tun hatte, um ein oder zwei Uhr nachts[1] mich zu dem Haus des fremden Herrn begab und an die Tür klopfte. Niemals antwortete ich auf das ›Wer ist da unten?‹. Aber wenn dann schließlich der Bediente kam, fragte ich: »Wohnt hier nicht Seine Gnaden, Herr Soundso?« Und da er hinter mir diese oder jene Vettel auftauchen sieht, die ich immer mitzunehmen pflegte, so antwortet er mir: »Bei der Madonna, ja! Kommt nur rauf, er hat schon seit zwei Stunden auf Euch gewartet.« Das sagt er, weil er denkt, er habe mir 'nen Streich gespielt, und um seinen Herrn zu belustigen, der sich gerne mit Hürchen abgibt – was mir natürlich wohlbekannt war. Ich geh also ganz dreist ins Haus, und sowie ich drin bin, wird hinter mir die Tür geschlossen, damit ich nicht wieder herauskönne. Und wenn wir dann oben sind, da hab ich gut jammern und schelten, dies sei

1. sieben oder acht Uhr abends.

nicht das Haus des Herrn, der mich erwarte! Sondern wir müssen uns obenan zu Tisch setzen, und wenn auch nicht immer alles so ganz glückte, so hatten wir doch wenigstens immer das Abendessen und wurden mit Begleitung nach unserer Wohnung zurückgebracht; manchmal ließ ich ja auch meine Hure da, um bei dem Herrn zu schlafen, und dann sackte ich, je nachdem, Juliusse oder Dukaten ein.

Amme: Dieser schlaue Streich mißfällt mir durchaus nicht.

Gevatterin: Manchmal suchte ich einen auf, den ich seit mehr als zwei Jahren nicht gesehen hatte; da ließ ich dann die Nymphe, mit der ich hausieren ging, sich hinter mir im verborgenen halten und klopfte an seine Tür; und wenn man antwortete, so sagte ich: »Sagt nur dem Herrn, ich sei da, die Soundso.« Da kommt er mir höchstselber entgegen und ruft: »Ich glaubte wahrhaftig, es sei sonst jemand; ich hatte eher den Mond von Bologna erwartet;[1] aber wie geht's dir denn?« Und ich: »Gut, zu Eurer Gnaden Befehl. Ich komme hier vorüber und dachte, ich wollt Euch doch mal besuchen; schon hundertmal wollte ich hierherkommen, ich hab es aber immer nicht riskiert, um Euch nicht lästig zu fallen.« Und mit Hilfe von solchem Mumpitz bracht ich ihn mit der Diva zusammen, die ich überall bei mir hatte.

Amme: Streng dich nur jetzt nicht mehr mit Erzählen an! Sag mir nur noch, wie ich dieses Mal von der Franzosenkrankheit zu verbergen habe, das mir mitten auf der Stirn geblieben ist, und diesen Schmiß, den man mitten auf meiner rechten Wange sieht. Und dann machen wir Schluß.

Gevatterin: Was? Die Narbe und den Schmiß verbergen? Ich sage dir: Sei stolz auf sie! Ja, potz Blitz, sei stolz auf sie! Denn der Schmiß und die Narbe, die zeigen und tun kund, daß du in der Kuppelkunst vollkommen bist. So lassen auch die Narben, die die Soldaten sich in den Schlachten holen, sie tapferer und kühner erscheinen; genauso zeigen die Mäler von der Franzosenkrankheit und die Schmißchen von diesem oder jenem kleinen Messerstich dem Kunden an, daß er's mit einer altgedienten Kupplerin zu tun hat; solche Dinger sind Perlen, mit denen wir uns schmücken. Aber ganz abgesehen davon, man würde ja keine Apotheke oder

1. sprichwörtlich.

keine Schenke von der anderen unterscheiden können, wenn die Schilder nicht wären: Apotheke ›Zum Mohren‹, ›Zum Braven Mann‹, ›Zum Engel‹, ›Zum Arzt‹, ›Zur Koralle‹, ›Zur Rose‹ oder ›Zum Ritter‹, Ferner: die Schenke ›Zum Hasen‹, ›Zum Mond‹, ›Zum Pfauen‹, ›Zu den beiden Schwertern‹, ›Zum Turm‹, ›Zum Hut‹. Und wenn die Wappen nicht wären, die man auf den Mantelsäcken hinter einem jämmerlichen Schlingel auf 'ner alten Mähre mit 'nem Häckselbauch sähe, wer würde da die Herren von den Dienern unterscheiden können? Darum gehören Narben und Schmisse zur Kupplerin, gerade wie die Marke zum Pferd; denn man wüßte ja nicht, von welcher Rasse es stammt, wenn man nicht die Marke auf dem Schenkel sähe; ja noch mehr: Man würde gar nichts dafür bezahlen wollen, wenn es ohne die Marke zu Markt käme.

Mit diesen Worten beendete die Gevatterin das Gespräch und stand auf, worauf auch die Amme, Pippa und Mutter Nanna sich erhoben. Und als die Gevatterin eine Erfrischung bereitstehen sah, netzte sie mit der Zunge ein wenig die vom vielen Sprechen trokken gewordenen Lippen; zugleich neigte sie ihr Ohr zur Nanna, die ihre Unterhaltung höchlich lobte, und gestand, sie sei ganz starr vor Staunen und alle Kupplerinnen der Welt wüßten zusammen nicht soviel von ihrem Gewerbe wie die Gevatterin allein. Und sich zur Amme wendend, sagte die Nanna: »Dieser Pfirsichbaum, der das schöne Gespräch mit angehört hat, könnte eine Schule halten, um das Gelernte zu verwenden; nun mach aber auch du dir zunutze, was du gehört hast.« Dann ermahnte sie auch ihre Tochter, sich alles Gehörte gut zu merken. Unterdessen machte Frau Gevatterin sich über den Wein her und pries hoch den Mann, der das Trinken erfunden hat. Und da der kratzige Korserwein ihr den Rachen putzte, so daß ihr ein Tränchen ins Auge kam, saß sie wie in Verzückung da und sah von Nanna und den übrigen nichts. Nanna aber war es eingefallen, daß sie bei ihrem ersten Gespräch einen einzigen wichtigen Punkt ausgelassen hatte, nämlich die Pippa zu unterrichten, wie man die Männer, die durch ihre Schuld oder durch die Schuld der Huren zugrunde gerichtet werden, doch nicht ganz fahrenläßt, während sonst alle Weiber sie zum Kuckuck schicken, sobald sie nichts mehr haben, und sich ihrer nicht mehr entsinnen und sie nicht mehr sehen wollen. Die Sache erschien ihr wichtig, so daß es sich wohl verlohnt hätte, zwei Wörtlein darüber zu sagen; indessen ließ sie es doch sein. Inzwischen ging die Gevatterin im Garten herum, sah sich alles an und sagte: »Nanna, dein Lustgarten ist 'ne wahre Herzenslust anzusehen.« Dann rief sie immer wieder: »Oh, der schöne Garten! Gewiß, gewiß! der vom Chigi in Trastevere und der vom Fra Mariano auf Monte Cavallo können's nicht mit ihm aufnehmen ... Wie schade, daß dieser Pflaumenbaum verdorrt! ... Sieh mal, sieh mal! diese Weinlaube hat ja Blüten, unreife und reife Trauben zugleich ... Wie viele Granatäpfel, himmlischer Vater! Süße und halbsüße – ich versteh mich drauf, und man muß sie jetzt schnell abnehmen, sonst werden sie von anderen gepflückt ... Was für 'ne schöne Jasminlaube! Oh, die schönen Buchsbaumkübel! Die prächtige Rosmarinhecke! und da, schau, das Wunder: Septemberrosen! Himmlische Barmherzigkeit! ... Blaue Feigen, was? ... Wahrhaftig, ich denke, so im April und Mai herauszukommen und mir Busen und Schürze voll von Gelbveigelein zu pflücken ... Was seh ich da? O diese Büschel von Damaskusveilchen ... Aber nun Schluß! Die Schönheit dieses Paradieses hatte mich vergessen lassen, daß es schon spät ist. Darum, Fräulein Minze, Frau Majoran, Madame Pimpernelle und Herr Orangenblust: Ihr werdet mir verzeihen, daß ich nicht länger mit euch kose! ... Und bei meinem Leben: Hier lacht einen ja alles an. Dieses Lüftchen, das hier weht, diese herrliche Luft, diese wundervolle Aussicht! Bei diesem Kreuz, Nanna: Wenn hier noch ein Brünnlein wäre, das sein Wasser in die Luft schleuderte oder sich über seine Ränder ergösse und leise, leise mit seinen Rinnseln die Pflanzen berieselte, da könntest du's nicht bloß das Gärtlein der Gärtlein, sondern geradezu den Garten der Gärten nennen.

So sprach die Gevatterin. Und da es ihr Zeit schien, nach Hause zurückzukehren, so küßte sie die Pippa, wünschte guten Abend und gutes Jahr und begab sich mit der Amme dorthin, wo sie hingehörten.

Ende des zweiten und letzten Teiles

INHALT

Fourier Verlag GmbH, Wiesbaden
Lizenzausgabe mit freundlicher Genehmigung
des Insel-Verlages Anton Kippenberg, Leipzig
Gesamtherstellung: Offizin Andersen Nexö, Leipzig
Gestaltung: Ursula Lemnitz
Printed in the German Democratic Republic
ISBN 3-921695-57-0